06. 20. 19

"MJ와 도원 선생님의 이야기가
여기서 끝이라니, 제가 더 아쉽습니다
부족한 이야기는 독자님들의 마음속에
살아 숨쉬……기를요 ㅠㅠ mj. 도원쌤
우리 헤어지지 말아요. 사랑해요… 쪽"

매리제인

MARY JANE

vol. 외전

매리제인

MARY JANE

vol. 외전

G바겐 장편소설

BLab

MARY JANE

opening

opening

여자는 투명한 유리 너머의 남자를 표정이 없는 얼굴로 응시했다.

광대에서 귀 쪽으로 긴 총상의 흉터를 달고 있는 여자였다. 그녀의 열없는 얼굴엔 약간의 귀찮음과 무심함이, 한편으로는 남자가 여기까지 왜 왔는지에 대한 짜증이 엿보였다.

“별로 변한 게 없네. 잘 지냈어요?”

남자의 친근한 인사에도 여자의 표정은 변하지 않았다.

접이식 철제 의자에 앉은 그녀는 의자 등받이에 몸을 기댔다. 남자의 방문을 달가워하지 않는 기색이었다.

그녀에겐 이름이 없었다. 죄수복의 가슴팍에 박음질된 식별 표엔 본명 대신 죄수 번호가 적혀 있었다. 숫자로 나열된 정체성에 대해 지금까지 불만을 갖은 적은 없었다.

그녀는 ‘한여은’이라는 이름 석 자보다는 ‘아버지의 대리자’라는 신분으로 더 많이 불려 왔고, 지금은 수갑과 죄수복에 어울리는 식별 번호를 가지고 있을 뿐이었다.

그녀 스스로 자신의 성격에 대한 장점을 꼽자면 하나 정도는 바로 말할 수 있을 것 같았다. 바로 상황 파악이 빠르다는 것. '아버지'는 그것을 명석하다고 했고, '크랙'은 눈치가 빠르다고 했으며, '매리제인'은 자기 주제를 잘 안다는 식으로 제각기 다르게 받아들였었다.

그래도 서로 다른 평가 중에 공통점은 있었다. 누울 자리는 알아보고 손익 계산만큼은 확실하다는 점이다.

그 손익 계산을 마친 그녀는 유리 벽 너머를 보며 싸늘하게 말했다.

"왜 왔어요, 크랙?"

크랙이라 불린 남자는 대리자와 마주 앉은 채 히죽 웃었다. 가지런한 이를 드러내는 유쾌한 입꼬리와 달리, 눈은 웃고 있지 않았다. 실금처럼 얇은 주름이 눈가에 드리워져 있었고, 그 균열이 알려 주는 세월의 흐름보다 더 깊은 그림자가 덮여 있었다.

크랙은 음울한 눈매로 반질반질한 안구가 튀어나올 만큼 눈을 크게 뜨고 있었다.

"환영 인사까진 안 바랐지만, 그래도 이건 좀 서운하네요. 오랜만이잖아요. 그렇게 차갑게 대하지 마요."

"당신은 저보다 일찍 출소했군요."

"이런, 소식이 어두웠군요. 저는 집행 유예로 끝나서 교도소는 이번이 처음인데요."

"기가 막혀서 원. 사람들 모아서 마약 파티를 벌여 놓고는 집유라니."

"돈이 좋긴 좋더라고요."

유전 무죄, 무전 유죄.

그 뻔한 자본 주의식 정의에 대리자는 분노도 억울함도 없이 쯧, 하고 혀만 찼다. 대리자는 자신이 기억하던 것보다 조금 더 기묘하게 비틀린 듯한 얼굴을 응시했다.

그녀는 수많은 재판을 거쳐 최종 9년 징역을 선고받았다. 세간에서는 전대미문의 사건을 일으킨 주동자에게 법이 너무 무른 판단을 내렸다고 항의하는 사람들이 적지 않았지만, 속사정은 따로 있었다. 그녀가 자신의 모든 장부를 털어서 국내 마약 조직을 소탕하는 데에 가장 큰 도움을 준 것이다.

그 역할을 충분히 인정받아 30년 이상 집행될 것 같았던 징역은 10년 미만으로 낮추어졌다. 그녀는 형을 집행 받은 후 항소심 청구 없이 바로 교도소 복역을 시작했다. 그동안 그녀를 찾아온 사람은 경찰이나 검찰 정도다. 가족도 친구도 없는, 무연고자나 다름없는 그녀를 6년 만에 찾아온 남자는 그래서 뜻밖이었다.

"굳이 안 와도 되는 분이 여기까지 왜 오셨을까."

"서프라이즈 선물이 싫은가 보죠?"

"하아, 당신은 선물이 아니라 폭탄 같은 사람이잖아요."

"차갑게 왜 이러나 몰라. 우리 할 얘기 많을 텐데."

"당신이랑 엮여서 좋았던 적이 없는데 무슨 얘길 하고 싶겠어요."

가차 없이 내치는 그녀의 태도에 무안해할 만도 하건만 크랙의 입가에 핀 미소는 지워지지 않았다.

"내년이면 MJ는 복역이 만기되고 출소해요. 그 정돈 알죠?"

대리자의 얼굴이 신경질적인 반응으로 굳어 갔다.

"내가 그 새끼 출소를 알아서 어디에 쓸까요?"

"당신을 여기 처넣은 새끼니까 그 정돈 알아야죠."

"사람 속 뒤집어 놓으려고 하나. 그딴 개소리 지껄일 거면 가 보겠어요. 앞으로 면회 신청해도 받아들일 일 없을 테니 그렇게 알고요."

대리자가 자리에서 일어나자 철제 의자가 요란스럽게 뒤로 밀려났다.

그녀가 나가기 전에 크랙이 입을 뗐다.

"재심 청구해 줄까요?"

잘그락거리는 수갑 소리가 유독 그 좁은 면회실을 오랫동안 울렸다. 면회실을 나서려던 신발 소리도 더는 들리지 않았다. 대리자는 천천히 크랙을 뒤돌아봤다.

크랙은 여전히 웃고 있었다. 웃고 있는 입가와 눈가가 미묘하지만 규칙적인 박자로 떨리는 것 같았다.

마그네슘 부족 현상일까. 아니면 틱 장애?

그렇게 명확한 이유로 진단할 수 있는 병 같지는 않았다. 복합적인 요인에 의한 안면 근육 이상 반응이었다. 오래전이긴 하지만 MJ에게 두부에 큰 타격을 당한 이후로 문제가 생긴 게 아닐까 싶었다. 신경 반응이라든지, 뇌의 어딘가가 제 기능을 못하는 종류의 이상 말이다.

그런 크랙이 웃을 때마다 얼굴 위로 떠오른 기묘한 미소가 위화감을 만들었다. 키득거리는 웃음소리가 입술 새로 흘러나올 때마다 사람 웃음이 아닌 짐승의 숨소리처럼 들렸다. 안 그래도 서늘한 면회실의 공기가 얇은 서리가 낀 것만 같았다.

크랙을 물끄러미 내려다보던 대리자가 도로 의자에 앉았다. 절그럭거리는 수갑 소리가 이전보다 더 둔탁하고 크게 이어졌다.

"재심 청구라."

그녀는 자신의 처지를 상기하고는 덧붙여 말했다.

“재판 받을 때 내 죄목의 증거는 충분했어요. 나도 항소하지 않고 적극적으로 자백했고요. 재심 청구 사유에 해당하지 않는 걸로 아는데요.”

그 말에 크랙이 대리자 쪽으로 상체를 조금 더 기울였다. 시큰둥했던 대리자가 그래도 관심을 갖고 이야기를 시작해 주니 덩달아 즐거워진 모습이었다.

“방금 전까진 있는 대로 짜증을 낼 기세더니, 재심 얘기에 바로 태도 돌변이시네.”

“흠, 나갈 수만 있다면야.”

“이래서 좋다니까. 기회를 놓치지 않잖아요.”

“제가 좋은 기회를 마다할 만큼 멍청한 사람이라 생각했어요?”

“너무 상황 판단이 빨라서 소름 돋으려 했죠.”

대리자는 대한민국 형법상 아무리 양형 기준이 낮은 특별법을 모두 적용한다 해도 무기 징역을 피할 수 없는 강력 범죄자다.

살인에 살인 교살, 마약 생산과 유통, 판매, 불법 총기 소지 등을 저지르고도 9년 형으로 판결이 난 데에는 그녀의 이기적인 자백이 한몫했다.

모든 마약 유통 업자와 판매자들을 넘겼다. 연락망과 유통 루트, 마약 밀매에 이용된 장부도 빠짐없이 내줬다. 그 대가로 검찰 측은 복역 기간을 낮추기로 협의해 주었고, 재판을 맡은 판사 또한 이러한 검찰 측 주장을 받아 주었다.

그땐 그것이 최선의 선택이었다. 만약 지금이라도 더 나은 최선의 선택을 할 수 있다면 그녀가 못할 것은 없었다.

"한국 최대 로펌 변호사 원하는 만큼 붙여 줄게요. 어때요?"

히죽 웃은 크랙은 이미 알아본 것에 대해 말해 주었다.

"재심 청구 사유는 충분하대요. 판결에 쓰인 증거와 증거물들이 전부 당신 자백을 기반으로 마련된 것들이었거든요. 당신이 그 증거와 증거물에 동의해서 바로 증거 제출이 된 거지만, 그 과정의 압박과 불합리함을 증명하면 돼요. 그 정도는 변호사들이 알아서 잘해 줄 것 같은데."

대리자는 눈을 가늘게 뜨고 크랙을 바라봤다.

농담이나 장난을 치려는 기색은 아니었다. 변호인단을 꾸리는 데에 드는 돈도 자신이 해결해 주겠다 나설 만큼 적극적이었다.

대리자는 크랙 쪽으로 몸을 기울였다. 주고받는 계산법만큼은 확실한 사람이었기에 자신이 얻게 될 이득부터 따져 보았다.

"그런 게 가능했다면 처음부터 검찰이랑 복역 기간을 두고 딜을 하진 않았겠죠. 내가 아무것도 안 알아봤겠어요?"

"그땐 당신도 돈이 없고, 사회적으로 워낙 떠들썩할 때여서 국선 변호사로만 꾸렸었잖아요. 당연히 한계가 있지."

"하, 크랙."

"그사이 사회도 많이 바뀌었거든요. 이번엔 사람들 눈치 보지 않고 진행할 수 있어. 무죄가 아닌 형량 감소 재심으로 진행하면 되고. 당신이 지금까지 6년 넘게 복역한 것만으로 출소할 수 있어."

대리자는 양쪽 손목을 묵직하게 누르는 수갑을 내려다봤다. 절그럭거리는 쇠사슬 소리에서 해방될 수 있다는 생각을 하니 표정이 바뀌었다. 그녀의 목소리는 조금 더 높은 온도로 부풀어 올랐다.

"제 출소 조건 말해 보세요."

역시 계산이 빨라서 그런지 대화에 막힘이 없다. 크랙은 만족스러운 표정으로 제 머리 한쪽을 톡톡 두드렸다.

MJ에게 당하고 함몰된 머리였다. 지금은 인공 보형물에 의해 정상인과 거의 다름없는 외형으로 복원된 상태다. 그 안쪽의 뇌 기능에는 많은 장애가 생겼지만 짧은 시간 얘기를 나누는 것만으로는 문제점이 드러나지 않았다.

크랙은 자신이 겪는 장애가 무엇인지를 굳이 대리자에게 얘기할 생각은 없었다. 어차피 대리자 정도로 교활하고 머리가 잘 돌아가는 여자라면 함께 움직이는 동안에 충분히 눈치챌 테니까.

"날 이 꼴로 만든 새끼가 평범하고 행복하게 사는 건 부당하잖아."

그 말에 처음으로 대리자가 입꼬리를 올리며 웃었다.

"어머, 유치한 복수극이라도 하자는 거예요? 당신이 이렇게 어린애 같은 사람이었나."

"복수란 말은 촌스럽고. 이왕이면 좀 더 멋진 말은 어때요."

"그럼 촌극인가."

"그럼 우린 그 촌극 주인공인가?"

"흐응, 질질 짜는 신파극 주인공은 싫은데."

"나도 주인공은 싫어요. 아, 물론, 나는 MJ도 주인공이라고 생각 안 해. 그러니까 조잡하게 놀아 보죠, 조연끼리."

그 말에 대리자는 유쾌하게 웃음을 터뜨렸다. 그녀를 감시하는 교도인이 노려봐도 웃음은 멈추지 않았다.

크랙의 분노는 명백하게 MJ를 향해 있었다. 과녁이 없어서 활시위를 잡아당긴 채 살을 놓지 못하던 대리자와 달랐다. 크랙은 오로지 하나만을 보고 있었다.

그 분노는 뜨거운 솥단지에 담긴 물처럼 맹렬하게 끓어 넘치고 있었다. 희뿌옇게 시야를 가리는 김처럼 사방으로 퍼져 나가는 감정들이 넘실거리는 착각이 들었다.

배우를 직업으로 삼을 수 있는 외모. 대중에 노출되지 않아도 연기만으로 충분히 먹고살 만큼 받쳐 주었던 집안의 부유함. 가진 자 특유의 오만함이 젊은 시절엔 지승준을 만나 사냥 협회와 마약이라는 하나의 거대한 시스템을 건드리는 작업을 했었다.

이제는 그렇게 쌓아 왔던 모든 것을 제 손으로 놓아 버렸다. 아무 의미가 없던 과거의 영광 대신 오직 단 하나의 의미만을 갖는 가치를 움켜쥐려 했다. 크랙에게 그 가치란 자신의 모든 것을 망가트린 MJ를 똑같이 망가트리는 일이었다.

"그래, 이건 복수랑 달라요."

그는 매력적인 시나리오를 손에 쥔 연출자가 되어 웃었다.

"도중에 꼬여 버린 이야기를 다시 본래의 이야기로 되돌리는 작업인 겁니다. MJ가 행복해지는 건 누구도 예상하지 못한 일이잖아요. 그건 서프라이즈도 반전도 안 되는, 당신 말대로 신파 촌극이라고."

과장된 몸짓으로 크랙이 풍부한 감정을 담아 속삭였다.

"재미없어. 관객들이 얼마나 욕하겠어. 악역이나 조연은 원래 중간에 퇴장해야 하는 법이거든. 그러니 내 마지막 계획에 동참해 봐요. 이번엔 꽤 괜찮은 작가진과 연출자들을 대거 섭외했으니까. 볼거리가 아주 넘칠 거거든."

입가와 눈가가 사정없이 떨렸다. 고개를 평범하게 가누지 못하고 몇 번이나 고장 난 기계처럼 흔들면서, 크랙은 소리 내어 웃었다.

"엔딩을 새로 써 보자고. 도원 선생이 좋아하는 그 말처럼."

먹구름이 몰려와 희뿌예진 하늘이 사흘간 이어졌다. 매일 벼락을 동반한 비바람이 몰아쳐서 거리를 돌아다니는 사람들의 모습은 보이지도 않았다. 먼지가 날리던 마른 도로엔 배수되지 않은 빗물이 고여 있었다. 넓은 물웅덩이 위로 바람에 휘청거리는 가로수 모습이 비쳤다.

우산을 쓰고 걸어도 신발이 젖어 드는 날씨였다. 달리던 자동차가 도보 위로 물을 길어 놓기도 해서 걷기는 정말이지 최악이라고 할 만했다.

"에휴, 이런 날씨인 줄 알았으면 차 탈걸. 괜히 걸어간다고 고집 부렸나."

젖은 바지 밑단을 바라보던 남자가 툴툴거리던 고개를 들었다.

물이 빠진 버석한 금발 머리의 남자. 느긋하고 여유로운 태도에 의뭉스러운 미소로 본심을 숨겨 보일 수 있는 사람. 그는 자신의 본명보다도 '아이스'로 불리운 세월이 더 많은 남자였다.

아이스는 슬리퍼 안쪽으로 찰랑거리며 고이는 빗물을 털어 내다가 건물 쪽으로 걸음을 옮겼다. 불 꺼진 상가 문 앞에 서서 들고 있던 우산을 접었다.

우울한 대낮을 지켜봤다. 길게 뻗어 나온 차양 너머로 타닥타닥, 모닥불 지피는 듯한 빗소리가 울렸다. 규칙적인 백색 소음이 묘하게 마음을 안정시켜 주는 듯했다.

막걸리에 파전 먹고 싶어라. 같이 차 타고 갔으면 술 마시자고 한마디 꺼낼 수 있었는데 혼자 걸어간다고 해서 삐친 건 아니려나. 그리즐리, 그 녀석 보기보다 섬세해서 상처도 잘 받던데.

뒤늦게 너무 고집을 부린 건가 싶어서 뒷머리를 머쓱하게 만질 때였다.

"원래 이렇게 늦은 시간에 다니나 봐요, 아이스."

갑작스러운 목소리에 아이스는 멈칫했다. 막걸리의 고소한 향기를 떠올리던 생각을 멈추고 천천히 옆으로 고개를 돌렸다.

언제 다가왔는지, 옆에 한 여자가 서 있었다. 검은 청바지에 워커, 검은 목 폴라 티에 후드가 달린 점퍼. 열어 둔 점퍼 앞섶으로 가슴까지 길어진 생머리가 흔들리고 있었다.

익숙한 얼굴에 익숙한 목소리다. 달라진 점은 머리 스타일뿐. 짧은 단발에 안경을 쓴 모습으로 기억하고 있었지만, 긴 머리의 그녀는 기억보다 어둡고 무섭게 느껴졌다.

"……대리자?"

담배를 입에 물고 있는 그녀가 대답 대신에 입꼬리를 올리며 웃었다.

입가에서 길게 피어오르는 연기가 빗줄기를 뚫고 어두운 하늘로 날아갔다. 그녀의 손끝에 매캐한 냄새가 묻어났다.

"오랜만이에요. 잘 지냈어요?"

아무렇지 않게 안부 인사를 건네는 여자를 보며 아이스는 굳은 표정을 억지로 풀었다. 그녀에 대해 수많은 생각이 떠올랐지만, 그 복잡한 심경을 숨기며 그저 반갑다는 듯이 너스레를 떨었다.

"어라, 와, 나 이거 좀 놀라도 돼요?"

"놀랄 것까지 있나요."

"출소까지 먼 줄 알았거든요. 듣기론 10년 가까이 있어야 한다고 들었는데, 좀 남지 않았나. 설마 이거 탈옥?"

"상상력 한번 풍부하시네요. 도망자 신분이면 내가 대낮에 도로를 활보할 수 있을까요."

"정말로 빨리 나온 거예요?"

"뭐, 운이 좋았죠."

"운으로 될 일이 아니잖아요. 아, 알겠다, 누가 도와줬구나?"

"흠, 뭐 이쪽 전문가 수십 명이 절 위해 달라붙으니 못할 것도 없네요? 법이란 게 그런가 봐요."

"수십 명이라니…… 아하, 도와준 사람 재력이 어마어마한가 봐요."

"그건 중요한 게 아니니 넘어가는 건 어때요. 형량 줄이고 나왔다는 걸 자랑한답시고 당신 찾아온 거 아니거든."

그녀는 입꼬리를 끌어 올리며 웃었다. 아이스도 그 미소를 따라 웃었지만, 진심으로 즐거워할 수 없었다. 아이스의 경계심을 당연하게 생각한 그녀는 담배 끝을 입술로 물고 가볍게 위아래로 흔들면서 말했다.

"크랙이 당신을 찾고 있어요."

그 한마디에 아이스는 대리자가 누구의 도움으로 사회로 빨리 나왔는지를 바로 눈치챘다. 설마 했던 이름을 듣자 입꼬리가 미세하게 흔들릴 뻔했다. 그동안 잊고 지냈던 이름이었다. 앞으로도 영원히 마주칠 일 없을 이름인 줄 알았던 이름.

크랙.

아직까지도 이 이름을 듣다니.

"어때요, 우리랑 다시 한번 일해 보지 않을래요?"

아이스는 고개를 살짝 기울여서 긴장한 표정을 숨겼다. 그는 자신만의 포커페이스가 되는 밝고 경쾌한 미소를 지어 보였다.

"이야, 크랙 얘기 진짜 오랜만에 듣는다. 걔는 뭐 하고 지낸대요?"

"여전하죠. 머리를 다쳐서 장애 비슷한 게 생겼다곤 들었는데 겉보기엔 멀쩡해요. 얘기해 봐야 문제가 있는 줄 알지."

"머리를 다쳤어요?"

"알면서 모른 척하시긴. 매리제인 때문이잖아요."

아아, 한때 클럽에서 머리통 터졌던 일…….

아이스는 아직도 생생한 크랙의 미친 짓거리들을 떠올리며 미소를 지었다. 마약을 빌미로 사람들에게 지옥 같은 환락을 선사해 주던 일들이었다.

그 일에 다시 발을 담그긴 싫었다. 마음 같아선 대리자의 제안을 거절하고 싶었다. 하지만 그럴 분위기가 아니었다. 웃음기 섞인 대리자의 목소리가 갈고리처럼 붙잡는 것만 같아서 이야기를 끊고 가 버릴 수가 없었다.

대리자는 목뒤로 솜털이 쭈뼛 설 만큼 무서운 시선으로 아이스를 응시하고 있었다. 아이스가 무슨 생각을 하는지, 허튼수작을 부리진 않을지 경계하는 기색이 역력했다. 아이스는 그 무서움 앞에서도 웃는 법을 알고 있었다. 웃는 습관이란 것은 그렇게 쉽게 사라지는 종류가 아니었다.

"하하, MJ랑은 그만 엮어요. 걔랑 연락 끊긴 지가 언젠데요."

그 유쾌한 모습에 대리자는 굳이 아이스를 의심하는 기색은 보이지 않았다. 그의 말대로 연락이 끊겼건, 아직도 연락을 하고 지내

건, 그것은 별로 중요한 문제가 아니라는 태도다.

"그럼 더 좋죠. 아이스, 당신이랑 같이 일하면 내가 편하거든요."

"유능하게 봐 줘서 고마워요. 이런 칭찬 듣기 좋더라."

"당신 머리 쓰는 건 크랙이 좋아했잖아요. 당신 잔머리 빠르다고 꽤 아꼈던 걸로 기억하거든요."

"음, 그 칭찬은 좀 별로네요. 너무 뻔뻔하잖아요. 내가 MJ 쪽에 붙었다고 배신이라며 바로 죽이라고 했던 사람이 크랙인데, 어라, 혹시 기억 안 난다고 말하진 않겠죠?"

"기억나죠. 어떻게 잊을 수 있겠어요. 그때 다리 부러졌었잖아요. 지금은 멀쩡하게 회복했나 봐요."

"에이, 다 고치진 못했어요. 후유증이 좀 있거든요. 그래서 내가 크랙에게 좀 안 좋은 감정이 남을 수밖에 없네요. 이렇게 찾아와 줘서 고마운데요, 저는 손 털게요. 또 마약 사업하는 건 좀 그렇다."

"설마 또 마약에 손을 대겠어요? 그거 유통이랑 판매 경로 제가 다 검찰에 넘겨서 당분간은 손 못 대요. 어수룩한 대학생이나 연예인들이나 손댈까, 지금 사업 시작하면 바로 걸릴걸요."

"마약도 아닌데 저를 껴 준다는 말을 하다니 신기하네요."

"예전처럼 사업 루트에 목매기엔 내가 잃은 게 많잖아요. 그 바닥 생각만 해도 이가 갈리는데 다시 뛰어들까 봐요?"

"흠. 그럼 새로운 데에 손댔다는 얘기군요."

"역시 눈치가 빠른 사람은 이래서 좋아요. 얘기가 빠르잖아요."

그녀는 젖은 바닥에 담배꽁초를 버렸다. 빨갛게 타들어 가던 담뱃불이 순식간에 사라지고 검은 재 가루만 남았을 때, 워커발이 그 남은 흔적마저 짓이겨 없애 버렸다. 그녀는 눈을 반쯤 가린 후드 너머로 아이스를 빤히 바라보며 말했다.

"크랙이 시킨 것만 한탕 뛰면 꽤 큰돈을 만질 수 있어요. 난 그 돈 챙겨서 해외로 뜰 거예요. 크랙이 시킨 건 기동력 좋은 제가 할 테니, 당신이 머리 좀 굴려 줘요. 어때요?"

일만 제대로 해결하면 수고비로 받을 돈의 액수를 손가락으로 알려 주었다. 손가락 세 개를 펼친 그녀에게 아이스가 물었다.

"3억인가요."

"그 열 배는 잡아야죠."

돈 단위가 상당히 컸다. 아이스는 작게 휘파람을 불었다.

"크랙이 그렇게 돈이 많았어요?"

"크랙 부모가 운영하는 기업 이름은 당신도 잘 알잖아요. 300만 달러 정도야 푼돈이죠. 자세하겐 모르겠지만 그동안 차익 공매도로 투자자들이랑 수천만 달러 재미 좀 본 거 같아요. 덕분에 개미들만 피 봤지만."

"그거 감사 들어가면 기업도 문제 생길 텐데요."

"어머, 크랙이 그런 뒷감당 생각하고 움직이던 사람인가요? 그거 걱정할 거였으면 7년 전에 대기업 자제들 모아 놓고 마약 파티 같은 걸 벌이지도 않았겠죠. 아버지라 불리던 사촌이랑 손잡고 사냥협회에 장난질도 안 했을 테고."

"흐음."

"솔직히 옛날 얘기긴 하지만 아버지도 크랙이 만들어 놓은 그 비싼 판에 끼어들면서 큰 사람인데요. 원래는 크랙이 쥐고 있던 주도권을 아버지가 가져가면서 일이 엉망이 되었지만 지금은 그런 사람도 없잖아요. 당신이나 나나 돈만 보고 움직이면 되는데. 어때요, 나쁜 얘긴 아니죠?"

쉽게 거절할 수 없는 액수에 아이스는 대답하지 않았다. 크랙과 앙금을 완전히 청산한 것도 아니어서 탐탁지는 않았지만 수십 억이라면 그 정도는 감수하고 넘어갈 수 있었다. 아이스는 그녀의 제안을 긍정적으로 생각하며 물었다.

"무슨 일을 하면 돼요?"

아이스의 반응에 대리자가 한쪽 입꼬리를 끌어 올렸다. 아이스가 관심을 가질 줄은 알고 있다는 표정이었다.

그녀는 아이스가 지금까지 해외를 전전하면서 살아온 인생을 모두 추적해 온 후였다. 돈벌이가 쉽지 않아서 별의별 더러운 꼴을 다 봤던 그에게 30억이란 단위는 목숨 걸고 매달릴 일이었다.

겉으로는 아무렇지 않은 척 봄바람처럼 웃고 있지만 속은 이미 바짝 타들어 갈 것이다. 그 정도는 대리자도 눈치챌 수 있었다.

"자세한 건 같이 가서 얘기할래요?"

그녀가 골목 한편을 가리켰다. 쏟아지는 빗줄기가 보이지 않는 어두운 골목이었다. 웅덩이진 물소리만 들리는 을씨년스러운 그 골목 너머에서 바람이 불고 있었다. 웃고 있던 아이스의 얼굴에서 미소를 지워 버리는 바람이었다.

"당신에게 어려운 일은 아닐 거예요."

아이스의 미소를 거두어 갔던 바람이 대리자의 긴 머리카락을 흔들었다. 뱀의 혓바닥처럼 길고 유연하게 흔들리는 머리카락 사이에서 대리자가 입꼬리를 올리며 웃었다.

마약 사범 소탕 작전에서 빈유미가 쏜 총에 상처를 입은 광대에 긴 총상이 남아 있었다. 갈변된 그 기다란 흉터에 입꼬리가 닿았다.

"영 내키지 않으면 들어만 보든가요. 크랙이 아주 재밌는 계획을 짰으니까."

뱀의 혀처럼 날름거리는 그녀의 목소리가 오랫동안 아이스를 붙들었다.

무슨 생각을 하는지 모를 무표정한 아이스를.

1

1

계단식 강의실은 빈자리 하나 보이지 않았다. 가득 찬 자리마다 웅성거리는 소리로 시끄러운 것은 물론, 뒤늦게 강의실에 도착한 학생들은 빈자리를 찾다가 하는 수 없이 계단에 걸터앉기도 했다.

학부 교양인 심리학 수업이었다. 1학년에게 상당히 인기 많은 과목인지라, 이번 학기부터는 정원 수를 25명에서 40명까지 늘린 터였다. 그래 봤자 지난 학기와 달라진 것은 없었다. 여전히 수강 신청에 실패한 학생들이 쏟아져 나온 것이다.

청강이라도 간곡하게 부탁하는 이메일과 전화는 매일같이 학과 사무실 직원을 괴롭혔고, 골머리를 쌓던 학과장은 고심 끝에 강의실 수용 인원만큼은 청강을 들을 수 있도록 했다. 잠깐 인기를 끄는 수업이라 생각하고 내린 일회성 조치였다.

그러나 인기는 식을 줄을 몰랐다. 매년 청강을 부탁하는 학생들 수가 늘어나고 있다. 학기 초마다 같은 문제에 시달리게 된 학과장은 고심 끝에 해당 수업 교수를 따로 불러 간곡하게 부탁했다.

"다음 학기엔 교양 과목을 추가 개설하면 안 되겠습니까. 굳이 심리학 기초가 아니더라도. 음, 그래요. 심리 언어학이나 사랑학, 범죄학 같은 수업도 좋죠. 우리 학부 과정 특성상 기초 심리학 수업만 대거 늘릴 수도 없고, 이렇게 부탁합니다. 나도 참 곤란한 거 아시잖습니까, 교수님."

학생 수를 최대한으로 받는 데에도 강의실 한계가 있다는 말이었다. 그럴 때마다 이 인기 많은 교양 학부 교수는 곤란한 얼굴을 숨기지 않았다.

"지금도 두 과목을 네 타임 하고 있습니다. 여기서 더 늘리라면 못할 것 같습니다."

연구 프로젝트에도 참여하는 사람이라 수업까지 대폭 늘리기 힘든 상황이다. 그렇다고 신입생들에게 이 수업은 적당히 좀 신청하라고 안내를 할 수도 없는 노릇이고. 입학 전부터 선배들이 신입생들에게 교양 수업을 어떻게 추천해 주기에 이 교수 강의만 미어터지는 것인지.

학과장이 곤란해할 정도로 캠퍼스 내에서 가장 유명한 교양 과목을 담당하고 있는 교수의 이름은 도원. 교내 강의를 하는 교수 중에서도 가장 유명한 축에 드는 사람이다.

"안녕하세요, 처음 뵙겠습니다. 한 학기 동안 이번 강의를 맡게 된 도원이라고 합니다."

학생들의 시선이 일제히 젊고 잘생긴 교수에게 고정된다. 그 시선이 어찌나 열렬하던지, 관심을 한 몸에 받게 된 도원은 어색한 미소를 짓고 말았다.

“제 소개 먼저 하겠습니다. 저는 정신 분석과 철학을 전공했습니다. 지금은 우리 학교 인지 과학 연구소에서 뇌 과학 프로젝트에 참여하고 있고요.”

조교가 가져다준 마이크를 허리춤에 차면서 도원은 빈자리 하나 없이 가득 메운 강의실을 올려다보았다.

학생들을 좋아하긴 했지만 매년 겪는 이 사태엔 아무래도 조금 쑥스러워질 수밖에 없었다. 아무리 눈치가 없더라도 자신의 수업이 인기가 많다는 것은 알 수 있었다. 의자를 꽉 채운 학생들의 반짝거리며 쏟아지는 눈빛에 적응하려니, 괜히 손바닥으로 따끈따끈해진 뒷목을 주무르게 되었다.

“음. 우리 학교는 교양도 거의 영어 강읜데 제가 한국어로 강의를 열어서 그런가, 자꾸만 제 수업에 몰리는 거 같아요. 다음 학기부터는 영어 강의로 바꿔야겠어요. 그럼 좀 덜하겠죠?”

에이, 영어로 강의를 개설한다고 해도 달라질 건 없을 것 같은데. 괜히 약한 척해 보이는 교수에게 학생들이 긴장이 풀린 웃음을 터뜨렸다.

모든 선배들이, 심지어 졸업한 동문들조차도 “1학년 교양 들을 때 도원 교수님 수업 꼭 들어야 해. 그거 안 들으면 손해야.”라고 말하는 덕분에 교양 필수 과목에 버금가는 치열한 수강 신청 전쟁이 펼쳐지고 있었다.

그 사실을 알지 못했을 때, 도원은 제 수업이 인기 많은 이유에 대해 곰곰이 생각해 본 적이 있었다.

이제 막 성인이 된 친구들이 많은데, 연애나 친구 문제에 얼마나 관심이 많을까. 그 호기심을 충족할 만한 수업이 자신이 1학기 때

진행하는 〈Introduction to psychology〉라고 믿게 되었다.

그 믿음과 달리, 학생들은 도원과 다른 이유로 심리학 수업에 관심을 표했다. 학계에서 쌓은 업적, 외모, 성격, 그 모든 것이 수업 자체보다 더 큰 흥미를 유발하고 있었다. 덕분에 매년 맞이하는 수강 전쟁에 대한 고찰은 학생들과 도원 사이의 간극이 좁혀지기까지 시간이 걸릴 듯했다.

“수업은 기초 심리학 이론 한 시간, 증례와 사례를 기반으로 한 토론 수업 한 시간, 총 두 시간으로 진행할 예정입니다.”

심리학도 분야가 많지만 도원이 전공한 부분은 인지 과학을 기반으로 하고 있다. 사회학적으로 접근하기보다는 정신 분석과 철학으로 개인의 병리 현상에 대해 파고드는 방식이었다.

따라서 그의 수업은 필연적으로 의학, 철학, 예술 모두를 아우르게 된다. 그 속엔 전통적으로 모든 사람들이 관심을 가질 만한 섹스, 범죄, 우울증, 트라우마, 노이로제 등이 복합적으로 다루어지고 있었다.

흥미롭고 자극적인 수업이어서 학생들의 관심과 참여도를 이끌어 내기 충분했다. 더욱이 학생들의 시선을 온전히 받게 되는 도원은 한 번 받은 시선을 오랫동안 붙잡아 둘 수 있을 만큼 매력적인 사람이었다.

40대라는 말이 믿을 수 없을 정도로 젊어 보인다. 허리와 어깨는 반듯하고 자세는 단정하다. 키가 크고, 살집이 없어서 몸에 핏이 되는 정장을 20대처럼 근사하게 소화해 낸다.

흐트러지는 모습을 보여 주지 않는 사람이다. 그래서 연구소 프로젝트로 밤을 새우게 되면 은연중에 보여 주는 허술함이 유독 크게 느껴졌다.

노타이에 셔츠 위 단추를 풀고 미처 손질하지 못한 부스스한 머리로 교단에 오르는 모습은 학기말 학생들의 피로 회복에 큰 도움을 주었다. 가끔 안경을 끼고 올 때면 여학생들은 안경을 쓴 모습과 쓰지 않을 때의 모습 중 무엇이 더 잘 어울리느냐로 의견이 갈리기도 했다.

다른 교수들도 보여 주는 그 일반적인 모습이 도원에게는 금욕이 침범당하는 분위기를 만들어 냈다. 젊고 혈기왕성한 20대들에게서 성적 관심을 이끌어 낼 정도로 도원은 매력적인 사람임이 분명했다.

도원은 학생들에게 제 수업이 부담이 될까 봐 걱정하느라 그들의 의미심장한 시선은 파악하지 못하고 있었다. 학교 특성상 입학생들은 전공이 정해지지 않았다.

우스갯소리로 무학과無學果라는 말이 나올 정도다. 2학년에 전공을 선택하기 위해선 1학년 때 다양한 수업을 들으라는 학교 취지가 있었고, 도원은 그런 학생들의 전공과목 공부량을 배려하는 데에 중점을 두었다.

도원이 학생에게 부담을 주지 않는다는 범위가 "필기시험 없이 영어 페이퍼를 제출하는 거면 괜찮겠지?"였다. 이 또한 학생들의 학업 고통을 미처 헤아리지 못하는 간극이 발생했지만, 그마저도 학생들이 수긍하게 만드는 것도 도원이 가진 매력이라면 매력이라 할 수 있었다.

"점수는 시험 대신 과제 제출 한 번으로 평가하겠습니다. 영어 에세이 한 편입니다. 중간고사 기간까지는 서머리summary를 제출하시고 기말고사까지 완성하면 돼요. 형식이나 소재는 개인이 관심 있는 분야로 선택하면 됩니다."

사랑에 관한 뇌 과학이 궁금하면 심리적으로 서술해도 된다. 엔지니어링과 첨단 기술 쪽 전공을 준비하는 학생이라면 신기술에 따른 사람들의 인지 능력 변화와 심리에 대해서 생각해도 된다. 예술품을 보거나 음악을 들을 때 변화하는 심리를 분석해도 된다. 에세이 주제는 학생들의 자율에 맡기는 도원이었다.

"서머리는 수강생 전원이 발표 형식으로 이루어지고, 다른 학생들의 질문을 받는 형식입니다. 필기시험 따로 안 보니까 더 좋죠?"

강의 계획서를 넘기는 종이 소리가 곳곳에서 울렸다. 사각거리는 종이 소리와 어울리는 목소리가 이어졌다.

"자세한 이야기는 제출 기간 때 다시 알려 드리도록 할게요. 음, 어디 보자."

도원은 여유로운 걸음걸이로 교탁에 다가갔다. 교탁에는 조교가 놓고 간 출석부가 놓여 있었다. 줄곧 손에 들고 있던 마이크를 타이에 집게로 걸어 낸 도원은 자유로워진 두 손으로 출석부를 들췄다.

"출석 불러 보도록 하겠습니다. 한 학기 동안 함께 공부하는데 얼굴과 이름은 기억하고 싶으니까 고개 숙이거나 눈 피하시면 안 됩니다."

도원은 제가 한 말을 지키는 사람이었다. 학생들의 이름을 부르면서 일일이 눈을 맞추며 얼굴을 봐주었다. 다정한 반응에 얼굴을 붉히는 학생들도 있었다. 도원은 그 붉어지는 얼굴을 '좋을 때다.'라고 생각하며, 자신에겐 되돌아올 수 없는 추억의 일면으로 흐뭇해했다.

"그럼 다음 주부터는 정상적으로 수업을 진행하겠습니다. 한 학기 동안 잘 부탁드리겠습니다."

오리엔테이션은 30분 만에 끝났다. 짐을 챙겨서 계단을 내려오는 학생들이 도원에게 밝게 인사했는데, 그때마다 인사를 받아 주는 도원은 교탁에 비스듬히 기대어 서서 웃었다.

신학기 이맘때에 얼마나 학생들이 들떠 있는지는 매번 겪어 왔기에 익숙했다. 이러고선 중간고사 기간을 지나 기말 준비를 할 땐 반쯤 시체가 되는 모습을 보여 주겠지만. 그 좀비 같은 모습마저도 '좋을 때다.'라며 기대하는 도원이었다.

"음?"

주머니에 넣어 둔 휴대 전화가 진동했다. 꺼내어 확인하니 맹강조 소장이다.

[도 선생!]

요즘 맹강조 소장이 요즘엔 무슨 바람이 든 모양이다. 허구한 날 메시지를 보내지 않나. 보고 싶어 죽겠다느니, 언제 서울에 오면 술 한잔하자느니. 누가 보면 애인이라도 되는 것처럼 챙기며 외로워했다. 그때마다 도원은 심각하게 생각했다.

맹 소장에게 갱년기가 온 게 아닐까. 그럴 나이긴 한데…….

[봄일세, 봄이야! 봄엔 나랑 벚꽃 파전에 막걸리를 먹으러 가야 한다고!]

벚꽃 파전은 무엇일까. 꽃잎으로 장식한 파전인가. 왜 파전에 감수성을 불어넣는 것이지. 아무리 봐도 이건 갱년기 증상 같은데.

자신에게 연락을 하기보단 비뇨기과나 심리 상담 센터를 가는 게 어떻느냐는 생각이 먼저 들었다. 걱정하는 이야기를 한마디 적어 줄까 싶었지만 도원이 [소장님 갱년ㄱ]까지 적었을 때, 추가 메시지가 재빠르게 도착했다.

[이번에도 이 메시지 씹으면 학교까지 찾아갈 거네!]

휴대 전화 타이핑 속도가 10대 못지않았다. 엄지 근육이 굳는 나이일 텐데도 그 자연스러운 노화를 빗겨 간 반응이었다. 갱년기 남성의 외로움이 신체적 한계까지 극복하게 만든 모양이다.

학교까지 찾아온다는 협박은 도원에게는 씨알도 먹히지 않았다. 센터 하나를 책임지는 바쁜 소장이 고작 저를 보려고 하루를 날릴 수 있을 리 없다고 생각했다.

[소장님 오늘도 좋은 하루 되세요^^]

의무적인 답변에 맹강조는 서운함을 쏟아 내었다.

[도선새애앵. 보고 싶단 말이야. 보고 싶어, 도선새애애앵!]

징징, 울리는 휴대 전화를 재킷 안주머니에 넣은 도원은 산뜻하게 걸음을 옮겼다.

"나중에 시간 나면 갱년기 남성에게 좋은 음식을 택배로 주문해서 보내 드려야지."

도원은 혼잣말로 중얼거렸다.

"크릴새우로 만든 오메가3는 어떨까, 음 그건 나도 사 먹어야지……."

이젠 남보다 자기 자신을 먼저 챙길 수 있는, 훌륭한 어른이 된 도원이었다.

수업을 마치고 집으로 돌아오는 내내 도원의 발걸음은 가벼웠다.

이렇게 행복한 봄을 맞이한 게 얼마 만인지. 따사로운 햇살도, 예년 이맘때보다 따뜻한 바람도, 모든 것이 기분이 좋았다.

그 덕분에 학교 앞 꽃집을 그냥 지나칠 수가 없었다. 하얀 카라와 백합꽃을 한 다발 사고, 해바라기와 안개꽃으로 장식된 꽃다발도 샀다. 특이한 색상의 장미나 드라이플라워도 시선이 갔지만 손은 두 개뿐이고 품에 안을 수 있는 꽃의 부피는 한계가 있어서 아쉬운 마음으로 발걸음을 돌려야 했다.

학생들이 추천해 준 디저트 가게에서 딸기 무스 케이크도 여러 개 포장했다. 집에 도착해 현관문을 열면서도 이 선물을 받아 줄 사람의 반응을 생각해 보느라 입가에 절로 미소가 번졌다.

'언제는 어린애 입맛이라며 놀리더니, 딸기 디저트는 왜 사 온 거야. 입맛을 고쳐 줄 생각 없는 거지?'

그런 투정 섞인 반응을 기대했다. 입술을 삐쭉이면 그 입술에 쪽, 하고 소리 나게 뽀뽀를 해 줄 생각이었건만.

"……MJ?"

차고에 차를 세우고 내렸을 때부터 집이 조용했다. 현관문을 열고 거실 안쪽을 살펴봐도 인기척은 느껴지지 않았다.

펄럭이는 커튼 소리만 울렸다. 테라스 쪽 유리문이 한 뼘쯤 열려서 그 사이로 바람이 불고 있었다. 흔들리는 아이보리색 커튼 너머로 그림자가 어른거리는 것 같았다. 정원에 심은 나무 그림자라고 생각하면서도 두 팔이 휘청거리는 사람 같다는 착각이 들 정도였다.

도원은 품에 안고 있던 꽃다발을 현관문 옆에 조심스럽게 내려놓았다. 현관 앞에 가지런히 놓인 슬리퍼로 갈아 신고 거실을 둘러보았다. 거실을 가로지르는 동안에 부드럽게 미끄러지는 슬리퍼 바닥 소리가 펄럭이는 커튼 소리와 뒤섞이며 텅 빈 거실을 울렸다.

벚꽃 축제가 앞당겨질 것 같다던 봄바람과 구름 한 점 없이 맑게 내리쬐던 햇살은 커튼에 가로막혀 집 안까지는 미처 방문하지 못하고 있었다. 바깥은 따사롭고 밝은데, 집 안은 아직도 겨울이 끝나지 않은 것처럼 춥고 어두웠다.

"MJ."

혹시 몰라 이름을 불러 보았다. 대답은 들리지 않았다. 텅 비어 있는 집 안을 확인한 도원은 거실을 가로질러 부엌으로 들어갔다. 유리잔에 정수기의 물을 받아 마시면서 부엌 테이블에 가만히 앉았다.

오랜만에 느끼는 적막함이었다. 펄럭이는 커튼에 비친 나무 그림자가 이전보다 더 사람처럼 보였다. 열린 창밖에선 봄바람에 몸을 부대끼는 나뭇잎들이 파도 소리를 내고 있는데, 그 소리가 청량하기보단 도원이 즐길 수 없는 이질적인 존재처럼 다가왔다.

고요함이 집요하게 달라붙었다. 똑딱이며 흘러가는 벽시계 소리까지도 유독 크게 들렸다.

아무도 반기는 사람이 없는 집이 과거의 한때를 생각나게 했다. MJ가 복역하는 동안 매일같이 맞이했던 바로 그 분위기 말이다.

7년 동안 좁고 어두운 방에서 혼자 지냈다. 일과를 마치고 집에 오면 씻지도 않은 몸을 지친 듯이 이불 속에 던져 버리던 생활을 해 왔다.

혼자가 무서우면 텔레비전을 틀어 두었다. 잠이 안 오면 낡아서 털이 빠져 버린 곰 인형에 얼굴을 묻기도 했다. 그래도 잠이 오지 않을 때면 밖에 나가 담배를 피웠다. 세 개비를 연달아 피워도 새벽까지 깨어 있으면 술을 한 잔 마셨다. 술기운에 몽롱해진 채로 눈을 감으면 그럭저럭 해가 뜰 때까진 잘 수 있었다.

그땐 이 적막함이 이상하다고 생각하지 않았다. 도원에게 고요는 가족 같은 존재였다. 오히려 떠들썩한 분위기가 무섭고 불안했다. 사람들이 많이 모이는 상황에 놓이면 일부러 담배 핑계를 대며 혼자 있는 시간을 갖기도 했다.

당연했던 고요함이 이젠 낯설어진 것 같다. 새집에서 맡아지는 포근한 향기도, MJ와 함께 아기자기하게 꾸며놓은 거실의 소도구도, 가구와 가전제품들도. 아늑하게 느껴야 하는 것들이 무서운 얼굴로 지켜보는 기분이다.

왜 이렇게 불안한 걸까. 모든 것이 낯설어서 남의 집에 와 있는 것만 같은 기묘함을 떨쳐 버릴 수가 없는데.

“MJ.”

다시금 중얼거린 목소리가 도원의 입술에 달라붙었다. 불안할 때마다 그를 부르면 기분이 나아졌는데 이번에는 쉽지 않았다. 도원은 숨을 몰아쉬면서 손에 쥔 물잔만 만지작거렸다.

어딜 잠깐 나간 것일 테다. 기다리다가 연락이 없으면 그때 전화라도 하면 된다. 대수롭지 않게 생각하고 싶었지만 몸에선 천천히 이상 증세가 번지기 시작했다.

쿵쿵.

평소보다 조금 빠르게 뛰는 심장 소리가 제 귀에도 들릴 듯이 커졌다. 도원이 가까스로 지키고 있던 평온한 표정이 그 소리를 듣자마자 일그러지고 말았다.

구름이 끼면서 쏴아아, 파도 소리를 울리던 마당의 나뭇잎 소리가 사라졌다. 거실 창 안쪽으로 쏟아지던 햇볕도 자취를 감췄다. 짙은 구름에 햇살이 가려지고 늦은 오후처럼 순식간에 사방이 어두워졌다.

펄럭이던 커튼은 잠잠해지며 창밖에서 끌어다 놓은 그림자를 감췄다. 유령처럼 흔들리던 커튼이 멈추자, 집 안에는 똑딱거리는 벽시계 소리만이 유달리 크게 울리기 시작했다.

똑딱 똑딱 똑딱 똑딱.

규칙적으로 울리는 소리에 맞춰 심장이 두 배는 빠르게 뛰기 시작했다.

도원은 불안정하게 흔들리는 눈으로 물잔 안쪽만을 응시했다. 일부러 주변을 돌아보지 않으려 했지만, 환청처럼 따라붙는 소리는 그런 도원을 놔주지 않았다.

똑.

어딘가에서 물방울 떨어지는 소리가 들렸다. 싱크대의 수도꼭지는 꽉 잠겨 있고, 화장실과 욕실 문도 단단하게 닫혀 있지만, 지척에서 물방울 떨어지는 소리가 끊임없이 들려왔다.

똑, 또옥, 똑.

그 소리는 좁은 지하실이나 토굴에서 떨어지는 것처럼 사방으로 울렸다. 발밑이 차갑게 젖어 드는 것만 같았다. 단단한 거실 바닥이 아닌, 진창 같은 진흙 위에 서 있는 것처럼 발이 푹푹 빠지고 있었다.

물이 떨어지는 소리 너머에서 달그락거리는 식기 소리가 들린다. 누군가 나이프와 포크를 이용해 고기를 써는 소리였다. 바로 등 뒤에서였다.

서걱서걱, 잘라 내는 날고기의 질긴 힘줄과 비릿한 피 냄새가 퍼져 나갔다. 그 비릿한 냄새 속에서 그릇과 식기 도구가 부대끼는 소리가 끊임없이 들려왔다.

'선생님, 고기 드실래요?'

도원은 숨이 멎을 것 같았다. 아무것도 들리지 않는 사람처럼 눈을 부릅뜬 채 손아귀에 있는 물잔만 집요하게 응시했다.

물잔이 흔들리고 있다. 세상이 흔들려서인지, 손이 그 정도로 격렬하게 떨려서인지 구분할 수 없었다. 도원은 숨조차 멈추고 필사적으로 요동치는 수면에 시선을 고정시켰다.

어깨 너머에서 느껴지는 스산함이 도원의 목까지 다가왔다. 그 이상스러운 느낌을 타고 목부터 소름이 번졌다. 도원은 입술을 깨물었다.

환각이다. 환각이란 걸 안다. 분명히 알고는 있는데 몸의 반응은 이성을 앞질렀다. 어깨 너머로 돌아 나온 손이 도원의 목을 타고 천천히 내려왔다. 손의 주인이 천천히 체중을 실어서 도원의 어깨 너머로 고개를 내밀었다.

물잔의 흔들리는 수면 위로 낯익은 얼굴이 비쳤다. 안경을 쓴 지적인 분위기의 남자였다. 젊은 남자는 세련된 인상에 큰 키를 가진, 서구적인 느낌의 미남이었다.

그러한 미남자의 이마 한가운데에 구멍이 나 있었다. 뻥 뚫린 어둠 속에서 피가 흘러내리고 있었다. 흘러내린 피는 콧대를 중심으로 양쪽으로 갈라져 떨어졌다.

'억지로 먹여 드릴까요.'

등 뒤에서 넘실거리던 목소리가 천천히 치솟았다. 연기처럼 퍼져 나오는 목소리 너머로 화약 냄새가 맡아졌다. 이마 한가운데서 흘러나오는 화약 냄새. 그 매캐한 향과 턱을 타고 뚝뚝 떨어지는 피냄새는 잊고 지낸 모든 기억과 감각들을 뒤흔들기 시작했다.

"하아, 하."

도원은 숨을 고르려 애썼다.

"하, 후우."

쉽지 않았다. 기도가 막힌 것처럼 숨소리가 거칠어졌다.

혼자 지낸 밤마다 찾아온 망령이다. 죽은 생선의 눈을 하고 있는 남자. 그는 7년 전 죽었을 때의 얼굴 그대로 조금도 변하지 않았다. 여전히 잘생겼고, 우아하면서 지적이었다.

그는 거칠게 숨을 몰아쉬는 도원에게 달라붙어 웃고 있었다. 도원의 귀에 대고 악마처럼 속삭였다.

'내가 죽으면 다 끝날 거 같았어? 내가 그랬잖아. 망령마저 견뎌보라고. 나와 MJ가 그래 왔던 것처럼.'

물잔 위로 툭, 식은땀 한 방울을 떨어트린 도원은 자리에서 벌떡 일어났다. 등 뒤에 여전히 달라붙어 있는 남자를 피해서 비틀거리는 몸을 옮겼다.

싱크대를 잡고 선반 위로 손을 뻗었다. 손가락 끝에 걸린 약통 하나가 바닥으로 굴러떨어지는 바람에 도원의 시선은 한동안 허공을 배회해야만 했다. 간신히 정신을 차리고 몸을 숙여 식탁 밑으로 굴러가는 약통을 집어 들었다.

꾸준히 먹어 온 약통은 거의 비어 있었다. 몇 알 남지 않은 통에서 달그락거리는 가벼운 소리가 울렸다. 약통에서 알약 두 알을 꺼낸 뒤 물잔에 수돗물을 받아서 그대로 삼켜 버렸다.

"하아, 하아, 하아."

숨을 몰아쉬자 등 뒤에서 묵직하게 눌러 오던 무게가 점점 가벼워지는 듯했다. 목을 천천히 쓸어 만지던 손가락이 사라지고 소름 돋은 살갗 위로 쪽, 입을 맞추던 감촉까지 멀어졌다. 안개처럼 뿌옇게 머릿속을 흔들던 이상한 감각들도 차츰 희미해져 갔다.

구름이 가린 햇살이 조금씩 창틀을 밝히기 시작했다. 멈추어 있던 커튼이 바람결에 다시금 부드럽게 펄럭였다. 흔들리는 커튼 너머에 누군가 서 있을 것만 같아서 창밖을 똑바로 볼 수가 없었다.

MJ와 이사를 하면서 함께 골랐던 모든 것이 도원을 응시하는 것만 같았지만, 벽지와 가구들은 얼굴이 없었다. 평범한 물건들이라는 것을 확인하고 그 물건들 속에 악령이 숨어 있을 틈이 없다는 것을 이해한 후에야 조금씩, 아주 천천히 평범한 오후의 집 안 풍경으로 되돌아갈 수 있었다. 식탁을 손으로 짚으면서 힘없는 몸을 의자에 기댈 때였다.

"선생님?"

갑작스러운 부름에 도원은 경기를 일으켰다. 그 바람에 손에 들고 있던 물잔을 놓치고 말았다. 발밑으로 떨어진 유리잔이 산산조각 나며 요란하게 깨져 버렸다.

진창처럼 느껴졌던 방바닥 밑으로 쑥 빠져 버릴 것 같은 공포에 도원이 물잔이 냈던 그 비명을 내질렀다. 황급히 뒤로 물러나려는 도원을 남자가 붙잡았다.

"잠깐만, 잠깐만, 선생님!"

도원은 자신을 붙잡는 힘에서 벗어나기 위해 오한이 든 몸을 떨었다.

"아, 제발, 그만……."

"나야, 선생님!"

익숙한 목소리에도 정신을 차릴 수 없었다. 무서워서 자꾸만 식은땀이 흘렀다.

"그, 그만, 제발……."

"안 돼, 선생님! 움직이지 마! 밑에 유리…… 젠장, 발 다친단 말이야!"

아직 머릿속이 제대로 정리되지 못한 채 물러나려는 도원을 남자가 안아 들었다. 그동안에도 도원은 쾅쾅 두드려지다 못해 터질 것처럼 시끄러워진 심장을 조절하지 못했다.

등 뒤에서 튀어나온 손이 목을 움켜잡을 것 같았다. 목을 졸라서 기도가 막히면 벌어진 입에 피비린내가 나는 고기를 먹일 것만 같았다. 힘들어하는 도원을 관찰할 것이다. 키득거리는 웃음소리를 사방으로 퍼트리면서…….

"선생님!"

다급한 외침에 도원은 "헉!" 하고 급하게 숨을 들이마셨다. 아무렇게나 뒤섞인 호흡을 조절하지도 못하고 자신을 안아 든 남자를 올려다봤다.

남자는 익숙하다는 듯이 도원의 무릎 아래를 팔로 받치고 다른 팔로는 등과 어깨를 꽉 감싸고 있었다. 감싼 손이 떨리는 것 같다. 아니면 도원의 떨림이 고스란히 전달되는 것이거나.

어느 쪽이든 창백하게 질린 도원을 남자는 당황한 시선으로 내려다보고 있었다. 혹시나 무슨 문제가 있는 건 아닌지, 안색을 살피는 시선엔 걱정이 가득 묻어났다.

"……선생님."

남자의 얼굴에 난 화상 자국은 길어 버린 머리카락에 가려져 거의 보이지 않았다. 옆머리를 짧게 쳐 냈던 예전과 달리 이제 앞머리는 이마를 덮고 눈가를 살짝 가릴 정도였다.

결 좋게 흔들리는 그 앞머리 사이로 보이는 눈빛은 도원을 향해 있었다. 사랑과 신의를 담은 눈. 그 시선에 도원은 반사적으로 안정을 되찾아 갔다. 도원이 자기 자신보다도 더 믿을 수 있는 사람이었다.

"……MJ?"

이름의 주인이 비로소 안도의 한숨을 내쉬었다. MJ는 깨진 유리조각 잔해를 발로 밀어내며 부엌을 나왔다. 뒤늦게 정신을 차린 도원은 저를 품에 안아서 옮겨 주는 그를 바라봤다.

MJ가 맞다. 이번엔 환상도 환각도 아닌 실체다. 따뜻한 체온을 가진 실제 MJ. 꿈에서나 찾았던 바로 그 사람.

떨림이 고스란히 묻어나는 숨을 천천히 내뱉으면서, 도원은 MJ의 가슴팍에 편하게 고개를 기댔다. MJ는 식은땀이 난 도원의 이마를 손가락으로 닦아 주면서 말했다.

"땀 좀 봐. 괜찮아? 괜찮지 않으면 말해. 병원 같이 가자."

소파에 앉아서도 MJ는 안고 있는 도원을 놔주지 않았다. 자신의 허벅다리 위에 도원을 앉힌 채 양팔로 꽉 감싸 안고 있었다. 그런 MJ를 멍하니 바라보던 도원은 식은땀에 젖은 앞머리를 손으로 쓸어 넘기며 중얼거렸다.

"아, 갑자기 공황이 와서……."

아직 현실감을 되찾지 못한 도원의 반응을 보고 MJ는 걱정스레 물었다.

“지금은 어때, 괜찮아? 따뜻한 물 마실래?”

“음…… 괜찮아요. 이대로 있으면 될 거 같아요.”

“하지만…….”

“약 먹었어요. 조금만 기다리면 약효가 돌 거예요.”

웃어 보이는 도원의 표정에 오히려 눈살을 찌푸리는 MJ였다. 입술을 달싹였지만 아직도 낯빛이 창백한 도원을 보고는 하고 싶은 말을 목구멍 너머로 삼켜 버렸다. 대신에 도원을 말없이 꼭 끌어안아 주었다.

맞붙은 몸을 통해서 요란하게 뛰고 있는 심장 박동이 느껴졌다. 이렇게 몸이 차가운데 심장은 빨리 뛰고 있다. 놀라서 진정도 못한 채로 괜찮다고 웃어 보이기나 하고. MJ는 속상한 마음을 감추지 못했다.

“안아 줄까?”

이미 두 팔로 끌어안고 있는데 뭘 더.

도원은 자신을 내려다보는 시선에 작게 웃음을 터뜨렸다.

“나 걱정해 주는 거예요?”

“선생님이 매번 ‘괜찮다’고 하는 걸 못 믿겠어.”

“이런, 내가 못 미덥구나.”

“그게 아니라…… 하아, 정말로 괜찮아졌을 때 ‘괜찮다’고 하면 믿을게.”

MJ가 감싸 안은 품 안에서 도원은 크게 숨을 들이마셨다. 익숙한 향기에 조금씩 평온해졌다. 토닥여 주는 MJ의 팔 안에 기댄 채 도원은 조심스럽게 눈을 감았다.

도원은 공황 장애에 시달리고 있었다. MJ는 그 사실을 교도소 출소 전까지 알지 못했다. 교도소에서 편지를 주고받은 7년간 병원에 다닌 얘기를 단 한 번도 쓴 적 없었고, 면회를 올 때도 병원에 대해선 말하지 않았다.

담당 의사는 도원이 일상생활을 영유하는 데에 큰 문제가 없다고 했지만, 혼자 있을 때나 갑자기 주변이 어두워질 땐 특히 조심하라고 당부했다.

그 얘기를 들었을 때 MJ가 느낀 비참함이란. 그리고 숨겨야만 했던 도원의 미안함이란. 서로가 서로에게 말로 설명할 수 없을 정도로 거대했다.

도원이 죽은 지승준의 환각과 환청에 시달릴 때마다 MJ는 자신이 아무 도움도 되지 못한 사실에 무척 힘들어했다. 증상이 얼마나 심한지 도원이 말해 주질 않고 "괜찮아요."라고 해서 정말 그 말만 믿었다. 그 믿음이 후회로 바뀌게 될 줄 누가 알았을까.

하루는 MJ가 휴대폰 배터리가 나가는 바람에 하루 종일 연락을 못하고 밖에 있던 적이 있었다. 집에 돌아온 MJ는 욕조에 몸을 담근 도원이 온몸을 덜덜 떨면서 정신을 못 차리는 모습을 보고 크게 충격을 받았다.

대체 언제부터 욕조에 들어갔던 걸까. 물은 이미 차게 식어 있었는데, 대체 언제부터. 도원은 그 추위에서 벗어날 생각을 못하고 있었다.

'문밖에 지승준이 있어요. 나갈 수가 없었어요.'

그렇게 말하는 도원을 끌어안고 MJ는 많이 울었다. 혼자서 지난 7년을 이렇게 싸워 왔다. 겉으론 아무렇지 않은 척, 밝게 웃으면서 친절하고 다정하게 다른 사람을 챙겨 주면서. 속으로는 MJ의 재판에 힘쓰고, 돈을 벌기 위해 강의를 하고, 밤마다 어둠과 아버지를 견디면서.

한 번쯤은 MJ를 탓할 수도 있었을 텐데 그러지 않았다. MJ를 지켜 주기 위해 자신의 나약한 모습을 숨기기만 했다. 그럴 때마다 MJ는 다시금 다짐했다.

이젠 내가 지켜 줄게. 선생님 꿈까지 전부. 전부 다.

토닥토닥, 등을 다독여 주면서 도원이 과거에 MJ에게 해 주었던 위로를 되돌려 주었다.

"MJ."

품에서 빤히 올려다보는 도원을 향해 MJ가 눈가에 입을 맞춰 주었다.

"응, 선생님."

"집 안이 너무 조용해서 어디 간 줄 알았어요."

도원의 목소리가 평소대로 되돌아왔다. 약 기운이 돌아서인지, MJ가 계속 끌어안고 다독여 준 덕분인지, 도원의 표정이 한결 편해 보였다. MJ는 도원의 눈가에 한 번 더 입을 맞추며 대답했다.

"잠깐 마당에 있었어. 선생님이 집에 들어가는 거 보고 따라왔는데 더 빨리 들어올걸. 생각보다 일찍 퇴근했어."

쪽, 하는 뽀뽀 소리에 도원이 웃는다. 입맞춤이 매일 먹는 약만큼이나 효과가 좋은 것 같았다. 도원은 MJ의 볼에 쪽, 뽀뽀를 되돌려 주었다.

"OT 날이어서 수업 시간을 다 안 채웠거든요."

도원의 입맞춤을 받고 MJ가 기분 좋게 미소 지었다. 질 수 없다는 것처럼 도원의 얼굴에 뽀뽀 세례가 쏟아졌다. 뽀뽀만으로는 만족 못하는 MJ가 볼이나 코, 입술과 귀를 깨물기도 했다.

“개강하면 술자리나 이런 거 많지 않아?”

“그런 건 학생들 얘기죠. 교수들끼린 그런 거 없어요.”

“다행이다. 그럼 개강해도 저녁엔 선생님이랑 같이 있을 수 있는 거야?”

“그럼요, 저기 당신 선물도 사 왔어요. 현관 입구에 보여요?”

도원이 눈짓으로 가리킨 현관에는 꽃다발 두 개가 놓여 있었다. 꽃대가 길고 하얀 백합과 카라. 해바라기와 안개꽃. MJ는 두 가지 꽃다발 중 하얀 백합과 카라에 더 시선을 주었다.

긴 대와 하얀 꽃잎들이 와이셔츠 칼라 사이로 살짝 보이는 도원의 목덜미를 떠올리게 했다. 부드럽고 촉촉해서 한입 베어 물고 싶은 것이 그 꽃과 닮아 있었다.

MJ는 꽃대를 닮은 도원의 목에도 입을 묻었다. 이번엔 이를 드러내서 상처를 내듯이 자신만의 흔적을 남겼다. 간지러운 듯이 살짝 웃음을 터뜨리는 도원이 좋아서 허리를 안은 손을 풀지 않았다.

“왜 매번 꽃을 사다 주는 거야.”

쑥스러운 듯이 꿍얼거리는 MJ에게 도원이 짓궂게 대답했다.

“당신이랑 잘 어울리잖아요.”

“자꾸 부끄러운 소리 하고 있어. 나같이 덩치 크고 험악한 놈이 무슨 꽃이랑 잘 어울린다고.”

“우리 MJ 꽃같이 예쁜 거 나만 알고 있으니까요.”

그 말에 MJ는 얼굴을 붉혔다. MJ의 반응에 도원이 귀엽다는 듯이 웃었다.

"꽃같이 예쁜 사람한테 꽃을 안겨 주고 싶다는데 왜 그렇게 어색해해요."

"아, 그런 말 좀 하지 마. 진짜 부끄럽잖아."

"이런 반응 보고 싶어서 제가 매번 꽃 사 오는 거 모르죠."

"선생님이 날 갖고 노는 거였네."

"응, 우리 귀여운 MJ 부끄러워하는 거 매번 볼려고요."

"아이 씨, 그만 놀려."

부끄러워하는 MJ가 정말로 사랑스러워 보여서 도원은 웃으며 그의 볼이며 턱에 쪽쪽, 입을 맞추고 말았다. MJ는 그런 도원의 키스 세례를 받으면서 배부른 사자처럼 목 너머를 울렸다.

마음 같아서는 이대로 더 진도를 빼고 싶은데. 공황 때문에 힘들어한 사람한테 바로 그러면 혼나겠지. 안색은 괜찮아 보이지만 그래도 부담을 줄 수는 없으니까…….

MJ는 한 번 더 세게 도원을 안아 주고는 아쉽다는 듯이 팔을 풀었다.

"꽃 정리하고 올게."

자리에서 일어나는 MJ를 도원이 붙잡았다.

"지금 바로요?"

"미뤄서 좋을 거 없잖아."

"음, 그렇지만……."

조금 더 안고 있고 싶은데. 그 뒷말을 삼킨 도원이 우물쭈물하며 올려다보는 바람에 MJ는 마른침만 꼴깍 삼켜야 했다.

이러는 거 진짜 반칙이잖아. 왜 이렇게 사랑스러운 거야.

MJ는 도원의 얼굴에 도원이 그러했던 것처럼 사정없이 뽀뽀를 퍼붓고는 귓가에 대고 속삭였다.

"정리하고, 밥 먹고, 씻고, 느긋하게 쉬자. 어때?"

그 '쉬자'는 말이 어떤 종류의 쉼인지 알기에 화끈, 얼굴이 달아올랐다. 그러면서도 내심 싫지 않았기에 도원은 붉어진 눈가로 MJ를 바라보다가 고개를 끄덕였다. 따끈따끈하고 말랑말랑해진 눈가까지 쪽쪽, 소리를 내어 입을 맞춰 준 MJ가 자리에서 일어났다.

현관문 앞에 있는 꽃다발을 집어 들고 부엌으로 향했다. 부엌에는 수많은 꽃들이 크고 작은 화병 안에 자리 잡고 있었다.

도원이 주로 사 왔던 해바라기와 MJ가 사 왔던 백합들로 하얗고 노랗게 부엌을 장식하고 있었다. 꽃이 시들려고 하면 예쁘게 말려서 벽에 걸어 둔 덕분에 부엌은 넘치는 꽃들로 작은 화원처럼 보일 정도였다.

한 번 사 온 꽃은 쓰레기가 되어 이 집을 벗어나는 일이 없었다. 어떤 형태로든 끝까지 도원과 MJ가 머무는 공간을 차지했다.

"케이크도 사 왔어요. 나올 때 포크랑 접시도 챙겨 오세요."

유리병에 꽃을 담아 둔 MJ가 도원의 말대로 식기 도구를 가져왔다. 거실 소파에 앉은 도원이 학교 앞에서 사 온 케이크 상자를 열었다. 붉은색 무스 케이크는 보석처럼 탐스럽고 매끈하게 빛이 나고 있었다. 옆에 기대어 앉은 MJ에게 도원이 먼저 포크로 한입 떠서 먹여 주었다.

"맛있어요?"

달콤한 향이 퍼지는 무스 케이크가 MJ는 기분 좋은 모양이다.

"입 안이 딸기 향으로 녹는 거 같아."

어린애처럼 대답하며 도원의 아랫입술을 살짝 깨물었다. 도원은 입술을 벌려 MJ의 윗입술을 살짝 빨았다. 서로의 입술을 엇갈리듯이 깨물면서 장난을 치는 키스에 MJ가 먼저 키득거리며 웃음을 삼켰다.

그 웃음이 얼마나 기분을 좋게 하던지, 도원이 먼저 두 손을 뻗어 MJ의 목 뒤를 끌어안았다.

"오늘 뭐 했어요?"

입술이 눌려 있었기에 발음이 뭉개졌다. 그 소리가 오히려 더 야하다는 걸 도원은 자각하지 못했다. MJ만 애가 닳아서 마른침을 삼키며 대답했다.

"잠깐 나갔다 왔어."

"혼자만 좋은 데 갔었구나."

"아니거든. 선생님이랑 같이 가려고 사전 물색한 거야."

"하여튼 말이나 못하면 몰라."

"진짜야. 내가 얼마나 완벽한 계획들을 세우는지 빨리 알려 주고 싶어."

"지금 말해 주면 되죠."

"안 돼, 이건 한 번에 준비해서 알려 줄 거거든."

"그러다가 저 기대감만 높아지면 어쩌려고."

"기대해 줘. 뭘 기대하든 선생님 감동받을 거라고 자신할 수 있으니까."

"우리 MJ, 허세만 늘어서 어쩌죠."

"자신감이거든?"

심통 난 표정을 짓다가 도원의 입술을 깨물었다. 도원은 그 애교를 받아 주면서 웃음을 멈추지 못했다. MJ는 조금 전까지 힘들어하던 도원이 금세 밝아져서 속으로 몇 번이나 다행이라고 생각했다.

저를 누구보다 다정하게 바라봐 주는 도원 덕분에 행복하면서도 슬펐다. 이렇게 사랑스러운 사람을 7년이나 혼자 두게 한 것은 역시 MJ에게도 큰 고통과 자책감을 주는 일이었다.

그동안 못다 한 것만큼 잘하자고 다짐하면서도, 도원을 혼자 고통스럽게 만든 사실 자체는 없앨 수가 없는데 이걸 앞으로 만회할 수 있을까 하는 불안감이 동시에 들기도 했다.

아무리 노력해도 도원의 트라우마가 사라지지 않는다면 자신은 어떻게 해야 하는 걸까. 그 트라우마에 일정 부분 책임이 있는 자신이 뭘 할 수 있을까. 7년 전 토굴에서 했던 짓을 도원이 평생 잊지 못한다면…….

MJ는 복잡한 심정으로 도원의 머리카락을 만지작거리다가 천천히 도원을 뒤로 넘어트렸다.

당황한 도원이 MJ를 올려다봤다. MJ는 그런 도원의 머리카락을 쓸어 넘겨 주면서 얼굴을 찬찬히 들여다보았다. 얼마 남지 않은 무스 케이크를 손으로 집어 도원의 혀 위에 얹어 주었다.

“아, MJ.”

당황해서 바라보는 도원에게 MJ는 눈가를 접으며 웃기만 했다.

“가만히 있어 봐.”

부드럽게 입 안을 휘감고 넘어간 무스 케이크는 도원의 입술, MJ의 손가락까지 그 분홍색 크림의 흔적을 적나라하게 남긴 상태였다. MJ는 도원의 입술을 손가락으로 매만졌다. 크림 때문에 한 겹 코팅이라도 된 것처럼 미끄럽고 부드러운 그 입술이 탐스러웠다.

MJ는 천천히 고개를 숙였다. 도원은 이마와 눈가에서 간질이는 MJ의 머리카락을 느끼곤 눈을 감았다.

벌어진 입 안을 파고든 혀가 도원의 혀를 휘감았다. 크림 때문에 미끄럽고 딸기 향 때문에 달짝지근한 키스였다. 혀를 빨아 보고, 입술을 깨물어도 아프긴커녕 기분 좋은 자극밖에 되지 않았다.

MJ는 도원의 입천장을 혀로 문질렀다. 그 부분을 간지러워하면서 침을 삼키는 도원이었다. 키스할 때의 성감대는 MJ보다 도원이 더 많았다. 입술도, 혀도, 입천장도, MJ가 조금만 빨고 핥고 물어 주면 금세 숨소리가 흐트러졌다.

"오늘 저녁에 할 일 있어?"

MJ의 물음에 도원은 숨을 낮게 몰아쉬었다.

"아뇨, 없어요."

"그럼 한 번 할래?"

목가에 입술을 댄 채 유혹하는 목소리를 도원은 견딜 수가 없었다.

아랫배가 찌르르 울리는 기분이었다. 고개를 드는 MJ를 보면서 도원은 대답 대신 비스듬하게 매고 있던 넥타이 고리를 풀었다.

MJ는 소파 위에 흐트러진 도원을 바라보며 바지를 벗었다. 도원이 셔츠 단추를 푸는 동안에 MJ는 입고 있던 티셔츠 밑을 두 손을 교차해 잡아 올려 벗었다.

금세 속옷 한 겹밖에 남지 않은 MJ와 달리, 도원은 셔츠밖에 벗지 못한 채였다. 단추 개수가 많아서, 라고 핑계를 삼기엔 너무 달뜬 표정으로 MJ를 보고 있었다. 마치 직접 벗겨 달라고 기다리는 것처럼.

선생님은 어디서 이런 걸 배웠을까. 타고난 거면 정말 사람 미치게 하는 건데.

MJ는 마른침을 삼키며 도원의 몸에 올라탔다. MJ가 몸을 움직일 때마다 잘게 쪼개진 근육들이 꿈틀거리며 요동쳤다. 근육 밑으로 그림자가 짙게 져 있어서 그 골과 깊이가 고스란히 느껴졌다. 셔츠를 벗는다고 헝클어진 머리카락에는 자꾸만 시선이 갔다. 예쁜 몸에서 좀처럼 시선을 떼지 못할 때였다.

"하아, 선생님, 은근히 밝힌다니까. 왜 그렇게 내 몸에서 눈을 못 떼. 내 몸이 그렇게 마음에 들어?"

도원의 시선에 눈매를 접으면서 웃는 MJ였다. 머리를 기른 MJ는 이전보다 인상이 부드러워졌지만 그 살랑거리는 머리카락 너머에서 웃는 미소가 더 비밀스럽게 변하기도 했다. 혈기 왕성하던 20대와 달리, 요령이 생긴 능숙한 수컷이 되어 가고 있었다.

요즘엔 MJ가 눈웃음만 쳐도 도원은 심장이 떨려 죽을 지경이었다. 나이 먹고 주책맞게 밝히는 모습으로 보일까 봐 차마 내색은 하지 못하고 헛기침을 하는 게 전부였지만.

"흠흠, 당신 몸은 원래 예뻤거든요."

"마음에 들면 만져 봐도 돼."

"아뇨. 그런 게 아니라……."

"손 줘 봐."

MJ는 도원의 손을 낚아챘다. 깍지를 껴서 손가락들을 얽어내곤, 손가락 끝, 손등까지 입술을 눌러 가며 입을 맞췄다. 손목 안쪽까지 붉은 입술 자국을 남긴 후엔 그 손을 끌고 와 자신의 얼굴을 쓰다듬게 했다.

움찔, 떠는 손의 감촉을 고스란히 느끼면서 MJ는 눈가를 접으며 웃었다. 손끝으로 매만져지는 MJ의 피부는 부드러웠다. 화상 자국을 스칠 때의 건조하고 질긴 감촉과 대비되어 촉촉하기도 했다.

도원의 손이 MJ의 목을 쓸어내리고 가슴으로 옮겨지며 근육이 꽉 잡혀 있는 배까지 내려왔다. 손바닥에 느껴지는 불규칙적인 근육 덩어리들과 뜨거운 체온이 도원을 흥분시켰다. 부드러운 살결 안으로 단단한 덩어리들이 만져지는 것이 이상했다.

자신의 몸과는 확연하게 다른 몸이다. 그 몸이 도원의 손이 쓸어 만지고 지나갈 때마다 느리게 꿈틀거렸다. 그 리드미컬한 반응이 지나치게 섹시해서 도원은 더는 의연하게 MJ의 몸을 만질 수가 없었다.

"MJ, 당신 너무……."

마른침을 삼킨 도원의 손이 그보다 밑으로 잡아끌렸다. 상체를 쓸어 만지게 한 손이 아랫배를 지나 묵직한 덩어리에 닿았다.

"하아."

도원의 손길을 느끼면서 작게 신음을 뱉는 MJ에게 도원 역시 신음을 삼키며 말했다.

"너무…… 야해진 거 아니에요?"

몸짓도, 표정도, 말하는 어조들도 전부 배부른 맹수처럼 느껴졌다. 예전엔 조급함이나 불안함이 더 크게 느껴졌는데, 요즘엔 여유가 생기고 나른해진 것 같잖아.

그게 도원을 더 당황스럽게 만들고 있다는 사실을 알면서 이용하는 건지, 모르면서 본능적으로 반응하는 건지 헷갈릴 지경이었다. MJ는 조금 더 짙은 미소를 지으면서 한 번 더 도원을 흔들었다.

"내가 야해졌어? 흐응."

어미를 느른하게 잡아끄는 그 어조에 도원은 안절부절못했다. 도원은 괜히 MJ를 탓했다.

"그 반응이 야하다는 소리예요."

"선생님 때문인가 보다. 선생님한테 사랑받다 보니 내가 이렇게 변한 거야."

"그게 왜 제 탓이에요. 본인이 분위기가 바뀌고선."

"선생님이 나랑 같이 지내면서 달라진 거 보면 알 수 있지."

"예? 제가 달라졌어요?"

"응, 엄청 섹시해졌는데. 진짜 몰랐어? 아니면 모르는 척하는 거야?"

"책만 보는 사람이 뭘 섹시해져요."

"진짜 몰랐구나. 선생님이 얼마나 섹시한지."

도원은 속옷 위로도 확연하게 느껴지는 부피감과 뜨거워진 온도에 멈칫했다. 드러내 놓고 달려들 줄만 알았던 MJ가 이런 식으로 유혹한 경우는 없었다.

"선생님 거, 커졌어."

웃으면서 문지르는 손길을 이어 간다. 당황한 도원의 반응을 충분히 만끽하고 즐기려는 듯이 다른 곳으로는 눈을 돌리지도 않았다.

이런 짓을 감히 상상도 못할 정도로 섹스에 있어선 인내심이 부족하더니만, 언제부터 이런 여유를 부리게 된 것일까. MJ에게 붙잡힌 손으로 속옷 위를 만지던 도원이 조금씩 거칠어진 숨을 몰아쉬었다.

"앗, MJ."

MJ는 도원의 손바닥 안에서 천천히 허리를 움직였다. 속옷 아래에서 점차 팽창하는 성기가 느껴졌다. 도원이 불러도 MJ는 도원의 손을 놔주지 않았다.

"선생님. 지금 날 보고 있는 시선으로 밖에서 다른 사람 바라보게 되면, 나 그 사람 죽여 버릴지도 몰라."

"아, 아까부터 대체 무슨 소릴 하는 거예요."

"눈깔부터 파 버릴 거야. 진심이야."

"읏, 부끄러운 소리와 무서운 소리를 그렇게 넘나들지 말라니까요."

"내가 이러는 게 걱정 돼?"

"MJ……."

"그러니까 선생님은 나만 봐야 해, 알았지?"

MJ는 다른 손으로 팬티를 살짝 끌어 내렸다. 팽창하기 시작한 성기의 맨살이 도원의 손바닥에 문질러졌다. 도원은 제 손바닥 안에서 부풀어 오르는 성기와 흥분한 MJ의 얼굴을 번갈아 바라봤다.

적나라한 행동에 놀란 도원은 살짝 입술을 깨물었다. MJ는 도원의 반응을 단 하나라도 놓치지 않으려는 것처럼 눈 한 번 깜빡이지 않고 집중했다.

"그렇게 입술 깨물지 마. 케이크보다 더 빨개지잖아."

도원이 움찔하면서 의식적으로 입술을 놓았다. MJ가 그런 도원에게 입을 맞추며 속삭였다.

"선생님 엄청 허술해졌어. 긴장감도 많이 사라졌고. 그렇게 나른하게 있으면서 가끔 입술 깨물면서 쳐다보면 나 말고 다른 사람도 흥분하게 될 거야. 손짓 하나, 눈빛 하나에서도 선생님 너무 야해졌는데 어떻게 이걸 본인이 몰라."

진짜, 이젠 숨만 몰아쉬어도 야할 거 같은 사람이 뭐라는 거지. 도원은 자신을 탓하는 MJ에게 항변했다.

"저를 그렇게 생각하는 건 당신뿐이니까 걱정 마요."

단순히 달래 주려는 말이 아니었다. 솔직한 고백이었다.

"나도 MJ…… 당신한테만 흥분하는걸."

그 말에 MJ는 심장이 쿵쾅거려서 갈빗대가 부러질 것만 같았다. 일부러 조급해 보이지 않으려고 미소를 지어 보였는데, 그 여유마저 뿌리까지 바싹 타들어 갔다.

젖은 눈으로 웃으면서 말하는 건 반칙이다. 눈가까지 붉어질 정도면 쑥스러워한다는 소린데 이런 식으로 유혹하면 어떻게 버티라고. 아무리 여유를 보여도 MJ는 MJ였다. 도원의 이런 모습엔 그나마 붙잡고 있던 인내심도 뚝 끊어지고 말았다.

"방에 들어가서 할까?"

"아, 콘돔 사 올게요."

"됐어, 없이 할래."

"그런 말이 어디 있…… 앗, 여기서 옷을 벗기면 어떡해요."

"그냥 여기서 한 번 하고 침대 가서 한 번 더 하자."

"이거 새로 산 가죽 소파라 젖으면 안 되는데, 아, 읏."

억지로 참는 신음이 MJ의 귓가에서 흩어졌다. MJ는 망설임 없이 도원에게 입을 맞추며 셔츠 단추를 풀었다.

"하응, MJ."

MJ는 케이크 크림이 묻은 입술을 핥았다. 달짝지근한 딸기 향이 묻은 MJ의 입술이 벌어진 셔츠 사이를 파고들었다. 잇자국이 남은 가슴을 혀끝으로 건드렸다. 도톰하고 빨갛게 부풀어 있어서 지난날의 정사가 얼마나 격렬했는지를 고스란히 드러내는 그 가슴에 새로운 잇자국을 만들었다.

흰 셔츠 속에 감추어진 몸은 MJ가 남긴 자국들로 빼곡했다. 셔츠의 가장 위 단추까지 단단하게 잠그고 넥타이를 매는 단정한 몸에 이렇게 야한 흔적이 감추어져 있었다.

MJ만 아는 각인들이다. 아무리 많이 남겨도 시간이 지나만 옅어지는 것을 확인할 때마다 더 많은 흔적들을 남기게 되는 각인들. MJ는 도원의 가슴을 아기처럼 쪽쪽 빨면서 그 주변을 잇자국으로 분탕질했다.

"하아, 하, 아파요."

내려다보는 도원을 머리카락 사이로 올려다보면서 MJ가 웃었다.

"어디가 아프다고 그래."

손끝으로 톡, 유두 끝을 건들면서 말하는 MJ였다.

"제대로 말하면 아프지 않게 해 줄게."

왜 이런 부끄러운 소리를 하는 걸까.

도원은 우물쭈물하다가 MJ의 머리카락을 손으로 넘겨 주며 대답했다.

"가슴…… 너무 빨지 마세요. 셔츠에 쓸려서 아파요."

"흐응, 가슴이 아프단 말이지."

"놀리는 표정 짓지 마요."

"나도 가슴 아파."

"……네?"

"선생님 이럴 때마다 심장 아파 죽겠어. 자꾸 이렇게 귀여울 거야?"

그 말에 도원은 참지 못하고 두 손으로 얼굴을 덮었다.

"당신 때문에 내가 부끄러워서 먼저 죽을 거예요."

그 모습에 MJ가 참지 못하고 웃음을 터뜨렸다.

"안 돼, 나 먼저 죽으면 천국까지 쫓아갈 줄 알아."

"내가 왜 천국을…… 지옥에서 만나요, 우리."

“아하하, 귀여워.”

MJ는 도원의 얼굴에 쪽쪽, 뽀뽀를 해 주고는 도원의 목과 어깨 사이에 고개를 묻었다. 아까부터 부끄러워서 붉어진 길고 하얀 목이 예뻐서 결국 참지 못하고 깨물었다. “아.” 하고 터지는 도원의 목소리도 사랑스러워 참을 수가 없었다. 따뜻하고 말랑한 살갗에서 좋은 냄새가 나서 숨을 깊게 들이마셨다.

향수를 뿌리지 않는 걸 아는데 어디서 이렇게 좋은 냄새가 나는 걸까. 퇴근하고 돌아오면 바깥 공기나 사람들 냄새가 섞여 있어서 조금 싫긴 하지만, 그래도, 으음.

조금씩 흥분하기 시작한 MJ는 바지춤을 손으로 잡았다. 벨트를 풀고 지퍼를 내렸다. 도원이 허리를 들어 준 덕분에 수월하게 바지와 속옷을 모두 벗길 수 있었다.

MJ는 무스 케이크의 크림을 다시 손가락으로 떠올렸다. 분홍색 크림에 뒤덮인 손가락을 도원의 엉덩이 사이로 밀어 넣었다.

“아, 응…….”

귀와 얼굴은 물론, 목과 어깨까지 붉어진 도원이 딸기 케이크 그 자체로 보였다. 케이크에 올라간 딸기를 가장 마지막에 먹으려고 아껴 두는 것처럼, MJ는 인내심을 갖고 꽉 닫혀 있던 구멍을 벌렸다.

몇 번 길을 내는 작업 내내 도원은 MJ에게서 시선을 떼지 못했다. 시선만으로도 발기할 것 같은 MJ는 몇 번이나 마른침을 삼켜야 했다. 천천히 파묻는 힘에 도원이 소파 가죽을 손으로 꽉 잡으면서 숨을 헐떡였다.

“하아, 아, 아아.”

매번 겪는 일이지만 온몸을 압박하는 중량감에는 좀처럼 몸이 익숙해지기 어려웠다. 손가락이 내벽 여기저기를 휘젓는 느낌은 야릇해서 손끝이 저릴 정도였다.

"하아, 아, 손가락…… 갑자기 늘리면……."

도원의 허벅다리 안쪽이 떨리고 있었다. 손가락을 넣고 흔드는 것만으로도 많이 흥분해 있었기에 MJ는 인내심과 싸우며 숨을 몰아쉬었다.

"익숙해져서 괜찮잖아. 아파?"

도원은 머뭇거리다 대답했다.

"아, 아프진 않아요."

사랑스러운 반응이었다. MJ는 미소를 머금고 도원의 목덜미에 고개를 묻었다.

"선생님 온몸에서 딸기 냄새 나."

"먹는 거 가지고 장난치니까 그러죠, 아, 앗."

"내가 제일 좋아하는 건데."

"하아, 응, 딸기가 그렇게 좋아요?"

"응."

"……맨날 사 올게요."

"안 사 와도 돼. 선생님 맛보는 게 제일 좋으니까."

"하윽, 잠깐……."

손가락이 빠져나간 자리로 발기한 페니스가 파고들었다. 빠끔거리던 구멍이 순식간에 한계까지 벌어졌다. 매번 겪으면서도 언제나 압박감에 숨을 몰아쉬게 되는 순간이었다.

"아아…… 한 번에 넣으면, 앗."

묵직하게 들어온 기둥이 움직이기 시작했다. 발끝을 오므린 도원은 피스톤질을 하면서도 키스를 해 주는 MJ에게 속삭였다.
"아, 아파요, 읏!"
도원의 얼굴을 빤히 바라보면서 MJ는 숨을 몰아쉬었다. 도원에게 무리가 가지 않는 선에서 움직이려는데 쉽지 않다. 소파에서 흐트러진 모습을 보이는 도원 때문에 그 연약한 인내심이 몇 번씩 시험당했다.
"MJ."
얕게 앓듯이 부르는 목소리에 MJ는 속으로 "젠장." 하고 욕했다. 부드러운 벨벳 같은 몸도, 딸기 향이 녹아난 목소리도, 따뜻한 냄새도, 젖어 있는 시선도, MJ는 오감으로 도원을 느꼈다. 세상이 도원으로 가득 찬 것 같아서 그 어디에도 신경을 쓸 수가 없었다.
더 갖고 싶어. 갖고 있는데도 애가 타는데 어떡하지.
"후으, 좋아?"
MJ의 질문에도 여전히 살갗이 파르르 떨렸다.
"아, 아파요. 하읏, 천천히, 읏!"
엄살은. 귀여워 죽겠네, 정말.
아파하는 도원에게 한 번에 찔렀다가 뒤로 빼내면서 MJ는 괴롭히듯이 움직였다.
"후으, 흐, 난 좋아 죽겠어, 선생님."
"하응, 으, 나, 나도…… 조, 좋지만, 아."
"하아, 하, 진짜 너무 좋아."
"앗, 천천히, MJ, 천천히 해 줘, 아."
도원이 애원할수록 MJ는 도원의 목에 고개를 묻었다. 말랑말랑하게 녹아 있는 피부 위를 깨물면서 허리 아래를 움직였다. 가죽 소파에 도원의 젖은 살갗이 달라붙으면서 찌걱거리는 소리가 나고 있었다. 죽은 짐승의 가죽도 도원을 붙잡고 놓지 않는데 산 짐승은 오죽할까.

뜨겁고 부드러운 아래를 파고들수록 MJ의 움직임이 빨라졌다. 가죽 소파가 붙드는 것마저 꼴 보기 싫어서 도원의 허리와 등을 두 팔로 감싸서 자신에게 매달리게 했다.

"앗, 천천히, MJ, 천천히 한다면서, 아, 아."

이렇게 쫀득하게 물고 놔주질 않으면서 대체 무슨 말을 하는 거야. MJ는 죽을 것 같았다. 마음 같아선 도원의 다리를 활짝 벌리고 있는 대로 쑤시고 싶었다. 도원의 눈 밑에 있는 점이 눈물로 얼룩질 정도로 몰아붙이고 싶은데도 꾹 참아야만 했다.

"흐, 알았어, 천천히 하고 있어."

"아니잖아요, 앗, 하응, 거기, 너무…… 앗."

도원의 입에서 신음이 쏟아졌다. 아프다면서도 만족스러운 가냘픈 목소리에 MJ도 덩달아 흥분했다. 좀 더 떨리는 목소리 듣고 싶은데.

"아응, 아……!"

그래, 이 목소리. 더, 더.

"MJ, 그, 그만……!"

힘겨워하지 말고. 선생님, 할 수 있잖아. 하게 해 줘. 아직 만족 못하겠는데.

가쁘게 쏟아지는 호흡을 삼키지 못했다. 도원의 흥분한 모습이 좋아서 괴롭히듯이 안쪽에서 빠르게 피스톤질 했다. MJ의 목을 두 팔로 감아서 버티던 도원이 고개를 젖히며 힘겨워할 때마다 MJ는 달래듯이 “괜찮아, 응?” 하며 속삭였다.

두 사람의 호흡이 뒤엉키면서 살갗도 따끈따끈하게 변해 갔다. 뜨거워진 도원이 좋아서 MJ는 조금 더 세게 그를 끌어안고 움직였다.

“선생님, 선생님.”

퍽퍽 두드리던 MJ가 절정에 달할 것처럼 거칠어졌다. 경련하는 안쪽의 감촉도, 품에 안겨서 발갛게 달아오른 도원도, 모든 것이 기분 좋아서 MJ는 자신의 욕정을 억누를 수가 없었다. 몰아붙이는 피스톤질에 도원이 파르르 떨리는 눈으로 MJ를 바라봤다. 이마에 달라붙은 젖은 머리카락 밑으로 도원의 눈은 촉촉하게 젖어 있었다. 그 젖은 눈이 애원했다.

“밖으로…… 흐르지 않게 싸 줘요.”

소파 가죽을 망가트리지 않게 하려는 말이었지만, 얇디얇은 MJ의 인내심을 뚝 끊어 놓기엔 충분했다.

“선생님, 선생님……!”

척추를 따라 올라온 새하얀 절정이 정수리에서 터지는 순간, MJ는 도원의 몸속 가장 깊은 곳에 자신을 박아 넣었다.

짧게 터지는 절정의 신음과 함께 도원의 부푼 페니스도 배와 가슴팍에 하얀 정액을 터뜨렸다. 섹스의 여운이 가시지 않은 듯 도원은 숨을 몰아쉬며 움찔거렸다. 힘이 풀린 팔을 풀고 소파 위에 다시 누웠지만, 연결되어 있는 MJ의 페니스에서 빠져나올 생각은 하지 않는다. 그저 뒤늦게 찾아온 전희의 절정처럼 구멍을 움찔거리며 MJ를 자극할 뿐.

“하아, 하, 선생님 부탁대로 천천히, 부드럽게 한 거야.”

물론, 이걸로 만족 못하지만.

MJ는 여전히 연결되어 있는 따뜻한 감촉을 내버려 둔 채 도원의 몸 곳곳을 핥았다. 셔츠가 닿으면 쓰라리다는 가슴팍까지 이로 굴리면서 깨물자 도원은 쑥스러운 듯이 중얼거렸다.

"내일 수업까지 끝나면…… 당신 하고 싶은 만큼 해요."

그 말에 MJ가 웃었다.

"약속하는 거야."

그 약속의 증표라는 듯이 입을 맞추고, 도원을 끌어안았다.

하지만 약속을 지키긴 쉽지 않았다. MJ는 이제 그만 몸을 일으키고 씻으려는 도원을 붙잡은 채 몸을 살짝씩 움직였다. 벌어진 구멍 안쪽을 자꾸만 희롱하는 MJ에게서 벗어나기 위해서, 도원은 MJ의 가슴과 목에 자신의 키스 마크를 잔뜩 만들어 내야만 했다.

MJ가 만족해하며 손가락으로 문지를 만큼의 많은 양을.

MJ는 곤하게 자고 있는 도원을 바라봤다. MJ와 똑같은 바디 워시와 바디 크림, 샴푸와 린스 향기가 풍기는 도원이었다. 마치 자신의 몸 일부를 떼어 놓은 것처럼 일체감을 느끼게 만드는 그 도원을 하염없이 바라봤다.

개강 첫 주라서 그런지, 조금 피곤해 보였다. 본격적인 수업을 하게 되는 내주부터 중간고사, 기말고사를 거치면 얼마나 지칠는지 벌써부터 신경이 쓰였다.

학교에서 학생을 가르치는 직업을 삼으면서 도원은 혼자 공부하는 시간이 많이 늘어났다. 서재에 틀어박혀 나오지 않을 때, 살짝 문을 열어 보면 책상에 엎드려 쌔근쌔근 잠을 자는 것도 한두 번이 아니었다. 손에는 펜을 꼭 쥔 채 책에 기대어 자는 모습이 사랑스러워 한참이나 구경하기도 했다.

그럴 때마다 도원을 조심스럽게 품에 안아서 침실로 돌아왔다. 침대에서는 다리 뻗고 편하게 누워서 자면 좋으련만. 도원은 그런 MJ의 마음도 몰라주고 습관처럼 MJ의 품으로 파고들었다.

저녁잠이 많은 도원이었기에 먼저 잠이 든 모습을 보는 것이 좋았다. 그와 반대로 아침잠이 많은 MJ는 잠투정을 부리며 눈을 뜨면 저를 가만히 바라보는 도원과 눈이 마주치기 일쑤였다.

서로 잠든 모습을 얼마나 바라보는 걸까. MJ는 잠이 든 도원이 사랑스러워 미치겠는데, 도원은 어떻게 생각할지 궁금하기도 했다. 저처럼 귀엽게 봐 주면 좋을 것 같다. 잠을 잘 때도 도원을 볼 수 있다면 얼마나 좋을까.

"으음, MJ."

MJ는 제품에 파고드는 도원에게서 시선을 떼지 못했다. 가슴이 간질거렸다. 폐 속에 가득 찬 깃털과 민들레 홀씨가 흔들리는 것만 같았다.

"더 자."

도원은 졸린 목소리로 물었다.

"몇 시예요?"

"잘 시간이야."

그렇게 대답해도 뒤척이는 도원을 MJ는 꼭 끌어안아 주었다.

"잠이 안 와? 따뜻한 물 가져올까?"

"괜찮아요……. 당신 목소리 계속 들려줘요."

도원의 볼을 손끝으로 조심스럽게 매만지던 MJ가 평소에 도원이 어떻게 자는지를 떠올려다봤다. 주변이 조용하면 오히려 잠들지 못하던 사람이다. 소음이 있는 편이 마음 편한 것 같았다. 텔레비전을 작게 틀어 놓거나, 음악을 듣는 식으로.

음악…… 음악이라.

MJ는 도원의 머리칼을 만지작거리다가 도원이 자주 틀어 놓던 클래식 음악이 떠올랐다. 슈만의 트로이메라이를 천천히 허밍으로 불러 주자 도원의 표정이 한결 편안해진다. 끌어안은 어깨를 토닥여 주자 자장가를 마치기 전에 쌔근쌔근하는 숨소리가 들렸다.

이제야 비로소 잠에 빠진 모습을 확인한 MJ가 피식 웃었다. 도원이 듣지 못하기에 오히려 속마음을 털어놓기 쉬웠다.

"좋아해. 사랑해. 사랑해요, 선생님."

자는 사람을 건드리지 말자고 참으면서도 몇 번 끙끙거리다가 도원의 이마나 볼에 뽀뽀를 하기도 했다. 그럴 때면 "으응." 하면서 작게 투정을 부리는 도원이 아이처럼 순하고 예뻤다.

MJ는 교수가 된 도원을 새롭게 알아 가는 중이었다. MJ가 느끼기에 도원은 상담사 일보다 교수 일을 더 좋아하는 것처럼 보였다. 상담사로서 매 순간 직면하는 직업 윤리와 내담자에 대한 죄책감과 책임감에서 벗어나서 그런지 조금 편해 보이기도 했다.

유명 학회나 컨소시엄 가서 좋아하는 학자의 사인을 받아 오는 모습도 귀여웠다. 그런 도원과 함께한 지 아직 두 달밖에 되지 않았다. 도원은 MJ가 출소한 지 얼마 안 됐다며 한 1년은 놀고 먹고 쉬라 말했지만, MJ의 성격상 매일 노는 것은 불편하기만 했다. 차라리 일을 하는 편이 마음 편할 텐데.

교도소에서 직업 훈련 시간에 몇 가지 기술들을 배워 오긴 했지만 써먹기가 탐탁지 않았다. 그렇다고 주식이라든지 부동산 투기 같은 걸로 돈을 불릴 수도 없는 노릇이다.

사람을 대하는 일보단 동물을 대하는 일이 더 좋으니 특수견 훈련 쪽으로 일을 해 보는 건 어떨까. 집근처에 유기견 보호소가 있어서 가끔 보러 가는데, 이전에 키웠던 딕이 생각나기도 해서 애틋한 마음도 들었다.

그게 아니라면 요리하는 걸 좋아하는 편이니 음식점이라도 내야 하나. 하지만 장사는 배운 것도 없고 어려워 보이던데. 이름도 얼굴도 모르는 사람들에게 웃어 줄 자신은 없었다. 공부를 해 볼까. 공부를 해서 학위라도 따면 직업 선택의 폭이 넓어지지 않을까.

생각은 많아지고 선택이나 판단을 확신할 수가 없을 때였다.

그때, 침대 헤드 위에 올려놓은 휴대 전화가 진동했다. 파랗게 빛나는 화면을 집어 들자, 메시지 하나가 팝업으로 떠올랐다.

[지금 연락 가능?]

도착한 보안 메시지는 발신인 불명이었다. MJ가 저장해 둔 몇 안 되는 번호에도 걸리는 것이 없는 사람. 그럼에도 MJ에게 친숙하게 말하는 사람은 MJ가 아는 한 한 사람뿐이었다.

"아이스."

중얼거리듯 혼잣말을 한 MJ는 한동안 휴대 전화 화면만 들여다봤다.

지금까지 불규칙하게 연락을 주고받긴 했었지만, 대화를 이어 가기보단 잘 지내냐는 안부 인사로 생존 신고를 하는 것이 고작이었다. 죽지 않고 잘 살고 있으면 됐다. 그러한 심정으로 주고받던 단순한 인사가 이렇게 대화로 이어지는 것은 처음이었다.

MJ는 힐끔, 도원을 내려다봤다. 도원은 깊은 잠에 빠져 고른 숨을 내쉬고 있었다. 제 머리 위에서 파랗게 빛나는 휴대 전화 불빛에 미동도 없었다. 한동안 고민하던 MJ가 다시 휴대 전화를 고쳐 잡았다.

[밤늦게 뭐야.]

조용히 작성한 메시지에 아이스가 재빨리 반응했다.

[어라, 늦었어? 미안, 미안. 시간 별로 안 된 줄 알았지.]

[너 한국 아냐? 시차 있어?]

[얼마 전까지 베트남에 있었긴 한데, 지금은 서울 맞아.]

[뭔데 그래.]

[링크 줄게. 이거 좀 봐 봐.]

대뜸 웹 주소 하나가 도착했다.

이 자식, 이거 뭐 사기 치려는 건 아닌가 싶어서 한동안 클릭도 하지 않고 있자, 아이스가 MJ의 반응을 미리 간파한 듯이 메시지를 덧붙였다.

[바이러스 안 심었고 이상한 링크도 아냐. 주소 봐 봐. 포털 사이트잖아. 평범한 뉴스 기사라고.]

출소한 지 얼마 되지도 않은 사람을 설마 벗겨 먹을까 싶어서 경계심을 풀기로 했다. 아이스 말대로 링크는 포털 사이트 인터넷 뉴스 기사로 연결되었다.

[오늘 오후 6시쯤, 서울시의 확장 공사 중이던 지하철에서 폭발사고가 발생했습니다.]로 시작되는 기사는 불과 몇 시간 전의 사고

를 다루고 있었다.

꽤 큰 폭발 사고였다. 다행히 업무 시간 이후에 발생한 폭발이라 인명 피해는 없었다. 폭발 원인을 찾기 전까지 공사를 중단한다는 관계자의 인터뷰가 뒤따랐다. 전기 누선이나 가스 폭발일 가능성이 크지만, 전기 배선의 안전성 문제도, 가스 누수의 흔적도 없다고 한다. 미스터리 한 폭발 사고에 대한 뉴스를 확인한 MJ가 답장을 보냈다.

[이게 왜?]

아이스의 대답은 전혀 예상 못한 방향으로 튀어나왔다.

[크랙 짓이야.]

그 말에 MJ는 모든 행동을 멈추었다.

새집으로 이사를 올 때부터 쌓아 오던 평범한 일상에 균열이 생기는 기분이었다. 지금이야 실금처럼 번져 있는 작은 균열이지만, 언젠간 손끝으로 더듬으면 껄끄러운 틈으로 느껴질 테다. 잠깐 눈 돌린 사이에 손가락 하나가 쑥 빠질 정도로 그 틈이 벌어질 수도 있는 일이었다.

갑자기 뉴스 기사를 보여 주며 크랙 얘기를 꺼내는 아이스에게 묻고 싶은 이야기가 많았다. 그러나 꾹 참았다. 자세히 파고들고 싶지 않았다. 호기심을 보였다가 손가락만 빠질 틈새로 몸 전체가 빨려 들어갈 것만 같았다.

겨우 찾은 행복이다. 두 번 다시 놓치고 싶지 않아 하루하루를 최선을 다해 살고 있었다. 이 행복을 빼앗길 만한 일은 필사적으로 피하고 있었다.

하지만 지금까지 그래 왔던 것처럼 안온하고 행복한 일상은 너무

짧았다. 지승준 때도 그랬는데 크랙이라고 다를 게 있을까. 크랙이란 존재는 영원히 지울 수 없는 과거의 흔적 같은 것이었다. 불 꺼진 잿더미 안에 아직도 빨갛게 살아 있는 불씨를 찾은 것이 달갑지 않았다.

MJ는 품에 안고 있는 도원을 더 세게 끌어안았다. 압박감에 도원이 불편한 듯 몸을 뒤척였다. 그래도 MJ는 팔에 쥔 힘을 풀지 않았다.

[그 새끼가 왜.]

얼굴을 보고 얘기하지 않아서 그나마 다행이었다. 문자상으로는 태연하게 굴 수 있었다. 아이스와 얼굴을 맞대고 이런 얘길 했다면 본능적으로 그의 멱살을 잡아당겼을 것이다.

[너와 선생님을 찾고 있어.]

이번엔 태연하게 메시지를 작성할 수 없었다. 아이스가 보낸 메시지를 뚫어져라 바라보며 한참이나 굳어 있었다. 이번만큼은 실금으로 치부할 수가 없었다. 균열이 완전한 틈이 되어 품에서 도원을 빼앗아 갈 것처럼 느껴졌다.

지승준은 죽었다. 아버지는 빛과 권위를 잃고 평범한 인간이 되어 죽었다. 그럼에도 그가 퍼트려 놓은 악의는 사슬처럼 사방으로 연결되어 있었다.

실체가 없어서 믿고 따르는 권력이 생긴다는 신도들의 말처럼 아버지의 죽음으로는 그가 뿌려 놓은 악의들을 모두 지우지 못했다.

도원이 지승준의 어린 시절에 대해 적은 내용 중에 어린 지승준이 행복에 대해 그렇게 말한 적이 있었다.

'수챗구멍에 머리카락이 빨려 들어가는 모습을 본 적 있으세요?

제 기억이 그래요. 저는 별 좋은 날에 상쾌한 기분으로 행복하게 산책을 하다가도 갑자기 그때 기억으로 되돌아가서 비참해지고 무서워지고 한편으론 날 사로잡은 그 기억을 저주하게 돼요.'

지금의 MJ에게 지승준과 연결된 모든 것이 바로 그 수챗구멍처럼 느껴졌다. 자꾸만 빨아들이고 있다. 행복한 곳에 남아 있지 말라고 물귀신처럼 발목을 붙잡아 불행이란 하수구로 끌어들이려 했다.

대답 없는 MJ의 반응에 아이스가 마저 할 말을 이어 보냈다.

[자세한 얘긴 조만간 찾아가서 해 줄게. 당분간 몸 사리고 있어라.]

아이스가 마지막으로 남긴 메시지에도 여전히 답장은 보내지 않았다. 어쩐지 계속 보고 있으려니 어이가 없어서 "씨발……." 하고 조소가 새나왔다.

MJ는 휴대 전화를 내려놓고 도원의 품속으로 파고들었다. 묵직한 무게에 도원이 살짝 잠이 깬 듯 졸린 눈으로 MJ를 바라봤다.

MJ는 아무 말 없이 도원의 가슴팍에 얼굴을 묻었다. 두 손으로 허리를 끌어안자, 간신히 잠들었던 도원이 살짝 깨는 것이 느껴졌다. 도원은 멍한 눈을 깜빡이다가 MJ의 머리를 쓰다듬어 주었다.

"안 자고 뭐 해요…… 자요, 얼른."

다정하고 상냥한 목소리만큼 화상 부위를 매만져 주는 손길도 따뜻했다. 다시금 스르륵 잠에 빠진 도원을 보면서 MJ는 짓씹듯이 중얼거렸다.

"아니, 빨려 들어가는 건 너희야."

그동안 사그라져 있던 MJ의 분노에서 불씨가 튀었다. 타닥타닥, 소릴 내며 일렁이는 분노는 절망이나 슬픔이 섞이지 않아 순도가 높았다. 어떤 어둠이 실금이나 틈처럼 번져 나가도 가장 깊은 곳까지 밝게 비춰 버릴 작정으로 타올랐다.

"다시 건드리기만 해 봐. 죽고 싶을 만큼 후회하게 만들어 줄 테니까."

평소와 다름없이 출근 준비를 마친 도원이 자동차에 올라탔다. 시동을 걸고 자동차 엔진이 예열되길 기다리는 동안 라디오를 틀었다. 일기 예보라도 들을 생각으로 주파수를 맞추는데 낯선 광고 하나가 들렸다.

〈원격 조종, 자율 주행, 인공 지능! 미래 첨단 기술이 접목된 AI 모터쇼에 당신을 초대합니다. 일산 킨텍스에서 미래의 자동차를 만나 보세요.〉

문의 전화와 행사 기간을 안내해 주는 광고 속 목소리가 지나치게 명량했다. 도원은 저도 모르게 기어를 쥐고 있는 차를 내려다보게 되었다.

한국에 들어오고 나서부터 줄곧 타 온 차였다. 출시된 지 10년은 넘었고, 주행거리는 15만 킬로미터가 넘었다. 도원의 운전 습관대로 길이 들어 버려서 기어나 레버를 움직일 때도, 브레이크나 액셀러레이터를 밟을 때도 모든 게 제 몸처럼 편했다.

빠르게 변해 가는 기술력 때문에 순정차를 손볼까 하는 생각도 여러 번 했지만, 그럴 바에야 중고로 팔고 신차를 사는 것도 나쁘지 않을 듯했다.

일산은 너무 멀기도 하고, 모터쇼라고 하면 세계적으로 유명한 슈퍼 카들이나 구경하는 맛에 가긴 하겠지만, 음.

도원은 차고에 있는 MJ 차를 힐끔 바라봤다. 새로 장만한 지 며칠 되지 않은 MJ의 차는 광고 속 인공 지능 기능이 탑재된 신차였다. 겉보기에도 늘씬한 표범같이 생긴 그 차에 비해 자신의 차는 너무 정직하고 아날로그적으로 느껴져서 기분이 조금 이상하기도 했다.

"새 차라……."

가죽이 해진 핸들 커버만 손끝으로 톡톡 두드리던 도원은 차 교체 문제는 다음에 생각하기로 했다.

정장 재킷 안주머니에 넣어 둔 휴대 전화를 꺼냈다. 간밤에 여러 문자 메시지가 도착해 있었다. 개중 새벽 3시에 맹 소장이 보낸 감성적인 문자를 읽고 말았다.

[도원 선생. 하늘을 올려다보았는가? 달이 참 아름답지 않나.]

으음…… 계속 이럴 거면 그냥 SNS 사용법을 알려 주는 게 낫지 싶다. 그러면 아름답다는 서울의 달을 사진 찍어서 감성적인 문구를 적어 둘 수 있을 텐데. 운이 좋으면 해시태그를 보고 비슷한 성향의 사람들이 모여서 외로움도 덜할 테고.

이런 맹강조 소장의 메시지를 몇 번 본 MJ가 "개수작하네. 이 늙은이는 왜 이렇게 주책이야?"라고 옆에서 짜증을 낸 적이 있었다. 맞는 말이었다. 갱년기란 게 이토록 사람을 바꿔 놓다니.

함께 늙어 가는 처지를 실감하며 자신도 언젠가 MJ에게 달 타령을 하게 될까 싶어 머쓱한 심정으로 답장을 보냈다.

[이상하네요. 서울은 미세 먼지가 많이 껴서 달이 잘 안 보일 텐데요.]

묵직한 사실을 알려 주자 한 대 얻어맞은 것처럼 맹강조가 아파했다.

[낭만이 없어, 낭만이!]

구시렁거리는 메시지를 무시하고 간밤에 온 다른 메시지들을 살펴보았다. 결혼 준비로 바쁘다던 빈유미 형사의 문자가 도착해 있었다.

[저 어떡하죠, 선생님? 식장 다 돌아봤는데 못 고르겠어요. 다른 것보다 식대가 너무 걱정돼요. 좀 괜찮게 나오는 곳은 너무 비싸요, 엉엉.]

같은 경찰청 사람을 소개로 만나서 꽤 오랫동안 연애를 했다고 한다. 사귀는 도중에 일이 너무 바빠서 헤어지기도 했지만 남자 쪽에서 붙잡으면서 인연이 이어졌다.

예비 신랑 측은 도원도 아직 만나 본 적이 없다. 듣기로는 지능수사팀에서 일하는 침착하고 상냥한 사람이라고. 빈유미가 착한 사람에게는 유독 약한 모습을 보여 온 전적을 알기에 도원은 두 사람의 성격이 잘 맞겠다고 생각했다.

남자 쪽에서 빈유미를 챙겨 주고, 빈유미는 씩씩하고 긍정적으로 반응하며 친구처럼 지낼 수 있을 것이다. 아, 친구라고 하기엔 좀 그런가. 남자 쪽이 두 살인가 어리다고 들었는데.

[유미 씨 부모님 서울 오셔야 한다고 하지 않았나요? 고속버스터미널 쪽 예식장은 어때요? 이동하기도 좋고 편할 텐데.]

오래전이긴 하지만 결혼을 한 번 해 봤기에 도원의 조언은 꽤 유용한 편이었다. 빈유미의 친구들도 반 정도는 결혼한 편이라 도움을 많이 받지만, 그래도 예식장 고르는 게 얼마나 신경 쓰이는지 알기에 여기저기 도움을 요청할 만했다.

[거긴 하반기까지 예약이 꽉 잡혀 있더라고요.]

예식장이 보통 1년 치가 잡혀 있긴 하지. 고민하던 도원이 다시 메시지를 작성했다.

[청사에서 하는 건요?]

[싫어요! 그건 절대 싫어! 절 부끄러워 죽이려는 거죠!]

[하하, 왜요, 동료들도 다 지켜보는 곳에서 싸게 하면 좋잖아요. 친구들은 뭐래요?]

[무조건 밥 잘 나오는 곳으로 고르래요. 근데 식대 생각하면 신랑 신부 측 합쳐서 하객 500명은 확보해야 한다는데 저랑 예랑 쪽 합쳐도 300명이 될까 말까라.]

[음. 가격 조절하는 게 걱정이란 거죠.]

[아무래도 그렇죠.]

[그럼 전 부인이 얼마 전에 재혼해서 잘 알 텐데 물어봐 드릴까요.]

전 부인의 재혼 얘기에 뜨끔했는지, 빈유미는 한동안 답장이 없었다. 도원은 그동안 안전벨트를 매고 사이드 기어를 풀었다. 차고 밖으로 차를 빼낸 뒤 한적한 동네 골목을 유유히 돌자 빈유미로부터 전화가 왔다. 핸들의 블루투스 버튼을 누른 도원이 반갑게 그녀를 불렀다.

"유미 씨다, 유미 씨."

장난스러운 부름에 스피커폰 안쪽에서 빈유미의 당황한 목소리가 새 나왔다.

〈으아아…… 선생님, 제가 괜히 식장 얘기했나 봐요. 죄송해요.〉

"응? 뭐가요? 유미 씬 저한테 실수한 거 하나도 없는데."

〈그, 그치만, 그게…….〉

전 부인 얘기까지 나와서 그런가 보다. 하여튼 은근히 세심하다니까. 도원은 놀리듯이 말했다.

"지난달에 저랑 같이 하객으로 갔다 왔잖아요."

〈저 청첩장 받고 얼마나 식은땀 흘렸는지 모르시는군요.〉

"아니, 왜지. 축하하면 되는 자린데."

〈저, 저는 그런 자리 처음이었거든요…….〉

"이혼해도 각자 잘 사는 부부 많아요. 나도 그 사람의 행복을 빌어 주고 있고, 그 사람도 내가 행복하길 바라니까 청첩장을 보낸 거죠."

〈그, 그쵸. 역시 사람 관계는 너무 어렵고 복잡해요.〉

"결혼 준비 하면서 별의별 꼴 다 보느라 이상해진 건 유미 씨 같다. 귀엽네."

〈진짜 놀리지 마시고요.〉

여동생을 결혼시키는 오빠 된 마음인데 당연히 놀리고 싶지. 빙글빙글 웃은 도원은 조금 더 놀려 볼까, 하다가 안 그래도 정신없는 빈유미를 위해 참기로 했다.

"정말로 그 사람한테 물어봐 줄 수 있어요. 저보단 그 사람이 더 잘 알 텐데 부담스러워하지 마세요. 그 사람도 유미 씨 좋아해서 기쁜 마음으로 알려 줄 걸요?"

빈유미는 한동안 고민하다가 조심스럽게 입을 열었다.

〈그, 그럼 정말 실례가 아니라면 살짝 도움을 받아도 될까요.〉

시가 쪽 도움을 받고, 친구들 얘길 들어 봐도 판단이 서질 않으니, 믿음직한 다른 연상의 여자에게 도움을 받고 싶겠지. 도원은 학교로 향하는 도로를 달리며 대답했다.

"물론이죠, 그 사람한테 말해 볼게요. 이번 주 안으로 답변 전해 줄게요."

〈감사합니다, 선생님. 으흑, 저 진짜 주변에서 예식장만 잡으면 결혼 준비 반은 끝나는 거라고, 힘내라고 할 때마다 막 진짜 정신 없거든요. 요즘 바쁘기도 해서 마음 같아선 누구한테 다 맡겨 버리고 싶을 지경이에요.〉

"하하, 친정에 맡겨 버려요."

〈저희 부모님 아시잖아요. 시골 어른들이라서 이런 거 잘 모르고 관심도 없는 거. 에휴, 어쩌겠어요, 다들 제 능력만 믿고 있으니 이 빈유미가 능력을 발휘해 줄 수밖에요.〉

그래도 자기 자신을 칭찬하는 말까지 할 정도면, 빈유미도 다 큰 어른이 되긴 했나 보다. 마냥 어수룩하고 귀엽게 남아 있을 줄 알았다. 예전 같으면 당황해서 어수룩하게 "네! 선생님!" 하고 대답했을 텐데, 이젠 이런 능청도 부릴 줄 알고. 도원은 미소를 지으며 대답했다.

"그래요, 오늘 하루도 파이팅 하시고, 저도 출근길이니까 다음에 다시 연락할게요."

〈앗, 알겠습니다. 오전부터 제 얘기 들어 주셔서 정말 감사합니다! 선생님도 오늘 하루 잘 보내세요!〉

씩씩한 인사를 끝으로 전화는 끊어졌다. 아침부터 밝고 명랑한 빈유미와 통화를 해서 그런가, 기분이 좋았다. 전 부인을 생각해도 감정적으로 아무렇지 않을 만큼이나.

전 부인은 재혼 상대와 결혼식을 두 번 했다. 미국에서 한 번, 한국에서 한 번. 따로 소개 받을 정도로 전처와 연락을 하고 지낸 것은 아니었기에 남자 측이 무슨 일을 하는지, 몇 살인지 묻진 않았다.

그러나 식장에서 본 그녀는 정말로 행복해 보였다. 단정하게 교복을 입고 온 중학생이 된 딸도 새아빠를 좋아했다.

딸인 도화향은 중학교에 갓 들어갈 때까지만 해도 도원을 원망하고 있었다. 전부인의 친정 사람들은 도원이 화향에게 접근하는 것을 극히 꺼렸고, 도원 역시 범죄자들과 얽히는 직업적 특성상 딸아이의 안전을 우려하여 전 부인의 허락하에서만 만났었다.

도원이 MJ를 신경 쓰기 시작하면서는 딸아이를 만나는 것조차 차단당했다. 양육비 지급 외엔 딸아이에게 어떠한 개입도 불가능하게 된 셈이다.

어린 화향은 그러한 어른들의 사정을 이해하지 못했다. 그저 자신을 돌보지 않는 생물학적 친부를 많이 원망했을 뿐이었다. 도원은 여전히 그 점에 고개를 들 수 없는 미안함을 품고 있었다. 저 때문에 딸아이가 불행해 보여서 술로 밤을 지새운 적도 많았다.

그러나 시간이 지나면서 딸아이도 마음이 풀렸는지, 이제는 제 엄마 몰래 도원에게 연락을 하기도 했다.

딸아이는 못 본 새 많이 달라져 있었다. 작년 크리스마스 때 함께 시간을 보내 준 도원이 장난삼아서 "로봇 사 줄까?"라고 물었을 때 화향은 "아니, 나 좋아하는 아이돌 가수 팬 미팅 가고 싶은데 앨범 사 주면 안 돼?"라고 말했다. 그 덕에 도원은 난데없이 음반 매장에서 화향이 좋아하는 아이돌 가수의 앨범 스무 장을 안고 나와야 했다.

제 엄마를 닮아서 거침없고 똑똑하기까지 한 딸은 도원은 도원대로, 새아빠는 새아빠대로 각각의 아빠를 구분할 줄 알았다. 사춘기를 보내며 상처받진 않을까 걱정했지만, 우려가 현실이 되진 않았다.

도원이 생각한 것보다 딸은 강하고 멋지게 크고 있었다. 심지어 가끔 도원에게 "아빠 애인 소개해 줘. 나도 만날래."라고 당돌하게 말하기도 했다.

그럴 때면 도원은 시선을 어디에 둬야 할지 몰라서 딸아이의 눈을 제외한 모든 곳을 바라봐야 했다. 정답을 찾을 수 없는 대답 대신에 힘겹게 신음을 삼켰고, 그때마다 화향은 피식 웃었다.

어쩐지 화향이 MJ의 존재를 아는 것 같았다. 어떻게 아는 건진 모르겠지만 도원이 혼자 사는 건 아니라고 확신하는 눈치였다. 여자의 직감이라는 게 과학적으로 증명하기 어렵다지만 정말 존재하는 것 같았다. 한 번도 MJ에 대해 딸아이에게 말한 적도 없고, 겉으로 내색한 적도 없었는데 어떻게 아는 걸까.

"애인이라니, 무슨 소리야."

정답에 가장 근접한 것이 이것뿐이라며 도원은 시침을 뚝 떼고 말했다. 화향은 그런 도원을 한심하다는 얼굴로 보며 말했다.

"누가 봐도 솔로는 아닌 것 같은 사람이 뭐라는 거야. 하고 다니는 거 봐. 표정은 또 어떻고. 흥, 요즘 어린애도 안 속겠다."

덕분에 다른 의미로 밤새 술을 마셔야 했던 도원은 MJ에게 언제쯤 이 얘기를 직접 꺼내야 할지 몰라 머리만 쥐어 싸매는 나날이 이어지는 중이었다.

싱숭생숭한 기분으로 운전하길 20분도 채 되지 않아 학교 정문을 통과할 수 있었다. 길게 뻗은 교내 도로를 달려서 주차장에 차를 세웠다. 차에서 내리자 과 점퍼 주머니에 손을 넣고 종종 걸음으로 건물을 들어가던 학생들이 도원을 발견하고 인사를 했다.

"안녕하십니까, 교수님!"

"안녕하세요!"

씩씩한 인사에 도원은 살짝 고개를 숙여 화답해 주었다. 도원은 학생들이 사라진 후에야 건물을 돌아 흡연이 가능한 곳으로 걸음을 옮겼다. 아직 수업 시작까진 시간이 남았으니 담배 좀 피우고 들어갈 생각을 할 때였다.

"선생님."

저를 부르는 목소리가 교정에서 만나는 학생들과는 달랐다. 투명하고 꾸밈없는 어린 나이 대에 나올 목소리가 아니었다.

사교적이고 장난스러운 말투지만 누구보다 예민하게 날이 서 있는 목소리. 모든 사람들에게 기본적으로 살가운 태도를 취하면서도 그 누구도 자신이 정한 범위 내에 들어오는 것을 꺼리는 사람. 예상도 못한 곳에서 다시 들은 그 목소리는 비현실적으로 느껴지기까지 했다.

도원은 천천히 뒤를 돌아봤다. 건물을 돌아 나가는 계단 밑에 눈에 익은 사람이 서 있었다.

어색함을 무마하려고 미소 짓는 모습이 기억 속의 그 모습과 똑같았다. 화려하고 밝았던 금발의 고수머리, 그대로.

"갑자기 찾아와서 놀라셨죠, 하하, 오랜만이에요, 도원 선생님."

뒷머리를 긁적이는 남자를 보며 도원은 그의 명칭을 불렀다.

"아이스."

너무도 오랜만에 입에 담아 보는 이름. 그 이름의 일차원적인 의미만큼이나 차가운 바람이 불어오는 듯했다.

꽃샘추위가 오는 듯했다. 전날까지만 해도 초여름처럼 날이 따사롭더니, 단 하루 만에 계절은 얼굴을 바꿨다.

벚꽃을 피웠던 바람이 또다시 냉기를 품고 있었다. 신입생들은 멋을 부린다고 얇은 외투를 입고 나왔다가 낭패라는 듯이 어깨를 움츠렸다. 과 점퍼를 입고도 하얗게 입김을 불어 대는 재학생들은 신입생들과 달리 느긋하게 웃고 떠들며 교정을 다니고 있었다.

도원은 자판기에서 따뜻한 캔 커피를 뽑아 인문사회과학동 뒤편의 한적한 풀밭으로 나갔다. 축제 시즌이 아니면 거의 사람들이 찾지 않는 곳이다. 전공 건물들과 거리가 먼 이 북측 건물까지 굳이 찾아오는 사람들도 없다. 덕분에 도원은 주변 시선을 신경 쓰지 않을 수 있었다.

등나무 벤치에는 아이스가 앉아 있었다. 두툼한 목도리를 목에 두르고도 마스크까지 낀 그는 멀리 지나가는 학생과 아직 새순이 올라오지 않은 나뭇가지를 보고 있었다.

생각해 보니 이 상황 자체가 어색하긴 했다. 연락도 없이 만난 것도 의아하지만, MJ도 없는 곳에서 단둘이 해후라니.

마지막에 헤어질 때도 문제가 많았지 않나. 심지어 MJ가 재판받는 동안에 그의 형량을 줄이고 싶어서 도원은 아이스의 행방을 찾아다녔었다. 아이스를 검찰에 넘길 생각으로.

결국 그 뜻은 이루지 못했지만, 이렇게 단둘이 만나기엔 불편한 것은 사실이었다. 그 어색한 부분을 도원보다도 아이스가 유달리 느끼는 듯했다.

힐끔, 도원을 보는 눈빛이 꽤 불안해 보였다. 목도리와 마스크로 얼굴을 반이나 가리고 있으면서 무엇을 더 숨기고 싶은지 손가락을 꼼지락거리기도 했다. 저렇게 경계하니 도원은 가까이 다가가 친근하게 굴 엄두도 나지 않았다. 경계심이 조금 나아질 때까지만이라도 몇 발자국 떨어져 서 있기로 했다.

"드세요."

캔 커피를 내밀자 살짝 멈칫하던 아이스가 두 손으로 받아 들었다.

"감사합니다. 잘 마시겠습니다."

아이스는 캔 커피의 풀탭을 열었다. 따뜻한 김이 피어오르며 얼어 있던 아이스의 손을 녹여 주었다. 굳어 있던 어깨가 풀린 후엔 따뜻한 커피를 한 모금 마시면서 웃음기 섞인 말을 덧붙였다.

"아, 그런데 진짜 오랜만이에요, 선생님. 예전이나 지금이나 변함없으시네요. 똑같아요, 똑같아. 어쩜 이러실까 몰라."

소리 내어 웃는 아이스의 밝은 모습에 도원도 따라 웃을 수 있었다. 그러나 해후를 웃으며 즐기지도 못하고 아이스가 기침을 뱉었다. 코를 훌쩍이는 아이스에게 도원이 고갯짓을 해 보였다.

"추우면 실내로 들어갈까요?"

"어…… 아뇨, 괜찮아요. 어디 들어가는 것보다 여기가 더 좋아서요."

예민한 반응에 도원은 고개를 갸웃했다.

어쩐지 아이스의 행동이나 표정, 말투와 어조를 유심히 바라보게 만들었다. 직업병이라고 할 수 있는 관찰하는 시선이 튀어나오는 바람에 아이스는 어색하게 미소 지으며 자신을 꽁꽁 숨기기 시작했다.

"혹시 많이 추우세요? 저 때문에 그런 거면 이동하고요."

"전 괜찮습니다. 오히려 여기가 더 편해서요."

"정말요?"

"학생들 다니는 카페에서 담배 피우는 건 보기 안 좋잖아요."

예전의 도원이었다면 원칙과 규칙을 생각해서 캠퍼스 내 금연 캠페인의 취지를 먼저 생각했겠지만, 지금은 예의를 차리는 것에도 약간의 융통성을 두고 있었다. 나이가 들면서 시간의 무게를 견디는 법에 더 익숙해진 결과였다.

지금의 아이스는 그런 도원과 달리, 초침 시간마저도 버거워 보였다. 웃어 보이는 미소에 그늘이 있었다. 해가 너무 낮게 떠서 그늘마저 길어진 것 같았다.

"선생님 담배 피우셨나요? 이런 모습 처음 보네요."

캔 커피를 홀짝이는 아이스의 말에도 도원은 담배를 하나 입에 물어 불을 붙였다. 한 모금 빨아들여 담배 끝을 빨갛게 태우고는 손가락으로 타들어 가는 담뱃대를 옮겼다. 아이스가 마시는 캔 커피에서 피어오르는 김과 다른 하얀 것을 입 밖으로 숨처럼 흘려 냈다.

"줄이고는 있어요. 조만간 끊어야죠. 음, 그보다 여기까진 뭐 타고 오셨어요?"

"서울에서 기차 타고 내려와서 버스 탔습니다."

"승용차 타고 다니시지, 왜 대중교통 이용하신 건가요?"

"차 안이 좀 불편하더라고요. 택시 타기도 싫고. 근데 저 이런 얘기 하려고 온 게 아니라, 흠흠."

뭔가를 선뜻 말하지 못하고 주저하는 모습에 도원은 눈을 가느다랗게 떴다. 어쩐지 아이스가 눈을 데굴데굴 굴리는 모습에 집중하게 되었다. 그의 표정이나 태도, 행동이 불안해 보이는 이유를 알 것 같아서다.

“대중교통은 괜찮고요?”

“제가 갑자기 연락드린 건…… 네? 아, 네, 어쩔 수 없으니 타야죠.”

“혹시 사람 많이 타면 그냥 보내 버리시나요.”

“……어라? 어떻게 아셨어요?”

“엘리베이터 혼자 못 타시죠.”

“엥? 진짜 어떻게 아셨어요? 설마 절 몰래 지켜보신 건 아니시죠? 어머나.”

아이스가 과장되게 몸을 사렸다. 도원은 불현듯 MJ의 “개수작하네.”라는 목소리가 떠올랐지만 눈앞의 아이스에게 장난스럽게 말하는 대신 온화하게 웃어 보였다.

그 반응이 거칠게 비난하는 거부의 반응보다 사람을 무안하게 만든다는 사실을 도원만 몰랐다. 상냥한 미소가 오히려 포커페이스처럼 보여서 무서웠다.

아이스는 몸을 사렸던 팔을 풀고 쭈뼛거렸다. 제 눈치를 살피는 아이스를 내버려 둔 채 도원은 여전히 다정하게 말했다.

“혹시 요즘 들어 답답하다거나, 잠을 잘 못 잔다거나, 이유 없이 몸에서 땀이 난다거나, 갑자기 숨이 막힌다거나, 어지럽거나, 무섭거나 그런 걸 느낀 적이 있나요?”

아이스는 눈을 깜빡거렸다. 한동안 도원을 빤히 바라보더니 이내 눈가를 접으면서 웃어 보였다.

"뭐예요, 선생님. 저 무슨 심리 상담해 주시는 거예요?"

"지금 반응 보니까 초기 단계는 아닌 거 같아서요."

"하하, 저 무슨 병 걸린 거 같은가요?"

"웃으면서 넘길 일이 아닐 텐데요."

"에이, 아무것도 아니에요. 선생님도 알다시피 제가 대낮에 이렇게 활보할 만한 사람은 아니잖아요. 조심, 또 조심하는 거죠."

과장되게 속삭이는 투로 말하더니만 다시금 캔 커피를 소리 내어 마셨다. 도원은 그 사소한 반응에서도 시선을 떼지 않았다. 본인이 원치 않으므로 상담할 생각은 없었다. 상담 일을 그만둔 도원이 그럴 자격도 없었다.

"알았어요, 그럼 저를 갑자기 찾아온 이유나 들어 볼까요?"

아이스는 따뜻한 캔 커피를 내려놓았다. 마스크를 완전히 턱 밑으로 내리자 목소리가 조금 더 또렷하게 들렸다.

"혹시, 선생님께 크랙이 찾아왔었나요?"

크랙이라는 이름에 도원은 담배를 태우던 것도 잊고 눈을 동그랗게 떴다. 손가락 사이에서 타들어 가는 담배 끝에 잿빛 기둥이 길게 서기 시작했다. 살갗이 살짝 뜨거워질 때까지 쥐고 있던 도원은 뒤늦게야 눈을 깜빡였다. 마지막으로 한 모금 태우고는 휴대용 재떨이에 꽁초를 비벼 껐다.

"크랙은 저랑 얽혔던 이후로는 한 번도 만난 적 없습니다."

"다행이네요. 제가 더 빨랐군요."

"무슨 일이 생겼나 보군요."

"어, 선생님 모르셨어요? 크랙이 대리자 재심 공방 열어서 얼마 전에 출소했는데."

"대리자라면 한여은 말이죠."

"네, 그 여자요. 총 잘 쓰던 전직 군인."

연락도 없이 찾아온 아이스가 풀어 놓은 이야기들이 도원에게서 여러 상념을 불러일으켰다. 기억 속에 묻혀 있던 여러 사건들이 넝쿨처럼 여기저기 얽혀서 건져지는 느낌이었다.

유령처럼 기별도 없이 다가온 아이스에게 7년 동안 어떻게 지냈는지 물을 분위기가 아니었다. MJ와 은연중에 연락을 하는 것은 알고 있었지만, 지금은 그런 MJ가 아닌 도원을 찾아와 이야기를 한다.

보아하니 MJ에게 사전에 말하고 찾아온 것은 아닌 듯했다. 불안해 보이는 모습을 볼 때 여유로운 척 얘기하고 있지만 실상은 굉장히 조급하게 느껴지기도 한다.

도와달라는 사람의 신호였다. 상담일을 하면서 겪었던 수많은 내담자들에게서 느꼈던 그 신호 말이다.

도원은 새 담배를 꺼내 물면서 말했다.

"아이스, 곤란한 일이 있는 것 같은데 제가 도와드리겠습니다."

아이스는 아직 충분한 상황 설명을 하지 않았다. 복역 중이던 대리자가 크랙의 도움으로 재심을 받고 만기 출소했다는 그 얘기 하나만으로 도원이 선뜻 이런 얘기를 해선 안 된다고 생각했다. 아이스는 경계하는 빛으로 도원을 바라봤다.

"아직 제 얘긴 시작도 하지 않았는걸요. 더 들어 보시고 결정해야 할 문제 아닐까요."

"더 안 들어 봐도 괜찮을 것 같아요. 도와드릴게요."

"진심이세요?"

"예전에요."

"네?"

"예전에 우리가 마지막으로 만났을 때. 경남에 있던 마약 공장 기억나시죠?"

아이스는 그다지 좋은 기억으로 남지 못한 그곳을 떠올렸다. 지승준이 죽고, MJ가 경찰에 붙잡히고, 그리즐리와 자신은 도망쳐야만 했던 긴박했던 순간들. 다시 떠올리면 입가가 미세하게 떨리기까지 한 좋지 않은 기억이었다. 아이스는 애써 떨리는 입꼬리를 잡아 내렸다.

"그럼요."

"거기서 당신이 제 부탁을 끝까지 들어주셨던 것도 기억하시나요?"

아이스가 도원이 한 부탁이 뭔지 몰라서 무르춤해졌을 때, 도원이 가까이 다가왔다. 담배에 불을 붙여서인지 특유의 알싸한 멘톨향이 도원의 분위기를 더 이성적으로 느껴지게 했다.

"저와 MJ가 함께 위험해졌을 때 MJ를 끝까지 도와주기로 저와 약속하셨고, 그 약속을 지켜 주셨잖아요."

그 말에 뒤늦게야 "아." 하고 짧게 탄식을 내뱉은 아이스였다. 하지만 이내 눈가를 찌푸리면서 중얼거렸다.

"그래 봤자 뭐 하나요. 어차피 MJ는 복역 다 마치고 나왔는데. 제가 끝까지 지켜 주지 못한 거죠."

"당신이 할 수 있는 걸 다 했다고 생각해요. 복역한 부분에 대해선 자책할 필요 없습니다."

"그래서 선생님께서 그 이유로 절 도와주시겠다, 이 말씀이신가요?"

"네, 저는 도와주고 싶어요. 하지만 MJ에게 허락을 받아야겠네요."

도원은 앉아 있는 아이스 바로 앞에 멈추어 섰다. 바람이 불 때마다 손에 들고 있는 담배 연기가 흐릿하게 번져 나갔다. 냄새가 아이스 쪽으로 날아가지 않도록 살짝 몸을 돌리고 있는 그 행동마저도 배려심이 느껴져서 아이스는 저도 모르게 울상을 지었다.

무작정 찾아오면 당황하면서 일단 가라고 할까 봐 걱정했는데 도원은 예상외로 너무도 의연하게 아이스를 받아들이고 있었다. 게다가 어렵사리 꺼낸 이야기를 더 들어 보지도 않고 도와준다고 한다.

그 모습들이 아이스가 알던 도원보다 훨씬 단단하게 느껴졌다. 감당하기 어려운 많은 일을 겪을 때 흔들리던 도원과는 분명히 다른 모습이었다.

어떤 부분에서 침착하고 냉정하게 생각해야 하는지를 아는 사람의 모습이다. 그 부드러운 강인함을 아이스는 흉내 낼 수 없다고 생각했다. 더 많은 시간 속에서 더 많은 것을 경험해 온 도원이란 존재는 이젠 사소한 것에 무너질 사람처럼 보이지 않았다.

"저와 MJ가 사는 집에 같이 가시겠어요? 오늘 수업 금방 끝날 것 같으니까요, 근처 카페에서 기다리셔도 되고요. 아니면 제 연구실에 들어가 있으셔도 됩니다."

크랙과 대리자 얘기를 꺼내면 도원은 긴장해서 굳어 버릴 줄 알았다. 아이스의 착각이었다. 뜻하지 않은 전개에 긴장한 사람은 도리어 아이스가 되었다. MJ에겐 나중에 말하려 했지만 그 순서를 미룰 여지를 주지 않는 도원이었다.

"제 차 타고 가는 것은 그렇게 답답하지 않을 거예요. 춥긴 하지만 선루프 열어도 되고."

그는 너무도 많은 것을 꿰뚫고 있었다.

“공황 장애인 것 같으니 힘들면 참지 말고 말하셔야 합니다. 도와줄게요.”

지금의 아이스가 보인 증상을 도원 역시 겪어 봤기에 잘 알 수밖에 없었다.

아이스는 고개를 들어 눈앞의 집을 올려다보았다. 도원이 철문을 열고 들어간 곳은 2층짜리 개인 주택이었다. 마당이 꽤 넓은 편이어서 덩치 큰 개를 한 마리 키워도 괜찮을 것 같았다.

그러나 관리되지 않은 잔디와 잡초가 두서없이 엉켜서 자라나 을씨년스러운 분위기를 보아하니 도원이나 MJ, 모두 아직은 이런 집에서 생활하는 게 익숙하지 않은 듯했다. 개를 보살필 여유가 생기기까진 시간이 걸릴 모습이다.

“이층집이라, 비싸겠네요.”

그 말에 도원이 마당을 가로지르며 말했다.

“가격은 잘 모르겠습니다.”

“네? 사신 거 아니세요?”

“그게, 음, 받은 거라서요.”

“누구한테요?”

“MJ요.”

아이스는 걸음도 멈추고 어이없다는 듯이 중얼거렸다.

“와, 이런 식으로 염장 당하다니…… 아니에요, 그래요, 그 새끼가 이 정돈 해야죠…… 선생님 고생시킨 게 얼만데…… 하하, 와 근데 웃기네. 이 새끼 돈 없는 척하더니…….”

교도소 출소 선물로 집을 해 주는 MJ라니. 아니 이건 뭐, 신혼집에 오는 기분이라 들어가면 안 될 것 같은데…….

아이스는 움칠거리면서도 하는 수 없이 도원을 따라 집 안으로 들어갔다. 밖에서 볼 때와 달리, 내부는 아늑하고 정돈이 잘되어 있었다.

거실엔 사람이 누워서 자도 될 만큼 큼지막한 소파와 티브이가 자리 잡고 있었다. 부엌 쪽엔 가벽을 세워 깔끔하게 인테리어를 한 전문가의 솜씨가 돋보였다. 곳곳엔 작은 선인장이나 이름 모를 식물들이 화분에 담겨 있었고, 꽃도 말려서 전시되어 있었다.

응접실을 지나 계단을 오르면 침실과 서재도 있지만, 집 안 구경을 하려고 온 것이 아니므로 아이스는 얌전히 신발을 벗고 현관 입구에 서 있기만 했다.

“MJ.”

도원이 부르는 소리에 부엌 쪽에 있던 MJ가 모습을 드러냈다. 손의 물기를 핸드 타월에 닦아 내던 MJ는 도원의 부름에 부드러운 미소를 지었다.

“선생님 왔…….”

하지만 그를 따라 들어온 아이스를 알아보곤 멈칫했다.

미소 대신 미간을 살짝 찌푸린 MJ가 도원과 아이스를 번갈아 바라봤다. 경계심이 가득한 시선으로 아이스를 보고 한숨을 내쉬는 바람에 아이스는 억울해져서 한마디 하고 말았다.

“야, 오랜만에 보는데 인상 쓰고 한숨이냐.”

아이스의 반응에도 입가만 씰룩이면서 영 탐탁지 못한 표정을 짓는 MJ였다. MJ가 왜 그렇게까지 경계하는지 아이스는 알고 있었다. 새벽에 크랙 얘기를 하고, 조만간 보자고 했는데 그 날 바로 나타났으니 촉이 좋은 MJ가 심상치 않게 생각할 만했다.

"선생님, 재가 뭐 이상한 얘기 안 했어?"

"응? 아무 얘기 없었는데요, 왜요?"

"정말이지?"

"그럼요. 제가 모시고 온 손님이니 오늘 식사는 제가 준비할게요."

도원이 외투를 벗어서 드레스 룸에 걸고 곧장 부엌으로 향하려 했다. MJ가 그런 도원의 허리를 부드럽게 감싸 안으며 길목을 방해했다.

"선생님 주려고 탕수육 해 놨어."

"탕수육이요?"

"응, 배달 음식 먹고 싶다고 했잖아. 사 먹는 거 몸에 안 좋으니까 내가 대신했지, 뭐."

"그런 거면 같이 만들지 왜 혼자 했어요."

"타박하는 거야, 칭찬하는 거야."

"칭찬이에요."

"이럴 줄 알았으면 짜장면도 만들걸. 그보다 오늘은 키스 안 해 줄 거야?"

그 말에 도원은 뜨끔해서 아이스를 돌아봤다. 아이스는 끔찍한 표정으로 두 사람을, 그중에서도 특히 MJ를 보더니 망설임 없이 등을 돌렸다.

"내가 이 꼴 볼까 봐 그동안 안 찾아온 건데."

중얼거리며 뒤돌아서는 아이스에게 눈길 한 번 주지 않는 MJ였다. 난처한 표정을 짓는 도원과 달리, 한없이 사랑스러운 시선으로 도원을 바라보는 MJ였다.

"오늘은 건너뛰면 안 될까요."

아이스를 의식한 그 말에 MJ가 심통을 부렸다.

"그럼 걜 내쫓자."

듣던 아이스가 억울해서 입 모양으로 '야 이 새끼야.' 하고 불렀지만 MJ는 그 모습을 보지도 않았다. 도원은 난처하게 웃으며 말했다.

"알았어요, 해 줄게요, 이리 와 봐요."

다가온 MJ의 목 뒤에 손을 걸었다. 살짝 고개를 숙이게 만들고 입술에 쪽, 뽀뽀를 해 주었다. 기분 좋게 풀어지는 MJ의 입가에 다시금 쪽쪽, 뽀뽀를 해 주고는 손을 놔주었다.

평소의 MJ라면 도원의 턱을 살짝 잡고 입을 벌리게 해서 혀를 밀어 넣었을 것이다. 오늘은 아이스를 신경 쓰는 도원을 생각해서 간단한 뽀뽀로 만족했다.

"너 얼굴 보는 거 진짜 오랜만이다."

MJ가 다가와 손을 내밀었다. 아이스는 조금 멋쩍어하는 도원과 달리, 뻔뻔하기 그지없는 MJ를 보다가 그 악수를 피해 버렸다.

"잘 살고 있는 거 같네."

"궁금했으면 교도소 있을 때 찾아오지 그랬냐?"

"어휴, 내가 어떻게 그래."

"하여튼 뻔뻔한 새끼."

"봐줘라. 나도 여기저기 도망 다니느라 너 만나러 갈 시간 없었어."

누구에게서 뭘 어떻게 도망 다녔는지는 말하지 않으려는지, 아이스는 거실을 돌아보며 곧장 이어 말했다.

"집 안 분위기 봐라. 뭐 이렇게 아기자기해? 꽃은 왜 이렇게 많아?"

"왜, 부럽냐?"

"부럽긴 개뿔이. 낯간지러워서 그러지. 선생님이 이런 취향이 있으셨어?"

"내가 사서 모은 건데."

"미친놈아. 그게 더 충격이야. 너 왜 안 하던 짓을 하고 그래."

"나 원래 귀여운 거 좋아하는데. 이거 하나 줄까?"

신발장 위에 올려 둔 손가락만 한 선인장을 보여 주었다. 커다란 손에 다 가려질 정도로 자그마한 선인장을 소중하게 들고 있으니 아이스도 입술을 씰룩였다.

"치워."

"우리 인장이를 무시했어."

"아, 그만하라고."

살벌한 목소리로 히죽 웃으니 더 공포스럽다는 걸 MJ 본인만 모르는 걸까. MJ의 이런 장난엔 아직 면역이 없는 아이스가 질색을 하며 피했다. 그 모습을 보던 도원이 소리를 내어 웃고 말았다. 그런 도원의 반응에 오히려 MJ가 짓궂게 변했다.

"인장이가 마음에 안 들면 우리 란드는 어때."

뿌리가 없어서 허공에 키울 수 있는 틸란드시아를 가리키며 하는 말이었다.

"그만하라고, 좀! 너 너무 낯설잖아!"

"원래 이랬는데 기겁하고 지랄이야."

'인장이'와 '란드'를 거부한 아이스에게 더 이상의 배려는 보이지 않는 MJ였다. 아이스는 끔찍한 표정으로 MJ를 노려보다가 한숨만 푹 내쉬었다. 아이스의 고통을 아는지 모르는지, 도원은 부엌 테이블에 앉으면서 다정하게 물었다.

"탕수육 지금 먹어도 돼요? 저 점심 건너뛰어서 배고파요."

MJ는 아이스에게서 미련 없이 고개를 돌려 도원에게 말했다.

"쟤 보내고 느긋하게 먹으려 했는데."

물론, 그 말에 아이스는 "내 입은 입도 아니냐? 너무 주둥이 취급이잖아."라고 항변하려다가 서로를 사랑스럽게 바라보는 시선에 도저히 끼어들 자신이 없어서 먼 산만 바라보았다.

"양이 얼마 없으면 제가 뭐라도 만들까요?"

"그건 아냐. 엄청 많이 해 놨어. 쟤 주기 아까워서 그렇지."

"하하, MJ."

"응, 우리 선생님만 주려고 했는데, 나중에 더 맛있는 거 만들어 줄게."

쪽, 하고 입에 뽀뽀하는 MJ에게 "나 그냥 갈게."라고 한마디 하지 못하는 것이 아이스의 불행이었다. 시선을 돌려도 느껴지는 몽글몽글한 분위기 때문에 아이스는 손발까지 간지러운 기분이었다.

"그보다 아이스, 넌 어떻게 선생님과 함께 들어오냐. 한 대 칠 뻔했네."

부엌으로 안내하는 MJ의 말에 아이스는 입술을 씰룩였다. 그냥 가고 싶다는 말이 목구멍까지 차올랐지만 꿀꺽 삼켰다.

"학교로 찾아가서 만난 거야."

그 대답에 MJ가 눈살을 찌푸렸다.

"선생님 학교는 어떻게 알고 찾아간 거야? 너 설마 뒷조사했냐?"

"아, 진짜, 누가 보면 내가 선생님 스토커인 줄 알겠네. 선생님 일하는 곳 알아내는 게 뭐가 어렵다고. 교양 수업 중에 정신 분석학 경력 있는 교수 찾으라면 우리나라에선 금방 찾거든?"

"그러니까 일부러 뒷조사를 했다, 이 말이지."

"무슨 그런 오해할 만한 소릴 하고 그래. 선생님 기분 나쁘지 않으시죠?"

"그런 건 선생님한테 물어볼 필요도 없어. 당연히 기분 나쁘지."

"너 때문에 좋게 풀 수 있는 얘기도 꼬이는 거 같아."

아이스가 툴툴거려도 MJ는 눈썹 하나 까딱이지 않았다. 그런 둘을 귀엽다는 듯이 구경하는 도원이었다.

MJ는 튀김기에서 하얗고 바삭하게 익은 탕수육을 접시에 담아 오면서 물었다.

"이렇게 우리 집에 찾아올 거면 나한테 연락했으면 되잖아. 어차피 너 내 번호도 알고 있고."

"아, 음."

아이스는 뒷머리를 긁적였다. 그러곤 머쓱한 어조로 대답했다.

"너한테 연락해서 여기 오면 그리즐리도 같이 온다고 할 게 뻔하니까. 그럼 좀 피곤해질 거 같아서."

그 핑계가 어째 좀 이상했다. MJ는 아이스와 그리즐리가 함께 다니는 사실을 알고 있었다. 이 페어가 서로의 일정을 공유하지 않았단 사실이 꺼림칙했다. 그리즐리 몰래 움직이는 아이스라니.

"그럼 네가 여기 온 거 걔는 모른단 소리네."

"어, 몰라."

"그래도 돼?"

"막말로 걔가 내 보호자도 아니고 이런 거 일일이 말해 줄 필요는 없잖아."

아니, 누가 봐도 보호잔데 왜 혼자만 아니라고 그러는 거지. 혹시 아이스는 그리즐리가 자신의 일을 신경 쓰거나 얽히는 게 싫은가 싶다.

눈을 가느다랗게 뜨고 아이스의 심정을 캐 보려 했지만 눈치 빠른 아이스는 그런 MJ에게 속사정을 들키기 싫은 사람처럼 표정을 숨기고 고개를 돌렸다. MJ의 눈빛이 더욱 사나워졌다.

"너 또 무슨 사고 쳤냐. 그런 거면 가라. 얘기 듣기 싫으니까."

그 말에 아이스가 펄쩍 뛰었다.

"사고는 무슨! 잠깐 얼굴 보러 온 것도 의심하는 거야?"

"잠깐 얼굴 보러 온 게 아닐 텐데."

도원이 두 사람을 불렀다.

"먹으면서 얘기해요. 이러다 싸우겠어요."

도원이 뾰족하게 날이 서는 둘을 누그러트린 덕분에 MJ도, 아이스도, 서로를 노려보던 시선을 거둘 수 있었다.

그래도 MJ는 아이스가 도원의 일상을 깨트리는 것이 못내 싫었다. 새벽에 연락했던 문제면 도원까지 끌어들이지 않고도 얘기할 수 있는데 왜 하필 이런 방식을 택한 건가. 그것도 그리즐리는 소외시키고.

심술이 난 MJ가 탕수육 소스가 담긴 그릇을 가져오며 아이스에게 물었다.

"부먹? 찍먹?"

새콤달콤한 소스를 보면서 아이스가 대답했다.

"찍먹. 찍먹, 찍먹!"

그 대답에 기다렸다는 듯이 그릇 안의 소스를 탕수육 위로 쏟아 버리는 MJ였다. 흰 튀김옷 위로 쏟아져 내리는 점성 강한 소스를 보며 아이스는 입가만 씰룩였다. MJ는 그런 아이스를 보면서 사악하게 웃었다. 사소하게 괴롭히는 MJ에게 아이스가 뭐라 한마디 하기도 전이었다.

"앗……."

젓가락을 들었던 도원의 크게 실망한 표정에 MJ가 움찔했다. 도원도 탕수육을 먹을 때 소스를 붓지 않고 따로 찍어 먹는 사실을 그제야 알게 된 MJ였다.

"……튀김 다시 해 줄까?"

당황해서 도원의 표정을 살피는 MJ와 그런 MJ의 입에 탕수육을 하나 넣어 주면서 웃는 도원이었다.

"장난이에요. 우리 MJ가 해 준 건데 소스를 부어 먹든, 찍어 먹든 뭐가 중요해요. 요리하느라 고생했어요. 맛있게 잘 먹을게요."

서로를 보면서 웃는 MJ와 도원을 차마 더 이상은 볼 수 없었다. 아이스는 분위기를 바꾸기 위해 본격적인 이야기를 꺼냈다.

"선생님, 제가 선생님 찾아온 건요, 크랙과 대리자 문제로 상의할 것이 있어서입니다. 지금은 그 두 사람 문제에서 손 떼셨죠?"

당연한 이야기였기에 도원은 대답도 하지 않았다. 새삼 7년 전 사건을 들먹이는 이유를 더 궁금해했다. 아이스는 손가락을 꼼지락거리며 한참을 망설인 끝에 입을 열었다.

"대리자가 절 찾아왔습니다. 며칠 전 저녁에요."

아이스는 대리자를 만난 때를 모두 말해 주었다. 비가 많이 내리는 거리에서 들고양이처럼 다가온 여자가 해 준 얘기들. 그리 많지 않은 대화 속에서 크랙의 행방과 목표를 알 수 있었다.

복수.

그 하나를 위해서 크랙이 대리자와 아이스에게 접근했다. 크랙이 대리자까지 출소시켰는데 복수 상대가 누군지는 뻔했다. 크랙의 목표는 MJ와 도원이 분명했다.

무거워진 분위기 속에서 탕수육은 식어 가고 있었다. 소스를 빨아들이며 눅눅하게 젖어 가는 튀김들을 안타깝게 지켜보는 사람은 아무도 없었다.

특히나 MJ는 속내를 알기 힘든 어려운 표정이었다. 예전이라면 크랙 얘기가 나오자마자 눈을 부릅뜨며 으르렁거렸을 것이다.

지금은 의자에 몸을 묻고 있는 것이 고작이었다. 화를 참지 못해서 물건을 집어 던지거나, 손이나 발을 덜덜 떨면서 몸을 가만 놔두지 못하는 것도 아니었다. 이런 얘기를 꺼낸 아이스를 무섭게 노려보지도 않았다.

MJ는 침착했다. 아이스가 꺼낸 이야기에 미간을 찌푸리긴 했지만, 그 짜증을 통제하지 못하고 감정적으로 표출하지 않았다. 과거와 달리 폭발하는 감정들을 내버려 두지 않고 자신의 안쪽으로 잘 갈무리해 넣어 놓을 줄을 알았다.

그 모습은 아이스에게도 충격이었다. 평생 고치지 못하고 가져가야 할 병이나 업보 정도로 생각했던 특성들이 MJ를 갉아먹고 있지 않았다. 그 모습이 다행이라고 안심할 수만은 없었다.

뜨겁게 끓을 줄만 알았던 MJ가 빙점 아래로 냉정해질 수 있다.

새로운 가능성을 알려 준 것이라 더 무섭게 느껴지기도 했다.

어디로 어떻게 폭발할지 몰라서 예측 불가능한 이전의 느낌과 정반대였다. 언제든 터뜨릴 수 있는 폭발력을 숨길 줄도 알고, 그것을 때에 맞게 이용할 줄도 아는 냉정해진 모습이었다.

할 수 없어서 못하는 사람과 할 수 있지만 하지 않는 사람의 차이였다. MJ는 모든 사람들에게 공포를 조성하던 괴물 같던 존재에서 어둠 속에서 차분하게 지켜보는 유령 같은 존재로 변해 있었다. 그 유령이 입을 뗐다.

"나한테 원한 있는 애들이 한둘이 아닐 텐데, 크랙 그 새끼를 신경 써야 할 필요가 있나?"

"아버지 때랑은 달라. 지승준이 널 이용해서 뭔갈 하려고 했었다면 지금의 크랙은 네게 앙갚음할 생각밖에 없는 거 같더라."

"순수하네. 아주 순수한 복수란 거지."

"그렇게 남 얘기하듯이 말할 문제가 아니야."

"머리 다치고 혼수상태까지 갔다 온 놈이니 제정신은 아닐 거야. 그런 놈을 내가 일일이 상대해야 해?"

"태평하게 그런 소리 할 때 아니야. 너 위험하단 소리잖아."

"알아. 아는데."

MJ는 그대로 입을 다물어 버렸다. 꽤 복잡한 표정을 지어 보였다. 그럴 만했다. 이번에도 얽히면 또다시 도원에게 문제가 생길 수 있으니.

MJ는 답답한 듯이 가슴을 크게 부풀리며 한숨을 내쉬었다. 아무리 감정을 조절하려 해도 쉽지 않은지, 손을 뻗어 도원의 허리를 끌어안았다. 자신이 위험한 것보다 도원이 또 험한 일을 당하진 않을지를 더 걱정하고 있었다.

두 사람이 서로의 약점이란 건 공공연한 사실이다. 작정하고 MJ를 괴롭히기 위해선 도원을 끌어들이는 게 효율적이란 사실을 크랙이나 대리자도 잘 알 것이다. 얼마나, 어떻게 괴롭힐지는 아이스로선 추측하기 어려운 문제였지만 말이다.

도원이 아이스를 바라보며 입을 뗐다.

"아이스. 당분간 대리자 쪽에서 크랙을 도와줄 수 있을까요."

아이스는 눈을 동그랗게 떴다.

"네? 제가요?"

MJ도 눈살을 찌푸렸다.

"선생님, 그러다간 저 녀석이 위험해져."

"네, 알고 있습니다. 그러니 결정은 아이스가 내려야겠죠."

아이스는 식탁 밑에서 손가락만 꿈지럭거렸다. 도원이 자신을 위험한 곳에 밀어 넣는다는 생각은 들지 않았다. 이익에 따라서 여기 붙고, 저기 붙었던 이미지를 이용해서 오히려 크랙 쪽 정보를 캐내려고 하는 게 아닐까 싶었다.

"다행이라면 다행인데요, 제가 아버지 밑에서 일할 때 꽤 그쪽에서 일을 잘했거든요. 뭐, 음, 돈 보고 대리자한테 다시 붙어도 크게 의심받진 않을 것 같기도 하고요."

이익에 따라서 여기 붙었다가 저기 붙는 의뭉스러운 태도 때문에 도원이 아이스를 신뢰하기까지 오랜 시간이 걸렸다. 아이스도 본의 아니게 위험한 순간에 계속 직면할 수밖에 없었다. 아슬아슬한 박쥐 이미지였지만, 어쨌든 이득이 되는 일엔 꽤 성심성의껏 도와주는 유능한 책사이기도 했다.

"크랙이 복수를 한다고 어떤 준비를 하고 있는지만 알아내 주셨으면 합니다. 괜찮을까요?"

어떤 위험이 있는지도 모른 채 적진에 보내는 일이다. 도원의 마음이 마냥 편할 리 없다는 걸 알고 아이스는 오히려 한결 가벼운 미소를 지어 보였다.

"물론이죠. 더 시키실 건 없고요?"

"음, 나머지는 생각해 보겠습니다."

아이스는 거수경례라도 하듯이 장난스럽게 웃으며 대답했다.

"옙, 알겠습니다."

그러곤 바로 자리에서 일어났다. 아이스가 현관문으로 걸어가자 MJ가 바로 뒤따라왔다.

"괜찮겠어?"

MJ의 걱정에 아이스는 유쾌하게 웃음을 터뜨렸다.

"와, 지금 네가 날 걱정하는 거야? 너 사람이 너무 바뀐 거 아니야?"

"지금 장난칠 기분 아니야."

"아, 됐네요. 언제부터 우리가 안전한 일만 골라 했다고. 대리자 제안 거절하고 나 몰라라 하다가 네가 나쁜 일 당하는 것보단 낫잖아. 그건 나도 찝찝해."

"나 때문에 이러는 거야?"

"네가 뭐 예쁘다고 걱정해."

"……아이스."

"너야말로 선생님이나 잘 챙겨. 안 되겠다 싶으면 경찰에 연락이라도 하든가. 크랙과 대리자가 널 위협한다고 하면 그 누구더라, 그때 네 사건 담당했던 형사들이 바로 알아듣지 않을까. 그때 그 사건 오죽 컸어야지.”

아이스는 목도리를 더 단단하게 여미고는 목도리 밖으로 드러난 눈만 호선으로 접은 채 웃었다.

“넌 이제 제도권 사람이잖아. 제도권에 맞춰서 신변 보호도 요청하고, 안전하게 살아. 난 그게 어려우니 내 방식대로 해야겠지만.”

두드려 준 어깨를 마지막으로 한 번 더 세게 잡아 준 아이스가 도원에게 밝게 인사했다.

“선생님, 그럼 가 보겠습니다. 갑자기 찾아왔는데 이렇게 신경 써 주셔서 감사합니다.”

“기차역까지 태워 줄게요.”

“에이, 괜찮아요. 버스 타고 가면 돼요.”

“그래도.”

“그럼 나중에 뵙겠습니다.”

손을 살랑살랑 흔들면서 현관문을 닫고 나갔다. 도원이 신발을 갖춰 신고 현관문을 열었을 때, 아이스는 앞마당을 가로질러 대문을 빠져나간 후였다. 닫히는 무거운 철문 소리만 들리는 늦은 오후, 하늘엔 노을이 지고 있었다.

크랙 편에 서 달라는 무리한 요구에도 알겠다며 흔쾌히 대답하는 아이스가 못내 마음에 걸렸다. 부탁을 하면서도 MJ를 위해서 어쩔 수 없다고 도원 스스로 합리화하려 했지만, 누군가를 위험한 상황에 밀어 넣는 것이 마음 편할 리 없었다.

지금이라도 다른 방법이 있는지를 확인하는 게 나을지, 하지만 괜히 관여 했다가 MJ가 크랙과 대리자 일에 완전히 말려들어서 겪지 않아도 될 고통을 겪지 않을지, 걱정이 들 때였다.

"선생님."

묵직하게 기대어 오는 MJ를 고개만 돌려 바라봤다. 어두운 표정으로 닫혀 있는 대문과 노을 진 하늘을 응시하던 MJ가 낮게 한숨을 내쉬었다.

"나 때문에 또 선생님이 위험해지는 건 아니겠지."

도원이 MJ를 걱정하는 동안에 MJ는 도원을 생각하고 있었다. 자신이 겪게 될 위험이나 고통은 젖혀 둔 채 도원에게만 집중하고 있었다.

MJ의 가장 끔찍한 악몽은 도원에게 저지른 가장 큰 실수와 관련이 있었다. 지승준이 있는 곳에서 억지로 도원을 범했던 때의 기억은 MJ가 새벽에도 식은땀을 흘리며 몸을 일으킬 정도로 선명하게 뇌리에 남아 있었다.

가끔은 그 악몽이 현실적인 감각과 뒤섞여서 도원이 혹시나 자신과의 성관계나 키스를 거부하진 않을지, 싫어하거나 무서워하진 않을지, 불안하고 초조하기도 했다.

다행히도 도원은 그때의 기억에 크게 얽매이지 않았다. 정말로 잊을 수 있는 것인지, 잊은 척하는 것인지는 MJ도 확신할 수 없었다. 도원이라면 얼마든지 자신의 고통을 인내하고 MJ에겐 아무렇지 않게 굴 것 같았다. 공황 장애 문제를 7년간 숨겨 왔을 때처럼. 겉으로만 "괜찮다."고 말하면서.

그래서 MJ는 도원을 안은 팔에서 힘을 풀 수 없었다. 지승준에게서 간신히 벗어났던 그 고통이 크랙으로 인해 다시 일깨워질까 봐 불안을 감출 수가 없었다.

한동안 안락한 곳에서 마음 편한 표정을 지어 보이던 MJ가 예전의 표정을 지으면서 목 너머를 으르렁거렸다. MJ의 얼굴엔 불안과 짜증과 후회가 엉망으로 뒤섞여 있었다.

시간이 지나도 변하는 게 드물어서. 아무리 노력해도 생각만큼 쉽지 않아서. 사는 게 원래 이렇게 복잡하고 더딘 것인가, 원망하는 기색이었다.

“MJ, 나한테 키스해 줄래요?”

부드러운 요청에 MJ는 으르렁거리던 분기를 가라앉혔다. 가만히 지켜보는 도원에게 천천히 고개를 숙였다. 입가에 닿는 입맞춤에 도원이 잘했다는 듯이 머리를 쓰다듬어 주었다.

“괜찮아요. 그렇게 불안해하지 않아도 돼요. 당신은 잘못될 일 없어요. 나도 그렇고요.”

도원은 MJ의 얼굴을 양손으로 감쌌다. 따뜻하게 퍼지는 온기에 잔뜩 찌푸리고 있던 미간 사이가 느슨해졌다.

“그때랑 많이 달라졌어요. 우린 도움을 요청할 사람들도 많은 평범한 시민이거든요.”

사소한 사실 하나가 바뀌었을 뿐인데도, MJ는 조금이지만 불안이 가시는 기분이었다. 모든 사람들이 잠정적인 적이 아니었다. 피해 다녀야 할 위험 분자도 아니다. 그 결정적인 사실 하나가 달랐을 뿐인데도 도원이 훨씬 안전하게 느껴졌다. 지승준을 상대할 때와 확실하게 다른 차이점이었다.

도원은 MJ의 볼에 입을 맞추었다.

“세상이 우릴 지켜 줄 거예요. 우리끼리만 애쓰지 않아도 돼요. 그러니 너무 걱정 마세요.”

도원 역시 MJ를 혼자서만 지켜 주던 방식이 아닌, 사회 시스템과 제도를 이용하기로 했다.

"건드리면 크랙 손해라는 걸 증명해 줄게요."

소파에 앉아 노트북을 두드리는 도원 곁으로 MJ가 다가왔다. 따뜻한 커피를 한 잔 더 채워 주고, 입이 심심하지 않도록 초콜릿도 준비해 온 뒤였다.

MJ가 직접 비닐을 깐 초콜릿을 도원에게 먹여 주었다. 도원은 자연스럽게 그 초콜릿을 입으로 받았다. 녹여 먹지 않고 바로 씹어서 오도독, 먹는 모습을 보며 MJ는 도원의 사소한 습관들을 기억해 나가는 중이었다.

도원이 음식을 잘 먹지 않는 이유는 맛있는 음식을 먹는 데에 따르는 즐거움을 잘 몰라서다. 미각으로 들어오는 쾌감 대신 정신적으로 느끼는 지식을 더 좋아한다. 요즘에는 정서적인 충만함에 중독된 것 같지만. 그래서 입 안 가득 단내가 녹아나는 초콜릿도 맛이나 향을 음미하기 전에 씹어 삼켰다.

육체가 느끼는 쾌감보다 정신이 느끼는 쾌감에 더 집중하는 타입이라. 그래서 피학적인 기질이 있는 걸까. 살갗으로 느껴지는 통증이나 지배당하는 분위기를 일차원적으로만 받아들이지 않고, 의미를 담아 정신적인 충만함으로 치환하는 타입이라서?

도원의 평소 생활 습관, 생각하고 사고하는 방식 등을 이리저리 엮으면서 관찰하는 재미에 푹 빠져 있는 MJ였다. 아직까진 그러한

MJ의 재미를 눈치채지 못한 도원은 허술하게 자신의 모든 것을 내보여 주고 있었다.

“대리자가 재심으로 형량이 변경되어서 만기 출소한 재판 사례가 열람되네요.”

도원이 이야기했다. MJ는 그런 도원의 어깨에 턱을 올리고 함께 노트북 화면을 바라봤다. 아픔보다는 아픔으로부터 파생되는 수치, 부끄러움, MJ에게 지배당하는 것 그 자체에 흥분하는 도원을 생각하고 있는데, 정작 도원은 크랙 문제로 진지하기만 했다.

MJ는 도원의 입에 초콜릿을 물려주며 머릿속에 펼쳐진 갖은 야한 생각들을 살짝 옆으로 밀어냈다.

“이것만 봐서는 크랙이 어떻게 개입했는지는 잘 모르겠네요. 제 변호사한테 연락해서 당시 재판 기록 같은 거 확인할 수 있는지 찾아볼까요?”

“아니, 그렇게까진 안 해도 될 것 같아. 어차피 크랙이 돈으로 손 쓴 거잖아.”

“그럼 대리자 쪽으로는 알아볼 게 별로 없습니다.”

“크랙 자체로 알아보는 게 낫겠네.”

“크랙은 7년 전 사건 이후론 배우 활동을 전혀 하지 않았어요.”

“배우 활동 안 하고 뭐 했을까.”

“그러게요, 추가로 검색되는 기사도 없고요.”

“그래도 미국에 계속 거주 중이라는 기사는 있네.”

“이것만으로는 현재도 미국에 있는지, 우리나라에 들어왔는지 확인하긴 어려워 보이네요.”

출입국 여부를 확인하자니, 경찰이나 공항 측의 협조가 필요한 문제였다. 일이 커질 바엔 차라리 빈유미에게 물어보는 게 낫지 않을까 하는 생각도 들었다. 지승준과 장진원을 쫓아다녔으니 사건 후의 행방 정도는 알지 싶은데.

MJ는 도원이 보고 있는 노트북 화면을 응시하다가 도원의 어깨에 툭, 머리를 기댔다.

"흠, 경찰 도움이라……."

어쩐지 낯설고 꺼림칙한 것을 말하는 어조였다. 쫓기느라 줄곧 피해 다녀야 했던 존재에게 이젠 신변을 위탁해야 하는 입장이다. 선뜻 좋아하며 반기지 못할 만했다. 싫어하는 사람과 이젠 협력해야 한다니. 누가 스스럼없이 그것을 받아들일까.

평생을 살아온 방식과 다른 방식, 다른 가치, 다른 생각으로 전환해야 했다. 감정적으로 생각하자면 경찰 따위 알게 뭐냐고 인상을 찌푸리고 싶지만 지금은 그들의 도움을 받는 게 훨씬 유리하단 걸 알고 있었다.

MJ는 확실히 이해력이나 판단력이 빨랐다. 주변 상황을 인식하는 감각이 보통 사람들보다 몇 배는 발달해 있었다. 지승준과 대립할 때의 억압된 구조와 틀 속에서는 그 장점이 크게 부각되지 못했지만, 거리낄 것이 없어진 요즘은 조금 더 자유롭고 유연하게 생각을 확장시킬 수 있었다. 그래서 MJ의 선택과 판단은 훨씬 날카로워졌다.

"크랙이라면 선생님과 내가 정면 대응하는 걸 더 원하겠지. 경찰을 따돌려서라도 내가 크랙과 승부를 보길 바랄 거야."

과거의 MJ였다면 그 승부에 응했을 것이다. 한쪽이 괴멸할 극단적인 수단을 선호하기도 했다. 지금의 MJ는 피해를 최소화하는 방향으로만 생각을 했다. 이젠 위험해져도 혼자만 위험해지는 것이 아니게 되었다. 도원이 슬퍼할 만한 일은 최우선으로 피하려 했다.

"그렇다면 절대 나서지 않겠어. 경찰에 신변 보호를 요청하자."

어차피 법과 제도권 안에서 움직일 리 없는 크랙을 상대하는 길은 하나다. 그가 무시하고 있는 그 법과 제도를 다양하게 활용하는 방법이다.

"아이스는 크랙이 마약 사업에서 손 뗐다고 했어요."

"마약은 돈벌이 수단이었어. 지승준이 거기에 미친 사람들을 이용하지 않았다면 사냥 협회 사람들 위주로 팔아치우기만 했을 거야. 그러니 마약에서 손 뗐다는 건 더 이상 사냥 협회 쪽이랑 얽히지 않는다는 뜻일 텐데."

"수단으로 이용하는 것이 마약, 총은 아니란 말이죠."

"아마도. 내 생각이지만."

마약과 총이 아닌 것으로 MJ에게 복수를 한다는 게 과연 무엇일까. 아이스가 말한 것처럼 지하철을 폭발시키던 방법과 뭔가 연관이 있는 걸까.

도원은 크랙에 대해 다시 한번 생각해 보았다.

어린 시절 따돌림을 당했다며 자기 이야기를 털어놓던 젊은 장진원에게서도, 영화배우로 나름 입지를 다져 가던 청년에게서도, 지승준과 얽히며 반쯤 미쳐 가던 크랙에게서도 단서라고 할 만한 것을 찾을 수는 없었다.

"빈유미 형사를 만나면 그 부분을 물어봐야겠네요. 크랙이 접촉할 만한 단체가 무엇이 있는지. 설마 혼자서 이러진 않을 테니까요."

"선생님 개강 준비 때문에 바쁘면 내가 대신 물어봐도 돼."

"괜찮아요. 시험기간이 아니어서 바쁘지 않아요. 설령 바쁘더라도 당신이 우선이고요."

그 말에 심장이 너무 아픈 소리로 뛰었다. MJ는 그 통증이 기분 좋아서 심각함도 잊고 소릴 내어 웃었다.

마음이 단단해진다는 것은 이상한 일이었다. 충분한 물을 먹고 자란 나무가 영양가 많은 단단한 땅에 뿌리를 박고 굳건히 서 있는 것 같은 기분이었다. 분명히 뿌리가 뽑힐 정도로 세찬 폭풍우가 몰려올 수도 있고, 뿌리가 드러날 정도로 홍수에 산사태까지 벌어질 수 있다는 걸 알지만, 그렇게 몇 번 밑동을 드러낸다 해서 쓰러져 죽을 것 같지는 않았다.

잔가지가 부러지고, 밑동이 조금 드러난들 어떨까 싶었다. 어차피 이곳에 굳건히 서서 버티며 살아갈 자신이 있는데.

"선생님은 내게 걱정하지 않는 법을 알려 주는 사람 같아."

도원은 그 말에 의아한 표정을 지어 보였다.

"내가 대신 걱정해 주니까요?"

"걱정할 거 없이 살 수 있단 뜻인데."

"와, MJ, 걱정 없이 사는군요."

"뭐야, 그 반응은. 선생님은 걱정 많아?"

"당연하죠. 당신과 행복하게 살려면 크랙을 빨리 감옥 보내야겠다는 걱정이요."

"단호해, 선생님."

"나랑 당신 사이를 방해하는 사람들을 다 보내 버릴 거예요."

밝게 웃으며 말하는 도원 덕분에 MJ는 다시 한번 웃을 수 있었다. 서로가 엉켜서 더 단단하게 자랄 수 있었던, 도원이라는 나무를 품에 안고서.

“빈유미 씨한테 문자 넣어 놓을까요? 내일 찾아가고 싶다고요.”

도원은 뒤늦게 옷 속에서 휴대 전화를 꺼냈다. 대수롭지 않게 말하는 도원에게 MJ는 고개를 끄덕였다.

“응, 나도 간다고 해. 갑자기 보고 놀라지나 말라고.”

“와, MJ, 그런 것도 배려할 줄 알아요?”

“아닌데?”

“하하, 귀여워라.”

“아, 뭘 또 귀엽대. 선생님 나 놀리는 거 습관 들겠어.”

웃는 도원을 따라서 MJ도 웃었다. 하지만 그 미소는 오래가지 않았다. 빈유미에게 연락하는 도원을 초조하게 바라봤다.

왜인지 모르겠지만 불안했다. 아직 불안해할 일이 터지지도 않았는데 왜인지 모르게 발바닥이 따끔해지는 기분이었다. 그걸 MJ는 직감이라 부르곤 했다.

교도소에 가기 전까지 의지했던 그 직감에 MJ는 삶의 많은 부분을 의탁하고 있었다. 머리로 생각하기보단 느낌을 취하는 방식이었다.

한동안 잊고 있던 그 방식이 가시처럼 돋아났다. 따끔거리며 괴롭히는 기묘함을 도원에게 하소연하지 않으려고 애를 써야 했다. 어째서 안락한 행복은 이렇게 감질나고, 짧은지에 대해 도원에게 토로하고 싶은 심정을 눌러야만 했다.

선생님, 이번만큼은 내 직감이 틀렸으면 좋겠어.

그 한마디를 끝내 삼켜 버린 MJ였다.

아이스가 집에 도착했을 땐 자정이 가까워진 시간이었다.

버스와 기차, 지하철을 오가며 지방과 서울을 왕복으로 움직인 탓에 목은 뻐근하고 다리는 저려 왔다. 노점에서 파는 딸기와 바나나들을 사 왔지만 씻거나 껍질을 벗겨 먹는 것도 귀찮아질 정도였다.

과일들을 봉지째 현관 옆에 내려놓았다. 그대로 거실 소파에 나무토막처럼 쓰러졌다. 엎드려서 합성피혁의 냄새를 맡고 있으려니 역하다는 생각이 들었다.

"어우, 진짜 더럽게 힘드네."

무엇을 향한 불평인지는 잠시 생각을 접어 두자고 여길 때였다.

"늦었어."

불 꺼진 부엌에서 목소리가 들렸다. 덕분에 긴장을 풀었던 아이스가 다시 경직되었다. 소파에 아무렇게나 널브러졌던 몸을 일으키곤, 목소리가 들린 쪽으로 고개를 돌렸다.

어두운 부엌 쪽엔 얼굴을 구분할 수 없는 남자가 식탁 의자에 다리를 꼰 채 앉아 있었다. 어두운 실루엣만으로도 큰 키와 긴 다리, 넓은 어깨를 알 수 있었다. 카메라에서 완벽한 비율로 연기를 하던 사람이다.

"……크랙?"

아이스의 얼떨떨한 부름에 남자가 손을 살짝 흔들었다.

"안녕, 크리스탈. 오랜만이지?"

그는 자리에서 일어났다. 가까이 다가올수록 거실 창을 타고 들어오는 달빛이 선명하게 남자의 실루엣을 밝혔다.

달빛 아래 빛나는 안광이 짐승의 눈처럼 반질반질했다. 마치 카메라 렌즈 앞에서 살인마를 연기하던 눈빛처럼 보였다.

당황한 아이스를 내려다보던 그가 소파 팔걸이에 기대어 앉았다. 소파에 앉아서도 크랙은 한동안 아무 말이 없었다.

"흐음."

고개를 살짝 비틀어서 아이스를 내려다보기만 했다. 이대로 눈이 돌아가 목덜미라도 물어뜯길까 싶어서 아이스는 최대한 경직된 분위기를 풀어 보려고 애썼다.

"오랜만이네, 크랙. 사람 없는 집에 멋대로 들어와 있으면 안 되지."

기묘하게 눈빛을 빛내던 크랙이 그 소리에 이를 드러내어 씨익 웃었다.

"그러게, 나도 무단 침입하는 그런 몰상식한 사람 아닌데 말이야."

"나 보고 싶었구나?"

"아하하, 미친 새끼."

"보고 싶으면 밖에서 약속 잡지, 귀신이라도 앉아 있는 줄 알았어."

"약속 잡으면 나오려고 했어? 네 새끼 도망 다니는 거 뻔히 아는데 그럴 리가 있나."

"어휴, 나 진짜 신뢰성 제로인가 봐. 약속 잡으면 나가지, 그게 뭐 대수라고 그래."

"네가 하도 잘 도망 다녀서 이번에까지 너 쫓는 데에 시간 낭비하고 싶지 않아서 그랬거든. 네가 한동안 베트남에 있어서 못 찾았는데 내가 만나자고 퍽이나 나와 주겠네, 응?"

“이렇게나 뒷조사하는 게 어디 있어? 무섭잖아.”

“무서우면 동남아 전전하지, 한국엔 왜 들어왔어? 여긴 손바닥만 한 나라라 작정하고 찾으면 너 하나 찾는 거 안 어렵거든.”

높고 빠른 그 목소리에 아이스가 움찔했다. 말하는 사이사이 히끅 거리며 웃음을 삼키는 탓에 분위기가 묘하게 흥분된 것처럼 느껴졌다.

“원래 이렇게 늦게 다녀? 누구 만나고 온 분위긴데. 그 상대랑 얘기하다 보니 오늘 좀 늦은 건가 봐? 아이고, 미안해라. 내가 그것도 모르고 네 집에서 눈치 없이 기다렸다나 봐.”

아이스는 크랙에게서 가장 먼 곳까지 옮겨 앉았다. 억지웃음이라도 지어 보이며 크랙을 흥분시키지 않으려 했다.

“대리자가 부탁한 일 하고 오느라 늦었어. 너도 아는 일 아냐?”

“무슨 일?”

“철교 알아보라며. 네가 시킨 거라고 그녀가 말하던데.”

도원과 MJ를 만나러 갔던 일은 완벽하게 은폐하는 아이스였다. 다리를 알아보는 건 오늘 밤새워서 처리해도 늦지 않으니, 임기응변으로 한 말이기도 했다. 크랙은 아이스의 말을 일일이 의심하지 않았다. 그러기도 귀찮은 모양이었다.

“오, 그래, 생각났어. 그걸 네가 했단 말이네.”

“손잡기로 했으니까.”

“우리랑 같이하겠다, 이 말이지.”

“네가 수고비로 주기로 한 금액이 얼마나 큰데, 내가 그걸 놓치겠어.”

“300만 달러면 네놈도 움직인단 말이네.”

"당연하지, 내가 전력을 다해 일할게."

"흐음."

목 너머를 울리며 아이스를 살피는 크랙이었다. 꿍꿍이가 있는지를 파헤치는 시선을 아이스는 똑바로 마주 보았다. 비록 도원과 MJ를 위해서 얕게나마 이들과 얽히자고 스스로 결정하긴 했지만 매번 이렇게 크랙에게 관찰당하다간 제명에 못 죽겠다 싶었다.

의심하고 있는 거 빨리 정리하고 이런 분위기 조성하지 마. 그런 심정으로 아이스는 크랙을 눈 한 번 깜짝하지 않고 시선을 받아쳤다. 숨기는 것이 없다는 완강한 연기를 크랙은 그럭저럭 봐주듯이 넘어가 주었다.

대신 시선을 내려 아이스의 다리를 바라봤다. 쩔뚝거리며 절지 않고, 멀쩡히 걸을 수 있는, 한때 제 손으로 망가트렸던 그 다리.

"나 때문에 너 다리 다쳤잖아. 날 원망해야 할 텐데 그러지 않으니까 네가 언제부터 이렇게 순한 양이었나, 양인 척 구는 빨간 모자 늑대인가 궁금해졌어. 괜히 어설픈 꿍꿍이 벌이면 내가 혼내 줄 거야. 무슨 뜻인지 알지?"

크랙의 시선은 아이스의 허벅지 위에서 떠날 줄을 몰랐다. 겉보기 멀쩡하지만 그렇다고 모든 일상생활을 누리기엔 대퇴골 골절로 인한 후유증이 컸다. 그 사고를 일으킨 장본인이 크랙이다. 피해자인 아이스가 허심탄회하게 다시 손잡기 껄끄러운 건 당연하게 여길 만했다.

"허튼 생각 없어. 너야말로 돈이나 제대로 준비해 둬."

"하하하, 아직도 다리 아파?"

"당연한 소릴 하네."

"망가트려서 미안해. 그러게 나와 MJ 사이에서 적당히 밀당해야지, 홀라당 MJ 편으로 넘어가니까 빡쳐서 그랬잖아. 그땐 어렸으니까 뭐가 중요한지 몰라서 실수한 거라고 생각할게. 우리 둘 다 시원하게 과거의 일로 묻어 놓자. 어때? 서로 남겨 놓는 거 없이 깔끔하게."

……누구 마음대로 없던 걸로 치부해? 이쪽은 비오는 날 무릎과 허벅지는 물론, 허리까지 아플 정도로 후유증이 심한데. 몸 컨디션이 안 좋을 땐 살짝 절기도 할 정도로 반쯤 병신 된 사람 앞에서 무슨 소린가.

아이스는 주먹을 움켜쥐면서 억지로 웃었다.

"이제 와서 다리 부러졌던 과거 들먹일 일 없으니 안심해. 밤도 늦었는데 이만 가 보는 게 어때, 나도 좀 쉬고 싶어."

"이번에도 여기 붙었다 저기 붙었다 하면 다리 하나로 안 끝날 거야. MJ한테 붙어 봤자 너한테 이득 될 거 없으니까 잘 생각하란 소리야."

크랙은 아이스의 말을 가로챘다. 그리고 빼앗은 호흡 그대로 아이스가 대답할 기회도 주지 않았다.

"뭐, MJ가 너랑 가까운 사이니 좀 찝찝하긴 하지만, 그렇다고 친구라 부를 정도는 아니잖아? 암, 친구라고 할 수 없지. 그 새낀 이제 평범하게 남들 다 하는 거 누리면서 살아갈 테고 넌 여전히 법망을 피해서 돈 되는 일 이것저것 하느라 들고양이처럼 사람 피하며 살아야 하잖아. 처지가 너무 다른 둘이 친구가 될 수 있겠어? 안 그래?"

그 말에 아이스는 딱딱하게 굳어 버렸다. 고통스럽고 길었지만 죗값을 치른 MJ였기에 가능한 일이었다. 복역을 마치고 나온 MJ가 떳떳하게 돈을 쓰고, 놀러 다니며, 사람들을 봐도 아무렇지 않아 한다. 그런 MJ에 비해 아이스는 여전히 동네를 순찰하는 경찰차 소리만 들어도 잠시 하던 일을 멈추고 소리가 사라질 때까지 기다리곤 했다.

여전히 낮보단 밤이 좋다. 물건을 사는 일도 인터넷 쇼핑이 대다수다. 분명히 살아 있지만, 그 누구에게도 살아 있다고 자랑할 수 없는 존재다.

한때는 자신과 처지가 비슷한 사람들이 모여 함께 자금을 굴리고 공통된 목표를 향해 움직였다. 그런 사람들마저 뿔뿔이 흩어진 지금, 아이스는 제대로 자신의 마음과 속사정을 털어놓을 사람이 곁에 없었다. 그리즐리와 MJ, 도원을 제외하면 인간관계는 전무하다고 봐야 했다.

다리를 한쪽 절게 만든 당사자를 앞에 두고도 그가 송곳처럼 날카롭게 지적한 현실에 마음이 흔들릴 정도로 아이스는 많이 지쳐 있었다. 7년이란 세월은 아이스를 지치게 만들기 충분히 긴 시간이었다.

"일 잘 마치고 나한테 돈 받으면 어디 외국 나가서 별장 세워 놓고 편하게 살아. 그게 앞으로 네 인생을 위해서도 좋지 않겠냐. 어차피 한국에서 떳떳하게 돈 벌며 말년까지 사는 건 불가능해 보이니까."

남의 인생 왜 재단하느냐고 욕하고 싶어도 줄곧 아이스가 생각해 온 부분이었기에 반박할 말도 없었다. 크랙은 대리자나 아이스와 함께 일해 온 세월만큼 그들의 처지와 생각을 누구보다 잘 파악하고 있었다.

"대리자도 똑같은 생각이야. 마지막 한탕 하고 좋은 데 가서 편하게 쉴 거라고. 이걸 마지막으로 나도 한국에 들어올 일 두 번 다시없을 테니, 뭣하면 내가 널 거두어 줄까?"

"……신경 꺼라, 크랙."

"하하, 서로 아름답게 마무리하자고. 내 말 무슨 뜻인지 알지?"

크랙은 대답 없는 아이스의 턱을 손으로 잡고 가볍게 들었다. 키득거리는 웃음을 삼킨 그가 속삭였다.

"네가 MJ에게 악감정 없는 거야 잘 알지만, 그래도 남보단 너 스스로가 우선이지 않겠어?"

잡고 있던 턱을 강아지라도 다루듯 살짝 흔든 후에야 놔주었다. 크랙은 이렇다 할 인사도 없이 현관으로 걸어 나갔다. 그는 처음 식탁 의자에 앉아 어둠 속에서 그러했던 것처럼 문을 벗어나면서까지 손끝을 살랑살랑 흔들었다.

"조만간 연락할게. 똑똑한 머리로 계산 잘해야 한다."

크랙이 열어 놓고 나가 버린 현관문 너머에서 3월이라기엔 찬 밤공기가 몰아쳤다.

'네가 MJ에게 악감정 없는 거야 잘 알지만, 그래도 남보단 너 스스로가 우선이지 않겠어?'

찬 공기만큼 크랙의 말이 사무치게 맺혔다. 그 말은 아이스의 발끝에 달라붙어 한동안 소파에서 일어날 수도 없게 만들었다.

아이스는 차마 문을 닫지도 못한 채 멍하니 달빛이 그늘진 현관 밖만 응시했다. 남보다 자신을 챙기라는 말이 너무도 당연했는데, 그 이야기를 정말로 당연하게 여길 것만 같았다.

자기 자신을 위해 마지막 남은 사람들을 다시 고통 속으로 밀어 넣어야 한다. 그게 크랙이 말한 '당연한 일'이다. 일단 나부터 편해지고 보자는 생각을 먼저 하는 당연한 일.

아이스는 한동안 구름에 희뿌예진 달만 올려다봤다. 베트남에서 봤을 때보다 달은 멀고 흐리게만 보였다.

2

2

도원은 MJ를 끌어안은 채 잠들어 있었다. MJ의 이마 한쪽에 볼을 기댄 채 잠이 든 도원이 숨을 내쉴 때마다 가슴팍이 작게 오르내리는 모습이 보였다.

MJ는 도원의 손목을 조심스럽게 들어 올렸다. 손목에는 전자시계가 채워져 있었다. 깜빡거리는 숫자는 아침 7시도 채 되지 않은 시간을 가리키고 있었다.

씻을 때 빼고는 하루 종일 몸에 차는 손목시계다. 원래는 지승준을 찾아가는 마약 공장에서 알람 기능을 이용하기 위해 도원이 MJ에게서 받아 간 물건. 그것을 MJ가 출소할 때까지 보관하고 있을 줄도 몰랐고, 씻을 때 빼곤 벗어 놓지 않는 습관이 생긴 것도 뒤늦게 알았다.

도원은 MJ의 손목시계를 차고 있으면 묘하게 안정감이 든다는 얘기를 해 준 적이 있었다. 손목에 가해지는 적당히 묵직함도 좋고, 손목을 감싸고 있는 감촉도 싫지 않다고. 마치 MJ가 손목을 꽉 쥐고 놔주지 않는 것 같다고 농담처럼 얘기하기도 했다.

그 말은 MJ에게 속박당하고 싶다는 뜻일까. 너무 과한 의미 부여가 되는 걸까. 그렇지만 잘 때도 풀지 않고 손목시계에 집착하는 모습이 평범하지만은 않은 것이 확실한데. 시곗줄의 가장 안쪽 구멍에 고정한 시계가 빈틈없이 도원의 손목을 감싼 모습을 아무렇지 않게 넘기기 힘들잖아.

숨소리가 느껴지는 도원의 얼굴을 빤히 바라보다가 몸을 살짝 뒤집었다. 손목시계가 옭아매고 있는 손목에 쪽, 뽀뽀를 해 주었다. 몇 번이나 반복해서 손목과 손등에 입을 맞췄다.

아무리 손목에 흔적을 남겨도 도원은 쌔근쌔근 고른 숨소리만 냈다. 아침잠이 적은 사람인데 통 일어나질 못하는 모습이 귀여웠다. 개강하고 이런저런 것에 신경을 쓰느라 그런 것일 테다. 하지만 도원을 더 푹 재우긴커녕 지분거리며 맨살을 만지게 되었다.

"선생님, 안 일어날 거야? 일어나 봐."

MJ가 보채도 도원은 눈을 뜨지 못했다. 잠에 취해서 정신을 차리지 못했다. MJ는 더 짙은 미소를 짓고 말았다.

"안 일어나면 나 여기저기 만질 거다?"

노골적인 선언도 도원의 귀에 닿지 못했다. 도원은 여전히 푹신한 베개에 한쪽 고개를 묻은 채 규칙적인 숨만 내쉬었다.

MJ는 도원의 파자마 속으로 손을 집어넣었다. 얇은 천 안쪽으로 만져지는 평평한 가슴과 살집 없는 허리를 지분거리자 도원도 움찔하며 반응했다.

"으응……."

간지러운 듯 작은 신음을 흘리며 MJ를 밀어내려 하지만, 상의의 단추를 톡톡 풀어내는 MJ의 손길을 막아 내진 못했다.

도원의 나른한 몸짓이 계속될수록 옷 안으로 들어온 손길은 노골적으로 변해 갔다. 처음엔 가슴과 등허리를 쓸어 만지더니 어느새 바지 속으로 들어가 허벅지를 쓸어 만졌다.

"아, 응, MJ……."

도원은 눈도 뜨지 못한 채 중얼거렸다. 속옷 위를 쓰다듬는 손길을 피해 몸을 옆으로 돌려보지만 묵직하게 누르는 힘만 더해졌다.

도원은 잘 떠지지 않는 눈꺼풀을 들어 올렸다. 흐릿한 시야에 MJ의 까만 머리카락이 보였다. 손등으로 눈가를 비비려는 도원의 손을 저지한 채 나른해 보이는 눈꺼풀 위에 입술을 묻었다.

"웬일이야, 우리 선생님. 나보다 늦잠 자는 거 처음인데."

도원은 여전히 초점이 잡히지 않는 시선으로 MJ를 바라보고 있었다. 멍해서는, 정신을 차리려면 시간이 좀 걸릴 모습이다. 이 귀여운 모습을 독점하기 위해서 MJ는 단추를 풀어헤친 상의 안을 손바닥으로 쓸 듯이 만졌다.

가슴의 유두를 손가락에 끼우고 돌리면서 문질러 보았다. 유두를 괴롭히는 손길에 도원의 눈가가 붉어졌다. 여차하면 고개를 묻고 가슴을 쭉쭉 빨 것 같은 MJ를 멍하니 올려다보면서 몸을 바르작거렸다.

"몇 시예요?"

"일곱 시 아직 안 됐어."

"왜 이렇게 일찍 일어났어요."

"잠깐 허리 들어 봐."

"하지 마요."

"만지고 싶어서 그래."

"잠자는 사람 괴롭히는 것도 아니고……."

"졸려?"

"응……."

"그럼 가만히 있어. 내가 알아서 다 해 줄게."

"아, 응, 그, 그 뜻이 아니라……."

힘없이 몸부림치는 도원에게서 요령 좋게 바지를 벗긴 MJ였다. 도원은 가까스로 잠을 몰아내며 정신을 차렸다.

알몸으로 제 위에 올라탄 MJ는 아랫입술을 혀로 적시고 있었다. 매번 도원이 먼저 깨서 커피를 타서 오고, 아직 깨지 않은 MJ 옆에서 독서를 하는 게 아침 일과였다. 그 일과가 흐트러지자 퍽 당황한 모습이었다.

"선생님, 잠투정 부리니까 애기네, 애기야."

도원이 우려하던 대로 가슴에 고개를 묻으면서 말하는 MJ였다.

"그동안 저녁마다 너무 곱게 재워 줬나 봐. 피곤하니까 아침에도 이렇게 귀여운데 내가 그걸 몰랐네, 그렇지?"

하얀 피부에 입술을 묻고 쪽쪽, 소리를 내어 빨자 금세 살갗이 불긋한 홍조를 띠었다. 도원은 제 다리 사이에 자리 잡고 온몸을 물고 빠는 MJ를 당혹스러운 시선으로 바라봤다.

풀어헤쳐진 파자마를 주섬주섬 다시 입을 분위기가 아니었다. MJ도 평소에 바지만 입고 자는 습관이 있어서 벗은 상체의 맨살끼리 닿는 감촉이 야릇했다. 도원은 제 유두를 이 사이로 살짝 깨물거나 혀로 굴리면서 가지고 노는 MJ의 머리카락을 쓰다듬었다.

"아침인데…… 끝까진 안 할 거죠?"

도원의 가슴을 핥던 MJ가 그 소리에 눈가를 휘듯이 웃었다.

"왜? 걱정돼?"

"솔직히 말하자면 저 지금은 당신 밀어낼 힘이 없어서요."

"그래 보여. 더 자고 싶지?"

"……네."

"내가 다 해 주면 어때?"

도원은 그 말에 멈칫하더니 MJ의 머리카락을 쓸어 넘겼다. 긴 속눈썹을 깜빡이면서 한동안 MJ를 바라보는 바람에 그 말간 시선을 정면에서 바라봐야 하는 MJ는 심장이 남아나질 않았다. 당장이라도 입술을 물고 쪽쪽 빨고 싶은 마음을 억누르면서 도원의 대답을 기다렸다.

도원은 쑥스러운 듯이 아랫입술을 몇 번 깨물더니, MJ의 얼굴로 손을 뻗었다. 두 볼을 잡고 끌어당기자 MJ가 네발짐승처럼 천천히 도원의 몸 위로 올라타기 시작했다.

"해 줄…… 거예요?"

도발하는 듯한 그 목소리가 살짝 떨려 나왔다. 새삼 부끄러워하는 도원의 모습에 MJ의 인내심도 한계에 다다랐다.

미치겠네, 진짜.

이런 도원은 아무리 겪어도 익숙해지질 않았다. 매번 심장이 떨리고, 흥분하게 되어서 MJ 스스로 느끼기에 중병이라도 걸린 것 같았다.

MJ는 도원의 목과 어깨 사이에 이를 세워서 자신의 흔적을 남겼다. 키스 마크와 잇자국이 마킹되어 있는 목과 쇄골 부근에 한 겹 더 붉은 자국이 선명해졌다. 꾸준히, 오랫동안 퇴적되어 온 MJ의 흔적들은 옷을 입을 때 가려지는 부위마다 절묘하게 남아 있었다.

목, 가슴, 허리, 허벅지, 허리와 엉덩이까지. 하얀 몸에 남은 붉은 흔적들을 손끝으로 쓸어내리면서 만족스러워하는 MJ였다.

"원한다면 해 드려야죠, 우리 선생님."

MJ는 도원의 바지와 속옷을 함께 벗겨 버렸다. 오금 사이로 팔을 끼워 넣었다. 다리 한쪽을 접게 만든 MJ는 반대편 손으로 도원의 입 안을 더듬었다.

"핥아 줘. 젤 가지러 나가기도 싫어서 그래."

그 말에 화끈, 눈가를 붉힌 도원은 천천히 손끝을 핥기 시작했다. 손가락 사이사이와 단단한 손가락 기둥을 혀로 천천히 애무하면서 이렇게 하는 것이 맞는지를 재차 확인 받기라도 할 것처럼 MJ를 바라보았다.

단정하게 자른 둥근 손톱 끝까지 정성스럽게 핥아 주는 도원 덕분에 마치 페니스를 입에 물고 펠라치오라도 해 주는 듯한 기분이 든 MJ는 마른침만 삼켰다.

"선생님 혀 왜 이렇게 부드럽지."

그 말에 민망한 듯이 작게 기침을 뱉는 도원이었다. 그 반응마저 귀여워서 MJ는 눈가에 입을 맞췄다.

"만날 빨고 싶다. 평생 입에 넣고 굴리고 싶어."

타액에 흥건히 젖은 손가락을 혀를 써서 입 밖으로 밀어낸 도원이 붉어진 얼굴을 감추지 못했다.

"너무 부끄럽게 하지 마요."

"이게 부끄러워?"

"……당연하죠."

"부끄럽다는 사람이 여긴 반응이 다른데."

말이 채 끝나기도 전에 타액에 젖은 손가락으로 도원의 페니스를 움켜쥐었다.

"아."

짧게 터지는 신음을 뱉은 도원은 고개를 뒤로 젖혔다. MJ가 선사하는 자극에 맞서 보지만 번번이 실패한 전적답게 이번에도 쉽지 않았다.

MJ는 부풀어 오른 도원의 귀두 끝을 엄지로 쥐고 둥글게 애무했다. 그 바람에 숨을 허겁지겁 들이마신 도원이 MJ의 머리를 움켜쥐었다. 손가락 사이로 감기는 머리카락을 음미할 시간도 없었다. 사타구니에서 번져 오는 열기가 졸음을 몰아내고 있었다.

"끝에, 아응, 잡고 문지르지 마요."

"하지 말라는 것만 너무 많아, 우리 선생님."

"MJ."

"그렇게 부르지 마. 나 진짜 엄청 참고 있는 거야."

도원의 페니스를 주무르던 손이 그대로 음낭을 지나 꽉 닫힌 구멍을 두드렸다. 정말로 삽입 섹스까지 하려는 기세에 도원은 재차 당부했다.

"천천히 해 주세요."

도원의 말에 MJ는 목구멍 너머에서 신음만 낮게 끓어 넘쳤다. 도원이 힘들어하고 버거울까 봐 MJ는 욕심만큼 섹스를 하지 못해 왔다. 섹스를 하면서도 부족했다. 해도 해도 부족해서 끙끙 앓는 소리를 낸 적도 많았다. 그걸 도원은 모르는 모양이었다.

그러니 만날 천천히, 살살 해 달라는 말만 하겠지. 이러다 욕구불만 생기면 어떡하지. 그래도 티 내면 안 되겠지. 이걸 언제까지 참을 수 있으려나.

“알았어.”

“천천히요.”

“알았다니까.”

대답과 달리, 가운데 손가락이 닫혀 있던 입구 안쪽으로 거침없이 파고들었다. “아.” 하고 짧게 터지는 도원의 신음에 흥분한 것처럼 검지가 그 뒤를 따라 바로 삽입되었다. 두 개의 손가락이 동시에 몸 안을 휘젓는 바람에 도원은 숨을 헐떡였다.

“앗, 잠깐, MJ, 천천히 해 준다면서…….”

말이 끝나기도 전에 침에 젖은 손가락이 몸 안쪽을 쑤셨다.

도원은 반쯤 들어 올려진 허리 때문에 몸을 제대로 가누지 못했다. 다리 사이에 자리 잡고 있던 MJ는 손가락이 세 개 정도 들어가는 것을 확인하고 나서 몸을 더 낮게 숙였다.

“선생님, 나 못 참겠어.”

“처, 천천히…….”

“그건 나중에 하면 안 돼? 응?”

“나중이 어디 있어요, 아, MJ, 바로 벗지 말고, 잠깐…….”

손가락이 빠져나간 자리를 두터운 기둥이 파고들었다. 도원은 온몸을 압박하듯이 밀고 들어오는 힘에 짧게 숨을 들이마셨다.

이럴 때 몸에서 힘을 빼고 있어야 더 수월하다는 것은 알고 있었다. 하지만 언제나 겪는 일에 요령을 부리지 못할 정도로 MJ가 온몸을 실어서 선사하는 압박감이 도원을 놀라게 했다.

"아읏⋯⋯ MJ."
힘이 잘 들어가지 않는 허리를 옆으로 살짝 뒤틀었다. MJ는 가느다랗게 휘어진 그 허리를 손바닥으로 쓸어 만지면서 마른침을 삼켰다.
아직 입구만 벌어졌는데 버거워하네. 통째로 다 삼켜서 오물오물하는 게 얼마나 예쁜지 본인만 모르나 봐. 익숙하다는 듯이 MJ의 것을 받아들이는 모습을 보면서 MJ가 느리게 말했다.
"하아, 안 다치게 할 테니까 걱정 말고."
"너무, 하, 으!"
안쪽도 여전히 말랑말랑하고 따끈하다. 기분 좋은 MJ의 목소리가 부드러워졌다.
"그렇게 보채면 어떡해. 아직 다 안 들어갔어."
"젤이랑 콘돔⋯⋯."
"새삼스럽게 그걸 여기서 왜 찾아."
"그러니까 천천히 하라고 했는데, 앗."
"못하겠더라."
"그렇게 뻔뻔하게 대답하기예요?"
"선생님 앞에 두고 어떻게 천천히 해. 당연히 못하지."
"아, 아읏⋯⋯ 아."
도원은 가느다랗게 떨면서 두 손을 뻗었다. 볼과 이마를 비롯해 얼굴 곳곳에 내려앉는 키스에 정신이 없었지만, 그 목 뒤를 끌어안았다.
자다 일어난 몸은 제대로 힘이 들어가지 않았다. 도원은 몸에 힘을 주는 것보단 몸 안으로 꾸역꾸역 들어오는 부피감에 몸을 내주었다.

부드럽게 풀려 있는 입구를 익숙하게 파고드는 성기인데, 도원은 매번 새롭게 느껴지는 이 뜨거운 감각을 뭐라 정의 내려야 할지 몰랐다.

밖에서 안쪽으로 침투하는 외부의 감각이니 거북스럽게 느껴지는 것이 당연했다. 그럼에도 이젠 자동으로 허벅지를 조이면서 MJ를 끌어안게 되었다. 그때마다 MJ는 얼굴을 붉혔다. 도원의 도발에 아직은 면역이 없어서 많이 설레는 표정이었다.

"아, 응, MJ……."

두 다리로 허리를 감싸 안으며 부르자, MJ는 몸을 전부 도원 속에 파묻은 채 속삭였다.

"왜 자꾸 보채는 거야, 응?"

"천천히 해 줘요, 네?"

"아침이라 그런가, 우리 선생님 너무 나긋나긋하다. 이렇게 부드러운 게 좋아?"

"응, 좋아요."

"이 정도 감도면 너무 약한데."

"좋아요, MJ."

"선생님만 좋아하는 거 봐. 이런, 나 이용당하는 거네."

"누, 누가 이용했다고 그래요."

"선생님은 이럴 때만 나한테 좋다고 해 주잖아. 미워."

"아니, 그 뜻이 아니라……."

도원의 얼굴은 부끄러워서 붉어졌다. 놀리는 MJ를 보면서 솔직하게 말했다.

“이런 기분…… 느끼게 해 주는 우리 MJ가 세상에서 제일 좋죠.”

도원이 발갛게 물든 얼굴로 입술을 맞춰 주니, 키득거리며 웃음을 삼키는 MJ였다.

“움직일게. 불편하면 말하고.”

“앗, 잠깐만요, 천천히 하라니까…….”

“알았어, 알았어.”

천천히 빠져나갔다가 빠르게 치고 들어오는 압박감에 도원은 MJ의 목을 더 세게 끌어안았다. 아랫배를 묵직하게 짓누르는 단단하고 뜨거운 감각에 숨을 몰아쉬었다. 이젠 몸을 섞는 중에 MJ의 뒷목을 쓸어 만지는 것은 습관이 되었다.

손바닥 밑으로 느껴지는 머리카락과 화상 자국의 감촉을 도원은 특히 좋아했다. MJ를 향한 마음이 커져서 못 견딜 때면 그 화상에 입을 맞추었다.

다른 곳도 아닌 화상 자국에 도원이 사랑스러운 입맞춤을 해 줄 때마다 MJ는 흥분한 숨을 몰아쉬곤 했다. MJ는 자신의 가장 추악한 면까지 사랑해 주는 도원에게 언제나 새롭게 반하는 기분이었다.

매번 이렇게 반하다가 손쓸 수 없을 정도로 빠지면 어떡하지, 걱정될 정도였다. 너무 빠져서 헤어 나오지 못하면 도원도 부담스러워할 텐데.

그러나 도원이 느낄 부담감과 달리, MJ의 집착은 날이 갈수록 심해졌다. 이젠 도원의 모든 순간을 소유하고 싶은 것을 넘어 아직 맞이하지 않은 미래까지 송두리째 갖고 싶은 지경이었다.

다시 태어나더라도 도원을 만나고 싶었다. 운명이란 것이 있다면 도원과의 인연을 설명할 수 있는 유일한 것이길 바랐다.

"하아, 선생님."

MJ는 도원의 입가에 머리를 조금 더 비볐다. 짓이겨진 화상 자국에 도원의 부드러운 입술이 닿았다. 그 뜨겁고 말캉한 감촉에 흥분한 MJ가 도원의 얼굴 양옆을 손으로 짚었다. 팔꿈치를 접어서 도원의 머리를 끌어안듯이 밀착한 채 허리만 움직였다.

"아, 아응, MJ, 아."

벌어진 다리가 이불 밖에서 들썩였다. 하얀 베개 위로 흐트러진 도원의 머리카락이 MJ의 시선을 잡아끌었다. 도원이 등을 안고 손톱을 세워서 살갗을 움켜쥐는 감촉이 좋아서 견딜 수가 없었다. MJ가 도원의 몸 곳곳에 키스 마크와 잇자국을 새기는 것처럼, MJ의 등과 목에도 도원이 남긴 손톱자국들이 빼곡하게 들어차고 있었다.

견디다 못하고 손끝에 너무 힘을 주는 바람에 초승달 모양으로 등의 살갗에 잔 흉터가 수없이 많이 새겨졌지만, 그 흉터가 늘어날 때마다 MJ는 도원과 더 가까운 사이가 되는 것 같아 행복했다. 등에 새겨지는 손톱자국만큼이나 심장에 새겨지는 도원이란 이름 두 글자가 더 선명해지는 기분이었다.

"하아, 하, 빨라?"

질퍽거리는 소리가 선명해지고, 살갗을 부딪는 움직임이 빨라지면서 도원이 앓는 듯이 신음했다.

"빠, 빨라요, 아."

"엄청 참고 있는 건데."

"이, 이 정도도 충분해요, 아응."

"더 세게 하고 싶어."

"MJ."

"아프지 않게 해 줄게, 응?"

보채는 MJ를 보고 도원은 목까지 붉어진 얼굴로 안절부절못하다가 끝내 고개를 끄덕였다. MJ는 마른 입술을 혀로 핥으면서 도원의 허리를 더 세게 잡았다.

맞물릴 틈새조차 없도록 단단하게 밀착한 MJ의 움직임이 빨라졌다. MJ의 등을 끌어안은 도원의 손끝도 파르르 떨리기 시작했다.

"하응, 아, 아앗, 앗."

이불이 밀리기 시작했다. 삐걱거리는 침대 이음새 소리도 빨라졌다. MJ에게 매달린 상태로 도원은 낮게 터지는 신음과 탄성을 쏟아냈다. 뜨거운 감각에 속수무책이었고, 그런 흐트러진 도원의 모습을 두 눈에 아로새기는 MJ는 도원의 허리를 잡고 놔주질 않았다.

"아, 아아, MJ, 쌀 것 같아……."

헐떡이는 도원의 요청에도 MJ는 멈추지 않았다.

"싸. 싸도 돼."

"아니, 아읏, 잠깐 멈춰 봐요."

"얼른."

"MJ……."

"얼른, 싸래도."

절정에 달한 도원을 보고 싶어 애가 닳아 한 말이었다.

도원은 정액 외의 것까지 사출할 것 같은지 어떻게든 허리를 뒤틀면서 도망가려 했다. MJ가 끈질기게 달라붙어서 괴롭히는 바람에 도원은 MJ의 등 대신 이불을 움켜쥐려고 했다.

자신이 아닌 다른 것을 쥐는 것을 MJ는 용납하지 않았다. 손끝에서 힘이 빠지는 도원의 팔을 억지로 제 목에 두르게 한 채로 조금 더 세게 밀어붙였다.

"아, 아앗, 앗."

도원이 놀랄 정도로 격렬하게 반응하는 전립선을 자극하자 붉은 눈가에 눈물이 맺혔다. 건들면 톡, 하고 굴러 떨어질 듯한 눈물을 혀로 핥으면서도 피스톤질을 멈추지 않았다.

"모, 못 참겠어요, MJ, 그만."

"하아, 하, 싸도 된다니까."

"아, 아침이라, 그러니까 이건, 아!"

"괜찮아, 응?"

"시, 싫어, MJ, 잠깐, 아아, 아!"

눈물만큼이나 어쩔 수 없이 사정을 할 것 같은 감각이 도원을 붙들었다. 참아 내기 어려운 그 감각에 허우적거리던 도원이 최후의 수단처럼 MJ의 머리를 감싸 안았다. 그러곤 MJ의 귓가에 대고 그의 원래 이름을 불렀다.

"—……."

어렸을 때나 들었을, 결코 좋은 기억이 남지 않은 이름. 출소하고 아예 이름을 개명하겠냐고 묻는 도원에게 MJ는 고개를 저어 보였다.

과거로부터 도망치고 싶지 않았다. 부모님의 학대, 지승준과 장진원이 감금하고 괴롭혔던 것들밖에 떠오르지 않는 끔찍한 이름이라도 도원과 함께 극복하고 싶었다.

평소에도 본명으로 불리기엔 아직 면역이 없었다. 하지만 침대에서 만큼은 서로에게 솔직하게 대하기로 약속한 만큼, 이 이름에 적응이 될 때까지 자주 속삭여 주기로 했다.

MJ는 도원이 너무도 달콤하게 이름을 불러 주는 바람에 안 좋았던 기억 위로 자꾸만 좋은 감정만 덧입혀지고 있었다. 피하고 외면하고 싶었던 과거의 감정과 경험들이 자꾸만 기분 좋고 행복한 일들로 다르게 색칠되고 있었다.

도원에게 이름이 불릴 때마다 단절되었던 과거가 현재의 행복과 이어지는 것만 같아서. 그 이음새에 도원이 있는 것만 같아서 어쩔 줄을 몰라 했다.

"아으……."

MJ가 작게 앓는 소릴 내며 예기치도 못한 순간에 사정을 해 버렸다. 그 바람에 한계까지 몰렸던 도원은 가까스로 안도하는 숨을 몰아쉴 수 있게 되었다.

MJ는 얼굴이 새빨갰다. 조절 못하고 먼저 사정한 것이 못내 마음에 들지 않은 듯했다. 부끄럽고 당황스럽고 안절부절못하는 표정이었다.

"아, 진짜, 선생님, 일부러 이런 거지."

안에서 천천히 빠져나오는 MJ를 느끼면서 도원은 숨을 잠시 멈추었다가 내뱉었다.

"제가 뭘요, 으응……."

"이름 말이야, 이런 식으로 선생님이 원하는 타이밍을 만든 거 같은데."

"전 그냥 당신 이름 불러 보고 싶었던 건데."

"못 참고 싸 버렸잖아."

"그러게요. 아, 귀엽다."

웃는 도원을 보면서 MJ는 머리를 쓸어 넘기면서 투덜거렸다.

“그만 놀려. 재미 붙인 것도 아니고. 너무해, 진짜.”
“아니에요.”
“지금도 웃고 있는데.”
“아닌데.”
다시 한번 미소 지은 도원은 MJ의 귓가에 대고 다시 속삭여 줬다. 얼굴까지 붉어질 정도로 아직 적응하지 못한 과거의 MJ를 지금 이 순간으로 끌어 올린 이름. 그 바람에 어린아이처럼 솔직하게 감정을 표현하는 MJ가 무척이나 사랑스러웠다.
“내가 이렇게 불러 주는 거 좋아요?”
“그만하라니까.”
“우리 MJ, 왜 이렇게 귀여워.”
“아이 씨, 선생님. 다시 해. 제대로 해. 이번엔 안 봐줘.”
“못해요, 하지 마요, MJ.”
“이번엔 이름 부르지 마. 하는 중에 불리면 진짜 이상하단 말이야.”
“적응될 때까지 불러 줄게요. 알았죠?”
“아이 씨, 선생님.”
도원은 부끄러워서 얼굴이 홧홧하게 달아오른 MJ에게 몇 번이고 이름을 불러 주면서 웃었다. MJ는 그런 도원의 분위기에 눈물이 날 것 같았다.
누군가가 이름을 부르면 부모와 크랙이 저를 가둔 창고만 생각났다. 도원은 도려내고 싶은 과거를 들쑤시고 있지만, 그것이 MJ를 화나게 하진 않았다. 오히려 이름이 불릴 때마다 서글퍼지고 나약해졌다. MJ로 살 수밖에 없었던 여리고 붉은 살점을 어루만지는 것 같았다.

도원은 정말로 MJ의 상처를 어루만져 주고 있었다. 이젠 손바닥 아래 감기는 질긴 화상 상처는 도원이 가장 사랑하는 MJ의 신체 일부가 되었다.

“사랑해요, MJ.”

피하고만 싶었던 불행한 과거의 MJ와 모든 것이 변해 버린 현재의 MJ 사이에 도원이 자리 잡고 있다. 그것이 너무 행복해서 도원을 끌어안았다.

살면서 가장 놓치고 싶지 않은 행복이었다.

MJ가 아침밥을 차려 준 식탁에 앉아서 도원은 눈을 깜빡였다.

조와 귀리, 콩, 현미가 골고루 섞인 흑미밥에 참기름 냄새가 고소하게 풍기는 미역국, 고춧가루와 간장 양념 베이스의 두부조림, 견과류를 넣어 달짝지근하게 만든 멸치 볶음, 브로콜리와 피망으로 예쁜 색을 낸 불고기, 직접 담근 오이지와 예쁘고 정갈하게 깎아 놓은 후식용 과일까지.

30분 만에 뚝딱 만들어 내는 모습을 두 눈으로 확인했는데도 다채로운 색으로 식탁 위에 가지런히 놓인 음식들을 믿기 힘든 눈으로 내려다봤다. 색색의 음식에서 저마다 맛있는 냄새가 풍겨서 MJ가 식탁 맞은편에 앉는 모습만 감동받은 눈으로 바라봤다.

“매번 이렇게 감격해 주니 고맙긴 한데, 그동안 이런 거 한 번도 안 먹어 봤어? 왜 매번 감동 받는 거야.”

도원은 수저를 들 생각도 하지 못했다.

“전 요릴 해도 이렇게 잘 안 되더라고요. 다 막 뒤섞이고 색깔도 죽어 버리던데.”

“보면 은근히 손재주 없어.”

“손재주뿐만 아니라 몸을 쓰는 일은 다 못하는 거 같아요.”

“흐응, 몸 쓰는 일?”

“아니, 그런 야한 표정 짓지 마요.”

“선생님 몸 쓰는 거 너무 잘하는데 이상하네.”

“제가 머리만 굴릴 줄 아는 너드라는 소리입니다.”

“이렇게 귀여운 너드라면 평생 침대에서만 몸 쓰자. 나머진 내가 다 해 줄게.”

MJ의 이런 얘기엔 면역이 생길 법도 하건만. 도원은 여전히 익숙해지지 않는 낯 뜨거움과 부끄러움으로 따끈따끈해진 볼을 손바닥으로 눌렀다. MJ는 그런 도원의 손에 직접 숟가락을 들려 주었다.

도원이 밥과 국을 한술 뜨는 동안에 MJ는 젓가락으로 불고기를 집어서 숟가락 위에 얹어 주며 다시 물었다.

“오늘 빈유미 형사 몇 시에 보기로 했어?”

“아무 때나 와도 된다고 해서 일찍 출발할까 해요. 얼른 갔다가 집에 와서 쉬어요.”

MJ는 뒷맛이 쓰다는 듯이 덤덤하게 말했다.

“경찰청에 걸어 들어갈 생각 하니 좀 낯설긴 하다. 아무리 생각해도 적응 안 되네.”

“부담되면 저 혼자 갔다 와도 돼요.”

“어제 선생님 자는 동안에 생각해 봤거든.”

"크랙 일 말이죠?"

"응. 나도 웬만하면 경찰 쪽에서 우릴 도와주면 좋겠더라. 그러면 아이스도 크랙 쪽에 붙을 필요 없이 발 뺄 수 있을 거 같아. 그게 최선이라는 생각을 했어."

거의 잠을 자지 못할 정도로 오랫동안 생각한 것을 MJ는 이어 말했다.

"할 수 있다면 크랙 위치라도 알려 달라고 하고 싶어. 그래야 선생님한테 어떤 위협이 있을지, 내가 뭘 준비할 수 있을지 생각할 수 있잖아. 이 정도로만 개입하는 것도 선생님을 위험하게 하는 걸까?"

MJ는 직접 말하지 않았지만 도원에게 죄책감을 느끼고 있었다. 자신과 얽히지 않았다면 도원이 겪지 않아도 될 고통스러운 순간이 없었을 것이라고.

그때마다 도원은 MJ를 사랑하게 된 것만으로 고통들은 모두 추억이 되었다고 생각했다. 하지만 MJ의 죄책감은 그러한 위로로도 쉽게 잊히지 않는 듯했다. 그러니 지금처럼 도원의 안전을 최우선으로 생각하게 되는 거 아닐까.

"위험하지 않아요. 당신이 무슨 생각을 하고, 준비를 하건 내가 백업해 줄 테니까 걱정부터 하지 않기로 해요."

생긋 웃는 도원에게 MJ는 뭔가를 말하려다가 입을 다물었다.

쑥스러운지 머리카락을 만지작거리다가 젓가락으로 두부조림을 먹기 좋은 크기로 잘라서 도원의 밥 위에 얹어 주었다. 그 행동만으로도 MJ가 그렇게 지키고 싶어 하는 행복이 어떤 종류인지를 도원은 실감할 수 있었다.

도원은 MJ가 올려 준 두부조림 한 숟가락을 MJ에게 먹여 주었다. MJ가 지키고 싶어 하는 행복을 어떻게 유지할 수 있는지를 잘 아는 사람은 오히려 도원이었다.

"서울에 올라간 김에 아이스를 한 번 더 만나고 올래요? 그리즐리도 함께 보면 좋고요."

MJ가 잠시 고민하더니 고개를 끄덕였다.

"빈 형사 만나서 들은 얘길 직접 들려주는 것도 좋겠다. 아이스한테 미리 연락해 둘게."

"도움이 되어서 다행이에요. 제가 너드라서 생각은 좀 잘하죠?"

한쪽 눈을 살짝 윙크까지 해 보이는 너스레에 MJ가 웃음을 삼켰다.

"하여튼 우리 자기 볼수록 사랑스러워."

'자기'라는 말에 도원은 잠시 몹쓸 것을 보는 것처럼 묘한 표정을 지었다.

"예?"

잘못 들은 사람처럼 반응하는 바람에 MJ의 짓궂은 미소가 더 짙어지고 말았다.

"왜 놀라고 그래. 자기라는 말 싫어?"

"태어나서 처음 듣는 말인데요."

"오."

"아니, 그렇게 눈 빛내지 마시고요."

"자기."

"하지 마요."

"이런 걸로 쑥스러워하면 어떡해."

"침대에서 이름 불렀다고 복수하는 거죠."

"응, 우리 자기만 나 놀리니까 앞으론 이렇게 복수해야겠다."

얼굴이 새빨개져서 어쩔 줄 몰라 하는 도원을 보며 MJ는 한동안 웃음을 터뜨려야 했다.

밥을 먹을 때 물을 마시는 도원과 달리, 밥을 다 먹은 후에야 물잔을 채우는 MJ는 잠을 자는 시간대만큼이나 서로 다른 부분이 많았다.

계란은 노른자, 닭은 가슴살, 회는 비려서 날 음식을 잘 못 먹고, 단것보단 매운 것을 선호하는 도원과 반대로, MJ는 계란은 흰자, 닭은 다리랑 날개, 생선뿐만 아니라 소고기도 회랑 날음식을 즐기며 매운 것보단 단것을 좋아했다.

추우면 마스크에 목도리, 장갑까지 끼는 도원이었지만, MJ는 털이 달린 점퍼 모자를 눌러쓰면 방한 대비도 끝이었다.

차를 타러 나갈 때도 도원은 차 키와 지갑만 챙겼다. MJ는 집 안을 꼼꼼하게 둘러보며 전등이 켜진 곳은 없는지, 가스 불이나 보일러를 틀어 두진 않았는지를 먼저 확인했다.

도원은 한 번에 한 가지밖에 하지 못했다. MJ는 한 번에 여러 가지를 했다.

함께 살면서 서로의 행동반경, 사고방식이 모두 다르다는 걸 깨닫고 있었다. 두 사람은 서로를 낯설게 보기 보다는 자신이 생각하거나 행동하지 않는 것을 상대가 할 때마다 신기하고 귀엽게 바라봤다. 상대에 관한 새로운 것을 알 때마다 웃기도 많이 웃었다.

"오늘은 제 차 타고 가요."

식사도 다하고, 씻고, 외출 준비를 모두 마친 도원의 말에 MJ는 도원보다 먼저 그의 차 키를 챙겨 나오며 말했다.

"그럼 운전은 내가 할게."

서울로 가는 동안에도 사소한 이야기가 오고 갔다. 운전 습관조차 MJ는 손의 악력이 좋아서 한 손으로도 핸들 조작이 자유로운데 반해, 도원은 양손으로 꼭 잡아야 하는 것으로 서로를 놀리기도 했다.

잠깐 들른 휴게소 매점에서조차 감자 칩을 사 온 도원과 알감자를 사 온 MJ는 서로 다르게 사 온 음식을 나눠 먹느라 즐거워서 침묵을 채울 음악 따위는 신경 쓸 겨를도 없었다.

서로의 다른 부분이나 비어 있는 부분을 채워 주고 넓혀 주는 것이 MJ와 도원에게는 즐겁고 행복한 일이었다.

"날씨 진짜 좋네요. 한강 너무 예쁘다. 오랜만에 봐서 그런가."

MJ가 운전을 하는 동안에 도원은 오른쪽 차창 너머를 바라봤다. 구름 한 점 없이 맑은 날이었기에 잔잔한 물결 위로 반짝거리는 햇살이 쏟아지고 있었다.

마치 거대한 프리즘을 한강 위에 융단처럼 펼쳐 놓은 것 같았다. 어쩌면 대낮에 볼 수 있는 플라네타리움일지도 모른다. 손가락으로 강물을 찍어 먹으면 꿀처럼 달지 않을까. 오늘만 특별히 강에 꿀을 풀어내서 저런 색일지도 모르잖아.

"그러게. 나중에 한강으로 데이트 올까?"

그 말에 도원은 차창 밖 풍경에서 눈을 떼며 웃었다.

"좋아요. 좀 더 지나면 벚꽃이 엄청 필 텐데. 꼭 같이 보러 오기예요."

도원에게 마주 웃어 준 MJ는 1차선을 달리던 차를 차츰 3차선으로 옮겼다. 올림픽 대로에서 벗어나 한강 대교로 들어선 차는 그대로 용산을 지나 시청까지 달려 나갔다. 키 낮은 빌딩 사이로 우뚝 솟은 경찰청 청사 건물이 보이기 시작했다.

"주차장에 바로 차 세우면 될까?"

MJ가 핸들 너머로 고개를 내밀면서 건물 주변을 살펴 물었다. 도원은 예전이나 지금이나 변함없는 건물을 물끄러미 올려다보고는 건물 근처의 주차 구역을 가리켰다.

"방문 차량 검사 받기 싫으니까 저기 세워요."

"선생님이 언제부터 그런 거 신경 썼다고 그래."

"당신 닮아 가서 그래요."

그 말에 진심으로 웃음이 터진 MJ였다. 도원은 부드럽게 주차하는 MJ를 대신하여 빈유미에게 연락을 했다. 익숙한 통화 연결 음이 세 번쯤 이어졌을 때 익숙한 목소리가 들렸다.

"유미 씨, 저 도착했습니다. 어디로 가면 될까요?"

안 그래도 도원의 연락을 기다렸던 그녀가 건물 앞에 와 있다는 도원의 얘길 듣고 쏜살같이 달려 나왔다.

"도원 선생님!"

빈유미는 단발머리를 휘날리며 뛰어왔다. 옆에 MJ가 없었다면 그대로 도원을 끌어안으며 반가움을 온몸으로 표시했을지도 모른다. 꼬리가 달렸으면 좌우로 격렬하게 흔들었을까.

"보고 싶었어요, 선생님! 매번 전화랑 문자만 하다가 이렇게 보니까 너무 반가운 거 있죠! 한 달만인데도 왜 이렇게 오랜만에 뵌 것 같을까요?"

짧은 커트 머리를 할 때완 확실히 분위기가 달라졌다. 여전히 배시시 웃는 사람 좋은 미소에 어수룩한 말투의 소유자였지만 이젠 그러한 허술한 껍질로도 숨길 수 없는 노련한 형사의 분위기가 물씬 풍겼다.

도원은 빈유미의 손을 잡고 위아래로 장난스럽게 흔드는 악수를 해 보였다.

"유미 씨는 그대로야. 똑같네, 똑같아."

"한 달 정도는 똑같아야죠. 그새 늙으면 저 너무 슬플 거예요."

"그 귀여운 소리도 똑같네."

"이잇, 또 놀리신다. 아, 그리고."

악수를 마친 빈유미가 MJ에게 시선을 돌렸다. 한때는 쫓고 쫓기는 사이였다. 빈유미를 따돌리는 방화범의 간계에 경험이 없던 그녀가 얼마나 똥줄을 태웠는지는 누구보다도 도원이 잘 알고 있었다. 빈유미 입장에서 생각해 보자면 MJ는 원수이면서도 은인이라고 여기지 않을까.

몇 개월이나 방화범 공개 수배에 올라 있었다. MJ가 요리조리 피해 다닐 때마다 야근과 철야에 시달렸지만, 한편으론 이 방화범 덕분에 마약 사범들까지 소탕하면서 2계급 특진까지 할 수 있었다.

빈유미는 도원에게 MJ에 대해서 자세히 물은 적이 단 한 번도 없었다. 왜 도원이 MJ와 이토록 사이가 돈독한지를 궁금해할 법도 한데 입 밖으로 꺼내지 않았다. 그녀의 배려에는 복잡한 심경이 담겨 있었고, MJ에 대해 묻지 않는 불문율을 말없이 지키고 있었다.

이번에도 그녀는 MJ에게 사적인 관계를 철저히 배제한 인사를 건넸다.

"오랜만입니다."

손을 내미는 빈유미를 MJ는 무슨 생각을 하는지 알기 어려운 시선으로 빤히 바라보기만 했다. 동공조차 구분할 수 없는 까만 눈동자로 쳐다보고 있으면 먹잇감을 응시하는 맹수처럼 느껴졌다. 빈유미는 직업적 특성 때문에 그러한 공격적인 분위기를 쉽게 읽어낼 수 있었다.

덕분에 본의 아니게 팽팽한 긴장감을 느끼고 마른침을 삼켰다. 따뜻하고 포근한 도원과 비교해서 너무도 차갑고 무서워 보이는 MJ였지만, 오늘은 상대를 물어뜯지 않기로 결정한 모양이다.

MJ는 말없이 빈유미의 손을 잡아 주었다. 손바닥을 타고 느껴지는 것이 체온의 따뜻함이 아닌 짐승 가죽의 차가움 같았다. 그래서 빈유미는 자신도 모르게 움찔했다.

그녀가 알던 MJ라면 손을 내밀어도 무시했을 텐데.

악수를 받아 준 것은 그만큼 뜻밖이었다. 예상과 다른 반응에 먼저 손을 빼 버리는 실례를 해 버렸지만, MJ는 크게 신경 쓰지도 않았다.

MJ는 곧바로 빈유미에게서 시선을 돌렸다. 살랑거리는 봄바람이 불어서 흔들리는 화단만 응시했다. 빈유미는 혼자서 손바닥을 문지르다가 어색하게 도원에게로 시선을 돌렸다.

지켜보고 있던 도원은 MJ가 순순히 악수를 한 것이 흐뭇한지 보는 사람 설렐 정도로 예쁘게 웃고 있어서 빈유미를 더 혼란스럽게 만들고 있었다.

"아, 사무실로 안내해 드리겠습니다."

도원이 그 말에 자연스럽게 MJ의 손을 잡으면서 말했다.

"신분 검사하기 좀 꺼려지는데 공개적인 장소에서 얘기하면 안 될까요?"

MJ 때문에 그러는 것이라 생각한 빈유미는 고개를 끄덕였다.

"그럼 1층 카페에서 얘기하시겠어요? 제가 얼른 자료 가져 올게요. 계장님께 확인만 받아오면 되거든요."

"응, 알았어요."

빈유미가 속해 있는 광역수사1계는 청사 1층에 위치해 있었다. 그녀는 바로 계장에게 확인 받고는 품에 파일철을 끼고 나왔다.

"이쪽입니다."

그녀와 함께 청사 내의 카페로 향했다. 카페 이용객들은 일반인이 아닌 청사 관계자였다. 일을 하다가 잠깐 카페에 들러 숨통을 돌리는 분위기였다.

수사와 관련된 얘기를 해도 눈치 볼 것 없는 것은 다행이었다. 커피를 주문하고 자리에 앉는 동안 빈유미가 간단하게 이야기했다.

"이건 보도 자료로도 언론에 알려진 사실이니까 정리해서 드릴 수 있는 파일이에요. 지하철 폭발 사고 말입니다. 설비나 작업 관련 사고는 아닌 것으로 밝혀졌어요. 사제 폭탄 성분이 검출되었거든요."

그 말에 도원은 멈칫했다. 폭탄이란 말에 두 눈이 휘둥그레졌다.

"폭발한 지하철 현장에서 검출된 화약 성분표예요. 확인 결과 C4 폭탄으로 밝혀졌습니다."

빈유미가 건넨 종이를 도원은 꼼꼼하게 살폈다.

제4형 복합 폭탄 물질. 정식 명칭, Composition4—Explosives. 줄여서 C4라고 부르는 폭탄.

고체 폭탄인 다이너마이트나 액체 폭탄인 TNT랑 다르게 뇌관과 기폭장치로 구성되어 있다. TNT의 폭발력을 1로 봤을 때 컴퍼지션 폭탄의 위력 계수는 1.34. 게다가 뇌관만 잘 심으면 폭발 물질의 성형도 쉽고 위력도 증폭시킬 수 있어서 미군이 널리 사용한 이후로 테러 집단들도 많이 쓰는 폭탄이었다.

도원은 폭탄이 터졌다는 현장 사진을 MJ에게도 보여 주었다. MJ가 사진을 살펴보는 동안에 도원은 빈유미에게 물었다.

"이걸 저희에게 왜 보여 주신 건가요?"

"선생님이 찾는 사람이 바로 그 폭발물을 설치한 사람입니다."

"네?"

빈유미는 당황한 도원에게 또 다른 종이를 건넸다. CCTV 녹화 사진이었다. 사진은 어두운 곳에서 한 사람의 실루엣만 찍혀 있었다.

사진 속 남자가 키가 크고 체격이 좋은 편이라는 것만 구분할 수 있을 뿐, 얼굴은 보이지도 않았다. 사진을 들여다보던 도원이 고개를 들었다.

"이게 누군가요?"

"장진원입니다."

……크랙. 크랙이 폭탄을…… 지하철 폭발에 폭탄을 이용했단 말이지.

도원은 심각해진 표정으로 사진을 한 번 더 내려다봤다. 사진이 찍힌 곳은 지하철 확장 공사장 부근이었다. 주차된 차가 전혀 없을 정도로 인적이 드문 곳이다. 가로등이 촘촘하게 설치된 곳도 아니어서 한 사람의 이목구비를 구분할 정도로 주변이 밝지도 않았다.

빈유미를 만나면 크랙의 행방을 묻고 헤어지려 했는데.

크랙의 뒤를 쫓을 수 있는지 정도만 경찰의 도움을 받으려 했건만. 도원은 한동안 종이 모서리만 만지작거렸다. 흐릿하게 나온 흑백 사진까지 MJ에게 건네준 도원이 빈유미에게 물었다.

"이 사람이 장진원인 근거는 있습니까?"

"한여은과 함께 다니고 있어요."

대리자. 역시 잊었던 사람이 등장하자 도원은 잠시 망설였다. 도원의 시선은 자연스럽게 MJ를 향했다.

MJ가 크랙이 찍힌 불분명한 사진을 보면서 무슨 생각을 할는지는 도원조차도 알기 어려웠다. 미간을 살짝 찌푸린 채 탐탁지 않은 기색으로 사진 속 크랙을 물끄러미 응시하는 것이 전부였으니까.

분노하지 않는 것만으로도 다행이라 여겨야 할까. 아니면 그의 가장 고통스러웠던 유년 시절의 기억을 다시 긁어낼 수 있는 장진원이란 존재에 너무 쉽게 접근한 것을 우려해야 할까. 도원으로서도 아직 확신을 갖지 못했다.

도원의 시선을 느낀 MJ가 종이에서 고개를 들었다. 그제야 눈이 마주친 도원은 조금 더 정확하게 MJ의 반응을 살필 수 있었다.

MJ는 고요했다. 결코 유쾌할 수 없는 기분으로 크랙의 이야기를 듣고 있지만, 트라우마에 지나치게 몰입하거나 분노하진 않았다. MJ의 반응에 안절부절못하는 도원과 비교할 때 오히려 MJ가 더 안정적으로 보일 정도였다. 말하지 않아도 도원의 생각을 눈치챈 MJ가 낮게 말했다.

"괜찮아, 선생님."

내 걱정하지 마. 이 정도로 미칠 만큼 나약하지 않아.

살짝 미소를 머금고 고개를 옆으로 숙여 주는 행동만으로도 도원을 다정하게 챙겨 주는 마음이 고스란히 느껴졌다. 덕분에 도원은 흔들리던 중심을 잡을 수 있었다.

도원은 가볍게 숨을 몰아쉬었다. 크랙이 마약이나 총 외의 어떤 도구를 이용할지 궁금했건만, 그게 폭탄이었다니. MJ에게 복수하기 위해서 사제 폭탄을 터뜨릴 가능성이 있다는 소리다.

오히려 잘된 일이다. 크랙이 정말로 사제 폭탄을 이용할 생각이라면 오히려 국가 대응에 기댈 수도 있는 부분이기도 했다. 폭탄은 테러와도 밀접한 관계가 있다. 마약이나 총기류 진압 때와는 또 다른 방향으로 경찰과 군 병력을 이용해 신속하게 크랙을 붙잡을 수도 있다.

도원은 빈유미와의 대화에 더욱 집중하기 시작했다.

“대리자까지 이 일에 얽힌 겁니까.”

“네. 장진원이 재심을 신청했고, 법원이 다시 받아 줬어요. 7년 동안 징역을 산 것으로 충분하다며 바로 출소할 수 있었고요. 이렇게 장진원과 다시 손을 잡은 거죠.”

“두 사람을 추적하고 있는 중입니까.”

“노력하고 있습니다.”

“은행이나 교통수단 이용은 추적이 안 되나요?”

“둘 다 전산망에 잡히질 않아요. 특히 장진원은 여권상의 기록으로는 미국에 있는 것으로 나오거든요.”

“그럼 여권을 위조해서 한국에 왔다는 거네요.”

“그런 것 같습니다.”

도원은 의자에 몸을 기댔다.

크랙이 왜 하필 폭탄이라는 수단을 선택했는지를 생각해 보았다. 대리자의 재심을 청구해서 형량 조절이 들어갔을 때만해도 혹시 마약 사업을 다시 준비하는가 싶었는데, 그건 아니었다.

아이스는 크랙이 MJ에게 복수를 꿈꾼다는 것처럼 말했다. 그 복수의 수단으로 총이나 독극물처럼 조용하고 신속한 무기를 선택하지 않은 셈이다.

폭탄이라. 왜 하필 폭탄인지. 크랙의 선택에 대해 생각해 봐도 쉽게 풀리지 않는 수수께끼가 되었다.

폭탄의 속성은 불특정 다수에게 행해지는 위협이다. 폭탄범의 재력과 공격성을 과시하는 용도로 많이 쓰여 왔다. 종교적인 신념이나 극단적인 가치관을 주장하기 위해서 주로 쓰는 폭탄을 개인의 복수라는, 상대적으로 사소한 것에 이용했다는 것이 이상했다.

이게 잘된 일만은 아닐지도 모르겠다. 일을 일부러 키우려는 것처럼도 느껴졌으니 말이다. 한국이라는 나라에 익숙하지 않은, 폭탄이라는 위협물로 무슨 메시지를 전달하려는 것은 아닐지 생각이 복잡해지기도 했다.

폭탄을 터뜨려서 대체 이점이 무엇일까. 오히려 대대적인 과시용 위협을 저지르면 크랙이 몸 성히 한국을 빠져나가기 힘들 정도로 당국의 압박을 받을지도 모르는데. 왜 굳이 번거로운 방법을 선택한 것이지.

7년 전에 알고 지냈던 크랙과 폭탄을 준비하는 지금의 크랙을 동일 선상에 두고 생각하기엔 그 시간적인 간극도 컸다. 그나마 도원이 알고 있던 '장진원'으로서의 크랙의 지금 성향을 파악하자면 한 가지 가능성은 생각해 볼 수 있었다.

크랙은 무대를 세팅하려는 건지도 모른다. 배우가 아닌 연출을 하고 싶다던 사람이니, 자신이 만든 무대에 MJ가 불나방처럼 뛰어들길 바라는 것일지도 모른다. 그 무대를 위해 폭탄이라는 극단적인 수단을 선택했다고 봐야 할 것인가.

"선생님."

빈유미는 도원을 조심스럽게 불렀다. 생각에 잠겨 있던 도원이 식어 가는 커피를 바라보던 시선을 뗐다. 어느 때보다 진지한 그녀의 목소리가 뒤따랐다.

"일전에 저와도 일하셨을 때요. 그때 범인들 프로파일링 하시던 기억나세요?"

도원은 망설이지 않고 고개를 끄덕였다.

"그럼요."

"그럼 실례를 무릅쓰고 몇 가지만 부탁드려도 되겠습니까."

이제 와 경찰을 도울 자격이 될까.

망설이느라 대답하지 못하는 도원을 보고 빈유미가 확신을 담아 말했다.

"장진원, 한여은과도 관련 일을 겪어 보셨으니 저희보다 더 빨리 중요한 것을 잡아낼 수 있지 않겠습니까."

누구보다 밀접한 관계자이니 도움이 된다는 뜻이군.

도원은 알겠다며 고개를 끄덕였다. 자신이 도울 수 있는 방법을 묻자 빈유미가 고민 없이 대답했다.

"이들의 프로파일링을 요청하고 싶습니다."

그 말에 먼저 반응한 사람은 MJ였다. CCTV 사진을 손에 들고 살짝 흔들던 MJ가 도원에게 비스듬히 기대면서 빈유미를 바라봤다. 빈유미는 방화범의 흔적을 뒤쫓을 때나 느껴 봤던 섬뜩함을 다시 느꼈다.

MJ는 대낮에도 도로를 활보하는 데에 법적으로 아무 문제가 없는 사람이다. 이렇게 경찰을 마주하고 있는 것이 아무 거리낄 것 없는 평범한 시민이라는 소리다.

그러나 시선이나 목소리, 몸짓 하나만으로 주변의 공기를 가라앉게 만드는 특별한 분위기를 지닌 사람을 '평범하다'는 수식어로 말할 수가 없었다.

흉터 자국은 한 번 보면 잊힐 수 없었다. 머리카락으로도 목과 어깨까지 이어진 흉터들은 가려지지 않았다. 힘줄이 툭 불거진 듯한 질긴 살점들은 그 존재만으로도 위압감을 주기 충분했다. 그리고 가끔 이해하기 어려울 정도로 짐승 같은 눈치와 감을 가진 사람이기도 했다.

"선생님은 평범한 대학교수야. 이런 현장에 투입되어 공조 수사를 할 위치가 아니잖아."

빈유미는 애초에 그럴 생각이 없었지만, MJ를 접하고 나서 도저히 그와 도원에게 뭔가를 숨길 엄두가 나지 않았다. 지금은 공격성이 없는 MJ의 저 까만 시선이 언제 으르렁거리며 이빨을 드러낼지 모르기 때문이다.

"그렇게 의심하시는 건 이해합니다. 당연히 정식적으로 협조를 구하지 않았는데 저희 계장님이 승인하신 모양이 이상하긴 하죠."

빈유미는 MJ와 도원을 번갈아 보며 대답했다.

"장진원이 추가 폭탄을 터뜨릴 것 같습니다. 이번엔 인명 피해가 없던 지하철 공사 현장이 아닌, 다른 곳으로 예상됩니다. 이 부분에 도움을 요청하고 싶습니다."

도원이 놀라서 물었다.

"2차 폭발이라도 예고했나요?"

"지하철 공사장에서 해 본 건 예행연습처럼 느껴진다고 전문가들이 공통적으로 얘기하고 있거든요. 폭파 규모가 저희가 대응하는 것 이상을 웃돌 수도 있기 때문에 꽤 긴급하게 준비하고 있어요. 대테러 진압 팀이 미국 측과 연락하고 있고요."

"2차 폭파 장소는 추정할 수 있습니까."

"이제 막 공조 수사에 들어가기 시작한 때라서 의심 지역들을 바로 집어낼 수는 없을 것 같아요."

도원은 크랙이 키운 판에 솔직히 당황하고 말았다. 폭탄이라는 극단적인 수단이 대체 어떤 효과를 주는지 아직까진 추측도 할 수 없었다.

대리자를 재심으로 출소시키고, 아이스에게 연락했다. 사제 폭탄으로 위협을 하면서 이 모든 일이 MJ를 향한 복수 하나를 위해 준비하고 있다니.

빈유미의 반응을 보아하니 아직 경찰 쪽에선 크랙이 MJ를 노리고 있다는 사실도 모르는 듯했다. 하긴, 폭발물로 협박하는 범인에게 집중하느라 MJ와의 연결 고리까지 신경 쓰려면 며칠 걸릴 것이다.

이 사실을 알리는 게 나을까. 크랙이 노리는 게 MJ라고. 그렇다면 그 정보를 알려 준 아이스의 존재도 말해야 할 텐데.

아이스는 아직 수배 용의선상에 들어 있는 범죄자다. MJ가 복역할 때 형량을 줄이기 위해 검찰 측에서 먼저 도원에게 아이스의 위치를 요구하기도 했다. 정황상 아이스를 꽤 중요도 높게 다루는 듯한데. 이제 와서 말하면…….

도원은 MJ를 바라봤다. 의자 등받이 쪽으로 팔을 돌린 채 비스듬히 기대어 있던 MJ도 도원을 지켜보고 있었다. 대화를 하지 않아도 알 수 있었다. 도원과 MJ는 같은 생각이었다.

아이스에 대해선 말하지 않고, 경찰 측에 협조해서 크랙의 뒤를 쫓는다. 경찰과 친밀해지면 오히려 폭탄으로 위협하는 크랙에게서 안전해질 테니까.

"해 보겠습니다. 프로파일링에 필요한 자료는 유미 씨에게 요청하면 되는 건가요?"

도원의 대답을 들은 빈유미가 조마조마하던 표정을 지우고 처음으로 밝게 반응했다.

"네! 저희 계장님 만나 뵙고 가시는 거 어떠세요?"

"그러겠습니다. 제가 어디까지 수사에 공조해도 되는지 확인하고 갈게요."

"아, 정말 감사합니다."

도원은 빈유미에게서 받은 종이들을 파일철에 끼워 넣으며 덧붙였다.

"대신 저도 유미 씨에게 하나만 부탁해도 될까요?"

"네, 얼마든지요! 제가 할 수 있는 건 뭐든 도와드리겠습니다!"

씩씩하게 말하는 그녀에게 도원은 생긋 웃어 보였다. 경찰에게만 가능한 부탁을 얘기했다. 조금 더 솔직하게 말하자면, 도원이 경찰을 이용하게 되는 종류의 부탁이었다.

"크랙 쪽 수사 상황을 저도 알 수 있게 해 주세요. 물론, 계장님께 말씀드릴 때 유미 씨가 적극적으로 거들어 주셔야 합니다."

크랙을 뒤쫓는 일에 방관자가 되지 않겠어.

도원은 자신의 목적을 위해 경찰까지 이용할 준비가 되어 있었다.

MJ는 경찰청 앞에 세워 놓은 차에 시동을 걸었다. 조수석에 앉은 도원이 안전벨트를 맬 때 MJ가 중얼거렸다.

"이거, 내가 빡쳐도 되는 부분 맞지, 선생님."

도원은 눈을 휘둥그레 떴다.

"저한테요?"

사나운 시선을 보내던 MJ가 순식간에 눈에서 힘을 풀었다.

"아니, 아니, 선생님이 아니라 크랙한테."

"아, 놀랬어요. 저한테 화낸다는 건 줄 알고 제가 뭐 실수했나 싶었네요."

"미안해. 내가 너무 화풀이한 거 같았어?"

"아뇨, 크랙한테는 저도 화내고 싶네요. 어딜 또 같잖은 짓을 하는 건가 싶어서요. MJ도 빡쳐도 돼요. 나도 빡치거든요."

MJ는 속에서 끓어오르던 분노가 그런 도원 때문에 사르르 녹아버린 나머지 화를 낼 타이밍을 놓치고 말았다. 대신 복잡한 표정으로 도원을 바라보았다.

원치 않은 일에 또 한 번 얽힐 것 같아 조마조마하고 화가 나는 MJ에 비해, 도원은 상대적으로 여유로워 보였다. 지승준을 상대할 때처럼 MJ가 범죄자 신분으로 도망 다니는 것도 아니고, 경찰의 적극적인 도움을 구할 수 있기에, 크랙을 상대하는 일은 그 기반부터 다르다고 생각하는 듯했다.

도원은 정의가 무엇인지 잘 아는 사람이었다. 그리고 그 정의를 자신의 편으로 만드는 것을 당연하게 생각했다. 이 세상의 올바름을 믿는다. 그 올바름을 위한 선의도 의심하지 않는다. 그 선의가 지금까지 수많은 기회가 되어 도원을 도와주고 있었다.

MJ는 크랙을 향해 씨근덕거리며 화를 내야 하는 것도 잊고 말았다. 도원의 말간 얼굴을 보니 그 삐쭉 솟은 모난 마음의 모서리가 둥글게 다듬어지는 기분마저 들었다. 포근하고 따뜻한 햇살이 너무 잘 어울리는 사람이라, 언 눈이 녹은 것처럼 마음이 편안해지고 마는 MJ였다.

"왜 하필 폭탄에 관심을 갖게 된 걸까. 그 새낀 마약 외엔 큰 관심도 없었는데."

도원은 눈을 굴리더니 자신의 생각을 말했다.

"우리가 알던 크랙에서 많이 달라진 것 같습니다."

"왜 그렇게 생각해?"

"장진원은 남에게 보여지는 것에 굉장히 민감한 사람이었어요. 배우 활동을 했지만, 대대적으로 활동하는 것엔 관심 없었죠. 그럴 만한 능력과 실력이 있는데도 헐리웃에 입성하기보단 예술 영화에 관심을 가졌거든요."

"하긴, 돈 욕심도 별로 없었지. 본인 부모님 주식을 당시 시가로 100억 이상을 소유하고 있었으니까."

"어린 시절 따돌림을 당한 것 때문에 너무 많은 관심을 받는 걸 부담스러워하기도 했어요. 그래서 배우가 된 후에도 연기보다는 오히려 무대 연출에 관심이 많았죠. 그 사람은 앞에 나서는 것보단 뒤에서 작업하는 걸 더 좋아하는 성향이었거든요. 그런 사람이 폭탄이라…… 어울리지 않는 선택입니다."

"왜 하필 폭탄일까. 나한테 복수하려는 거면 다른 방법도 많을 텐데."

"그 연결 고리를 찾아봐야겠습니다. 폭발물을 이용한 협박은 다량의 피해자를 동반해서 대대적인 공포심을 자극하거든요. 피해 규모가 막대하다는 걸 위시하기도 하고요. 일종의 '보여 주기성 위협'에 의미가 있어요. 그런 걸로 당신에게 복수하겠다는 게 잘 이해가 되지 않네요."

도원은 빈유미에게 받아 온 파일철을 다시 들춰 보았다. 계장에게 허가를 받고 가져온 추가 자료였다.

지하철에서 폭발물이 터진 일자, 시간, 폭발 현장에서 검출된 성분들, CCTV 사진, 장진원의 위조 여건 추적, 이동 경로 추적 상황, 출소한 한여은의 모호한 행방 등 폭파 사건이 발생한 지 하루 만에 다방면에서 많은 자료를 수집해서 분석한 듯했다.

한국 경찰의 조사 특성상 전산망에 잡히는 돈 거래 추적, CCTV 영상 확보를 우선시하는데, 크랙을 대상으로는 큰 효과를 발휘하지 못하고 있었다. 방화를 저지르던 MJ가 어떤 식으로 경찰의 시선을 피했는지가 떠올랐다.

MJ는 당시에 한국 사회에서 거의 말소된 신분으로 위치 추적이 어려웠다. 크랙은 재미 교포이므로 한국 내에서의 이동이나 돈 거래 정황을 포착하기 시간이 걸릴 것이다.

CCTV는 관제실만 통제할 수 있으면 무용지물이다. 관제실에서 일하는 사람 몇 명을 매수하는 게 크랙에게 어려운 일도 아닐 테다. 자금 추적이 어렵다면 유령 계좌나 대포 통장까지 준비했다는 뜻인데. 그 말인즉, 우발적인 폭발이 아닌, 아주 오랜 시간 준비한 정교한 판이라는 뜻이기도 하다.

크랙은 마약 사범으로 도망 다니던 경험도 있는 사람이다. 당시에도 집행 유예로만 풀려난 걸로 기억한다. 그때의 경험을 기반으로 더 철저하게 준비하면 준비했지, 사소한 실수로 붙잡히지는 않을 것이다.

"선생님."

기어를 바꾼 MJ가 핸들을 돌리며 말했다.

"아이스는 손 떼라고 하는 게 좋을 것 같아. 폭발물이면 걔가 얽혀서 더 위험해질 수 있잖아. 테러리스트로 경찰한테 쫓길 수도 있고."

도원은 보고 있던 서류에서 눈을 들었다. 옆 유리창으로 햇살을 받은 MJ가 반짝반짝 빛나고 있었다. 햇살이 닿아도 불순물이 섞이지 않은 순수한 검은색으로만 빛나는 사람. 어떻게 이렇게 새까만 머리와 눈을 가질 수 있는지 신기할 정도다.

도원은 눈앞에서 반짝이는 어둠을 살짝 넘기듯이 만지고 싶었다. 그러나 운전 중이기에 사고라도 날까 봐 참기로 했다.

"물론이에요. 상황을 봐서 더 이상 도와주지 않아도 되니 그만두라고 얘기해야겠어요."

"응, 그 얘긴 나도 거들게."

"지금 바로 만나러 가는 거죠?"

"그리즐리가 자길 만날 수 있는 장소를 알려 줬거든. 아무 때나 찾아와도 된대. 거기 가면 아이스도 볼 수 있을 거야."

2차선 도로로 진입한 차는 곧 붉은 신호에 걸려 정차했다.

MJ는 기어를 중립으로 바꾸면서 도원을 돌아봤다. 카 시트에 살짝 기대어 있는 도원은 햇살을 온몸으로 받고 있었다. 머리카락은 적갈색으로, 두 눈의 홍채는 머리색보다 더 옅고 투명한 색으로 빛이 났다.

"왜 그렇게 보고 있어."

작게 웃음을 흘리며 묻는 MJ에게 도원은 고민도 하지 않고 대답했다.

"신기해서요."

"내가?"

"네, 크랙 얘기 나오면 많이 화낼 줄 알았는데 아무렇지 않아 보여서 신기해요."

"나 많이 열 받았는데. 여기서 화내면 선생님 놀랄까 봐 참는 거야."

"참을 줄도 알아요?"

"선생님, 날 너무 엉망진창인 사람 취급하는 거 아니지?"

"하하, 내가 일일이 신경 쓰지 않아도 우리 MJ가 이렇게 성숙해진 게 고맙고 서운해서 그렇죠."

"서운한 건 왜?"

"언젠가 당신이 나를 필요로 하지 않을까 봐요."

그 말에 MJ는 잠시 말문이 막혔다. 사랑스럽게 MJ를 바라보고 있으면서도, MJ가 자신을 먼저 떠날 것이라고 자연스럽게 생각하는 도원 때문에 속상해지고 말았다.

일을 함에 있어선 누구에게나 인정받는 사람이 사랑을 하는 일엔 매번 스스로를 낮춘다. 사랑을 받는 법도, 지키는 일도 뭐든 전력으로 힘을 내온 사람이라서 그런 걸까. 사랑이라는 게 얼마나 힘든지 알아서 이별이 찾아와도 놀라지 않을 것처럼 구는 것처럼 보인다.

MJ는 도원의 모든 모습을 사랑했지만 그런 면은 싫었다. 기분 좋게 사랑하고 싶다. 행복해하는 일에 익숙해지고 싶어. 사랑을 하기 위해 매 순간 노력을 하고 있어서 속상했다. 노력 없이도 자연스럽게 사랑을 받아들였으면 했다.

MJ는 손을 뻗었다. 손끝으로 도원의 눈썹과 눈가, 볼을 천천히 쓸어 만졌다.

"내가 선생님을 필요로 하지 않는 게 아니라, 선생님이 나를 필요로 하지 않을까 봐 무서운 거 모르지?"

얼굴을 쓸어 만진 손끝이 도원의 입술을 매만졌다.

"우리 선생님, 나랑 너무 오래 떨어져 있어서 이상한 생각만 늘었나 봐. 나는 선생님이 어떤 이유에서건 나랑 떨어지는 걸 상상하지 않았으면 좋겠어. 앞으로 그런 말하면 나 정말 화낼 거야. 크랙한테 열 받은 것보다 선생님 그 말에 더 화가 나거든."

도원은 입술을 매만지는 손을 머뭇하면서 붙잡았다.

"미안해요. 헤어지거나 그런 걸 상상한 건 아니었는데."

"응, 그건 당연한 거고."

"당신이 갈수록 멋있어져서 불안해지나 봐요. 늙어서 엄청 주책맞아졌죠."

그 말에 피식, 웃고 만 MJ는 도원의 볼을 쓰다듬었다. 볼에는 옅게나마 MJ가 깨물었던 잇자국이 남아 있었다. 셔츠를 들추면 온몸에 빼곡하게 남아 있는 자국들 중 유일하게 겉으로 드러난 부분. 그 자국을 손끝으로 더듬으며 속삭였다.

"내가 요즘 선생님한테 너무 온화했나 보다. 그렇지? 예전처럼 막 집착해 줘야 이런 생각 안 할 텐데."

"그, 그런 뜻이 아니라……."

"선생님 강의 때문에 괜한 걸 배려했네. 흠."

"아니에요, MJ, 미안해요, 이상한 말해서."

"알았어. 앞으론 집에서 안 참을게."

"윽, 그, 저기……."

"우리 자기 불안하게 한 내가 제일 나빴어."

능글맞은 그 말에 도원은 얼굴을 화끈 붉혔다. 조급함이 잘 어울리던 사람이 MJ였는데. 언제 이렇게 여유로워진 건지. 덕분에 도원의 심장이 남아나질 않았다.

도원은 붉어진 눈가를 숨기듯이 시선을 내렸다. 긴 속눈썹이 파르르 떨리는 그 모습이 너무도 야해 보여서, MJ는 결국 참지 못하고 도원의 턱을 손으로 살짝 잡아 끌어당겼다.

쪽, 소리를 내어 뽀뽀를 해 주는데도 얌전히 키스를 받는 도원이 사랑스러워 견딜 수가 없었다.

"아이스 빨리 보고 나와서 집에 가자. 오늘 가만 안 둘 거야."

무시무시한 선포에 얼굴을 더 붉히고 만 도원이었다. 이겨 내기 힘든 특유의 섹시한 분위기에 도원은 거세게 요동치는 심장을 달래야만 했다.

파란불로 바뀐 신호등에 맞춰서 MJ는 다시 차를 출발시켰다. 저를 위해 여러 가지를 고민하는 도원에게 미안함과 고마움이 애틋해져서 운전 중에도 자꾸만 도원에게 시선이 갔다. 도원이 어쩔 줄 몰라 하는 모습을 볼수록 혼자만의 다짐은 확고해졌다.

크랙과 그리즐리, 아이스까지 얽히는 사건들에서 더는 도망가지 않기로 했다. 도원과 함께 미래를 그리기 위해선 극복해야만 할 문제였다.

"여기서 별로 멀지 않으니까 바로 가 보자."

MJ는 신호가 바뀐 뒤에 이태원 쪽으로 향하는 도로를 탔다. 아직 상점들이 문도 열지 않은 곳이 대다수인 골목가에 차를 세웠다.

도원은 눈앞의 작은 가게를 바라봤다. 베트남 음식점이다. 오픈 준비도 하지 않은 이른 아침에 음식점이라니.

"점심 식사하기로 한 건가요?"

MJ는 웃으면서 도원을 잡아끌었다.

"일단 와 봐."

"아직 가게 문 안 열었는데요?"

"괜찮아."

"네? 아니, 그래도 아직 영업시간도 아닌데요."

"괜찮대도."

음식점 문을 그대로 열었다. 'Close' 팻말이 걸려 있던 음식점 주방에서 구수한 고기 육수 향기가 번져 나왔다.

쌀국수와 분짜 위주로 판매하는 메뉴판은 단출했지만 이삼십 대를 겨냥한 인테리어는 귀엽고 아기자기했다.

테이블은 여덟 개 남짓. 테이블 면을 장식한 화려한 타일 무늬가 인상적이었다. 열대어 어항에선 작은 마리모를 체리새우들이 공이라도 굴리는 것처럼 가지고 놀고 있었다.

따뜻한 노란색 전등이 알알이 흔들리는 음식점 풍경에 도원은 본의 아니게 주춤하며 당황스러운 기색을 내비쳤다. 게다가 인기척을 느끼고 부엌에서 빼꼼, 고개를 내민 사람은…….

"……그리즐리."

신음처럼 내뱉은 그 이름의 주인이 도원을 바라보았다. 짧게 자른 머리에 두건을 쓰고 있는 그리즐리는 흰 셔츠에 검은 바지 차림으로 회색 앞치마를 매고 있었다.

"와아, 선생님!"

기뻐하며 두 손을 번쩍 드는 그 모습에 도원은 당혹스럽기도 하고 귀엽기도 해서 슬며시 웃고 말았지만 말이다.

도원은 정갈하게 음식을 담아내는 그리즐리를 신기하다는 듯이 바라봤다. 7년 전, 마지막에 봤을 때와 변함이 없었다. 피부가 조금 많이 타서 갈색으로 보이는 게 낯설긴 하지만 순박한 웃음은 그대로였다.

눈매는 여전히 순하고 동글동글했다. 행동은 커다란 덩치에 비해 작고 조심스러웠다. 여전히 사람을 따뜻하게 바라봐 주는 시선을 가진 남자에게 도원은 깊은 호감을 느낄 수밖에 없었다.

"선생님, 저 그렇게 보고 계시면 부끄러워요."

너무 넋을 놓고 쳐다보고 있었나 보다. 뒤늦게 정신을 차린 도원이 당황해서 말했다.

"미안합니다. 이런 차림으로 있으실 줄은 상상도 못해서요."

"저도요! 아무 때나 오라고 말씀드렸지만, 그렇다고 진짜 연락도 없을 줄이야. 하하, MJ가 갑작스러운 건 여전하네요."

"그러게요. 가게 주인이 누군지 말도 안 해 준 거 있죠."

그리즐리와 도원의 시선을 받게 된 MJ는 자신이 뭘 잘못했냐며 눈썹만 까딱였다. 태연한 MJ를 다그쳐 봤자 아무 소득이 없을 듯해서 도원은 다시 그리즐리에게 고개를 돌렸다.

“이렇게 다시 만나서 정말 반가워요.”

“저도 진짜 보고 싶었어요, 선생님.”

헤헤, 웃은 그리즐리가 도원 앞에 쌀국수 한 그릇을 내려놓았다.

“오픈한 지 얼마 안 된 제 가게 손님이 선생님이셔서 기분이 좋네요. 조촐하지만 맛있게 드셔 주신다면 더더더 행복할 거예요.”

찡긋, 윙크까지 하면서 기쁘게 말하는 그리즐리에게 어느새 다가온 MJ가 뒷덜미를 낚아챘다. 도원의 곁에서 떨어트리면서 때 아닌 경계심을 보였다.

“넌 선생님한테 너무 치근거려서 문제야.”

“치근거리다니! 내가 언제 그랬다고.”

“마음에 드는 사람만 보면 막 웃잖아.”

“알았어, 너한텐 안 웃을게.”

“하아, 그 뜻이 아니잖아.”

“자 봐. 이렇게 정색하며 너 보잖아.”

“됐다.”

그리즐리를 옆으로 밀어내고 도원의 맞은편에 앉는 MJ였다. “오랜만에 봐서는 이러기냐.”면서 투덜거리는 그리즐리의 행동을 받아 주지도 않은 채, MJ는 그리즐리가 도원을 위해서 직접 해 준 쌀국수를 내려다보기만 했다.

김이 모락모락 나는 음식에서 진한 이국의 향이 풍겼다. MJ의 예민한 후각에는 조금 거북할 정도로 진한 향이었다.

"선생님 어떻게 지내셨어요?"

음식을 앞에 두고 눈싸움을 벌이는 MJ 대신, 도원에게 다정하게 말을 붙이는 그리즐리였다. 도원이 대답하기도 전에 MJ가 그 질문을 가로채 버렸다.

"말 진짜 많네. 아이스 어디 있어? 얘기 좀 하게 불러 봐."

"아, 진짜 싫다, MJ. 선생님 오랜만에 봐서 너무 기쁜데 왜 자꾸 시비야."

"뭐, 왜. 내가 뭘 어쨌다고?"

"너 나가. 싸가지 없어, 진짜."

"아이스 어디 있냐니까."

"이거 봐. 귓등으로도 안 듣지."

"아이스 불러와. 할 얘기 있어."

"선생님만 여기 계세요. 쟤는 내쫓을 거예요."

어린애들처럼 유치한 말싸움을 벌이는 두 사람을 보고 도원도 소리를 내어 웃고 말았다. 투덜거리는 그리즐리나 그런 그리즐리에게 격 없이 시큰둥한 반응을 보이는 MJ나, 아주 오래된 친구처럼 자연스러워 보였다.

"선생님, 고명 더 드릴까요? 오늘 완전 질 좋은 고기 들였거든요."

그 말에 MJ가 말했다.

"야, 나도."

"너 왜 안 나갔어."

"배고파. 고기 고명 많이 넣어서 한 그릇 줘 봐."

"진짜 사람 말 듣지도 않는구나."

"채끝살 말고 양지로."

“조용히 해. 주는 대로 먹어.”

“듬뿍.”

“조용히 하랬지.”

“흥.”

나가라고 고사를 지내도 시침 뚝 떼고 팔짱만 낀 채 자리를 앉아 있는 MJ였다. 그런 MJ의 태도에 투덜거리면서도 주방으로 들어가 그릇 안에 생면을 담고 육수를 부었다.

그 위엔 MJ가 바라는 대로 고기 고명을 듬뿍 얹었다. “뭘 또 이렇게 많이 갖고 와.”라면서 투덜거리는 MJ에게 “미운 놈 많이 먹으라고.” 반격하는 그리즐리의 내공도 만만치 않았다. 그런 그리즐리의 모습이 말썽 많은 아들에게 오랜만에 밥을 해 주는 엄마 같아서 속으로 웃고 만 도원이다.

“아 맞다, 선생님, 아이스는 잠깐 창고 갔거든요. 급하면 전화해 드릴까요?”

“아니에요, 기다릴게요.”

“헤헤, 그럼 이거 더 드세요.”

MJ를 위한 쌀국수와는 별개로 작은 접시에 고기 고명을 듬뿍 덜어 온 그리즐리였다. 손수 젓가락으로 고명을 집어 도원의 그릇 안에 예쁘게 데코레이팅 해 주는 바람에 도원은 이 정갈한 한 그릇을 흐트러트리며 먹기가 아까워졌다.

MJ의 그릇 안에는 고기와 고수가 반반으로 덮여 있었다. 면발이 보이지 않을 정도로 수북하게 쌓인 고수 특유의 향이 진동했다.

인상을 찌푸린 MJ가 그리즐리를 노려봤다. 그리즐리는 그 시선을 아랑곳하지 않고 의자를 빼내어 앉았다.

"이른 아침에 서울까지 올 정도로 급한 일이 있으셨나 봐요."

그리즐리의 질문에 도원은 쌀국수 국물을 한입 떠 마시면서 대답해 주었다.

"네, 서울 경찰청에 볼일이 있었거든요."

"으음, 선생님 교수 생활하신다고 들었는데 경찰들이랑도 협업하시는군요."

"이번 한 번만 그렇게 되었습니다."

"아, 경찰 협업 문제랑 아이스가 관련이 있나요?"

눈치 빠른 그리즐리에게 MJ가 대신 대답해 줬다.

"크랙 얘기야. 너도 아이스한테 들었을 거 아냐."

"응? 크랙은 왜?"

"뭐야, 못 들었어?"

"아이스가 크랙 얘기한 적 없는데."

그 대답에 MJ가 미간을 찌푸렸다. 그러고 보니 어제 아이스를 만났을 때도 그리즐리에겐 얘기 안 한 뉘앙스였다. 그 이후로도 계속 숨기고 있던 건가. 아니면 말할 타이밍을 놓친 것뿐일 수도 있고.

아이스 입장에서 생각해 보면, 민간인이나 다름없는 그리즐리가 이번 일에 얽히지 않도록 말하지 않았을 가능성이 가장 컸다. 아이스가 그리즐리를 보호하겠다는데 MJ가 눈치 없이 이야기를 먼저 꺼내고 싶진 않았다.

"그럼 됐다."

"뭐야. 뭔데 그래. 나도 알려 줘. 크랙이 한국에 들어오기라도 했대?"

"너 왜 이렇게 눈치 빨라."

"맞나 보다. 더 말해 줘."

"조용히 해. 그냥 모른 척하고 있어."

"뭐야아, 내가 왜 몰라야 해. 말해 줘."

"조용히 하랬지."

한국에 들어와서 대리자를 재심으로 석방시키고 지하철에 폭탄까지 터뜨렸다는 걸 모두 말하려면 시간이 걸릴 일이었다. 설명하기도 귀찮아진 탓에 MJ는 대답 대신 고수가 산처럼 쌓여 있는 그릇을 들여다보았다. 그리즐리는 입을 다물어 버린 MJ 대신 도원을 돌아봤다.

"선생님, 무슨 얘기예요?"

MJ가 떠넘긴 공에 도원도 멈칫했다. MJ가 끝까지 말하지 않는 걸 보니 자신이 대신 말하기도 난처했다.

MJ는 젓가락을 들어서는 고명 위에 조금 얹힌 고수를 식탁 위로 버렸다. 매몰찬 쓰레기 취급이었다. 이런 걸 감히 먹으라고 주다니,라는 불쾌한 표정마저 내비쳤다.

MJ가 달고 짠 음식을 좋아하는 어린애 입맛이란 사실을 알긴 했지만, 찢어져서 동동 떠다니는 고수 이파리까지 가차 없이 꺼내는 그 집요함엔 그리즐리도 입술을 삐쭉였다.

"나만 또 따돌리는 거지. 너랑 아이스 진짜 못됐어."

"국물 향 특이하네. 이거 어떻게 우린 거야?"

"끝까지 말 안 하는 거 봐."

"외국에서 배워 왔어?"

MJ가 크랙 얘기를 꺼낼 기미도 보이지 않자 그리즐리도 포기했다. 그는 한숨을 내쉬면서 MJ가 관심을 가지는 것에 순순히 대답해 주었다.

"응. 7년 동안 외국에서 살았어. 베트남에서 3년, 캄보디아 1년, 필리핀 1년, 나머진 홍콩에 있었어. 베트남에서 이거 배워 온 거고."

어쩐지 쌀국수 육수 맛이 조금 다른 것 같더라니, 현지에서 배워 온 노하우가 특별히 있던 모양이다. MJ 입맛에는 너무 이국적이어서 별로였지만, 향이 조금 강한 것만 빼면 그럭저럭 먹을 만했다. MJ와 달리 도원은 국물도 잘 먹는 것이 입맛에 맞아 보였다.

육수 빼는 법 좀 물어봐서 집에서 해 줘야 하는 걸까.

제 취향과는 거리가 멀어도 너무 먼 음식과 그 음식을 잘 먹는 도원을 심각한 표정으로 번갈아 보던 MJ가 다시금 그리즐리에게 물었다.

"여권이나 비자는 어떻게 처리했어?"

"전부 불법 체류였는데."

"너랑 아이스 둘 다?"

"나도 무비자로 버티다가 불체로 넘어갔지. 아이스가 전과 많아서 여권도 따로 구했거든. 걔 맞춰서 지내려면 내 편의를 보긴 힘들었어. 그때 마약 사범 사건 터지고 아이스는 수배 내려져서 한국에서 지내기도 쉽지 않았고."

"불법 체류하면서 일한 거야?"

"식당 일은 잘 쳐줘. 내가 한국어랑 일본어도 할 줄 아니까 관광객들 받기도 좋았는지 싫어하진 않더라."

"경찰 뜨면?"

"알아서 몸 사려야지."

"그거 많이 힘 드려나."

"당연하지. 여행 다니면서 노는 것도 아니고 어떻게 평생을 떠돌면서 살겠어. 이렇게 물어보니까 수상하다. MJ, 이상한 생각하는 거 아니지?"

말없이 먹고 있던 도원이 MJ를 바라봤다. 이것저것 외국 생활을 묻는 MJ는 시종일관 심드렁한 표정이었다. 왜 갑자기 그런 걸 묻는지 모르겠고, 질문이 진지하게 느껴지지도 않았지만, 혹시 크랙 때문에 뭔가 다른 생각을 하는 걸까 내심 불안한 도원이었다. 왜 그런 걸 물어보느냐고 물어보기 직전이었다.

"누가 내 허락 없이 곰탱이한테 그런 거 캐물으래?"

갑자기 들려온 목소리에 모두들 벌컥 열리는 문을 바라봤다.

까만 비닐봉지를 양손에 들고 있는 남자. 허리에 매고 있는 앞치마엔 가게 상호 마크가 붙어 있었다. 눈앞을 간질이는 머리카락을 고무줄로 질끈 묶은 그의 모습을 도원이 반갑게 맞이했다.

"아이스."

아이스는 두 손에 들고 있던 봉지를 주방 바닥에 내려놓았다. 바스락거리는 봉지 안에 쌓여 있던 양파 하나가 빠져나오는 바람에 바닥을 굴렀다.

데구루루 굴러가는 양파를 내버려 둔 채 아이스는 도원을 향해 눈가를 접으면서 밝게 웃어 보였다.

"안녕하세요, 선생님."

그 미소가 MJ를 바라볼 때까지 이어지진 않았다.

"넌 안녕하지 마. 쓸데없는 말만 해서는."

MJ는 자신을 대할 때와 도원을 대할 때 너무도 달라지는 그리즐리와 아이스 때문에 입가를 씰룩였다.

두 사람 다 도원에게만 부드럽고 나긋하게 변하는 그 모습이 이상하게 거슬렸다. 도원에게 예의 없이 구는 것보다야 낫지만 도원이 호감 가질 만한 언행을 할까 봐 경계하게 되었다.

예전엔 이러지 않았는데, 도원을 둘러싼 수많은 사람들이 도원에게 호감을 표하는 모습을 보아 온지라 친구고 지인이고 할 것 없이 경계심만 늘어났다. 불필요한 질투라는 걸 스스로 알면서도 뾰족해지는 마음을 다스리기 쉽지 않았다.

“와서 불법 체류 방법이나 묻고 말이야. 진짜 그런 거 물어보려고 온 거야?”

아이스는 테이블 의자를 빼내어 앉았다. 등받이에 한쪽 팔을 돌리고 비스듬히 기댄 채였다. MJ는 아이스에게 말했다.

“네가 크랙에 대해서 아무 말 안 한 잘못이지.”

크랙이란 말에 멈칫하는 아이스의 반응을 그리즐리도 눈치챘다. 그는 단숨에 미간을 찌푸렸다.

“아이스, 정말 나만 안 알려 줄 건 아니지?”

아이스가 당황한 어조로 대답했다.

“그런 거 아냐.”

“그런데 다들 알고 있는 걸 왜 나만 모르는 거야.”

“내가 말할 타이밍을 못 잡아서 그랬어.”

“뭔데? 크랙이 한국 들어왔어?”

아이스는 곤란한 듯이 잠깐 망설였다. 그러곤 이내 쯧, 혀를 차면서 대수롭지 않은 어조로 말했다.

“당분간 크랙 밑에서 일하게 됐어.”

그 말에 그리즐리는 큰 충격을 받은 표정이었다. 한참 동안 눈을 커다랗게 뜨고 있다가 뒤늦게 정신을 차리고 말했다.

“그 약쟁이들이랑 두 번 다시 연락 안 한다고 약속했잖아.”

"내가 먼저 연락한 거 아냐. 걔네가 연락 온 거야."

"네가 해외에서 떠돌아다닌 것도 걔네 때문인데 이제 와서 다시 일한다고? 무슨 생각이야?"

"그냥 좀 그렇게 됐어."

"아이스."

"화내지 마. 나도 이렇게 될 줄 몰랐다고."

"화 안 났어. 실망한 거지."

실망했단 말에 난감해진 아이스였다. 뭐라 대답해야 하는지 몰라 망설이는 아이스에게 그리즐리는 전에 없이 차가운 표정을 짓고 있었다. 지켜보던 도원이 대신 말했다.

"크랙이 MJ에게 복수를 하겠다고 했습니다. 상황이 위험해질 거 같아서 제가 크랙 쪽 사정을 봐줄 수 있느냐고 아이스에게 부탁드렸습니다. 곤란한 부탁이었다면 죄송합니다. 제 잘못입니다."

그리즐리는 도원의 대답에 한참이나 생각을 곱씹었다. 크랙이 이제 와서 MJ에게 복수를 하겠다는 맥락이나 그것 때문에 아이스가 위험을 자초한 이유까지 유기적으로 연결하기까지 시간이 걸렸다. 한참 동안 침묵을 지키는 그리즐리를 살피면서, 도원은 아이스도 함께 바라봤다.

아이스의 반응이 묘했다. 뭔가를 더 아는 것 같은데 말하지 않고 숨기려 하고 있었다. 크랙과 연락하면서 MJ를 돕겠다던 생각을 바꾸기라도 한 것일까. 아이스가 여기서 배신하면 곤란한데.

도원은 아이스가 무슨 선택을 하고 어떤 판단을 했는지 확인하고자 결정적인 공을 던졌다.

"크랙이 폭탄을 터뜨리려고 합니다."

도원의 말에 아이스를 추궁하던 분위기가 바뀌었다. 놀라서 눈을 크게 뜬 그리즐리와 움찔, 하고 뭔가를 아는 듯한 분위기의 아이스를 도원은 빠르게 포착할 수 있었다.

그리즐리는 아무것도 모른다. 그것만큼은 도원도 확신했다. 아이스가 뭔가를 알면서도 말하지 않는다는 것 또한 분위기로 읽어냈다. 도원은 아이스를 신중하게 살피며 이어 말했다.

"경찰들과 공조 수사를 하며 크랙을 잡기로 했습니다. 하지만 경찰 수사에도 허점은 있겠죠. 이 부분은 아이스에게 부탁을 하고 싶습니다. 그리즐리, 이번에 큰 빚을 지게 되었습니다. 나중에 이 은혜는 갚을게요. 그래도 부족할까요?"

아이스가 이 상황에서 크랙과 대리자의 손을 뗄 수 있다면 무엇을 숨기고 있건 중요한 문제는 아닐 것이다. 하지만 위험성을 알면서도 끝까지 크랙 일에 개입한다면 얘기는 달라진다. 아이스의 대답은 도원이 판단할 근거가 될 것이다. 도원이 판 함정인지도 모른 채 아이스는 그 근거를 제 입으로 말하기 시작했다.

"선생님, 괜찮아요. 애한테 미안해할 거 없어요. 야, 그리즐리. 이거 내가 선택한 거야. 선생님이나 MJ한테 뭐라 하면 안 돼."

경찰 수사를 돕겠다고 말했는데도 끝까지 크랙 문제에 개입하다니. 수배령이 내려져 해외로 도망 다니던 사람답지 않은 결정이다. 몸을 사려도 걱정될 판에 나서서 돕겠다고 하고.

이번에도 7년 전처럼 박쥐 같은 짓을 하려는 건가. MJ를 사지로 몰아넣고 자신의 이득만 취하려고?

아니, 그건 아닌 듯하다. 아닐 거라 믿고 싶다. 이제 와서 아이스가 마지막 남은 친구까지 포기하면서 이기적인 선택을 하리라고 생각하고 싶지 않다.

이 우려가 정말 현실이 된다면 MJ가 위험해지는 것은 물론이고, MJ의 내면까지 상처를 입히게 될 것이다. 이제야 겨우 세상을 향해 마음의 문을 열기 시작한 MJ가 믿어 왔던 친구에게 다시 배신을 당해서 꽁꽁 얼어붙을지도 모를 일이다.

맹렬하게 회전하는 도원의 생각들은 모른 채 아이스는 특유의 유쾌한 어조로 말했다.

“아무튼 그 새끼가 미친 짓 할 것 같은데 아무 단서가 없다 이거죠? 알았어요. 제가 직접 접촉해서 뭐라도 건져 보겠습니다.”

아이스의 말에 그리즐리가 대번에 인상을 찌푸렸다.

“그런 말 하면 안 돼, 아이스.”

“어쩔 수 없잖아. 이대로 있다가 폭탄이라도 터지면 더 큰 문제 아니야?”

“터지면 터지라고 해야지. 네가 왜 신경 써.”

“그 폭탄 터지면 MJ까지 다시 끌려들어 갈 거야. 크랙이 원하는 것도 그걸 테고.”

“하지만…….”

“네가 이렇게 걱정할까 봐 지금까지 말 못한 거야. 여기서 내가 가만히 있다간 MJ랑 선생님 또 위험해진다? 그건 안 되잖아, 그렇지?”

아이스의 말에 그리즐리는 입을 꾹 다물었다. 마음에 들어 하는 눈치가 아니었다. 그렇다고 아이스의 안전만을 내세워 그만두라 말한다면 MJ와 도원이 위험하든 말든 신경 쓰지 않겠다는 뜻이니 그렇게 말할 수도 없었다.

도원은 아이스를 조금만 더 지켜보기로 했다. 이렇게 된 이상, 폭탄이 터지기 전에 크랙을 미리 붙잡는 것을 목표로 아이스의 움직임도 예의 주시하기로 했다. 도원은 침착하게 생각한 것을 말했다.

“아이스, 크랙 연락처만 알아봐 주세요. 당신이 직접 만나지 않아도 됩니다.”

도원의 말에 오히려 아이스가 의아한 표정을 지었다.

“선생님이 직접 만나시려는 건 아니죠? 그런 거면 제가 크랙 편에 붙어서 일하는 거 말짱 꽝이에요, 아시잖아요.”

“그럼요, 저 혼자 만나면 안 되죠. 크랙이 절 이용해서 MJ를 조종하는 일이 벌어질 텐데요.”

“그런데 연락처를 달라고 하시는 건…….”

“저와 MJ가 함께 크랙을 만나겠습니다.”

휘둥그레 눈을 뜬 아이스, 그리즐리 심지어 MJ까지 보면서 도원은 확고하게 말했다.

“폭탄까지 선택한 복수극을 펼치는 사람이라면 무대가 망가지는 것을 극도로 꺼릴 게 분명해요. 자신이 원하는 장소, 원하는 시간, 원하는 방법으로 클라이맥스를 찍길 바라는 사람에게 가장 중요한 MJ가 먼저 접근하면 못 죽일 걸요. 그런 게 가능했다면 이 난리를 피우지도 않았을 테니까요.”

“진심이세요?”

“네, 진심입니다.”

“그러다가 선생님 예상이 빗나가면 어쩌시려고요.”

“그럴 일은 없을 겁니다.”

자신 있어 하는 도원의 모습은 허세도 자만도 오기도 아니었다. 도원은 정말로 확신하고 있었다. 크랙에게 통할 변수가 무엇인지,

그 변수를 어떻게 이용할 수 있는지를 분명히 알고 있었다.

"MJ에게 훨씬 유리한 상황이에요. 지승준 때완 비교도 할 수 없죠."

경찰, 검찰, 언론, 학계. MJ에겐 과거와 달리 수많은 아군이 있었고, 도원은 그 아군을 직접 움직일 수 있는 힘을 가진 사람이었다. 언젠가 이런 날이 온다면 그땐 지승준 때처럼 당황하지 않고 철저히 대응할 수 있도록 준비했다. 그날이 온 것뿐이다. 도원은 기다렸다는 듯이 말했다.

"이 판에서 얼마나 많은 체스 말을 움직일 수 있는지 보여 줄게요. 그러니 걱정 마세요."

도원과 MJ는 그리즐리의 가게를 나와 근처의 커피숍으로 향했다. 루프 탑에서 야경을 내려다보기로 유명한 곳이었기에 점심시간대의 손님은 많지 않았다. 따뜻한 햇살 아래 차양 그림자가 길게 진 자리에 앉았다. 춥지 않은 봄바람에 마음이 편안해질 법도 하건만.

커피 잔을 손에 쥐고 있는 MJ의 굳은 표정은 풀리지 않았다. 도원은 어떤 마음으로 MJ가 이토록 침묵하는지를 알고 있었다. 그래서 말없이 손을 뻗어 머리카락을 넘겨주었다.

운전을 하던 MJ를 보는 내내 생각했던 것을 실천으로 옮겼다. 상상만큼이나 햇살을 받은 MJ의 머리카락은 따뜻했고 부드러웠고 햇살 냄새가 났다. 반짝거리는 어둠이라 생각했는데 사실은 검은 보석이었다.

"선생님."

다정한 손길에 꾹 눌러 참고 있던 마음이 동요해서일까. MJ는 도원의 손에 기대면서 말했다.

"이건 아닌 거 같아. 마음에 안 들어. 크랙과 대리자가 세팅해 놓은 무대에 걸어 들어갈 필요 없잖아."

아이스가 사이에 꼈다. 일이 틀어지면 제일 먼저 아이스가 다칠 것이 분명했다. 도원 입장에서는 아이스의 의뭉스러운 행동이 의심되면서도 그의 안전을 지켜야 하고, 크랙과 연락할 수단으로 이용해야만 했다. 아이스의 위험성을 담보로 이용하는 것도, 그렇게 이용한들 정말로 이쪽 상황이 유리해지는 것도 아니니, 이 모든 것들이 MJ는 마음에 들지 않았다.

"MJ, 이게 다 그들의 함정 같아요?"

"잘 모르겠어. 함정인 것 같으면서도 선생님이 먼저 몇 수 앞을 내다본 것 같은 것 같기도 해."

"전 함정이라고 생각해요."

MJ가 고개를 바로 했다. 동요하는 시선이 도원을 향했다. 함정인 걸 알면서 연락하고 직접 만나겠다는 도원의 말뜻을 이해하지 못하는 표정이었다. MJ는 순식간에 거칠어진 목소리로 으르렁거리듯이 말했다.

"선생님이 언제나 현명한 선택을 하는 거 잘 알아. 예전에 말해줬지. 선생님은 체스의 퀸 같은 존재라고. 참모가 얼마나 똑똑한지는 선생님을 통해 깨달았어. 하지만 이건 아니잖아."

함정인 걸 알면서 들어가는 무모함은 사양이다. 도원이 또다시 위험해지는 일은 MJ가 허락하고 싶지 않았다. 차라리 경찰들한테 떠넘기고 말지. 더욱이 크랙이 함정을 팠는데 일부러 위험한 곳으로 들어가고 싶지 않았다.

여전히 씨근덕거리며 으르렁거리는 MJ를 보고 도원은 뭔가를 설명하려다가 그만두었다. 대신에 MJ의 옆머리를 쓰다듬었다.

짧고 까슬까슬했던 옆머리는 이제 길어져 부드럽고 손가락 사이에 휘감기기까지 했다. 목에 닿는 부드러운 MJ의 머리카락도 감성적으로 느껴졌다. 강인하게만 생각했던 남자에게도 이렇게 부드럽고 연약한 것이 자랄 수 있었다.

"내가 지승준의 타깃이 되어서 당신이 여러 번 나를 구해 주고 보호하려고 했었는데. 기억나요?"

박창구 형사, 크랙과 대리자, 사냥 협회 회원들과 지승준까지. 잔인하고 충격적인 일들을 도원 혼자서 버텨야 했다면 일찍이 정신이 무너졌을 것이다. 하지만 도원은 MJ를 믿었다. MJ도 도원을 포기하지 않았다. 덕분에 도원은 그때보다 강한 사람이 될 수 있었다.

지금의 도원을 만들어 준 사람이 MJ였다. 물론, 지금의 부드럽고 인간적인 MJ를 만든 것이 스스로를 나약했다고 여겼던 과거의 도원인 것도 부인할 수 없는 사실이다.

"그걸 어떻게 잊을 수 있겠어."

MJ의 대답에 잘했다는 듯이 볼에 쪽, 뽀뽀를 해 준 도원이 말했다.

"사랑하기 때문에 지키고 싶어요. 보호하고 싶고. 맞죠?"

"……선생님."

"지승준 때처럼 복잡한 관계나 감정이 얽힌 상황과는 달라요. 그땐 당신이 저를 보호하면서도 끝까지 위험한 곳에 데려갈 수밖에 없었지만, 지금은 상황이 훨씬 단순하잖아요. 당신만이 직접적인 위험에 노출되어 있어요. 그리고 저는 그 위험에서 당신을 지키고 싶고요."
"그 위험에 선생님이 걸어 들어가고 싶다고 했잖아. 그 함정에."
"크랙이 폭탄을 터뜨릴 수 있을까요? 아뇨, 없어요. 그런 짓을 하면 크랙은 전 세계의 수배를 받는 테러리스트가 될 테고, 이 나라에서 나가지도 못해요. 자신을 따돌렸던 트라우마를 만들어 낸 나라에 영원히 갇혀 지낼 수 있다는 거죠. 크랙은 절대 그렇게 되지 않도록 할 거예요."
"그럼 폭탄은 다른 목적이고 실제 목적은 나와의 정면 대결인 거야?"
"네, 당신을 직접 끄집어내고 싶어 할 거예요."
"잠깐만. 그게 무슨 의미가 있는데? 날 죽이려는 복수가 아닌 거야?"
"죽이려면 총을 선택했을 거예요. 폭탄을 선택했다는 것은 당신에게 죽음 이상의 가치로 고통스럽게 한다는 뜻이고요."
"나한테 그런 게 있어?"
"아마도요."
"그게 뭔데?"
"저와 함께하지 못하고 영원히 사람들 시선을 피해 사는 것이요."
MJ가 바라는 행복의 형태를 도원은 정확하게 알아보고 있었다. MJ가 꿈꾸는 미래엔 도원과 함께하는 것만이 존재했다. 그와 함께하지 못하는 것은 MJ에게 행복이 아니었다. 살아도 죽은 것과 다름없었다. 차라리 죽는 게 나을지도 모른다.
충격을 받은 MJ에게 도원이 말을 이었다.
"폭탄을 터뜨리고 당신이 저지른 일처럼 꾸밀 수 있겠죠. 어쩌면 7년 전 그 총기 사건의 관계자가 아직도 세상을 위협한다고 여론을 조작할 수도 있어요. 그게 크랙의 목적일지도 모릅니다. 당신이 이 사회에서 추방당해 더 이상 저와 함께 할 수 없도록 만드는 것이요."

MJ는 입 안이 바싹 말랐다. 폭탄범이 크랙으로 밝혀진다고 해도 문제였다. 크랙이 MJ 때문에 모든 개수작을 부렸다고 하면, 사람들은 이성적으로는 MJ를 피해자로 생각할지언정 속으로는 '그때 그런 문제를 일으킨 범죄자라 그런지 계속 말썽이네. 이래서 범죄자들은 격리해 둬야 한다니까.'라는 생각을 할지도 모를 일이었다.

그런 MJ와 함께 있는 것만으로도 도원이 지키고 있는 교수로서의 선망과 존경을 모두 잃게 되기라도 한다면. MJ는 정말로 죽고 싶은 생각마저 들 것이 뻔했다.

"내가……."

MJ는 침음하며 말을 이었다.

"……내가 결국은 구제 불능의 범죄자라는 걸 증명하겠다는 거네."

도원은 고개를 숙이는 MJ의 손을 단단하게 잡아 주었다. 이대로 입술을 깨물고, 화를 참지 못하고 소리를 지르기라도 할까 봐, 도원은 침착하게 그를 달래 주며 말했다.

"폭탄이 터지기 전에 잡아넣으면 돼요. 경찰이 적극적으로 우릴 도와줄 테니까 너무 걱정 마세요."

"난 경찰 못 믿어."

"네, 믿으라고 하지 않을게요. 대신에 절 믿어 주면 안 될까요? 크랙을 같이 교도소에 집어넣어요. 두 번 다시 세상에 기어 나오지 못하게."

MJ는 한참 생각을 하다가 도원의 옆에 옮겨 앉았다. 허리를 끌어안았다. 품에 안긴 도원이 "MJ?" 하고 당황해서 부르는 소리에 대답은 해 주지 않았다.

도원의 허리를 끌어안은 팔을 풀 수 없었다. 당연하게 여기고 싶은 행복이 당연한 것이 아니게 될 때마다 속상했다. 누군가에게 행복은 당연한 것이라 잊고 살 수도 있을 텐데, MJ에겐 힘겹게 움켜잡아야만 그 따스함을 조금이나마 느낄 수 있는 것이었다.

아무리 버둥거려도 평범한 다른 사람들만큼 행복해질 수 없다는 생각마저 들었다. 어쩔 수 없는 불행과 고통에 익숙해져서 행복이란 것도 사치이자 과분한 욕심이 되고 있었다.

"매번 이렇게 발버둥 치며 살아야 하는 걸까."

일그러지는 MJ의 눈가를 확인한 도원은 그 찌푸려진 주름 위를 손끝으로 살살 달래듯이 펴 주며 말했다.

"저는요, 모든 사람들에게 정해진 행복의 양이 동일하다고 생각해요."

MJ가 기운 없는 목소리로 중얼거렸다.

"그게 뭐야."

"어떤 사람이든 결국 죽을 때까지 행복과 불행의 질량은 같다는 생각이요. 어려서부터 힘들었던 사람은 커서 분명히 복을 받고 행복해질 거고, 어려서부터 행복했던 사람에겐 언젠가 고난이나 위기가 찾아온다고 믿거든요."

"마치 사람들에게 행복을 계량할 수 있다면 그 총량이 같다는 뜻 같아."

"응, 맞아요. 역시 똑똑한 우리 MJ."

도원은 찌푸리고 있는 MJ의 미간에 입을 맞추며 속삭이듯이 말했다.

"당신의 인생에서 불행이란 총량은 이미 한계까지 도달했다고 생각해요. 그러니 이제 텅 비어서 차오를 일만 남은 행복의 총량에 만 신경 써야죠. 당신은 앞으로 행복할 일만 남았어요. 언젠가 이런 힘들고 슬픈 일도 다 추억이 될 정도로 제가 아주 오래오래 행복하게 만들어 줄 거예요."

MJ는 작게 날숨을 뱉었다.

어른이 되면 뭐든 능숙해질 줄 알았다. 그런데도 몸만 큰 어른의 탈을 쓰고, 여전히 아이처럼 변해 버리는 스스로에게 MJ는 서글픔마저 느꼈다.

도원을 더 많이 사랑하고 생각하려 할 때마다 도원이 그보다 더 많은 걸 생각해 주어서 고맙고 미안했다. 앞으로 어떻게 살아가든, 그런 도원을 이기지 못할 것만 같았다.

"크랙을 직접 만나는 거 위험하지 않겠지?"

"고작 이런 놈 때문에 고민한 시간이 아까워,라고 생각하게 해 줄게요."

"선생님 말 하나하나 너무 예쁘게 해."

"당신한테 더 잘 보이고 싶어서 그런가 봐요."

"여기서 선생님한테 더 반하면 어쩌려고. 선생님 감당 못하잖아."

"해 보지도 않고 못한다고 말하긴. 할 수 있거든요."

"이래도?"

쪽, 이마에 뽀뽀를 하는 MJ에게 도원이 웃으면서 똑같이 이마에 입을 맞춰 주었다.

"이래도요."

이래서 더 행복을 움켜쥐고 싶어 하는 걸 도원만 모르는 거 아닐까. MJ는 한참이나 다정하게 도원을 바라봐 주다가 허리를 끌어안은 팔에 힘을 주었다.

“이번엔 잘할게. 실수하지 않을게. 선생님 실망시키지도 않을게. 전부 잘해 낼게.”

고개를 묻은 채 가만히 도원의 등 뒤를 바라봤다. 봄바람에 살랑거리는 연둣빛 화분 싹들을 바라보는 시선은 차가웠다. 아무도 건드릴 수 없는 것을 지키고 보호하기라도 할 것처럼 보였다.

한겨울에 두꺼운 외투를 입고 찬바람 속에서 도원을 끌어안고 춥지 않도록 달래 주었던 것처럼. 따뜻한 봄바람에 노곤하게 잠이 드는 도원의 평화를 지키는 것이 제 몫이 되었다.

이번엔 아무런 실수도 하지 않을 것이다. 그건 지승준 때 겪었던 경험을 떠올리는 것만으로도 충분하니까.

비참해진 마음을 다잡은 지 얼마 되지 않아 크랙의 소식이 알려졌다. 폭발 예고는 저녁 뉴스를 통해 보도되었다.

[얼마 전 폭발한 지하철 공사장에서 폭발물 폭약이 감식된 것으로 확인되었습니다. 군 당국과 경찰은 범인이 누구인지 확인 중에 있으며 대대적인 수사가 이어질 전망입니다. 자세한 상황은 현장에 나가 있는 기자를 연결하겠습니다.]

공은 크랙이 먼저 던졌다.

MJ와 도원이 물러설 곳은 없다.

탕!

소음기를 장착하지 않은 총소리가 아직은 겨울의 흔적이 남은 너른 구릉을 울렸다. 잡초가 누렇게 탄 바닥과 새싹이 돋지 않은 깡마른 나뭇가지 사이로 소리에 놀란 산새들이 날아올랐다.

오래된 모델의 작은 권총인데도 성능이 좋았다. 발포 소리가 커서 소음기 없이는 어디에서도 사용할 수 없을 것 같다는 게 유일한 단점이지만.

사격 자세를 풀고 손을 내린 MJ는 나무 사이로 저를 지켜보는 들개와 시선을 마주했다.

투견용으로 뜬장에서 키우다가 보신탕집에 팔리기 전에 도망친 모습이었다. 그 커다란 덩치의 갈색 개는 갈비뼈가 보일 정도로 깡마른 상태였다. 며칠 굶은 듯한 몸을 나무 뒤에 숨긴 채 MJ를 보고 있었다.

들개에게선 주인으로부터 사랑이나 애정을 받아 본 흔적은 발견할 수 없었다. 배가 고파도 민가에 내려가는 대신 산에서 죽은 새의 시체나 파먹고 사는 길을 택한 것처럼 보였다. 여차하면 MJ를 향해 달려들 것처럼 누런 이를 드러낸 채 침을 흘리는 강한 적대감만이 남아 있을 뿐이다.

MJ는 권총을 다시 들었다. 들개를 향해 조준하고 파지했다. 그러곤 망설임 없이 방아쇠를 당겼다.

타앙!

커다란 총소리에도 놀라지 않던 들개였다. 그러나 제 발밑이 총알이 박히고, 그 힘에 터지듯이 갈퀴는 흙먼지를 보고는 황급히 뒤돌아 뛰었다.

죽일 수는 없었다. 길 가던 어린애 다리라도 물어뜯진 않을지,

침이 뚝뚝 흐르던 이빨이 아른거렸지만, 차마 그 비쩍 곯은 몸을 향해 쏠 수 없었다.

MJ는 바람에 흔들리는 머리카락 위로 챙 모자를 깊숙하게 눌러 썼다. 한쪽 귀에 이어폰을 끼고 휴대 전화로 전화를 걸었다.

"아이스, 보내 준 토카레프 괜찮아. 얼마 주고 구했어?"

아이스가 대수롭지 않은 어조로 대답했다.

〈됐어. 나도 싸게 구한 거야. 그거 안전장치 없는 거니까 조심해서 써. 총알 여분도 다 확인했지? 8발 탄창이니까 아예 탄창 여러 개 준비해서 끼워 맞춰 놔.〉

"알아서 조심할게. 그보다 7년 전 애들이랑 연락하고 지내? 걔네들한테 구했어?"

〈아니, 걔네랑 연락 끊긴 지 오래됐어. 총은 대리자한테서 구한 거야. 내가 쓰겠다고 하나만 구해 달랬어.〉

"흠. 대리자 총이란 말이지."

MJ는 재킷 안에 총을 넣으면서 구릉을 내려왔다. 산 입구 초입에는 MJ의 차가 세워져 있었다.

"크랙 소식은."

차 문을 열고 운전석에 앉으며 물으니 그 역시도 준비한 것처럼 대답을 해 주었다.

〈오늘 저녁에 안산에 있는 한 창고에 올 거래.〉

안산 창고? 시동을 걸던 MJ가 고개를 갸웃했다.

"안산 창고는 뭔데."

〈임대 공장 하나 빌려서 폭발물 보관하는 거 같아. 그 공장 위치는 아직 몰라.〉

"몇 시에 오는데."

〈그것도 몰라. 늦은 밤이나 새벽이지 않을까?〉

늦은 밤 시간대. 안산 공장 지대에 건물 임대한 창고.

아직 크랙의 위치를 확인하지 못한 경찰들보다 앞서서 이 정보를 MJ는 다양한 방면으로 생각해 보았다.

이대로 경찰에 넘겨도 된다. 도원에게 알려서 밤늦게라도 한 번 찾아가 봐도 된다. 아니면 조금 더 적절한 때를 기다리는 것도 좋고. 먼저 혼자서 갔다 오는 것도 나쁘지 않다.

선택은 MJ가 할 수 있었고, 다양한 가능성을 고심하느라 저절로 대답은 늦어졌다. MJ가 "음." 하고 목 너머를 울리는 소릴 들은 것만으로 아이스는 MJ가 생각하는 걸 바로 눈치챌 수 있었다.

〈너 혼자 가 보려는 거 아니지?〉

한두 번 손발 맞춰 본 것도 아니고, 워낙 어려서부터 함께 작업해 본 탓에 이젠 전화상의 목소리 톤만으로도 서로를 짐작할 수 있게 되었다. 번거로운 일이었다.

"선생님껜 얘기하지 마."

차를 산비탈 아래로 운전했다. 고르지 못한 길에 박힌 자갈들 탓에 덜커덩거리며 차체가 흔들렸다. 이어폰 안쪽에서 아이스가 우려하는 목소리로 물었다.

〈뭘 얘기하지 마. 너 혼자 가려고? 죽는다, 진짜. 그러라고 알려준 거 아니거든?〉

도원을 걱정시키기는 MJ도 싫었다. 그래서 몰래 확인만 해 보려는 것이다. 크랙이 소유한 폭발물 규모가 어느 정도인지, 고용인들 인원수는 몇 명인지, 경찰들과 협조하는 것만으로도 충분할지, 도원과 함께 추가적인 준비를 해야 하는 건지.

어쨌든 판단을 내리려면 눈으로 직접 보는 수밖에 없었다. 아이스에게 모든 걸 다 맡겼다가 크랙이 눈치채면 오히려 일이 커질 수도 있으니까.

"너도 몰랐다고 해. 내가 어쩌다 보니 알게 돼서 혼자 움직였다고 거짓말해."

〈선생님을 상대로 어떻게 거짓말을 하냐? 표정만 봐도 속마음 다 읽으시던데.〉

"그 정도는 아니야."

〈그 정도야. 너 빼고 다른 사람들 다 읽어 내신다고.〉

"나 빼고는 뭐냐."

〈너는 읽지 않으려고 하시더라. 아, 됐고, 가지 마. 나도 거기 뭐 하는 덴지 모르는데 네가 갔다가 문제 생기면 감당 못해.〉

"잠깐 확인만 하고 오는 거야. 나도 위험한 짓 안 해."

〈아, 진짜! 그럼 나도 선생님한테 다 말할 거야!〉

이럴 땐 진짜 도와주려는 건지 방해를 하는 건지 알 수가 없다. 신경질적으로 혀를 찬 MJ는 산을 내려와 도로로 접어들며 말했다.

"그럼 오후 5시 이후에 말씀드려. 강의하고 계시는데 신경 쓰이게 하고 싶지 않아."

〈아, 오늘 수업 있는 날이구나.〉

"그 정도는 해 줘. 내 일 때문에 선생님 일 방해하고 싶지 않아."

휴대 전화 안쪽에서 몇 번이나 "으음." 하고 말을 고르는 소리가 들렸다. 고민하던 아이스가 재차 물었다.

〈너 진짜 가 볼 거야?〉

"이런 거 대비하라고 네가 크랙 밑에서 일하는 척하는 거 아니었어?"

아이스가 왜 위험을 감수하고서라도 크랙 밑으로 들어갔는지를 상기시켰다. MJ의 날카로운 지적에 아이스도 더는 MJ를 말리지 않았다. 복잡한 심경이 고스란히 전해지는 신음 소리가 잠시 이어지다 끊어졌다.

〈그렇게 말하니까 나도 이제 모르겠다. 에휴, 나도 더 알아보고 주소 말해 줄게.〉

전화를 끊은 후 집으로 돌아가는 내내 MJ는 차창에 팔꿈치를 기댄 채 인상을 찌푸리고 있었다.

오랜만에 잡아 보는 총은 이전보다 무겁게 느껴졌다. 똑같이 파지하고 방아쇠를 당겼을 뿐인데도 손목에서 느껴지는 반동은 7년 전에 같은 기종을 썼을 때와 달랐다.

사람을 죽여 봤기에 쉬울 줄 알았다. 그러나 실상은 더 어려운 일이었다. 손끝이 굳은 것처럼 잘 움직여지지 않아서 감정을 비워야만 했다. 오로지 목표물을 맞춘다는 냉정한 이성이 아니면 총을 내리게 되었다.

크랙을 죽일 수 있을까.

아무리 생각해 봐도 쉽지 않은 일이다. 지승준 때처럼 모든 걸 포기하고 사람을 죽인다는 선택을 할 수가 없었다. 도원과 함께할 시간을 무려 7년이나 잃어 봤기에 그 고통을 반복할 자신이 없었다.

도원의 말대로 감옥에 보낼 수 있다면 좋겠지만, 말처럼 쉬울지 자신 없다. 만약 그때처럼 사람을 죽여야만 하는 순간이 온다면 또 다시 도원의 손을 놓을 수 있을까.

돌덩이처럼 느껴지는 그것을 손바닥에 쥐었다 풀었다. 생각이 복잡해져서 한번 찌푸린 미간을 펼 줄 몰랐다.

총은. 이렇게 준비한 총을 쏠 수 있을지 확신이 없었다. 도원을 위해서 사람을 죽여야만 한다면, 평생을 울면서 악몽을 견뎌야 할 텐데.

도원은 MJ가 일반적인 사회에 편입되어 평범한 시민이 되길 바라고 있다. 남들 다 하는 데이트도 하고, 남들 다 바라는 꿈이나 목표가 있는 그런 평범한 사람.

MJ 역시 도원의 세계에서 도원이 꿈꾸는 행복한 미래를 꾸려 가고 싶지만, 시간이 지날수록 그것이 과분한 희망이 아니었을까 하고 자조적으로 생각하게 되었다.

죗값을 치르고 나와서도 여전히 불법이 만연했던 크랙의 세계가 MJ의 발목을 잡고 있었다. 그들과 맞서기 위해 경찰을 의지하는 것은 본능적으로 거북스러웠다.

살면서 경찰의 도움을 받아 본 적이 없었다. 어린 시절 부모님께 감금당한 창고에서도. 죽은 부모가 남긴 유산과 보험금을 노린 친척에게서도. 아버지와 크랙에게 강제적으로 마약과 관련된 일에 투입될 때도.

단 한 번도 정의란 것이 MJ를 도운 적이 없었다. MJ에게 정의란 공허한 단어였다. 그것은 자신 같은 사람이 아닌, 도원처럼 바르고 건강하게 살아온 사람을 위한 말이라고 생각했다. 이제 와서 그 정의가 자신의 편에 달라붙어서 크랙에게 정의로운 철퇴를 내리리란 기대를 할 수 없었다.

믿음조차 없는 것을 뒤늦게 믿어 봤자, 신을 믿지 않는 무신론자가 두 손을 모으고 무릎을 꿇는 것과 다를 것이 없다. 존재하지 않는다고 믿는 신에게 목소리는 닿지 않을 것이다.

세상을 냉소적으로 보는 MJ의 이런 솔직한 심정을 알게 되면 도원은 많이 서운해하고 어쩌면 상처받을지도 모른다. 그렇기에 겉으로 내색할 수 없었다. 뿌리까지 썩어 있는 풀에게 아무리 거름을 많이 주고 햇살을 쪼여도 꽃이 피기 어렵다는 걸 도원에게 알려 주고 싶지 않았다.

이대로 말라 죽는 게 차라리 도원이 덜 상처 받는 방법이 아닐까. 아무리 퍼부어도 소용없다는 것보단 애초에 죽어 가는 것이었다고 믿는 편이 나을 테니까.

MJ는 고속도로로 진입하면서 운전하는 감각에 집중했다. 핸들을 쥐고 있는 손바닥 아래로 자동차의 묵직한 엔진음이 느껴졌다. 소리는 귀가 아닌 손끝으로 듣고 있었다.

오랫동안 쓰지 않았던 오감이 깨어나는 듯했다. 손끝으로 사람을 해치는 법과 온순하지 않는 표정으로 이를 드러내고 으르렁거리는 방법이 생각나기 시작했다.

총구를 가만히 쳐다보던 삐쩍 마른 들개의 시선이 달라붙었다. 굶주려 있어서 사람마저 해칠 듯한 그 시선은 아주 오래전의 자신을 닮아 있었다. 사람들을 피해 산속으로 숨으면서도, 사람을 보면 본능적으로 경계하며 으르렁거리고, 그 사람을 물어뜯어서라도 살고 싶어 하던 본능을.

눈이 내리던 어두운 산속에서 듣던 산짐승 소리와 바람 소리. 손아귀에서 느껴지던 라이터. 흑백이던 겨울 풍경을 새빨갛게 칠해 가던 불길까지.

그 속에서 딕이 컹컹 짖는 소리가 들려왔다. 딕은 언제나 먼저 달려갔다. 앞서 달려가 멈추고는 뒤돌아보며 MJ가 와도 안전한 곳임을 알려 주곤 했다. 딕이 먼저 달려가서 돌아보던 그 마음을 그가 죽은 지 10년 가까이 지난 지금에야 이해할 수 있을 것 같았다.

이곳은 안전해요, 선생님. 와도 좋아요.

그렇게 말하고 싶었다. 웃으면서. 꼬리를 흔들면서. 이빨을 드러내지 않으면서.

그게 전부였다. 사회에서 인정받고, 행복을 꿈꾸는 목표는 중요하지 않았다. 딕이 무릎 위에 고개를 올리고 햇살을 받으며 노곤하게 잠이 드는 것이 MJ에겐 더 중요했다. 도원의 곁에 그런 식으로 누워 있고 싶었다.

내가 먼저 보고 올게요. 당신이 안전할 수 있는지를.

딕이 컹컹, 짖는 소리가 아주 가까운 곳에서 들려왔다.

도원은 수업을 마치고 교수실에서 짐을 정리하던 중이었다. 똑똑, 조심스러운 노크 소리에 가방을 정리하던 손을 멈추었다.

오늘 면담을 신청한 학생이 있었나. 아무리 생각해도 그런 약속은 잡은 적이 없기에 고개를 갸웃한 도원이 노크 소리에 응답했다.

"네, 들어오세요."

열린 문 안쪽으로 빼끔, 고개를 내민 사람은 학생이 아닌 빈유미였다. 서울에 있어야 할 사람이 연락도 없이 왜 여기까지 왔을까. 도원이 고개를 갸웃하자 빈유미는 무안함을 피해 보기라도 할 것처럼 웃어 보였다.

"하하, 안녕하세요, 선생님. 아, 아니지. 교수님."

빈유미에게 격식 있는 인사를 받고 싶지는 않았기에 도원은 손사래를 쳤다.

"그냥 편한 대로 불러 주세요. 뭘 또 새삼스럽게 교수님이래."

"수업 끝나는 시간에 맞춰서 왔는데 시간 괜찮으세요? 호, 혹시 곤란하신가요?"

주저하며 묻는 모습이 얼마나 귀엽던지, 도원은 자신도 모르게 짓궂게 대답하고 말았다.

"당연히 곤란하죠."

"헉." 하고 헛숨을 들이켜는 모습까지 꼭꼭 씹어서 놀리는 도원이었다.

"하여튼 연락 없이 여기까지 오시다니, 빈유미 씨답다."

"저 욕하시는 거죠."

"눈치는 빨라졌군요."

"너무하십니다."

"녹차 한잔 드릴까요?"

도원은 빈유미에게 의자를 권했다. 면담을 하는 학생처럼 얌전하게 의자에 앉는 빈유미를 보고 누가 서울 경찰청에서 능력 있다고 소문난 형사로 생각할까 싶다.

사람이 너무 착해서 가끔은 어수룩해 보이기도 하는 그녀는, 일을 할 때는 누구보다 날카로운 직관을 가진 사람이었다. 그런 빈유미가 헤실헤실 풀어져서 웃는 모습은 도원만이 볼 수 있는 특권 중 하나이기도 했다.

자리에 앉은 빈유미에게 종이컵에 녹차 티백을 담아 정수기의 온수를 받아 주었다. 그녀는 그게 뭐라고 두 손으로 공손히 받아 들었다. 도원은 그녀 맞은편에 앉으면서 말했다.

"여기 오신 이유 맞춰 볼게요. 크랙 문제겠군요."

빈유미는 따뜻한 녹차를 한입 마시면서 도원의 말에 고개를 끄덕였다.

"장진원 측이 폭발물을 터뜨리겠다고 저희 쪽으로 연락을 했습니다."

웃으며 들을 얘기는 아니었다. 도원은 웃음기가 가신 얼굴로 빈유미를 물끄러미 바라봤다. 그 분위기에 덩달아 긴장한 빈유미에게로 물었다.

"폭파 예고까지 한 겁니까. 크랙이 경찰에게 먼저 연락했단 말인가요?"

"네, 협박 전화였습니다."

"경찰들은 어떻게 대응하고 있죠."

"의심 가는 사람들 전부 출국 금지 조치에 폭발물에 쓰이는 화학물들 거래 내역까지 샅샅이 찾고 있어요. 과시적인 위협인지, 정말 폭파시키겠다는 건지 확인 중에 있습니다."

"언론은요?"

"아마 저희 쪽으로 연락 온 직후에 바로 기사화됐을 겁니다."

도원은 팔짱을 낀 채 자신의 팔위를 손가락으로 두드렸다.

크랙의 협박 전화가 단순한 과시용은 아닌 듯했다. 정말로 터뜨릴 작정이라면 그 누구보다도 화려하게 터뜨리려고 할 것이다. 이 좁은 나라에서 테러를 작정하기로 했다면 경찰의 개입은 묵살하고 정말로 MJ와 끝을 보겠다는 뜻일 테니.

체포되든 말든 MJ에게 복수하겠다는 극단적인 생각을 하는 걸까. 아니면 도원이나 경찰이 준비하지 못한 부분에서 이미 폭탄을 터뜨리고도 유유히 미국으로 되돌아갈 방안을 준비해 놨을지도. 어쩌면 한국에 없을 수도 있다. 있는 것처럼 굴고 있지만 아무것도 확인되지 않는 사항이다.

빈유미에게 사실대로 말할까. 크랙이 폭탄을 터뜨리려는 이유가 MJ라고 말하면 도움을 받을 수 있을지도 모르는데.

도원의 생각이 깊어졌다.

경찰로 일하다 보면 쫓던 사람이 쫓기고, 쫓기던 사람이 쫓고, 상황이 손바닥 뒤집듯이 바뀌는 경우도 부지기수니 익숙해질 수밖에 없겠지만, MJ는 아니었다. 경찰이 MJ를 밀착 보호하며 사생활에도 개입할 수 있는 일을 MJ가 얌전히 받아들일 리도 없다.

가만히 고민하던 도원이 빈유미에게 물었다.

"협박 전화로 뭐라 하던가요?"

빈유미는 기다렸다는 듯이 휴대 전화를 꺼냈다.

"녹음된 내용 들려드리겠습니다."

개인적으로 파일을 유출할 수는 없을 텐데 어떻게 협박 전화 녹음 파일을 준비했을까. 그 의문점을 묻기도 전에 빈유미는 파일을 재생했다. 대리자 특유의 날 선 목소리가 들려왔다.

〈지정한 날짜와 장소로 도원 선생을 보내. 교섭 내용은 그 사람 통해서만 말할 거야.〉

도원은 교섭이란 말에 눈살을 찌푸렸다. 노이즈가 섞인 지저분한 음질에서 그녀는 흥분한 기색도 없는 여유로운 음색으로 마저 말했다.

〈교섭 생각 없으면 무시해도 돼. 이번엔 달리는 지하철을 폭파해 볼 수도 있으니까 마음대로 해 봐.〉

파일은 그것으로 끝이었다.

도원이 가장 먼저 든 생각은 MJ를 엮어내기 위해 자신을 끌어들이는 가능성이었다. 어차피 그쪽 사람들은 다 알 것이다.

MJ가 도원을 위해 지승준을 죽이고 감옥까지 갔다. 도원은 그런 MJ를 끝까지 책임지고 출소 후에도 함께하고 있다. 이 관계를 크랙처럼 상식 밖의 행동을 하는 사람이 이용하지 않을 리가 없다.

당황하고 걱정해 봤자 나아질 일이 아니었다. 도원은 그 점을 알기에 스스로 느껴야 할 인간적인 감정을 잠시 끊어 내듯이 굴었다. 여기서 흔들리면 지승준 때처럼 MJ가 위험해질 것이다. 도원은 최대한 생각에 집중했다.

“저쪽이 가지고 있는 폭탄 규모는 확인이 됩니까?”

“국내에서 구입할 수 있는 화학 물질들은 판매량이나 유통량에 이상한 사항이 집계되지 않았습니다. 불법으로 해외에서 다량으로 들인 게 아닐까 싶습니다. 그래서 폭발물 규모도 모르겠습니다.”

“지하철을 날릴 정도의 C4 폭탄이면 양이 얼마만 한 건가요?”

“전문가들 말에 따르면 점토 제형으로 150킬로그램 분량이면 됩니다. 지하철 공사 현장을 날린 규모가 50킬로그램이었습니다. 그 폭발력이면 달리는 지하철의 두세 칸 정도는 사람들까지 모두 날릴 수 있다고 하네요. 300킬로그램 분량이면 철교나 건물도 무너트릴 수 있을 테고요.”

“만약 지하철에서 폭탄이 터지면 인명 피해는 얼마가 되는 거죠?”

"시간대에 따라 다르겠지만, 가장 이용객이 많은 오전 9시 전후 2호선 강남 라인을 생각했을 때, 차 한 대만 터져도 사상자 수천 명, 승강장에서 터진다면 그 배는 늘어나겠죠."

"전화 추적은 하셨나요."

"바로 했습니다. 인천 쪽에서 신호가 잡혀서 저희가 바로 출동했는데, 대포 폰 기계만 바다에 버려진 것으로 위치 추적이 나오네요. 그 인근 일대를 수소문하며 한여은의 인상착의에 따른 수상한 사람을 찾고 있지만, 수색을 시작한 지 얼마 안 되어서 별다른 진척은 없습니다."

대리자는 '교섭'이란 말을 썼다. 원하는 뭔가를 요구하겠다는 심산이다. 그게 무엇인지는 모르겠지만, MJ와 관련되었다는 것쯤은 알 수 있었다. 생각에 몰입한 도원에게 빈유미가 조심스레 말을 붙였다.

"저희 쪽에서 전문 협상가를 알아보는 중입니다. 한여은이 선생님을 교섭가로 요구했다고 해서 응할 필요는 없어요. 전문 협상가들에게 맡겨도 되니까요."

"교섭 상대인 제가 나가지 않게 되면 크랙은 폭탄을 터뜨릴 수도 있어요. 서울에서 돌고 도는 지하철 대수가 몇 대일까요. 역사 개수도 수백 개죠. 모든 전차 차량과 승강장에 설치된 폭발물을 찾는다고 인력을 총동원해 봤자 하루 이틀 만에 찾을 수 있는 것도 아니고요."

"그렇다고 도원 선생님을 보낼 순 없어요."

"맞아요. 저도 뒤에서 범인들 프로파일링만 해 봤지, 현장에서 범인과 직접 대치하고 교섭해 본 적 없어요. 이런 위급한 시기에 투입되기엔 비전문가죠."

"다른 생각이 있으신가요?"

"그들이 원하는 게 뭔지 아십니까."

"네?"

"MJ입니다."

MJ가 타깃이라는 말을 결국 하게 되었다. 놀라서 눈을 크게 뜨는 빈유미에게 더 자세한 설명은 생략했다. 중요한 것은 크랙이 MJ 때문에 폭탄을 설치하고 터뜨린다는 사실이다. 이것을 막기 위해 도원을 지목했다는 것에 집중해야 했다. 함정이라는 걸 알기에 도원은 응하기로 했다.

"그들이 원하는 건 MJ일 테니, MJ를 직접 보내겠습니다."

크랙의 타깃이 MJ라는 것도 놀랍건만, MJ를 전면에서 보호할 줄 알았던 도원이 오히려 그를 위험한 상황으로 밀어 넣는다는 말을 한다. 빈유미는 그 생각을 따라갈 수가 없었다. 자신이 잘못 들은 게 아닐까 의심까지 하는 표정까지 짓고 있었다.

의심을 하기엔 도원은 언제나처럼 침착했고, 현실적이었고, 심지어 냉정해 보이기까지 했다.

"선생님, 잠깐만요."

이마를 짚은 빈유미가 물었다.

"그러니까 크랙이 MJ를 노리려고 폭탄을 터뜨린다는 거죠?"

"네, 맞습니다."

"그 범죄 타깃이 된 MJ를 직접 보내겠다고요?"

"네."

"그러다가 선생님 예상과 달리 MJ에게 정말 위험한 상황이 되면 어쩌시려고 그러세요."

"그럴 일은 없을 거예요."

"하지만……."

그녀는 주저하다가 조심스럽게 말했다.

"지승준 때도 선생님은 많은 예측을 틀리셨잖아요. 그래서 계속해서 위험해지셨는데……."

과거의 실패 사례를 끄집어내 봤자 이 상황에서 도움이 될까 싶었지마는, 빈유미는 솔직한 심정으로 말했다.

도원이 아무리 세계적으로 명망 높은 학자라고 하더라도 사람인 이상 실수는 하게 마련이다. 그 실수가 이번에는 사소한 트러블이 아닌 폭탄이다. 무고한 시민들마저 다칠 수 있는 거대한 사고로 이어질 수 있음을 염두에 둬야만 했다.

도원은 빈유미의 걱정이 무엇인지를 알았다. 지승준과 MJ가 얽혔던 상황에서 모든 예측과 준비가 실패할 수밖에 없었던 사실을 인정했다.

"맞아요. 그땐 제가 많은 부분에서 틀렸어요. 내가 왜 실패했던 것 같아요?"

왜,라는 질문에 빈유미는 입술을 달싹였다. 그 답을 정확하게 찾지 못하는 그녀에 비해, 도원은 자신의 문제점을 지난 7년간 충분히 깨닫고 체득한 후였다.

상담에 실패한 사례는 몇 년이 지난 지금도 곱씹었다. 똑같은 실수를 반복하지 않기 위해 몇 번이나 괴로운 순간을 만나 왔다. 상담에 실패했던 사람들의 인터뷰를 반복해서 찾아 듣고, 일지를 살피고, 논문의 문장까지 곱씹었다.

그 방식 그대로 MJ의 일도 분석하고 생각했다. 무엇이 문제였고 잘못되었는지를 심장에 굳은살이 박이는 마음으로 살펴봤다.

그래서 크랙의 무분별한 복수극에 침착할 수 있었다. 폭탄이란 수단은 미처 예측하지 못했지만, 그 행동 기저를 MJ와 관련하여 생각하는 것은 어렵지 않았다. 7년간 도원이 일상적으로 해 온 일이었다.

"내가 실패한 이유는 간단합니다. MJ를 환자로 보지 않아서였거든요. 그를 먼저 챙기려하고 보호하려고 해서 객관적으로 분석하지 못했어요."

뜻하지 않은 고백에 빈유미는 주먹을 움켜쥐었다. 흔들리는 시선으로 바라보는 빈유미에게 도원은 여전히 침착했다.

예전의 도원이 MJ만을 위한 생각을 하느라 객관성을 잃고 흔들렸다면…… 그렇다면 지금은, 지금은 그 마음이 변해서 냉정해진 것일까.

아니다. 적어도 빈유미 눈에는 그때보다 더 확고하고 분명한 감정을 느낄 수 있었다. 불안보다는 신뢰를, 걱정보다는 믿음을 먼저 생각하기에 나올 수 있는 태도였다. 마치 지금의 도원이라면 다시 지승준을 만나더라도 그때보다 현명하게 상대할 수 있을 것만 같았다.

도원의 목소리는 빈유미를 설득하듯이 부드럽게 흘러나왔다.

"사람은 실수와 실패를 하면서 조금씩 나아지기 마련이잖아요. 저도 성장해야겠죠. 사랑하는 사람과 주변 상황을 분리할 수 있게 되었습니다. 그래야지 MJ를 더 안전하게 지킬 수 있다는 걸 알게 되어서요."

도원은 비스듬히 기대어 앉아 있던 책상에서 몸을 떼어 냈다. 옷

걸이에 걸어 둔 외투를 집어 들면서 말했다.

"크랙은 제 내담자였습니다. 지승준 때와 다른 결정적인 부분입니다. 전 충분한 상담을 한 내담자를 분석할 때 틀려 본 적이 없어요. 그리고 포기하지도 않습니다. 그래서 드릴 수 있는 얘기입니다. MJ를 크랙 쪽으로 보낼게요. 그는 절대 MJ를 못 죽입니다, 빈유미 형사님."

3

3

고속도로를 타고 달려온 MJ는 해가 지는 서해안 방향으로 시화호를 볼 수 있었다. 아이스가 문자로 남겨 준 주소는 안산 시화호 부근의 공업 단지였다.

제조업을 기반으로 한 100평형대 공장이 많아서인지, 해가 진 어둑한 저녁 시간대까지 불을 켜고 공장을 가동하는 곳은 거의 보이지 않았다. 대형 트럭들이 고속도로를 타면서 움직이지만, 그 트럭들이 오늘 움직이는 물동량의 마지막인 듯했다.

MJ는 단지들을 한눈에 볼 수 있는 곳에 차를 세웠다. 이파리가 무성한 나무 밑이어서 그런지, 안 그래도 어둡게 선팅된 창문 안에 사람이 있는지, 없는지도 보이지 않을 자리였다.

헤드라이트를 끄고 주행 모드를 바꿨다. 부르르 울리던 엔진음이 조금 더 낮고 깊어졌다. 그대로 해가 지길 기다렸다.

물 위에 붉은 잔영을 남긴 해가 완전히 서쪽으로 넘어가자 하늘과 바다가 구분 없이 쪽빛으로 물들었다. 마지막의 마지막까지 남아서 사무실을 밝히던 불빛도 하나둘 사그라지며 쪽빛으로 물든 세상에는 인공위성이 반짝이는 빛과 저 멀리 보이는 아파트 단지 내의 창문들만 환하게 빛날 뿐이었다.

하나의 검고 짙은 어둠 덩어리로 변해 버린 공장 단지였다. 한동안 아무 인기척도 느껴지지 않던 풍경에 작은 움직임이 보였다.

거뭇한 풍경 속에서 오토바이 한 대가 라이트를 끈 채 텅 빈 도로를 달리고 있었다. 배기량이 큰 오토바이었다. 부우웅, 엔진 소리가 텅 빈 도로에 울려 퍼졌다.

MJ의 시선은 사냥감을 발견한 들짐승처럼 그 오토바이로 향했다. 오토바이는 MJ가 세워 둔 차 옆을 지나쳤다. 차선을 신경 쓰지 않고 크게 회전을 하고는 근처의 컨테이너 건물 앞에서 멈추었다.

오토바이에서 내린 사람이 헬멧을 벗었다. 등 뒤로 길게 내려오는 머리카락에 잠시 못 알아볼 뻔했지만 7년이 지나도 잊히지 않은 그 얼굴을 확인할 수 있었다. 얼굴에 길게 난 상처가 섬뜩하리 만큼 잘 어울리는 그 얼굴을.

"……대리자."

대리자는 헬멧을 옆구리에 끼운 채 오토바이에 비스듬히 기대어 섰다. 주머니에서 담배를 꺼냈다. 익숙하다는 듯이 라이터를 켜서 담배 끝에 불을 붙였다.

주변이 지나치게 어둡기 때문인지 담뱃불이 새빨간 점처럼 빛났다. 그 강렬한 빛이 대리자의 얼굴을 밝혔다. MJ는 여전히 변속 기어에 손을 올린 채 숨을 죽이고 대리자를 바라봤다.

두 모금 정도 담배를 빨아들인 그녀 곁으로 누군가 다가오고 있었다. 어둠 속에서도 익숙해 보이는 실루엣에 MJ는 눈을 크게 떴다.

대리자보다 조금 더 큰 키, 호리호리한 체격, 달빛을 받을 때마다 은색으로 반짝거리는 머리까지. 예상도 못했던 사람의 등장이었다. 놀라서 기어를 쥐고 있던 손을 떼어 내야만 했다.

“씨발, 아이스 네가 여길 왜 와.”

아이스는 대리자 곁에 서서 무언가를 얘기했다. 대화를 주고받는 내내 대리자는 몇 번 웃기도 했다. 아주 작게 터진 웃음소리는 차에 몸을 묻고 있는 MJ의 귀에도 똑똑히 들릴 정도였다.

MJ는 인상을 찌푸렸다. MJ가 이곳에 오는 걸 뻔히 알면서도 나타난 아이스 때문에 머릿속만 복잡해졌다.

대리자와 미리 만나기로 했다면 전화할 때 언질이라도 주지, 숨긴 건가. 이러다 문제가 생기면 저 새낄 데리고 튀어야 하는 건지. 처음부터 모른 척 무시를 해야 하는 건지. 아니면 크랙에게 MJ의 행방을 불고 어느 정도 돈만 챙겨서 튈지 모르니 배신을 염두에 둬야 하는지.

MJ의 고민이 깊어지는 동안에 대리자는 다 피운 담배꽁초를 바닥에 버리고 신발로 비벼 껐다. 그 후에야 두껍고 커다란 컨테이너 창고의 문이 열렸다.

문 안쪽에 사람들이 여럿 보였다. 대리자와 아이스를 확인하고 건물 안쪽으로 들여보낼 때 MJ가 확인한 인원만 세 명이었다.

머리에 뭘 쓰고 있는 건지 평범한 사람 머리통으로 보이는 그림자는 아니었다. 가면이나 탈을 쓴 것 같은데 너무 좁은 문틈으로 희끗하게 비친지라 뭘 쓰고 있는지는 확인하지 못했다.

조용해진 공장 앞을 보면서 MJ는 핸들만 톡톡 두드렸다. 폭약만 보관하는 공장인 줄 알았는데, 분위기를 보니 다른 꿍꿍이가 있어 보였다. 공장에 있는 폭탄 규모만 확인하려 했지만 그마저도 쉽지 않았다.

창문이 없는 컨테이너 공장이다. 안쪽 상황은 바깥에서 전혀 볼 수 없다. 폭약을 확인하려면 직접 들어가 봐야 한다. 직접 들어가기엔 공장 안에 사람들이 모여 있는 것 같아 조심스러워졌다.

아이스까지 있어서 경우의 수가 복잡해졌다. 아이스는 주소만 알려 주고 뒤로 빠져 있을 것이지 왜 앞으로 나선지 몰라 한참 인상을 찌푸릴 때였다.

주머니에 넣어 둔 휴대 전화가 울렸다. MJ는 휴대 전화를 꺼내 액정에 찍힌 그리즐리 번호를 확인했다. 타이밍이 이상해서 눈살을 찌푸리며 통화 버튼을 눌러 보았다.

〈그래서 이렇게 다들 이상한 탈을 쓰고 있는 거야?〉

전화기 안쪽에서 들려온 목소리는 휴대 전화 주인인 그리즐리가 아닌 아이스였다. 놀란 MJ가 작은 혼잣말로 "아이스?"라고 부르다 입을 다물었다. 대리자의 목소리도 들렸다.

〈순록, 토끼, 개, 고양이, 무슨 박제된 동물 머리 같네요. 귀엽지도 않고요.〉

〈그러게. 좀 징그럽다. 네가 이렇게 씌웠어, 크랙?〉

그리즐리의 휴대 전화를 아이스가 챙겨 왔다는 것을 그제야 눈치챘다. 그리즐리의 전화기로 지금 MJ에게 전화를 건 것이고, 통화가 된 상태로 옷 주머니에 몰래 넣은 것 같았다.

아이스가 움직일 때마다 바스락거리는 옷자락 소리가 들렸다. MJ는 혹여나 자신이 내는 사소한 소리가 아이스 휴대 전화로 전달

될까 봐 숨소리마저 극도로 줄인 채 귀를 기울였다. 감이 먼 곳에서 크랙의 목소리가 들렸다.

〈쓸데없이 씌운 거 아니야. 저 탈에 나름 방탄 기능도 있거든. 대가리 터지는 걸 보호해 주는 건데, 이상한 취미로 몰고 있어.〉

공장 문이 열릴 때 힐끗 본 사람들 머리가 이상하더라니, 방탄 기능이 있는 짐승 탈을 쓰고 있어서였다. 아이스는 마치 MJ에게 정보라도 주려는 것처럼 크랙과 이야기했다.

〈아홉 명이나 여길 데려올 필욘 없었잖아.〉

창고 안에 방탄 탈을 쓴 사람 수가 아홉 명이라고.

MJ는 생각보다 더 많은 숫자에 숨소리를 줄였다. 어둠 속에 숨어든 맹수처럼 인기척을 지운 MJ에게 아이스의 이야기가 더 들려왔다.

〈우리끼린데 탈을 씌우는 건 오버 아닌가.〉

〈뭐, 얼굴 보이면 안 되는 이유가 있기도 하고.〉

〈왜?〉

〈외국에서 돈 주고 사 온 용병들이야. 얘네 수배되면 돌아가기도 어렵잖아.〉

전화기 속으로도 발소리가 울릴 정도로 창고 안은 텅 비어 있었다. 아이스는 주변을 걸어 다녔다. 단순한 시멘트 바닥이 아니라, 방수 페인트가 칠해진 바닥에 모래가 섞여서 신발 밑창이 끌리는 소리다.

〈넓긴 넓다. 천 평 되는 거 아냐?〉

그 말을 하며 아이스는 멈추어 섰다. MJ는 눈으로 보지 않아도 알 수 있었다. 아이스가 크랙 앞에 서 있는 것이 분명했다.

〈오늘 경찰에 연락했다며? 그리고 바로 물건 옮기는 거 보니까 이제 슬슬 폭탄 터뜨릴 준비 마쳤나 봐.〉

아이스는 눈앞에서 자신을 멀겋게 바라보는 크랙의 시선을 피하지 않고 웃었다.

"왜 그렇게 봐, 나도 그 정도 눈치는 있지."

MJ에게 정보를 주는 것을 의식하지 않으면서도 자연스럽게 대화하는 아이스를 크랙은 아직까지 별 의심 없이 지켜보고 있었다.

아이스는 콧노래까지 부르며 주변을 걸어 다녔다. 평소에도 감정 표현에 스스럼없는 아이스의 성격을 생각할 때 지금 행동이 특별히 의심 가는 것도 아니었다.

컨테이너 박스로 만들어진 천 평형대 창고. 보증금과 월세도 저렴해서 사업자 등록증만 확인하면 임대 받기 쉬운 건물. 단타로 치고 빠지기에 좋은 곳.

크랙은 건물 안을 구경하는 아이스에게서 시선을 비스듬히 뗀 채 어딘가로 걸어갔다.

"눈치가 있으면 이걸 어떻게 옮길지부터 정해. 그동안 몰래 가지고 있는다고 애 좀 썼잖아. 이젠 네가 운반하는 실력 좀 믿고 맡길까 싶은데. 예전에 마약 가지고 다니던 실력 녹슬진 않았겠지?"

"하핫, 그거 녹슬었으면 배 굶었게? 동남아에서도 알아주는 실력이라고."

허세를 부리는 아이스를 기가 막히다는 듯이 보던 크랙이지만 그러려니 넘어갔다. 그의 관심사는 다른 곳에 쏠려 있었다. 가까이 다가간 곳엔 포대에 담긴 인화 가루들과 공구, 조립 전에는 어떤 형태인지 알 수 없는 쇳조각들이 쌓여 있었다.

돌돌 말아 놓은 전선, 테이프, 철강 합판과 나무 박스, 불투명한 플라스틱 통에 담긴 화학 물질, 실리콘 도구들.

각각을 떼어 놓고 보면 그 쓰임새를 알기 힘든 것뿐이다. 그러나 그것들이 모여서 어떤 덩어리를 이루고 그 덩어리가 어떤 효과를 발휘하는지를 이곳에 모인 사람들 모두가 알고 있었다.

"철교에는 설치 다 마쳤어?"

크랙의 질문에 아이스 대신 대리자가 대답했다.

"세 군데는 마쳤어요."

"흠, 일단 그거면 충분하겠고. 부족하면 내가 지난번에 말한 그 빌딩 지하 주차장에도 추가로 요구할게요."

"그런데 다리가 끊어질 화력이 날지는 모르겠네요. 한 번도 시험 삼아 터뜨려 본 적이 없으니까요."

"지시받은 대로 계량했잖아요. 설마 전문가들이 알려 준 대로 했는데 문제가 있으려고."

"그렇긴 하죠."

"다리가 생각만큼 안 터지는 건 괜찮은데 빌딩은 끝까지 신경 써 줬으면 하거든요. 어차피 피날레는 다리가 아닌 빌딩이니까. 커튼콜을 받으려면 완벽을 기해야 하죠. 안 그래, 크리스탈?"

제게 고개를 돌리는 크랙을 향해서 아이스는 반사적으로 가벼운 미소를 지어 보였다.

"계량도 문제없고 기폭 장치도 문제없어. 그건 네가 알려 준 전문가들 끌고 다니면서 일일이 확인한 거니 걱정 마."

크랙의 시선은 어둠 속에서도 반질반질했다. 그 기묘한 눈빛을 오래 쳐다보지 않으려고 아이스는 자연스럽게 몸을 돌렸다.

아이스가 이 집단에서 하는 역할은 복잡한 편이었다. 폭탄 재료를 전문가들에게 공급한다. 그들의 도움으로 폭약을 만들고 폭파 위력을 조절할 뇌관을 제작한다. 그렇게 완성된 폭탄을 운반하여 대리자에게 건네면, 대리자는 아이스가 미리 알아본 철교에 폭탄을 설치했다.

폭탄의 화력과 작동 방법은 크랙이 보는 앞에서 직접 확인했다. 폭발력이 마음에 들지 않으면 크랙은 그 자리에서 "다시 만들어."라고 명령했다. 그러니 제조자나 아이스가 크랙을 속일 수는 없었다.

만들어진 폭탄은 크랙이 원하는 폭발력으로 반드시 터지도록 설계되었다. 폭탄 제조 자체에서 장난을 칠 수는 없는 구조였다.

"준비하라고 한 차들은 어때."

아이스는 등에 매고 있던 가방을 내려놓았다. 가방 속에 담아 둔 노트북을 꺼내서 크랙이 시킨 것을 보여 주었다.

"모터쇼는 모두 확인했어."

"쇼에 들인 차가 몇 댄데."

"총 300대. 슈퍼 카 네 대와 나머지는 국산 일반 차들이야. 슈퍼 카들은 외국에서 공수해 온 콘셉트 카고 일반 차들은 전시회에 온 사람들도 직접 시범 운영할 수 있도록 해 놨더라."

"슈퍼 카까지 포함해서 모든 차들 움직이는 데 이상은 없겠지?"

"글쎄. 현장은 대리자가 직접 확인하지 않았어? 나보다 대리자가 더 잘 알 거야."

그 말에 대리자는 인화 물질들을 둘러보면서 대답했다.

"탱크로리 세 대나 동원했어요. 얼마나 힘들게 구했는지 말해도 모르실 걸요. 덕분에 기름은 전부 가득 채웠고요."

"그럼 달리는 것도 문제없고. 프로그램은 어때."

이번엔 아이스가 노트북 화면을 크랙에게 보여 주었다.

"전부 다 해킹 완료했어. 동시에 수백 대를 조종하는 건 힘드니까 미리 짜 둔 프로그램으로만 조종할 수 있을 거 같아. 원격 조종도 마스터 계정에 접속한 상태에서 2킬로미터 이상 벗어나면 신호가 안 잡히더라. 거리는 계속 유지해야 하는 게 단점이라면 단점이겠어."

아이스는 프로그래밍 전문가와 주고받은 보안 메신저 대화를 보여 주었다. 크랙은 의뢰한 원격 조종 프로그램과 함께 온 견적서를 확인했다. 폭탄 설치와 동시에 진행한 프로그래밍 의뢰도 막힘없이 완료한 아이스였다.

"좋아, 좋아. 아, 다 만족스럽네. 기분 좋다, 아하하."

크랙은 만족스러운 표정으로 의자를 끌어다 앉았다. 나쁜 짓을 저지르면서도 즐거워서 히죽 웃는 그 모습이 통각을 모르는 동물 같았다.

팔다리가 부러져도 그 부러진 부위만 물끄러미 바라보다가 웃어 버릴 사람. 아프다고 소리치며 울기보단 어디 다른 데도 부러트려 보라고 멀쩡한 목이라도 들이밀 상태.

그 모습이 오직 한 가지 목표밖에 없는 경주마처럼도 보였다. 양 옆의 시선을 차단한 채 그저 앞으로만 달리는 사람이었다. 앞날이 어떻게 되든지 간에 신경 쓰지 않고 바로 지금 이 순간의 목표에만 충실한 사람 말이다.

"경찰은 날 잡겠다고 난리라며. 언론도 이미 대대적으로 얘기하고 있고. 며칠 정도로 보고 있어? 날 추적해서 붙잡을 일."

이 나라가 왜 난리가 났겠어. 그럴 만한 떡밥을 줘서 그렇지.

크랙은 제게 관심이 쏠려 있는 이 나라 사정을 즐기고 있었다. 그에게 제정신이냐고 묻는 대신 미소를 짓는 아이스였다.

"길어 봤자 이삼일 정도."

생각보다 시간이 촉박하다는 말에 크랙은 비웃음을 지었다.

"뭐야, 언제부터 이렇게 신속했다고."

다른 것도 아닌 폭탄이니까 군 병력에 경찰까지 총동원된 것이다. 예전에 몰래 마약 빼돌리면서 총기류 수집하던 때완 규모 자체가 다르지만, 그런 현실을 알려 줄 필요는 없을 듯했다.

국가가 나서서 크랙의 뒤를 바싹 뒤쫓고 있다는데도 당사자는 별로 걱정하는 얼굴은 아니었다. 애초에 이런 게 걱정이었으면 폭탄으로 시작하지도 않았을 것이다.

"그럼 내일 모레쯤으로 생각했던 거 오늘 바로 해야겠네."

또 다른 계획이 있었느냐며 의아해하는 아이스에게 크랙이 새로운 장난감을 발견한 아이처럼 말했다.

"오늘 중으로 도원 선생도 데려 와. 시간 없다니까 빨리 처리해야지."

아이스는 최대한 놀란 기색을 읽히지 않으려고 고개를 돌렸다. 크랙은 그런 아이스의 표정을 일일이 지켜보며 웃었다. 아이스의 시선이 닿은 곳을 돌아보기도 하고, 주머니에 찔러 넣은 손을 꿈지럭거리는 것도 확인했다.

아이스의 반응을 하나하나 살피는 모습은 아이스가 실수로라도 크랙에게 반발할 만한 감정을 드러내길 기대하는 눈치였다. 애초에 그를 처음부터 믿고 있지 않다는 뜻이기도 했다. 아이스가 어떤 식으로 뒤통수를 칠지 흥미진진하게 바라고 있었다.

"왜 말이 없어?"

신이 난 크랙에게 아이스는 꼬투리가 잡힐 만한 표정이나 행동을 하지 않았다.

"나한테 물어서 뭐 해. 네가 하고 싶으면 하는 거지."

"오, 아무런 상관없다 이거구나."

"난 시킨 일만 하잖아."

"죽이라고 총 쥐여 주면 그것도 시킨 일이니까 할 거야?"

농담처럼 들리지 않는 말에 아이스는 잠시 아무 말도 하지 않았다. 인화 물질을 둘러보던 대리자가 슬쩍 고개를 돌려 긴 머리카락 사이로 아이스를 바라보고 있었다. 아이스는 옷 속에 넣은 손으로 주먹을 꽉 쥐었다가 풀었다. 하하, 웃는 소리가 절로 튀어나왔다.

"봐줘라. 나 한 번도 사람 안 죽여 봤어. 그런 것까지 시키는 건 너무하잖아."

크랙이 능청스러운 아이스를 이리저리 떠봐도 쉽게 걸려들지 않았다. 아이스는 원래부터 조심성이 많은 편이었다. 예민해진 그를 들쑤셔 본들, 크랙을 향한 의심만 깊어질 뿐, 크랙이 원하는 말을 실수로라도 흘릴 사람이 아니었다.

크랙은 아이스 대신 대리자를 돌아봤다.

"도원 선생을 오늘 중으로 데려올 수 있을까요."

대리자는 휴대 전화를 꺼내서 일정을 살피며 대답했다.

"내일까지 수업 없던데요."

"그럼 지금 집에 있겠네요? 데려오기 쉽겠는데?"

집에 MJ가 같이 있으면 어쩌려고 쉽다는 소릴 할까. 정말로 갈이 있으면 동네 슈퍼라도 나올 때까지 기다릴 셈인지. 도원의 생활 패턴을 알 리 없는 크랙이었다. 턱을 매만지면서 고민하는 그에게 아이스가 물었다.

"진짜로 데려오려는 거 아니지?"

아이스의 관심에 크랙이 흥미로운 시선을 던졌다.

"왜, 마음에 좀 걸리나 봐?"

"그 선생님 경찰이랑 친한 거 알잖아. 괜히 들쑤시면 너만 피곤해질 거야."

"그거야 다 아는 사실이고. MJ를 끌어내려면 그 선생이 필요하거든."

"미끼로 삼겠다는 거야?"

"당연한 거 아니야? 그 새끼 빡치기 가장 좋은 수단인데, 이 좋은 걸 내가 왜 안 써먹겠어?"

"별로 좋은 생각인 거 같지 않은데. 그 선생님 굉장히 유명해서 네가 잘못 건드리면 언론도 너에게 불리하게 작용할 수 있어. 언론 쪽 이용해서 MJ가 불리하게 밀어붙일 거라며. 그 계획 실패할지도 몰라."

"그건 별로 걱정 안 해. 어차피 우리한테 주어진 시간이 길어 봤자 이틀이고, 그 안에 쇼부 볼 거라면 누굴 꾀어내서 이용해 먹든 무슨 상관이겠어. 언론에서 그 선생 편들기 전에 폭탄 터지면 다 끝인데. 응? 천하의 아이스가 남 걱정을 할 리 없는데, 너 설마? 이거 상당히 귀여운데. 아하하."

"안 그래도 해야 할 일 많은데 쓸데없는 일 늘릴까 봐 그러는 거야."

"아하하, 골 때리네. 너 그 선생 진짜 걱정하고 있구나."

"에휴, 됐다, 그래. 너 편한 대로 생각해라."

"네가 그러니까 더 데려오고 싶네. 대리자, 그 사람 바로 데려오죠. 지금 당장요."

갑작스러운 명령에 대리자는 눈살을 찌푸렸다. 뭐 이렇게 즉흥적이냐는 표정이었지만 돈을 받고 움직이는 입장에서 아쉬운 소리를 하긴 쉽지 않았다. 그녀는 쯧, 하고 혀를 찼다.

"알았어요."

총탄을 살펴서 총알을 확인했다. 철컥, 안전장치가 잠기는 소리가 울렸다. 총을 재킷 안쪽에 꽂는 모습을 본 아이스는 등 뒤로 식은땀이 흐르는 기분이었다.

이 새끼들, 이거 진심이다. 여기서 도원까지 말려들면 폭탄 터지는 곳까지 끌고 다닌다는 뜻인데. 그렇다고 하지 말라고 하면 더 의심을 사게 되니 말을 할 수도 없고.

MJ에게 통화를 연결한 상태로 있으니 이 얘기를 듣는 MJ가 알아서 행동하길 바라는 수밖에 없었다. 대리자가 움직이는 게 빠를지, MJ가 도원을 안전한 곳으로 피신하도록 연락을 취하는 게 빠를지는 MJ에게 달린 일이었다.

"그럼 나도 같이 갈래."

대리자 쪽 움직임을 조금이라도 지연시켜 볼 생각으로 말했다. 크랙이 그런 아이스를 저지했다.

"어딜 가, 너는 여기 있어."

눈치챘나. 아이스는 억지로 웃을 여유도 잊어버렸다. 생존 전략이나 다름없는 가벼운 농담을 뱉을 수밖에 없었다.

"뭐야, 나랑 있고 싶어?"

"어."

"어우, 야, 징그럽게."

"너 대가리 굴리는 거 보여서 말이야. 내 기준에서 조금만 삐끗하면 쌀국수 음식점 하는 네 친구도 도원 선생이랑 똑같이 데려올 수 있어."

쌀국수 음식점. 그리즐리를 떠올린 아이스의 얼굴이 삽시간에 굳었다. 아이스는 전에 없이 차갑게 말했다.

"걘 건드리지 마."

아이스 반응에 크랙은 오히려 히죽 웃었다.

"이 새끼 안 본 사이에 존나 물러졌네. 선생도 걱정하고 친구도 걱정되세요? 응? 왜 그렇게 쳐다보고 지랄이야."

아이스를 장난감 취급하면서 낄낄거리는 모습은 끓는점에 도달한 물 같았다. 언제 부글부글 끓어서 기화될지 모르는 높은 온도의 액체. 크랙은 그 열기를 식힐 생각도 없어 보였다.

"이 새끼 친구도 데려올까요? 용병 줄 테니까 데려가서 그 쌀국수 하는 새끼도 잡아 와 봐요."

아니, 왜 그런 귀찮은 일을 시키느냐고 멀리서 미간을 찌푸린 채 바라보는 대리자였다. 장난을 치고 싶으면 본인이 직접 하지 남을 시키는 건 뭐람.

속으로 짜증을 삼키면서도 일이 끝난 후에 받을 보수를 생각하며 "알았어요."라고 대답했다. 대리자가 정말로 짐승 탈을 쓴 사람 몇을 데리고 나갈 분위기이자 아이스가 멈춰 세우려 했다.

두꺼운 철문이 열리는 소리가 들리지 않았다면.

철문 너머에서 익숙한 목소리가 들리지 않았다면 말이다.

"내가 그렇게 보고 싶어 못 견디겠냐, 크랙?"

열리는 문 너머에서 한 남자가 걸어 들어왔다. 그 특유의 묵직한 목소리와 목소리를 뛰어넘는 존재감에 공장 안에 있는 모든 사람들이 멈추었다.

열린 문틈을 비집고 들어온 달빛이 천천히 걸어 들어오는 남자의 등 뒤를 밝혔다. 그의 그림자는 역광으로 비치는 달빛을 따라 길어져서 크랙에게 닿고 있었다.

하필 오늘은 보름달이 뜬 날이었다. 그 환한 달빛 아래에서 어슬렁거리며 다가오는 남자는 커다란 보름달을 등진 한 마리의 늑대처럼 보였다. 그림자 속에서 새하얗게 빛나는 시선이 크랙을 물고 놔주지 않았다.

크랙은 예상치도 못한 사람의 등장에 눈을 크게 떴다. 처음에는 놀란 듯싶다가도 서서히 입가를 끌어 올리며 즐거움을 숨기지 못했다. 크랙의 시선은 광기로 번들거렸다. 너무 화가 나서 웃음이 날 수 있다는 사실을 크랙은 또다시 실감할 수 있었다.

"MJ."

그를 부르는 음성에 웃음소리가 섞여 들었다.

"아하하하, MJ, MJ!"

미치겠네. 아, 미치겠다고. 이 새끼 타이밍이 좆같은 건 7년 전에도 알아봤지만, 이럴 때도 놓치지 않는단 말이지. 공포에 질려서 질질 짜는 새끼 얼굴만 상상하고 있었지, 무대 세팅 전에 걸어 들어오는 건 계산하지 않았건만.

크랙은 반질거리는 눈동자만 굴려 아이스를 바라봤다가 대리자를 돌아봤다.

둘 중 어느 연놈이 연락을 한 걸까. 아이스일 가능성이 더 높지만 대리자도 연락이 잘되지 않는 경우가 종종 있었다. 뒤늦게 연락이 되어도 "어머, 여자의 사생활을 묻는 건가요? 무례하잖아요."라고 대답하기에 꺼림칙해도 그냥 넘기기 일쑤였다.

하여튼 믿을 새끼가 없다. 믿을 새끼들이 없어서 폭탄을 선택한 자신이 자랑스러워 웃음이 나왔다. 총질은 한쪽이 배신하면 답이 없지만, 폭탄이 터지면 아군이고 적군이고 상관없이 다 뒈지는 공평한 일이다. 여차하면 대리자, 아이스, MJ 대가리를 공평하게 터뜨려 버릴 생각이었다.

MJ는 그 넓은 공장을 가로질러 크랙 앞에 섰다. 짐승 탈을 쓴 남자들이 손에 들고 있던 총으로 MJ를 겨누었다. 수많은 총이 일제히 MJ의 눈앞에 검은 아가리를 벌리자 크랙이 어린아이를 달래듯이 말했다.

"안 되지, 안 돼, 병신들아, 대가리 말고 다리 겨눠야지. 아깝게 여기서 대가리 날리면 혼내 준다."

한국어를 제일 잘 알아듣는 순록 탈이 그 명령을 따라 조준점을 바꿨다. 다른 짐승 탈들도 눈치껏 그 움직임을 따랐다.

아이스의 말대로였다. 크랙이 이상해졌다는 말을 듣긴 했지만 이런 식일 줄은 몰랐다. 그는 MJ의 등장에 마치 무대를 망친 연출가처럼 굴었다. 세팅된 곳이 아니면 출연 배우를 죽일 생각이 없는 것 같았다.

도원에게 가려는 걸 붙잡으려고 나선 일인데, 생각지도 못한 이점을 확인할 수 있었다. 크랙은 이곳에서 MJ를 죽일 생각이 없다.

MJ는 이 이점을 놓칠 사람이 아니었다.

"왜, 내가 여길 오면 안 되나 봐?"

흔들리는 머리카락 사이로 빛나는 눈엔 긴장된 분위기를 즐기는 포식자의 여유가 묻어났다.

"어차피 이렇게 번거로운 일을 하는 것도 나 하나 잡아서 죽이려고 한 거 아니었어?"

죽이지 못할 걸 아니까 도발하는 거다. 크랙은 당장이라도 저 빌어먹을 아가리에 총을 박아 넣고 싶었지만 주먹을 움켜쥐며 참아냈다.

여기서 간단하게 방아쇠를 당길 일이었으면 폭탄이란 것을 선택하지도 않았지. 짐승 탈을 쓴 남자에게 총을 빼앗아 MJ의 머리통을 날려 버리는 일은 간단하지만, 크랙이 생각하는 가장 초라한 엔딩이다.

그런 엔딩을 보려고 짠 판이 아니야. 이런 걸로 끝낼 판이 아니라고.

크랙은 자기도 모르게 MJ의 머리통에 총알을 박아 넣을까 봐 한 걸음 물러나면서 말했다.

"넌 진짜 인생이 좆 돼 봐야 하는데. 왜 이렇게 운이 좋나 몰라."

크랙의 말을 MJ가 되받아쳤다.

"너야말로 운이 좋네. 그때 대가리 깨져서 뒈진 줄 알았더니, 아직도 살아 있고. 아니지, 명줄이 긴 건가? 아주 징그러워 죽겠어. 벽에 똥칠할 때까지 살 거 같아."

"어디 한번 실컷 네 멋대로 떠들고 즐겨 봐. 내일 되면 울며불며 매달리게 해 줄 테니까, 오늘 저녁은 즐겨. 마지막이잖아. 좋은 추억 하나쯤은 남겨 줄게."

"내일까지 왜 기다려. 지금 끝내 봐. 여기까지 와 줬잖아. 누굴 미끼 삼고, 누굴 납치하고, 그런 거 할 필요 없이 내가 바로 와 준 거라니까? 어디 죽여 봐, 새끼야. 이렇게 떠먹여 주는데도 넌 존나 병신인 거니까."

"하하, MJ."

"나 하나 좆 돼 보라고 몇십 억 들였지? 그 돈 허공으로 날려 줄게. 네 새끼는 평생 감옥에서 썩게 해 줄 거고. 그러니까 주워 먹어 보래도? 씨발, 주위에 깔린 게 총인데 못 쓰냐? 이거 진짜 병신 새끼 아냐."

크랙이 웃던 입가를 씰룩였다. 혀로 잇몸을 훑고 입술까지 적시면서 웃었다.

이대로 살려 보내기도 억울하고 그렇다고 그 억울함이 허무해질 죽음을 선택할 수도 없고. 숨을 몰아쉬며 흥분을 가라앉히는 사이에 옆에 서 있던 대리자가 총을 꺼냈다. 동시에 MJ도 품에서 총을 꺼냈다.

대리자와 MJ가 서로 겨누는 동안 MJ에게 짐승 탈을 쓴 남자들이 한꺼번에 총을 고쳐 잡았다. 철컥, 장전되는 총들의 소리가 들렸다. 서로가 서로를 죽이기 일보 직전인 분위기 속에서 크랙이 소리 질렀다.

"아무도 쏘지 말라고 했어. 저 새끼 죽이는 새끼 내가 똑같이 대가리 날릴 거니까."

그 협박에 대리자와 짐승 탈은 방아쇠를 당기지 못했다. 반면에 MJ는 자신 있게 방아쇠를 당겼다.

소음기도 장착하지 않은 총이 그대로 요란한 소리를 내며 터졌다. 너른 공간을 메아리치는 총소리와 함께 매끄러운 나무 면에 총알이 미끄러졌다.

크랙과 대리자 사이를 정확하게 파고든 총알이었다. 크랙은 핏줄이 벌겋게 솟기 시작한 눈으로 MJ를 노려봤다. 웃으면서 바라보고 있는 MJ에게서 기묘한 광기가 느껴졌다.

"이야, 날 못 쏜다고 광고를 하네, 고맙게도 말이야. 그럼 여기 있는 과녁들 내가 다 날려도 되는 부분이지?"

그 광기는 사람을 죽이는 일에 두려움도 느끼지 못하고 있었다. MJ는 이미 한 번 사람을 죽여 본 전적이 있었다. 두 번이라고 못 할까.

"줘도 못 먹는 새끼니까 이번엔 내가 먹어 볼까 하거든."

웃으면서 겨눈 총구가 이번엔 정확하게 크랙을 향했다. 그가 들고 있는 토카레프는 구식 모델이었지만, 일부러 안전장치를 제거한 살상용 무기이기도 했다. 안전핀이 없어서 언제든 신속하게 발포할 수 있다. 브레이크가 없는 MJ에게 잘 맞는 물건이었다.

비틀려 있던 크랙의 미소도 차츰 사라졌다. 크랙은 눈 한번 깜빡이지 않고 MJ를 바라봤다. 핏줄이 선 눈에 MJ가 비쳤다. 흰자위를 감싼 붉은 핏줄이 서서히 동공까지 번져 갔다.

"계속 열 받게 하지 말고, 어떻게 알고 왔어?"

"여기까지 와 준 것만으로 내 친절에 만족해야지. 어디까지 받아먹으려고 그래."

"아이스, 저 새끼 짓이냐?"

아이스의 얼굴이 창백했다. 그 모습을 보니 MJ를 뒤에서 봐준 것 같진 않았다. 이 난장판을 예측하지 못한 표정 아닌가. MJ의 독단적인 행동이었다.

총구 너머의 검은 눈동자가 야행성 짐승처럼 빛나고 있다. 아무나 해치고 불이나 지르던 과거의 짐승 모습은 아니지만 사회화된 인간으로는 도저히 생각할 수 없는 눈빛이다.

도원과 함께 지내면서도 지우지 못하는 본성이자 습성이었다. MJ를 이렇게 만든 사람들 중엔 크랙도 포함된다. MJ에게 살상력과 폭력성을 가르친 사람은 크랙이었다.

"폭탄은 다룰 줄이나 알아?"

MJ는 머리카락을 쓸어 넘겼다. 그러곤 불에게 한 번 물려 봤던 그 화상 자국을 드러냈다. 여전히 징그럽고, 야만적으로 보이는 그 흉터를 아무렇지 않게 내보인 MJ가 천천히 크랙 쪽으로 다가왔다.

"다룰 줄 알아야 할 텐데. 안 그러면 불꽃이 너까지 잡아먹을 거야. 넌 불을 이기는 존재가 아니잖아. 저 폭탄의 불을 길들이지도 못했잖아. 자신 있어? 폭탄이 널 배신하지 않을 거라 정말 믿어?"

MJ의 도발에 크랙은 머리가 욱신거렸다. 귓속을 어지럽게 만들던 클럽의 음악 소리가 어디선가 들려오는 것 같았다.

클럽에서 크랙이 느끼던 것은 혼란한 즐거움, 그것 하나였다. 눈앞을 흐리게 만들던 각종 마약과 술에 젖어 있었다. 낭창거리는 여자 허리를 잡고 가슴을 빨면서 기분 좋은 고양감에 취해 있었다. 그리고 한껏 기분 좋은 상태에서 MJ 손에 머리통이 붙잡혔고, 두꺼운 유리 테이블에 그대로 두개골이 깨져 버렸다.

눈을 떴을 때 제일 처음으로 마주한 것은 두피를 가르는 징그러운 수술 자국이었다. 거울로 확인한 거대한 흉터 자국에 비명을 내지르며 병실의 물건을 모두 집어 던지기도 했다.

담당의가 어려운 의학 용어로 지껄이기에 멱살을 잡고 벽에 처박았다. 그는 오줌을 지렸다. “신경 전달 물질의 이상으로 감정 조절이 당분간 쉽지 않을 수 있습니다. 약을 꾸준히 섭취해서 호르몬을 억제해야 합니다.”는 설명을 더듬거리며 했다.

모든 것이 자신을 이런 미치광이로 만들어 버린 MJ를 향한 원망과 분노로 살아온 7년이었다. 질질 짜면서 살려 달라고 무릎을 꿇는 모습을 봐도 시원찮은 판국에 폭탄의 우위에 선 모습을 보려니 속이 뒤집힐 것 같았다.

하하, 씨발, 여기서 그냥 죽일까? 제 발로 걸어 들어온 거잖아. 죽여 버릴까? 아니야, 이걸 얼마나 오래 준비했는데 여기서 망칠 순 없다. 이틀, 아니, 하루면 세팅이 완료된다. 그 하루를 못 참고 지난 7년 동안 쌓아 온 분노를 이대로 허무하게 날릴 순 없어.

크랙의 머릿속이 시끄럽게 들끓는 사이에 총소리가 터졌다. 크랙은 그제야 시뻘겋게 뜨고 있던 눈을 깜빡였다. 총을 들고 있는 MJ의 머리카락 사이로 한 줄기 피가 흘러내리고 있었다.

MJ와 크랙이 동시에 대리자를 돌아봤다. 그녀는 한 번 발포 후에 자동으로 걸리는 안전핀을 다시 열면서 MJ를 겨눴다.

“가까이 오지 말고 멈춰. 이번은 경고 사격이지만 다음엔 명중시킨다, 매리제인.”

스쳐 지나간 총알에 이마 쪽 상처를 입은 MJ였지만 눈가를 타고 흐르는 피에 신경도 쓰지 않았다. MJ는 망설임 없이 크랙을 겨눴던 총을 대리자에게 옮겼다.

탕!

대리자가 든 총처럼 안전장치가 걸리지 않는 총이었다. 언제든 연사가 가능한 총구에서 하얀 연기가 보였다. 대리자의 긴 머리카락 몇 가닥이 잘려져 떨어졌다. 잘린 단면이 불에 탄 것처럼 색이 누렇게 변해 있었다.

"출소해서도 누구 밑에 기어들어 가 일하는 건 똑같네. 안 지겹냐?"

서로를 겨눈 채 다시 한번 총을 쏘려는 MJ와 대리자를 보고 크랙이 말했다.

"내 허락 없이 죽이면 당신 보수는 없을 줄 알아요."

대리자는 와락, 눈살을 찌푸렸다. 따지고 보면 자신이 감옥에 처박혀서 썩은 이유 중 하나가 MJ였다. 그런 MJ를 다시 만났으니 몸성히 보내고 싶은 생각이 없는 건 당연한데, 그걸 다른 사람도 아닌 크랙이 막다니.

돈도 중요하지만, 여기서 모든 걸 포기하기엔 그녀 역시 억울했다. 다리 하나는 날려 버려야 이 분노가 사그라질 것 같았다.

"씨발, 이 정도면 나도 당신한테 엄청 양보한 거야."

총구를 내렸다. MJ의 머리를 겨눴던 총구가 다리를 향했다. 대리자가 조준하는 것을 본 MJ가 재빨리 탈을 쓴 사람들 속으로 뛰어들었다.

가장 가까운 곳에 서 있던 남자의 목을 손으로 휘어 감았다. 그러고는 팔을 뒤로 꺾어 잡아당겼다. "악!" 하고 터지는 비명을 무시한 채 남자를 방패처럼 앞에 세웠다.

대리자는 방아쇠를 당겼다. 종아리를 관통당한 남자가 고통스러워하며 주저앉았다. 무너지는 남자의 머리채를 움켜쥔 MJ가 그대로 몸을 들어 올렸다.

"크랙보단 네가 더 낫네. 행동은 할 줄 알잖아."

칭찬 같지도 않은 말에 대리자의 시선이 서슬 퍼렇게 빛났다. 그녀가 한 번 더 쏜 총알이 남자의 어깨를 찢어 놓았다. MJ는 다시 터지는 비명 소리를 무시했다. 총을 들어 대리자의 몸통을 겨눌 때였다.

"미친 새끼들아! 여기서 총질하지 마! 주변이 화약 밭인데 뭐 하는 짓들이야! 터져서 다 같이 뒈지고 싶어!?"

커다랗게 외치는 크랙의 목소리에 서로를 겨누고 있던 짐승 탈들과 대리자, MJ의 움직임이 동시에 멎었다. 공장 안을 윙윙거리며 울리던 발포 음과 바닥과 건물, 사람 몸에 박히는 총탄 소리가 사라지자 씨근덕거리는 크랙의 숨소리만 커다랗게 울렸다. 그 숨소리에 웃음이 섞여 나왔다.

"후우, 으흐흐흐, 씨팔!"

숨을 몰아쉬던 크랙이 근처에 있던 의자를 집어 던졌다. 바닥에 맞고 부딪친 의자가 벽으로 굴러 가는 동안에 크랙은 아이스의 뒷덜미를 낚아챘다. 손쓸 틈도 없이 그대로 잡아끌린 아이스의 턱 밑에 크랙이 재킷 안주머니에서 꺼낸 총을 겨눴다.

"MJ, 이 새끼 대가리 터지는 거 보고 싶지 않으면 가만히 있어."

죽이지도 살리지도 못하겠는 이 계륵 같은 새끼. 여전히 비틀린 웃음을 흘리던 크랙은 아이스의 턱 끝에 찔러 넣은 총으로 더 세게 목을 눌렀다.

"크리스탈, 너지? 네가 재한테 이 장소 알려 줬어? 너 아주 뒈지고 싶어서 작정했나 보다. 정신 못 차리고 또 이딴 장난질을 해?"

크랙이 쥔 총의 잠금장치가 풀렸다. 분노를 조절하지 못하는 그가 이대로 손가락에 살짝 힘만 주면 뇌와 턱이 그대로 날아가 버릴 판이었다. 아이스는 바싹 마른 입술을 열었다.

"……진정해. 내가 말한 거 아니야."

"네가 거짓말 치는 거 한두 번 당한 줄 알아? 이번엔 좀 달라질 줄 알았더니 여전하네, 응?"

"요즘 걔랑 연락도 안 하는데 무슨 수로 이 장소를 말했다는 거야."

"간사하게 입 놀리는 건 아주 습관이야, 그렇지?"

"크랙."

"연락도 안 했는데 여기까지 찾아왔다고. 으하, 히히, 씨발, 내가 그딴 말을 믿을 거라 생각했나 봐?"

크랙은 장전된 총을 아이스의 턱 대신 MJ에게 겨누었다. 그러곤 아이스가 말릴 새도 없이 방아쇠를 당겼다.

탕!

권총 소리가 커다랗게 울렸다. 놀란 아이스가 비명을 지르기도 전에 MJ가 붙잡고 있던 토끼 탈을 쓴 사람이 쓰러졌다. 이번엔 MJ도 억지로 그 몸을 붙잡아 들어 올리지 못했다. 가슴에서 번져 나온 피가 흙바닥을 적시는 동안에 크랙은 총을 다시 고쳐 잡으면서 웃었다.

"하하, 아, 후우, 너무 오랜만에 쏴 봐서 조준도 못하겠네. 하하하, 야, 다음엔 명중시킬 거야. 죽일 생각 없었는데, 너희가 짜고 치는 판에서 놀아날 바에야 여기서 끝내고 말지. 안 그래?"

장전된 총이 다시 MJ를 향하는 순간에 아이스가 반사적으로 소리쳤다.

"폭탄부터 옮겨, 크랙!"

그 소리에 붉은 핏줄이 선명한 눈이 빛났다. 크랙은 아이스의 입에 총을 쑤셔 박으려 했다. 아이스는 말문이 막히기 전에 재빨리 덧붙였다.

"쟤가 여기 있다는 건 경찰들이 올 수도 있다는 소리야! 경찰이 도원 선생 쪽을 봐주고 있는데 쟤 행방을 놓칠 리가 없잖아!"

아이스는 이마를 타고 흐르는 땀을 느낄 새도 없이 크랙을 똑바로 바라보며 말했다.

"폭탄부터 옮겨. 저거 안 터뜨리면 되팔 수도 있는 귀한 물건인거 잊지 마. 경찰에게 뺏기면 나도 너 안 도와줘. 돈 나올 구멍 다 막히기 전에 뭐가 이득인지 생각하란 말이야."

크랙은 그런 아이스를 눈을 가느다랗게 뜨고 한참이나 응시했다. 장전된 총은 MJ의 머리가 아닌 아이스의 머리를 툭툭 쳤다.

적당히 대가리 굴리라는 무언의 협박이었다. 서늘한 총구가 이마를 두드릴 때마다 목뒤로 소름이 돋았지만 아이스는 최대한 침착하게 말했다.

"뭐가 중요한지부터 생각하자, 응?"

크랙은 반질거리는 눈알을 굴리며 중얼거렸다.

"이번에도 거짓말이면."

머리를 치던 총이 정확하게 아이스의 이마에 닿았다. 차가운 총구가 체온만큼 미지근해질 때까지 장전된 총은 떨어져 나가지 않았다.

"네 신변 정리를 내가 대신 해 줄 줄 알아라. 너, 네 친구, 저 새끼, 도원 선생까지 전부 대가리에 이 총알 박힐 줄 알아."

그 말에 한참이나 크랙을 바라보던 아이스가 눈가를 접으며 웃었다. 호선으로 휘어지는 그 미소는 평소 크랙이 알던 그 뻔뻔하고 여유 만만하던 재수 없는 미소가 맞았다.

"마음대로 해."

아이스를 겨냥한 총이 그제야 떨어져 나갔다. 크랙은 장전된 총의 안전장치를 다시 올리고 재킷 안주머니에 넣었다.

짐승 탈들은 MJ의 무릎과 다리 쪽으로 일제히 총구 방향을 바꾸었다. 여덟 명이 작정하고 총을 쏘면 무릎이 박살 나서 수술로도 소용없으리란 것은 MJ도 본능적으로 알았다.

신중해진 MJ에게 신경질적으로 총을 겨누고 있던 대리자도 안전핀을 도로 채우고 몸을 돌렸다. 크랙이 아이스와 대리자에게 각자 명령했다.

"차에 폭탄 실어. 크리스탈, 네가 운전하고 대리자, 당신이 백업해요."

공장 뒷문이 열리고 승합차 한 대가 들어왔다. 차에서 내린 순록 탈을 쓴 사람이 검은색 이타셰 케이스 다섯 개를 내려놓았다.

경금속으로 만들어진 단단한 직사각형의 가방이었다. 꽤 크기가 큰 가방에는 테이블과 바닥에 놓여 있던 폭탄들을 실었다. 조심스럽게 가방 다섯 개를 차에 싣자, 크랙이 그제야 아이스의 등을 툭, 밀쳤다.

아이스는 가장 민감한 소형 폭탄들이 실린 승합차 운전석에 올라탔다. 걸음을 옮기는 동안 단 한 번도 MJ를 돌아보지 않았다. 쓰고 있는 모자챙을 눈썹 밑까지 더 깊게 눌러 쓰면서 자동차의 시동을 걸기만 했다.

뒷문으로 천천히 후진하여 나가 버린 차는 더 이상 MJ의 시야에 들어오지 않았다. 승합차가 나간 자리로 이번에는 트럭 한 대가 들어왔고, 폭탄 제조에 필요한 인화성 물질들을 한꺼번에 실어 날랐다.

남자들이 물건을 싣는 동안에 크랙은 MJ 곁으로 다가왔다.

"너 때문에 리허설을 망쳤어."

크랙은 MJ의 머리채를 휘어잡았다. 그러곤 MJ의 머리를 그대로 책상 위에 박아 버렸다. 쾅, 하고 울리는 커다란 소리에 크랙은 후련하다는 듯이 입을 히죽였다. MJ가 그랬던 것처럼 머리통 한쪽을 날려 버리고 싶었지만, 고작 이마 쪽이 찢기는 것에 불과했다.

고개를 든 MJ의 이마에서 새빨간 피가 흘러내렸다. 책상 모서리에 잘못 찍히면서 이마가 길게 찢어지는 바람에 출혈이 심했다. 관자놀이를 타고 흘러내린 피가 턱 밑으로 떨어졌다. 바닥에 고인 새빨간 흔적이 점점 넓어졌다. 피가 흐르는 모습을 본 크랙이 한결 가벼워진 어조로 말했다.

"성공적인 본무대를 하기 위해서 시행착오 좀 했다고 생각할게. 네가 내 대가릴 이렇게 만든 값은 돌려받아야 하잖아. 이번 일에 내가 얼마나 신경을 썼다고."

크랙이 인공 보형물을 넣은 자신의 머리를 가리켰다. 수술 자국이 흉터가 되어 두피를 가로지르고 있었다. 크랙은 일부러 머리카락을 까뒤집으며 MJ에게 자국을 보여 주었다.

"어때, 보여? 이거 네가 한 건데. 그때 엄청 대수술이었거든. 두개골 함몰되어서 뇌까지 다쳤는데 이렇게 멀쩡하게 걸어 다니고 얘기하고 생각하는 게 기적일 정도라니까?"

물건을 실은 트럭이 문을 닫았다. 크랙의 다음 명령을 기다리고 있지만, 크랙의 시선은 오로지 MJ에게 고정되어 있었다. 그는 너무 짓씹어서 살점이 너덜거리는 입 안을 혀로 훑었다. 이전처럼 잇몸을 훑고 입술을 핥을 때 피가 묻어 나왔다. 히죽 웃는 이 사이로 붉은 피가 고여 있었다.

"이렇게 만든 네 새끼 어떻게 할까, 7년 동안 고민했어. 뭘 해야 내가 당한 게 좀 후련해질까 고민했는데, 씨이팔, 아무리 생각해도 단순히 널 죽이거나 적당히 괴롭히는 것 가지곤 분이 안 풀리더라고. 나는 다 잃었거든. 다 망가졌는데 너 혼자 깨끗하게 신분 세탁하고 살아간다고? 내가 그 꼴 보고 살 수 있을 거 같아?"

크랙은 자지러지게 웃음을 터뜨렸다. 그동안에도 MJ는 피를 흘린 채 크랙을 보고 있었다. MJ의 표정을 읽을 수도 없고, 무슨 생각을 하는지도 모르겠지만, 이 순간만은 유쾌했다.

MJ가 어떻게든 감정을 숨기는 방법을 찾은 듯한데 지금 이 포커페이스가 얼마나 갈지 내기를 해 보는 것도 재밌는 놀이가 될 것 같았다.

"이번에도 도원 선생이 얼마나 애쓸지가 궁금하네."

도원의 이름을 듣자 MJ가 이를 드러냈다. 으르렁거리며 반응하는 MJ를 보면서 크랙은 신이 나서 떠들었다.

"마약 사범 전과 있는 사람이 이번엔 폭탄 테러에 연관 있다면 그건 아무리 도원 선생도 수습하기 어렵지 않겠어? 실제로 사람 한 명쯤 죽어 나가 봐야 널 데리고 사는 게 얼마나 힘들고 무모한지 깨닫겠지? 응? 어떻게 생각해?"

"선생님 건드리면 진짜로 죽여 버리는 수가 있어."

"하, 씨발, 너무 좋네. 네가 이러니까 안 건드릴 수가 없잖아?"

"한 번 좆 된 걸로는 부족한가 보네. 이번에 그 쓸모없는 머리통 완전히 날려 줄까?"

"날 화나게 하면 그 빌어먹을 도원 선생에게도 나쁜 영향이 갈 텐데."

"자기 분수도 모르는 새끼가 얻다 대고 입방정이야. 넌 이렇게 판 키워서 놀 그릇이 못 돼. 네 능력 과대평가해서 사람들 피곤하게 만들지 마."

"너 그 선생이랑 같이 살더니 사람 속 긁는 것도 배웠나 보다, 응?"

"까놓고 말해서 너만큼 만만한 새끼가 어디 있다고. 폭탄을 다루지도 못하잖아. 조심해서 들고 다닐 줄만 아는 새끼를 내가 대체 왜 무서워해야 하는 건데?"

"MJ."

"왜 불러, 씹새끼야."

으르렁거리는 MJ의 반응에 이를 앙다문 크랙은 MJ를 죽이지 않으려고 모든 인내심을 끌어모아야 했다. 눈앞의 대가리를 터뜨리고 싶은 마음과 7년간의 노력을 상기하는 이성이 충돌하며 머릿속에서 어지러운 폭죽이 터지고 있었다.

쾅!

그래, 이런 소리를 내는 폭죽이…….

갑자기 들린 소리가 머릿속이 아닌, 실제 귀로 듣는 소리란 걸 깨달은 크랙이 고개를 돌렸다.

폭죽같이 커다란 소리는 공장 철문에서 난 것 같았다. 뭔가에 충격을 받았는지 앞문이 흔들리고 있었다. 그 주변으로 희뿌연 먼지도 날렸다. 철문을 진동시키는 낮은 소리가 한참이나 넓은 공장 안을 날아다녔다.

무언가가 부딪친 소리 같은데. 여전히 희뿌옇게 먼지가 날아다니는 문가를 볼 때였다.

쾅!

더 세게 주변을 흔드는 충돌 음이 들렸다. 문 한쪽이 반쯤 찌부러지면서 달빛과는 비교도 할 수 없는 강렬한 불빛이 새 들어왔다. 찌그러진 문 뒤쪽에서 자동차 소리가 들렸다. 뒤로 후진한 차가 전속력으로 달려오는 소리였다.

"뭐야?"

크랙의 말이 끝나기 무섭게 이전과는 비교도 할 수 없는 충돌 음이 울렸다.

콰앙!

이번엔 충격을 견디지 못한 문의 경첩이 부서지며 튕겨 나갔다. 허공에서 넘실거리던 먼지들도 일제히 날아가 버렸고, 공장 안에 메아리치던 소리도 고막을 때릴 듯이 오랫동안 울려 퍼졌다.

크랙은 폭풍처럼 일어난 먼지에 눈을 감았다. 소매로 입과 코를 가린 채 있으려니 감은 눈꺼풀 너머로 강렬한 불빛이 느껴졌다.

차 한 대가 문을 들이박아 부서트렸다. 강렬한 상향등으로 너른 공장 안을 밝힌 차는 그대로 미끄러지듯이 달려와 MJ 앞을 보호하듯이 멈추었다. 짙게 깔린 흙먼지가 헛도는 바퀴에 허공에서 노랗게 날렸다.

희뿌연 시야 너머로 반파된 차가 보였다. 얼마나 세게 문을 들이박았는지 보닛은 우그러져 있고, 헤드라이트와 범퍼는 깨지고 부서져서 바닥에 끌렸다. 엔진과 부속품들도 찌그러져 있었다. 일부 파이프는 짓이겨져 하얀 김이 날 정도였다.

반파된 차의 선팅되지 않은 앞 유리로 운전자가 보였다. 운전석에서 핸들을 쥔 채 숨을 몰아쉬고 있는 사람은 다름 아닌 도원이었다.

"선생님?"

놀란 MJ가 소리치기 무섭게 고장 난 문 뒤쪽에 여러 대의 경찰차 사이렌 소리가 터졌다. 헤드라이트로 부서진 문 안쪽을 비추고, 여러 명의 경찰들이 동시에 움직이는 소리가 들렸다.

"현장 급습합니다!"

"무장범 다수입니다, 엄호 부탁드립니다!"

"후문 쪽으로 사라진 차량이 한 대 있습니다! 추격 부탁드립니다!"

시끄럽게 터지는 무전 소리에 크랙은 재빠르게 상황 파악을 마쳤다. 그는 MJ와 이어 가던 신경전을 일방적으로 끊어 내고 몸을 돌렸다. 인화 물질을 실은 트럭의 운전석 문을 열어젖혔다. 이미 앉아 있던 사람의 목덜미를 잡아당겨 내팽개치곤 자신이 그 자리에 올라탔다.

좌석 문도 제대로 닫지 않은 채 기어를 바꾸고 핸들을 돌렸다. 문밖에서 쏟아지는 불빛이 클럽 조명처럼 어지럽게 안쪽을 비추는 길을 피해 빠르게 후진을 했다.

총을 들고 있던 짐승 탈들이 그 트럭에 올라타려고 달려갔지만, 크랙은 트럭에 매달린 사람 따위는 신경 쓰지 않고 액셀러레이터를 밟았다. 크랙이 탄 트럭이 황급히 뒷문으로 빠져나가는 동시에 찌그러진 문을 밟고 경찰들이 들이닥쳤다.

"모두 무기 버려!"

순식간에 쏟아져 들어온 경찰들이 남아 있던 짐승 탈들과 대치했다. 짐승 탈들은 총으로 경찰을 겨누거나 뒷걸음질하며 넘어졌다.

일부는 뒷문으로 달려 나가기도 했다. 쏟아져 들어오는 경찰과 그런 경찰들에게서 피해 도망치다 붙잡히는 짐승 탈들로 너른 창고 안은 아수라장이 되었다.

경찰들이 짐승 탈들을 제압하고 탈을 벗겼다. 그들은 대부분 외국인이었다. 한국말이 거의 통하지 않는 중국인, 동남아인으로 순전히 돈 때문에 크랙의 일에 가담한 사람들이었다.

뒷문으로 달아난 짐승 탈 일부와 크랙이 탄 트럭은 또 다른 경찰들이 추격하기 시작했다. 인기척도 드문 공장 단지의 텅 빈 도로에서 사이렌이 울리는 추격전이 벌어지고 있었다.

쏟아지는 밝은 불빛과 비명, 사람들을 제압하는 소음들 속에서 MJ는 여전히 핸들을 쥐고 있는 도원을 바라봤다.

도원은 숨을 몰아쉬고 있었다. 아수라장이 된 주변을 돌아볼 생각도 못하고 뿌옇게 흙먼지가 내려앉은 창밖으로 MJ만을 바라보고 있었다. 문을 들이박고도 놀란 기색을 감추지 못하던 도원이 천천히 차 창문을 내렸다.

“제가, 하아, 하, 늦었나요?”

피가 흥건한 MJ의 이마를 떨리는 눈으로 바라보는 도원이었다. MJ는 그런 도원에게 자신도 모르게 웃어 보이고 말았다.

“아니, 정확하게 맞춰서 왔어.”

여전히 떨리는 눈으로 바라보는 도원에게서 MJ는 시선을 떼지 못했다. 차로 문을 들이박느라 그 충격에 안전벨트가 가슴을 심하게 압박한 탓인지 몇 번이나 기침을 내뱉는 도원이었다.

MJ는 도원을 한참이나 바라보고 있어야 했다. 그럴 상황이 아닌 걸 알면서도 도원에게 고마움과 미안함을 느끼며 미소를 짓고 말았다.

지역 병원 응급실은 사람이 많지 않았다. 급한 복통을 호소하는 중년 남성을 제외하면 아무도 없어 한산하기까지 했다.

MJ는 비어 있는 침대에 앉아 있었다. 이제 갓 전문의가 된 젊은 남자는 MJ의 이마에 난 상처를 확인하고 말했다.

"심한 상처는 아니지만 꿰매긴 해야겠습니다. 깊게 찢어져서 멍이나 붓기도 좀 있으시고, 음. 마취하고 수술 들어가면 하루 정도는 입원해 계셔야겠는데요."

그래도 큰 상처는 아니란 말에 옆에서 초조한 표정으로 듣던 도원이 안도의 한숨을 내쉬었다. MJ는 저 때문에 안절부절못하는 도원의 모습이 신기하고 귀여웠는지 한참이나 올려다보다가 의사에게 물었다.

"마취 없이 수술은 안 되나?"

무례한 어조에 의사가 움찔했다. 머리 한쪽에 화상을 크게 입은 덩치 큰 남자였다. 겉보기에도 무서운 남자가 내뱉는 말투는 흉악했다. 의사는 도움을 요청하듯이 도원을 바라봤지만, 다정한 시선으로 상처를 살펴보는 도원은 의사가 느끼는 두려움을 전혀 공감하지 못하는 듯했다.

의사는 MJ가 범죄잔가 싶어서 잔뜩 긴장해서 대답했다.

"마취 없이 가능은 하지만…… 많이 아프실 텐데요."

"상관없어. 꿰매고 집에 바로 갈래."

의사는 다시 한번 도원에게 도움의 눈길을 보냈다. 이번에도 도원은 의사의 고통에 공감하지 못했다. 대신에 식염수로 깨끗하게 씻어 낸 상처 자국을 살펴보고는 MJ에게 말했다.

"편하게 수술받고 입원해도 돼요."

"나 보험 없잖아."

"그런 걸 걱정한 거예요?"

"그것도 그렇고, 마취되는 거 안 좋아해."

"수술해 본 적 있으세요?"

"응. 화상 때문에 어렸을 때."

"아……."

"마취 상태 좀 무섭더라고. 괜찮으니까 그냥 꿰매고 가자."

마취 약에 부작용을 겪었던 것인지, 트라우마를 자극 당해서인지 MJ는 병원에서 정신을 잃고 싶은 생각이 없는 듯했다. 맨정신에 수술 받아도 괜찮다고 몇 번이나 주장하는 MJ 덕분에 ER 전문의도, 도원도 하는 수 없이 환자가 원하는 대로 들어 줘야만 했다.

MJ는 깨끗한 천으로 이마 상처를 감쌌다. 두발로 걸어서 수술실을 향하면서 도원에게 말했다.

"선생님도 폐나 심장 쪽에 문제없는지 엑스레이 찍어 봐. 여기 오기 전까지 계속 기침했잖아."

"갑작스러운 충격에 몸이 놀란 거라니까 신경 쓰지 않아도 돼요."

"하지만."

"수술받고 와요. 기다릴게요."

MJ는 강의가 끝나자마자 급하게 운전을 하고 온 듯한 정장 차림에 헝클어진 머리 상태의 도원을 보고는 입가를 찌푸렸다. 할 말은 더 많았지만 사람들 듣는 데에서 할 말은 아니라고 생각한 듯 얌전히 고개를 끄덕였다.

수술실로 들어간 MJ를 확인한 후에야 도원은 벽을 타고 주르륵 기대어 앉았다. 욱신거리는 갈비뼈를 손바닥으로 살살 주무르면서 폐포 끝에서부터 끌어모은 한숨을 내쉬었다.

멍하니 수술실 문을 바라보다가 휴대 전화를 꺼냈다. 학교에서 온 문자부터 빈유미가 전화를 건 흔적까지 온갖 알림창이 휴대 전화 액정을 가득 채우고 있었다.

도원은 그중 빈유미의 부재중 통화를 눌렀다. 발신 신호음이 잡힌 지 얼마 되지 않아 빈유미가 전화를 받았다.

〈선생님! 괜찮으세요? 다친 곳 없으시죠?〉

다급한 물음에 도원은 피식 웃으며 말했다.

"네, 저는 괜찮아요. MJ는 지금 수술받으러 들어갔고요."

〈많이 다쳤나요?〉

"그건 아니지만, 상처가 깊어서 피가 계속 나네요. 그보다 크랙은요?"

〈크랙이 탄 트럭은 놓쳤습니다. 곧바로 고속화 도로로 들어가 버리는 바람에 지금 당장 추적이 어려워요. 톨게이트 안 거치고 움직이고 있어서 전산망으로 확인하기도 어렵고.〉

빈유미는 단시간 내에 확보한 것들을 말해 주었다.

〈밤이라 CCTV도 번호판이 안 나오네요. 공단 지역이라 도로에 카메라가 많지도 않고. 낮에 지역 일대 주차된 차들 블랙박스 모두 확인한 후에야 추격 가능할 것 같습니다.〉

"붙잡힌 사람들은요?"

〈모두 불법 체류하고 있는 외국인들이에요. 돈 때문에 크랙 일을 도왔지만 자신들이 무슨 일을 하는지 전혀 모르더군요. 신문해 봐도 건질 게 없습니다.〉

도원은 다시금 깊게 숨을 내쉬었다. 건진 소득은 없고, MJ는 다쳐서 수술실에 들어가 있으니 기분이 좋지 않았다. 크랙이 폭탄을 가지고 움직인다 해서 대대적으로 수색하는 경찰들에게 금방 붙잡힐 줄 알았더니, 이러다 큰 사고라도 하나 터져야 잡히는 게 아닐지 불안했다.

사고가 나기 전에 잡아야 하는데. 폭탄이 터진 후엔 너무 늦는데.

도원은 멍하니 병원 바닥 타일을 내려다보다가 입을 뗐다.

"제 차 폐차해야 할 거 같거든요. 앞에 완전히 부서져서요."

〈정말요? 어, 어떡하지, 죄송해요.〉

"유미 씨가 뭐가 죄송해요. 제가 무작정 들이박은 건데요. 음, 아무튼 차가 그 모양이 되어서 오늘은 집에 못 내려갈 것 같아요. 근처 호텔에 머물러 있을 테니 혹시 새로운 증거나 단서 발견되면 연락 주시겠어요?"

〈네, 물론입니다. 오늘 밤새워서 확인할 것 같으니 새로운 거 나오면 바로 연락드릴게요.〉

"밤샘이라니, 고생 많으시네요."

〈하하…… 저야 뭐 익숙하죠. 선생님이 고생이신 걸요. 아, 선생님, 제가 다시 전화드리겠습니다.〉

"응, 바쁜 것 같은데 얼른 가 봐요."

도원의 상냥한 배려에 기분 좋게 "네!" 하고 대답한 빈유미가 먼저 통화를 끊었다. 크랙을 놓쳐서 우울해하면 어쩌지 걱정했지만, 이젠 범인을 놓쳐서 윗선에서 깨지는 거야 익숙해진 것처럼 구는 빈유미가 오히려 듬직하게 느껴지고 말았다.

끊어진 휴대 전화 화면에 읽지 않은 메시지들이 팝업으로 떠올랐다. 일일이 읽는 것도 피곤해져서 휴대 전화를 바지 주머니에 넣어 버렸다.

봉합 수술은 20분도 걸리지 않았다. 문을 열고 직접 걸어 나오는 MJ는 피가 배어 나온 거즈를 이마에 붙이고 있었다. 그를 뒤따라 나온 의사가 간단한 수술 소견을 말해 주었다.

"총 열두 바늘 꿰맸습니다. 일주일 뒤에 아문 거 봐서 실밥 뽑을지 말지 정하면 될 것 같습니다. 당분간은 샤워나 운동, 사우나 모두 자제해 주세요. 원무과 가시면 처방전 발급받으실 수 있으시니까 항생제와 소염제는 하루 세 번 식후에 드시면 됩니다."

의사는 아픈 소리 한 번 내지 않고 꿋꿋하게 마취 없이 수술을 받은 MJ를 특이하다는 듯이 바라보더니 다시 응급실로 발길을 돌렸다. 간호사의 안내를 받아서 처방전까지 발급받은 후에야 도원은 MJ의 거즈를 들여다보면서 물었다.

"안 아팠어요?"

열두 바늘이면 꽤 큰 상처였는데 억지로 참은 건 아닐지. 걱정스러운 얼굴로 살펴봐 주자 MJ는 부드러운 표정으로 대답했다.

"당연히 아팠지. 근데 참을 만했어."

"어디 봐 봐요. 음…… 흉 지면 안 되는데……."

"눈에 띄는 곳도 아니고 흉 생겨도 괜찮아."

"그런 말이 어디 있어요. 예쁜 얼굴에 흉 지는 건 내가 더 싫은데."

“아니, 뭐, 화상 자국도 있으니까.”

“자꾸 속상한 말 할 거예요?”

빤히 바라보는 도원의 시선에 MJ는 벙긋하던 입을 다물었다. 자신이 가진 것 중 가장 자신 없는 것이 얼굴이라 생각하는 MJ였기에 도원이 그 외모를 좋게 말할 때마다 무슨 반응을 해야 할지 잘 모르는 듯했다.

어색한 듯이 뒷머리를 긁적이는 MJ를 한참이나 바라보던 도원이 손을 잡아 주었다.

“MJ.”

“응, 선생님.”

“하고 싶은 얘기가 정말 많지만 오늘은 참을게요. 근처 호텔 잡아서 푹 쉬어요.”

MJ는 자신을 잡아끄는 도원의 옆얼굴에서 시선을 뗄 수 없었다. 도원은 하고 싶은 말을 억지로 눌러 담고 있었다.

어쩌면 화를 내고 싶을지도 모른다. 왜 아무런 말도 없이 혼자서 무모하게 크랙을 보러 갔느냐고, 자신이 얼마나 걱정하고 불안해했을지 생각해 본 적 없느냐고, 자꾸 이러면 미워하게 될 거라고, MJ를 질책해도 할 말이 없는 일이었다.

MJ라고 무턱대고 그 창고 안에 들어가 크랙과 대치하고 싶었을까. 아이스가 켜 둔 휴대 전화 안쪽에서 들리는 대화 소리에 마음이 초조해져서 뒤를 생각할 수가 없었다. 대리자가 도원을 추적할 것만 같고, 그를 붙잡아 인질로 삼을 것만 같아서. 그래서 정신을 차리고 보니 총 앞에 서게 되었다.

속상해하는 도원을 보기 미안했다. 한편으로는 현장까지 경찰들을 끌고 들이닥친 도원의 순발력과 상황 판단이 고마웠다.

도원의 안전을 먼저 생각하고 싶어서 움직인 일이었다. 이것도 무모하고 잘못된 일로 비난받진 않을지 겁이 났다.

MJ는 이런 방식으로 도원을 지키는 법만 알고 있었다. 유일하게 아는 이 방식을 도원이 거부하면 어찌해야 할 바를 모를 것 같았다.

그렇게 걱정하는 MJ의 심정을 도원이 알아준 것 같다. 도원은 MJ가 저지른 일에 아무 말도 하지 않았다. 오늘 고생 많았고, 힘들었을 테니 푹 쉬라고 배려하는 것처럼 느껴졌다.

"선생님. 오늘 정말 미안해."

대뜸 사과부터 하는 MJ에게 도원은 당황하지 않았다. 도원은 그런 MJ의 손을 꼭 잡아 주면서 말했다.

"오늘은 그런 생각 말고 푹 자요."

"못 잘 거 같아."

"그러게 잠 못 잘 일을 왜 저질렀어요."

"내가 이런 방식밖에 몰라서 그랬어. 아이스까지 얽혔는데…… 젠장, 그러고 보니 그 새끼 크랙이랑 같이 움직이고 있어. 경찰에 말해야 하나?"

도원은 눈을 휘둥그레 떴다.

"아이스가 현장에 있었어요?"

"응, 공장에 크랙이 온다는 걸 걔가 직접 알려 줬거든. 그리즐리 핸드폰을 가지고 있어."

그러면서 아이스와 통화했던 자신의 휴대 전화를 꺼냈다. 도원은 건네받은 전화기의 통화 기록을 확인해 보았다. MJ의 말대로 조금 전, 현장에 있던 시간에 그리즐리 번호로 20분간 통화를 한 내역이 확인되었다.

도원은 잠깐 고민하더니 자신의 휴대 전화를 꺼내서 그리즐리의 번호를 적었다.

"경찰에는 말하지 마요. 아이스는 물론, 그리즐리까지 위험해질 수 있으니까요. 혹시 모르니까 이 연락처는 제 폰에 저장해 둘게요."

MJ는 도원의 판단을 믿고 있었다. 도원이 무슨 결정을 내리건 상관없이 고개를 끄덕일 준비가 되어 있었다. 하지만 불안한 표정만큼은 숨길 수가 없었다. 도원이 "MJ?" 하고 묻는데 도저히 아무렇지 않은 척을 해 보일 수가 없었다.

"……이러다 일 커지는 거 아닐까 불안해."

뼈가 있는 말에 도원은 멈칫했다.

병원 밖에서 불어오는 바람은 차갑지 않았다. 훈기가 느껴지는 바람 사이로 도로변에 심어 놓은 벚나무 가지가 흔들렸다. 가지마다 연둣빛 새순이 올라오고 있었다. 내주면 꽃봉오리를 맺을 테고, 그다음 주면 봄에 내리는 눈을 구경할 수 있을지도 모른다.

이런 밤을 MJ와 보내면서도 안 좋은 기억을 떠올리거나 기분이 가라앉는 얘기를 하고 싶지 않았다.

"이리 와요, MJ."

생긋 웃으면서 두 팔을 벌리는 도원을 MJ는 결국 참지 못하고 끌어안았다. 안기고 싶은 사람은 MJ였지만, 체격 차이 때문에 매번 도원이 품에 안기게 되어 속상하다는 걸 도원은 알까.

가끔은 하염없이 도원에게 매달리고 싶었다. 도원이 명령해 주고, 그걸 믿고 따르는 방식으로 행복하게 살고 싶은데. 도원이 원치 않는 것을 선택하고 행동할까 봐 불안해지는 마음을 숨길 수가 없었다.

그때마다 MJ는 바닥이든, 의자에든, 어디에든 앉아서 키를 낮추곤 했다. 도원의 가슴에 얼굴을 묻고 허리를 끌어안고 있으면 고해성사라도 하는 것처럼 마음이 편안해졌다. 이 편안함을 지키고 싶어서 대리자와 크랙에게 망설임 없이 총을 겨눴었다.

죽이면 다 끝날 수 있다. 도원이 두 번 다시 위험해질 일에 노출될 일도 없고, 그렇게 죽음으로 모든 걸 일단락하게 된다면…….

……평생 함께할 수도 없겠지.

MJ는 사과의 말을 삼키고 반성문 쓰는 시간을 미루기로 했지만, 도원을 안은 팔을 풀지는 못했다. 행복을 위해 이별을 택하는 것과 함께하기 위해 불행을 택해야 한다면 무엇을 택할 수 있을지, 아무리 생각해도 정답을 내릴 수 없었다.

죽여야만 하는 순간이 오면 어떡하지. 선생님, 평생 이별할 각오하고 죽여야 할까. 선생님이 안전해지기 위해서. 내가 먼저 달려가서 죽여야 한다면…… 그래야 한다면…….

불안해진 MJ는 도원의 옷자락을 움켜쥐었다. 혹시 모를 이별을 생각하는 것만으로도 표정이 무참히 무너졌다. 7년 동안 떨어져 있던 것도 너무 힘들어서 죽고 싶었는데, 평생이라니. 평생 도원과 헤어질지도 모른다니.

"좋아해, 선생님."

도저히 참을 수 없는 말을 기침처럼 토해 냈다. 말하지 않으면 못 견딜 것 같은 심정으로 불렀다.

"좋아해. 아니 사랑해, 아, 진짜…… 진짜 너무 미안하고, 너무 사랑해. 모르겠어. 난 선생님이 너무 좋아. 사랑해, 사랑해."

그런 MJ를 보면서 도원은 당황하고 말았다. 교도소에 면회를 갈 때나 보았던 MJ가 다시 이곳으로 온 것 같았다. 불안에 잠식당해서 흔들리고 힘들어하던 그 MJ가.

"MJ."

다정하게 불러 줘도 MJ는 도원을 꼭 끌어안고만 있었다. 사랑한다고 더 말하면 도원이 싫어할까 봐 아랫입술만 질끈 깨문 채였다.

도원은 그런 MJ의 볼을 손바닥으로 감싸 주었다. 날이 춥지도 않은데 창백하게 얼어붙어 있는 얼굴을 한동안 매만져 줬다. 울 것만 같은 그 얼굴을 보면서 도원은 몇 번이나 입술을 달싹이다가 끝내 이것밖에 답이 없다는 듯이 눈가를 접으면서 웃었다.

"내가 더 사랑해요."

사랑을 속삭여도 두 볼에 온기가 돌지 않았다. 도원은 바싹 말라 있는 MJ의 입술까지 엄지로 쓸 듯이 매만져 주며 속삭였다.

"당신이 절 사랑한다고 할 때마다 심장이 터질 거 같아요. 너무 그러지 마요. 저 행복해서 죽으면 어떡해요."

그 말에 MJ가 황급히 말했다.

"그럼 선생님 죽는 곳까지 따라갈 거야."

"그건 너무 무섭네요. 우리 MJ는 오래오래 행복하게 살아야죠."

"선생님이랑 한날한시에 죽을 건데?"

"하하, MJ."

"진심이야. 나 선생님 먼저 어디도 못 보내. 선생님이 가는 곳은 전부 쫓아갈 거야. 저세상이라도 따라갈 거야."

빈말이 아니라는 것은 누구보다도 도원이 더 잘 알았다. 도원은 자신을 놔주지 않는 MJ를 마주 안아 주고 등을 토닥여 주었다.

"혼자 모든 걸 짊어질 필요 없어요. 힘들 때 날 이용해도 돼요."

그 말에 MJ는 머뭇거리며 솔직하게 말했다.

"내가 지승준 때처럼 크랙을 죽여야 하면 어떡하지."

"그때처럼 막아 줄게요."

"……하지만."

"이번엔 제대로 막아 줄게요. 그때처럼 실수하지 않을게요. 내가 더 완벽하게 준비할게요. 당신 혼자 감당 못할 결정을 내리지 않도록 해 줄게요. 혼자 뒤집어쓰지 않게, 혼자 비난받고 괴로워하지 않게, 이번엔 정말로 제 모든 걸 걸고 도와줄게요."

이르게 핀 벚꽃 잎이 하나둘 떨어지는 아래에서 창백한 달빛을 받고 서 있는 MJ였다. 도원은 그런 MJ의 모습이 너무 시리게 보여서 그만 가슴팍에 고개를 묻었다.

아무 말도 없이 고개를 묻고 있는 도원에게서 MJ는 뒤늦게 뭔가를 느낀 듯 안절부절못하며 물었다.

"……선생님 울어?"

도원은 꽉 막히는 성대 근육의 긴장을 풀어내며 애써 태연하게 대답했다.

"안 울어요."

"왜 울어."

"안 운다니까요."

MJ는 말없이 도원의 뒷머리를 쓰다듬어 주었다. 도원이 왜 우는지 알 것 같았다. 지승준이 죽은 일은 이렇게 서로에게 큰 상처가 남아서. 서로가 미숙해서 벌어진 실수처럼 느끼고 있어서. 그게 그토록 심장에 대못을 박아 큰 슬픔을 덩어리지게 만든 모양이다.

"선생님 우는 건 싫은데."

선생님은 제대로 막아 줬어. 실수하지도 않았어. 완벽하게 준비했고, 내가 감당하지 못할 일을 가져오지도 않았어. 그러니 이번엔 혼자 뒤집어쓰지 않을게. 나 혼자 비난받으면 괴로워할게. 선생님이 모든 걸 걸기 전에 내가 모든 걸 걸고 막아 볼게.

MJ는 도원을 안아 주면서 웃고 말았다.

"그런 말하면서 우니까 나도 심장 터질 거 같아. 행복해서 죽을 거 같단 말이 뭔지 알 거 같아. 고마워, 선생님."

슬픔이 고이지 않는 울음이란 게 무엇인지를, MJ는 난생처음 알게 된 순간이었다.

충남 서산까지 내려온 트럭과 승합차가 테크노벨리 산업 단지 부근에서 멈추었다. 불이 꺼진 공장 지대 도로에는 무용한 신호등의 빨간불만 깜빡거리고 있었다. 삼거리엔 횡단보도도 없었다. 자동차 헤드라이트 불빛조차 먼 도로에서만 빠르게 스쳐 지나가는 곳이었다.

승합차에서 아이스와 대리자가 내렸다. 트럭에선 크랙이 내렸다. 머리카락을 헤집는 바닷바람을 무시한 채 크랙은 아이스에게 똑바로 걸어왔다.

그러곤 가타부타 말도 없이 아이스에게 주먹을 날렸다. 미처 대비할 틈도 없던 아이스는 그대로 몇 발자국 뒷걸음질을 쳐야 했다.

등허리에 닿는 승합차에 몸을 기댈 수밖에 없었다.

"쿨럭." 하고 작게 터지는 기침 소리에도 크랙은 멈추지 않았다. 이번엔 명치에 주먹이 꽂혔다. 순간적으로 숨통이 막힌 아이스는 입을 벌린 채 주저앉았다.

그 모습을 지켜보던 대리자가 눈살을 찌푸렸지만 크랙은 씩씩거리며 넘어진 아이스를 억지로 끌어 올려 승합차 옆문에 머리를 처박기까지 했다.

"하하하하, 아오! 진짜 골 때리는 새끼 같으니라고!"

분을 이기지 못하는 크랙의 지랄에 대리자는 한 손으로 휴대 전화만 톡톡 치고 있었다. 누군가에게 메시지를 보내는 것이지만 아무도 신경 쓰지 않았다.

그녀는 얻어맞고 있는 아이스를 물끄러미 내려다봤고, 메시지 작성을 다 하고 나서는 태연하게 담배를 꺼내 불을 붙였다. 불붙인 담배를 볼이 홀쭉할 만큼 깊게 빨아 마신 그녀가 보다 못해 한마디 했다.

"적당히 해요. 그러다 송장 치르겠어요."

아무도 대답하지 않았다. 크랙은 기침을 하는 아이스의 얼굴에 한 번 더 주먹을 날렸다.

"내가, 어? 언제 MJ 새끼 미리 부르라고 했지? 예전에도 어디 붙어먹을지 재던 새끼가 그 버릇 남 못 주고, 어?"

마지막으로 복부를 발로 걷어찬 후에야 씩씩거리던 크랙이 뒤돌아서서 새까만 하늘을 향해 "씨팔!" 하고 소리를 질렀다.

몇 번이나 잔기침을 쿨럭이며 뱉은 아이스는 힘이 잘 들어가지 않는 팔꿈치로 몸을 일으키려다 포기했다. 승합차 앞바퀴에 기대어 앉은 아이스는 저를 보며 씩씩거리는 크랙을 한쪽 눈이 부은 채 올려다봤다. 눈은 퉁퉁 부어서는 뭐가 웃긴지 웃음을 흘리고 있었다.

“아야야, 아파 죽겠다, 야. 아무리 화나도 그렇지, 이렇게 무식하게 패면 어떡해.”

찢어져서 피가 흐르는 입가를 손가락으로 훑었다. 입 안으로 들어온 피를 퉤, 뱉으면서도 너스레를 떠는 아이스 때문에 크랙은 주먹을 올렸다.

“아, 진짜 아파. 못 일어나겠어.”

한 대 더 때리려다가 관뒀다. 겁대가리 상실한 새끼인 건 처음부터 알고 있었다. 화풀이처럼 때린다고 해서 겁을 먹는다거나, 미안하다며 울고불고 질질 짤 사람도 아니었다. 능청스러웠고, 속을 알기 힘든 반응은 여전했다.

안 본 새 사람이 좀 신중해진 줄 알았더니만.

아이스가 이렇게 나오면 대비책을 마련해 둔 크랙이었다. 아이스에게 접근하면서 그의 주변은 모조리 긁어서 알아냈으니 말이다.

“네 친구 말이야, 쌀국수 가게 한다는 애.”

얻어맞은 턱이 아픈지 손으로 잡고 몇 번이나 입을 벌렸다 다물던 아이스가 멈칫했다. 가만히 올려다보는 아이스가 버석하게 말했다.

“걔 얘기하지 말자고 분명히 말했을 텐데.”

그 반응이 크랙이 알던 아이스와 달라서 얼마나 우습던지. 소꿉놀이하는 어린애들도 서로를 이렇게 챙기진 않겠다 싶어 “싫은데?” 하고 장난스럽게 대꾸했다.

크랙은 승합차 앞바퀴에 지친 듯이 앉아 있는 아이스의 다리 위에 한쪽 발을 올렸다. 지그시 누르는 힘에 아이스가 움찔한다. 걷는 모습은 보통 사람과 다를 바 없었지만, 대퇴골이 부러졌던 중상을 입었으니 7년이 지난 지금도 그 후유증이 남아 있을 만했다.

"그 새끼까지 이 판에 끌어들일까 고민 중이야. 이 고민이 누구 때문이겠어. 네놈이 하도 여기 붙을지 저기 붙을지 계산해서 이런 거 아냐. 지금이라도 연락할까? 네 친구 손가락이라도 몇 개 잘라 오라고 해 줘? 요리한다는 애가 손 못 쓰면 어쩌나 몰라. 그게 다 친구 잘못 사귄 죄지, 안 그래?"

아이스는 거칠어지려는 호흡을 애써 삼키고 있었다. 능청스럽게 웃던 미소도 사라지고 크랙을 노려보기만 했다. 미묘하게 굳어 있는 모습에 크랙은 이제야 속이 좀 개운해졌다.

하여튼 애새끼들이 나이를 먹더니 꼴에 우정 놀이라도 하는 모양이다. 이러니 없던 약점도 새로 만들게 되지. 변변한 직업도 없이 여기저기 수배당해 쫓기면서 기댈 데가 그런 새끼들밖에 없으니 당연하겠지만.

어려서 데려와 먹여 주고 키워 주다가 한 번 배신했을 때도 너그럽게 넘겨 줬더니 끝도 없이 기어오른다. 마음 같아선 반대쪽 다리도 부러트리고 싶었지만, 반병신 된 새끼 뒤치다꺼리를 생각하니 귀찮기만 했다.

다른 쪽으로 이용해 먹으면 그만이지. 아이스에게 그리즐리가 약점이면 그쪽을 이용하기로 했다. 어린애들 우정 놀음에는 관심 없고 아이스 배신은 진절머리 나니까.

"경찰들도 죄다 따라붙었는데 시간 끌 필요 없겠지."

크랙은 아이스의 허벅지를 구둣발로 더 세게 짓밟았다. 일그러지는 표정을 즐겁게 내려다보면서 대리자에게 말했다.

"지금 바로 장소 하나만 알아봐 줘요. 대낮에 폭탄 터뜨리기 좋은 곳으로."

4

4

[선생님, 크랙 위치 잡았습니다. 통화 가능하세요?]

띵동, 울리는 문자 도착 알림 음에 도원은 부스스하게 눈을 떴다.

암막 커튼을 친 호텔 방은 낮밤을 구분할 수 없을 만큼 어두웠다. 흐릿한 시선으로 눈을 깜빡이다가 손등으로 눈가를 비볐다. 적당한 무게감으로 손목을 압박하고 있는 손목시계를 보고는 오전 7시 30분이라는 시간을 확인할 수 있었다.

테이블 위에서 충전되고 있는 휴대 전화를 챙겨 왔다. 빈유미가 보낸 문자 메시지를 멍하니 바라보다가 답장 보내기는 포기했다. 다시 눈을 감고 잠을 자려 했지만, 생각이 많아져서 잠에 깊게 빠지진 못했다.

고민하던 도원은 다시 눈을 뜨고 휴대 전화를 켰다. MJ가 준 그리즐리 번호, 그러니까 아이스와 연락할 수 있는 그 번호가 자꾸만 눈에 밟혔다.

전화를 걸어 볼까. 아니, 혹시 핸드폰을 크랙에게 빼앗긴 상태에서 내 연락을 받으면 더 곤란한 거 아닐까. 도원은 몇 번이나 망설이다가 결국 아이스만 알아볼 수 있는 문자를 남겼다. 연락할 수 있는 상황이라면 어떤 식으로든 반응이 올 것을 기대하면서.

[다음에 짜장면 먹을래요?]

아무리 기다려도 반응은 없었다. 역시 연락하기 힘든 상황인 듯했다. 이렇게 된 거 빈유미에게 연락처를 남기는 게 낫다고 생각할 때였다.

띵동, 하는 작은 착신음과 함께 메시지 하나가 도착했다.

[탕수육 찍먹으로 하나 더 먹고 싶어요.]

이렇게 대답하는 건 아이스가 분명했다. 그리즐리의 기기라서 도원의 번호가 저장되어 있지도 않을 텐데, 도원이 보낸 메시지인 걸 바로 알아본 것이 그러했다. 만약 크랙에게 뺏겼다면 모르는 번호로 자장면 타령하는 메시지를 스팸 취급했을 테니.

아이스의 번호를 경찰에 넘기지 않고, 이쪽에서 할 수 있는 게 뭐가 있는지를 고민할 때였다.

도원은 자신의 허리를 끌어당기는 힘에 멈칫했다. 고개를 돌리자 알몸의 MJ가 보였다. 옆으로 누워 도원을 끌어안은 채 잠들어 있는 MJ는 쌕쌕거리는 고른 숨결만 내뱉고 있었다.

도원이 몸을 움칫거리면 MJ는 자꾸만 양팔로 허리를 감고 품 안으로 당겼다. MJ의 품에 갇힌 채 도원은 조심스럽게 그를 불러 봤다.

"MJ."

도원이 불러도 MJ는 눈을 뜨지 않았다. 도원의 목 부근에 고개를 묻은 얼굴은 세상에서 가장 편안한 표정을 짓고 있었다.

도원은 그 품에서 벗어나려고 노력하는 대신에 MJ의 머리카락을 조심스럽게 쓸어 올려서 테이핑 된 상처를 살폈다. 거즈 밖으로 핏물이 비친다. 상처가 덧나거나 벌어지진 않았을지 괜스레 걱정이 되었다.

수술한 곳 외에도 혹시 다친 곳이 있는지 살펴보았다. 다행히 눈에 띄는 상처는 보이지 않지만, 너무 꼼꼼하게 살펴본 탓인지 MJ의 얼굴에서 눈을 뗄 수 없었다.

"왜 이렇게 잘생겼을까."

중얼거리면서 MJ의 눈, 코, 입을 하나하나 새겨 넣을 것처럼 만졌다.

이렇게 들여다보며 만지고 있으려니 키스라도 할 것 같고, 키스를 하다 보면 나이에 맞지 않은 방식으로 MJ를 탐하고 싶어질 것 같았다. 얼른 손을 떼어야 했지만 욕심이 생겼다. 한참 망설이다가 조심스럽게 잠든 입술에 쪽, 하고 입을 맞췄다.

그래도 미동 없는 MJ의 손을 잡았다. 평범하게 잡고 있는 것만으로는 아쉬워서 손가락을 사이사이 얽었다. 깍지를 끼고 있으려니 네 번째 손가락이 유독 신경 쓰인다. 비어 있는 그 허전한 손가락에 반지라도 끼워 주고 싶다. MJ가 누구 사람인지 표식이라도 새기고 싶은 심정이다.

그렇게 네 번째 손가락을 만지작거리고 있으려니 곤란한 기분이 들었다. MJ에게 소유욕을 느끼는 자신이 부끄럽기까지 했다.

MJ가 일어나기 전에 먼저 씻으려 했다. 쓸데없는 생각만 많아지기 전에. 그러나 그 다짐은 실행하기도 전에 가로막혔다.

허리에 감긴 MJ의 팔을 풀고 침대 밑으로 발을 내리려 했다. 그러나 이번에도 붙잡혔다. 다시 꽉 끌어안는 힘이 아무리 생각해도 잠결에 하는 행동 같지 않았다. 도원은 알몸으로 느리게 비벼 대는 MJ를 느끼곤 조금 민망한 목소리로 말했다.

"자는 척하는 거죠, 지금."

그 말에 MJ가 한쪽 눈만 힐끔 떴다. 도원과 눈이 마주치자 나른하게 웃어 보였다.

"어떻게 알았지."

들켰으니 더 이상 숨기지 않겠다는 의지로 MJ는 도원의 볼에 쪽, 하고 뽀뽀를 했다. 조금 전까지 잘생겼다고 들여다보면서 만지작거렸던 그 얼굴이 뽀뽀를 해 주니 도원의 심장도 남아나질 않았다. 얕게 앓는 소릴 흘리면서 MJ의 뽀뽀 세례를 손바닥으로 막았다.

"아침부터 이러지 마요."

MJ는 입술을 막은 손바닥과 손가락을 핥으면서 속삭였다.

"아침부터 안 하면 언제 해? 저녁부터 이튿날 아침까지?"

"순 그런 것밖에 생각 안 하죠?"

"내 얼굴 만지면서 잘생겼다고 하던 사람이 할 말은 아닐 텐데."

"처, 처음부터 깨 있었어요?"

부끄러워서 얼굴이 붉어진 도원을 향해 MJ가 눈가를 접으며 웃었다.

"선생님, 내 몸도 좋아하고, 얼굴도 좋아하고, 나한테 싫어하는 부분이 있긴 한 거야?"

"싫어하는 부분은…… 음……."

"고민해야 할 정도로 없단 말이지."

"기다려 봐요. 얼른 생각해서 말해 줄 테니까."

"열까지 세기 전에 말해 봐. 하나, 둘, 셋, 넷."

아니, 왜 숫자를 세는 거야. 도원은 초조해져서 황급히 말했다.

"기다리라니까요."

"다섯, 여섯, 일곱, 여덟."

헉, 아니 싫어하는 곳, 싫어하는 곳이 뭐가 있지…….

"잠깐, 아, 정말, MJ."

"아홉."

열을 외쳐야 하는 순간에 MJ는 달콤하게 말끝을 늘였다.

"아홉 반. 반의반. 반의반의 반."

장난스럽게 놀리는 MJ 때문에 생각할 겨를도 없었다. 열에 도달하지 못하고 계속 숫자를 늘려 가는 MJ의 입을 손바닥으로 틀어막았다. 도원은 MJ의 짓궂은 행동에 부루퉁한 표정을 지었다.

"알았어요. 없어요. 당신한테서 싫어하는 거 못 찾겠어요."

입을 막은 손바닥을 치워 내면서 MJ가 소리를 내어 웃었다.

"아, 진짜. 선생님 귀여워 죽겠다. 날 왜 그렇게 좋아해."

이불 속 다리를 얼기설기 얽어 버린 MJ가 도원을 몸으로 짓눌렀다. 묵직한 무게감이 온몸을 내리누르자 도원은 살짝 당황하고 말았다.

알몸이었다. 알몸의 상태로 잠을 잔 탓에 얽히는 맨살의 감촉이 지나치게 선정적으로 느껴졌다.

"나 자는 동안에 얼마나 날 예뻐해 준 거야? 이거 너무 섭섭하다. 깨어 있을 때 해 주지, 왜 몰래 그런 거야."

"아, MJ, 잠깐만. 문지르지 마요."

"나 잘생겼어?"

"MJ."

"선생님, 귀여운 표정으로 무마하려 해도 늦었다고."

허리와 가슴을 지분거리는 손길에 도원은 어쩔 줄을 몰라 했다. 차라리 옷이라도 제대로 갖춰 입었으면 이렇게 느끼진 않았을 텐데.

MJ가 가슴을 꼬집고 쓸어 만질 때마다 성감대가 자극당했다. 유두를 입 안에 담고 쪽쪽 빨기도 하는 MJ의 애무에 도원은 몇 번이나 움찔거리며 뜨거워진 눈가로 MJ를 내려다보았다.

급하게 하루 호텔에서 머물기로 한 터라 갈아입을 옷이 마땅치 않았다. 입고 온 정장과 MJ의 옷을 세탁 서비스로 맡겨 버린 탓에 배스 가운만 걸친 채 호텔 방 안을 돌아다녔다. 잠잘 때는 그마저도 불편해서 알몸으로 누워 버렸다.

MJ는 그게 마음에 든 듯했다. 집에서는 단정한 파자마 차림으로 잠을 자는 도원이었다. 잠결에 1층에 내려 와 눈을 비비며 MJ가 차려 준 아침밥을 먹을 때도 도톰한 카디건을 걸치고 카디건과 같은 재질의 슬리퍼를 신고 돌아다녔다.

좀 더 편한 차림으로 집을 함부로 써도 될 법하건만 끝끝내 그러지 않는 도원이었다. 단정하고 예의 바른 생활 습관이 몸에 배어 있어서 잠잘 때조차 흐트러지지 않았다.

똑바로 누워서 베개에 고개를 반만 묻은 채 새근새근 잠이 들던 그 얌전한 사람이 알몸으로 같은 침대에 누워 있다. MJ 입장에서 이 기회를 허투루 넘길 수가 없었다.

"아, MJ."

다리 사이에 자리 잡은 MJ는 도원의 만류에도 능숙하게 가슴을 애무했다. 양쪽 가슴이 빨개질 때까지 손으로 꼬집기도 했다.

"왜, 선생님."

입을 내려 깨물고 핥자, 만류하던 도원의 손끝이 움찔거렸다. 정수리 위에서 길게 내뱉는 도원의 숨결이 점차 뜨거워질수록 MJ는 조금 더 적극적으로 도원을 만졌다. 아침부터 녹진해진 이런 분위기마저 날려 버릴 만큼 MJ는 허술한 사람이 아니었다.

"할래?"

가슴에서 입을 뗀 MJ는 이번엔 도원의 배꼽까지 천천히 핥으면서 내려갔다. 도원은 차츰 밑으로 내려가는 MJ의 정수리를 바라보며 깊어진 날숨을 뱉었다. 그 부드러운 입술이 음모를 지나 페니스를 물 것만 같아서 발끝이 저릿해지는 이상한 흥분에 휩싸였다. 도원은 한쪽 무릎을 세우면서 허리를 옆으로 비틀었다.

"수, 수술했잖아요."

"이마 정도는 괜찮아."

"그러다 실밥 터지면 어쩌려고요."

"이마의 실밥이 터질 정도로 날 흥분시키려고?"

"아앗, 그런 말이 아니라……."

"흐응, 우리 선생님의 응큼함에 보답해야겠네."

MJ가 허락을 구하듯이 도원의 페니스를 한 손으로 잡고 입을 맞췄다. 갈수록 섹시해지는 발칙한 MJ의 모습에 도원은 두 손으로 얼굴을 덮었다. MJ는 그런 도원을 바라보면서 귀두와 페니스 기둥을 혀로 핥아 주었다.

"하자, 응?"

도원은 나머지 무릎까지 세웠다. 눈을 가렸던 손을 떼어 내고 다리 사이에서 느릿하게 펠라를 해 주는 MJ를 내려다보았다. 지나치게 자극적인 풍경에 도원도 더는 참지 못했다.

"윗부분만 그렇게 빨지 마요, 아읏."

참지 못한 신음을 헐떡이자 MJ가 눈웃음을 쳤다.

"다른 데도 빨아 줄게."

아, 아니, 그게 아니라…….

말리기도 전에 MJ는 도원의 허벅지 안쪽, 무릎 뒤까지 이로 깨물며 붉은 자국을 만들었다. 신음하는 도원을 올려다보며 하자고 보채는 그 시선에 도원은 마른침을 꿀꺽 삼켰다.

손을 뻗어 MJ의 머리카락을 쓸어 넘겨 주었다. MJ가 배부른 사자처럼 그 손길에 고개를 기대며 펠라를 이어 갔다.

"오늘 오전 중에 경찰청을 가기로 했잖아요."

현실을 일깨워 주는 도원이 조금은 원망스러워서 MJ는 툴툴대듯이 물었다.

"크랙은 왜 아직도 안 잡히는 거야? 그 난리를 부리고 추격전까지 벌어졌잖아."

"한두 번 도망 다닌 게 아니라서 그런가 봐요."

"어디 잠적해 있으려나."

"음. 인화 물질을 싣고 마냥 시간을 끌진 않을 거예요. 크랙 성향이라면 몸을 숨기기보다는 폭탄을 터뜨릴 곳을 먼저 찾아보고 기회를 엿볼 거거든요."

"내 생각도 그래. 한국에서 도망쳐 봤자 며칠 못 간다는 건 본인도 잘 알 거야. 폭탄을 터뜨리고 나와 얽힌 문제로 언론 보도하게 만들겠지."

"경찰에 요청하겠습니다. 정식 보도 자료로 당신과 무관한 일이라는 걸 알리도록 할게요."

"상관없는 일이 아닌데. 경찰이 거짓말로 브리핑하게 할 셈이야?"

MJ는 반쯤 기립한 성기에서 입을 떼어 내고 말했다.

"내가 얽힌 사건으로 보도되면 선생님한테도 관심이 쏟아질 거야. 그러면 나와 아무 상관 없다고 인터뷰하고 발표해 줘. 당분간 나도 선생님 집 말고 다른 곳에 있을게. 그래야 해. 이거 잘못 얽히면 선생님 교단에서도 퇴출될 테니까."

"MJ."

"그렇게 해 줘. 부탁할게."

정중한 부탁이었다. 조르거나 떼를 쓰는 것도 아닌, 정당한 이유를 근거로 한 부탁.

아이스와 그리즐리에게 도움을 받으면 당분간 몸을 숨길 수 있을 것이다. 안전하게 해외로 나가 있어도 될 일이다. 해외에서 불법으로 살아가는 방법은 그 두 사람에게 더 자세히 물어보면 어렵지 않게 정보를 얻을 수 있다.

떠들썩한 사건이 조금만 가라앉으면 다시 돌아오면 된다. 그 이별이 얼마나 이어질지. 한 달일지, 일 년일지, 아니면 그보다 더 오래 있어야 할지. 장담할 수 없는 일이다.

그러나 아무리 생각해도 그편이 나았다. 교도소에 다시 갇히는 것도 아니지 않나. 편지 외의 연락 수단이 없던 그때와는 다르다. 전화도 할 수 있고, 가끔 몰래 도원을 보러 와도 된다.

크랙을 죽여서 교도소에 들어가 남은 생을 도원 없이 보낼 수는 없다. 크랙을 붙잡는 데에 모든 도움을 주고 자신이 어느 정도 피해를 보는 게 나았다. 이 정도에서 타협하기로 했다.

"크랙이 바라는 대로 폭탄 터뜨리라고 해. 폭탄까지 터지면 크랙도 미국으로 못 돌아가고 테러리스트 진압 대상이 될 거야."

장진원의 집안이 대기업이라서 어떤 식으로 대응할진 솔직히 모를 일이다. 혈육이라고 옹호할지, 기업 이미지를 생각해서 꼬리를 자를지는 알 수 없는 부분이다. 하지만 그 부분은 나중에 고민해도 된다.

"일단 잡자. 내가 그 일로 사람들에게 어떤 평가를 받든 상관없으니까 그 새끼만 붙잡자. 그것만 생각하자, 선생님."

크랙이 바라는 대로 MJ의 인생이 어긋난다고 해도 받아들이기로 했다. MJ가 희생해서라도 이 일을 마무리 지을 수 있다면 그게 최선이라고 생각했다.

무리해서 도원과 평범한 행복을 꿈꿀 수는 없다. 지금 이렇게 함께 알몸으로 누워 있는 것만으로도 이미 과분한 행복을 느끼고 있지 않나.

도원을 잃기 싫고, 도원이 가진 것을 희생하면서까지 고집을 부리고 싶지도 않았다. 자신의 행복을 위해서 도원을 불행하게 만드는 것만큼은 죽는 한이 있어도 싫었다. 도원을 위해서라면 자신이 더 고통스러운 게 나았다. 그편이 견디기 쉬웠다.

"일 다 끝나고 선생님이랑 성인용품 숍 가서 이것저것 사 보고 싶다."

배시시 웃는 MJ에게 도원이 손을 뻗었다. 억지로 웃는 MJ를 끌어안으며 속삭였다.

"그거 알아요? 지금 당신 엄청 안 어울리는 말한 거."

"응? 성인용품 숍? 그게 왜?"

"아니, 그건 잘 어울리는 거고, 아니, 이게 아니라…… 흠흠."

도원은 MJ의 화상 자국에 쪽, 입을 맞추면서 웃었다.

"사람들이 당신을 어떻게 생각하든 상관없단 말이 어디 있어요. 나쁘게 보면 화가 나야죠."

그 말뜻을 이해 못한 MJ의 얼굴은 여전히 어리둥절했다. 도원은 그런 MJ의 얼굴에 몇 번이나 더 키스를 해 준 후에야 말했다.

"부당한 일을 당하면 내가 대신 화낼 거예요. 그러니까 당신과 무관하다는 인터뷰 하라고 말하지 마요. 난 끝까지 당신과 같이할 거거든요. 크랙에게 머리싸움으로 지는 건 내 자존심이 용납 못하는 일이기도 하고요."

부드러운 미소를 지으며 하는 말은 허세가 아니었다. 도원이 장담하는 일을 실패한 적은 없었다. 처음부터 자신 없는 일은 솔직하게 자신 없다고 말하는 사람이었다. 하지 못하는 것은 하지 못한다고 말하고, 할 수 있는 것에는 최선을 다하는 사람이다.

그런 사람이 크랙을 상대로 두려움이나 망설임보다는 제압하는 것에 더 집중하고 있다. MJ를 잃었던 기억은 한 번으로 족하기에 두 번은 절대 없다는 단호한 태도다.

MJ는 한참 동안 도원을 바라보다 고개를 숙였다.

"섹스할래. 오늘은 정말 못 참겠어."

아니, 뭐에 스위치가 눌린 걸까. 이럴 의도는 없었기에 도원은 MJ의 발언에 멈칫하다가 말했다.

"경찰청은요."

"하고 가도 안 늦어."

거칠게 몰아쉬는 숨소리가 들렸다. 멈추어 세운다고 정말로 그만

둘 것 같지 않았다. 도원은 퍽 난감한 표정으로 MJ를 바라보았다.

"한 번만 할 거죠?"

"거절은 안 하네. 하하, 나 못 믿어?"

"네."

"뭐야, 그렇게 대답하면 할 말이 없잖아."

"한 번만 하자면서 두세 번씩 하는데 어떻게 믿겠어요."

"좋겠네, 선생님 애인이 이렇게 잘생기고 건강하고 선생님만 사랑해서."

"자, 잘생긴 건 맞지만, 그…… 건강과 사랑을 이렇게만 증명하지 않아도 되거든요."

"선생님 보면 야한 생각만 난단 말이야."

"나한테만 이렇게 핑계 대는 거죠."

"선생님 엄청 야해졌어. 이건 핑계가 아니라 사실이야."

"내가 뭘요…… 앗, MJ."

MJ는 도원의 허리를 양손으로 잡았다. 벌어진 다리 사이로 몸을 묻으면서, MJ는 제 입술을 혀로 살짝 핥았다. 눈가를 접으면서 매혹적으로 웃어 보이는 미소에 도원은 순간적으로 심장이 철렁했다.

어디서 이렇게 유혹하는 표정을 배운 걸까.

생각도 못한 MJ의 미소는 너무 순수해서 오히려 정도를 모를 만큼 야해 보였다. 다리를 허리에 걸치면서 삽입을 준비하는 행동은 능숙한 조련사의 손길이기도 했다.

"콘돔은 없으니까 밖에 쌀게."

도원은 결국 참을 수 없는 기분에 눈가까지 붉어지고 말았다.

"그런 건 직접 말하지 말라니까요."

"부끄러워하지 마. 엄청 괴롭히고 싶어진단 말이야."

"읏……."

"입술 깨물지 말고."

"MJ."

"쉬이, 긴장하지 마. 그렇게 예쁘게 날 부르면 못 참고 세게 해 버릴지도 모르거든."

MJ의 가학적인 표현에 저도 모르게 흥분해 버린 도원을 보고 MJ는 다시금 입술을 젖은 혀로 훔쳤다.

언젠가 한번 날 잡아서 도원을 펑펑 울리고, 그렇게 울음이 터진 도원을 살살 달래가면서 키스도 마음껏 하고, 삽입하고 싸는 것도 마음껏 해 봐야겠다며 생각할 때였다.

요란하게 울리는 휴대 전화 소리에 엉덩이 골 사이를 파고들던 손가락이 멈추었다. 도원과 MJ는 동시에 도원의 휴대 전화로 고개를 돌렸다. 액정 화면에 떠오른 이름은 빈유미. 받지 않고 무시할 전화는 아닌 듯했다.

"아, 진짜."

인상을 찌푸리며 짜증을 내는 MJ를 손바닥으로 살짝 밀어낸 도원이 몸을 일으켰다. 테이블에서 휴대 전화를 가져온 도원이 침대에 걸터앉았다.

"네, 유미 씨."

MJ는 그런 도원의 허리를 팔로 휘감아 침대 가운데로 끌어왔다. 엎드린 도원의 위로 MJ가 올라탔다. 엉덩이를 양옆으로 벌리는 손길에 깜짝 놀란 도원이 고개를 돌렸다. 말릴 틈도 없었다. MJ는 손바닥에 침을 뱉어서 페니스를 문질러 표피를 매끄럽게 적시고 있었다.

〈선생님, 문자 보셨어요?〉

아, 아직 입구를 풀어 주지도 않았는데 바로 삽입하려는 건…… 도원은 MJ의 행동에 당황하면서 통화에 억지로 집중했다.

“네? 문자요?”

〈아, 아직 못 보셨군요. 일찍 전화드려서 죄송합니다. 밤샘 추적으로 크랙이 탄 트럭과 폭탄을 실은 승합차를 찾았어요. 충청도에서 인천 쪽으로 고속도로 탔고요.〉

양옆으로 잡아 벌린 엉덩이 사이로 MJ가 천천히 발기된 페니스를 밀어 넣었다. 등 뒤에서부터 묵직하게 파고드는 압박감이 도원을 짓눌렀다. 숨을 급히 참아야 했다. 도원은 아주 작게 날숨을 몰아쉬면서 목소리를 가다듬었다.

“아, 알겠습니다. 지금 경찰청으로 가겠습니다.”

〈네, 저희 쪽에서 검거하기 위해 도로 통제하고 있다고 하거든요.〉

“네.”

〈오시면 바로 전문가들과 이야기하실 수 있도록 준비해 두겠습니다.〉

“알겠…… 어요. 경찰청 가서 얘기 자세하게 들을게요.”

〈선생님?〉

“조금 있다가 뵙겠습니다.”

도원은 황급히 전화를 끊어 버렸다. 통화가 종료된 화면을 확인한 도원은 그제야 팔꿈치로 상체를 세우면서 고개만 돌려 MJ를 봤다. 전화를 받는 그 타이밍에 신속하게 삽입해 버린 MJ가 웃고 있었다.

“왜 빨리 끊었어?”

그 모습이 어찌나 얄밉던지, 도원은 모난 어조로 말했다.

"전화하거나, 아, 약속 있을 땐 하지 않기로 했으면서, 읏."

"당황하는 거 보고 싶었는데."

"그거 진짜 못된 거 알아요? 날 괴롭히는 것만 생각하나 봐."

"선생님 오늘 울려도 돼?"

"그…… 아, 안 돼요. 전화한 거 들었잖아요. 경찰청 가야 해요."

"매번 이렇게 부드럽게 하다가 나 욕구 불만 오면 어떡하지."

"그, 그런 말이 어디 있…… 아응, MJ, 너무 깊어요."

묵직한 압박감으로 시작된 본격적인 피스톤질에 도원이 작게 앓는 소리를 터뜨렸다. 철썩, 내리꽂는 뜨겁고 두터운 기둥에 전립선이 자극당하며 허리가 울렸다. 가는 허리를 비틀면서 숨을 몰아쉬는 도원에게 MJ는 등 뒤를 바싹 끌어안고 하체를 빠르게 움직였다.

"그러게 누가 전화 그렇게 끊으래."

"아읏, 아, 진짜 못됐어, MJ."

"나만큼 착한 사람이 어디 있어. 선생님한테 부담될까 봐 섹스도 얼마나 신사적으로 하는데. 나는 죽을 맛이지만."

"아아, MJ, 이 자세, 너무 깊이 들어오는데, 아."

"내 체중까지 실려서 그런가 보다. 기분 좋지?"

"허리에 힘이 들어가서, 앗, 아응."

"나 뽀뽀."

"MJ, 아앗, 앗."

"응? 나 뽀뽀해 줘."

베개에 얼굴을 묻고 등 뒤에서 흔들리는 중압감을 견디던 도원이 비스듬히 고개를 틀었다. 어깨에 고개를 기댄 MJ의 턱과 입술에 입을 맞춰 줬다. 들썩이는 몸 때문에 키스 각도가 나오지 않았다. 입술을 더듬거리며 찾는 키스가 어설프게 느껴진 덕분에 MJ의 가학심이 자극당했다.

턱을 손으로 움켜쥐고 고개를 틀게 했다. 입술이 맞물리는 각도를 찾아서 숨을 삼키 듯이 물고 비볐다. 도원의 뜨거운 숨결을 받아 마시듯이 삼키면서 MJ는 몇 번이나 도원의 입술을 물었다가 놓으면서 허리를 거세게 흔들었다.

"아응, 아, 하아, 아."

MJ는 엎드려 있는 도원의 목과 등을 쓰다듬은 손으로 침대 헤드를 잡았다. 양 무릎으로 집고 선 채 한 손으로는 헤드를 잡아 중심을 유지하고 도원의 몸속에 체중을 실었다.

온몸으로 압박하는 힘에 도원은 박자에 맞춰 허리를 흔들지도 못했다. 완전히 짓눌린 자세로 MJ가 쏟아붓는 자극만 일방적으로 퍼부어질 뿐이었다.

"하아, 하, 선생님, 좋아."

MJ는 헤드를 더 세게 쥐었다. 몸속을 때리듯이 내려 박는 강렬한 피스톤질에 도원이 목을 뒤로 젖히면서 숨을 헐떡였다. 온몸이 짓눌린 채 몸 안으로 퍼져 나가는 쾌감이 말초 신경을 터뜨리고 있었다.

발끝에 아무리 힘을 주어도 무릎 하나 세울 수 없는 기묘한 자세. MJ를 등 뒤로 오롯하게 받아 내고만 있는 체위에 도원은 눈가까지 붉어진 채 속눈썹을 파르르 떨었다.

"하응, MJ, 거긴, 아, 아."

속에서부터 느껴 버린 도원이 달콤하게 신음했다. MJ의 중량감을 받아들이며 버티는 것이 아닌, 야한 감각에 젖어드는 모습이었다. MJ는 길어 버린 제 앞머리를 조금 전까지 헤드를 쥐고 있던 손으로 쓸어 넘겼다.

이마에 닿은 앞머리를 타고 땀방울이 떨어졌다. 몇 번이나 입술을 혀로 적시며 목마른 갈증을 삼키던 MJ가 결국 삽입되어 있던 페니스를 빼내고 도원을 똑바로 눕혔다.

페니스가 빠져나간 구멍이 움찔거렸다. 이젠 그 어디보다도 MJ를 열렬하게 원하는 구멍의 반응에 MJ는 목이 바싹 말라 갔다.

이제 도원은 섹스가 싫다는 말도 하지 않는다. 습관적으로 그만하라면서 살짝 어깨를 밀어내던 반응도 없었다. 도원은 완전히 열락을 즐길 줄 알게 되었고, 그 열락의 순간에는 아무것도 생각하지 못한 채 MJ에게만 집중할 수 있게 되었다.

MJ가 도원을 보는 시선, 숨결, 손길 하나에도 집중해서 흥분하는 모습이 사랑스럽다는 사실을 본인만 모르는 듯했다. 어떻게든 체통과 품위는 지켜 보겠다고 버티던 사람이 침대 위에서만 헝클어진 머리카락 밑으로 예쁘게 울지 않나. 그 매력을 아무리 상기시켜도 도원은 MJ가 저를 놀리거나 콩깍지가 씌었다고 치부해 버렸다.

하여튼 불안해서 어디 내보내지도 못하겠다. 이런 게 습관이 되어서 은연중에 다른 사람들한테도 예쁜 모습 보이면 어떡하나. 그러다 반해서 쫓아오는 사람이라도 생기면 죽여 버리고 싶을 텐데.

MJ는 목 안이 바싹 마르는 듯한 집착을 느끼며 도원을 더 세게 끌어안았다. 움찔거리는 구멍 속으로 다시 페니스를 밀어 넣었다. 도원은 MJ의 등 뒤로 손을 올리고 매달렸다. 후배위보다 정상위를 좋아하는 도원의 반응이 조금 더 달콤해졌다.

"아응, 아아, 아."

앞뒤로 빠르게 반복되는 피스톤질에 도원의 호흡과 신음 소리도 무작위로 엉켜 버렸다. 하얀 시트 위로 쏟아진 도원의 머리카락이 땀에 젖은 얼굴에 달라붙었다. 새빨갛게 익은 얼굴을 베개에 비비면서 젖은 혀가 살짝 비칠 만큼 입을 벌리며 신음을 헐떡였다.

몸속에서 터져 나오는 감각에 정신을 차리지 못했다. 새하얀 몸 곳곳이 열기로 울긋불긋해지는 모습에 MJ도 더는 참을 수 없었다.

"후우, 후, 딱 두 번만 쌀게."

처음과 얘기가 달라졌다. 도원은 작게 떨리는 목소리로 말했다.

"경찰청, 가야 한다고……."

"안 늦어."

"MJ, 잠깐, 잠깐 멈춰."

"다 젖었는데 그냥 안에 쌀게."

"앗, 잠깐만요, 아!"

"쉬이, 괜찮아. 내가 안쪽까지 씻겨 줄게, 응?"

"그 뜻이 아니잖아요, 아응, 아, 좀만 천천히, 아!"

"선생님, 제발."

"MJ, 거, 거기, 그만, 아앗!"

정신없이 몰아붙이는 MJ에게 도원은 힘이 잘 들어가지 않는 손끝으로 매달리며 울었다.

"하, 한 번만 한다고 했으면서."

작게 훌쩍였지만 MJ는 끝내 약속을 지키지 못했다. 도원이 등과 어깨에 매달리지도 못할 정도로 밀어붙이고 말았다. 사정은 세 번이나 도원의 몸 안에서 터져 버렸고, 벌어진 구멍에서 흘러내리는 정액에 도원은 어쩔 줄을 몰라 했다.

몸 안쪽까지 씻겨 준다는 명분으로 욕실에서조차 MJ를 몸에 품어야 했다. 네 번이나 이어진 삽입에 다리가 후들거리면서 떨린 도원은 원망스럽게 MJ를 바라봤다.

"진짜 너무해요. 날 괴롭히려고 작정했어."

만족스럽게 웃은 MJ가 물에 젖은 도원의 안쪽을 빠르게 휘저으며 속삭였다.

"내가 제대로 괴롭히면 선생님은 일어나지도 못해."

찰랑거리는 물속에서의 움직임만으로도 버겁건만. 미끄러운 욕조에 어떻게 기대야 하는지 몰라 차라리 MJ를 끌어안은 도원이 눈가를 붉혔다. 뜨거운 물 때문에, 혹은 MJ의 정력적인 섹스 때문에. 어느 쪽이든 도원을 노곤하게 녹이기 충분했다.

"……그건 나중에 기대할게요."

의 키스 세례를 받으면서 그 불만도 여지없이 MJ의 입 안으로 먹혀들어 가야 했다. 흥분한 MJ의 연이은 사정에 몸을 부르르 떨면서 훌쩍인 도원이었지만.

"선생님, 이쪽입니다."

빈유미가 안내해 준 사무실로 들어가는 동안에 도원은 허리를 손으로 톡톡 두드렸다. 불편해 보이는 모습을 보고 빈유미가 걱정스레 물었다.

"어디 아프세요?"

그 말에 뒤늦게 놀란 도원이 손을 내리면서 말했다.

"음, 잠자리가 낯설어서 좀 불편했나 봅니다."

"호텔이 별로였나 봐요. 제가 좋은 곳으로 잡아 드릴걸."

"시설은 좋았어요. 그냥 좀…… 음, 아무튼 늦은 거 아니죠?"

"물론이죠, 안 늦으셨어요."

도원은 그 말에 안도의 한숨을 내쉬고는 저를 따라 사무실로 들어온 MJ를 지그시 노려봤다.

'이게 다 당신 때문이잖아요.'

MJ는 도원과 눈이 마주치자 눈가를 접으면서 웃어 보였다.

'내가 뭘.'

그 미소가 너무 예뻐 보이면서도, 얄밉기도 했다. 도원은 뭐라 정의 내릴 수 없는 오묘한 기분에 휩싸인 채 빈유미가 안내해 주는 소파에 앉았다.

MJ는 안내해 준 자리에 앉지 않고 사무실 입구의 벽에 기대어 섰다. 팔짱을 낀 채 도원과 빈유미를 바라보았다.

조금 전까지 도원에게 웃어 보인 미소는 흔적도 없이 사라졌다. 빈유미가 도원을 대하는 태도와 이야기에만 귀를 쫑긋 세우는 경계심 강한 짐승처럼 서 있을 뿐이었다.

"전화로 급히 말씀드린 것처럼 범인 차량은 저희가 통제한 도로를 타고 인천 쪽으로 유도했습니다. 월미도 근처고요, 현재 대치 상황입니다."

폭발물을 실은 차량과 경찰들이 대치 상황이라니. 도원의 얼굴에 긴장이 서렸다.

"무력 진압을 준비하는 상황인가요?"

"무력으로 어떻게 하기 어려울 것 같습니다. 크랙 쪽 차량은 두 대. 트럭에는 조금만 불씨가 튀어도 폭발하는 인화 물질을 가득 싣고 있고, 승합차에는 C4 폭탄 뇌관이 최소 다섯 개 이상 담겨 있는 것으로 확인됩니다. 인명 피해가 없도록 시민들을 대피시켰다고 하지만 크랙이 폭탄을 터뜨리며 위협을 할 수도 있어서 자극할 수가 없어요."

경찰들이 새벽 내내 따라붙어서 크랙의 차량을 뒤쫓은 것까진 성공했다. 그러나 인화 물질과 폭탄을 가득 실은 차량이다. 섣부르게 진압 작전을 펼칠 수는 없었다.

"선생님께서 현장에서 직접 도와주실 부분이 있을 것 같습니다. 죄송합니다. 프로파일링 정도만 부탁드렸는데 이렇게 되어 버렸네요."

대치 상황에서 도원이 도울 일이란 것이 달리 무엇이 있을까. 뒤에서 정보를 수집하는 선에서 끝날 분위기는 아닌 듯했다. 조금 더 직접적인 행동이 필요한 시점이었다.

"혹시 크랙 쪽에서 저의 개입을 요구했나요?"

숨길 수는 없는 문제였기에 빈유미는 아니라는 대답 대신 난처한 표정을 지어 보였다.

"교섭 얘기 기억나시죠?"

대리자가 전화로 협박한 내용이었다. 도원은 고개를 끄덕였다.

"그 부분이랑 연관 지어 말씀드려야 할 것 같습니다. 괜찮을까요?"

빈유미와 도원이 이야기를 나누는 모습을 지켜보던 MJ는 휴대전화의 진동을 느꼈다. 주머니에서 휴대 전화를 꺼내 화면을 확인해 보았다. 문자 메시지 하나가 도착해 있었다.

[MJ, 나 그리즐리야. 어제 아이스가 내 휴대폰 갖고 나간 이후로 연락이 안 돼. 혹시 너랑 같이 있어?]

모르는 번호로 온 메시지였다. 그리즐리의 원래 휴대 전화는 아이스가 가지고 있는 것을 MJ도 알고 있었다.

크랙과 함께 사라진 아이스가 아직까지 연락이 안 된다면, 그건 경찰과 대치 상황이라는 소리다. 하지만 이 사실을 그리즐리에게 솔직하게 말하기는 어려웠다. 그리즐리에게 일일이 사정을 설명할 타이밍도 아니었다.

MJ가 그리즐리의 메시지에 어떻게 답을 해야 할지 고민하는 사이였다. 특별 편성된 테러 대응 팀의 일원들과 경찰청 관계자들이 사무실로 들어오기 시작했다. 빈유미가 먼저 자리에서 일어나 그들을 소개했다.

"도원 선생님, 이쪽은 테러 관련한 전문가이신 교수님, 이쪽은 인질과 협박범들 전문 협상가이십니다. 이쪽 세 분은 경찰청 대테러 부대 소속이세요."

다섯 명의 중년 남녀가 도원에게 인사했다. 교수, 협상가, 경찰들에 이어 도원이라는 정신 분석 학자까지. MJ는 방관자처럼 사무실 한쪽 벽에 팔짱을 낀 채 기대어 서서 그 모습을 지켜보고 있었다.

모르는 사람이 그런 MJ를 본다면 저 사람은 누구기에 대화에는 끼지도 않고 저기 서 있느냐고 묻겠지만, 분위기를 보아하니 MJ의 존재를 모두 아는 듯했다.

테러범의 타깃이 되는 사람. 현재 비공식적으로 최고 수위에서 지켜야 하는 사람. 만약 테러범과 협상을 하게 된다면 이용할 수 있는 유일한 카드.

대테러 부대 소속이라는 경찰이 도원과 악수를 하면서 바로 본론을 꺼냈다.

"빈유미 형사에게 얘기 들었습니다. 도원 교수님께서 협상가로 지목되셨다고요."

도원은 대답 대신 MJ를 바라봤다. MJ는 협상이란 말에 눈살을 찌푸리고 있었다. 그런 논리적인 대화가 안 통할 것 같은 상대와 협상이라니.

크랙의 꿍꿍이에 조금 불안한 표정을 짓는 MJ였다. 도원은 그런 MJ에게 충분한 설명을 하기도 전에 이어서 말하는 경찰의 이야기에 집중해야 했다.

"테러리스트가 준비한 폭약량이 600킬로그램 이상인 것으로 확인되었습니다. 30층 높이의 빌딩이나 한강 다리 두 개쯤은 부술 수 있는 양입니다. 이미 폭탄 설치를 마친 것으로 보입니다. 설치 장소를 확인하기 전까지는 그쪽 요구대로 움직일 수밖에 없을 것 같습니다. 여기, 파일 하나만 확인 부탁드리겠습니다."

남자가 도원에게 파일철을 건넸다. 파일철을 열자 바로 몇십 분 전에 경찰청에서 발표한 내용과 정부의 협조 작전 상황이 자세하게 적힌 내용이 드러났다.

"〈테러 방지법〉입니다. 총칙 같은 건 건너뛰셔도 되고요. 조직 구조만 봐 주세요. 도원 교수님께서 참여하시는 모든 협상은 국무총리까지 이야기가 올라갑니다. 이미 대통령 산하 비상 대책 컨트롤 타워가 가동되고 있습니다."

또 다른 경찰들이 조직위와 상임위, 진압 방식까지 상세하게 알려 주며 덧붙였다.

"저희는 상임위 소속 특별 편성 부대입니다. 저희 같은 지원 팀이 약 5인 5개조로 움직일 예정입니다. 교수님을 백업하는 저희는 교섭 문제를 다루고, 나머지 4개조는 진압 부대에서 움직입니다. 군부대 707 특임대나 경찰 특공대와 폭발물 처리 팀이 이쪽에 포함됩니다. 경찰 병력만 120명 이상, 군부대까지 포함하면 400명 이상이 한꺼번에 투입되는 대규모 작전이라 보시면 됩니다."

"아시다시피 우리나라는 대테러 작전이 거의 전무해서, 조직적이고 체계적으로 바로 준비되긴 어렵습니다."

"국내에서 무장 괴한과 이런 방식으로 협상이나 교섭을 시도한 사례도 전무하기 때문에 상황을 지켜봐야 할 것 같습니다."

"상황 변동에 따라 임무가 달라질 수는 있지만 선생님께서 교섭 책임자가 되신 만큼, 이 부분은 확실하게 저희 쪽에서 마크해 드리겠습니다."

왜 하필 자신이 교섭자가 되었는지를 경찰들에게 묻지 않아도 알 수 있었다. MJ의 약점을 쥐고 경찰 쪽 움직임을 통제하려는 심산이다.

크랙은 대리자의 재심을 준비하고, 외국인 용병까지 고용해서 폭탄을 제조했다. 몇 년에 걸쳐 준비한 것으로 봐야 했다. 이렇게 오랜 시간 공들인 무대에 다른 사람이 개입하는 것은 원치 않는다는 뜻이다. 폭탄이라는 수단을 철저하게 통제하기 위해 어떤 것들을 준비해 온 것일까.

도원은 크랙과 상담했던 내용들을 떠올리면서 오랜 시간 생각에 잠겨 있었다. 도원과 MJ의 관계를 아는 크랙이 어떤 방식으로 이 관계를 이용하려 드는지 경우의 수를 모두 따져 본 후에야 전문가들을 향해 입을 뗐다.

“저는 범인과 교섭이란 것을 해 본 적이 없습니다. 비전문가인 제가 이렇게 중요한 일에 나서도 되겠습니까.”

“범인의 요구 사항인 만큼 저희도 완전히 거부하기는 어렵습니다.”

이 교섭을 피하면 폭탄을 터뜨리겠다는 거군. 결국 폭탄을 터뜨리지 않고 시간을 끌려면 도원이 직접 교섭에 응할 수밖에 없다.

갔다가 또다시 약점으로 작용하면 그땐 MJ를 통제할 수 없게 되고 최악의 상황이 될지도 모르는데. 이번에도 함정인 걸 알면서 가야 할까.

크랙과 직접 얘기할 수 있는 사람이 도원밖에 없는 이상, 아무리 경찰들이 백업해 준다고 해도 도원이 전장 한복판으로 걸어 들어가야 하는 것은 분명해 보였다. 자신 없다고 뒤로 빠져 있다가 폭탄 문제에 MJ가 연루될지도 모른다.

자신에게 이런 자격이 있는지를 충분하게 검토할 시간도 없다.

도원은 허리를 비스듬히 숙였다. 무릎 위에 양 팔꿈치를 올렸다. 깍지를 낀 손가락으로 제 손등을 톡톡 두드리면서 신중하게 생각하고는 경찰에게 물었다.

“교섭가로 나가겠습니다. 단, 제가 현장에 있는 만큼 이거 하나는 확실하게 약속해 주세요.”

도원의 말에 경찰들이 집중하기 시작했다. 도원은 그들에게 말했다.

“범인은 MJ를 이 일이 벌어진 원인으로 언론을 조작할 가능성이 큽니다. 혹시 폭탄이 터져서 무슨 피해가 생기더라도 MJ는 무조건적인 피해자임을 말씀해 주셔야 합니다. 국가가 MJ를 보호한다면 저도 끝까지 이 교섭을 책임지겠습니다.”

MJ가 그 얘기를 듣고 당황해서 입술을 달싹였지만, 눈이 마주친 도원은 고개를 가로저었다.

이미 크랙이 도원을 교섭자로 지목한 상황에서 다른 방법은 없었다. 폭탄범과 직접 얽힐 수밖에 없는 상황이라면, 그 상황에 응당 맞는 대가를 받고자 했다. 도원이 국가를 상대로 거래를 제안한 것이나 다름없었다.

전문가들의 시선이 MJ에게 꽂혔다. 다른 사람들의 시선에 MJ는 입가를 씰룩이며 불쾌한 기색을 드러냈다. 그러나 그뿐, 도원의 침착한 시선을 마주하고 있으려니 MJ도 씨근덕거리는 숨을 조절할 수 있었다.

"알겠습니다. 다른 사람이 연루되는 일이 없도록 최선을 다하겠습니다."

빈말로 도원을 안심시키려는 것 같진 않았다. 문제가 생기면 책임지겠다는 의지를 확인한 도원은 비로소 자세를 바르게 고쳐 앉았다.

"어떤 방식으로 협상이 진행되는지만 알려 주시면 숙지하겠습니다."

도원의 요청에 전문가들은 교섭에 필요한 중요한 것부터 알려 주었다.

"협상은 체력 싸움이에요. 시간을 버는 것이죠. 요구 조건이 명확한 범인들은 확실한 시간, 확실한 금액, 확실한 인질을 붙잡고 자신들의 목적을 달성한 뒤에 빠르게 사라지는 것을 최종 목표로 삼습니다. 협상가는 이 목표에 도달하지 못하도록 막는 역할이죠. 그러다 보니 정신적으로 굉장히 많이 지칠 수가 있어요. 선생님은 이 체력 싸움에서 절대 지면 안 됩니다."

도원은 고개를 끄덕였다.

“시간 끌기를 하라는 것이군요.”

“다리에 폭탄을 설치했다는 정보를 입수했습니다. 폭탄을 제거하기 전까지 범인들을 묶어 두어야 합니다.”

“이해했습니다. 시간을 끌기 위한 협상 방법은 뭐가 있습니까.”

“이야기를 돌리는 방식입니다. 범인의 질문이나 요구 조건에 바로 대답하지 마세요. 같은 문장을 반복하거나 대답을 피하는 방식으로 이야기를 빙빙 돌려야 합니다.”

“그 과정에서 범인을 흥분시키지 않는 게 관건이겠네요.”

“네, 만약 대화가 통하지 않는다고 여기면 협상을 파기할 수 있어요. 그러지 않도록 그들이 원하는 것을 들어줄 수 있다는 희망을 계속해서 심어 줘야 합니다.”

“알겠습니다.”

“범인의 가족 관계를 이용하는 것도 나쁘지 않을 텐데요.”

“그 부분은 이용할 수 없을 것 같습니다. 폭파범의 직계 가족들은 이름이 알려진 기업을 운영하고 있고, 자신들의 자금으로 폭탄이 설치되었다는 걸 절대 인정하지 않을 테니까요. 혹시 이 부분에서 무슨 의견 나온 게 있나요, 빈유미 형사님?”

크랙이 폭탄을 준비하던 때부터 발 빠르게 기업 문제까지 모두 확인했던 빈유미가 망설이지 않고 대답해 주었다.

“범인이 불법적인 방법으로 주식 차익을 벌인 것이 확인되었습니다. 그쪽 기업 증권사도 주주들에게 자신들도 피해자라고 해명하는 상황입니다. 그 차익으로 폭탄 제조에 도움이 되었다는 얘기까진 필사적으로 막고 있으니 선생님 말씀처럼 범인 가족들을 이용할 순 없겠네요."

"범인의 부모님이 범행 자금 출자자인데, 그들도 모르는 사이에 당했다는 뜻이군요. 더 안 좋네요. 범인이 가족까지 등질 정도로 수단과 방법을 가리지 않는 셈이니까요."

도원이 어떠한 방식으로 크랙의 요구 조건을 알아내고, 보호 장치로써 경찰과 정부가 무엇을 제공할 수 있는지를 확인하는 동안이었다.

MJ는 도원이 적극적으로 개입하는 크랙 문제에 짜증과 우려와 걱정이 뒤섞인 표정을 짓고 있었다. 이제 와서 하지 말라고 말할 분위기는 아니었다. 그렇다고 내버려 두면 폭발물이 있는 곳으로 혼자 걸어 들어갈 것만 같아서 머릿속이 복잡해졌다.

도원이 크랙을 상대하는 동안에 얌전히 경찰들의 보호를 받으며 교섭 결과를 마냥 기다릴 수만은 없었다.

MJ는 휴대 전화로 그리즐리에게 메시지를 보냈다.

[아이스는 크랙 쪽에 붙어서 일하고 있어. 어제 저녁 이후로 나도 연락 안 돼.]

그리즐리가 충격을 받거나 놀라더라도 사실대로 말해 주었다. 도원이 양지에서 공권력을 이용해 크랙을 상대한다면, MJ는 음지에서 자신이 쓸 수 있는 패를 이용할 생각이었다. 아이스가 아직 크랙과 함께 있다면 그쪽을 이용해서 빈틈을 만들어 내려 했다. 그 계획에 그리즐리의 손이라도 빌릴 생각이었다.

[아이스가 중요하게 해 줄 일이 있어. 너도 도와줬음 하는데.]

연이어 보낸 MJ의 메시지에 그리즐리가 불안한 듯이 답장을 보냈다.

[내가 뭘 도울 수 있겠어.]

[도울 일 있어.]

[내가 나섰다가 아이스까지 위험해지면 어떡하라고.]

[그럴 리가 없잖아. 너 때문에 그 녀석이 왜 위험해지겠어?]

[아직까지도 나한테 연락을 안 한다는 건 무슨 일 있다는 뜻이야. 크랙에게 약점 잡힌 거 같아.]

[무슨 소리야. 나 때문에 지금 그쪽에 붙어서 일하는 건데.]

[아냐. 네 문제였으면 이렇게까지 나한테 아무 설명을 안 할 리가 없어. 이런 적 처음이야.]

그 말에 힐끔, 전문가들과 도원을 살핀 MJ가 조심스럽게 사무실을 나왔다. 전문가들에게 집중한 도원이 MJ를 신경 쓰지 못하는 사이에 메시지를 입력하는 MJ의 손이 빨라졌다.

[약점 잡힐 게 뭐가 있어?]

[예전에 베트남에서 비슷한 일 있었어.]

[무슨 일?]

[현지에서 질 나쁜 일을 했거든. 아무래도 한 번에 큰돈 만질 수 있는 게 그런 종류다 보니까. 그때 한 번만 하고 손 털려고 했는데 약점 잡혀서 계속하게 되었어. 결국 참다 못해서 한국으로 도망친 거야.]

[무슨 약점이었는데.]

[나.]

[너?]

[응. 날 해친다고 했었나 봐.]

그 문자를 보고 MJ는 한동안 아무 답장도 보낼 수가 없었다. 민간인이나 다름없는 그리즐리와 함께 지내다 보니 일을 할 때 그의 안위를 위협받는 일이 종종 있었던 것 같다. 그 케이스가 MJ에게도 남 일 같지 않았다. 대답 없는 MJ에게 그리즐리가 메시지를 한 통 더 보냈다.

[아이스가 좋아하는 과자 많이 사 놨다고 전해 줘. 와서 실컷 먹고 가도 뭐라 안 한다고. 그러니까 만나면 연락 좀 해 주라.]

자신은 이번 일에 끼지 않겠다는 뜻이었다. 아이스의 약점이 되기보단 묵묵히 안전한 곳에서 기다리고 있겠다는 이야기였다. 그걸 고작 과자를 사 두었다는 말로 대신하고 있다. MJ는 한숨을 내쉬었다.

복잡한 심정으로 휴대 전화를 들여다보던 MJ가 문에 난 작은 창 너머로 도원을 바라봤다. 전문가들과의 대화에 집중한 상태였다. 아이스 문제를 도원에게 알리고 이쪽 방향에서도 생각해 보자고 얘기를 할까, 고민하면서 문을 열 때였다.

따르릉.

빈유미의 전화 벨 소리가 울렸다. 서로 생각을 하느라 느슨해져 있던 분위기가 한순간에 팽팽하게 당겨졌다.

따르릉.

튜닝 하지 않은 기본 벨 소리가 무겁게 사무실을 메웠다. 도원을 비롯한 경찰, 전문가들의 시선이 일제히 빈유미를 향했다. 그녀는 바지 주머니 속에서 휴대 전화를 꺼냈다. 화면에 떠오른 발신 제한 표시를 사람들에게 보여 주었다. 따르릉, 세 번째로 벨이 울리고 있었다.

"범인 측 연락입니다."

멈추었던 공기가 흐르기 시작했다. 응축된 분위기 속에서 경찰들이 신속하게 바닥에 내려놓은 장비를 열기 시작했다. 장비들은 테이블에 설치한 두 대의 노트북과 연결되어 있었다.

따르릉.

네 번째 벨소리가 울리는 사이에 경찰이 빈유미의 전화기에 잭을 연결하여 노트북 화면에 불러왔다. 발신 신호를 검색하는 창이 떴다. 경찰의 지시에 따라 빈유미가 휴대 전화를 스피커폰으로 돌렸다.

다섯 번째 벨소리가 울리기 전에 빈유미는 통화 버튼을 눌렀다.

〈안녕, 빈 형사. 내 연락 기다렸지?〉

대리자였다. 여유롭고 느긋한 그 목소리에 어디선가 불어오는 바람 소리가 섞여 있었다.

〈도원 선생님 옆에 있어? 있으면 바로 얘기하게.〉

이미 경찰 측 상황을 모두 파악하는 말투였다. 노트북 화면엔 발신 위치를 추적하는 프로그램이 작동하고 있었다. 신호를 추적하는 프로그래밍 언어가 지도 위에 흔적을 표시하고 있었다. 지도는 전 세계 지도를 모두 아우른 상태였다.

경찰이 빈유미에게 수신호를 보냈다. 통화 시간을 끌라는 얘기였다.

"정말로 시간 맞춰서 연락하셨네요, 한여은 씨."

빈유미의 말에 대리자가 작게 웃음을 흘렸다.

〈새벽에도 연락했는데 새삼스럽긴.〉

"교섭 상대로 도원 선생님을 지목하신 지 세 시간밖에 안 지났지 말입니다."

〈충분했네. 그래서 교섭 상대로 그 선생 보낼 거야?〉

"다른 방법이 있습니까?"

〈없지.〉

"알면서 전화하셨군요."

〈말 질질 끄는 거 보니까 발신 위치 추적한다고 시간 끌라는 지시 받았나 보다.〉

뜨끔한 빈유미가 경찰을 바라봤다. 경찰은 신경 쓰지 않고 계속 대화 시간을 끌라는 수신호를 보냈다. 처음에는 통화 기지국을 통한 일반 회선으로 추적이 불가능하다고 떴다. 경찰은 단번에 인터넷 발신지 추적을 재개했다.

말레이시아로 위치가 파악되는 바람에 대리자가 다른 나라 IP를 우회하며 혼선을 주고 있다는 것까지 확인했다. 그 모든 걸 확인하기까지 불과 20초가 걸렸다.

말레이시아에서 홍콩, 필리핀, 중국을 거치는 IP 혼선에 프로그램의 추적 속도가 더뎌졌다. 그래도 쏟아지는 데이터들 속에서 마침내 한국 IP를 잡았다.

〈오늘 오전 아홉 시 반까지 도원 선생 보내.〉

해외 IP를 추적하던 화면에 한국 발신지가 잡혔다. 고양시 일산서구. 인천이 아닌 일산. 통화상에서 느껴지는 바람은 바닷바람이 아니라는 소리였다. 크랙과 대리자가 서로 다른 루트로 지금 움직이고 있다는 뜻이다.

〈위치는 문자로 남길게.〉

"잠깐, 한여은—."

통화를 이어 갈 새도 없이 그대로 끊어져 버렸다. 일산 서구 쪽에서 추적이 끊겨 버린 데이터가 노트북 화면에서 깜빡거렸다. 발신 위치를 확인한 경찰들이 재빠르게 빈유미에게 말했다.

"크랙은 인천에서 대치 중인데 대리자 발신지는 일산이라니. 지금 따로 움직이는 거죠?"

전문가가 대답했다.

"신호 추적에 혼선이 생겼을 수도 있습니다. 일단 일산 쪽으로 병력 배치해 보겠습니다."

"일산 어딘가요?"

"음, 지도상으로는 아파트 단지…… 아니, 아니군요. 킨텍스 전시장입니다."

"킨텍스요?"

"모터쇼 행사장 같은데요."

"예?"

대체 거긴 왜? 전혀 뜻하지 못한 곳에서 대리자가 움직이고 있었기에 사람들 얼굴에 당황한 기색이 스쳤다. 그사이에 빈유미의 휴대 전화로 메시지가 도착했다. 도원을 불러낼 장소와 일시에 대한 답장이었다.

[오늘 오전 아홉 시 반. 인천 월미도 유원지 대관람차 앞.]

시간이 별로 없다. 폭탄은 일산이 아닌 인천에 있다.

"한 시간 반 남았습니다. 선생님, 지금 바로 출발해야 할 것 같습니다."

도원은 소파에서 일어나며 MJ를 바라봤다. MJ도 당연하다는 듯이 도원을 따라나서려 했다. 그러나 빈유미가 그런 MJ를 막아 세웠다.

"당신은 갈 수 없습니다."

MJ는 인상을 찌푸렸다. 사무실 안을 가득 메우고 있는 긴장감이 온통 MJ에게로 쏠리기 시작했다. 수많은 사람들의 감정과 생각이 뒤섞인 주목에서 MJ는 본능적인 거부감을 표했다. 지켜보는 것은 익숙해도, 타인의 지켜봄을 당하는 것엔 면역이 없었다.

"비켜."

"죄송합니다. 보내 드릴 수 없습니다."

"뭔 개소리야?"

"범인이 겨냥하는 사람이 당신이니까요."

"이런 게 한두 번도 아니고. 상관없으니까 비켜."

"안 됩니다."

"비키라고."

"상부 명령입니다. 당신은 여기 있어야 합니다."

"여기서 뭘 하라는 건데?"

"보호 받으라는 뜻입니다."

기가 막힌 듯 바라보는 MJ였다. 도원도 길을 막아 세우는 빈유미를 당황한 시선으로 보았다. 뜻하지 않은 빈유미와 MJ의 대치를 경찰들이 거들기 시작했다. 그들은 도원의 등을 떠밀었다.

"시간이 없습니다. 도원 선생님, 지금 출발하셔야 합니다."

경찰청에서 월미도까지 가는 길이 멀었다. 도중에 교통 체증을 겪으면 남은 시간 안에 도착하지 못할 수도 있다.

경찰들이 잡아끄는 힘에 도원은 MJ와 경찰들을 번갈아 바라봤다. MJ가 도원을 따라가려 하자 다시금 빈유미가 막아 세웠고, MJ는 주먹을 움켜쥐었다.

"뭐 하는 짓들이야!"

짜증스러운 외침에 도원을 잡아끌던 경찰들의 움직임도 모두 멈추었다. MJ는 씨근덕거리면서 이를 빠득, 갈았다.

다른 존재도 아닌 경찰이 자신을 보호한다는 말에 속이 울컥하고 뒤집어질 것 같았다. 경찰이란 존재는 어려서부터 믿지 않았다. 믿을 수 있는 기회조차 없었다.

어린아이들이 자라면서 당연하게 거쳐 와야 할 부모님의 세계에서도 거부당한 채 철저히 혼자로서, 고립된 삶을 살아왔다. 그런 MJ가 믿고 의지할 수 있는 것은 어둠을 밝히는 불, 어둠을 이긴 딕, 어둠 속에서 살아갈 힘을 준 도원이란 존재가 전부였다.

제도와 법을 믿고 따르기엔 MJ는 그 속에 속한 사람이 아니었다. 이방인이다. 사회란 것은 MJ에게 추운 겨울밤 같은 존재다. 몸을 묻을 수 있는 곳이 아니다. 아무리 많은 사람들을 만나도 결국 혼자라는 것을 알려 주는 곳일 뿐이다.

MJ는 여전히 사회에 어떤 방식으로든 적응하고 싶은 생각이 솔직히 없었다. 사람들을 만나면서 이야기를 나누는 즐거움도 모른다. 이름도 모르는 그들에게 예의를 차리면서 대하는 것도 쓸데없이 느껴졌다.

MJ는 곁에 있는 사람을 챙기는 것만으로 하루를 온전히 소비하고 싶었다. 도원이 행복할 만한 일을. 도원이 걱정하지 않을 일을. 함께 미래를 그릴 수 있고, 앞으로 나아갈 수 있는. 그런 것들을 준비하고 싶었다.

그 준비 과정 속에서 MJ가 지금까지 부정하고 있던 사회 속으로 들어가는 것이 포함되어 있지만, 그 일에 매달릴 생각은 없었다. 그저 과정이고 조건일 뿐. 이제 와서 사람들과 제도, 법을 믿기엔 MJ는 너무 많은 상처를 입은 후였다.

"언제부터 나 같은 걸 신경 썼다고 이래?"

보호라니. 정작 필요할 땐 한 번도 먼저 손 내민 적이 없었으면서. 이제 와서 보호하겠다니.

"비켜. 이게 내가 최대한 친절하게 말할 수 있는 한계니까 화나게 하지 마."

으르렁거리는 MJ의 반응을 보고 빈유미는 도원을 돌아봤다. 법적인 구속력이 없는 상태에서 MJ를 청사에 가두어 두고 '안전'과 '신변 보호'라는 이유로 경찰의 지시를 따르게 하긴 많이 힘들어 보였다. 본인이 전혀 협조할 생각도 없어 보였다.

난처해하는 빈유미 곁으로 도원이 다가왔다. 매서운 시선으로 빈유미를 바라보던 MJ가 도원이 곁에 다가올 땐 꽉 쥐고 있던 주먹도 펼쳤다. 도원은 MJ 때문에 긴장한 빈유미를 다독여 주었다.

"유미 씨. 잠깐 MJ와 따로 이야기를 좀 해도 되겠습니까."

도원의 말에도 빈유미는 걱정 어린 표정을 지우지 못했다.

"시간이 별로 없습니다."

"네, 바로 내려갈게요. 건물 앞에 차 대기해 주시면 얘기 마치고 바로 내려가겠습니다."

지금은 누굴 지키고 보호하는 것만큼이나 민간인 사상까지 날 수 있는 폭탄 설치를 막고 그 폭파범을 잡는 게 우선이었다. 빈유미도 상황의 경중을 잘 알고 있기에 도원과 입씨름하지 않았다.

"알겠습니다. 밑에서 기다리고 있겠습니다."

"이해해 주셔서 고마워요, 유미 씨."

"아닙니다. 이렇게 저희 쪽 일을 도와주셔서 저희가 더 감사합니다."

경찰과 협상 관련 전문가들이 사무실을 나섰다. 도원은 그들이 모두 빠져나간 후에 MJ를 돌아봤다. MJ는 닫힌 문을 보면서도 숨을 씨근덕거리고 있었다.

"MJ, 내가 크랙과 왜 교섭을 할 것 같아요?"

그 물음에 MJ는 한동안 씨근덕거렸다.

아무도 내밀지 않은 손을 가장 필요한 시기에 내밀어 준 사람이 바로 눈앞에 있었다. 보호라는 행동은 바로 눈앞에 있는 사람이 알려 준 것이나 다름없는 단어였다. 그의 보호는 믿을 수 있었다. 아니, 평생 믿을 것이다.

"선생님이 날 보호하고 싶어서."

보호라는 말이 주는 안온함을 비로소 느낄 수 있게 된 MJ가 천천히 숨을 골랐다. 빠르게 안정을 되찾아 가는 MJ를 보고 도원은 손을 뻗었다. MJ의 두 볼을 감쌌다. 따뜻한 온기에 MJ가 볼을 기댔다. 빈유미의 머리채라도 잡아서 벽에 던져 버릴 것 같던 흉포한 분위기가 씻은 듯이 사라졌다. 도원은 그런 MJ를 다독이면서 말했다.

"잘 알고 있네요. 맞아요, 그거예요. 그러면 당신을 보호해야 하는데 위험한 곳에 데리고 갈 수 있을까요?"

볼에 기댄 채 할 말을 고르던 MJ가 사납게 으르렁거렸다.

"어제 공장에서 이미 한 번 부딪쳤어. 이제 와서 한 번 더 본다고 달라질 거 없잖아."

"정말로 크랙이 당신을 못 죽이겠어요? 안 죽이는 거라고 생각하진 않고요?"

MJ는 지난밤에 자신을 향해 방아쇠를 당긴 대리자와 자신 대신 고용한 용병을 죽인 크랙을 동시에 떠올렸다. 둘 다 마음만 먹었다면 MJ를 죽일 수 있었다.

그러지 않으려고 무던히도 노력한 것뿐이었다. 아이스가 중간에서 크랙의 관심사를 돌린 덕분에 MJ가 무사할 수 있었다.

크랙은 분노를 조절하지 못하고 있었다. 화가 나서 소리를 지르고, 총을 쏘고, 바닥에 발을 구르던 모습은 확실히 안전장치가 풀린 총 같았다.

토가레프 그 자체다. 언제든 총알을 쏘아 낼 수 있는 준비가 되어 있는 존재. 그 총알이 오발탄이 되어 자기 자신을 죽인다고 해도 겁먹지 않는 상태. 이성으로 스스로를 통제하는 수위가 매우 얕았다. 그만큼 정신적으로 불안정한 상태다.

그래서 더욱 불안했다. 도원 혼자서 교섭을 하러 가서 그 분노를 조절 못하는 사람에게 크게 다칠 것만 같았다.

"선생님 혼자는 못 보내."

단호한 MJ의 말에 도원도 이해한다는 듯이 고개를 끄덕였다.

"그 마음 당연히 알죠."

"나보다 선생님이 위험해질 거야."

"근데 그거 기억나요?"

"……뭘?"

"저는 크랙이 당신을 요구하면 보낼 수 있다고 말했던 거."

그 말에 MJ는 한동안 입을 다물고 있었다. 크랙이 '지금은' 타이밍이 아니어서 MJ를 죽일 수 없다고 말했었다. MJ도 그런 도원의 판단을 믿고 안산 창고로 갔었다.

결론적으론 도원의 판단이 맞았다. 도원이 경찰과 함께 창고에 들이닥쳐 준 덕분에 크랙은 덜미가 붙잡혀 지금처럼 추적당하게 되었다. 도원이 끝까지 MJ를 뒤로 숨겼으면 지금처럼 신속하게 경찰들이 반응하지도 못했을 것이다.

"제가 교섭에 응하지 않으면 폭탄이 터지는 것은 둘째 치고, 아이스까지 위험해질지도 몰라요. 그건 싫잖아요."

부드럽게 설득하는 목소리에 MJ는 침묵을 지킬 수밖에 없었다. MJ는 사람들 사이에 있으면 자꾸만 추운 겨울밤에 갇히는 기분이 들면서도, 이렇게 도원의 온기 하나에 봄이 오는 소리가 들려서 머릿속이 엉망진창이었다.

그리즐리와 주고받은 메시지를 떠올리곤 눈을 감았다. 무조건 달려들고 극단적인 결말까지 감수하면서 움직일 때가 아니란 것을 상기했다. 제도권을 이용하라는 아이스의 목소리가 유독 생각나기도 했다.

"무사히 다녀올게요. 이번엔 저를 도와줄 경찰과 군 병력이 수백 명이잖아요. 아무 문제 없어요. 걱정 마세요."

MJ는 감고 있던 눈을 떴다. 한참이나 침묵을 지키던 MJ가 낮은 목소리로 말했다.

"나는 여기서 내 방식대로 뭔가를 준비해도 괜찮을까."

도원이 고개를 끄덕였다.

"물론이죠. 당신이 생각하는 대로 뭐든 준비하세요."

"……알았어. 선생님도 현장에서 너무 위험하게 크랙과 대치하진 마."

"당신도 준비하는 거 무리하지 말고요."

"교섭 끝나고 바로 전화 줘. 알았지?"

도원은 MJ의 얼굴을 붙잡고 이마에 입술을 내려 앉혀 주었다.

"응, 알았어요."

볼에도 뽀뽀를 해 준 도원은 MJ를 한 번 꼬옥 끌어안아 준 후에야 사무실을 나섰다.

텅 빈 사무실에서 MJ는 우두커니 서 있었다. 사무실 밖에서 경찰들이 움직이는 소리는 긴박하게 느껴졌다. 서울 경찰청뿐만 아닌, 다른 지방 경찰청을 비롯한 전국의 경찰들을 비상 대기시켜 놓았을 것이다. 도원이 마치 강의를 가는 모습으로 사무실을 나섰지만, 정말로 아무렇지 않은 일이 아니었다.

괜찮냐고 물어보면 안 괜찮아도 그 반대로 대답하는 사람이니까 그랬겠지. 걱정을 끼치지 않으려고.

MJ는 속상한 마음에 한 번 더 머리를 쓸어 넘기고는 답답하게 고여 있는 한숨을 몰아쉬었다. 자리에 서서 고민하고는 휴대 전화를 꺼냈다. 조금 전까지 이야기를 주고받던 그리즐리에게 전화를 걸었다. 통화 대기음은 얼마 울리지 않았다.

"나랑 얘기 좀 하자. 그래, 아이스 문제니까 여기로 바로 와."

청사 1층 카페에 익숙한 사람이 들어왔다. 재킷 주머니에 양손을 찔러 넣은 채 카페 유리문 너머에서 안쪽을 쭈뼛거리며 둘러보는 사람. 짧게 깎은 뒷머리를 긁적거리며 영 적응하기 힘든 표정을 지어 보이던 그가 MJ를 알아보고 밝게 웃었다.

"MJ."

반가운 인사를 하며 문을 열고 들어온 그리즐리가 MJ의 맞은편에 앉았다. 의자를 끌어당겨 앉아서도 주변을 돌아보는 모습이 경찰청 분위기 자체에 잔뜩 긴장한 듯했다.

죄지은 것도 없으면서 눈치를 보기는. MJ는 피식 웃고 말았다.

"가게는?"

대수롭지 않게 묻는 MJ 덕분에 그리즐리는 긴장을 조금이지만 누그러트리고 말했다.

"아직 오픈 시간 안 됐어. 오늘만 한 시간 늦게 열지, 뭐."

"아이스 없어서 음식 준비하는 데 시간 걸리는구나."

"그렇긴 한데…… 그보다 갑자기 웬 경찰청이야?"

"나 경찰 보호 받고 있거든. 선생님 연락 오기 전까진 청사 밖으로 나가지 말래."

"선생님 어디 가셨어?"

"잠깐 일하러."

"뉴스마다 속보 떴거든. 폭탄으로 떠들썩하던데 그 문제야?"

"맞아."

"위험해 보이던데…… 웬일로 그냥 보내 드렸어."

"상황상 어쩔 수 없었어."

"이상해. 너 MJ 탈을 쓴 다른 사람이지."

그 말에 MJ는 눈썹을 꿈틀거렸다. 그리즐리는 그 날카로운 시선이 자신을 공격할까 봐 고개를 돌렸다.

경찰들 사이에 앉아 커피를 마시는 MJ는 크게 내색하지는 않았다. 경찰이 쳐다보면 시선을 피하지 않고 노려보는 방식으로 맞서고 있었다. 그 모습이 언제 경찰과 시비가 붙을지 몰라 그리즐리를 조마조마하게 만들었다.

편집이 잘못된 영화라도 보는 기분이었다. 경찰청에 앉아서 커피를 마시는 MJ란 존재는 그만큼 이질적이라서 적응하기까지 시간이 필요했다.

"여기서 나 만나도 상관없어? 경찰들이 이상하게 생각하지 않을까?"

"국숫집 하는 사람 만나는 게 뭐 어떻다고?"

"아, 음, 그렇긴 하지만……."

MJ는 쓸데없는 소리 하지 말라며 손을 내밀었다. 그리즐리는 그 손바닥을 멀뚱히 내려다보다가 자기 손을 올렸다. 위아래로 포개어진 두 손을 보고 MJ가 짜증을 냈다.

"누가 네 손 달래? 아이스가 네 통장 쓰는 거래 내역 달랬지."

그리즐리는 시무룩해져서는 제 손을 치우고 대신 휴대 전화를 건넸다. 아이스에게 빌려준 전화기 외에도 가게용, 개인용으로 두세 개는 더 가지고 다녔다. 개중 개인용 휴대 전화에는 통장 실거래 내역을 바로 확인할 수 있는 어플들이 깔려 있었다.

"아이스에게 준 카드 사용 내역은 바로 볼 수 있어. 교통 요금은 후불제라 안 찍히지만 다른 건 다 실시간으로 체크되거든. 현금은 안 갖고 다니니까 그 카드만 쓰고 있을 거야."

가장 최근에 그리즐리의 카드를 쓴 내역을 보았다. 오늘 아침 8시에 편의점에서 8천원가량을 쓴 내역이었다. 위치는 인천. 크랙이 도원과 만나는 곳이다. 그 근처에서 아이스도 대기하고 있다는 뜻이기도 하다.

"이 통장 자금은 네가 번 돈이야?"

"아니, 외국 돌 때 아이스가 일해서 모은 돈이야."

"그걸 네가 관리하는 거고?"

"응."

"아이스가 따로 비상금을 챙겨 둔 건."

"없어. 전부 나한테 맡겼어."

확신을 담아 말하는 그리즐리였기에 MJ는 더 이상 묻지 않았다. 카운터로 가서 따뜻한 아메리카노를 한 잔 사 온 그리즐리는 불안한 표정으로 MJ를 응시했다. "아이스에게 무슨 일 있는 거 아니지?"라고 묻고 싶은 마음이 굴뚝같아 보였지만 주변에 있는 경찰들이 신경 쓰여서 입을 열지 못하는 눈치다.

MJ는 크랙과 접촉한 이후로 아이스가 사용한 금액과 시간대, 위치를 하나하나 꼼꼼하게 살핀 후에야 그리즐리에게 휴대 전화를 돌려주었다.

"어제 안산 공장에서 크랙과 대리자, 아이스를 만났어."

MJ의 말에 표정이 딱딱하게 굳어 가는 그리즐리였다. MJ는 신경 쓰지 않고 말했다.

"대교에 폭탄을 설치했대. 타이밍 봐서 터뜨린다고 했어."

공장 안에서 나누던 이야기를 아이스가 일부러 휴대 전화를 켠 채 들려주었다. 중요한 이야기들을 자연스럽게 들을 수 있게 해 준 덕분에 MJ는 크랙의 최종 목적도 알게 되었다.

'어차피 피날레는 다리가 아닌 빌딩이니까. 커튼콜을 받으려면 완벽을 기해야 하죠.'

그 빌딩이 뭔지 모르는 게 가장 큰 문제다. 다른 폭탄물은 어느 다리에 설치되었는지 알고 있지만, 빌딩에 설치되어 있는 것은 경찰들도 모른다. 경찰들에게는 말하지 않기로 했다. 아이스가 정보를 흘렸다는 사실을 눈치챈 크랙이 어떤 반응을 보일지 예측할 수 없기 때문이다.

아이스는 물론, 협상가로 가게 될 도원까지 위험하게 하고 싶지 않았다. MJ는 최대한 조용하게 정보를 수집하기로 했다.

"철교 다음엔 빌딩이야. 터뜨리겠다는 빌딩이 뭔지 우리가 찾아야 해."

그리즐리는 뜨거운 커피 잔을 손톱으로 두드리며 혼잣말처럼 중얼거렸다.

"다리랑 빌딩을 터뜨린단 말이지."

한강을 가로지르는 다리가 무너지면 인명 피해는 피해 갈 수 없고, 교통마비도 올 것이다. 빌딩까지 터진다면 도시는 아수라장이 될 것이다.

폭탄이라는 과격한 복수 방법은 7년 전, 서울 광장에서 아무 죄 없던 사람들을 사냥하듯이 총질을 하던 때와는 또 다른 공포로 사람들을 자극할 것이다.

이번엔 쫓고 쫓기는 공포가 아니다. 폭탄이 터지면 그 일대에 있던 사람들이 뼈도 못 추린 채 죽어 버린다. 총알이 살을 찢는 것과는 비교할 수 없을, 무차별적이고 무분별한 집단 사살이 가능한 일이다.

다 쓴 무대 장치들을 철거하듯이, 노후된 건물을 무너뜨리듯이, 미사일을 발사하는 전쟁 상황에서 버섯구름을 피워 올리는 모습을 구경하듯이, 폭탄은 흥미진진하고 화려하게 모든 것을 없애 버리는 단 한 번의 극적인 장치가 될 것이다.

그런 상황까진 가지 않도록 도원이 노력하고 있었다. 도원이 노력하는 만큼 MJ도 할 수 있는 것은 다해 볼 생각이었다.

MJ는 그리즐리를 바라봤다. 커피가 식길 기다리는 그는 한참이나 김이 모락모락 나는 짙은 색의 액체에 멍한 시선을 두고 있었다. 어디서든 밝고 유쾌하게 웃음을 터뜨리던 그리즐리가 상처받은 표정까지 지어 보인다. MJ는 멍하니 커피 잔만 들여다보는 그리즐리를 불렀다.

"아이스는 어떻게든 안전하게 빼내도록 노력해 보겠지만 솔직히 장담 못하겠어. 크랙 쪽에 붙었잖아. 미안해. 내가 부탁해서 아이스까지 위험하게 만든 거야."

그리즐리는 커피에 두고 있던 시선을 들었다. 왜 아이스에게 위험한 일을 시켰냐고 화를 내고 싶으면서도, 그런 방식으로 살아가는 법밖에 모르는 아이스와 MJ의 심정을 이해할 것도 같은 얼굴이었다.

크랙의 일까지 관여하면서 여전히 그리즐리에겐 한마디도 하지 않은 아이스였다. 그 점이 오히려 그리즐리에게 상처가 되고 있었다. 그리즐리는 우울한 목소리로 중얼거렸다.

"나는 아이스한테 쓸모없는 사람인가 봐. 그러니까 매번 내겐 아무것도 알려 주지 않는 거겠지. 이렇게 위험한 상황인 것도 몰랐어."

그 우울한 목소리에 MJ가 눈살을 찌푸렸다.

"너 위험해질까 봐 그 새끼가 애쓴 거잖아."

"좀 위험해지면 어떻다고."

"속 편한 소리 하네."

"속상해서 그래. 결국 가장 중요한 순간에는 내가 아무런 도움도 안 되잖아."

이러다가 눈물이라도 터뜨릴 모습이다. 이 덩치에 훌쩍이는 모습을 보는 것만큼 끔찍한 일은 없었기에 MJ는 질색을 하며 말했다.

"울면 죽여 버린다."

"울고 싶어."

"하지 마. 나가서 울어."

"너도 너무해, MJ. 왜 이런 일을 나만 가장 마지막에 알아야 하는 거야."

"너 징징대는 거 들으려고 부른 거 아니니까 당장 눈물 닦아."

"이러다 아이스 큰일 나면 어떡해?"

그리즐리가 결국 닭똥 같은 눈물을 뚝뚝 흘렸다. 그 모습을 끔찍한 표정으로 보던 MJ가 냅킨을 집어 던졌다. 그리즐리는 눈물에 젖어서 볼에 달라붙은 휴지를 떼어 낼 생각도 못하고 있었다. 훌쩍거리는 그리즐리에게 MJ는 신경질적으로 말했다.

"큰일 나지 않도록 내가 막을 거야."

"어떻게."

"지금부터 너랑 내가 빌딩을 찾을 거니까."

"……그걸로 정말 아이스를 구할 수 있어?"

"빌딩에서 폭탄 터지면 아이스뿐만 아니라 나도 좆 돼. 선생님이랑 헤어져서 어디 외국이나 떠돌면서 살 바엔 죽어 버릴 거야. 그러니까 아이스도 지키고 나도 살아남기 위해서 너도 협조해."

"외국 나가 살 생각이었어?"

"아니."

"전에 외국에서 불법 체류하던 거 물어본 건……."

"선생님 앞에선 자꾸 약해지더라고. 최악의 경우까지 고려하려고 했는데 아무리 생각해 봐도 선생님이랑 헤어져 살 수 없을 거 같아서 말이야. 그러니까 너도 협조해. 아이스 위치 파악하고 크랙이 노리는 빌딩, 당장 찾자."

말은 그렇게 했지만 MJ는 약해지려는 마음을 매분, 매초마다 다잡고 있었다.

나만 크랙에게 투항하면 다 끝날 일 아닌가? 이렇게 요란하게 문제 키울 일 없어. 크랙한테 직접 걸어가서 네 좆대로 하라고, 나를 죽이든 살리든 네 맘대로 하라고 하면 그만이야. 그러면 선생님도, 아이스도 위험하지 않을 테고 폭탄 문제로 간 쫄릴 일도 없겠지. 투항하는 것이 가장 현명한 방법이라는 걸 알면서도 그 최선책을 선택할 수 없었다.

이대로 버티다가 폭탄이라도 터지면 그땐 못 볼 꼴 다 보고 도원과 헤어질 수도 있다. 다리와 빌딩이 무너지고 사람이 다치는 책임을 오롯이 MJ 혼자 짊어질지도 모른다. 그러다가 MJ를 믿고 지지해 주고 사랑해 주는 도원이 또다시 힘든 일을 겪고 정신적으로 황폐해질 것이 가장 두려웠다.

MJ의 공포는 도원이 아파하고 힘들어하면서 울고 떠는 모습 그 자체였다.

교도소 안에 있을 때도 매일 밤 도원의 힘들어하는 모습을 악몽으로 꾸고 식은땀에 젖어 잠에서 깼다.

지승준이 만들어 놓은 어두운 토굴 같은 창고 안에서 억지로 도원을 범했을 때, 자신의 아래에서 울면서도 끝까지 MJ를 끌어안아 주던 그 품이 악마 같은 구원이 되어 MJ에게 달라붙었다.

경찰차에 올라 탈 때도 넝마가 되어 있는 도원에게서 눈을 뗄 수가 없었다. 그에게 미안하다고 소리치면서도 그 사과가 닿지 않을까 봐 두려워 온몸을 떨었다.

교도소 면회 때마다 도원이 오지 않을까 봐 잠을 잘 수가 없었다. 일이 생겨 편지가 늦어지면 드디어 버림받았다는 생각에 며칠을 울기도 했다.

그렇게 불안해하는 MJ를 도원은 변호인을 입회한 자리에서 직접 만나 안아 주거나 편지에 더 다정한 말로 사랑을 고백해 주며 달래 주었다. 그 덕분에 조금씩 도원에게 용서를 받고 믿음을 품게 되면서 울지 않고 밤을 보내는 법을 터득하게 되었다.

그런 도원에게 이제 와서 또다시 고통과 슬픔을 안겨 줄 바에야 자신이 모든 것을 포기하기로 했다. 그래야만 했다. 도원이 울고 힘들어서 올려다보는 얼굴은 MJ에겐 가장 끔찍한 트라우마였다. 한 번 더 그런 일이 생길 바엔 총으로 제 머리를 쏴 버리고 싶은 심정이니까.

머리는 그렇게 생각하면서도 솔직한 심정으로는 크랙에게 투항하고 싶지 않았다. 도원이 우는 모습도 보기 힘들지만, 도원과 헤어져서 살고 싶지도 않았다.

욕심 많은 새끼라고 욕해도 어쩔 수 없었다. MJ는 도원을 볼 때마다 욕심이 불어났다. 도원과 함께 행복하고 싶었다. 함께, 영원히. 그 표현들을 지키면서 살고 싶었다.

머리와 심장이 하는 얘기가 다르다는 사실을 MJ도 알고 있었다. 그리고 MJ가 선택한 것은 심장이 시키는 일이었다.

약간의 위험과 피해를 감수해서라도 지금의 도원과 함께하기로 했다. 차라리 남들이 다칠지라도 도원을 선택하고 싶었다. 그 '남들'에 어쩌면 아이스가 들어갈 수도 있다는 사실만큼은 그리즐리에게도 얘기할 수 없었다.

크랙이 원하는 대로 다른 사람의 평화와 안정을 지켜 주는 대신에 자신의 행복을 우선시하는 이기적인 선택을 하기로. 이런 생각을 하는 걸 알면 도원이 슬퍼할지도 모르겠지만, 다른 사람들 평가 따위 알 게 뭔가. MJ는 도원을 위해 다리의 폭탄이 터지는 것쯤 각오하기로 했다.

빌딩만 막는다. 빌딩만. 그 최악만 막으면 앞날은 어떻게든 굴러갈 테니까.

"다리에 설치한 폭탄은 경찰 병력 풀로 가동시켜서 찾고 있어. 그러고도 터진다면 그건 어쩔 수 없는 일이야. 하지만 빌딩은 안 돼. 그게 최악의 시나리오야. 무슨 뜻인지 알지?"

그리즐리는 눈물을 멈추고 얼굴에 붙어 있는 휴지를 떼어 냈다. MJ가 그런 그리즐리에게 물었다.

"너 예전에 지승준 쫓을 때 무슨 방법으로 찾았어? 그쪽 총괄은 리더가 했어서 나는 자세히 모르거든."

그리즐리는 한참을 아무 말도 없다가 입을 뗐다.

"위성 추적, 빅 데이터 분석, 통신망 해킹, 자금 추적. 전부 다 동원했었어."

"그 인력 지금도 이용할 수 있어?"

"연락은 하고 지내는데 지금 바로는 장담 못해."

"금액은 원하는 대로 맞춰 줄게. 대리자가 조금 전에 모터쇼에서 연락했어. 그거랑 연관 지어서 빌딩 추적하면 돼."

"알았어."

"금액 부르는 대로 쳐줄 테니까 딜 하고 바로 말해 줘. 난 돈 찾으러 갔다 올게."

자리에서 일어나려던 MJ를 그리즐리가 붙잡아 앉혔다.

"돈은 됐어, 금액은 나 혼자 충분히 맞출 수 있을 거야."

의아하게 바라보는 MJ에게 그리즐리가 대신 자리에서 일어나며 말했다.

"아이스 돈으로 낼 거야."

그 돈은 베트남에서 불법 체류하며 각종 질 나쁜 일을 하면서 모은 것이었다. 그렇게 어렵게 모은 돈을 한 번에 날리겠단 소릴 한다.

"그럼 걔도 열 받아서 나한테 이런저런 얘기 다 해 주겠지."

세상에.

MJ는 솔직하게 놀라고 말았다.

아니, 이 자식이 지금 아이스 뒤통수를 친단 말을 하다니.

왜 남이 어렵게 번 돈을 마음대로 쓰냐고 지적할 만큼 MJ는 양심적인 사람이 아니었다. 아이스가 무슨 고생으로 번 돈이든, 그걸 그리즐리에게 전부 맡겼다. 자금 관리는 두 사람이 알아서 할 부분이었다.

문제는 그리즐리의 확고한 발언에 있었다. 돈을 마음대로 쓰겠다고 한다. MJ가 태어나서 들어 본 그의 말 중 가장 문제적이고도 마음에 드는 발언이었다.

"너 방금 엄청 악역 같았어. 맡긴 돈을 탕진하겠단 거잖아."

"몰라, 나도 이제 내 멋대로 할 거야. 걔가 날 이렇게 따돌리면서 혼자 나쁜 일은 죄다 하잖아."

그리즐리는 심통 난 표정으로 이어 말했다.

"걔, 나한테 죄책감 가지고 있어. 자기 때문에 멀쩡한 내 인생 휘말려서 망쳤다고 생각하나 봐. 난 그게 아닌데 저 혼자 북 치고 장구 치고, 아주 사람 화나게 만들잖아."

아이스라고 해서 크랙하고 다시 얽히고 싶었겠나. 도원의 부탁이 있었고, MJ가 말려들 게 뻔해서 도와주려고 개입한 것이다. 그 선택은 평소의 아이스답지 않았다. MJ가 알고 지낸 아이스는 MJ가 무슨 위험에 처하든, 도원이 어떤 방식으로 부탁하든 빙글빙글 웃으면서 발을 뺐을 것이다.

아이스는 조금 더 편하고 안락한 것에 쉽게 매료되는 세속적인 사람이다. 곁에 그리즐리가 없었으면 그 유혹을 뿌리치지 못했을 것이다. 지금처럼 한국 땅도 밟지 못한 채 외국을 전전하며 숨어 지냈을지도 모른다. 훨씬 더 쉽고 위험한 일에 완전히 몸을 담았을 테니까.

"돈 많이 벌어 봐라. 내가 좋아하나. 이번에 그 빌딩 찾는 데 전부 다 털어 버릴 거야. 그리고 나 원망하게 만들 거야. 그래야 그 녀석도 나한테 죄책감 가지는 거 사라지지."

아이스가 사고 치는 걸 그리즐리가 붙잡는 줄 알았는데, 그 반대네. 길들이는 사람은 그리즐리였어.

MJ는 무척 감격한 표정을 지어 보였다.

"아이스가 빵꾸 난 통장 보고 충격 받은 얼굴 사진으로 꼭 찍어 놔 줘."

"응. 사진 찍어 놓고 같이 보자."

"이렇게 속 편한 얘기 할 때가 아니란 건 아는데, 너 많이 달라졌다."

"너만 하려구."

피식 웃는 MJ를 보면서 그리즐리도 무섭게 찌푸리고 있던 인상을 폈다. 이것이 끝이 아닌, 앞으로를 기약할 수 있는 일처럼 대하는 것이 두 사람에겐 낯설면서도 마음이 편해지는 일이었다.

지승준을 대할 때는 그와의 일이 인생의 마지막인 것만 같았다. 지승준만 처리하면 그 후의 삶이 어떻게 흘러가든 관심도 없었다.

하지만 지승준은 끝이 아니었다. 긴 인생의 아주 작은 지점 중 하나였을 뿐이다. 어떻게 흘러가든 상관없다고 생각한 인생도 자꾸만 행복하게 만들어 주고 싶었다.

그래서 크랙을 상대하는 일엔 훨씬 침착할 수 있었다. 이번에도 행복해지기 위한 삶에 잠깐 찾아온 돌부리라 생각하기로 했다. 그리고 또다시 행복해지겠지. 도원을 끌어안고 푹신한 이불 속에서 눈을 뜨는 그 행복이 다시 찾아올 것이다. 그것이 MJ가 새롭게 터득한 삶의 방식이었다.

도원은 경찰들이 준비해 준 승합차의 뒷좌석에 올라탔다. 도원을 백업하기로 한 경찰이 급하게 준비해 온 듯한 종이를 건넸다.

"교수님, 부탁하신 폭탄 작동 원리입니다."

경찰이 건넨 종이에는 세 가지의 폭탄 원리가 그림과 함께 적혀 있었다. 비전문가가 봐도 얼추 알아볼 정도로 자세한 설명이었다.

"범인 측이 불법으로 들여온 재료들을 추적하면서 사용 가능한 뇌관과 폭파 장치들을 세 가지로 추려 냈습니다. 그 셋 중 하나의 방법으로 폭탄을 작동시킬 수 있습니다."

작동 원리대로 생각하면 역으로 멈추게도 할 수 있는 법. 도원은 확인한 종이들의 서류철을 덮으면서 인사했다.

“급하게 부탁드렸는데 구해 주셔서 감사합니다. 뒷자리에서 보고 있어도 될까요?”

“물론입니다.”

도원이 차량의 맨 뒷좌석으로 옮기자, 나머지 경찰과 전문가들이 올라탔다. 그들은 폭탄 제거에 관한 이야기를 하느라 바빴다.

도원은 마음 같아선 그 자리에 껴서 협조하고 싶었다. 그러나 충분한 숙면을 취하지 못한 머리가 제대로 돌아가지 않았다. 이른 아침부터 MJ와 격렬한 행위를 한 직후라 차 창문에 머리를 기댄 채 꾸벅꾸벅 졸 수밖에 없었다.

“교수님, 도원 교수님.”

잠시 눈을 붙인다는 것이 그대로 기절하듯 잠이 든 모양이었다. 끊어졌던 기억을 되살리듯이 도원은 어렵사리 눈을 떴다. 무장한 남자가 승합차 문을 열고 도원을 들여다보고 있었다. 도원을 백업하기로 한 대테러 진압 팀 소속 경찰이었다.

“도착했습니다. 내리셔도 됩니다.”

그 말에 흐트러진 머리카락들을 손으로 쓸어 넘긴 도원이 몸을 세웠다. 경찰이 열어 준 문밖으로 몸을 내밀자, 현장을 총괄 지휘하고 있던 눈에 익은 경찰 한 명이 보였다.

최기혁이다. 세상을 보통 사람들과는 다른 시각에서 볼 수 있는 눈을 가진 사람. 잘 벼린 칼날 같은 그 시선이 주는 섬뜩함을 잊어본 적이 없었다. 그렇다고 그간 잘 지냈냐며 평범하게 악수를 나누며 인사할 분위기는 아니었지만.

“오픈 전이라 인명 피해는 걱정하지 않아도 된다. 직원들도 모두 내보냈어."

그는 빈유미와 경찰들에게 몇 가지 내용을 전달하고 있었다. 나지막하고 냉정한 목소리가 바닷바람 속에서도 또렷하게 들렸다.

"유원지 내에 폭발물이 설치되었는지를 확인하고 있다. 작전은 폭발물 확인한 후에 전달하겠다."

도원은 유원지 입구에서부터 출입을 막는 경찰 인력들을 볼 수 있었다. 테마파크에 놀러 온 사람들은 심상치 않은 분위기에 기웃거리다가 경찰의 제지를 받고 돌아갔다.

평일 오전이라 그런지 관광객은 거의 없었다. 한적한 것이 그나마 다행이었다. 최기혁은 민간인 통제 범위를 넓히면서 도원에게 다가왔다. 곁에 있던 경찰을 시켜서 도원이 쓸 보호 장치를 가져오도록 하는 것도 잊지 않았다.

"선생님. 입구에 트럭 보이십니까."

최기혁이 가리킨 곳에 10톤 화물 트럭이 보였다.

"인화 물질을 실은 트럭입니다. 저 트럭으로 입구를 일부러 막았습니다. 저희가 진입을 시도하면 트럭 자체를 폭파시키려는 의도로 보입니다."

트럭에 얼마큼의 인화 물질이 실렸는지는 모르지만, 터지면 일대가 쑥대밭이 되리란 것은 짐작할 수 있었다. 배치된 경찰 병력들도 상당수 중상 이상의 피해를 입을 규모였다. 일부러 도발을 해서 위험해질 필요는 없었다.

"유원지 안쪽에는 폭탄을 실은 승합차까지 있습니다. 장진원은 관람차에 있는 것으로 확인됩니다. 관람차 운영 직원 두 명을 인질로 붙잡고 있어서 공중 지원도 어려운 상태입니다."

방탄조끼를 입혀 주는 경찰들 손길을 묵묵히 받아들이던 도원이 최기혁을 바라봤다. 양쪽으로 벌어진 최기혁 특유의 시선이 도원과 경찰을 나누어 보는 듯했다.

그는 경찰에게 물러설 것을 지시했다. 선선히 물러나는 경찰 대신 도원에게 가까이 다가간 최기혁은 조끼의 벨트를 더 단단하게 조여 주면서 말했다.

"다른 놀이 기구들 사이로 크랙 측 지원 사격자들이 있습니다. 경찰이 접근하면 가차 없이 위협사격을 하는 상태이고요."

도원은 고개를 들었다. 저 멀리서 바닷가를 바라보는 방향으로 설치된 관람차는 천천히 돌아가고 있었다. 아직 유원지 오픈 전이어서 운행 정비를 마친 놀이 기구들과 달리, 대관람차는 천천히, 느린 속도로 하염없이 같은 자리를 변함없는 궤도로 돌고 있었다.

유원지 입구에서 육안으로 보는 것만으로는 인질이 되었다는 직원들을 확인할 수 없었다. 아직은 요구 조건도, 위협 범위도 알 수 없어서 경찰 병력으로만 초동 대처한 모양이다. 사태가 심각해지면 군 병력까지 추가 투입되겠지만, 저쪽도 그 정도로 일을 키우고 싶진 않을 것이다.

"인질로 붙잡힌 사람들을 풀어 준 후에 협상하도록 하겠습니다."

도원이 그렇게 말하자, 전문가들을 바라본 최기혁이 신호를 받고 고개를 끄덕였다.

"알겠습니다. 입으신 조끼엔 도청기와 카메라까지 달려 있습니다. 조금이라도 위험하시면 저희 쪽에서 대응하도록 하겠습니다."

최기혁은 방탄 헬멧을 건넸다. 단단하고 묵직한 것을 건네받은 도원은 심호흡을 했다. 머리에 눌러 쓰고 턱 밑에 벨트를 조절했다.

최기혁이 신호를 주기 전까지 경찰들은 일시 대기 상태였다. 그들은 최기혁으로부터 상황 설명을 듣고 있는 도원을 보고 있었다.

평범한 민간인으로 보이는 사람이 스스로를 보호할 장구만 갖춘 채 적진으로 들어간다. 도원을 요구한 그들이 순순히 협상 테이블에 앉아 줄지가 관건이다. 붙잡힌 인질들에 도원까지 더해지지 않을지 긴장하는 기색이 역력했다.

그런 경찰들을 향해 너스레를 떨 자신은 없었기에 도원은 솔직하게 긴장이 차오른 한숨을 쉬었다. 이번 협상에서 성과를 얻어야 했다. 잘할 수 있을지 자신이 없었지만, 지금은 나약한 생각을 하지 않기로 했다.

상대는 모르는 사람이 아닌, 장진원이다. 도원이 어떤 방식으로든 폭탄 문제에 도움이 될 수 있으리라 자신감을 갖기로 했다.

도원은 천천히 유원지 입구 쪽으로 몸을 돌렸다. 최기혁이 들어가도 좋다는 수신호를 주기 전에 교섭 전문가가 마지막으로 말했다.

"범인 쪽 신변은 확실하게 보장된다는 것을 강조하셔야 합니다. 요구 조건 파악하시고, 되든 안 되든 그 부분은 협상 가능하다는 식으로 진행해 주세요. 아, 사용해서는 안 되는 표현들을 잊지 마시고요."

도원은 헬멧 속에 장착된 이어폰 기능을 확인하면서 고개를 끄덕였다. 최기혁의 목소리가 헬멧 안에서 울렸다.

〈그럼 입구까지 백업해 드리겠습니다.〉

경찰들이 일제히 몸을 낮추어 총을 들었다. 도원을 엄호하는 그들을 돌아보면서 천천히 걸음을 옮겼다.

10톤 트럭이 가까워졌다. 입구를 봉쇄한 트럭과 입구 벽 사이에는 성인 남성 한 명만 간신히 통과할 수 있는 틈이 있었다. 도원은 몸을 틀어서 그 비좁은 공간으로 들어갔다. 등 뒤에서 느껴지던 경찰들의 엄호 인기척 대신 새로운 인기척이 도원의 주변 공기를 감싸기 시작했다.

장진원이 고용한 용병들이 어디선가 도원을 주시하고 있다. 보이지 않는 시선의 규율 속에서 도원은 조심스럽게 걸음을 이어 갔다.

텅 빈 놀이공원에 을씨년스러운 바닷바람이 불었다. 북적거리는 사람들과 들썩이는 분위기가 당연한 곳에 도원의 발소리만 울려 퍼졌다.

화려하게 빛나야 할 회전목마는 페인트 껍질이 벗겨진 초라한 행색이 고스란히 드러나 있었다. 멈추어 있는 롤러코스터 주변으로 떨어진 머리끈 몇 개가 보였다. 솜사탕을 만드는 기계는 눌어붙은 색색의 설탕 자국이 반짝거리며 빛나고 있었다.

불 꺼진 기념품 숍을 지나가며 창문 너머를 바라봤다. 인형 머리띠와 장난감들이 시선을 잡아끌었다. 죽기 전에 한 번은 해 보고 싶은 MJ의 버킷리스트에 저 작은 인형 머리띠가 포함되어 있다는 것이 생각났다. 아직은 이루지 못한 그 리스트 속 최상단에 위치한 바람 중 하나였다.

같이 오기로 한 곳에 이런 식으로 혼자 올 줄은 몰랐는데…… 아니, 지금은 아무런 의미도 두지 말아야 한다. MJ와 함께 오는 곳이 아니라면 이런 놀이동산도 아무 의미 없는 곳이야. 마음 쓰지 마.

도원은 눈길이 머무는 기념품 숍에서 억지로 고개를 돌렸다. 햇살이 밝고 바람이 세지 않은 이 좋은 날에 MJ 없이 황량한 놀이공원을 걷는 것이 어쩐지 착잡했다. 아무리 마음을 쓰지 않으려 해도 심란함을 지우기까지 시간이 걸렸다.

사람들이 길게 서면 줄을 정리하기 위해 세워 두는 철봉을 지났다. 대관람차로 향하는 길목에 놓인 추로스 기계에는 일부러 시선을 주지 않으려고 노력했다. 새싹이 움트는 벚나무에도.

도원은 이곳을 아무 의미 없는 장소로 인식하려고 노력했다. 그렇지 않으면 MJ와 관련한 너무 많은 생각들이 흘러넘칠 것 같았다.

냉정해지려 애를 썼다. 감정적이 되면 휘둘릴 수 있다는 사실을 상기했다. 교섭은 체력과 눈치 싸움임을 머릿속에 각인시켰다. 크랙에게 약점을 잡히지 않기 위해 도원이 선택한 것은 이성에만 전속되는 방식이었다. 마음에서부터 조금씩 무장을 해 갔다.

바람결에 실려 온 벚꽃 잎에서 아무런 감정이 들지 않게 되었을 때 대관람차 입구에 도착했다. 기구 근처에 낯익은 실루엣이 보였다. 난간에 비스듬히 기댄 채 혼자 서 있는 사람이었다.

누군지는 한눈에 알아봤다. 이마께에서 흔들리는 검은 머리, 햇살 아래서 더욱 반질거리는 눈동자. 멀리서 보아도 시선을 사로잡을 정도로 키가 크고, 이목구비는 진한 미남이었다.

가슬가슬하게 자라난 수염 때문인지 도원이 기억하고 있던 것보다 훨씬 거칠고 정제되지 않은 느낌을 주었지만. 여전히 입고 있는 정장이 누구보다 잘 어울리는 배우였다.

장진원.

크랙의 익명성이 아닌, 배우이자 내담자인 장진원의 이름을 상기한 도원이었다. 장진원에게서 시선을 뗄 수 없었다. 사방에서 쏟아지는 적의 때문이다. 수많은 저격수들이 몸을 숨긴 채 도원을 겨누고 있을 이 팽팽한 긴장감에 도원은 주먹만 꽉 쥐었다.

조심스럽게 걸음을 뗐다. 가까이 다가갈수록 장진원의 미소가 짙어졌다. 입고 있는 양복 재킷이 바닷바람에 펄럭이고 있었다. 그는 흐트러지는 옷매무새는 신경도 쓰지 않은 채 도원에게 먼저 아는 척을 해 보였다.

"오랜만이에요, 선생님. 그동안 잘 지내셨어요?"

여유롭고 느긋한 그의 목소리에 도원이 냉정하게 화답했다.

"크랙."

도원이 그 호칭을 잊지 않았다는 사실에 이를 드러내며 웃었다. 그는 유쾌해 보였다.

"정말로 혼자 왔네요. 그래도 MJ는 데려올 줄 알았는데 생각보다 대범해지셨군요."

도원이 올려다본 대관람차는 3층 높이까지 올라갈 수 있는 계단이 연결되어 있었다. 그 계단 위에서 밑을 내려다보는 남자가 가볍게 손을 흔들었다. 여유롭게 웃고 있는 모습은 도원의 기억 속의 얼굴과 거의 변함없었다.

"이쪽으로 올라와요. 아, 대신에 그 헬멧이랑 조끼 다 벗어요. 어차피 여기서 선생님 죽일 생각 없으니까 이상한 도청이나 영상 촬영하는 거 다 때려치웠음 하거든요."

최소한의 안전장치도 착용할 수 없게 했다. 크랙은 혹여나 도원이 그 말에 반박해서 말싸움이 길어지면 피곤해질까 봐 미리 선수를 쳤다.

"이곳에 설치한 폭탄들 터지면 몸도 갈기갈기 조각날 텐데 그 보호 장비들이 무슨 소용이겠어요. 어때요, 이해했으면 벗고 올라오시겠어요?"

헬멧 안에서 최기혁의 목소리가 들렸다.

〈선생님, 위험한 요구 조건엔 응하지 마십시오. 문제가 된다 싶으면 교섭 거부하고 나오셔도 됩니다.〉

두터운 방탄 헬멧 너머로 최기혁의 목소리가 들릴 리 없다. 그럼에도 크랙은 이 상황을 모두 알고 있는 것처럼 말했다.

"평범하게 얘길 하려는 거예요. 선생님이 아끼는 그 매리제인 얘기도 하고 싶어서. 경찰들이 다 보고 듣는 상황에서 얘기하면 선생님도 곤란하지 않겠어요?"

마치 친구라도 기다리는 것처럼 홀로 관람차 진입 계단에 서서 비스듬히 내려다보고 있었다. 푸른 하늘 아래 봄기운을 머금은 바다 바람은 적당히 시원하고 나긋했다.

이렇게 좋은 봄날에 경찰들은 진압 대기 상태이고, 그들의 진압 대상인 장진원은 폭탄으로 협박을 하고 있다. 사람이 많아야 할 유원지는 텅 비어 있고 폐쇄된 곳처럼 놀이 기구들은 모두 멈춘 모습이라니.

꿈이라 해도 믿겠는 걸. 현실감이 이렇게 없어서야.

근처에서 들려오는 갈매기 울음과 파도소리가 정말 꿈결처럼 느껴져서 도원은 눈을 감았다. 사람들이 다칠 수 있는 폭탄이란 존재를 알면서도 MJ를 먼저 떠올리는 자신이 이기적이고 못된 것처럼 생각됐다.

다수의 안전과 행복보다도 MJ의 안전과 행복을 더 지키고 싶어 하는 것에 의문이나 죄책감을 갖지 않기로 했다. 이곳까지 오면서 줄곧 결심한 것 아닌가. 다른 무엇도 MJ보다 우선으로 둘 수 없다고. 제 발로 걸어온 이유는 전부 MJ, 그 하나 때문이었다.

도원은 헬멧을 고정하고 있는 턱의 벨트를 풀었다. 무겁고 두터운 헬멧을 두 손으로 잡고 들어 올렸다. 안쪽에 연결된 통신 장치에서 최기혁이 〈선생님!〉 하고 다급하게 부르는 소리가 들렸다.

신경 쓰지 않았다. 도원은 안쪽에서 뭐라 뭐라 얘기를 쏟아 내는 헬멧을 팔 옆에 끼운 채 크랙만을 올려다봤다.

“얘기는 길게 못할 것 같군요. 상황이 당신에게도, 저한테도 호의적인 것만은 아니라서요. 그래서 드리는 말씀입니다만, 허튼수작은 부리지 않기로 해요. 사람들 목숨이나 MJ 목숨 가지고 저울질하시면.”

도원이 고개를 살짝 숙였다. 따뜻한 바람에 살랑거리는 머리카락 밑으로, 도원의 눈동자는 흔들림이 없었다. 그 단정한 시선이 크랙을 빤히 바라봤다. 위해를 가하지 못할 것 같은데.

어째서인지 크랙은 가장 신경질적이고 예민하게 정신이 갉아 먹히는 기분마저 들었다. 저 꿰뚫어 보는 눈을 뽑고 싶었다. 무슨 수를 써도 도원은 무너트릴 수 없을 것 같은 기분에, 차라리 저 눈을 터뜨리면 속이라도 편할 것 같았다.

“제가 얼마나 집요하게 당신을 괴롭힐 수 있는지를 보여 드리겠습니다. 아, 물론 정신적인 부분에서요.”

크랙이 입가를 비틀며 웃었다.

“하아, 씨발, 여전히 재수 없네, 진짜.”

키득거리는 웃음을 들으면서도 도원의 시선은 여전히 흔들리지 않았다.

그러나 헬멧을 잡은 손바닥에 식은땀이 고이고 있었다. 그 누구도 알지 못하는.

도원이 여유로운 표정 아래 숨긴, 극한의 긴장과 두려움이었다.

크랙은 눈을 가느다랗게 떴다. 계단을 밟고 올라오는 도원의 표정은 평온했다. 헬멧과 방탄조끼를 벗은 도원은 평범한 일반인처럼 보였다.

40대 남성에게서 찾아보기 힘든 특유한 분위기 탓에 평범하다는 수식어가 과연 맞는지 모르겠다. 그러나 경찰이나 전문 교섭인들과는 전혀 다른 무해한 분위기를 풍기고 있으니 위협적이지 않다는 면에서 평범하다는 표현 외에 무엇을 더 쓸 수 있을까.

천천히 다가오는 도원을 보고 있으려니 크랙은 속이 뒤집힐 것만 같았다. MJ가 육체적으로 자신을 망가트렸다면, 도원은 상담이란 명분으로 자신의 정신을 헤집어 놓았다고 생각했다. 그 뻔뻔한 가해자의 면상을 다시 보려니 속이 편할 리가 없었다.

울고불고 매달려야 속이 좀 풀릴 것 같다. 지금 이 상태로는 지나치게 매운 음식을 먹어서 배 속이 요동치는 기분이었으니.

죽여 버리고 싶은 마음을 연약한 인내심으로 붙잡는 크랙이었다.

그는 씰룩이는 입술을 다잡으면서 웃었다.

"나이도 안 먹나 봐. 예전이나 지금이나 변함이 없잖아요."

도원은 크랙과 거리를 둔 채 섰다. 난간에 비스듬히 기대서 히죽 웃어 대는 크랙과 그런 크랙의 분위기를 읽는 도원 사이를 거센 바닷바람이 훑고 지나갔다.

도원은 시선을 피하지 않았다. 크랙 역시 도원의 시선을 피하지 않았다. 고집스럽게 서로를 바라보기만 했다. 누구도 먼저 짜증 내거나 신경질을 담지 않았다. 여유를 가장한 긴장감이 팽팽한 실처럼 당겨지고 있었다.

상대를 파악하려고 하는 사람과 파악당하지 않으려는 사람의 대치. 표정, 자세, 태도. 모든 것이 철저하게 계산되어 있었다.

기묘한 신경전을 먼저 깨트린 사람은 도원이었다.

"굳이 바닷가로 오게 할 필요가 있었나요? 서울에서 보시지."

도원의 말에 크랙은 고개를 살짝 옆으로 기울였다. 웃고 있는 그 기묘한 표정이 더욱 잘 드러나는 각도였다.

"선생님 만난다고 나름 신경 쓴 무대인데 마음에 안 드나 봐요."

"이렇게 거창한 건 제 취향이 아니잖아요. 잘 아는 분이 그러시네."

"놀이공원에서 하는 폭죽놀이를 싫어하는 사람도 있어요?"

"폭죽이 아니라 폭탄이겠죠."

"터지는 건 똑같잖아요."

"폭죽으로 사람은 안 죽이거든요."

"아하하하, 나도 폭탄으로 사람 죽일 생각 없어요. 만드는 비용이 얼만데 버러지들 죽이는 데 쓰겠어요. 가치 있는 일에 써야지."

과장된 웃음소리가 크랙의 감정을 가리고 있다. 웃을 때마다 입가와 눈꺼풀이 떨리는데, 그것이 자율 신경계 반응의 문제인지는 알 수 없었다. 크랙은 상당히 비틀려 있었고, 그 비틀림의 영향으로 이성적인 사고가 마비된 것처럼 굴었다.

지속적이고 극단적인 자극에만 반응한다. 공포, 불안, 쾌감, 충격을 위해서만 생각이란 것이 굴러가는 느낌마저 들었다. 도원은 크랙의 반응에 휩쓸리지 않기 위해 대화의 주도권을 가져오기로 했다.

“민간인이 희생되면 경찰이 지금처럼 기다려 주지도 않을 겁니다. 도발과 위협도 적당히 하셔야 효과적이라는 걸 모르진 않겠죠.”

“내가 너무 일을 크게 벌인 것 같나 보네요.”

“감당 못하면 하질 마셨어야죠. 지승준 때처럼 물밑에서 작업하던 것도 아니고, 너무 화려하게 연출했잖아요.”

“이게 참 사람 성향이란 걸 무시 못하나 봐요. 나는 사람들이 떠들썩하게 난리 치는 게 좋더라고요. 몰래 하는 건 재미없고 답답하잖아. 폭죽놀이엔 구경꾼도 많아야 신나죠, 안 그래요?”

도원의 시선이 자연스럽게 크랙 뒤편에 있는 조종실을 향했다.

얼굴이 창백하게 질린 직원 두 명이 보였다. 크랙의 말과 직원들 표정을 볼 때, 놀이공원 어딘가에 폭탄을 설치한 것 같다. 설마 사람 몸에 매달진 않았겠지.

“직원들은 내보내고 얘기하시죠.”

도원의 제안에 크랙은 난간에 조금 더 몸을 기댔다. 불어오는 바람에 옷자락과 머리카락이 사정없이 나부껴서 위태로워 보이기까지 했다.

“선생님이 대신 인질이 되면 생각해 볼게요.”

펄럭이는 크랙의 재킷 안쪽으로 총이 보였다. 도원은 지금의 크랙이라면 저 총을 쏠 수 있을지 궁금했다.

사람을 죽일 수 있다고 각오한 상태라면 도원 혼자 그를 감당하기 어려울 것이다. 하지만 무언가에 공포나 두려움을 느끼며 방아쇠를 당기지 못한다면, 그걸 빌미로 크랙을 압박할 수 있을 텐데.

도원은 전문가들에게 교육받은 협상의 법칙을 떠올렸다.

의도를 캐내기 위해선 시간을 충분히 사용할 것. 협상은 체력 싸움이라고 할 만큼, 최대한 상대의 말을 끌어내서 정신적으로든, 육체적으로든 피로함을 느끼게 할 것.

일을 빨리 마무리 지을 수 없다는 조급함을 느끼게 해야 했다. 그러기 위해 도원은 크랙보다 더 느린 속도로 말했다.

"알겠습니다. 사람들 내보내고 제가 대신 있겠습니다."

크랙은 직원들을 돌아봤다.

"조용히 나가. 쓸데없이 소리 지르거나 뛰쳐나가지 말고."

겁먹은 직원들에게 도원은 눈짓을 해 보였다. 서로를 꽉 붙잡은 직원들이 조심스럽게 걸음을 옮겼다. 도원을 지나쳐서 계단을 내려가는 동안 한 명은 울고 있었다.

도원은 크랙의 결정이 의아했다. 인질을 볼모로 협박을 할 줄 알았다. 풀어 달라는 요구를 바로 들어주다니. 무언가 다른 생각이라도 있는 걸까.

히죽 웃어 대는 크랙의 표정에는 흥미 본위의 즐거움만 가득했다. 폭탄을 다루는 사람이면서 조심성 따윈 보이지 않았다.

겁에 질린 사람들과 긴장한 경찰들 반응을 보면서도 여유로웠다. 언론이 어떤 보도를 하는지 모두 확인하고 있을 텐데도, 이렇게 일을 벌인 이후에 어떻게 수습할지를 고민하지 않는 모습이었다.

크랙의 표정에서 읽어 내는 미묘한 감정들이 모두 도원이 생각했던 것과는 달랐다. 지나치게 일차원적으로만 읽혔다. 직선적이고 단순한, 장난감에 과몰입한 어린아이처럼 말이다.

그렇게 보이게끔 연기하는 것일까. 진심으로 이 상황을 즐기는 것일까.

전자라면 도원이 크랙의 속내를 파악하기까지 시간이 걸릴 것이다. 후자라면 크랙을 이성과 논리로 상대해 봤자 효과가 없다는 뜻이고.

어느 쪽이든 도원이 '교섭'이라는 이름으로 한 번에 해결할 수 있는 문제는 아니다.

"하고 싶은 얘길 이제 들어 봐도 되겠습니까. 절 이곳까지 부른 이유가 있을 텐데요."

시간을 오래 끄는 게 좋을 텐데, 그대로 따라와 줄 것인가. 그의 표정, 시선, 목소리, 손을 움직이거나 다리의 중심을 바꾸는 사소한 행동까지도 놓치지 않고 바라봤다. 관찰당하는 시선이 기분 좋을 리 없는 크랙도 날카로운 어조로 맞섰다.

"인질 주제에 말이 많네. 선생님, 인질 뜻 몰라? 닥치고 내가 하라는 대로 하는 사람이란 뜻이야."

낮게 가라앉은 목소리에도 도원은 긴장하지 않으려고 노력했다. 교섭의 법칙들을 따랐다. 질문에는 대답을 바로 하지 않는다. 즉각적인 답변을 회피할수록 상대방에게 생각해야 할 수와 고려할 것들을 더 펼쳐 놓는 셈이 될 것이다.

그러나 크랙은 예전처럼 도원의 대화 방식에 휘말리지 않았다. 지금은 도원의 약점이 더 크게 부각되는 상황이었다. 크랙은 그 약점을 쥐고 흔들 만큼 위협적인 무기를 갖추고 있었다.

"MJ를 여기 데려오지 않은 것은 선생님 혼자 나를 상대하겠다는 건데. 그럴 자신이 있어? 아니면 MJ가 따라오겠다는 거 선생님이 말린 거야? 둘 다 바보 같은 짓을 했네. 둘이 함께였으면 나도 여기서 일 끝내려고 했거든. 안 되겠다, 그렇지?"

그 말에 도원은 잠시나마 멈칫했다. 도원이 혼자서 움직일 줄은 몰랐다며 크랙은 너스레를 피우듯이 말했다.

"어제저녁에 MJ 혼자 공장으로 기어들어 온 것도 그렇고. 언제부터 둘이 그렇게 따로따로 움직이게 됐을까. 그 오리 새끼가 선생님을 쫓아다닐 땐 상상도 못한 일이라고."

"이 자리에 없는 사람 얘기보단 저와의 대화에 더 집중하시죠."

"그 새끼 얘길 어떻게 안 해. 걔 때문에 이 난리가 벌어졌는데."

"그렇게 복수를 하고 싶으셨으면 법적인 것부터 차근차근 준비하지 그러셨습니까. 갑자기 폭탄을 선택하면서 국가를 적으로 돌렸습니다. 좋은 선택이 아니잖아요?"

"사법 기관이 병신인 건 내가 더 잘 알아. 그걸 뭘 믿고 준비하라고."

"MJ를 다시 교도소로 보내고 싶습니까."

"법원 판결은 병원에서 회복하는 동안에 들었어. 억울했단 말이지. 피해자인 내가 아직 그 새낄 용서 못했는데 재판관 새끼들이 왜 그 새끼 죗값을 결정하는 건데. 씨발, 내가 그 새끼를 용서 못했다고. 알아들어? 남이 판단할 문제가 아닌데 왜 날 빼고 결정하냔 말이야! 이제 와서 법의 잣대로 심판해 봤자 내가 그 결과에 승복할 수 있겠어?"

MJ를 지옥까지 밀어 넣은 사람이 누군데. 자신만 억울할 일이야, 이게? 도원은 주먹을 움켜쥐었다.

MJ는 크랙이 제게 저지른 일에 이젠 집착하지 않는다. 용서했다는 의미다. 피해자와 가해자를 나누면 MJ가 당한 고통이 더 큰데, 이 빌어먹을 장진원은…….

도원은 숨을 골랐다. 화내지 않으려고 노력했다. 스스로에게 '침착하자'고 되뇌기도 했다. 크랙을 흥분시키면 그 피해는 고스란히 MJ에게 돌아갈 것이다.

"가해자 새끼가 뻔뻔하게 잘 먹고 잘 살면 안 되지. 안 되고말고. 나를 반병신 만들었으면 그 새끼도 똑같이 반병신 되어야지."

MJ의 유년기를 송두리째 망치는 데 동참했던 사람이 할 말은 아니건만. 도원은 누가 가해자고 피해자인지를 따지고 싶었지만, 주먹을 움켜쥐는 것으로 참았다.

"폭탄을 선택하면 당신의 인생까지 망칩니다. 알면서 이러는 겁니까."

"어차피 한국에서 살 생각 없거든. 여기 사람들 죽고 건물 무너지는 게 나랑 무슨 상관이겠어."

"지금도 당신은 출국 금지 처리된 테러리스트입니다. 다른 나라로 무사히 나가서 살 수 없을 텐데요."

"설마 내가 그 정도 준비도 안 하고 이런 일 벌였을까 봐. 너무 순진한 소릴 해 대니까 한마디 해 주는데, 돈으로 처리하지 못할 건 없어. 내가 미국이나 유럽에서 폭탄을 터뜨렸어도 무사히 다른 나라로 빠져나갈 방법이 넘치는데 고작 한국에서 발이 묶인다는 게 말이 될 거 같아?"

"그러면 이번에 묶어 드려야겠네요."

"하하, 선생님, MJ랑 같이 지내면서 허세가 옮았나 봐."

"아뇨. 당신이야말로 모르는 것 같아서 알려 드리는 겁니다만, 돈으로도 안 되는 일이 세상엔 많습니다."

"돈으로 안 되는 거, 물론 있지. 그런데 내가 준비한 건 아니거든. 7년 동안 계획한 걸 너무 무시하네."

"계산은 틀리기 쉽죠. 실전은 타이밍인 거 아시잖아요. 타이밍까지 계산하는 건 거의 불가능하지 싶은데요."

"그럼 선생님이 그 타이밍을 방해할 능력이 있기는 하고?"

"물론이죠."

"하하, 선생님."

"당신이 병상에 누워 MJ의 재판에 관여하지 못해서 복수를 놓쳤던 것처럼, 이번에도 돈으로 살 수 없는 타이밍을 보여 드리겠습니다."

도원은 크랙에게 말을 건네는 방식, 말투의 미묘한 섬세함까지 철저히 계산하고 있었다. 크랙이 거북함을 느낄 만한 문장을 조합해서 이야기를 하자 히죽거리며 웃던 입가도 차츰 굳어 갔다.

도원을 컨트롤하기 어렵다는 것을 크랙도 알고 있었다. 전문적으로 공부하고 훈련받은 사람이다. 작정하고 상대를 파악하려 들면 크랙은 자신도 모르던 습관이나 사소한 반응 한두 개로 속내가 모두 꿰뚫릴 것이다. 몇 번이나 겪어 봤던 도원의 심리 파악을 이번에도 끌려갈 생각은 없었다.

크랙이 선택한 방법은 대화를 끊어 버리는 방식이었다. 도원에게 주도권을 주지 않는 방법이다.

"5분."

크랙은 손목시계를 힐끔 보면서 말을 이었다.

"5분 넘게 이렇게 외부에 노출되어 있는데도 날 진압하지 않아. 이게 무슨 뜻이겠어."

경찰 쪽에서 공중 지원을 하지 않는다는 의미다. 폭발물을 놀이동산 어딘가에 설치했을 수도 있어서 대기한다는 뜻이기도 하고.

"선생님, 내가 경찰과 술래잡기를 몇 번 해 봤잖아. 이미 저쪽 시스템 어떻게 굴러가는지 다 알아. 더군다나 이 나라에선 별로 대응해 본 적도 없는 폭탄이라서 어떻게 나올지 흥미진진하네. 폭죽 쇼 어때? 대낮이라 재미가 덜하려나."

도원의 표정이 긴장으로 물들었다.

"폭탄은 어디에 설치한 겁니까."

"글쎄, 내가 어떻게 했을까?"

"터뜨리지 말고 얘기했으면 합니다."

"그건 싫은데. 안 쓰고 내버려 두면 아깝잖아. 이왕 돈 들였는데 돈 쓴 즐거움은 있어야지. 본전은 찾아야 하지 않겠어?"

본전 얘기에서 도원은 확신했다. 크랙은 여기서 폭탄을 터뜨리려는 것이다. 경찰에게 쫓기는 것도 걱정하지 않고 위협으로 느끼지도 않았다. 도원을 교섭가로 요구했지만, 교섭할 생각 따위 없어 보였다.

도원은 재빠르게 말했다.

"저와 교섭하고 싶으셨잖습니까. 요구 조건을 말씀하시면 최대한 들어드릴 겁니다. 그럴 목적으로 제가 여기 와서 당신과 얘기하고 있는 거라고요."

크랙은 그 말에도 히죽 웃기만 했다. 애초에 도원과 교섭할 생각으로 부른 게 아닌 듯했다.

"내 요구 조건 정말 들어주게? 그럼 좋아, 내가 바라는 건 간단해. MJ를 한국에서 추방시켜. 당신이 해외 나가서 같이 살든 말든, 그건 내 알 바 아니니까 MJ만 내쫓아."

MJ를 한국 밖으로 내쫓으라고. 그게 폭탄을 터뜨리지 않는 조건이라고.

도원은 어금니를 꽉 물었다가 떼어 내며 대응했다.

"그게 어떤 의미가 있는지부터 알 수 있을까요."

"그건 내 사정이니까 선생님은 알 필요 없어."

"그 사정을 잘 알아야 교섭할 수 있습니다."

"선생님이 응하지 않으면 지금 이 폭발물 사태는 전부 MJ 쪽으로 공을 넘길 거야."

크랙은 순간적으로 피해자 역할을 받은 연기자처럼 목소리를 과장되게 내기 시작했다.

"MJ 때문에 폭탄이란 걸 만들었어요! 전부 그놈이 꾸민 일이에요!"

얇고 연약하게 터지는 목소리는 언제 그랬냐는 듯이 본래대로 돌아왔다. 크랙은 히죽 웃어 보였다.

"언론에서 어떻게 반응할까? 엄청 흥미진진하겠다, 그렇지?"

이 미친 짓을 MJ 탓으로 돌린다고.

도원은 애써 화를 눌러 참았다.

"당신의 요구가 타당하면 해외로, 네, 해외로 나갈 수도 있습니다."

"해외로 나가는 게 아니야. 추방시키라고. 말귀 못 알아들어? 두 번 다시 한국 땅 밟게 하지 말란 소리야."

"MJ의 국적은 한국입니다. 자국민을 어떻게 추방시킵니까. 그런 법은 없어요."

"알 게 뭐야, 씨발. 이 땅에 두 번 다시 발붙이지 못하게 하란 거잖아. 여권도 비자도 아무 소용 없이 만들라고."

도원은 잠시 할 말을 골랐다. 크랙이 MJ를 추방시킴으로써 얻는 이익이 뭔지를 그 짧은 시간 내에 빠르게 파악해 보려 했다.

없다. 이건 크랙의 자기만족이었다. MJ를 향한 복수. 그를 죽여 버리면 마음은 후련하겠지만, 그만큼 허망하다고 생각함이 분명했다.

자신이 컨트롤하지 못하는 인생을 못 견뎌 하는 사람이 크랙이다. 그는 직접 마약 판을 벌였지만, 아버지에게 그 주도권을 빼앗기곤 곧장 도원을 이용해서 아버지를 몰락시키려 했다.

이번 MJ의 경우도 마찬가지다. 그는 상대가 가지고 있는 것을 빼앗는 것을 복수의 기저로 삼고 있다. 아버지에게서 '빛'이라고 불리는 권위를 빼앗으려 했다면, MJ에게서는 '도원과 함께하는 행복'을 빼앗으려고.

MJ가 어디에도 발붙일 곳 없이 만들려 한다. 떠돌아다니는 늑대처럼 영원히 고독하고, 불안하게 살길 바란다. 그런 MJ를 위해 도원이 한국에서의 교수로서의 삶까지 포기하고 함께 떠날 수 있다면, 한번 해 보라고 도발한다. MJ와 도원 둘의 불행을 빌어 마지않는다는 뜻이다.

도원은 그 집요하고도 끈질긴 방법에 아랫입술을 질끈 깨물었다.

이제야 놀이공원이니, 벚꽃 축제니 하는 소박한 행복을 꿈꾸는 MJ에게 크랙의 요구 조건이 들어져서 이 나라 자체가 당신을 거부하게 되었다고 할 순 없다.

이번만큼은 아무리 MJ라도 견디기 힘들 것이다. 아무런 잘못을 한 것도 없는데 개인의 미움이 폭탄이라는 거대한 위협으로 바뀌어서 나라에서 추방되는 희생물이 되는 걸 MJ가 어떻게 받아들일 수 있을까.

"추방되어도 가서 살 나라는 많습니다."

"어, 그러니까 나가 살라고. 미국은 비자 받기 어려울 테니 거기 빼고 어디든 가서 살아 봐. 방화와 마약 사범 전과 있는 동양인에게 어느 나라에서 무슨 비자를 줄진 모르겠지만."

"사람 사는 게 다 똑같죠. 저는 오히려 그게 당신에게 의미가 있다는 게 더 놀랍군요."

"그 새끼 평생 괴로워하며 살아야 내가 좀 통쾌할 거 아냐."

"그렇게 상대방 인생에 집착하는 게 오히려 더 불행하단 생각은 안 드나 보죠?"

"선생님, 잊었나 본데, 나 어려서 따돌림당했었잖아? 나 그때 기억 아직도 떠올린다? 오죽하면 가해자 새끼들 어떻게 사는지 일일이 찾아보고 있어. 잘 살고 있는데 내가 손볼 수 있는 곳이다 싶으면 그 새끼들 일하는 직장에 압력 넣어서 일자리 잘리게도 만들고 있어. 남의 인생 괴롭게 만든 새끼들이 행복하면 불공평하지. 내가 느낀 불행만큼 똑같이 살아야지."

MJ의 인생을 파탄 내는 일에 전력을 다하겠다는 선포다. 아무리 설득하려 해도 생각을 바꿀 분위기가 아니다. 그는 오랫동안 준비해 온 이번 일에 신나 있었다. 그 즐거움에 과몰입하여 주변 상황을 인지하지 못하고 있다.

모든 걸 준비한 그대로 저지르려 한다. 이제 와서 계획을 바꿀 생각 따위 없는 거다.

도원은 주먹을 말아 쥐며 말했다.

"MJ를 감금하고 입맛대로 키운 사람이 누군데, 이래."

도원의 노골적인 비난에 크랙이 처음으로 후련하게 숨을 뱉었다.

"아, 이제야 선생이 아닌 MJ의 보호자가 되었네. 난 이쪽이랑 더 얘기하고 싶었어."

"장진원, 적당히 해."

장진원은 반질반질한 눈으로 웃음을 삼켰다. 그의 표정엔 즐거워 못 견디겠다는 감정이 고스란히 묻어났다.

"MJ 꼬드겨서 입맛대로 주무른 건 내가 아니라 지승준 짓이었잖아. 왜 나한테 뒤집어씌워?"

"동조했잖아. 당신도 가담자라면서 끝까지 피해자 타령이야?"

"아, 이렇게 될 줄 몰랐다니까."

"다른 사람에 의해서 진창 같은 삶을 살아 봤으면 그 일이 되풀이되지 않도록 노력해야지, 왜 당신이 피해 입은 사실에만 매달리는 건데."

그 말에 크랙은 정색했다.

"선생님, 나는 심리 상담하려고 선생님 부른 거 아냐. 입 다물어."

"교섭자로 나를 지목한 이유가 뭔데. 당신의 과거 사정까지 전부 알고 있는 나와 이렇게까지 얽힌 이야기를 모두 풀고 싶어서 아니었어? 내가 바보야? 그 정도도 모르고 여길 내 발로 왔게?"

"닥치고 MJ 강제 추방시켜. 그런 법이 없으면 어차피 개인 정보 말소된 채 살고 있던 MJ, 그 새끼 어떤 식으로든 신분 처리하게 만들고 내쫓으라고!"

거칠어진 숨소리를 삼킨 크랙이 조금 진정한 어조로 마저 말했다.

"그렇게만 해. 그렇게만 하면 폭발물 다 제거할 거고, 나도 더 이상 한국에 오지도 않을 거야. 난 그 새끼 혼자 행복하게 사는 꼴은 보기 싫으니까 선생님이 책임지고 데리고 나가든가 하라고."

"아니지, 내가 그 요구 조건 들어주면 당신은 감방엘 가야지, 왜 한국을 나가."

"사람 하나 죽어 나가야 생각이 바뀌려나 봐, 응?"

크랙은 하얗게 반질거리는 눈을 희번덕 뜨고 말했다.

"지승준 때랑 달라. 이번엔 희생자가 생기는 일이야. 학자 직함 걸고 MJ를 변호할 때랑은 상황이 다르다고. 사람들 목숨이랑 MJ 목숨을 저울질한 걸 사람들이 알면 어떻게 될까? 경찰들이랑 연락하던 헬멧을 계단 밑에 두고 온 게 다행이다, 그렇지? 이 얘길 경찰들이 들었으면 지금 당장 선생 목숨 따위 생각도 안 하고 쳐들어왔을 거 아냐."

흥분하면서 씨근덕거리는 크랙을 보며 도원은 입을 다물었다.

뇌를 다쳤다고 했던가. 자극 반응 속도가 비정상적으로 크랙을 지배하는 게 아닐까 싶다. 순간의 즐거움과 쾌락, 만족이 잠시의 인내조차도 용납하지 못하고 바로 신경 세포를 자극하는 것처럼.

크랙은 흥분하는 감정을 통제하지 못했다. 스스로 통제하지 못한다는 사실을 알면서도 브레이크를 걸지 못했다.

마치 충동 조절 장애를 겪던 MJ의 첫 만남을 보는 것만 같았다. 그에겐 충동을 조절할 수 있는 비쥬와 다정한 말과 배려와 애정을 보상으로 내려 주었지만 크랙은 받을 보상이 없었다. 그의 충동은 계속해서 드라이브가 걸렸다.

"씨이발, 그 새끼 내쫓을 거야, 말 거야, 그거나 대답해."

흥분시켜서 좋을 게 없는데.

아니, 차라리 흥분시켜서 실수하게 만드는 게 나을지도 모른다.

도원은 맹렬하게 돌아가는 머릿속 생각들을 차곡차곡 수납하는 기분으로 입을 열었다.

"잊은 것 같은데 MJ는 이미 제도권 사람이야. 법에 명문화되지 않은 사유로 국적을 박탈하거나 내쫓을 수는 없어. 더욱이 테러리스트의 협박을 받는 피해자인데, 왜 그 요구를 들어줘야 하지?"

"그 새낀 선생 만나기 전부터 버림받은 새끼였어. 지금까진 뒷산에 풀어놓았다면 이번엔 아예 국경 건너서 던져 놓으라는데 왜 말귀를 못 알아들어!"

"아무것도 모르는 어린애 가둬 두고 마음대로 이용해 먹었으면 만족해야지, 이제 와서 다시 사람 인생 주무를 생각하지 마."

"아, 진짜 말 안 통한다!"

"당연하지. 넌 개소릴 하는 거고, 나는 사람 말을 하는 건데 어떻게 얘기가 통해?"

"이 씹새끼가."

"여론 싸움해 보겠다고? 한번 해 봐. 미안하지만 나는 너랑 지승준 문제로 세계적인 이슈까지 만들었던 학자야. 지금은 경찰이 자문을 구하러 오고, 너와 협상까지 부탁할 정도로 학계 권력이 생겼어. 여론 싸움 붙여 봐. 너와 내가 한 말 중 언론이 어디 편을 들어줄지 지켜보는 나도 흥미진진하겠네."

학창 시절 가해자들을 끝까지 따라다니며 직장까지 잘라 버렸던 사람이 이제 와서 지승준과 얽힌 일의 가해자와 피해자를 구분하겠나. 크랙 입장에선 지승준이든, MJ든, 자신을 고통스럽게 하는 존재로만 여기고 있다. 그 고통에 피해 의식을 느끼고 분노를 표출하는 것뿐이다. 그 과정에서 타인의 고통과 목숨을 무가치하게 생각했다.

무슨 협상 조건이 있든 일단은 들어줄 수 있는 척 대화를 이끌라는 전문가들의 원칙을 지킬 수 없었다. MJ의 인생을 망치는 게 최종 목표이고 그 수단으로 폭탄을 선택한 사람과 이성적인 협상은 불가능했다. 이런 협상에 응했다는 걸 언론이 알게 되면 오히려 MJ에게 불리한 얘기가 나올 수도 있다. 그럴 만한 건더기는 주고 싶지도 않았다.

언론 싸움을 붙이겠다면 도원도 응할 것이다. 언론에게 미끼가 되지 않는 방식을 최대한 생각하면서 말했다.

"협상은 내가 제안하지."

도원의 서늘한 시선에 크랙이 이를 악물었다.

겪어 본 적 없는 일에 공포를 느끼고 불안해하며 힘들어하던 과거와 너무 달랐다. 눈앞의 도원은 거대한 성벽처럼 느껴졌다. 7년 동안 쌓아 올린 성벽은 크랙의 위협과 도발에도 무너지지 않았다.

"MJ에게서 손 떼. 그거면 너와 네 사람들 신변은 보장해 줄 수 있어. 하지만 계속해서 폭탄으로 위협하면서 되지도 않는 소리 하면……."

직원들이 조종간을 놓은 관람차는 혼자서 돌고 있었다. 승객을 태워야 할 관람차 칸은 모두 비어 있는 채 원을 그렸다. 가장 낮은 곳에서 가장 높은 곳으로, 끊임없이 오르내렸다.

지구에 속한 모든 것이 중력 속에 놓여 있다. 살아 있는 것도, 죽어 있는 것도, 모두 발밑으로 향할 수밖에 없다. 어떤 방향에서 시작하든 결국은 아래로 가라앉아야만 하는 것이 이 지구에서 살아가는 진리이자 법칙이다. 그런 중력에 거스르는 방법은 하나였다.

지구보다 더 큰 태양을 섬기는 법. 도원에겐 그 태양이 있었고, 크랙에겐 없었다. 도원은 떠오를 수 있었지만 크랙은 가라앉을 수밖에 없었다. 그것이 섭리였다.

"네가 아무리 발버둥 쳐도 네 불행이 나아지는 일은 결코 없다는 걸 보여 줄 거다."

크랙의 눈알이 반질거렸다. 분노와 즐거움이 공존하는 기이한 시선은 사람이 아닌 짐승처럼 보였다. 광견병에 걸린 짐승.

드라이브가 너무 심하게 걸렸어.

그 사실을 깨달은 도원이 뭔가를 대응하기보다 크랙의 행동이 더 빨랐다.

"자, 신나는 폭죽 쇼다!"

크랙은 양손을 위로 번쩍 들었다. 더 이상은 기다릴 수 없다는 아이처럼 신이 난 표정으로 소리쳤다.

"펴어어어엉!"

번쩍 든 양손 중 오른손에 무언가를 들고 있다는 사실을 도원은 뒤늦게야 알아차렸다. 그것이 무엇인지 파악할 겨를은 없었다. 크랙이 오른손에 들고 있는 것을 힘주어 눌렀을 때 머리 위에서 요란한 폭발음이 들렸다.

강렬한 진동에 도원의 몸이 밀려났다. 중심을 잡지 못하고 넘어진 몸이 계단 난간까지 미끄러졌다. 귓가에서 이명이 들렸다. 삐이, 하고 길게 울리는 소리는 갑작스러운 충격을 받은 머릿속을 더 흔들어 놓았다.

거칠게 몰아쉬는 숨 속에 흙먼지 냄새가 맡아졌다. 눈앞이 먼지로 만든 안개에 갇힌 기분이었다. 시야는 느려졌고, 손바닥을 타고 울리는 어떤 진동을 알면서도 소리는 들리지 않았다.

삐이—.

작고 얇은 이명이 귀의 기능을 잠식한 걸 알면서도 고개를 들었다. 유쾌하게 웃고 있는 크랙 뒤로 대관람차가 흔들리고 있었다.

중력을 거스르지 못하던 그 기구가 마치 발작이라도 하는 것처럼 보였다.

이명 속에서 무거운 철근이 무너지는 소리가 섞여 들렸다. 손바닥을 타고 울리는 진동도 거대해졌다.

관람차의 중심 기둥이 무너지고 있었다. 아직도 뇌가 흔들려서 세상이 비정상적으로 느리게 보이건만, 깔깔거리며 웃는 크랙 뒤로 넘어지는 기구의 모습만은 분명하게 구분할 수 있었다.

끼이익, 휘어지는 철근 소리가 높게 울려 퍼졌다. 관람차가 바닥에 닿는 순간, 처음 들었던 폭발음보다 더 큰 소리가 울렸다. 발밑은 강도 높은 지진이 찾아온 것처럼 진동했다.

시멘트 바닥이 갈라졌다. 넘어진 관람차 밑에 기념품 숍이 주저앉았다. 무너진 건물 밑에 흙먼지를 뒤집어쓴 인형 머리띠가 나뒹굴었다. 뿌연 흙먼지가 시야를 가렸다. 머리 위로 안개 같은 먼지들이 쌓이기 시작했다.

빌어먹을, 정말로 터뜨릴 줄이야.

아직도 이명이 가시지 않은 머리를 흔들어 털면서, 도원은 시멘트 바닥을 움켜쥐었다. 기도 끝까지 밀려들어 온 흙먼지에 기침하는 몸이 거세게 흔들렸다.

기침을 뱉던 도원이 몸이 억지로 일으켜졌다. 팔꿈치를 움켜쥔 사람은 크랙이었다. 그는 몸을 가누지 못하는 도원을 억지로 계단 밑까지 끌고 내려왔다.

"크리스탈!"

뿌연 흙먼지 사이로 검은 승합차가 달려와 멈췄다. 짐승 탈을 쓴 남자가 문을 옆으로 열자 크랙은 그 안쪽으로 도원을 밀어 넣었다.

도원의 옆에 올라탄 크랙은 문을 닫으며 외쳤다.

"기폭 장치!"

조수석에 있던 노루 탈을 쓴 남자가 한 뼘 길이의 막대기를 건넸다. 크랙은 아직도 이명에 시달려서 비틀거리는 도원에게 그 기폭 장치를 쥐여 주었다.

"고개 들어 봐요. 폭죽 쇼 봐야죠. 얼마나 화려한데!"

도원이 거부할 틈도 없이 억지로 기폭 장치의 빨간색 버튼을 누르게 만들었다. 아직 흙먼지가 가시지 않은 사이로 커다란 폭발음이 한 번 더 울렸다. 유원지 입구에 세워 놓은 트럭이었다. 인화 물질을 가득 싣고 있어서 경찰들이 무력 진압 작전을 펼치지 못했던 바로 그 트럭 말이다.

도원이 빨간 버튼을 누르자마자 트럭의 컨테이너 박스가 완전히 날아가 버렸다.

퍼엉—!

안에 있던 인화 가루들이 사방으로 터져 나왔다. 가루들을 타고 작은 폭발이 연쇄적으로 이어지며 새빨간 화염을 흩뿌렸다.

놀라서 굳어 버린 도원과 그런 도원을 보며 자지러지게 웃는 크랙이었다. 터져 버린 트럭의 폭발력을 견디지 못하고 유원지 입구가 무너지기 시작했다.

돌벽이 부서지는 소리가 들렸다. 매표소는 구겨진 껌 종이처럼 변했다. 기반이 무너진 땅은 실금 같은 균열을 내며 페인팅된 바닥에 싱크홀을 만들고 있었다.

흔들리는 지축의 진동이 오랫동안 이어졌다. 사방의 건물들과 놀이 기구들이 그 진동에 휘청거렸다. 아무것도 보이지 않는 흙먼지를 향해 크랙이 외쳤다.

"밟아! 더 밟아, 밟으라니까? 씨발, 갖다 들이박으라고! 아하하!"

운전석에 앉아 있던 아이스가 기어를 바꾸고 액셀러레이터를 밟았다. 타이어가 시멘트 바닥에 스키드 마크를 남길 정도의 급발진이었다. 도원은 그 반동을 이기지 못한 채 그대로 카 시트에 처박혔다.

함께 타고 있던 짐승 탈을 쓴 남자들은 차창 문을 내렸다. 열린 창밖으로 비명 소리가 들렸다. 무너진 입구 쪽이었다. 이미 아수라장이 되어 있었다.

예고도 없이 폭탄이 터져서 경찰들의 반응이 더뎠다. 사고를 수습하면서 도원의 생사를 확인하는 외침이 간간이 터지고 있었다. 짐승 탈들은 그런 경찰들을 향해 장총을 겨누었다. 흙먼지 사이로 흘끗 보이는 인영들을 향해 양손에 든 총을 무차별로 쏘기 시작했다.

먼지 너머에서 사람들 비명 소리가 들렸다. 경찰들은 방탄 호구를 두르고 있었지만, 구경이 큰 장총에서 발사된 총알은 옷을 찢고 허벅지와 손을 관통했다.

"더 쏴! 더, 더!"

흥분해서 외치는 크랙의 명령을 이행하듯이 짐승 탈들은 장총 대신 기관총을 들었다.

"두두두두! 두두두두! 으하하하!"

크랙이 두두두, 쏟아지는 반자동 기관총 소리를 입으로 따라 냈다. 기관총에서 떨어져 내린 탄피들이 바닥으로 떨어지는 소리가 요란하게 덧씌워졌다.

엉망이 된 유원지 입구를 빠져나온 승합차가 도로로 진입했다.

사이렌을 켠 경찰차들과 사이렌을 달지 않은 잠복용 승용차들이 한꺼번에 승합차를 뒤쫓기 시작했다. 열 대. 아니, 스무 대. 쫓아오는 차량 수는 계속해서 늘어났다.

“야이 씨발! 안 쏘고 뭐 해, 계속 쏘라니까!”

크랙이 짐승 탈을 쓴 사람들의 뒤통수를 때렸다. 얻어맞은 짐승 탈들이 뒤쫓아 오는 경찰들의 차에 총알을 퍼부었다. 앞 유리창에 맞거나 타이어가 터져 버린 차들이 중심을 잃고 비틀거렸다. 차량들이 서로 부딪치거나 멈추어 서며 혼란이 일었다.

미끄러지는 차량이 나무에 박거나 서로 부딪치는 소리가 요란하게 울리는 동안에 승합차는 경찰들과 거리를 벌리며 속도를 높였다.

룸 미러와 사이드 미러로 차 안팎을 살펴보는 아이스의 얼굴은 굳어 있었다. 모자를 눌러 쓰고 있어서 굳게 다문 입매만 보였다. 어금니를 깨물고 있어서 힘줄이 선 턱이었다. 그런 아이스에게서 시선을 떼지 못하는 도원이었다.

아이스는 도원의 시선을 아는지, 모르는 척하는 것인지 운전에만 집중했다. 수십 대가 따라붙는 경찰들에게서 벗어나기 위해 곡예에 가까운 운전 실력을 이어 갔다.

“아하하하, 선생님, 도원 선생님.”

가장 가까운 곳에서 폭파의 여파를 맨몸으로 겪어야 했던 도원은 아직도 감이 멀게 느껴지는 크랙의 목소리에 숨을 몰아쉬었다.

눈가를 찌푸리며 크랙을 바라보다가 고개를 흔들어 털었다. 폭파할 때 바닥으로 미끄러지면서 상체를 너무 세게 부딪힌 것 같았다. 갈비뼈 안쪽이 아파서 허리를 똑바로 펼 수가 없었다.

“내가 폭탄을 못 터뜨릴 것 같았어요? 못 터뜨릴 거면 설치도 안

했지. 폭탄은 터트리려고 만드는 거예요. 총은 쏘라고 있는 것처럼!"

인천역, 중구청 방향으로 빠진 차량은 인항로를 따라 경인 고속도로로 향했다. 시속 130킬로미터. 뒤따라오는 경찰차의 사이렌 소리에 놀란 다른 차들이 알아서 차를 갓길로 비켜 주는 바람에 오전부터 도심에서 추격전을 벌이게 되었다.

문 옆의 손잡이를 잡고 덜커덩거리는 차의 속도를 버텨 내던 크랙이 도원에게 손을 뻗었다. 재킷을 잡아당겨서 안주머니에 넣어 둔 도원의 휴대 전화를 꺼냈다.

통화 목록을 확인하고 빈유미에게 전화를 걸었다. 휴대 전화 밖으로 긴박한 빈유미의 목소리가 들렸지만, 크랙은 일방적으로 자신의 말을 쏟아 냈다.

"이 차에 위협사격 하지 말고 들이박아서 멈출 생각도 하지 마. 기폭 장치 다섯 개를 싣고 있어. 이거 충격 받아서 눌리기라도 하면, 엄마야, 너무 끔찍하겠다, 어디서 뭐가 어떻게 터질지 모르잖아?"

크랙은 울먹이는 목소리로 소리쳤다.

"경찰이 사람을 죽였어요! 다 죽였어요! 내가 쫓아오지 말랬는데 쫓아와서 기폭 장치가 눌렸다고요! 흑흑흑흑!"

그리고 다시금 얼굴을 바꿨다. 울던 입술을 벌리면서 깔깔거리는 웃음을 토했다.

"못 믿겠으면 도발해 봐. 서울에서 뭐가 무너지는지 두 눈으로 보게 만들어 줄 테니까."

빈유미의 대답을 원하고 한 말은 아니었기에 그대로 통화를 종료해 버렸다. 그러곤 차 창문을 열어 휴대 전화를 던져 버리는 크랙을 도원은 말리지 못했다.

이제야 간신히 어지러움이 사라지며 시야가 명확해지고 있었다. 뒤따르는 사이렌 소리가 너무 커서 이명이 들릴 때와는 다른 의미로 귀가 아파 오기도 했다.

도원은 고개를 흔들어서 고통을 잠시 잊으려 했다. 어떻게든 침착함을 유지하려고 애를 썼다.

"이러면 정말로 돌이킬 수 없게 돼. 진짜 감옥에 가고 싶은 거야?"

크랙은 대답할 가치도 못 느끼는 듯했다. 토끼 탈을 쓴 남자에게서 이타셰 케이스들을 건네받으며 히죽거리기만 했으니. 케이스들을 하나씩 열어 보고는 조심스럽게 그 안의 물건들을 꺼내며 눈을 빛내기만 했다.

가방에서 꺼낸 것은 폭탄 뇌관이었다. 플라스틱 관체로 되어 있었다. 그 관 안에는 기폭 장치의 원격 조종에 반응하는 전기 장치가 연결되어 있었다. 경찰청에서 빈유미가 보여 준 자료보다 세련되고 현대적인 장치였다. 폭약 효과를 증가시키는 뇌관이 분명했다.

"이런 게 서울에 설치한 폭탄마다 연결되어 있어. 여기 이 장치를 누르기만 하면 펑펑펑펑, 화려한 폭죽 쇼가 벌어지는 거지."

크랙은 그렇게 꺼낸 다섯 개의 뇌관과 기폭 장치들을 하나하나 살펴보고는 다시 케이스에 나누어 담았다. 그러곤 가방 대신 청색 테이프를 손에 들었다. 테이프를 길게 잡아당기면서 그는 웃었다.

"나랑 여론 싸움해서 누가 이기는지 보자고? 그래, 해 보자. 사람들이 선생님은 믿겠지. 당신만큼 유능한 사람 어디 있다고. 다들 믿겠지. 그런데 MJ도 마찬가지일까? 선생님이 범죄자를 잘못 감싸고 있단 여론 일어나는 데에 내 전 재산을 걸게."

크랙은 테이프로 도원의 손을 등 뒤에서 묶기 시작했다. 거부하는 도원의 명치를 무릎으로 꽉 누른 채 힘을 써서 테이프를 감았다.

“여론 싸움해 봐, 씨발. MJ 그 새끼 매장하는 게 빠를지, 선생님 번호가 더 빠를지, 이 나라 사람들이 어떻게 받아들일지 한번 해 보자고.”

손을 결박한 크랙은 도원의 무릎 위에 이타셰 케이스들을 쌓아 올렸다. 하나, 둘, 셋, 넷, 도합 다섯 개의 가방.

이미 유원지에 설치한 폭탄도 터뜨려 봤는데 이 기폭 장치와 연결된 것들을 터뜨리는 일에 망설임이 있을까. 화가 나면 상자를 하나씩 열어서 버튼을 누를 사람이다.

도원은 운전석에 있는 아이스를 다시 돌아봤다. 모자를 눌러 쓰고 있어서 아무런 표정도 읽을 수 없었다. 모자 앞면에 적힌 브랜드 로고만 룸 미러로 흘끗 보일 뿐이었다.

계기판은 160킬로미터까지 치솟고 있었다. 돌부리 하나만 잘못 걸려도 그대로 중심을 잃고 바퀴가 헛돌 것처럼 빠른 속도였다. 1차선과 2차선을 번갈아 가며 달리는 승합차를 경찰차들도 절반 이상 따라붙질 못했다. 크랙은 뒤 창문으로 경찰차 동향을 살피고는 아이스에게 말했다.

“성산, 양화, 어느 다리 탈 거야?”

아이스는 힐끔, 모자챙 너머로 크랙을 확인하고 대답했다.

“대리자가 어느 쪽으로 오느냐에 따라 달라져.”

“아하, 그러네.”

크랙은 총을 넣어 두었던 재킷 안주머니에서 휴대 전화를 꺼냈다. 익숙하다는 듯이 전화를 건 그가 상대방에게 물었다.

“준비 다 됐어요?”

크랙의 휴대 전화 너머로 도원도 구분할 수 있는 대리자의 목소리가 들렸다.

〈다 됐어요.〉

"우리 이제 출발했어요. 그쪽에서 빌딩까지 넘어오는 데 얼마나 걸릴까요?"

〈밟으면 30분이면 충분하죠.〉

"그럼 빌딩에 오기 전에 우리와 합류했으면 하는데."

〈지금 뉴스 보고 있어요. 경찰이랑 대놓고 추격전을 벌이면 어떡해요?〉

"상황이 그렇게 됐네요."

〈하아, 일단 다리 쪽으로 갈게요. 가서 합류하죠. 어느 다리 탈 건가요?〉

크랙이 아이스에게 물었다.

"대리자가 맞춰 주겠대. 어느 다리가 나은지 확인해 봐."

아이스는 교통 상황을 확인하고 대답했다.

"지금 양화 대교 막혀. 성산대교로 빠질게."

"오케이, 그리고 거기, 너, 성산대교 기폭 장치 줘 봐."

토끼 탈을 쓴 남자가 휴대 전화를 가져왔다. 대포폰으로 뚫어 놓은 휴대 전화였다. 아마도 신호가 울리면 자동으로 폭탄에 연결된 뇌관이 터지도록 설치되었을 테다. 크랙은 대리자에게 성산대교로 오라는 말을 남긴 채 통화를 끊었다.

도원은 초조해졌다. 기폭 장치가 몇 킬로미터 이내에서만 작동하는지 알 수 없지만, 분위기를 보아하니 다리를 지날 때 적당한 타이밍을 봐서 폭탄을 터뜨릴 셈인 듯했다. 그걸 위해 대리자가 도중에 합류하는 모양이었는데 무슨 작전을 준비했는지 알 수가 없었다.

일단 차를 세워야 한다. 몸이 결박당해서 손을 쓸 수가 없어서 기폭 장치를 뺏는 것은 어려워 보인다. 그렇다고 괜한 난동을 부려서 아이스가 운전대를 놓치면 빠른 속도로 달리는 자동차가 뒤집히면서 큰 사고가 벌어질 수도 있다.

아이스에게 차를 멈추게 해야 하나.

아니면 크랙에게 다른 제안이라도 해야 하나.

도원은 쿵쿵 뛰는 자신의 심장 소리를 애써 외면한 채 입을 열었다.

"어디 가는 건데."

경찰차의 사이렌 소리가 멀어지고 있었다. 차라리 성산대교 맞은편에서 도로를 통제하는 병력이라도 배치되어 있길 바라는 마음으로 물었다.

"어딜 가는데 이렇게 난리야."

크랙은 대답하지 않을 이유가 없다는 듯이 가볍게 말했다.

"선생님도 가 본 적 있는 곳일 거야. 아, 그땐 공사 중이었는데 이번엔 완공했으니 다르려나?"

"……뭐?"

"삼정 빌딩."

심장이 쿵, 가라앉는 기분이었다. 빌딩 이름을 듣는 것만으로도 심장이 갑자기 조여들고 눈이 크게 떠졌다. 그런 도원의 반응에 크랙이 히죽 웃었다.

"뭘 그렇게 놀라고 그래. 폭죽 쇼에 어울리는 게임 좀 하겠다는데."

There, there, It.'s just a game.

이런, 이런, 이건 게임일 뿐이잖아요.

남자는 우아하게 총구를 움직였다. 그 우아한 남자가 피 웅덩이가 진 시체를 건너면서 도원에게 다가왔다. 그에게선 서늘한 겨울밤 같은 향기가 풍겼다. 입 밖으로 흘러나오던 새하얀 입김이 추운 겨울비 속에서 유일하게 온기를 품고 있었다.

원치 않았던 온기다. 도원이 원했던 온기는 남자가 건너온 바닥 위에 눈을 뜬 채 누워 있는 리더의 손길이었다. 리더가 아닌 남자의 온기가 도원을 감싸기 시작했다.

짙은 피 냄새가 밀물처럼 머릿속으로 쏟아져 들어왔다. 하얗게 눈을 까뒤집은 밀랍 같던 흰자위, 손을 움켜쥐어도 빠져나가던 리더의 손, 지승준의 웃음소리, 대리자의 날카로운 외침까지.

오감을 뒤흔드는 강렬한 자극에 도원은 입술을 깨물었다. 창백하게 질린 채 굳어 버린 도원을 보면서 크랙은 한층 즐거운 미소를 지어 보였다.

“나는 병원에 누워 있다고 그 재밌는 꼴을 놓쳤잖아. 대리자한테 그때 얘기 듣고 얼마나 아쉬워서 입맛을 다셨는데. 한 번 더 보자고. 응? 그러고 난 후에 그 정신머리로 MJ 변호해 봐. 난 분명히 말했어. MJ 이 나라에서 쫓아내면 폭탄도 다 제거하겠다고. 터뜨려 보라고 도발한 건 선생이니까 뱉은 말에 책임져 봐. 어디 누구 선택이 더 옳았는지 보자고.”

악마처럼 웃는 크랙을 보면서 도원은 갈 곳을 잃은 시선을 내렸다.

‘하하.’

머릿속에서 아버지가 웃었다.

‘하하하하, 선생님.’

낮고 음습한 웃음소리가 유원지를 폐허로 만들던 이명처럼 따라붙었다. 경찰들에게 무차별하게 쏘던 총과 그 총에 맞아 터지던 비명 소리처럼 도원을 감싸기 시작했다.

목 뒤로 옅은 숨결이 느껴지는 것만 같았다. 고개를 돌리면 의자 뒤에 지승준이 앉아 있을 것만 같다. 이마에 검은 구멍이 뚫려서는 핏줄기를 흘리면서 도원을 보고 있으리란 착각이 들었다.

'망령마저 견뎌 내 봐. 나와 MJ가 그랬던 것처럼.'

그 말이 저주에 가까운 염원이 되었다. 염원은 실체가 되어 도원을 옥죄었다.

의자 뒤에서 돌아 나온 창백하고 하얀 손이 도원의 목을 살며시 움켜쥔다. 지승준이란 존재가 더는 세상에 없다는 것을 이성적으로 아는데도 피부에 와 닿은 소름이나 심장을 빠르게 뛰게 만드는 공포를 다스릴 수가 없었다.

귀에 닿는 숨결이 피에 젖어 있었다. 무서움에 몸이 떨리기 시작했다.

"하아, 하아."

급격히 가빠진 숨소리를 내뱉었다. 도원은 자신의 무릎 위에 차곡차곡 쌓인 폭탄 가방보다도 더 공포에 질린 얼굴로 사방을 돌아봤다. 꽉 막힌 차 안이 마치 어둑한 토굴처럼 느껴졌다.

사람의 얼굴로 보이는 것은 크랙 하나뿐이었다. 모두들 노루, 토끼, 개, 고양이 같은 짐승의 머리를 하고 있었다. 짐승 머리들이 시커먼 동굴처럼 보이는 눈으로 도원을 응시하고 있었다. 방탄 기능이 있는 탈이라는 걸 아는데도, 몸은 인간이고 머리는 짐승으로 이루어진 괴물이라도 보는 것 같았다.

인간이 아닌 그들은 지옥도 건널 수 있다. 사람의 몸을 하고 있지만 짐승이라서. 죽은 지승준이라는 망령을 데리고 와서 옆에 앉힐 수 있는 존재들이라서. 그들이 끌고 온 걸까. 지옥에 앉아 있던 지승준을 이 자리로 데려온 걸까. 비명과 이명을 거느리면서?

지금까지 뒤에서만 목을 조르던 손길이 바로 옆에서 느껴졌다. 창백하고 하얀 손이 도원의 목 위로 올라왔다. 턱을 타고 입술까지 닿은 손가락이 입 안으로 들어오고 있었다.

'선생님.'

머릿속을 울리는 목소리가 선명해졌다.

'선생님.'

이젠 도원의 목이 아닌 눈을 가리려고 했다. 아무것도 보지 말라는 것처럼. 이대로 정신을 잃고 쓰러져, 자신과 어둠 속에서 다시 만나자는 것처럼.

지금은 아니야, 지금은. 가 줘, 제발.

담배도, 약도 없는 불안감에 식은땀을 뚝뚝 흘리면서도 도원은 이를 악물었다. 눈을 감으면 지승준의 얼굴이 그 검은 시야 속에서 또렷하게 되살아날까 봐 눈을 감을 수도 없었다. 이마를 타고 흘러내린 식은땀이 속눈썹에 걸려 눈 속을 적실 때였다.

"선생님."

앞자리에서 조용히 부르는 음성에 도원은 잠시 숨을 멈추었다. 지승준이 실체가 된 것 같아 떨리는 눈을 들 수 없었다. 하지만 창백하게 질린 시선을 든 순간, 룸 미러로 모자챙에 가려져 있던 아이스의 두 눈이 보였다. 지승준이 아닌 아이스였다. 그 옛날, 지승준과 함께 있을 때에도 도원과 MJ를 도와줬던 아이스.

"괜찮아요. 너무 걱정하지 마세요."

아이스가 건넨 위로에 도원은 멍하니 눈만 깜빡였다. 폭탄을 무릎에 얹고 있는 상황이 괜찮다는 말과 거리가 멀었다. 그럼에도 아이스는 폭탄과는 다른 뭔가를 위로해 주었다.

도원이 어떤 고통에 시달리는지 아는 것만 같았다. 갑자기 머릿속이 이지러지면 몸이 어떤 상태가 되는지도 똑똑히 알고 있었다.

눈을 가리려던 지승준의 손가락이 어느샌가 느껴지지 않았다. 옆자리가 아닌 뒷자리로 다시 물러난 것 같았다. 차가운 손가락이 다시 목을 감쌌지만 그 정도는 버틸 만했다. 괜찮다. 목에 닿는 서늘함은, 그래도 익숙했다.

"크리스탈, 쓸데없는 소리 하지 말고 운전이나 해."

아이스는 다시 모자를 눌러 썼다. 룸 미러로 보이던 그의 갈색 눈동자도 챙 너머로 사라졌다.

도원은 눈을 세게 감았다가 떴다. 식은땀이 들어온 눈 안쪽이 따끔거렸지만, 등 뒤에서 느껴지는 지승준의 망령을 그럭저럭 견딜 수 있었다. 도원은 사리문 입술을 풀면서 여전히 목을 감싸고 있는 지승준의 창백한 손아귀에서 숨을 몰아쉬었다.

버티기로 했다.

지승준과 함께 있는 좁은 차 안을 MJ 하나만 생각하며 버티기로 했다. MJ가 교도소에 있던 지난 7년간 그랬던 것처럼.

폭탄이 터진 반응은 국내 언론보다 해외, 그중에서도 특히 일본의 폭발적인 반응을 이끌어 냈다. 일본 정부에서는 [한국 테러 안전 국가 이제 아냐. 관광 자제 당부.] 성명을 발표했다.

그 내용엔 위성 사진까지 활용하며 폭발물이 폭파한 지점과 피해 규모를 측량하여 전문가들의 분석 내용과 의견을 덧붙이기도 했다. 한국인들조차 아직 자국 상황에 혼란스러워하고 있건만, 일본은 마치 전쟁이라도 난 것처럼 서울의 어두운 미래를 그려 내고 있었다.

폭발물 진압과 테러 대응 팀이 가동되면서 작은 나라에서 벌어지는 소란에 전 세계가 집중하는 동안, MJ는 안산 공장 지대에 세워놨던 차량에 시동을 걸었다.

기어를 바꾸자마자 스포츠카 모드로 액셀러레이터를 밟았다. 몇 초 되지 않아 순식간에 100킬로미터를 넘어 버린 속도로 고속도로를 탔다.

커다랗게 울리는 엔진음 속에서 옆자리에 앉은 그리즐리가 안전벨트를 두 손으로 꼭 쥔 채 무릎 위에 올려놓은 노트북 화면을 내려다봤다.

"대리자가 킨텍스 전시장에서 말도 안 되는 짓을 저질렀어. 지금 거기 모터쇼 하고 있거든? 인공 지능 기술 접목한 차들을 시범 운행하는 행사야. 참가한 자동차 수만 해도 슈퍼 카가 네 대, 일반 차량은 300대고."

"그래서?"

"그 차들을 대리자 쪽에서 전부 해킹했어. 컨트롤 유닛과 네트워크 시스템에 바이러스를 심는 방식이야. 침입 감지와 충돌 방지 모듈을 모두 망가트려서 새로 원격 조종 가능한 코드를 심었어. 코드한 줄만 입력해도 300대가 넘는 차들을 동시에 조종할 수 있는 방식이야."

"이해했어. 해킹한 차들을 모두 끌고 서울로 달려오는 중이란 말이지."

"맞아. 지금 전체 120킬로미터 이상으로 달려오도록 프로그램 설정해 뒀네."

그 말에 MJ는 미간을 찌푸렸다.

300대가 넘는 차. 방송에 따르면, 슈퍼 카를 선두에 둔 수백 대의 차들이 도로를 점령한 상황이라고 했다. 유원지에서 터진 폭탄과 더불어 행사 운영 측과는 아무런 관계도 없는 수백 대의 차량 이탈이 속보로 다루어지기 시작했다.

"선생님은?"

그리즐리는 정보를 추적해 주는 이들의 도움으로 도원의 휴대 전화 위치를 재빠르게 추적했다.

"경인고속도로 위에서 멈추어 있어."

"멈추어 있다는 건 무슨 말이야."

"지금 방송으로 실시간 추격에 대해서 나오는 거 보니까 선생님만 혼자 도로 위에 계신 것 같진 않아. 휴대폰을 떨어트리신 게 아닐까 싶어."

"젠장, 그럼 위치 추적도 소용없는 거잖아."

"대신 내 폰 확인해 봤어. 아이스가 가지고 간 거."

그리즐리 명의의 휴대 전화는 경인 고속도로의 지하 차도로 진입하는 방향에서 깜빡거렸다.

"서부 간선 도로 타고 성산대교로 진입하려나 봐. 지금 이쪽 통

행량 별로 원활하지 않아. 차가 많이 막히는 거 같아. 어, 아니다. 경찰 통제 들어갔나 봐. 차량들 다 빠지고 있어."

MJ는 속도를 높였다. 광명시를 가로지르는 고속도로 위를 180킬로미터가 넘는 속도로 달려갔다. 그리즐리는 생전 타 본 적 없는 속도였다. 자동차에서 굉음이 들리는 속도라니. 손잡이만 꽉 잡고 안절부절못하면서 더듬더듬 말을 이었다.

"대리자가 이끄는 차량들 월드컵 경기장 가로지르고 있어. 성산대교로 올 셈인가 봐."

MJ는 핸들을 놓치지 않기 위해 손끝이 하얗게 질릴 정도로 세게 쥐었다. 속도를 이겨 내는 차체를 조정하는 것만으로도 온몸이 긴장되고 힘이 들어갔지만 그리즐리의 이야기도 놓치지 않았다.

"다리에서 합류하려는 거야? 차량 300대가 전부?"

"잘 모르겠지만, 윽, MJ, 무서워. 이거 속도 너무 무서워."

"참아."

"해, 핸들 놓치면 안 돼. 절대 안 돼. 알았지?"

"여기서 놓쳐서 전복되면 너랑 나랑 그대로 즉사니까 걱정 말고."

"아아, 그게 걱정인 거잖아."

울먹이는 그리즐리를 무시한 채 MJ는 라디오 방송에 귀를 기울였다. 라디오는 모든 정규 프로그램을 중단한 채 실시간으로 폭탄 테러 관련 속보를 내보내고 있었다. 그리즐리가 노트북으로 인터넷을 확인할 때마다 정부, 민간단체, 해외의 반응과 대책 등이 실시간으로 쏟아지고 있었다.

미쳤다고밖에 볼 수 없다. 크랙은 지금 MJ 하나 엿 먹이겠다고 전 세계에 스스로를 미친놈이라 광고하는 중이다. 이렇게까지 한 사람에게 원한이 깊어지는 게 가능한지를 몸소 보여 주는 셈이다.

자동차는 서부 간선 도로로 진입했다. 앞선 차량들을 추월할 때마다 그리즐리가 옆에서 울먹였다. 곡예를 하듯이 차선을 변경하는 모습을 두 눈 똑바로 뜨고 볼 수가 없는지 계속해서 신음하며 앓는 소리를 흘렸다.

영등포를 가로지르자 어디선가 사이렌 소리가 들리기 시작했다. 아직은 거리가 멀게 느껴지는 소리였지만, MJ는 눈을 크게 뜨고 도로 위를 살폈다.

지하 차도에서 빠른 속도로 달려 나오는 검은색 승합차를 발견했다. 뉴스 속보로 몇 번이고 반복적으로 알려 주던 바로 그 차였다. 방송을 들은 일반 차들은 폭탄을 실은 차량에 휘말리지 않으려고 비상등을 켠 채 도로에 어지럽게 정차해 있었다.

다행이라면 MJ가 탄 차선은 막혀 있지 않다는 점이다. 앞 차량이 비상등을 켜고 멈추려 할 때, 재빨리 핸들을 돌려 차선을 변경하여 추월해 버렸다.

"윽!"

최고 속도로 달리던 차가 갑작스러운 차선 변경을 하는 바람에 그 충격을 고스란히 맨몸으로 받아 내야 한 그리즐리가 작게 신음을 삼켰다. MJ는 핸들이 흔들리지 않도록 꽉 붙잡은 채 좌측에서 돌아 나오는 검은 승합차에 시선을 고정했다.

눈 한 번 깜빡이지 않았다. 선팅되어 있는 창문 안쪽을 어떻게든 확인해 보려고 승합차에 가까이 다가갔다. 까만 창문 안쪽으로는 아무것도 보이지 않았다. 그러나 본능적으로 직감했다. 도원, 아이스, 크랙 모두 저 승합차에 타고 있음이 분명했다.

MJ는 성산대교로 진입하는 승합차보다 더 빠른 속도로 튀어 나갔다. 동시에 핸들을 돌리며 차선을 막았다.

끼이이이이이익!

190킬로미터에 달했던 차가 브레이크를 밟자마자 바퀴에서 찢어지는 소리가 울렸다. 도로 위에 새까만 타이어 자국을 내면서 차선 두 개를 막은 채 섰다. 그런 MJ 뒤를 따라오던 승합차는 갑자기 길목을 막아 버리는 차를 피해 다급히 핸들을 돌렸다.

승합차는 비어 있는 차선으로 아슬아슬하게 빠져나갔다. 그 운전 솜씨가 어쩐지 낯익다. MJ는 본능처럼 중얼거렸다.

“아이스, 네가 감히 나한테 운전으로 도전한단 말이지.”

그 말에 옆에서 덜덜 떨고 있던 그리즐리가 놀라 외쳤다.

“저 차, 아이스가 운전하는 거야?”

“그런 거 같아.”

“아, 안 되는데.”

“왜?”

“아이스, 우울증이랑 공황 장애 있어서 운전하면 되게 위험하댔는데…….”

“하, 씨발, 크랙 새끼가 억지로 시킨 거겠지.”

MJ는 재빨리 기어를 바꿨다. 뒷바퀴에서 연기가 나는 것도 아랑곳하지 않은 채 후진을 했다. 다시 기어를 옮기며 액셀러레이터를 있는 힘껏 밟았다.

MJ가 한 번 차선을 막으면서 속도가 80킬로미터까지 떨어진 승합차였다. 스포츠카 모드로 엔진을 과열시킨 채 달리는 MJ가 따라잡기에 아무 무리가 없는 속도였다.

"그리즐리, 꽉 잡아."

그 말을 듣고 손잡이에 매달리는 그리즐리에게 거친 운전의 충격이 고스란히 전해졌다.

"나, 나, 기절해도 신경 쓰지 말고 따라가."

MJ는 브레이크를 세게 밟았다 떼면서 승합차의 앞을 가로막았다.

일부러 앞을 막는 MJ를 피해서 승합차가 옆 차선으로 옮겨 갔다. MJ는 한 손으로 핸들을 잡고 뒤 차창으로 완전히 고개를 돌린 채 브레이크를 밟았다 떼길 반복했다.

앞을 계속해서 막아 내는 자동차를 승합차가 요령 좋게 빠져나가긴 무리였다. 속도가 줄어들수록 멀리서 들리던 사이렌 소리도 가까워졌다.

속도는 50킬로미터까지 줄어들었다. 경찰차들은 육안으로도 보일 만큼 가까운 거리까지 따라붙었다. 이대로라면 따라붙은 경찰차와 MJ의 차에 승합차가 포위당하리라 생각할 때였다.

"MJ, MJ, 앞에!"

MJ가 뒤편에 막아 세우는 승합차가 아닌 앞쪽으로 고개를 돌렸다. 반대편 차선에서 수백 대의 자동차들이 달려오고 있었다. 한 대에 억 단위를 넘는 슈퍼 카들이 선두에 있는 차들. 모터쇼에서 해킹했다는 그 차들이었다. 거대한 해일이라도 덮치는 것처럼 한꺼번에 돌진하는 차들을 보며 MJ는 입술을 깨물었다.

"진짜 미친놈들 아냐, 이거."

다리 반대편에서 빠른 속도로 돌진하는 차들은 중앙선을 무시한 채였다. 도중에 일반 차량들을 들이박아서 강제로 길을 터 버리는 모습이 마치 수백 마리의 투우 소가 달려오는 것처럼 기괴했다.

MJ는 기어를 바꿨다. 수백 대의 차들이 8차선을 점령하며 달려오는데 승합차의 길목을 막아 세우고 있을 틈이 없었다.

브레이크와 액셀러레이터를 번갈아 밟으며 핸들을 돌리자 MJ의 차가 제자리에서 한 바퀴 빙글, 돌았다. 그 틈에 승합차는 MJ의 차를 지나쳐 거대한 황소 떼처럼 달려드는 차량을 향해 오히려 속도를 높이며 뛰어들었다. MJ는 이번엔 승합차의 앞이 아닌 뒤를 바싹 쫓았다.

8차선을 가로막은 자동차들이 승합차에 길을 터 주었다. 갈라지는 바닷물처럼 길이 터진 곳을 승합차가, 그 뒤를 바싹 붙어서 달려가는 MJ의 차가 연이어 파고들었다.

"으, 으아아, 이, 이거 다 뭐야."

양옆 차선을 점령한 수백 대의 차량들에 그리즐리는 숨이 넘어갈 지경이었다. 무서운 속도로 달려든 수백 대의 차량 속을 역주행하는 차는 단 두 대뿐이었다.

승합차와 MJ의 차가 열린 차선을 지나치는 순간, 자동차들이 일사불란하게 두 팀으로 나뉘었다. 정확히 절반으로 갈라진 차량 중 한 무더기가 다시 U턴을 해서 크랙과 MJ의 차를 엄호하듯이 뒤따라왔다. 나머지 무리는 경찰차를 향해 빠른 속도로 돌진했다.

충돌 방지 기능이 제거되어 도중에 멈추어 설 수 없게 된 차들은 오로지 한 가지 목적을 위해 달렸다.

경찰차들을 모조리 들이받는 것.

120킬로미터가 넘는 속도로 달리는 자동 주행 모드의 차들이 경찰차들을 향해 입력된 코드대로 움직였다.

쾅!

제일 앞선 차가 경찰차의 보닛을 완전히 우그러트렸다. 경찰차 안에서 흰색 에어백이 터졌다. 운전석과 조수석 탄 경찰들이 그 충격에 기절해 버렸다.

쾅쾅쾅!

뒤따라오던 다른 자율 주행 모드의 차들이 똑같이 경찰차들을 들이박았다. 보닛을 일그러트리고, 차를 반파시키고, 다리 밖으로 밀어냈다. 투우 소의 뿔처럼 들이받은 차들이 사방으로 미끄러졌다.

쾅쾅쾅쾅쾅쾅!

찌그러지는 차들의 정면충돌에 결국 몇 대의 차량에서 불길이 치솟았다. 엔진이 터지며 화염이 일자 경찰들은 일제히 차를 멈추었다. 돌진하는 차들을 막기 위해 바리게이트를 치듯이 경찰차로 차선을 봉쇄했다. 자율 주행 모드의 차들은 고장 나기 전까지 120킬로미터로 유지되는 속도를 줄이지 않았다. 막아선 경찰차를 밀어붙이며 힘겨루기를 했다.

부서지는 차들의 요란한 소리가 다리 위를 울렸다. 룸 미러로 뒤쪽 상황을 확인하는 MJ도 식은땀을 흘렸다. 정면에서 돌진한 수많은 차량들에 바리게이트로 세운 경찰차들과 모터쇼 차들이 두부처럼 으깨지고 있었다.

불이 나고 연기가 피어올랐다. 몇 대의 차들은 철교 난간까지 미끄러지면서 한강 위로 떨어지기까지 했다. 뒤엉켜서 아수라장이 된 차들이 살풍경처럼 펼쳐졌다.

돌진하는 차들을 피해 간신히 살아남은 경찰차들이 다시 뒤따라붙고 있었다. 하지만 크랙과 MJ의 차를 따라잡기엔 역부족이었다. 크랙은 이번엔 경찰차를 들이받지 않는 방식으로 추격을 완전히 막아 세웠다.

쿠웅!

차량끼리 추돌할 때 들리던 소음과 전혀 다른 폭발음이 들렸다. 그 폭발의 여파가 얼마나 컸던지, 190킬로미터의 속도에서도 핸들을 놓치지 않던 MJ가 충격을 이기지 못하고 핸들 위로 엎어질 정도였다. MJ의 입에서 절로 비명에 가까운 신음이 터졌다. 그리즐리도 비명을 참지 못했다.

"윽……!"

"으아으……!"

안전벨트가 옥죄는 힘에 간신히 몸을 바로 세운 MJ가 숨을 몰아쉬면서 뒤를 돌아봤다. 조금 전 지나온 다리의 노면에 금이 가기 시작했다. 부서진 시멘트 조각들이 빠르게 한강 위로 쏟아져 내렸다. 다리가 반파된 것이다.

쿠궁, 쿵, 쿵! 쿵쿵!

여러 번 울리는 잔폭발음에 다리의 철근 구조물이 휘청였다. 블록으로 나누어 설계된 다리였다. 한 면이 갈라져서 무너진다고 철교 전체가 폭삭 주저앉을 일은 없겠지만, 엿가락처럼 휘어 버린 철근과 거대한 바위처럼 우르르 떨어지는 시멘트 바닥이 한강 지반을 흔드는 듯했다.

화염보다도 짙은 검은 연기가 흰색 연기와 뒤섞여서 솟구쳐 올랐다. 구름에 닿을 듯이 치솟은 연기와 계속해서 진동하며 무너지는 다리를 보고 뒤쫓아 오던 경찰차들이 일제히 속도를 줄였다.

경찰차가 무너지는 다리에서 거리를 둔 채 차를 세웠다. 붉은색과 파란색으로 요란하게 반짝이는 사이렌 등이 갈라진 다리 너머에서 한밤의 네온사인처럼 반짝였다.

폭발음은 한 번 더 들렸다. 이번엔 갈라진 뒤쪽 다리가 아닌 앞쪽이었다. 지역 경찰서에서 지원 온 경찰차 쪽을 뒤흔드는 폭발이다.

아직도 여파를 못 이긴 다리는 갈라진 면을 중심으로 계속해서 강 위로 잔해들이 떨어져 나갔다. 앞쪽은 싱크홀이라도 생긴 것처럼 도로가 움푹 파였다.

곳곳에서 비명 소리가 들렸다. 도로 위를 사람들이 도망가고 있었다. 사람들 비명과 경찰차 사이렌 소리가 뒤섞여서 혼비백산이다.

사람들의 비명 속을 검은색 승합차가 빠져나갔다. 그 뒤를 MJ가 탄 차량이 바싹 따라붙었다. 옆에선 그리즐리가 아직도 정신을 차리지 못한 채 반파된 철교를 돌아보고 있었다. 창백하게 질린 낯빛이 맨눈으로 사고 현장을 보면서도 좀처럼 믿지 못하는 눈치였다.

"이, 이게 다 뭐야."

넋이 나간 채 중얼거리는 그리즐리만큼 MJ도 제정신을 유지하기 힘들었다.

크랙, 이 미친 새끼…….

그 생각을 차마 입에 담을 수도 없을 정도였다.

승합차와 MJ 차의 뒤와 양옆으로 운전석이 비어 있는 차들이 따라붙었다. 동시에 프로그래밍 된 차들은 똑같은 속도로, 똑같은 간격으로 달렸다. 주행을 막는 차가 있으면 몇 대가 이탈하여 달려가 들이받아 버리는 방식으로 도로 위를 청소했다.

"그리즐리, 이거 어디로 향하는 건지 확인할 수 있어?"

시내로 향해 갈수록 MJ의 심장이 쿵쿵 뛰었다. 조금 전 다리가 무너지던 폭파 장면이 자꾸만 눈앞에 아른거렸다.

그런 화력을 가진 폭발물을 승합차가 싣고 있다면…… 그 안에 도원과 아이스가 있는데, 혹여나 무슨 나쁜 일이라도 벌어진다면…….

불안해서 핸들을 놓칠 것만 같았다. 땀이 고인 손바닥을 바지에 닦으면서 핸들을 고쳐 잡고 운전에 집중하려 노력했다.

당장이라도 승합차를 갖다 박고 억지로라도 차를 멈추어 세워 도원을 꺼내고 싶었다. 그러나 정체도 모르는 폭탄이 그 충격에 터지기라도 하면…… 그런 끔찍한 장면은 더 이상 생각하지 않기 위해 다시 운전에 집중했다.

그리즐리가 노트북을 확인하면서 떨리는 어조로 말했다.

"차들 전부 목적지가 삼정 빌딩으로 설정되어 있어."

삼정 빌딩.

그 이름이 왜 익숙한지를 기억해 낸 MJ가 결국 아랫입술을 깨물면서 으르렁거렸다.

"크랙, 이 새끼가 진짜."

"거기 예전에 리더가 죽은 데지."

"젠장, 선생님 괜찮겠지."

"어, 어떡하지? 다른 경찰들 쫓아올 때까지 대기할래?"

"그럴 시간 없는 거 알잖아. 우리가 크랙보다 먼저 도착할 길 찾아 봐."

그리즐리가 승합차가 달리는 도로를 지도로 확인하며 말했다.

"지금 달리는 이게 최단 도로야."

같은 도로에서 추월을 하는 것이 아니라면 목적지에 도착할 때까지 이렇게 뒤따라가는 수밖에 없다. 벌써 머리 위에는 군 병력으로 추정되는 헬리콥터 몇 대가 따라붙었다. 둔탁한 프로펠러 소리에도 아랑곳하지 않고 달려 나갔다.

너무도 긴급한 방송 내용이 소음처럼 느껴져서 MJ는 라디오를 꺼 버렸다. 침착해지려고 숨을 몰아쉬었다. 흥분해서 이성을 잃을 것만 같았다. 그러지 않으려고 노력했다. 삼정 빌딩이란 곳이 도원에게 어떤 식으로 자극이 될지 알 만해서, MJ는 그런 도원을 위해서라도 이를 깨물며 버텼다.

"그리즐리, 자동차들 누가 조종하고 있어?"

그리즐리가 노트북으로 시선을 옮겼다.

"대리자가 노트북으로 직접 하고 있어."

"지금 우리 쫓아오는 차들 중에 타고 있는 거지?"

"맞아. 원격 조종이라도 거리가 유지되어야 가능한 일이니까."

"그럼 역으로 해킹해."

생각지 못했던 이야기에 그리즐리가 멈칫했다. 놀라서 바라보는 그에게 일일이 설명할 시간이 없었다. MJ는 여전히 승합차와의 간격을 유지한 채 엑셀러레이터에서 발을 떼지 않았다.

"대리자가 조종하는 거 역으로 해킹하고, 삼정 빌딩 쪽도 연락해 줘."

MJ는 생각에 집중했다. 어떤 선택과 판단이 필요한지를 끊임없이 생각했다.

선생님이라면 이 상황에서 어떻게 할까.

선생님이라면.

선생님은 어떤 생각을 할까.

도원이 할 법한 생각들을 모조리 동원했다. 도원이 선택할 것과 그가 결정할 행동들을 전부 다 MJ가 대신했다.

"경찰에게도 말해. 삼정 빌딩으로 병력 충원해 달라고. 우린 승합차 따라잡는다. 꽉 잡아."

〈크랙, 프로그램이 해킹당했어요.〉

크랙의 휴대 전화 스피커폰으로 대리자의 목소리가 울렸다. 크랙은 총탄을 확인하고 폭탄이 든 가방을 챙기느라 휴대 전화를 들고 대리자와 여유롭게 통화할 시간이 없었다. 덕분에 울려 퍼진 그녀의 목소리를 운전하던 아이스도 들을 수 있었다.

전면만 주시하던 아이스가 힐끔, 룸 미러로 뒷좌석을 살폈다. 호흡이 불안정해 보이지만 최대한 침착함을 발휘하는 도원과 짐승 탈들에게 탄피를 나눠 주느라 분주한 크랙이 보였다.

"무슨 프로그램?"

크랙의 질문에 의자에 아무렇게나 던져 둔 휴대 전화를 향해 대답하는 목소리가 들렸다.

〈자동차들 원격 조종하는 프로그램이요.〉

"뭐? 보안을 얼마나 허술하게 설정해서!"

〈나한테 왜 짜증이에요? 내가 해커는 아니잖아요. 저쪽에 유능한 해커가 붙었나 본데 내가 아는 분야도 아닌 걸 어떡하라고요.〉

"경찰 말하는 거죠?"

〈MJ 측 같은데요.〉

그 말에 도원과 아이스가 거의 동시에 뒤를 돌아봤다. MJ 차가 뒤를 바싹 따라붙고 있었다. 짙게 선팅된 차창 안쪽은 아무것도 보이지 않았다. 하지만 MJ 혼자서 운전하는 게 아니라는 것을 본능적으로 알았다.

묘기에 가까운 운전 실력을 보여 주는 MJ가 해킹 같은 머리 쓰는 일까지 동시에 진행하기는 어려울 것이다. 옆에서 백업해 주는 사람이 있는 게 분명했다. 위급한 상황에서 이 정도로 유능하고 손발이 맞게 움직이고 있다면 경찰이 협조해 주는 것은 아닐 터. 아이스는 미간을 찌푸리면서 중얼거렸다.

"……그리즐리."

선팅된 창문 안쪽으로 아무것도 보이지도 않건만, 아이스는 그 너머를 착잡한 표정으로 한동안 바라보았다.

자신과 함께 도망 다니고, 다리가 불편한 동안 보살핌도 받고, 경제 활동이 자유롭지 못했던 신분 때문에 그리즐리가 더 고생했던 순간들이 상념처럼 떠올랐다.

한국에 돌아오고 음식점을 차리면서 그리즐리도 자유로워진 줄 알았다. 이런 식으로 또다시 일에 휘말리게 하고 싶지는 않았는데.

아이스는 한참이나 바라보던 창문에서 시선을 뗐다. 룸 미러로 본 도원은 쫓아와 붙은 MJ의 차 덕분에 오히려 정신을 환기해 가고 있었다. 식은땀이 맺힌 속눈썹을 깜빡이면서도 침착함을 되찾고 있었다.

〈제어 장치들이 풀리고 있어요. 차를 전부 빌딩 안으로 밀어 넣긴 힘들겠네요. 건물 밖에 배치해 둬도 되죠?〉

예상하지 못한 일이었지만 계획이 틀어질 정도는 아닌 모양이다. 크랙은 플랜 비로 생각하며 대답했다.

"그러면 건물 입구 쪽에 배치해서 경찰이랑 군 병력 막아 줘요."

〈해 볼게요.〉

통화가 끊어지자 일사불란하게 움직이던 자동차 행렬들이 차츰 흔들리기 시작했다. 제어가 풀린다는 대리자의 말처럼 일부 차들이 멋대로 멈추어 서거나 대열에서 이탈하며 가로수를 들이박았다.

사방에서 끼이익, 타이어로 노면을 긁어 대는 불안한 소리를 들으면서도 아이스는 핸들을 쥔 손에서 힘을 풀지 않았다.

룸 미러로 지켜본 도원은 지금 뭔가를 생각하고 있었다. 도원이 이 상황을 뒤집을 수 있을 만한 생각을 하길 바라면서, 최대한 안정적으로 운전을 하려고 노력했다. 지금의 아이스가 도원을 도와줄 방법은 그것 하나뿐이었다.

일반 차량이 통제된 도로를 내달리자 금방 광화문을 지나 삼정빌딩이 보이기 시작했다. 7년 전 공사 중이었던 건물은 종합 쇼핑몰로 자리 잡고 있었다. 방송을 통해 폭발물을 실은 차가 다가오는 것을 들은 사람들이 쇼핑몰을 빠져나와 도망치는 모습도 보였다.

"지하 주차장으로 들어가."

크랙의 지시에 따라 아이스는 핸들을 돌렸다. 크게 원을 그리며 주차장으로 진입하는 승합차를 MJ의 차가 뒤따랐다. 프로그램 제어가 풀린 차들이 도로 위에서 미끄러지며 들이받는 소리가 계속해서 울렸다.

대리자는 지하 주차장 입구 쪽에 차를 멈추어 세웠다. 미끄러진 차들이 그 뒤를 들이 박으면서 입구에 바리게이트를 치는 효과를 만들어 냈다.

건물 위에서 헬기가 저상 비행을 할 때 울리는 프로펠러 소리가 가까워졌다. 옥상에 헬리포트가 있었다면 군 병력을 내려서 진압 작전을 전개했을지도 모른다. 하지만 민간인들이 아직도 비명을 지르며 도망치는 아수라장에 총기를 무장한 군인과 경찰들이 섣불리 투입될 수는 없었다. 몰려든 경찰차의 사이렌 소리만이 건물을 에워쌌다.

지하 주차장 한가운데에 아이스가 승합차를 멈추어 세웠다. 몇 미터 간격을 두고 MJ의 차도 멈추었다. 헬기 소리와 사이렌 소리가 계속해서 새 들어오고 있었다. 포위되었다고 겁을 먹을 만도 하건만, 크랙은 여전히 비정상적으로 반들거리는 눈을 빛내며 입꼬리를 올렸다.

"이렇게 난리를 부려 놓고 어떻게 무사히 빠져나가려나 궁금한가 보다, 그렇지?"

도원에게 묻는 말이었다. 테이프에 몸이 결박당한 도원은 크랙이 준비했을 법한 것들을 눈치채고 말했다.

"경찰이나 군대 쪽도 사주했겠지."

"가끔은 좀 몰랐으면 좋겠네. 흥, 맞아. 어차피 이 난리 부려도 걔넨 나 못 잡아. 결국 놓치게 되어 있거든."

"비행기 시간까지 맞춰 놓고 움직인다는 거지."

"왜 그렇게 생각하는데?"

"여권도 위조해서 한국 들어왔잖아. 그런 사람이 나가는 루트를 생각 안 했으려고. 그러니까 이렇게 화끈하게 저지를 수 있겠지."

"이거 참, 선생님 머리 탐내던 지승준 심정이 이해 갈 지경이라고. 그래, 여기 생난리 부리고 떠나 줄 테니까 MJ가 역으로 몰리지 않게 수습 잘해 보고. 그때 가서 나랑 제대로 협상할걸, 하고 후회해 봤자 늦을 테니까 생각 바뀌었으면 지금 말해 봐."

"아니, 사양할게. 어차피 후회는 내가 아닌 네 몫이 될 테니까."

끝까지 굽히지 않는 도원을 보고 크랙은 입술을 씰룩였다. 도원과 말싸움을 벌여서 말려들어 가고 싶지도 않았다. 도원 대신 짐승 탈을 쓴 남자들에게 명령했다.

"다들 총 챙겨서 내려."

MJ 쪽 차를 확인하던 짐승 탈들이 하나둘 차에서 내렸다. 아이스가 안전벨트를 풀고 내리려 하자 크랙이 재킷에서 총을 꺼내며 말했다.

"넌 여기 남아 있어. 내가 명령하기 전까지 내리지 마."

무언가 할 말이 있어 보였지만 아이스는 끝내 입을 다물었다. 얌전히 카 시트에 몸을 기댄 채 크랙을 바라봤다. 크랙은 총구를 도원에게 옮기며 말했다.

"선생님은 내려. MJ, 저 개자식이 동요하는 꼴은 좀 즐겨 보고 싶거든."

먼저 몸을 일으킨 크랙이 승합차에서 내리며 총 끝을 까딱였다.

"폭탄이 먼저 터질지, 저 새끼가 먼저 미쳐서 날뛸지, 구경 좀 해 보자고, 우리."

키득거리는 웃음소리가 진하게 울려 퍼졌다.

MJ는 멈추어 선 승합차 뒤에서 숨을 몰아쉬었다. 핸들을 쥐고 있는 손바닥은 땀으로 흥건하게 젖어 들었다. 옆에서 그리즐리가 한마디 하지 않았다면 심장을 쿵쿵 뛰게 만드는 불안감이 머리까지 잡아먹어서 문을 벌컥 열고 뛰어나갔을 것이다.

"이상해. 대리자가 왜 조종 프로그램을 껐지."

크게 숨을 몰아쉬던 MJ가 천천히 그리즐리에게 고개를 돌렸다. 무릎 위에 노트북을 올려놓고 두드리던 그리즐리가 고개를 갸웃했다.

"우리 해커가 방화벽 뚫기도 전에 프로그램이 순차적으로 꺼졌어. 밖에다가 차 세운 거 고의 같은데, 이것도 크랙 작전일까?"

모터쇼에 있던 최첨단 자동차들을 전부 꺼내 와서는 건물 앞에다 버리는 게 작전이라고? 크랙이 그랬을 것 같진 않은데. 손발이 안 맞아서 실수한 거면 모를까.

MJ는 밖에서 들려오는 사이렌 소리를 느끼며 입을 열었다.

"차들 대리자가 몰고 있댔지."

"응."

"대리자가 고의로 그랬을 가능성은?"

"음, 그럴 수도 있겠지만. 왜 굳이 이제 와서 그랬을까."

글쎄. 그런 자세한 사정까진 알 수 없지만, 혹시나 크랙을 배신한 거라면 그 패를 이용할 수 있지 않을까. 대리자의 의중을 알 수 있는 방법이 없으므로 MJ는 고민을 멈췄다.

"이 빌딩 관계자들에게 연락하라고 한 건 어쨌어."

"연락했어. 지금 민간인들 다 내보내고 있대."

"빈유미 형사 쪽에도 말해 놔."

"그것도 이미 했어. 다리에 설치된 나머지 폭탄들 제거 작업 들어갔대."

그리즐리의 말이 끝나기 무섭게 승합차 문이 열렸다. 문이 열리는 소리에 MJ가 고개를 돌렸다. 열린 문 안쪽에서 박제된 짐승 머리 같은 탈을 쓴 남자들이 먼저 내리기 시작했다.

토끼, 개, 여우, 순록, 너구리, 쥐. 동물 머리에 사람 몸이 여섯 명. 그들은 손에 장총을 들고 있었다. 뒤따라 내린 사람은 반듯한 정장 차림의 크랙이었다.

지난밤 안산에 있는 공장에서 봤을 때와 같은 차림새였다. 그러나 값비싼 양복과 머리엔 뿌옇게 내려앉은 흙먼지가 그대로였다. 털어 내지도 않은 모습이 아예 정신을 다른 데에 두고 있다는 생각마저 들게 했다.

크랙은 MJ가 타고 있는 차를 빤히 보면서 히죽 웃었다. 고갯짓을 까딱이는 것이 나와 보라는 신호로 보였다.

MJ는 일어나지 않았다. 경계심을 늦추지 않고 크랙을 노려보았다. MJ의 경계심을 알아본 크랙은 두 번 고갯짓을 하지 않았다. 대신 승합차 안쪽에서 도원을 잡아끌었다.

테이프로 몸을 결박당한 도원이 억지로 끌려나왔다. 창백한 얼굴이 식은땀으로 젖어 있었다. MJ의 심장이 쿵, 하고 바닥으로 떨어졌다. MJ는 황급히 안전벨트를 풀었다.

"선생님!"

문밖으로 뛰어나간 MJ에게 짐승 탈을 쓴 이들이 일제히 총을 겨누었다. 전부 안전장치를 푼 총이었다. 총구는 MJ의 무릎을 겨냥했다. 자칫 위협사격이라도 하면 MJ의 무릎은 인대까지 산산조각 날 것이다.

MJ는 그 분위기를 아랑곳하지 않았다. 도원에게 다가가려 했다. 그런 MJ를 멈추어 세우기 위해 크랙이 도원의 머리채를 잡았다.

많이 지쳐 있는 도원의 고개를 억지로 들게 했다. 땀인지, 눈물인지 모를 물기로 눈가가 젖어 있었다. MJ는 공포와 두려움으로 심장이 터질 것만 같았다.

"거기 서 있어 봐, 새끼야. 하여튼 날뛰는 것만 배워서는."

청 테이프로 손과 팔이 묶인 도원이 머리채를 쥐고 흔드는 손아귀에 비틀거렸다. 어디 맞거나 다친 것 같지는 않았다. 함부로 대해지고는 있지만, 몸 상태가 심각해 보이지 않는 것이 MJ에게는 유일한 위안이 되었다.

헝클어진 머리카락 밑으로 도원의 시선과 마주쳤다. 도원은 아랫입술을 물면서 필사적으로 MJ를 보고 있었다.

MJ는 그 시선을 알고 있었다. 분노할 때마다 감정 제어가 쉽지 않은 MJ를 바라보던 시선이었다. 어떻게든 안정시키려고 애쓰던 그 시선엔 언제나처럼 MJ가 다칠까 봐 걱정하는 감정이 묻어나왔다. 도원은 그 시선으로 MJ를 보고 있었다.

흥분하지 마요, 절대.

그것이 절대적인 명제처럼 MJ를 붙잡았다. 도원이 눈빛으로 명령한다.

흥분하지 마, MJ.

MJ는 주먹을 꽉 쥔 채 한 발자국도 움직이지 않았다.

크랙은 자리에서 굳어 버린 MJ를 확인한 후에야 도원의 머리채를 잡고 있던 손을 놓았다.

승합차에 싣고 온 플라스틱 의자를 하나 펼쳤다. 그 위에 도원을 앉혔다. 헝클어진 머리카락을 손으로 친히 빗겨 주면서 MJ를 바라봤다.

도원에게 크랙의 손길이 닿을 때마다 MJ의 표정은 무참하게 구겨졌다. 자신이 어떻게 대응해야 하는지 몰라서 불안하게 흔들리기도 했다. 바싹 말라 가는 입술을 깨물면서 진정하려 하지만 쉽지는 않아 보였다.

크랙은 눈을 가느다랗게 떴다. MJ의 지금 모습이 낯설다. 언제 이렇게 자기 조절이 가능해졌을까. 이러니까 정말로 평범한 사람처럼 살 수 있는 것 같잖아. 본성은 절대 그렇게 못할 놈이.

"선생님이 저 새낄 잘 길들이긴 했나 보네. 뛰어들어서 다 깽판 놓을 새끼가 웬일일까."

도원의 머리카락을 쓰다듬던 손이 천천히 뒷덜미로 내려왔다. 그 손이 앞으로 돌아 나오듯이 잡는 순간, 도원은 숨도 쉬지 못했다.

이곳은 파란 형광등이 빛나는 지하 주차장일 뿐인데, 어디선가 비바람이 몰아치고 천둥 번개가 내리꽂는 소리가 들린다. 밖에서 울리는 사이렌 소리와 헬기의 프로펠러 소리가 시위를 하던 사람들이 비명을 지르면서 달아나는 소리와 겹쳐 든다.

어디선가 지승준이 걸어 나올지 몰라. 아무리 붙잡아도 온기가 돌지 않는 리더의 손이 원망하듯이 매달리면 어떡하지.

'선생님 때문에 내가 죽었어요.'

그 친절하고 상냥했던 여자가 원혼이 되어 원망하진 않을까.

'선생님, 그러게 MJ랑 얽히긴 왜 얽혀서 그래.'

도원의 선택과 판단을 지승준이 비웃지는 않을까.

죽은 사람들 목소리가 머릿속에서 빙글빙글 돌며 도원을 혼란스럽게 만들었다. 도원의 목을 감싸고 있는 손이 죽은 지승준인지, 리더인지 구분이 되지 않을 정도로 숨이 가빠 왔다.

"하아, 하."

비정상적으로 빠르게 쏟아지는 숨소리에 크랙은 웃음을 터뜨렸고, MJ는 초조해졌다.

젖어 있는 도원의 눈이 절박해 보였다. 물에 빠진 사람처럼 숨을 헐떡이는 모습이 마치 "문밖에 지승준이 있어요."라고 중얼거리며 욕조 밖으로 나오지 못하던 모습과 겹쳐 보였다.

MJ는 도원의 환각 증세를 알고 있었다. 물론, 구체적으로 자세히 아는 것은 아니었다. 도원은 MJ가 걱정할까 봐 자신 혼자 보낸 7년의 세월을 그다지 얘기해 주지 않았다. 궁금해서 물어봐도 "강의하고 운동하고 지냈어요."라는 식으로 두루뭉술하게 넘어가기만 했다.

그렇게 숨기려 했던 속살을 하필 이 자리에서 들여다보게 되었다. 도원은 약과 담배가 없으면 눈앞의 창백한 얼굴로 땀을 흘리며 환각과 이명이 사라지길 버텼던 것이다.

MJ는 다급하게 받아쳤다.

"씹새끼야, 넌 나한테 불만 있으면서 왜 선생님을 건드려."

안 돼, MJ. 흥분하면 안 돼.

도원은 목소리가 잘 나오지 않는 입을 뻐끔거렸다. 크랙이 MJ를 흥분시켜서 이번 폭파 사건의 주동자로 몰려는 것을 얘기해 줘야만 했다. 그러나 목덜미를 감싼 양손이 도원의 입을 틀어막았다. 크랙은 MJ의 반응에 눈을 크게 뜨고 받아쳤다.

"너 지금 나한테 욕할 상황 아니잖아."

"건드리지 마. 씨발, 나한테 볼일 있으면 나랑 끝내."

"싫어, 새끼야. 네 약점이 이 사람인데 내가 왜 이 좋은 기회를 그냥 넘겨?"

"누가 약점이래. 아무 상관 없는 사람 끌고 들어와서 지랄하니까 이러는 거 아냐!"

"난 지승준처럼 고상한 취향이 없거든. 사람 괴롭히려고 마음먹었으면 제일 악독하게 괴롭히면 그만이라고 생각하는 사람이야. 알잖아?"

"그러니까 나한테 하라고! 선생님은 왜 끌어들이는 건데!"

"씨발, 존나 재밌네. 너 직접 괴롭히는 것보다 이 사람 괴롭히는 게 더 효과적인 거 너만 모르지? 응? 어쭙잖은 도발하지 말고 거기에 서서 지켜보기나 해. 한 발자국만 움직여도 이 선생 어떻게 되는지 구경하고 싶지 않으면 가만히 있으라고."

크랙은 도원의 입을 막고 있던 손을 풀고 총을 꺼냈다. 안전장치를 열고 장전을 하는 움직임엔 한 치의 망설임도 없었다. 도원의 관자놀이에 겨눌 때도 MJ의 눈 뒤집힌 반응을 보며 웃을 뿐이었다.

MJ는 미치기 일보 직전이었다. 거칠어진 호흡을 몰아쉬면서 도원만을 바라봤다. 도원이 눈으로 끊임없이 명령하고 있었다. 자신의 트라우마와 싸우는 것만으로도 힘겨울 사람이 끝까지 MJ의 시선을 피하지 않았다.

안 돼요. 지금은 아니야. 기다려, MJ.

MJ는 기다렸다. 그 시선이 '지금이야.'로 바뀌는 그 순간만을. 그래서 눈 한 번 깜빡이지 않고 도원을 바라보면서 어떻게든 이 미칠 것 같은 기분은 참아 내고 있었다.

크랙은 도원의 어깨를 팔걸이 삼아 기대어 섰다. 한쪽 주머니에 손을 꽂은 채 도원을 내려다보며 물었다.

"지금 여론이 어떻게 형성됐는지 궁금하지 않아? 선생님이 생각했던 대로 저 새끼가 지금 희생양으로 보도될지, 아니면 유원지와 대교까지 터뜨린 폭발 사고의 주범이나 공범으로 볼지. 한번 찾아 봐 줄까?"

도원은 MJ에게 시선을 고정한 채 입을 열었다.

"필요 없어."

"왜, 자신 없어?"

"건물 밖에 경찰과 군 병력 다 깔렸을 텐데 이쯤에서 그만둬."

"아, 경찰 새끼들 믿으면 안 될 텐데. 걔네 나 못 잡는다니까."

"정말 못 잡는지 확인해 보자니까."

"흠, 믿는 구석이 있나 봐."

"네가 아무리 사주하려고 해도 핵심 병력은 절대 못 건드리잖아."

그 핵심 병력이라는 게 이번 일을 주도적으로 방어하는 서울 경찰청 소속이라는 것을 굳이 알려 주지 않아도 되었다. 그쯤이야 크랙도 알고 있었으니 입술을 삐뚜름하게 비틀면서 웃기만 할 뿐이었다.

빈유미 쪽까지 장악하진 못했다. 그쪽과 연관된 전문가들과 기동 병력이 얼마나 되는지도 솔직히 완전히 파악하는 것은 아니었다. 대략적으로는 특수 팀이 설계되어 대통령령까지 직접 보고 받는 수준이라지만, 그렇게 노력해도 안 될 일이 잘되어 가진 않는다.

아무리 높으신 분들이 생각하고 결정을 내린다 해도, 그 명령 체계에 잡음과 혼선만 있으면 경찰과 군 병력이 밀도 있게 움직이지 못하는 것은 당연했다. 도망치는 데엔 그 정도 노이즈면 충분하다.

"선생님 죽기 전에 뭐 하나 물어볼까 하거든."

크랙은 도원의 어깨 위로 허리를 비스듬히 굽혔다. 아까부터 쿵쿵, 뛰는 심장 소리가 크랙에게도 들렸다. 어깨가 떨릴 정도로 압박을 받고 있는 도원이었다. 빌딩에서의 트라우마 때문인 것 같아서 크랙은 무척이나 흡족했다. 장소를 공들인 보람이 있었다.

크랙은 총구로 도원을 쓰다듬었다. 관자놀이를 눌렀던 차가운 총구가 볼과 턱을 지나 목과 쇄골을 지그시 눌렀다.

"선생님 석사 때 실패한 연구 사례 있잖아. 나 포함해서 네 명 인터뷰하고 논문 썼던 거. 기억하지?"

갑작스러운 얘기에 도원은 눈가를 꿈틀, 떨었다. 도원에게 평생 죄책감을 가지고 있는 일을 손에 꼽으라면 제일 먼저 꼽을 수 있는 사건이었다.

논문을 발표했을 때 환자 세 명이 차례로 자살을 한 사건. 그 일로 학계를 떠날 생각까지 했다. 겨우 마음을 다잡은 후에도, 환자를 대할 땐 강박적이고 결벽스러운 태도를 보이게 되었다. 상담사 도원을 만들어 낸 기원을 거슬러 올라가면 크랙은 그 기원의 단초가 되는 인물 중 하나였다.

밖에서 다시 비바람이 부는 것만 같았다. 도원은 온몸을 차갑게 식히는 물기를 식은땀이 아닌, 어디선가 흘러내리는 비라고 생각했다. 간신히 이겨 낼라치면 다시금 끄집어내는 진창 같은 감정들을 크랙이 사정없이 휘저었다.

"선생님이 매번 그랬잖아. 어린 시절 부친한테 뺨 한 대만 잘못 맞아도 전쟁 트라우마에 버금가는 정신적 충격을 받을 수 있다고. 그때 날 포함해서 인터뷰한 애들은 전부 그 정도 트라우마가 있던 상태였잖아. 기억나? 아니면 잊었어? 응? 선생님, 뭐 해, 그렇게 말 잘하던 선생님 어디 갔을까.”

굳어 있던 도원은 한참 후에야 입술을 뗄 수 있었다.

“미안합니다. 그건 변명의 여지없이 제 실수입니다.”

진심으로 사과하는 모습에 크랙의 미소가 짙어졌다. 사람이란 무릇 나이가 들면 자신이 살아온 방식을 관성적으로 유지하고 고집하지 않나. 그러다 보니 답답한 인간상이 되기 마련인데, 도원은 여전히 말랑말랑했다.

도원의 나이 대 사람들이 보이는 딱딱하고 보수적인 태도는 보이지 않는다. 아직도 아이 같다. 실수나 실패에 당황하고 부끄러워하고 상대에게 미안해하는, 일반적인 어른과는 조금 다른 태도를 가진 사람. 도원이 제 나이 대의 다른 사람들보다 훨씬 어리게 보이는 이유도 생각이 이렇게 따뜻해서일 테다.

뭐든 습자지처럼 새롭게 받아들이고 연구할 수 있는 젊은 뇌를 가진 사람이다. 이러니 지승준이 도원의 학업은 물론, 앞으로의 행보까지도 기대하며 집착했던 것일 테고.

“선생님, 만약 지금의 선생님이라면 그때의 나한테 무슨 말을 해 줄 수 있어? 그때 선생님이 날 잘만 케어 했으면 지금처럼 폭탄이나 총 들고 미친놈같이 날뛰지 않았을 수도 있잖아?”

싱글벙글 웃고 있는 크랙을 도원은 천천히 돌아봤다. MJ에게 고정되어 있던 시선이 크랙을 향한 순간, 크랙은 짜릿한 성취감을 느꼈다.

그렇게 불안해하고 공포에 질리는 도원을 보고 싶어 했건만. 이렇게 복합적으로 죄책감과 트라우마를 자극하면 반응이 올 줄이야.

이럴 줄 알았으면 놀이공원이 아닌 방송국에서 만났을 것이다.

카메라를 들이밀면서 다큐멘터리의 그 장면을 재촬영했으면 좀 더 재밌지 않았겠나. 다큐멘터리에서처럼 문제적인 환자를 가리킬 때 여전히 '그 사람은', '그 아이는', '그 피해자는'이라고 지칭할지도 궁금했다.

크랙을 미치광이 폭파범이 아닌, 자신이 끝내 손을 놓아 버린 환자 중 하나로 취급할지 정말로 궁금했다.

만약 여전히 자신을 환자 취급한다면.

그렇다면 망설임 없이 이 대가리에 구멍을 내 줄 수 있을 테니까.

"응? 말해 봐. 그땐 날 똑바로 보면서 이렇게 말했잖아."

어리고 착하고 열정이 넘치던 젊고 유능한 학자는 크랙에게 몸을 기울이며 상냥한 어조로 말했었다. 크랙이 그 상냥함을 고스란히 재연해 보았다.

"극복할 수 있어요. 제가 도와줄게요."

그 상냥함을 너무 믿었다. 훗날 도원이 쓴 논문이 학회에서 대표 레퍼런스로 채택되어 전 세계 사람들 앞에 전시되었을 때의 배신감과 당혹감은 이루 말할 수 없을 정도로 컸다. 인간 불신을 극복하고자 찾았던 사람에게서 여전히 쓰레기 같은 현실을 확인한 기분이라니.

"지금도 날 도와줄 수 있어? 빨리 말해 보라니까."

파르르 떨리는 입술을 보면서 크랙은 신경질적으로 외쳤다.

"씨발. 그때처럼 전력을 다해서 날 도와줘 보라고! 누가 알아? 당신 노력에 감명 받아서 참회의 눈물을 흘리고 기폭 장치도 전부 꺼 버릴지!"

목과 쇄골을 타고 내려간 총구가 왼쪽 가슴을 짓눌렀다. 쿵쿵 뛰는 심장 소리가 방아쇠를 쥔 크랙의 손끝까지 전달되었다.

이것이 그대로 터져 버리면 MJ는 어떻게 될 것인가. 예전의 미친놈으로 되돌아올까. 피부가 하얀 사람에게만 강박적인 섹스로 집착하던 병증이 더 심해질까. 도원이라는 존재의 시체가 썩어 가도 품에서 놓지 못할지도 모르지. 따라 죽을 수도 있고.

따라 죽는다고. 아, 그런 식으로 자신의 인생을 스스로 선택하는 것은 마음에 들지 않는다. MJ는 선택할 수 없는 방향으로 살아가야만 했다. 크랙이 자신을 괴롭혔던 모든 가해자들에게 복수했던 것처럼, 인생을 표류하듯이 살아가야만 한다.

"으히, 으히히히."

MJ에게는 죽음조차 자기가 선택하지 못하게 할 것이다. 그렇게 생각할수록 기괴한 웃음소리가 커졌다.

"MJ, 이 새끼야. 내가 이대로 쏘면 어떨까, 응? 너 지금 모습 되게 낯설거든. 예전의 미친놈으로 돌아와 주라."

눈을 부릅뜬 채 웃음을 터뜨렸다. MJ가 더는 참지 못하고 소리쳤다.

"개자식아, 그 총 나한테 겨눠."

"으히히히, 이 선생 죽이면 너도 따라 죽을까? 어때, 너 어떻게 할 거야?"

"나한테 쏘라고, 씨발 놈아!"

"아하하하, 야, 이 씨발 새끼야, 누구한테 목소릴 높이고……."

화가 난 크랙이 도원의 가슴에 대고 있던 총의 방아쇠를 당기려는 순간이었다.

탕!

어디선가 거센 총성이 울렸다. 지하 주차장을 울리는 그 커다란 소리를 인지하기도 전에 크랙은 어깨에서 뜨거운 통증을 느꼈다. 정장의 왼쪽 어깨가 찢어져 있었다. 그 밑에서 피가 붉게 흘러내리기 시작했다. 크랙이 고개를 들어 MJ를 돌아봤을 때, MJ는 한 번 더 방아쇠를 당긴 후였다.

탕!

메아리처럼 번지는 총소리와 함께 크랙은 반대편 어깨를 맞고 주저앉았다. MJ는 완전히 눈이 뒤집어진 상태였다. 주인이 붙잡고 있는 목줄에 매인 채 참고 있던 맹수가 제 이빨로 목줄을 끊어 버렸다.

“죽여 버릴 거야.”

MJ가 사납게 으르렁거렸다.

“크랙, 네 새낀 반드시 죽인다.”

MJ가 크랙의 가슴에 다시 총을 조준했다. 양쪽 어깨를 들어 올리지 못하는 크랙은 그 모습을 즐겁다는 듯이 보고 있었다.

“아하, 아하하, 아하하하하, 씨, 씨발, 아파, 아하하하하!”

목을 뒤로 젖히고 터지는 웃음소리가 총포보다 더 크게 메아리쳤다. 뒤섞인 광기는 피 냄새보다 짙었다.

안전장치를 풀 필요가 없는 총의 방아쇠를 당기려 할 때였다.

“MJ, 안 돼!”

MJ가 그 소리에 멈칫했다. MJ가 도원을 돌아봤다. 도원은 숨을 들썩이고 있었다. 식은땀을 흘리면서도 끝까지 흔들림 없는 시선으로 MJ를 보고 있었다.

침대에서 키스를 해 주던 도원이 침대에서와는 다른 의미로 젖은 눈을 하고 있었다. 홍조를 띤 얼굴로 웃으면서 안아 주지도 못하면서. 부끄럽다면서 고개를 돌리는 상황도 아니면서. 모든 것이 피 냄새가 요동치는 광기의 한복판인데 도원만큼은 필사적이었다.

안 돼, 사람 죽이면 안 돼. 이젠 안 돼.

소리 없이 울면서 그렇게 말하는 듯했다.

안 된다고. 절대.

어떻게든 MJ가 사람을 죽이지 못하도록 했다.

그 강렬한 외침에 MJ가 흐려지던 정신을 되찾은 사이였다. 크랙이 잘 들어 올려지지 않는 팔을 들어 올렸다. 총구를 MJ에게 겨냥했다. 도원이 그 움직임을 눈치채고 황급히 어깨로 크랙을 넘어트렸다.

타앙!

허공에 대고 쏘아진 총이 천장 형광등 하나를 깨트렸다. 크랙이 넘어지면서 놓친 총을 도원이 발로 차 버렸다. 승합차 밑으로 굴러가는 총을 본 크랙이 화가 나서 도원의 머리채를 움켜잡았다.

"이 씨발 새끼가!"

"읏!"

저항할 수 없을 정도로 세게 쥐고 흔드는 힘에 도원이 비틀거렸다. MJ가 그대로 달려들려는 때에 크랙이 사납게 외쳤다.

"뭐 하는 거야, 병신들아!"

짐승 탈을 쓴 남자들이 그 말에 일제히 방아쇠를 당겼다. MJ의 왼쪽 다리에 총알이 관통했다. 휘청, 꺾이면서 바닥으로 쓰러지는 MJ를 보고 도원이 다급하게 외쳤다.

"M, MJ— 읍!"

크랙이 시끄럽다는 듯이 도원의 입을 틀어막았다. 놀라고 당황한 도원을 바닥에 쓰러트리고 그 등을 무릎으로 짓눌렀다. 크랙은 씩씩거리며 새빨갛게 핏줄이 선 눈을 들었다.

분명히 다리에 총을 맞았는데도 MJ는 가장 가까운 곳에 서 있는 짐승 탈을 우악스럽게 잡아서 바닥으로 머리통을 내려찍었다. 짐승 탈들이 그런 MJ의 머리와 가슴을 겨냥할 때였다.

강렬한 헤드라이트 불빛이 켜졌다. 갑자기 쏘아지는 빛에 짐승 탈들이 눈을 감으며 고개를 돌렸다. 그사이에 상향등을 켠 자동차가 재빨리 MJ의 앞을 가로막았다.

끼이익!

페인팅 된 주차장 바닥에 시끄러운 마찰음이 총포만큼이나 높고 길게 메아리쳤다. 짐승 탈이 쏜 총알이 자동차 뒤 범퍼를 뚫었다. 운전석에는 총소리에 놀라서 움찔거리는 그리즐리가 타고 있었다.

"MJ, 괜찮아?"

MJ는 대답 대신 앞바퀴를 잡고 몸을 일으켰다. 크랙의 발길질에 도원이 비명도 지르지 못한 채 몸을 동그랗게 말고 있었다. 숨을 헐떡이는 도원을 한 번 더 발로 걷어차자 명치를 얻어맞은 도원이 고통스러운 기침을 새되게 뱉어 냈다.

"그리즐리, 머리 숙여."

"뭐? 너 다쳤는데……."

말이 끝나기 무섭게 창탄을 바꾼 MJ가 총을 쐈다. 놀란 그리즐리가 핸들을 붙잡고 고개를 숙였다.

MJ는 크랙을 향해 무차별로 총을 쐈다. 도중에 탄피가 떨어져서 허리에 채워 둔 탄창을 갈아 끼우고 다시 총알을 퍼부었다.

총알은 짐승 탈을 쓴 남자들의 다리나 허리에 맞았다. 그들의 보복 사격에 그리즐리가 MJ의 머리를 눌러 억지로 몸을 숙이게 했다.

"MJ, 진정하고—."

"진정하게 생겼어!?"

당황해서 말리는 그리즐리를 아예 차 밖으로 끌어냈다. MJ는 힘이 잘 들어가지 않는 다리의 통증도 잊은 채 핸들을 돌리며 액셀러레이터를 밟았다.

짐승 탈들을 그대로 들이박았다. 순간적인 발진으로 5초 만에 80킬로미터를 넘을 수 있는 차였지만, 지하 주차장에서 짧은 거리를 그렇게 폭발적으로 밀어붙이는 데에는 한계가 있었다.

사람을 들이 박았지만 죽일 정도의 힘은 아니었다. 갑작스레 배를 들이받힌 짐승 탈들이 고통을 호소하며 바닥을 나뒹굴었다. 그래도 MJ의 시선은 오로지 크랙과 도원을 향해 있었다.

강렬한 상향등에 눈조차 제대로 뜨지 못하는 도원과 달리, 크랙은 반질거리는 안구를 희번덕 치켜뜨고 있었다. 사람들을 모조리 들이받으면서 크랙마저 죽이려 드는 MJ의 광기와 닮아 있었다. 크랙은 시시덕거리며 웃었다.

"그래야지, 그래야 네가 MJ지."

크랙은 아파서 몸을 가누지도 못하는 도원을 억지로 일으켜 세웠다. 속눈썹에 걸린 눈물이 툭, 하고 볼 위로 떨어지는 모습을 보자, MJ는 그대로 들이받으려던 액셀러레이터에서 잠시 발을 뗐다.

헉헉거리며 숨을 몰아쉬었다. 도원을 보자 이성이 되돌아오려고 하지만, 크랙 때문에 엷게 이어지던 이성이 자꾸만 뚝 하고 끊어지는 소리가 들렸다.

MJ는 중립에 맞춘 기어 상태로 액셀러레이터를 세게 밟았다가 떼길 반복했다. 부아아앙, 울리는 바퀴 벨트 소리가 격렬해졌다. 사냥감을 향해 뛰쳐나가기 직전의 맹수가 으르렁거리는 소리를 닮아 있었다.

발을 밟았다가 뗄 때마다 울리는 거대한 공회전 소리 속에서 크랙은 몇 차례나 웃었다. 무엇이 그리 재밌는지 아예 배를 움켜잡고 숨을 헐떡이기도 했다. 차가운 지하 주차장과는 다른 뜨거운 열기가 MJ에게 깊숙하게 고여 들었다. MJ가 핸들을 움켜쥐었다. 크랙이 간신히 웃음을 멈추고 말했다.

"선생님, 상담 아직 안 끝났어, 어? 지금의 나한테 무슨 말을 해줄 수 있냐니까?"

아파하는 도원의 머리를 흔들면서 묻는 크랙이었다. 양쪽 어깨의 총상에 아픔도 느끼지 못하는 광기가 도원을 숨 막히게 했다. MJ가 그런 도원을 대신해서 외쳤다.

"씨발, 그 손 놓으라고!"

주먹으로 핸들을 내리쳤다. 빠앙, 경적 소리가 찢어질 듯이 울렸다. 억눌러 담은 흥분은 거칠게 토하는 숨소리에 덮여 버렸다.

"넌 천천히 고통스럽게 죽여 줄 거니까 입 닥치고 있어."

"씨발, 죽여 봐. 아가리만 뚫린 새끼가 끝에 뭔 짓 할지 기대되니까."

"아, 진짜. 내 말 안 들려? 입 닥치고 있으라고."

"폭탄 내가 터뜨려 줄까? 겁나서 못하겠으면 내가 해 줄게, 병신아."

"아하하, 미치겠네, MJ."

"내가 터뜨려 준다고. 다 같이 죽자고, 개자식아!"

"이 새끼가 그렇게 좋냐, MJ, 응?"

"공장에서도 날 피하고선! 씨발! 이렇게 직접 와서 끝을 봐 주겠다는데도 어떻게 된 게 하나도 주워 먹질 못해!"

"아하하하, 이 씨발 새끼가 그렇게 좋지, 응? 그렇지, MJ?"

도원이 필사적으로 크랙에게 말했다.

"크랙, 얘기해 줄게, 지금의 나라면……."

말이 끝나기도 전에 MJ가 외쳤다.

"얘기하지 마, 선생님!"

크랙은 사람을 죽일 수 있는 상태다. 그런 크랙이 원하든, 원치 않든 '상담'이란 미명하에 도원에게서 원하는 내용을 얻고 나서는 바로 도원을 죽일 것만 같았다.

MJ는 숨을 몰아쉬었다. 크랙을 죽이는 게 최선이다. 이미 7년 전에 사람을 죽여 봤는데 이제 와서 못할 것은 없지 않나.

상황은 그때보다 심각하다. 지승준은 도원을 죽일 생각까진 없었다. 하지만 크랙은, 크랙은 사람을 죽이고 살리는 일에 경계가 없는 상태다. 분노를 조절하지 못한 채 방아쇠를 당길 것만 같다. 차 밑으로 굴러간 총을 꺼내서 도원의 머리통을 날려 버릴 거라고.

"하아, 하하하, 그래서 대답이 뭔데!"

크랙의 외침에 도원이 입술을 뗐다. 그 벌린 입술 너머에서 튀어나올 말을 기다릴 때 MJ의 차에 받혀서 간신히 몸을 일으키던 토끼 탈을 쓴 남자가 말했다.

"크랙, 살려 줘."

용병이 도움을 요청하자 웃음을 터뜨렸던 크랙이 한순간에 차가운 표정으로 변했다. 배를 움켜잡고 다가오는 토끼 탈에게서 총을 빼앗았다. 그러곤 살려 달라는 사람의 가슴에 대고 방아쇠를 당겼다. 소음기 너머로 터진 총알이 그대로 갈비뼈를 부수고 심장까지 뚫어 버렸다.

휘청거리며 바닥으로 주저앉은 남자는 탈 밑으로 새빨간 피를 토했다. 그러곤 줄 끊어진 인형처럼 앞으로 고꾸라졌다. 엎어진 남자의 밑으로 새빨간 피가 웅덩이처럼 고이기 시작했다.

탈 밑으로 흘러내리는 비릿한 피 냄새가 7년 전, 이곳에서 죽었던 누군가를 떠올리게 했다. 도원은 숨을 쉴 수가 없었다. 숨 쉬는 방법을 잊은 것만 같았다. 감정 조절이 잘 되지 않는 크랙은 이대로 자기편이든 남의 편이든 상관하지 않고 죽여 나갈 것만 같았다.

"후우, 후, 아아, 껴들 데를 알고 껴들어야지. 지금 번호표 밀린 거 안 보여? 이 선생 해결하고 MJ 끝낸 다음에 너희니까 입 닥치고들 있어."

총에 맞거나 차에 받힌 사람들이 크랙을 피해 주춤거리며 물러서기 시작했다. 함께 고용된 남자를 죽인 총이 도원을 향했을 때 몇 명은 지하 주차장을 나갈 통로를 찾기도 했다.

사람을 죽인 크랙의 총은 살벌하게 도원의 가슴을 눌렀다. 흙먼지가 엉겨 붙은 머리카락 밑으로 도원은 피 웅덩이가 고이는 시체만 바라보고 있었다.

MJ는 도원의 창백한 얼굴을 보며 힘겨워했다. 도원이 한계에 달해서 차라리 이대로 정신이라도 잃고 기절했으면, 그래서 더는 나쁜 꼴을 보지 않았으면, 하고 바랄 지경이었다. 한계에 도달한 사람은 MJ도 마찬가지였다.

철컥.

MJ가 크랙에게 총을 겨눴다. 크랙이 도원을 죽이고 MJ의 총에

죽거나, MJ가 크랙보다 먼저 쏘거나. 어느 쪽이든 MJ가 살인자가 되는 것은 당연한 결말처럼 느껴졌다.

크랙은 자신을 겨누는 MJ는 돌아보지도 않았다. 여전히 웃음기 가득한 얼굴로 도원만을 바라보고 있었다. 그는 마치 이제 누군갈 원망하지 않고선 살 수 없는 사람처럼 느껴졌다. 분노의 대상이 있어야 했다. 그 대상이 지금은 MJ였다. MJ가 고통스러워할수록 즐거워서 견딜 수가 없었다.

"어딜 보고 있어, 선생님. 날 봐야지. 어서 말해 보래도? 선생님 대답에 따라서 살려 줄 수도 있다니까."

도원의 죽음을 담보로 자신의 목적을 이루려는 사람. 타인의 목숨 따윈 이제 알 바 아닌 극단적인 상태. 도원이 무슨 말을 하든 방아쇠를 당길 준비가 되어 있는…….

MJ가 방아쇠에 손가락을 걸었다.

단 한 발이면 된다.

크랙의 머리에 겨냥한 총이 미세한 움직임에도 흔들리지 않도록 잠시 숨을 참았다.

한 발이면 돼. 그거면 전부 끝나.

방아쇠에 건 손가락을 천천히 당기려 할 때였다.

"내가 대신 대답해 줄게."

갑작스러운 목소리에 MJ는 총구를 급히 천장 방향으로 돌렸다. 손가락에 조금만 힘이 들어갔더라면 그대로 발포할 뻔했다. 멈추었던 숨을 들이마신 MJ가 목소리가 들린 방향으로 고개를 돌렸다.

승합차의 운전석 문이 열렸다. 문을 열고 내린 사람은 아이스였다. 깊게 눌러쓰고 있던 모자를 벗자 엉망으로 멍이 든 얼굴이 드러났다.

평소 가볍게 살랑거리던 웃음은 찾아볼 수가 없었다. 서늘하게 굳은 표정은 그를 '아이스'라고 부르는 것만큼이나 잘 어울렸다.

"크랙, 네 마음대로 굴면 내 인생까지 망하거든. 난 여기서 인생 조질 생각 없으니까 그만하고 폭발물이나 책임져. 여기서 얼마나 시간을 끌 셈이야."

크랙은 제게 다가오는 아이스를 가느다랗게 뜬 눈으로 보았다. 그리즐리가 그런 아이스를 부르려 하자, MJ가 막아 세웠다.

아이스는 그리즐리나 MJ에게 시선 한 번 주지 않고 크랙에게 다가갔다. 그러곤 크랙이 든 총을 잡았다. 도원의 심장을 겨냥하고 있던 총을 천천히 떼어 내면서 가볍게 고개를 까딱였다.

"여기다 차 세우고 폭탄 터뜨린다며. 원래 계획대로 해."

뭐 하는 짓일까. 여기가 어딘데 껴들고 있어.

크랙이 금방이라도 방아쇠를 당길 것처럼 손끝을 까딱였다. 아이스는 위험한 짓을 하지 않기로 유명했다. 어딜 가든 제 몸부터 사리던 사람이 이런 식으로 대범하게 나온 것이 너무 의외라서 뭘 할 작정인지 지켜보게 되었다.

총을 치우는 손끝이 덜덜 떨리고 있으면서 왜 억지로 용기를 내고 있을까.

"더 이상 이런 시끄러운 일 그만하자. 넌 도망갈 구석 다 마련했겠지만 난 아니잖아."

눈썹을 살짝 까딱이면서 팽팽했던 긴장감을 유화시켜 버리자 크랙의 표정도 기묘하게 변했다. 방아쇠를 당기면 이 얄미운 인간의 몸에 바람 구멍을 뚫어 줄 수도 있지만, 그러지 않았다. 너스레를 떨면서 도원을 위협하던 총을 슬그머니 치워 버린 것이 재밌게 느껴졌다.

"뒷감당하기 싫어서 이래?"

크랙이 묻자 아이스가 짐짓 아무것도 아니라는 척 어깨를 으쓱였다.

"폭탄까진 어떻게 나도 이용당했다고 하겠지만 사람 죽이는 건 얘기가 달라져. 살인자 공범 취급당하면 기껏 피해 왔던 교도소에 처박힐 거야. 그건 싫어."

"몸 사리겠다, 이거지."

"나도 먹고 살아야 하잖아."

크랙의 분위기를 살피던 아이스는 승합차에서 가져온 기폭 장치들을 크랙에게 건넸다. 크랙은 손에 들린 기폭 장치 다섯 개를 보다가 아이스를 봤다. 고갯짓만 까딱이는 모습이 이곳에 있는 도원이라든지, MJ, 그리즐리와 사전에 뭔가를 합의하에 움직이는 것 같진 않다. 자기 판단하에 독단적으로 움직일 뿐이다.

"흠."

아이스의 의도를 캐내기 위해서 크랙은 눈을 가느다랗게 떴다. 그러고는 아이스가 비스듬하게 치웠던 총을 손가락에 끼우고 빙글, 돌렸다.

아이스는 크랙에게서 시선을 떼지 않았다. 아이스가 크랙을 살펴보는 시선과 그런 아이스가 무슨 짓을 할지 지켜보는 크랙의 시선이 한동안 섞여 들었다.

빙글빙글 돌아가는 총구가 언제 도원이나 아이스를 겨냥할지 알 수 없다. 그렇기에 아이스는 빙글빙글 돌아가는 총에서 시선을 떼지 않으면서 천천히 움직였다.

아직은 괜찮다. 크랙이 호기심을 더 보이고 있어서 죽이진 않을 거야.

품에서 천천히 잭나이프를 꺼낼 때까지도 크랙은 기다려 주었다. 무슨 짓을 하는지 빤히 바라보기만 했다.

아이스는 얇은 칼날로 도원의 손을 칭칭 감고 있는 테이프를 잘라 주었다. 그때까지도 총은 크랙의 손안에서 돌아가고 있었다.

피 웅덩이에서 간신히 시선을 든 도원은 공황 때문에 제대로 생각을 잇지 못하고 있었다. 도원이 지금 얼마나 심각한 공포에서 혼자 맞서고 있는지를 알기에 아이스는 도원의 하얗게 질린 얼굴을 안쓰럽게 바라봤다.

크랙도 아이스를 관찰했다. 그리즐리와 MJ도 아이스를 보고 있었고, 짐승 탈들도 아이스의 눈치를 살피고 있었다. 모든 사람들의 집중도 높은 시선을 받고 있는 아이스는 작게 손을 떨었지만, 잭나이프와 함께 주머니 속으로 자연스럽게 떠는 손을 숨겨 버렸다.

슬쩍, 웃어 보이는 표정은 평소의 아이스와 똑같았다.

"선생님 여기서 죽이면 MJ는 미쳐서 날뛰겠지. 근데 그걸로 끝이잖아. 네놈이 원하는 건 그보다 더 재밌는 거 아니었어? 나 같으면 여기서 이 선생님 끝내느니 평생을 두 사람이 못 만나게 하는 희망 고문이 더 즐거울 거 같은데."

그 정도로 크랙을 먼저 생각해 줄 타입이 아닐 텐데. 크랙도 그걸 알기에 히죽 웃었다. 도원과 MJ를 더 고통스럽게 만들라고 죽이려는 걸 말리다니. 누구 좋으라고 이러는 건지 헷갈릴 만했다.

"흐음, 무슨 꿍꿍이일까."

"꿍꿍이는. 나도 좀 살아 보려는 거지."

아이스는 일부러 도원을 뒤로 물러나게 만들었다. 아이스가 밀어내는 힘에 주춤거리며 뒤로 물러나면서도 도원은 크랙이 손에 쥐고 빙글빙글 돌리는 총을 응시했다.

아이스는 의도적으로 크랙이 도원을 쏠 수 없게끔 그 사이를 가로막고 있었다. 아이스의 의도를 알면서도 크랙은 기다려 주었다. 도원이 MJ 쪽으로 움직인다고 해서 갑자기 총을 쏘진 않겠다는 의미다.

천천히 뒤로 물러나던 도원이 MJ가 타 있는 차 뒤편으로 갈 때까지도 크랙은 손에 쥔 총을 돌리기만 했다. 아이스가 말한 것처럼 무엇이 더 이 복수극에 어울리는 선택인지, 답을 생각하면서.

"……선생님."

손이 닿는 거리에 도착하고 나서야 MJ는 차에서 뛰어나와 도원을 끌어안았다. 그제야 긴장이 풀린 듯, 총상을 입은 다리를 휘청거리면서 도원에게 기댔다. 도원은 MJ를 받쳐 주듯이 안아 주다가 이미 피에 젖어 검게 변한 바지 밑단과 신발을 보고는 표정이 굳어버렸다.

주저앉는 MJ를 따라 도원도 바닥에 앉았다. 도원의 옷에 고개를 묻고 숨을 몰아쉬는 MJ는 떨고 있었다. 멀찍이 서 있는 크랙과 아이스가 알아볼 정도로 온몸을 떨었다. 추위 한복판에 발가벗겨 세워 놓은 사람처럼 한기를 온몸으로 겪는 중이었다.

그런 MJ를 세게 끌어안는 도원을 크랙은 눈을 가늘게 뜨고 한참이나 바라봤다.

죽이면 그걸로 끝이긴 하지. 완전 끝이지. 끝내려고 시작한 일이 아니긴 하지. 끝낼 거면 MJ가 스스로 제 머리에 총을 쏴서 죽어 버리는 것만 보고 싶은 거야. 그게 아니라면 이 시점 이후부턴 평생을 고통 속에서 살길 바라는 거고.

"하, 이거 참. 시나리오대로 하기 존나게 빡세네."

크랙은 통증이 불길처럼 되살아나는 어깨를 잡으며 혼잣말처럼 중얼거렸다. 총에 맞고도 이 지랄을 해야 하는지, 생각할수록 열받았지만, 여기에서 모든 걸 망칠 수는 없었다.

씨발, 돈도 이렇게 많이 들였는데 끝까지 해야지.

짐승 탈을 쓴 남자들에게 총을 까딱였다.

"차에 타."

간단한 한국어는 알아듣는 용병들이기에 다친 몸을 끌고 승합차로 올라탔다. 죽어 버린 동료를 챙기지도 않았다. 시체를 건너간 그들은 이대로 이곳을 빠져나갈 생각만 하고 있었다. 그런 용병들과 달리 크랙은 멈추어 선 채로 아이스에게 물었다.

"우리가 탈 차는 어떤 건데?"

승합차는 폭탄과 함께 터뜨린다. 이곳을 빠져나가는 차는 다른 것을 이용하고. 그런 승합차에 용병들을 태웠다는 것은 함께 처리하겠다는 뜻이기도 했다.

사람 목숨을 돈만 주면 운용 가능한 인형쯤으로 생각하는 크랙이었다. 그 사고방식을 이제 와 뭐라 할 수는 없었기에 아이스는 묵묵히 주머니에서 차 키를 꺼냈다.

원격 자동차 키의 버튼을 눌렀다. 도로에서 수백 대는 볼 수 있는 평범한 국산 차가 원격 키에 반응하면서 헤드라이트 불빛을 깜빡였다. 크랙은 아이스를 앞장세웠다.

"네가 운전하고 대리자도 내려오라 그래. 이동하게."

아이스는 의도적으로 도원과 그리즐리의 시선을 피한 채 은색 승용차에 올라탔다. 크랙이 조수석에 올라타면서 휴대 전화를 꺼냈다.

지금 빌딩 건물은 군 병력과 경찰들에게 포위되었을 테니 이대로 순순히 빠져나가는 것은 불가능하다. 그러니 대리자와 신호를 맞춰서 승합차에 실은 폭탄들을 터뜨리고 그 혼란한 틈에 도주로를 확보해야 한다.

"원격 조종 프로그램 다 멈췄나요."

대리자에게 전화하면서 크랙이 물었다. 안쪽에서 답변이 들려왔다.

〈기본으로 연결된 서른 대 정도 빼면 전부 연결 해제되었어요.〉

"마스터 차가 뭔데요."

〈주황색 슈퍼 카요.〉

"아, 7억짜리. 이번 모터쇼에서 가장 화제 되었던 거. 거기 타고 있어요?"

〈아뇨, 전 안전한 곳으로 피신했어요.〉

"흠, 같이 안 움직이려는 거구나."

〈수고해요, 크랙. 내가 해야 할 건 끝냈으니까 돈은 제대로 입금하시고요.〉

이렇다 할 설명도 없이 통화가 끊어졌다. 크랙은 입술을 씰룩였다.

아, 정말로 이대로 손 털려는 걸까. 그게 현명하긴 한데, 뒤따라온 경찰들을 따돌리는 것까진 도와주지, 칼 같다니까. 이렇게 바로 계산적으로 움직이니까 좀 짜증 나는데. 뱀 같은 여자라는 것은 일찍이 알았지만, 쯧.

끊어진 휴대 전화를 바라보다가 아이스에게 말했다.

"건물 입구에 있는 차로 갈아탈 거야."

아이스가 핸들을 돌리고 액셀러레이터를 밟았다. 힐끔, 바라본 사이드 미러로 당황한 그리즐리가 보였다. 승합차에 올라타 있던 짐승 탈들도 무슨 상황인지 몰라 지켜보고 있었다.

아이스가 큰 원을 그리며 지하 주차장을 빠져나가는 동안에 크랙은 손에 쥔 기폭 장치들을 보면서 콧노래를 흥얼거렸다.

지상으로 올라왔을 때 건물 앞엔 원격 조종이 끊어진 차 백여 대가 난장판으로 세워져 있었다. 그 너머로 경찰과 군 병력이 보였다. 하늘에는 헬리콥터가 빌딩 주변을 날고 있었다.

예상했던 풍경이었기에 크랙은 당황하지 않았다. 오히려 이렇게 집중적인 조명을 받길 원하지 않았나.

"기폭 장치 다섯 개."

크랙이 차창 문 밖으로 기폭 장치들을 흔들어 보였다. 크랙의 목소리가 들릴지 안 들릴지는 모르겠지만, 경찰들이 쉽게 총을 쏠 수 없게 된 것은 분명했다.

"건물 주저앉는 꼴 보고 싶은 게 아니면 허튼수작하지 말고."

폭탄물을 다섯 개 이상 실은 차의 존재를 아는 경찰은 그래서 섣불리 은색 차를 제압할 수 없었다. 크랙은 여전히 콧노래를 불렀다.

"주황색 슈퍼 카, 슈퍼 카, 주황색."

노래 가사처럼 흥얼거리며 은색 차를 타고 모터쇼 차들을 둘러보았다.

가장 화려하게 빛나는 초고가의 차는 단연코 한눈에 띄었다. 2초 만에 90킬로미터라는 순간 가속력을 낼 수 있어서 기네스에도 올랐다는 머슬 카. 840 마력까지 치솟는 그 힘과 남성적인 디자인 때문에 모델명만큼이나 '악마에게 영혼을 팔아서라도 사고 싶은 차'

라는 얘기가 돌 정도다. 그런 차를 마스터 카로 운전할 수 있다니.

소풍가는 아이처럼 크랙은 한달음에 차에 올라탔다. 기쁜 마음으로 직접 운전석에 앉아서 시동을 켤 때도 한껏 들뜬 채였다.

시동 버튼을 누르자 묵직한 엔진음이 온몸을 울렸다. 콘트라베이스 같은 육중한 저음에 저릿한 흥분을 느꼈다. 핸들을 쥐면서 기분 좋게 신음하는 동안에 아이스가 조수석에 올라탔다. 그는 대리자가 내려놓고 간 노트북을 집어 들어서 무릎 위에 올렸다.

“연결되어 있는 차들 전부 원격 조종 시작할게.”

반쯤 끊어져 있는 프로그램을 작동시키자, 거리에 아무렇게나 서 있던 차들 중 절반이 반짝이며 불빛이 들어왔다. 동시다발적으로 시동이 켜진 자동차들을 보고 경찰들의 움직임이 급해졌다. 아이스가 이미 입력되어 있는 명령 키들을 확인하며 말했다.

“대열, 속도, 목적지 모두 설정할 수 있어. 어떻게 해 줄까.”

크랙은 히죽거리며 웃었다. 레이싱 게임이라도 한판 하는 것처럼 즐겁게 말했다.

“도로 청소 좀 해야겠다. 막힌 곳도 좀 뚫어야 우리가 나갈 수 있겠지?”

연결차량 150대. 배열은 병렬. 순간 가속도 100킬로미터. 목표는 전방의 경찰차 너머. 충돌 제어 반응 오프.

아이스가 코딩하는 모습을 확인한 후에야 크랙이 액셀러레이터를 밟으며 말했다.

“갖다 박아.”

동시에 불이 들어온 차들이 동시에 튀어나왔다. 잠잠하던 해일의 2차 습격이다.

대리자는 지하 주차장 CCTV를 보고 있었다. 크랙이 도원에게 총을 겨눈 상태였다. MJ가 튀어 나가려는 것을 그리즐리가 막고 있었고, MJ가 차로 박아서 쓰러진 용병들은 일어나지 못하고 있었다. 어느 한쪽이 터져도 이상하지 않을 만큼 임계점이 높아진 채 팽팽한 긴장감이 이어지고 있었다.

지하의 상황을 한눈에 볼 수 있는 곳은 삼정 빌딩의 보안 설비를 책임지는 컨트롤 룸이었다. 그곳엔 대리자가 혼자서 제압한 경호 업체 남자들과 건물 관리인들이 옷이 벗겨진 채 줄에 묶여 사무실 구석에 앉혀져 있었다. 테이프로 입을 틀어막은 덕분에 읍읍 거리는 신음 소리가 들리긴 했지만, 이 정도면 충분히 조용하고 아늑했다.

재킷 주머니에서 줄칼을 꺼냈다. 의자에 편히 기대어 손톱을 정리하자 표정이 한결 편해진다.

이게 얼마 만의 여유인지. 손톱 정리 하나 못할 만큼 빡빡하게 움직이다니.

최근에 폭약을 구하랴, 외국인 용병들을 관리하랴, 잠잘 시간도 없이 움직였더니 손톱이 너무 많이 자라 있었다. 총을 파지할 때 손톱이 딱딱거리며 부딪치는 것이 거슬릴 정도였다. 최대한 둥글게 바짝 갉아 내면서 건물 밖의 CCTV 화면도 보았다.

건물 밖에는 원격 조종이 끊어진 자동차들이 마치 종말을 맞은 폐허에 놓인 시체처럼 뒹굴고 있었다. 건물을 에워싼 경찰과 군 병력은 눈대중으로만 수백 명이 넘었다. 건물 위를 날아다니는 헬기도 세 대로 늘어나 있었다.

목을 조이듯이 압박해 들어오는 세상 반응에 두렵고 걱정해야 함이 당연하건만. 대리자는 여전히 줄칼로 손톱만 갈고 있었다.

그녀의 여유는 이유가 있었다. 테이블 위에 나란히 올려놓은 다섯 개의 휴대 전화들이 그 여유를 차례로 증명해 주었다.

[원격 조종 프로그램을 직접 다 끊은 거예요? 그랬으면서 왜 MJ 측 핑계는 댔을까.]

아이스의 메시지가 도착했다. 대리자는 가루가 휘날리는 손톱 끝을 후, 불어 낸 후에 그 메시지에 응했다.

[도와줘도 불만인가 봐요, 아이스.]

[아니, 고마워요. MJ 핑계 대서 크랙이 더 열 받긴 했지만요.]

[난 여기서 손 뗄게요. 밖에 차들 쓸 일 있으면 써요. 마스터 계정 접속 번호 알려 줄게요. 나가서 직접 조종해도 좋아요.]

[나갔다가 경찰에 총 맞겠어요.]

[그런 분위기 아닌 거 알면서 너스레는. 당신은 저격 안 당해요. 걱정 마요.]

[뒤에서 이렇게 준비하던 거 왜 나한텐 뒤늦게 말했어요?]

[안산 공장에서 말해 줬잖아요. 그거면 됐지.]

[아, 건물 앞에서 담배 피우면서.]

[경찰이랑 손잡았다고 했잖아요. 그때 날 돕기로 약속해서 당신 신변도 보장받았으니까 걱정 말라고요.]

어떻게, 언제부터 경찰과 손을 잡았는지를 설명할 타이밍은 아니었다. 승합차에 혼자 타고 있는 아이스에게 메시지를 보내는 사이에 다른 휴대 전화가 울렸다.
[알려 준 루트로 경찰 투입 완료.]
707 진압 팀 책임자 연락이었고.
[상황 보고를 위해 빈유미 형사를 올려 보내겠다.]
대테러 대응 팀 책임자의 연락도 뒤를 이었다.
초 단위를 다투는 긴박한 작전 상황을 보면서 대리자는 멈추었던 줄칼을 움직였다. 사각사각, 갉아져 나가는 가루들이 손가락 끝을 하얗게 덮었다. 내려앉은 가루를 입김으로 불 때였다.
따르릉.
잠잠하던 기기로 전화가 걸려 왔다. 대리자는 연결된 이어폰을 귀에 꽂으며 심드렁하게 대답했다.
“응, 빈유미 형사.”
이어폰 안쪽에서 빈유미가 말했다.
〈민간인들 전부 내보내고 저희도 진입하려 합니다.〉
“그러든가.”
〈저희도 주차장 상황 확인할 수 있습니다만, 폭탄 때문에 섣부르게 움직일 수가 없습니다.〉
“맞아. 조심해서 움직여. 기폭 장치는 전부 크랙이 가지고 있거든.”
〈폭약 규모를 대략이라도 알 수 있나요.〉
“흠. 승합차 트렁크에 250킬로그램 정도 있을걸. 지하 주차장 주저앉히기에 충분하지.”
〈많이 위험하군요. 건물에서 나와 계시는 건 어떻습니까.〉
대리자는 깔끔하게 정리된 다섯 손가락을 쭉 펼쳐서 일일이 살펴보고는 대답했다.

"아직 돈이 입금 안 됐어. 크랙이 입금하면 나갈게."

대리자에게 먼저 접근한 사람은 빈유미였다. 굳이 따지자면 대리자는 빈유미의 관심이 싫었고, 빈유미는 싫어하는 대리자를 끈질기게 따라붙어서 어떻게든 설득해 지금과 같은 관계를 만들어 냈다.

빈유미는 크랙이 대리자의 재심을 준비할 때부터 이상한 생각이 들어서 예의 주시하고 있었다. 폭발물을 본격적으로 준비하고 모터쇼 자동차를 이용한 후부턴 대리자에게 한 가지 제안을 해 왔다.

'이번 사건과 관련한 크랙 쪽 정보를 경찰에 알려 주시면 재판이 생길 때 도와드리겠습니다. 검찰 측 형량 조절 수준이 아닌 집행유예로 끝낼 수 있도록요.'

교도소에 가든 말든 상관없다는 크랙과 달리 대리자는 지난 7년 동안 그 좁은 곳에 갇혀서 규칙적으로 생활하고 노동해야 했던 일이 끔찍하기만 했다.

타고난 천성이 부지런한 사람도 아니었다. 굳이 분류하자면 자신은 아이스와 비슷했다. 아이스가 훨씬 사교적이고 손익 계산이 빠른 편이지만, 아이스나 자신이나 개인의 이득을 최우선시하는 이기적인 선택을 한다는 점에서는 공통점이 있었다.

대리자가 생각했을 때 크랙의 일이 실패해서 정산 받을 돈도 못 받고 교도소에 다시 갇히는 것은 최악의 결말이었다. 가장 좋은 일은 물론, 크랙이 일을 성공하고 그 보수를 두둑하게 챙겨서 해외로 나가는 것이지만. 그렇게 희망찬 미래만 생각하기엔 지금까지 당해 온 게 있지 않나.

그저 사업 수단을 확장할 생각으로 손을 댔던 마약 생산과 유통 사업도 완전히 엎어지고 형량까지 살다 나온 판에 다시 그런 무모한 짓은 하고 싶지 않았다. 그래서 빈유미의 거래에 응했다.

'집유로 끝날 수만 있으면 좋아. 뭘 원하는데?'

'크랙이 위험한 계획을 세울 때마다 알려 주세요.'

빈유미에게 대리자는 어깨를 으쓱였다. 보험을 들어 놓아도 나쁘지 않다고 여겼다.

'그럼 문자로만 연락할 거야. 다른 건 추적당할까 봐 싫어. 특히 직접 만나려는 건 시도조차 하지 마. 찾아오면 죽여 버린다.'

정직하고 열심히 살아온 건 군대에서의 생활만으로도 충분했다. 그곳에서 약간의 쾌락과 위험한 희열을 접한 후로 인생이 완전히 달라졌지만, 이제 와 후회하는 것도 아니었다.

정직한 사람들은 정직한 길을 가는 법이고, 자신은 그 길이 맞지 않을 뿐이다. 그 과정에서 아꼈던 후임들을 죽이고 싸우기도 했다. 그때의 기억은 아마 평생을 살아도 지워지지 않겠지만. 이제 와 참회하고 바르게 사는 것도 어쩐지 우습지 않나.

크랙이 잘 풀려서 돈을 받을 수 있다면 그때 빈유미라는 꼬리를 잘라 내 버리면 그만이다. 혹시 일이 잘못되어도 경찰의 수사와 크랙 검거에 공조했으니 교도소에 들어가지 않을 수 있다. 편리한 안전핀이나 다름없다.

크랙이 성공하길 바라지만 실패해도 큰 걱정은 없다. 그리고 오늘 일을 지켜본 결과 대리자는 한쪽을 선택할 순간이 가까워졌음을 직감했다.

"이거 아예 돈 못 받을 그림인데."

아이스가 크랙과 도원 사이에 서는 모습을 보고 대리자가 짜증스럽게 중얼거릴 때였다.

"한여은 씨."

빈유미가 경찰들과 함께 컨트롤 룸으로 들이닥쳤다. 노크도 모르는 그녀의 무식함에 대리자는 눈살을 찌푸렸다. 빈유미는 이곳 직원들을 발가벗긴 채 묶어 놓은 대리자의 패악질에 미간을 좁혔다.

"문은 두드려야 하는 거 아냐?"

줄칼에 묻은 가루들을 털어 내며 날카롭게 물으니, 그녀는 다른 경찰들에게 직원들을 인계하면서 되물었다.

"죄 없는 사람을 이렇게 묶어 두고 억압하면 범죈 거 모르십니까?"

"그건 그쪽 형사 언니가 뭐 어떻게 알아서 해 주겠지."

"이렇게 태평할 때가 아닙니다만."

"그래서 왜 쳐들어온 건데?"

"지금 크랙 쪽 상황이 급박해졌습니다."

대리자는 줄칼로 무성의 CCTV 화면을 가리켰다.

"총질하는 거 한두 번 보는 것도 아니고. 경찰 배지 아깝네. 쫄리면 그만둬."

"그런 얘기는 아니지만, 하아, 됐습니다. 폭탄 제거 방법 아십니까."

"제거반의 전문가들도 있잖아? 나한테 물어서 뭐 해. 당연히 모르지."

"지하 주차장에 있는 폭탄들 때문에 그러합니다. 크랙이 나오면 바로 제거할 수 있게 도와주세요."

"모른다니까. 그나마 아이스는 알려나. 뇌관 연결한 게 걔거든."

"지금 연락되시나요."

"아까까진 됐는데, 보다시피 상황이 저렇게 되어 버렸네."

CCTV 안에선 아이스가 크랙과 함께 차를 옮겨 탄 후였다. 은색 차를 크게 회전시키며 지하 주차장을 빠져나갔다. 그런 아이스에게 지금 연락해서 폭탄 얘길 하면 대리자가 어느 쪽에 붙었는지를 광고하는 꼴이 될 테다.

아이스와 크랙이 주황색 슈퍼 카로 옮겨 타는 모습까지 지켜보았다. 그러고 난 후에야 대리자는 자신의 휴대 전화를 내려다봤다.

크랙이 돈을 입금하기만을 기다렸다. 그와 통화를 한 후에도 돈은 언제 보내 주려나 초를 세기도 했다. 아무리 기다려도 돈이 들어올 기미는 보이지 않았다. 원격 조종으로 불이 들어온 차들이 경찰차를 들이받는 순간에도 돈이 입금되는 소식은 없다.

대포 통장과 연결된 입금 내역에 변화가 없음을 확인한 대리자가 결국 한숨을 내쉬었다. 마른 빨래처럼 의자에 기대어 있던 몸을 일으켰다.

“제거할 시간보다 도망칠 궁리나 하는 게 빠르겠어. 여기 폭탄 터지게 생겼으니까.”

긴 머리를 한 손으로 쓸어 넘기면서 대리자는 귀찮다는 듯이 이어 말했다.

“다 망했으니까 검찰 소환 때 도움 줄 거나 생각해 줘. 이제 와서 입 닦으면 가만 안 둔다.”

도원의 옷자락을 움켜쥐고 있던 MJ가 서서히 호흡을 되찾아 갔다. 총에 몇 번이나 위협을 당했던 도원이 손에 닿은 순간, 참고 있던 감정들이 발바닥을 적셨다. 그 바람에 힘이 풀린 무릎이 꺾이고 자리에 주저앉아 버렸다.

다행이야. 아니, 이런 상황이 될 때까지 아무것도 하지 못해서…… 그래도 최악의 상황은 아니니까…… 씨발, 이게 최악인 건데.

MJ는 복잡하게 떠오르는 머릿속을 정리하지 못한 채 식은땀이 맺힌 속눈썹을 깜빡였다.

도원에게 무슨 큰일이 생길까 봐 눈이 뒤집히던 감정과 섣불리 나서지도 못한 채 지켜봐야 했던 답답함과 종국엔 자신에게 안긴 안도감까지. 한 몸으로 다 담아낼 수 없는 감정들이 여러 색깔로 뒤섞인 채 흘러넘쳐서 주워 담을 수도 없었다.

아무리 숨을 고르고 마음을 진정시켜도 여전히 젖은 기분에 물들어 있었다. 울고 싶은 마음을 다스린 MJ는 천천히 도원을 살폈다.

도원의 안색은 창백했고 얼굴은 눈물에 젖어 있었다. 그래도 맞거나 다친 곳은 없어 보였다. 젖은 얼굴을 손바닥으로 닦아 주자 오히려 안도하면서 눈을 감기도 했다. 괜찮아 보이는 도원의 모습에 오히려 MJ가 진정할 수 있었다.

크랙이 붙잡고 있었을 때 불안 증세를 보여서 정말 많이 걱정했다. 집에서도 간혹 약 먹는 시간을 놓치면 밥을 먹어야 하는지, 샤워를 해야 하는지, 청소를 해야 하는지조차 까먹고 자리에 우뚝 써서 식은땀을 흘리곤 했다.

MJ가 출소하기 전까지는 그 증상이 심했다. 침실에는 10년도 더 된 낡은 곰 인형들이 한가득 쌓여 있기도 했다. 인형을 끌어안고 자지 않으면 아예 잠을 잘 수 없을 만큼 힘들어하던 시기가 많았다. 다행히 MJ가 집에 들어와 함께 산 뒤부터는 눈에 띄게 호전되고 있었다.

약도 줄였다. 담배도 줄고 있다. 인형들도 서고로 뺀 채 침대에서 MJ와 함께 잘 수 있게 되었다. 이렇게 되어 가는 과정을 처음부터 끝까지 지켜봤기에 크랙으로 인해 다시 트리거가 작동될까 봐 마음을 졸여야만 했다.

안심하자마자 몸에서 긴장이 풀린 MJ를 이번엔 도원이 안아 주었다.

"많이 걱정했죠. 미안해요."

다정한 말이 이어졌다.

"처음엔 협상을 하려 했는데 크랙이 그걸 받아들일 상태가 아니었어요. 일방적인 요구로 당신을 궁지로 몰려고 하기에 제가 그걸 거부하다가 여기까지 와 버렸네요."

이럴 때마다 도원이 너무 '도원다워서' 피식 웃음이 나는 MJ였다. 무섭고 힘들었다고 투정을 부리거나 응석을 부려도 좋을 텐데, 여전히 괜찮은 척, 아무렇지 않은 척 상대부터 챙기고 보는 사람이라니.

평소 습관 그대로 말하고 행동하는 도원이 불만이었지만, 한편으로는 안심이 되기도 했다. 도원이 이런 말을 하지 않았으면 정말로 뭔가 큰일이 났을까 봐 안절부절못했을 것이다.

"어디 다친 데 없어?"

MJ의 걱정에도 도원은 고개를 끄덕였다.

"당신 다리는 괜찮아요?"

"다리…… 아아, 총에 맞은 거. 응, 뼈가 부러진 건 아닌가 봐, 견딜 만해."

"그런 말이 어디 있어요."

"다릴 못 움직이는 것보단 낫잖아."

MJ는 말을 하면서 도원의 살 냄새를 깊숙하게 들이마셨다. 그 살아 있는 냄새가 포근했다. 낯선 도시 냄새가 섞여 있지만, 처음으로 불쾌함보다 안도를 느꼈다. 피 냄새는 맡아지지 않는다. 지금은 그저 도원이 무사하다는 것 그 자체로 다행이었다. 물론 완전히 안전한 건 아니지만.

"병원 가요."

도원이 부축해 주는 손길을 MJ는 부드럽게 거절했다.

"아직 안 끝났어."

"MJ."

"선생님, 아이스가 우릴 도와주고 크랙과 함께 갔어. 이게 무슨 뜻인지 알잖아."

다른 사람도 아닌 아이스가 희생했다. 도원이 죽을 수도 있던 순간에 크랙 앞을 막은 사람이 아이스였다. MJ는 아이스에게 진 빚을 이렇게 묻어 두려 하지 않았다. 걷는 데에 지장이 없는 다리로 아이스를 쫓아가는 것을 선택했다.

"선생님은 경찰 쪽에 가 있자. 더 이상 위험하면 안 되잖아."

MJ의 의지를 확인한 도원은 결국 고개를 끄덕였다.

"저도 같이 하겠습니다."

"아니, 그 뜻이 아니야."

"아이스에겐 저도 빚을 져서요. 승합차에서 많은 도움을 받았습니다."

크랙이 끌고 다닐 때를 얘기하는 모양이다. 아이스에게 무슨 도움을 받았는지 모르기에 눈살을 찌푸렸지만, MJ는 도원의 말에 뒤늦게 생각난 듯 승합차 쪽으로 고개를 돌렸다.

크랙이 버리고 간 승합차에는 용병들이 타 있었다. 짐승 탈을 쓴 그들이 차 안에서 무엇을 할지는 모른다. 글쎄, 남아서 할 게 뭐가 있을까. 자신들을 고용한 의뢰인이 먼저 건물을 빠져나가 버리는 바람에 차 안에서 대기하는 게 고작일 텐데.

도원도 그 분위를 읽고 합당한 생각을 내보였다.

"MJ, 승합차를 건물 밖으로 빼내는 건 어때요? 폭탄이 터지더라도 차라리 사람 없는 도로 한복판이 나을 테니까요."

도원의 제안에 MJ가 고개를 끄덕였다.

"알았어. 해 볼게."

도원을 안고 있는 팔을 아쉽게 풀어낸 MJ가 그리즐리를 돌아봤다. 아이스가 이런 일에 휘말리지 않도록 애를 썼는데 어쩔 수 없었다. 여기까지 와서 그리즐리만 구경하게 만들기엔 저 덩치가 아까웠다.

"너, 힘 좀 쓰지?"

아이스가 모든 걸 내팽개친 채 크랙과 함께 가 버린 게 충격이 된 걸까. 한참이나 멍하니 주차장 입구만 바라보던 그리즐리가 뒤늦게 정신을 차렸다.

"아, 으응, 약한 편은 아닌데."

MJ는 자신의 차에 도원을 태우면서 말했다.

"선생님, 여기 있어."

도원은 차 문을 닫아 버리는 MJ를 차창 밖으로 손을 뻗어 붙잡았다.

"무리하면 안 돼요."

"걱정 마. 선생님 혼자서 너무 수고 많았어. 이제 내가 뒷정리할게."

부드럽게 웃어 보이는 MJ에게서 도원은 시선을 떼지 못했다. MJ가 붙잡힌 손목을 빼내고 고개를 돌릴 때까지도 눈 한 번 깜빡일 수 없었다.

MJ는 도원에게서 고개를 돌리자마자 매서운 시선으로 승합차를 바라봤다. 다친 다리를 살짝 흔들어 털면서 승합차 쪽으로 걸어갔다. 도원을 대할 때 다정하게 흘러나오던 목소리는 차가운 시멘트 바닥처럼 얼어붙었다.

"그리즐리, 따라와."

상황 파악도 하지 못한 그리즐리가 승합차로 다가가는 MJ 뒤를 따랐다.

다리를 다쳤지만 그 정도 상처는 익숙한 것처럼 움직였다. 이보다 더 큰 아픔과 고통에 시달려 봤을 MJ에게 종아리에 입은 상처는 견딜 만했다.

발걸음도 들리지 않을 정도로 조용하게 다가갔다. 그 모습이 마치 먹잇감을 노리는 산짐승 같았다.

그리즐리가 알고 있던 MJ였다. 도원 앞에서는 잘 웃고, 부루퉁한 표정도 지으면서, 감정 표현이 다채로워진 인간적인 모습을 많이 보여 주었지만, 도원을 제외한 사람들은 지금 모습의 MJ가 더 익숙했다.

"뭘 어쩌려고 그래?"

"안에 있는 사람들 빼내야 승합차를 몰지."

말을 마치자마자 MJ는 크랙이 도원을 앉혔던 접이식 의자를 두 손에 들었다. 그리즐리가 놀라서 "그런데 왜 의자를 잡아?"라고 물었지만 MJ의 대답은 간단했다.

"이러려고."

MJ는 그 의자를 있는 힘껏 휘둘러 승합차의 옆 유리창을 박살냈다.

와장창!

거세게 깨져 버리는 파공음에 차 안에 있던 용병들이 비명을 질렀다. 허공으로 조각난 유리들이 가루처럼 휘날렸다. 요란한 소리에 놀란 짐승 탈 하나가 권총을 내밀었다. MJ는 자신을 겨냥하는 총을 재빨리 손등으로 밀어냈다.

탕!

발포된 총알이 벽기둥에 처박히자 페인트와 시멘트 가루가 우수수 떨어졌다. MJ는 총을 쏜 이의 손목을 비틀어 돌렸다. "아악!" 하고 터지는 비명 소리를 무시한 채 남자를 자신의 방패막이로 삼았다. 다른 짐승 탈들이 함부로 총을 쏘지 못하는 사이에 깨진 유리창 안쪽으로 손을 넣어 잠긴 문을 열었다.

"그리즐리!"

MJ가 방패막이 삼았던 남자를 차 밖으로 던지자 그리즐리가 얼떨결에 그 사람을 붙잡았다. 그리즐리는 남자에게서 총을 빼앗아서 재빨리 MJ에게 건넸다. 하지만 MJ는 재킷 안에서 자신의 총을 꺼내며 말했다.

"그건 네가 써."

"뭐? 나, 총 싫어. 무서워."

정말로 겁먹은 표정은 뭔지. 마음 같아서야 "미쳤냐."고 한마디 하고 싶지만, 지금은 그리즐리를 신경 쓸 때가 아니다. 총탄을 바꿔

낀 MJ가 짐승 탈을 쓴 남자들의 팔을 겨누었다. 좁은 차 안에서 몸싸움을 벌이던 남자들도 MJ에게 겨누었다. 타이밍은 MJ가 빨랐다.

탕탕탕!

총알이 앞 유리창과 옆 유리창을 뚫고 벽에 처박혔다. 다리나 팔에 총을 맞은 사람들이 정말 짐승처럼 포효했다. 고통에 차서 주저앉는 이들을 전부 차 밖으로 끌어냈다. 남은 사람들에게 MJ가 총을 겨눌 때였다.

"MJ! 안에 폭탄 있어서 터질 수 있어요!"

도원이 차 문을 벌컥 열고 소리쳤다. 그 목소리에 MJ는 조수석에 놓여 있는 이타셰 케이스들을 발견했다. 총을 쥔 손을 주먹 쥐고 남자의 명치를 가격했고 기침을 토하면서 무너지는 남자를 그리즐리가 붙잡아 밖으로 빼냈다.

남자 둘이 그리즐리에게 주먹을 날렸다. 거리가 좁아서 그리즐리는 미처 피할 수가 없었다. 어깨를 웅크리자 등과 머리 쪽으로 주먹이 날아왔다. 그리즐리는 등판을 타고 올라오는 아픔에 울상을 하고서는 그대로 몸을 돌렸다.

"나, 사람 못 때리는데."

말은 그러면서도 누구보다 정확하게 목뒤를 주먹으로 내려쳤다. 급소를 얻어맞은 남자가 그대로 고꾸라져서 바닥에 처박혔다. 단 한 방으로 기절시키는 모습에 놀란 또 다른 남자가 움찔하는 사이에 똑같은 곳을 때려서 정신을 잃게 했다.

그사이에 차 지붕 쪽으로 총알이 한 번 더 발사되었다. 총을 빼앗기고 손목이 비틀린 남자가 비명을 질렀지만 MJ는 인정사정 봐주지 않고 제압했다. 차 밖으로 집어던지다시피 한 남자의 등을 한쪽 무릎으로 짓눌렀다. MJ는 그제야 기절한 남자들 사이에 쭈뼛거리며 서 있는 그리즐리를 괴짜처럼 바라봤다.

"못 때린다는 사람이 기절을 시켜?"

"많이 때리는 것보단 한 번에 기절시키는 게 낫잖아."

"말이나 못하면."

MJ는 의자 밑에 나뒹구는 청 테이프를 가지고 내렸다. 기절한 남자들과 제압한 남자들을 칭칭 감아 묶었다. 마음 같아서는 이 탈들을 벗기고 크랙에게 어떤 지시를 받았는지를 하나하나 캐묻고 싶었다. 그러나 시간이 없다. 바깥 상황이 어떻게 돌아가는지도 모른 채 돈을 받고 고용된 외국인 용병들을 캐물을 시간이.

"선생님!"

MJ가 운전석에 타면서 도원을 불렀다. 도원이 MJ의 차에서 내려 다가왔다. 그리즐리가 조수석 문을 대신 열어 주었다. 좌석까지 튄 깨진 유리들도 털어 주었다. 그런 그리즐리의 배려에 도원은 고개를 살짝 숙이는 것으로 인사를 대신하고는 올라탔다.

그리즐리는 옆 유리창이 모두 깨어진 뒷좌석에 올라타서 문을 닫았다. 세 사람이 모두 안전하게 탄 것을 확인한 MJ가 기어를 바꾸며 말했다.

"선생님 폭탄부터 확인해 줘. 그리즐리, 경찰에 연락하고 있지? 폭탄 실은 차량 운전 중이니까 총 쏘지 말라고 하고."

도원은 다섯 층으로 쌓인 케이스들을 발밑으로 밀어 넣었다. 그러곤 개중 하나만 골라 무릎에 얹었다.

정방형의 뚜껑을 열자 케이스를 꽉 채울 정도로 큰 플라스틱 폭탄 하나가 보였다. 이런 폭탄이 다섯 개다. 다섯 개가 모두 터지면 어느 정도의 폭발력을 보일지 장담할 수 없었다. 하지만, 폭약량만 봐서는 건물 자체를 날려 버리기엔 부족해 보였다.

"이 소형 폭탄 말고 다른 폭탄이 있을 것 같아요. 그리즐리, 뒤쪽에 뭐 있나요?"

승합차 뒤쪽을 살피던 그리즐리가 커다란 상자들을 발견하고 말했다.

"선생님! 뒤에 상자들이요!"

"엄청 많군요."

폭약량만 몇백 킬로는 되어 보인다. 건물이 무너지는 걸 보기 전에 도원과 MJ란 존재가 흔적도 없이 사라질 것이다.

폭발력은 이미 눈으로 확인했다. 다리의 철근이 잘려 나가 휘어져서 한강 위로 떨어졌다. 이 정도 폭약량이면 빌딩 하나 날리는 건 어렵지 않을 것이다.

"여기서 뇌관만 제거하긴 어렵겠죠."

도원이 폭탄 하나를 들어 보였다. 그 모습을 본 MJ가 놀라서 소리쳤다.

"깜짝이야, 그거 그러다 놓치면 어쩌려고!"

"떨어트리면 터질까요?"

"당연한 소릴 하고 있어!"

"어라, 당신 이렇게 겁먹은 모습 처음 봐요."

"선생님 다치니까 그러잖아!"

"다치는 게 아니라 죽는 건데."

"아, 선생님."

"괜찮아요. 죽으면 함께 손잡고 천국 가면 되죠."

아니, 이런 순간에 웃으면서 농담을 하는 게 어디 있나. MJ는 폭탄을 볼 때와는 다른 의미로 놀란 표정을 짓다가 조금 어색한 미소를 보이고 말았다.

MJ의 긴장을 풀어 주려고 꺼낸 말로 들렸다. 같이 노력하고 있는데도 도원은 여전히 MJ를 먼저 신경 써 주었다. 덕분에 돌덩이처럼 굳어 가던 MJ의 머릿속이 서서히 환기되었다. MJ는 심호흡을 하면서 도원의 농담을 받아쳤다.

"선생님은 천국 가겠지만 나는 지옥에 가겠지. 죽어서 헤어지긴 싫어."

"하하, 왜 저 혼자만 천국을 가요."

도원은 당연하다는 듯이 웃으며 말했다.

"제가 당신이 있는 곳으로 따라갈게요. 그곳이 지옥이면 뭐 어때요."

MJ는 도원을 바라봤다. 이런 얘기를 당연하다는 듯이 하는 그 모습이 믿기 힘들었다. 지옥에 갈 수밖에 없는 자신의 삶을 도원이 위로해 주고 있다는 걸 도원 스스로는 모르는 듯했다.

지금까지 그래 왔다. 도원의 위로는 일상적인 것이었다. 아침이 되면 잠에서 깨어나 눈을 뜨는 것처럼 자연스러웠다. 같은 이불 속에서 품에 파고드는 온기도, 볼에 입을 맞춰 주던 키스도, 함께 같은 것을 먹고, 같은 화장품을 쓰는 모든 것이 MJ를 위로해 주었다.

언제나 함께 있다고 생각했다. 그게 삶이 끝나는 이후까지일 거라곤 생각 안 해 봤는데. 도원은 어떤 사람이기에 이렇게 모든 걸 특별하게 만들 수 있는 것일까.

도원의 머리카락을 손끝으로 더듬었다. 그 손으로 목뒤를 잡고 천천히 고개를 숙여 키스를 하려던 때였다.

"저기."

그 말에 MJ가 움칠했다. 그리즐리가 뒷좌석에서 불쑥 고개를 내밀었다. 그는 폭탄을 들고 있는 도원과 그런 도원에게 입을 맞추려는 MJ를 번갈아 보고는 침통한 어조로 말했다.

"이 상황에서 제가 둘 사이에 껴 죽으면 억울한 원혼이 되어 구천을 떠돌지도 몰라요. 그러니까 죽는 얘기 그만하고 살려고 노력하면 안 될까요?"

도원은 얼굴이 화끈, 붉어져서는 폭탄을 가방 안에 다시 집어넣었다. 키스하려는 MJ의 손을 풀어내고는 조그마하게 먹혀들어 가는 소리로 "미안해요, 그리즐리."라고 했다. 도원과 달리 MJ는 그리즐리를 노려봤다. MJ의 시선에도 그리즐리는 아무것도 모르는 양 생글생글 웃는 게 전부였지만.

MJ는 할 말을 삼키고 몸을 바로 했다. 기어를 바꾸고 핸들을 돌렸다.

총알구멍이 곳곳에 난 승합차가 지상으로 향하는 입구를 빠져나왔다. 어두운 지하 주차장과 달리 눈부시도록 밝게 깨지는 햇살에 MJ는 눈살을 찌푸렸다.

창공을 가로지르는 헬리콥터 소리와 건물을 포위하듯 늘어선 경찰과 군 병력 차량들이 보였다. 그리고 동시다발적으로 밀어붙이는 수십 대의 차량에 경찰차가 도로 밖으로 밀려나고 있는 모습도 한눈에 들어왔다.

원격 조종 프로그램이 끊어진 것 같았는데 아니었나.

MJ는 대리자 측과 크랙의 연락에 무슨 문제가 생긴 거라 직감하면서 주변을 살폈다. 모든 차들이 경찰차를 밀어붙이는 가운데 슈퍼 카 중 가장 눈에 띄는 오렌지색 머슬 카만이 제자리에 서 있었다.

괴물 같은 파워로 유명한 차였다. 전시용 차여서 선팅이 되어 있지 않은 창문이 MJ에겐 행운이었다. 운전석에 크랙이, 그 옆에 아이스가 타고 있는 모습이 보였다.

그리즐리의 휴대 전화가 울렸다. 모르는 번호였다. MJ와 도원이 받아도 된다며 고개를 끄덕이자 그리즐리는 조금이지만 긴장한 표정으로 통화를 했다. 그는 한참이나 수화기 속 얘기를 듣더니 도원에게 말했다.

"경찰이에요. 제가 노트북으로 주차장 상황 찍어서 보내고 있었는데 그 발신 기록 추적해서 연락한 거래요."

도원이 손을 내밀었다.

"제가 통화해 봐도 될까요?"

그리즐리가 건네준 휴대 전화를 도원이 귀에 가져갔다.

전화를 건 사람은 707 특수 부대를 중심으로 짜여진 대응 팀 장관이었다. 협상 전문가들이 이번 문제가 국무총리에게도 보고되며 긴급하게 조직된 대응 팀은 국방부 장관이 직접 통솔한다고 들었기에 놀라지 않을 수 있었다.

〈폭탄 소지 차량으로 저희가 파악하고 있습니다. 폭약량을 확인할 수 있습니까.〉

도원은 대략적으로 부피를 가늠하며 대답했다.

"차량에 약 250킬로그램에서 300킬로그램 되는 컴퍼지션 폭약 박스가 보입니다. 이타셰 케이스에 들은 다섯 개의 소형 폭탄도 있습니다."

〈기폭 장치는요?〉

"소형 폭탄들 기폭 장치는 케이스 안에 함께 있지만 컴퍼지션 폭탄은 없습니다. 기폭 장치는 원격으로 조종되는 걸로 알고 있습니다. 범인이 기폭 장치를 소지하고 있어요."

〈뇌관 확인되십니까.〉

"폭탄 상자를 바로 풀 수 없습니다. 확인할 수 없습니다."

〈폭탄 제거 전문 팀을 투입하겠습니다.〉

"아뇨, 지금 상황에서 병력 움직이시면 범인이 폭탄을 터뜨릴 수도 있습니다."

〈폭탄을 터뜨리진 않을 겁니다. 폭파 범위 내에 범인이 탄 차량도 포함됩니다.〉

"본인이 죽어도 상관없다는 극단적인 상태입니다. 자극하지 말아 주세요."

도원은 장관과의 통화를 이어 갈 수가 없었다. MJ가 갑작스레 후진 기어로 바꾸면서 액셀러레이터를 밟은 것이다. 그 바람에 충격을 이기지 못하고 발밑으로 휴대 전화를 떨어트렸다.

"미안, 선생님. 좀 거칠게 운전해야 될 거 같아."

핸들을 급히 꺾으면서 후진으로 달려 나가는 차 앞으로 아이스와 크랙이 탄 머슬 카가 달려오고 있었다. 충돌할 것처럼 전속력으로 달려오는 차를, MJ는 핸들을 급히 꺾으며 아슬아슬하게 피했다.

MJ는 도원에게 팔을 뻗었다. 도원이 앞으로 쏠리지 않도록 손바닥으로 가슴을 눌러서 몸을 받쳐 주었다. 운전 벨트를 맸지만, 안산 공장을 들이박았을 때 갈비뼈를 아파했던 것이 생각나서였다.

MJ는 도원과 폭탄, 사냥감을 발견한 투견처럼 돌진하는 머슬 카를 번갈아 보면서 말했다.

"옆에 손잡이 잡아."

도원이 사이드 손잡이를 움켜쥐는 순간 MJ가 브레이크를 밟으며 핸들을 돌렸다. 원심력에 휩쓸린 승합차가 급정거를 하면서 제자리에서 한 바퀴 회전했다. 다시 기어를 바꾼 MJ가 역으로 머슬카의 꽁무니에 따라붙었다.

자신이 몰아붙이던 승합차가 오히려 뒤에서 쫓는 형상이 되자 크랙도 브레이크를 밟으며 멈추었다. 이번엔 승합차를 뒤로 갖다 박으려는 것처럼 속도를 내며 후진하기 시작했다. 시멘트 바닥 위에 새까만 타이어 자국이 그려질 정도로 거칠고 난폭한 운전이었다.

경찰과 군 병력은 폭탄을 실은 차가 일방적으로 쫓기는 상황을 지켜보고 있었다. 총을 쏴서 제압할 수 있는 상황이 아니었다. 제압 과정에서 그 충격으로 폭탄이 터질까 봐 일부 병력을 뒤로 물러나게도 했다.

서로의 꼬리가 잡히지 않기 위해 몇 번이나 자동차들이 원을 그리며 앞뒤로 따라붙고 도망쳤다. 그럴 때마다 타이어가 찢어지는 소리가 울었다.

끼익, 끽!

시간이 지날수록 신속한 조작이 상대적으로 둔할 수밖에 없는 승합차가 차츰 불리해졌다. MJ의 운전 실력으로도 최첨단 장비를 갖춘 머슬 카를 상대하는 일은 만만치 않았다.

쾅!

어느새 머슬 카의 앞 범퍼가 승합차의 앞 범퍼를 들이박았다. 그 충격에 도원의 몸이 크게 한쪽으로 쏠려 버렸다. MJ는 다시 팔을 뻗었다. 도원을 차 시트에 안정적으로 기댈 수 있게 눌러 주며 브레이크를 밟았다.

"젠장, 이 차, 힘이 너무 달려."

브레이크를 밟아서 어떻게든 멈추어 세우려 했지만, 버티는 것엔 한계가 있었다. 앞 범퍼로 밀어붙인 승용차가 있는 힘껏 가속 페달을 밟는 바람에 승합차는 노면에 "끼이이이익!" 하는 날카로운 소리와 바퀴의 연기를 피우며 계속해서 밀려 나갔다.

버티는 승합차를 머슬 카는 힘으로 밀어붙였다. MJ는 어떻게든 브레이크를 밟으며 버텨보려 했지만, 의지로 될 문제가 아니었다. 노면에 새까만 타이어 자국을 만들던 승합차의 바퀴가 터지며 한쪽이 주저앉아 버렸다. 바퀴 휠이 아스팔트 바닥을 긁으며 높게 찢어지는 소음이 일었다. 중심이 기운 차는 그대로 군 병력이 세운 바리게이트까지 밀려 나갔다.

요란하게 바닥을 긁으며 밀려난 승합차가 진압용 버스 옆면을 들이박았다. 그 뒤에서 총을 들고 있는 군인들이 차에 치일 각도였다.

MJ는 다급히 핸들을 조작했다. 타이어가 터져 버린 바퀴는 말을 듣지 않았다. 군인들이 몸을 피하며 열려 버린 길을 끝없이 미끄러지듯 나아갔다. 군대에서 새로운 작전을 지시하는 소리가 도원의 발밑에 떨어진 휴대 전화 너머로 요란하게 울렸다.

더 먼 곳에서 대기하고 있던 경찰들이 사이렌을 켜면서 따라붙었지만, 머슬 카는 승합차의 범퍼를 밀면서 통제되어 텅 빈 도로를 전속력으로 달렸다.

"윽."

MJ가 사이드 브레이크를 내리려 했다. 강제로 잡아 누르는 MJ의 힘을 이기지 못한 레버는 부러지고 말았다.

차를 통제할 수 없는 상황에서 초조하게 도원을 돌아보았다. 도원은 폭탄에 충격이 갈까 봐 무릎 위로 케이스들을 모두 올린 채 품에 안고 있었다.

창백하게 질린 도원이 앞 유리창 너머를 바라봤다. 차로 밀어붙이는 운전석에 크랙이, 그 옆에서 노트북을 두드리고 있는 아이스가 보였다. 아이스의 얼굴엔 피딱지가 굳어 있었다. 새파랗게 멍이 들어 부어오른 한쪽 눈은 거의 뜨지도 못하는 상태였다.

"아이스."

그리즐리가 초조한 목소리로 중얼거렸다. 짙게 선팅된 이쪽 차 안을 아이스가 볼 수 있을 리가 없었다. 그리즐리는 그대로 옆 창문을 내렸다. 바람이 거세게 불어와 그리즐리의 머리카락을 모두 뒤집었지만 배에 힘을 주고 그대로 소리쳤다.

"아이스!"

커다랗게 터진 목소리에 아이스가 고개를 들었다. 승합차 바깥으로 고개를 내민 그리즐리를 발견하고는 눈을 크게 떴다. 하지만 둘의 시선은 오랫동안 섞여들 수 없었다. 경찰차를 밀어 버리던 모터쇼 차량들이 프로그래밍 된 명령어를 따라 순식간에 머슬 카와 승합차를 에워싼 것이다.

쿵, 쿵!

양옆을 밀착하여 밀어붙이는 차량에 그리즐리가 좌석 안쪽으로 넘어졌다. 승합차를 양쪽과 뒤까지 모두 막은 후에야 밀어붙이던 머슬 카도 속도를 줄였다.

머슬 카가 옆 차선으로 빠지면서 뒤따라오던 다른 빈 차가 그 자리를 대신 메웠다. 그러곤 승합차를 밀어내기 시작했다. 사방에서 도망칠 수 없게 밀착된 차들 때문에 MJ가 아무리 브레이크나 액셀러레이터를 밟으며 핸들을 돌려도 속수무책이었다. 네 방향에서 압박하는 힘 좋은 차들에 완전히 갇혀 버렸다.

멀어지는 주황색 차를 보면서 MJ가 가장 먼저 든 생각은 '크랙이 폭탄을 터뜨리려 한다.'였다. 폭파 범위만 벗어나면 그대로 기폭 장치를 누를 셈이다.

여기서 폭탄이 터질 수 있다는 가능성에 MJ의 시선이 급격하게 흔들렸다.

빌딩을 날리지는 못했지만 MJ와 도원, 그리즐리까지 한 번에 제거할 수 있다. 사이렌을 켜고 쫓아오는 경찰들과 군부대에도 막대한 사상자를 일으킬 것이다.

MJ는 핸들을 쥔 손이 미끄러지는 것도 모른 채 소리 질렀다.

"선생님! 그리즐리! 내려!"

MJ는 심장이 터질 것만 같았다.

안 돼, 안 돼.

속으로 끊임없이 외치는 소리에 심장 뛰는 소리가 섞여 든다. MJ는 차오르는 눈물을 참으며 소리쳤다.

"내리라고!"

MJ의 반응에 흠칫 놀란 도원이었지만 문을 열진 않았다. 그저 크랙과 아이스가 탄 자동차가 멀어지는 모습을 지켜볼 뿐이었다.

MJ는 승합차 뒤에 실려 있는 거대한 폭탄이 금방이라도 터질 것만 같아 제정신이 아니었다. 쾅쾅 달음박질치는 심장 박동 수가 폭탄 소리처럼 들릴 정도였다.

지금이라도 내려서 도망치면 선생님이라도 살 수 있지 않을까.

아니, 원격 조종당하는 차들이 막고 있어서 차 문을 여는 것도 불가능해 보여. 설령 창문을 깨고 나간다고 해도 다른 차들에 선생님이 치이면 어떡해. 아무리 멀리 뛰어간다 해도 폭파 반경에서 완전히 벗어나기는 불가능해 보이는데.

그렇게 노력했는데. 노력한 결과가 이런 거라니.

이번에도 선생님을 지키지 못했다. MJ는 자신 때문에 도원이 힘들고 괴로운 일만 겪었다고 생각했다.

행복하게 해 주고 싶었는데. 전부 부질없어졌어.

눈물이 쏟아질 것 같았다.

"MJ."

점점 커지는 사이렌 소리를 들으면서도 도원은 MJ의 손을 잡아주었다.

아니, 안 돼. 이렇게 끝날 수 없어. 아직, 아직 도원을 행복하게 해 주지 못했는걸. 이대로라면 도원이 저 때문에 지옥까지 끌려갈 것만 같은걸.

"선생님."

도원을 부르는 단 한 마디였을 뿐인데도, 그 속에 담긴 감정이 많았다.

그 많은 감정 중에서도 최선을 다했지만 결국 이런 식으로 밖에 결론을 내지 못한 자책감이 컸다. 도원의 손을 꽉 잡았다. 마지막으로 기억하고 싶은 온기였다.

"MJ?"

선생님은 이런 순간에조차 다정해. 사람을 미치게 해. 고맙고 미안해. 정말로.

"선생님, 미안해."

참았던 눈물이 쏟아지는 MJ를 보자 도원의 얼굴이 당황한 빛으로 물들었다.

"우, 울어요?"

"젠장……, 나 때문에 이런 일에 다시 휘말리게 해서 미안해. 끝까지 날 도와주려 했는데 결국 이렇게 됐네……. 선생님 혼자 고생시켰어. 내가 너무 한심해. 이런 나를 사랑해 줘서 행복했어, 선생님."

도원은 한참이나 입을 벌리고 있었다. 기가 막히다는 표정이었다.

"MJ, 나 좀 볼래요?"

MJ는 더 이상 숨기지 않고 눈물을 쏟아 냈다.

"사랑해. 미안한데, 정말 너무 사랑해. 미안해, 선생님."

사랑.

그 감정 하나가 MJ의 심장에 맺혔다. 너무 많이 쌓여 있는 말들이 한번에 허물어지고 남은 것은 하나였다.

사랑, 그 하나였다.

MJ의 마음을 고스란히 전달받은 도원은 한참이나 벌리고 있던 입을 드디어 다물었다. 당황한 얼굴에 희미한 미소가 번졌다. 어쩐지 짓궂은 미소였다.

"인생의 마지막에서 해 주는 말인 거죠? 진심이죠, MJ?"

눈물을 떨어트리면서 MJ가 애처롭게 말했다.

"사랑해."

떨리는 그 목소리는 진심만이 가득했다. 그 얼굴을 가만히 바라보면서 도원은 여전히 다정하게 말했다.

"우리 늙어 죽을 때도 꼭 그 말 해 주기예요."

도원의 말을 MJ는 처음에는 이해하지 못한 듯했다. 무슨 소린지 몰라서 멈칫하는 MJ가 더듬거리며 물었다.

"무슨, 뜻이야?"

도원은 주황색 머슬 카와 그 차를 호위하는 자동차들이 줄지어 사라진 방향을 보며 말했다.

"폭탄은 터지지 않을 거거든요."

그 말에 멍하니 있던 MJ가 천천히 입을 벌렸다.

"……어?"

시끄럽게 울리던 사이렌 소리가 승합차를 포위했다. 억지로 밀어내는 원격 조종 차들과 그 차들을 멈춰 세우려는 경찰차들의 힘겨루기가 시작되었다.

그동안에 도원은 아무런 반응도 없는 폭탄을 발밑에 내려놓았다. MJ는 아직도 상황 파악이 되지 않은 표정이었다. 왜 폭탄이 터지지 않는지를 이해 못하는 얼굴.

그 표정이 너무도 바보 같아서 도원은 눈가를 접으면서 웃고 말았다. 조금 전 쥐어짜듯이 고백한 MJ 때문에 눈가에 눈물이 맺히고 말았다. 이 세상에서 가장 아름다운 고백을 떠올리며 울 듯이 웃었다.

"나도 사랑해요, MJ. 앞으로 살면서 이렇게 말할 날은 많을 테니까, 우리에게 이 기회를 준 아이스를 만나면 꼭 고맙다고 말하기예요."

MJ가 입술을 달싹였다.

"……무슨……."

당황한 MJ를 놀리듯이 도원은 웃으며 울듯이 말했다.

"평생 놀려야지."

크랙은 수십 대의 원격 조종 자동차와 함께 비어 있는 도로를 달렸다. 머리 위에서 헬기가 추격하듯이 쫓아오고 있었지만, 크게 걱정하지도 않았다.

선두에서 쫓아오는 군용 헬기는 크랙이 사주한 사람이 타고 있었다. 그는 크랙의 도주를 쫓는 척, 결정적인 순간에 놓치는 척 꾸밀 예정이다. 그 틈에 크랙은 김포에서 접선하기로 한 브로커를 통해 차를 옮겨 타고, 브로커가 건네준 가짜 여권과 비행기 표를 챙겨 인천 공항으로 이동하고, 두바이로 떠날 것이다.

크랙은 품에서 기폭 장치를 꺼냈다.

"하아, 하, 어깨 씨발…… 으, 빌딩은 못 날렸지만 이 정도면 뭐, 아하하하."

아이스가 다루는 노트북 화면을 바라봤다. 지도 위에는 멈추어서 깜빡거리는 승합차의 붉은 점이 다섯 개 찍혀 있었다. 폭탄에 설치해 둔 위치추적기였다. 크랙은 즐거움을 감출 수 없었다.

MJ와 도원의 표정이 상상이 되었다. 공포에 질려서 모든 걸 체념하고 있을 것이다. 세상에서 가장 싫은 두 사람의 몰락하는 표정을 두 눈에 담지 못하는 것은 아쉬운 일이었다.

조금 더 절망하는 모습을 보고 싶었다. 사랑하는 사람을 결국 말려들게 해 죽음까지 인도했다는 사실에 얼마나 괴로워할까. 지금쯤 끌어안고 울지 않을까.

상상만으로도 막힌 속이 뚫리는 기분이었다. 크랙은 히죽 웃었다.

"잘 가라, 개새끼들아."

기폭 장치 버튼 위로 엄지손가락에 힘을 주었다.

"펑!"

버튼을 세게 누르며 외쳤다. 유원지에서 관람 열차를 터뜨릴 때 그러했던 것처럼 화려한 폭죽 쇼를 기대하는 즐거움이었다.

그러나 유쾌하게 구경해야 할 폭죽 쇼는 벌어지지 않았다. 아무 반응이 없었다. 활짝 웃으면서 노트북 화면을 바라보던 크랙의 표정이 차츰 굳어졌다.

뒤에서 거대한 폭발음이 들리고 연기와 화염이 피어오르고 사람들이 비명을 질러야 하는데 아무 변화도 일어나지 않았다. 따사로운 햇살이 내리쬐는 도로는 평온하기만 했다.

다시 기폭 장치 버튼을 눌렀다. 반응이 없었다. 몇 번이나 반복해서 눌러도 아무런 반응도 없었다. 분명히 기폭 장치의 신호가 닿을 거리였는데. 누르면 반응해야 하는데.

"씨발, 이거 뭐야."

그제야 뭔가 잘못된 것을 깨달은 크랙은 품 안에서 다른 기폭 장치들을 꺼냈고, 하나씩 모두 눌러 보았다. 딸깍거리는 버튼 소리가 요란했지만 역시나 아무런 변화가 없었다. 다리까지 날려 먹었던 그 폭발 음들이.

"이거 뭐냐고!"

아무 반응 없는 기폭 장치들은 앞 창문에 집어 던졌다. 깨지거나 부서지는 기폭 장치들의 잔해를 보면서 크랙은 숨을 거칠게 몰아쉬었다.

고개를 돌려 옆자리에 앉은 아이스를 노려보았다. 뭔가 느낌이 좋지 않았다. 이 순간에조차 동요하지 않는 아이스의 분위기가 이상해 보였던 것이다.

아이스는 크랙의 시선을 알면서도 일부러 고개를 비스듬히 했다. 노트북 커버를 덮고서는 아예 카 시트에 몸을 기댔다.

"이래서 사람이 한 우물만 파면 안 돼. 주변을 돌아봐야 상황 판단력이 좀 생기지."

평온한 그 목소리에 크랙이 총상 입은 어깨를 움켜쥐고 씨근덕거렸다.

"뭔 개소리를…… 잠깐, 뭐야, 너 뭐 한 거야?"

"어휴, 속이 다 후련하네. 야, 내가 믿는 구석이 있으니까 이러고 있는 거 아니겠냐. 설마 나 혼자서 좆 빠지게 너 돕고 있는 거겠어?"

이 새끼가, 지금……!

줄줄 피가 흘러내리는 어깨의 아픔도 잊은 채 크랙은 눈을 시뻘겋게 부릅떴다. 주체할 수 없을 정도로 몸을 떨던 크랙이 외쳤다.

"설마 경찰이랑 연락하고 있었냐!?"

경찰은 아이스가 사양하는 부류였다. 이렇게 될 수 있던 건 경찰보다 믿음직스러운 도원 덕분이었다.

지난 새벽, 도원이 짜장면 타령을 하는 문자 메시지를 보낸 후로, 유원지에 직접 나타나기 전까지 몇 차례 더 메시지를 주고받았다. 아이스는 크랙과 용병들 모르게 화장실에서 그 메시지들을 확인할 수 있었다.

[경찰에게 받은 폭탄 작동 원리입니다. 이 세 가지 방법 중 하나로 설치되었나요?]

도원이 어떤 서류 속 사진을 찍어서 보내 준 것 중 익숙한 것이 보였다.

[두 번째 사진이랑 같아요.]

아이스의 반응에 도원이 재빨리 답장을 보냈다.

[폭탄을 멈추게 할 수 있을까요.]

[가능할 것 같아요. 제가 전문가들이랑 같이 만들어서 뇌관 내부가 어떻게 생겼는지는 알거든요. 하지만 시간이 필요한데…….]

[제가 시간을 벌겠습니다.]

[어떻게요?]

[곧 놀이공원에 도착해요. 크랙과 교섭할 목적으로 저와 단둘이 있도록 하겠습니다. 몇 분 정도 시간 끌어 드릴까요?]

[음, 사진 봐선 복잡하지 않겠어요. 5분. 5분이면 충분해요.]

[알겠습니다. 최소 5분은 시간 벌게요. 조심해요, 아이스.]

그리고 도원은 약속을 지켰다. 크랙과 협상이라는 명분으로 그를 붙잡아 시선을 돌려 주었다. 그동안 아이스는 승합차 안에서 폭탄들이 작동되지 않도록 손보았다. 아무것도 모르는 용병들에겐 그저 폭탄이 제대로 터지는지를 체크하는 것뿐이라고 설명하면 충분했으니까.

"크랙, 너 바보 아니냐?"

아이스의 목소리는 봄바람처럼 가벼웠다. 호위하듯이 따라오는 차들 수십 대의 위화감만 아니었다면, 7억짜리 차를 타고 크랙과 즐겁게 드라이브라고 해도 믿을 분위기다.

"내가 저 승합차를 하루 넘게 몰았어. 폭탄들이랑 계속 같이 있었다는 소리거든."

머리 위를 따라붙는 시끄러운 헬기 소음 속에서도 그 얘기만큼은 또렷하게 들렸다. 크랙은 모자를 천천히 벗는 아이스를 눈을 부릅뜬 채 바라봤다.

“뇌관 설치한 사람 누구? 나.”

아이스는 손가락으로 자신을 가리켰다.

“그 폭탄을 조작할 만한 시간이 있던 사람 누구? 그것도 나.”

여전히 밝은 목소리로, 마치 크랙을 놀리듯이.

“돈만 주면 뭐든 부려 먹을 수 있다고 믿게 한 사람 누구? 그게 바로 나 아니겠어.”

아이스의 그 말에 크랙이 차츰 정신을 차렸다. 그는 눈이 뒤집혀서 소리 질렀다.

“씨발, 이 개 같은 자식이, 감히 뒤통수를 쳐?”

“어우, 왜 그래, 무섭게. 내가 이러는 거 한두 번인가.”

“너 같은 버러지 새끼 팔자 펴 주겠다고 인심 써 줬는데 감히 주인을 물어!”

“나 주인 같은 거 안 두는데. 너 뭐 되게 착각했나 보다.”

“크리스탈!”

“그렇게 부르지 좀 마. 그거 취급 안 한 지 몇 년인데 아직도 작대기로 불러 대.”

지친 얼굴로 히죽 웃은 아이스가 몸을 바로 했다. 옆 창문을 내리자 강바람이 느껴졌다. 한강을 가로지르려는 헬기는 생각만큼 그렇게 높게 비행하질 않았다. 그게 아이스에겐 행운이었다. 너무 높지 않아서 다행이라는 행운.

“내가 그래도 돈보단 친구가 좋은가 봐. 나이 드니까 외로워서 사람 잃는 건 싫더라고."
아이스는 품에서 휴대 전화를 꺼냈다. 어딘가로 전화를 걸었다. 신호 연결 음은 크랙 귀에도 또렷하게 들렸다.
한 번.
"나중에 기회 되면 돈 말고 다른 걸로 만나자."
두 번.
"뭐, 이 난리 통에 네가 무사히 빠져나갈 것 같진 않지만."
세 번.
"행운을 빌게. 너 은근히 운빨 좋던데 이번에도 잘해 봐. 알았지?"
네 번.
크랙이 달리는 다리는 양화 대교였고, 이곳에도 폭탄이 설치되어 있다는 것을 그제야 생각해 낼 수 있었다.
다섯 번.
마지막 신호음이 이어지자마자 다리 앞쪽에서 거대한 폭발음이 들렸다.
콰앙―!
철교를 뒤흔드는 강력한 진동에 크랙은 핸들을 더 세게 움켜쥐었다.
"씨발, 씨발, 씨발!"
폭탄처럼 터지는 욕설을 내뱉으며 재빠르게 폭파 범위를 살폈다. 폭탄이 터진 다리 위로 검은 화염이 치솟았다. 아스팔트로 포장된 다리가 갈라지기 시작했다. 거미줄처럼 길고 촘촘한 잔금들을 본 순간 크랙은 황급히 시선을 들었다. 순식간에 치솟은 화염은 낮게 날아가던 헬기를 덮쳤다.
불붙은 프로펠러가 옆으로 기울었다. 중심을 잃은 헬기가 검은색

꼬리처럼 짙은 연기를 뿜어냈다. 사선으로 빙글빙글 떨어진 헬기가 그대로 수면 위로 처박혔다. 떨어진 헬기가 폭발하는 소리가 철교에 설치된 폭탄 소리만큼 크게 울렸다.

"씨발……!"

입 밖으로 한 번 더 쌍욕을 뱉어 낸 크랙이 다급히 핸들을 돌렸다. 끊어진 철교가 휘청거렸다. 우르르, 무너지는 다리의 진동음이 고스란히 전달되었다. 차를 유턴시켜서 왔던 길을 되돌아가는 수밖에 없었다.

무너지는 다리에 휩쓸리지 않으려고 전속력으로 액셀러레이터를 밟았지만, 뒤따라오는 수십 대의 원격 조종 자동차들이 길을 가로막고 있었다.

경찰차를 들이받고 밀어붙일 때와 똑같은 방식으로, 크랙의 차가 빠져나가지 못하도록 모든 차선을 막고 끊어진 다리 단면으로 밀어붙이기 시작했다.

쾅, 부딪친 머슬 카를 밀어냈다. 그 힘에 버티듯이 크랙은 어금니를 악물면서 액셀러레이터를 힘껏 밟았다. 타이어에서 흰 연기가 피어올랐다. 계기판의 속도는 200킬로미터를 넘어가고 있었다. 괴물 같은 마력을 가진 슈퍼 카는 한 번에 수십 대가 몸을 맞대고 밀어 대는 일반 차들의 힘에서 차츰 밀리기 시작했다.

"하, 씨발! 너 끝까지 이러기냐, 크리스탈!"

이를 바득, 가는 크랙의 광기 어린 시선에 아이스는 창밖으로 노트북을 버리면서 말했다.

"살아남기나 해라, 병신아."

차츰 밀려난 자동차는 결국 끊어진 다리 단면에서 기울어졌다.

끼이익, 허공에서 바퀴를 굴려 대던 자동차가 천천히 앞 범퍼부터 들어 올려졌다. 머슬 카는 뒤로 미끄러지기 시작했다.

세상에서 가장 힘이 센 차. 악마에게 영혼이라도 팔아서라도 갖고 싶은 차. 그 차의 별명에 어울리는 모습이었다. 악마에게 목숨을 내주고 서울 도심 한복판을 실컷 달렸으니, 그 최후가 죽음인 것은 당연했다.

기울어진 차는 끊어진 철교 단면 밑으로 고꾸라졌다. 화염에 휩싸인 불길보다도 선명하고 태양 빛에 가장 아름답게 빛나는 주황색 악마가 그대로 물속에 처박혔다.

수십 대의 차들이 그 뒤를 따랐다. 풍덩, 풍덩, 한강 위로 차들이 줄지어 떨어졌다. 자살이라도 하는 듯한 자동차들의 행렬이었다.

색색의 차들이 불붙은 다리 밑으로 투신했다. 개중 몇 대는 서로 부딪치며 강 위에 처박힌 탓에 엔진이 터지면서 연쇄적인 폭발음이 울리기도 했다.

비처럼 쏟아져 내리는 자동차들의 모습은 아주 오랫동안 전 세계에 고스란히 방송되었다. 불타오르는 다리와 강물 위로 정오의 햇살이 눈부시게 빛나고 있었다.

"안녕하십니까. 서울 지방 경찰청 광역 수사대 형사과 3팀 빈유미입니다. 이번 사건 관련하여 브리핑하겠습니다."

청사 내 프레스 룸에는 외신 기자들을 포함하여 카메라를 든 기자만 수백 명이었다. 삼각대 위에 빽빽하게 늘어선 카메라와 조명 등이 빈유미에게 집중되어 있었다.

셔터가 끊임없이 터졌다. 그 바람에 빈유미는 단상 앞에 서서 마이크에 입을 바싹 붙여 말해도 잘 들리지 않을 정도였다.

빈유미는 실시간으로 생방송 되는 분위기에 잔뜩 긴장한 모습이었다. 손으로 꽉 쥐고 있는 보도 자료는 땀에 젖어 울고 있었다.

"폭탄을 설치했던 범인은 구속되어 검찰에 송치되었습니다. 이 일에 가담했던 조직은 없는 단독 범행이며 자금 지원은 개인적으로 출자한 것으로 확인됩니다. 범행 동기와 목적은 아직 확인된 바가 없으며 추후 검찰을 통해 보도될 것입니다. 이번 사건으로 군용 헬기 한 대, 모터쇼 차량 260대 및 도로와 다리 재건 비용 448억 원의 피해가 발생했습니다. 인명 피해는 외국인 불법 체류 사망자 3명, 부상자 4명입니다."

초동 수사와 현장 진압이 비교적 성공적이었다고 보도하는 외신이었다. 그에 반해 테러에 대한 위협을 직접적으로 느낀 국내 언론 분위기는 다소 과열 양상이었다. 너무 떠들썩해서 이 분위기가 가라앉으려면 몇 달이 걸릴 듯했다.

실은 형사들 사이에서 기자 회견을 하지 않으려고 서로 도망 다닌 뒷이야기가 있었다. 질색을 하며 피하느라 기자 회견 시간 10분 전에 브리핑할 사람이 정해질 정도였다.

'네? 제가 기자회견을 하라니요! 계장님이 하셔야죠!'

빈유미 역시 처음에는 미쳤다고, 싫다고, 도망 다녔었다. 이 문제는 어차피 정부 발표도 있을 테고, 군대 책임자도 불려 나와 카메라 세례를 받을 텐데 자신이 그들과 어깨를 나란히 한 채 방송되는 것은 죽어도 싫었다.

그런 빈유미에게 계장은 거부할 수 없는 것을 제안했다. 돌이켜 보면 그 제안이 얼마나 사소하고 별것 아닌 것인지 깨닫겠지만, 그 당시의 빈유미에게는 너무도 달콤한 악마의 유혹이었다.

'결혼 준비하느라 힘들지? 특별 보상 휴가 외에도 2주 추가로 휴가 더 줄게.'

그 말에 빈유미는 두 손으로 입을 틀어막았다. 2주일. 2주일이면 밤새 여기저기 예식장을 쫓아다니고, 웨딩 플래너와 곤죽이 되어 상담하던 것들도 어느 정도 해결할 수 있는 시간 아닌가. 밀린 콘셉트 촬영들도 할 수 있을 텐데 제주도라도 갈 수 있지 않을까. 빈유미는 감격하여 말했다.

'저 말고 제 예랑에게 휴가 주시면 안 될까요?'

'음? 지능 수사과에 있는 그 사람 말인가?'

'네!'

'음, 안 될 것은 없지만.'

'부탁드립니다!'

'뭐, 그걸 원한다면야. 근데 왜 예비 신랑부터 챙기나? 빈 형사가 쉬는 게 좋지 않아?'

그 질문에 빈유미는 날아갈 듯이 기쁜 얼굴로 씩씩하게 대답했다.

'저 대신 결혼 준비 다 시키게요. 아, 너무 행복해.'

역시나 형사답게 말하는 사람의 속뜻을 눈치챈 계장이었다. 빈유미의 현명한 휴가 사용에 엄지를 치켜세워 주었다.

아마도 결혼 준비라는 것에 적성이 있다면 빈유미는 그 적성과 상극임이 분명했다. 밤샘 철야를 하고 사우나에 가서 잠을 자는 것이 나올 정도로 말이다.

예랑이 모든 걸 준비해 준다면야 웃으면서 기자 회견을 할 수 있다고 생각했다. 하지만 막상 현실을 마주한 빈유미는 안일하게 생각했던 것들을 모두 후회했다.

기자 회견은 녹록지 않았다. 앞을 볼 수 없을 정도로 밝은 카메라 불빛에 정신이 혼미해졌다.

“이상입니다. 질문 받겠습니다.”

여기저기서 번쩍번쩍 손을 들었다. 빈유미가 기자를 지목하기도 전에 눈이 마주친 사람들이 소리쳤다.

“이번 사건이 7년 전 마약 총기 사건과 연관이 있다는데 맞습니까!”

“진압 과정에서 범인 측 관계자와 공조 작업이 있다고 들었습니다. 사실인가요!”

“범인의 개인 출자 자금이 한 대기업의 작전주와 공매도와 관련되어 있다는 얘기가 있습니다. 확인 가능한 부분입니까!”

쏟아지는 각종 질문에 빈유미는 영혼이 나간 것처럼 멍한 얼굴이었다. 형사님, 형사님, 외치는 사람들의 목소리에 빈유미는 속으로 생각했다. 역시 나랏밥 먹으면서 휴가를 얻어 내기란 쉬운 일이 아니라고. 정신이 없었지만 마이크를 손으로 잡고 말했다.

“답변드리겠습니다.”

기자들이 한꺼번에 단상 앞으로 몰려들어 치열한 취재 경쟁을 벌이는 통에 빈유미의 모습은 보이지도 않게 되었다. 질문에 답변하는 빈유미의 목소리만 카메라 셔터를 누르는 소리 속에 섞여 들어갔다.

도원은 MJ의 소매를 잡아당겼다. 나가자는 눈짓에 MJ가 반색을 하며 좋아했다. 문을 열고 나오자 그제야 꾹 참았던 숨을 토해 내듯 느리고 길게 날숨을 뱉는 MJ였다.

"숨 막히는 줄 알았네."

MJ의 투정에 도원이 작게 웃음을 터뜨렸다.

"빈유미 씨 대단하죠. 나는 저런 상황이면 한마디도 못할 거예요."

"나도. 다들 그 여자 잡아먹을 것처럼 마이크 들이밀던데, 흠."

시끌벅적한 안쪽 상황과 달리, 복도는 인기척 하나 없이 고요했다. 1층 복도 바닥으로 늦은 오후의 햇살이 일렁였다. 저물어 가는 햇살은 포근했다. 청사의 타일 바닥이 따뜻하고 노곤하게 달구어져 갔다.

"저기 있네요."

도원은 청사 로비를 가리켰다. 전 세계의 이목이 동시간대의 프레스 룸에 몰려 있다고 해도 과언이 아니었기에 로비엔 덩그마니 앉아 있는 사람 하나가 전부였다.

로비 의자에 앉아서 커다란 스탠딩 티브이의 뉴스를 물끄러미 보던 사람은 가까이 다가오는 발소리에 고개를 돌렸다. 복잡한 표정으로 뉴스를 볼 때완 달리, 표정이 부드럽게 풀어진다. 도원과 MJ를 보자 특유의 눈웃음을 지은 아이스가 밝은 어조로 인사했다.

"선생님, MJ."

도원은 아이스에게 한달음에 다가갔다. 옆에 앉아서 멍과 피딱지가 앉은 얼굴을 조심스레 살피려니, 그러한 도원의 배려에 아이스는 기분이 좋은 듯, 쑥스러운 듯, 자꾸만 바람 빠진 풍선처럼 웃기만 했다.

실없이 웃긴 왜 웃냐고 한마디 해 줘야 하는데. 얻어맞은 얼굴

외엔 어디 다친 곳이 없어 보여서 도원은 안도하며 다정하게 말을 붙였다.

"다친 데 없어요?"

"넵, 보시다시피 멀쩡해요."

"뉴스로 봤어요. 차타고 한강으로 떨어졌잖아요."

"그럴 작정으로 뛰어든 건데요, 뭐. 물에 빠지고 바로 문 열고 나와서 괜찮아요."

"병원은요."

"갈 시간이 어디 있겠어요. 몰래 도망치는 것만으로도 힘들었는걸요. 저보단 총에 맞은 MJ가 걱정되는데요."

총알에 관통당한 다리를 내려다보는 시선에 MJ는 어깨만 으쓱였다.

"내버려 두면 나아."

아직 병원엔 가지 않았다는 소리다. 도원이 MJ를 데리고 병원에 가리란 사실은 잘 알고 있었지만, 그래도 다친 다리를 절뚝거리면서도 태연하게 걷는 모습은 확실히 괴물 같았다.

저 체력과 의지는 본받긴 해야 할 텐데. 의지박약인 스스로의 성향을 떠올린 아이스는 그저 어이없는 웃음만 흘렸다. 그런 아이스를 보고 도원이 한마디 했다.

"그렇게 계속 웃고만 있으면 안 되죠."

그 잔소리마저도 듣기 좋아서 아이스는 생긋 웃었다.

"왜 안 돼요. 선생님, 저 뭐 하나만 부탁해도 될까요?"

"네?"

"한 번만 안게 해 주세요."

그 말에 MJ가 험악한 표정으로 뭐라 하려 했지만, 아이스는 대답을 듣기도 전에 도원을 와락 끌어안았다.

갑자기 품에 안긴 아이스를 보고 도원은 당황한 시선을 감출 수 없었다. 힐끔, 고개를 들어 MJ를 보니, 아주 아이스를 잡아먹을 기세라 사이에 낀 자신만 난처해졌다.

MJ가 억지로 잡아떼려기에 도원은 고개를 저어 보였다. 불만 가득한 MJ를 보면서도 도원은 이번만큼은 MJ 대신 아이스를 안아 주었다.

어깨에 고개를 묻은 아이스는 아주 깊게 숨을 내뱉었다. 더러워진 도원의 양복 재킷을 두 손으로 잡고 놓지 않기도 했다. 혼자서 얼마나 애를 썼을까.

아이스가 혼자 겪었을 불안과 공포와 걱정을 그 순간 한 번도 보듬어 주지 못해서 도원은 미안한 마음이 커졌다. 가장 애를 쓴 사람은 아이스인데, 그의 이 노력과 수고는 평생 아무도 인정해 주지 않을 테니.

"고생 많았어요, 정말 수고했어요."

손을 들어 강물의 비린내가 나는 머리카락을 만져 주자 품 안에서 아이스가 중얼거렸다.

"고맙습니다, 선생님."

무엇에 관한 감사 인사일까. 도원은 여전히 다정하게 머리를 매만져 줬다.

"제가 더 고마워요. 당신 덕분에 저와 MJ가 아직도 살아 있는걸요."

"선생님이 끝까지 도와주셔서 가능했어요."

"저는 아무것도 못했는걸요."

"농담하시는 거죠? 크랙을 그렇게 흔들어 놓은 건 선생님이셨잖아요."

"폭탄이 터지지 않도록 한 건 당신의 공이죠."

그 말을 들은 아이스는 어깨 부근에 묻은 고개를 조심스럽게 들었다. 눈물은 보이지 않는데도 어린아이처럼 울고 있는 듯한 그 시선에 도원은 부드럽게 미소만 지어 보였다. 흔들리는 아이스의 시선은 한동안 도원을 담아냈다.

"아, 저는 그냥 시키는 대로 했을 뿐인데……."

도원은 승합차에서 계속 아이스를 보고 있었다. 운전을 하면서도 왼손으로 휴대 전화를 조작하는 걸 차 안에 있던 그 누구도 알지 못했다.

아이스가 폭탄을 멈추고, 크랙의 시선을 돌려주는 일을 MJ와 그리즐리까지 모르게 진행했다. 도원이 세 사람을 믿었던 것처럼 이 마음 여린 사람도 도원을 비롯한 친구들을 믿었던 것이다.

혼자가 익숙한 사람인 줄 알았다. 이제 보니 외로움을 표현하지 않는 것이 익숙했던 모양이다.

우릴 믿고 따라 줘서 고마워요.

도원은 속으로 진심 어린 감사 인사를 했다.

당신이 도중에 생각을 바꿨다면, 일이 이렇게 잘 풀리진 못했을 거예요.

"수고했어요. 정말 고생 많았어요."

그 말에 옷자락을 움켜쥐며 기대던 아이스도 비로소 여유를 되찾았다.

피식, 웃으면서 도원을 바라보는 시선은 울지 않고 있었다. 눈물

없이 우는 법을 배운 아이스의 삶이 얼마나 차갑게 얼어붙어 있는지를 알려 하지 않기로 했다. 그래서 도원은 웃어 주었다. 아이스가 서 있는 곳이 겨울이 아닌, 봄으로 변할 수 있다는 것을 알려 주는 것처럼.

"으으, 이러는 거 좀 부끄러운데 좋네요, 히히."

너스레를 떠는 아이스의 미소에 도원도 미소로 화답해 주었다.

MJ가 잘못된 선택을 하지 않도록 지켜 준 것도, 크랙이 몇 번이나 협박한 그리즐리와 함께해 준 것도, 전부 다 도원 덕분이라고 생각하는 아이스였다.

도원이 구심점이 아니었으면 누구 하나가 잘못되었어도 이상하지 않았다. 도원이 중심을 잡아 줬기에 아끼던 친구들이 모두 무사할 수 있었던 것이다. 아이스는 애써 아무렇지 않은 목소리를 내려 했지만 이번만큼은 그렇게 자랑하던 연기력도 소용이 없었다.

학교에 찾아간 아이스를 보자마자 심리적으로 힘든 부분까지 알아봐 준 도원이 떠올랐다. 그런 도원을 생각해서라도 크랙 곁에서 위험한 일을 한 것이 후회되지 않았다. 7년 전에도, 이번에도 어김없이 도원에게 빚을 진 기분이었다.

"곁에 있어 준 것만으로도. 포기하지 않아 주신 것만으로도. 정말 감사합니다. 선생님 아니었으면 제가 도중에 그만뒀을 거예요. 너무 무섭고…… 혼자서 힘들었거든요."

언젠간 보은할게요. 다 갚을게요, 선생님.

그 뒷말은 꾹 참았다. 지금도 충분히 난처해 보이는 도원에게 괜한 부담을 주고 싶지 않았다. 그렇게 옅게 번지는 물기 어린 감동을 깨부순 사람은 다름 아닌 MJ였다.

"다했으면 손 좀 놓지?"

뒷덜미를 잡고 억지로 도원의 품에서 떼어 놓는 손길에 아이스가 눈살을 찌푸렸다. MJ는 노을에 물들어 꽤 근사한 분위기를 만들어내고 있었다. 하지만 그 모습을 멋있다고 감상하기엔 아이스 마음속에 유감이 깊었다. 이 오래된 친구가 도원에게 집착하는 사랑엔 이미 학을 뗀 터였으니까.

"선생님 좀 만지면 어떻다고."

"안 돼."

"선생님이 사탕이야? 아이스크림이냐? 닳냐? 닳냐고."

"어, 닳아. 비켜. 나만 먹을 수 있어."

으아아아! 이 미친놈이!

아이스는 뻔뻔한 변태 새끼를 보며 기겁을 했다. 그러곤 오히려 도원을 더 세게 안아 버렸다. 가는 허리를 양팔로 꼭 끌어안는 아이스를 보고 MJ의 눈이 뒤집혔다.

"야, 이 새끼야."

"뭐, 왜."

MJ가 으르렁거려도 도원을 끌어안고 놓지 않는 심술로 되갚아 주었다. 도원은 이 상황에 웃음을 삼켰다. 보호자를 사이에 두고 티격태격 싸우는 개와 고양이라도 보는 기분이었으니 말이다.

"나도 안을래."

어디선가 들려온 목소리에 도원과 아이스가 반응도 하기 전이었다. 아이스의 등 뒤에서 묵직하게 눌러 오는 힘에 결국 도원이 버티지 못하고 뒤로 넘어갔다. 그 틈에 도원을 붙잡아 냉큼 품에서 빼낸 MJ였다. 아이스는 기습적인 포옹에 뒤돌아볼 필요도 없이 반응했다.

“윽, 무거워, 인마.”

아이스를 끌어안은 그리즐리는 한동안 아무 말도 없었다. 그저 업히듯이 아이스의 목을 안고 있는 게 고작이었다.

한동안 가만히 있는 그리즐리의 반응에 장난스럽던 아이스의 분위기도 조심스러워졌다. 아이스는 고개만 돌려 자신에게 매달린 그리즐리를 바라봤다.

그리즐리는 아이스의 어깨에 고개를 묻고 있었다. 얼굴은 보이지 않았지만, 아이스를 끌어안은 손이 작게 떨리는 것으로 보아, 얼마나 걱정을 했는지가 고스란히 전해졌다.

아이스는 그런 그리즐리에게 무슨 말을 먼저 꺼내야 할지 몰라서 조금 주저했다. 말주변이 좋으면서도 이런 때엔 그 특기가 발휘되지 않고 어수룩한 사과만 뱉어졌다.

“걱정 끼쳐서 미안해.”

그 말에 그리즐리가 울먹이는 목소리로 말했다.

“앞으론 이러지 마.”

“응, 안 그럴게.”

“돈 때문에 위험한 일 하지 마. 내가 돈 많이 벌게.”

“쌀국수 몇 그릇 팔아서 누구 코에 붙이냐마는…… 알았어, 알았어. 진짜 안 할게.”

“네 돈 전부 털어서 너 찾는 데에 썼어. 그래서 겨우 따라붙은 거야.”

“그래, 그래, 나 때문에 고생 많았…….”

뜻하지 않은 이야기에 아이스는 감동이 와장창 깨진 얼굴로 눈살을 찌푸렸다.

"잠깐만, 뭐라고? 내 돈을 어쨌다고?"

아이스의 경악을 아는지 모르는지, 그리즐리는 코까지 훌쩍이며 말했다.

"나 이제 빈털터리야. 아니, 우리 이제 거지 됐다고."

경악한 아이스가 입을 떡 벌렸다. 그러곤 그리즐리를 밀어내고 멱살을 잡았다.

"야! 그거 어떻게 번 돈인데 그걸 홀랑 날려!"

화를 내는 아이스에게 그리즐리가 처음으로 강하게 맞부딪쳤다.

"그러게 그 돈 쓸 만큼 위험한 짓을 왜 하는 건데."

"아이 씨, 내가 그걸, 와, 너 진짜."

"이제 하지 마. 정말이야. 내가 더 노력할 테니까 위험한 거 그만해."

그리즐리의 눈에서 툭, 눈물이 떨어지는 바람에 아이스는 입을 다물었다. 도원이 크랙에게 붙잡히고, MJ는 다리에 총에 맞고, 폭탄은 터지고, 아이스는 크랙과 함께 다리 위에서 떨어지고.

그 모든 일을 보고 듣는 동안에 그리즐리는 충격도 많이 받고, 걱정도 많이 하면서, 자신은 아무런 도움도 되지 못한 일에 상처도 받고 있었다.

아무것도 하지 못한다는 것은 그리즐리를 괴롭게 만들었다. 그 마음을 알기에 아이스 역시 한두 푼도 아니고 억대 단위의 돈을 홀라당 날려 먹은 그리즐리를 차마 욕할 수가 없었다.

그걸 어떻게 모았는데. 동남아를 전전하며 위험한 일만 골라 하면서 간신히 모은 돈인데. 가게 창업하고 인테리어 하는 데에 많이 쓰긴 했지만, 그래도 남은 돈으로 집이라도 하나 살 심산이었는데.

7년간 계획했던 일이 휴지 조각이 되었다. 그 허망함에 한숨이

나오다가도, 울고 있는 그리즐리를 보니 모진 말을 도저히 입에 담을 수가 없었다.

미친 새끼야, 그 돈을…… 아니, 이 바보 같은…… 멍청이, 무식한 놈…….

그리즐리가 상처받지 않을 만한 욕설을 떠올리다가 포기했다. 그리즐리를 비난할 수 없었다. 이런 상황이 된 것도 모두 아이스 탓이었다.

"……알았어. 두 번 다시 이런 일 안 할게."

기죽은 목소리로 중얼거리는 아이스를 보고 그리즐리는 다시금 방울방울 눈물을 흘렸다.

"정말이지?"

"그래."

"약속하는 거다?"

"응."

그리즐리는 그대로 고개를 틀어서 아이스에게 입을 맞췄다. 눈물에 젖은 입술이 도장을 찍듯이 꾹 눌리는 순간, 아이스의 눈이 커다랗게 뜨였다. 얼음처럼 굳어 버린 아이스를 보면서 그리즐리가 입술을 떼고 웃었다.

"헤헤."

볼을 적신 눈물을 손바닥으로 닦으면서 다시 아이스에게 쪽, 하고 입을 맞추었다. 두 번이나 연달아 입을 맞추는 모습을 본 MJ는 입을 벌렸다. 그대로 턱이 툭, 떨어질 것처럼 놀라서 다물지를 못했다. 흔들리는 눈으로 지켜보던 도원은 눈을 여러 차례 깜빡이다가 슬그머니 뒷걸음질을 쳤다.

"어, 저, 자, 자리 비켜 드릴게요."

그 말에 아이스가 뒤늦게 정신을 차렸다.

"네? 아니, 아니, 잠깐만요, 선생님? MJ? 그게 아니라."

당황한 아이스의 얼굴이 순식간에 새빨갛게 변했다. 그러곤 붉어진 얼굴로 그리즐리를 향해 소리 쳤다.

"야, 뭐 하는 거야, 진짜!"

"나랑 앞으로 열심히 일하는 거야. 나쁜 일 말고 건전한 거. 내가 육수 끓일게. 넌 채소만 씻어. 알았지?"

"아니, 그런 얘길 하면서 왜 입을 맞추…… 아니, 얘가 미쳤나."

당황해서 식은땀까지 흘리는 아이스가 도원과 MJ를 돌아봤다. 뒷걸음질 치며 슬그머니 물러나는 도원과 아직도 자기가 본 장면을 믿지 못하고 도원 손에 끌려가는 MJ였다. 아이스는 자리에서 벌떡 일어났다.

"그, 아니, 저, 오해 마시고요, 선생님? 그렇게 쳐다보지 마시고요, MJ, 야, 야, 잠깐 서 봐, 야!"

횡설수설하는 아이스를 그리즐리가 잡았다. 손목을 잡은 손을 내려 손바닥을 덮고 깍지까지 꼈다. 아이스는 그리즐리를 경악하여 바라보았다. 정처 없이 흔들리는 시선에도 그리즐리는 손아귀의 힘을 풀지 않았다.

"너 진짜 싫은 짓만 골라 한다."

"집에 가자."

"왜 안 하던 짓을 해! 놀리냐!"

"알았어. 익숙해지게 앞으로 많이 할게."

"그 말이 아니잖아!"

“헤헤.”

“너 솔직하게 말해. 눈치 없는 척하는 거지. 알면서 이러는 거지!”

“헤헤.”

“아악!”

그리즐리는 버티는 아이스를 억지로 잡아끌어서 청사를 빠져나갔다. 그리즐리의 무릎 뒤를 걷어차며 화를 내는 아이스였지만, 얼굴이 빨개진 채 소리치는 모습이 그다지 위협적이지 않았다.

어린애들처럼 티격태격하는 모습이 순진해 보이기도 했다. 그러나 오랫동안 알고 지냈던 둘이 이런 관계일 줄은 모른 MJ의 충격이 컸다.

“……몰랐는데.”

중얼거리는 목소리는 정말로 모른 듯했다. 도원은 그런 MJ를 빤히 바라보면서 웃었다.

“난 알았는데요.”

청사 밖으로 사라져서 더는 볼 수 없게 된 둘에게서 시선을 떼어냈다. MJ는 도원을 내려다보았다.

“언제부터 저런 관계였어?”

“음. 서로 마음 있던 건 알겠더라고요.”

“진짜?”

“그런데 속마음은 숨기고 지냈나 봐요. 반응 보니까 우리가 첫 고백 장면을 본 거 같아요.”

다시금 그리즐리가 아이스에게 입을 맞추던 모습을 떠올린 MJ는 무참히 표정을 일그러트렸다.

“보고 싶지 않았어. 아, 왜 우리 앞에서 그런 짓을 한 거야.”

“우린 더했잖아요.”

“선생님이랑 재네랑 같아?”

“음? 다를 게 있어요?”

“너무 달라. 비교도 하지 마. 기분 나쁘니까.”

아니 대체 무슨 차이가 있는 거지. 도원은 눈을 깜빡이면서 고개를 갸웃했다. 그런 도원이 사랑스러우면서도 은근히 이런 부분에선 푼수 같고 눈치도 없다고 걱정이 이만저만이 아닌 MJ였다.

“그래도 서로 잃기 싫어서 고백 한 번 안 하고 계속 관계를 유지한 것 같은데요. 저는 보기 좋아요. 서로 솔직한 게 행복하잖아요.”

행여나 친구 관계가 틀어질까 봐 고백도 못한 채 그 오묘한 분위기로 몇 년이나 같이 지냈을까. 이제는 친구가 아닌 새로운 관계로 더 가까워지는 것도 나쁜 선택은 아닐 것이다.

프레스 룸에선 여전히 경찰들과 기자들이 신경전을 벌이며 날 선 질문과 답변을 주고받고 있다. 티브이를 틀면 MJ가 몰았던 승합차와 크랙이 갈취해서 밀어붙였던 주황색 머슬 카가 텅 빈 도로를 달리는 모습이 방송되고 있을 것이다.

청사 로비에 틀어 둔 뉴스에서는 크랙이 경찰들에 둘러싸인 채 병원으로 이송되고 있었다. 어깨에 맞은 총상 때문에 신문보다 치료가 먼저인 듯했다. 휠체어에 앉아 있는 크랙에게 기자들이 달라붙어 여러 가질 묻지만, 크랙은 반쯤 정신이 나간 사람처럼 혼잣말을 중얼거렸다.

〈존나 빡치네. 친구? 웃기지도 않아. 아, 도원, 그 새끼부터 죽이고 MJ도 끝내는 건데. 내가 너무 가지고 노는 데 심취했나 봐. 그냥 깔끔하게 다 해결할걸. 다 죽여 버렸어야 했는데, 흐히히, 씨발,

씨발, 씨발, 씨발, 히히히.〉

무슨 질문을 받아도 욕설을 중얼거리며 먼 곳만 바라보는 크랙이 화면 밖으로 사라지고 있었다. 폭탄까지 터뜨렸으니 형을 집행하는 데에도 시간이 걸릴 것이다. 그가 가진 돈으로 재판을 어떻게 이끌지 궁금했다. 이번에도 돈으로 모든 걸 해결할까. 그가 돈을 구할 수 있던 부모의 기업은 이번 문제에서 상관없는 일이라고 완전히 선을 그었지 않나.

이제 그에게 남은 방법이 뭐가 있을까. 없을 것이다. 평생을 감옥에서 썩으며 지낼 것이다. 돈이 아니면 그의 곁에 남을 사람은 없을 텐데, 이젠 그 돈마저 없으니.

도원은 대형 티브이를 지나쳐 로비를 가로질렀다. 붉게 물든 하늘을 한 번 올려다보고는 MJ에게 말했다.

"집에 가서 쉬고 싶어요. 오늘 하루 너무 길었어요."

노을이 짙게 깔려 있었다. 붉어진 하늘 너머에 비행운이 꼬리처럼 노을이 지나간 길을 하얗게 물들여 있었다.

아무렇지도 않은 평범한 하루의 일상을 마감하는 어조에 MJ는 새삼 노을이 붉다는 걸 깨달았다. 도원의 온화함 속에서 MJ는 따뜻하게 젖어 갔다. 도원을 다시 잃을까 봐 걱정했고, 지승준을 상대할 때처럼 최악의 상황이 벌어질까 봐 무서웠지만, 이번에는 달랐다.

이상한 일이었다. 여전히 MJ는 도원을 지키고 싶었다. 아끼면서 사랑하고 싶었다. 도원 역시 그러한 변함없는 마음으로 MJ를 대해주고 있는데 비슷한 일을 겪으면서도 전혀 다른 결과가 나온 것이 생소하고 낯설었다.

그때와 지금이 다른 점이 무엇일까. 그때는 서로를 잃을까 봐 불안해서 울었다면 지금은 함께 죽어도 괜찮지 않느냐며 폭탄을 들고 말하는 것 같은 변화일까.

서로를 믿기에 어떠한 형태로 삶이 나아가든지 받아들일 수 있다는 안온함일지도 모른다. 이제는 고통보다 행복을 먼저 생각하게 된 것이 원인일 수도 있다. 조금 더 현명한 선택을 하고 싶었다. 행복해지고 싶은 선택 말이다.

MJ에게 우주는 공허하지도 어둡지도 않았다. 작고 음습한 창고라는 우주는 이젠 햇살의 따뜻함과 봄바람의 포근함, 이번 주 중으로 피게 될 벚꽃의 꽃봉오리를 기다리는 것으로 변해 있었다.

우주를 밝히는 빛은 사라지지 않았다. 그 어떤 상황에서도 사라지지 않을 것이다.

"선생님."

MJ는 걸음을 멈추었다. 따뜻한 노을이 묻어나는 도원을 하염없이 바라보았다. 이 얼굴을 비추는 노을빛이 사라져도 내일 같은 시간에 다시 노을 색으로 물들 도원을 상상했다. 그것이 MJ가 느끼는 우주의 법칙이자 삶의 진리였다.

"있지, 부끄러운 말 해도 돼?"

그 말에 도원이 장난스럽게 대꾸했다.

"앗, 경찰청 앞에서 음담패설은……."

"날 대체 뭐로 보는 거야. 그런 거 아니야."

"하하, 농담이에요. 뭔데요? 어떤 말을 하고 싶어서 이렇게 마음의 준비를 시키나요?"

MJ는 한 번 더 목을 가다듬었다. 이렇게 준비해서 얘기하려니 무척 쑥스러웠다.

"있지, 음, 행복은 마약 같아. 한 번 맛을 보고 나니 그게 너무 달아서 손에서 놓을 수가 없어."

"마약 해 본 적 없으면서…… 설마 날 속인 거예요?"

"……진지하게 들어 주면 안 될까."

도원의 눈에는 귀여워 죽겠는 MJ였다. 이런 사람을 앞에 두고 어떻게 진지하게 들어 줄 수 있을까. 혹시나 마음 상할까 봐 얌전히 서서 바라봐주었다. MJ는 도원에게서 한시도 시선을 떼지 못했다. 도원은 그 시선을 미소로 받아 주었다. MJ가 쑥스러운 듯이 입을 뗐다.

"행복은 마약과도 같더라. 한 번 맛을 보니 그 달콤한 과실을 손에서 놓을 수가 없었어. 그 중독에서 벗어나는 방법을 선생님은 알아?"

애초에 대답을 기다린 게 아니란 듯이 MJ는 도원의 머리카락 한 올, 눈썹, 하얀 피부를 시선만으로 꼼꼼하게 더듬었다.

"나는 못 찾겠어. 찾고 싶지도 않아. 난 이미 선생님에게 중독되어 버렸고, 이 행복한 마약에 중독되어 치료 받고 싶은 생각이 없어졌어. 선생님도 그랬으면 하고 바라게 돼. 나를 마약처럼 여겨 주면 얼마나 좋을까."

반쯤 위협을 섞어 선전 포고하는 MJ에게 도원은 참지 못하고 웃음을 터뜨렸다.

"당신에게 반해서 내가 제정신을 못 차리길 바라는군요."

"내게 행복은 그런 거거든. 인사불성."

"나는 조금 더 평온한데. 커피 같은 거예요."

"향기로운 거야?"

"매일 찾게 되는 습관 같은 거요. 없으면 무력해지고 지쳐서 금방 피곤해지는, 일종의 각성제죠."

마약이든 커피든 그게 그거려나. 어차피 중독되는 건 똑같으니까. 눈을 데굴데굴 굴리던 MJ가 말했다.

"선생님은 언제쯤 내게 반말을 할 수 있을까."

"응? 갑자기 왜요?"

"그냥. 더 다가가고 싶은데 선생님이 이렇게 단정하게 말할 때마다 더 다가가도 되는지 잘 모르겠어. 뭔가 규칙이나 질서를 지켜야 할 거 같거든."

"너무 큰 의미네요. 제가 존댓말을 하는 건 습관이거든요."

"그래도 듣고 싶어. 침대에서처럼 날 편하고 사랑스럽게 대해 주는 선생님이 좋아."

"내가 격식 없어지는 건 싫잖아요."

도원의 질문에 MJ가 오히려 놀라서 물었다.

"존댓말이 선생님이 생각하는 격식이야? 그럼 나한테도 격식 차리고 싶었단 말이네?"

"아, 그건 아니지만……."

"안 되겠다. 선생님 이제부터 나랑 있을 때 말 놓는 습관 들이자."

"그건 어색한데요."

"요, 빼고 말하기."

"그, 그건 어색한데…… 요."

"아, 선생님."

MJ의 투정에 도원도 입술을 삐쭉 내밀었다.

"그러는 당신도 계속 날 선생님이라고 하잖아요."

"뭐야, 호칭이 마음에 안 들었어?"

"제 말은 습관이란 무서운 것이란 걸 알려 드리려는 거죠. 세 살 버릇 여든까지 간다는 말 있잖아요."

"난 이거 습관 아닌데. 얼마든지 호칭 바꿀 수 있어. 바꿔서 불러 줄까, 자기야?"

속으로 비명을 지른 도원이 황급히 고개를 저었다.

"더 적응 안 돼요!"

"요, 빼라니까."

"저, 적응 안 돼."

"잘하네, 우리 자기."

어째 말을 하면 할수록 말려드는 듯한 기분에 도원은 얼굴을 붉혔다. 말을 놓는 것도, 서로를 불렀던 선생님이란 호칭을 바꾸는 것도 모두 낯설고 낯간지러웠다.

존댓말과 선생님으로 아슬아슬하게 유지하고 있는 이 관계성이 정말로 허물어지면, MJ와 돌이킬 수 없을 정도로 뒤섞일 것 같은 기분이었다. 지금도 MJ 일이라면 깊게 생각을 하지 못하고 나서게 되는데, 이 증상마저 악화되면 어떻게 될까.

"우리 자기, 귀엽다. 얼굴 완전 빨개."

쪽, 입술에 닿은 키스가 여느 때보다 부드럽고 다정했다. MJ가 생각이 복잡해진 도원을 위로해 주는 것만 같았다. 이 위로는 한때 도원의 몫이었다. 불안해하는 MJ를 달래 주기 위해 그를 안아 주고 입을 맞춰 주며 좋은 말을 해 주었다.

언제부턴가 MJ가 그 역할을 대신하기 시작했다. 도원을 먼저 찾고, 챙겨 주고, 배려해 주면서, 다정한 얘기를 솔직하게 표현해 주었다. 한참이나 나이 차이가 나는 어린 애인인데도, 믿고 의지할 수 있어진 부분이 도원은 낯설고 이상했다.

MJ가 이렇게 변해 갈 줄은 상상도 못했는데. 아니면 연인에게 어리광을 부리느라 자신이 너무 어린애같이 변해 버린 걸까.

아무리 삶을 살아가도 아직도 모르는 것투성이인 도원은 MJ를 바라봤다. MJ와 나누는 시간도, 감정도, 생각도 모두 처음처럼 느껴졌다. 경험해 본 적 없는 이런 깊은 유대감을 뭐라 표현해야 할지 몰랐다.

살면서 한 번도 이런 적이 없었다. MJ와 함께할 수 있다면 뭐든 하고 싶다는 마음까지 가지게 되었다. 나이를 먹을수록 마음이 어려지는 기분이다.

MJ처럼 말해 주고 싶다. 그가 솔직하게 표현하는 행복에 관해서. 도원도 MJ에게 받는 행복이 무엇인지를 들려주고 싶었다.

"있지, MJ. 난 고속도로를 달리면 휴게소엔 꼭 들르는 습관이 있어요."

갑자기 무슨 얘기냐는 듯 MJ가 고개를 갸웃했다. 그 모습을 무척 사랑스럽게 바라봐 주던 도원이 웃으며 말을 이었다.

"늘어나는 계기판의 숫자를 봐도 달리는 내 관성은 그대로거든요. 이게 빠른 건지 느린 건지도 잘 모르겠더라고요. 멈추고 나서야 내가 너무 빨리 달렸구나, 느낄 수 있는 거죠. 그래서 저는 휴게소를 꼭 들러요. 쉬기 위해서 달리는 거예요. 목적지엔 언젠간 도착할 거잖아요. 어차피 도착할 것, 얼마든지 쉬어도 돼요. 쉬면 알 수 있을 거예요. 너무 빨리 달리느라 내 어깨와 두 손과 두 다리가 굳어 있었다는 것을요."

도원은 MJ를 잡아끌었다. 해가 지기 전에 집으로 돌아가고 싶었다. 쉬어가기 위해서 조금만 더 느리게 달리기로 했다. 어차피 목적지는 같았다. 도원과 MJ가 생각하는 목적지는 평생을 걸쳐서 느리게 달려 나가도 언제든 두 팔 벌려 환영할 곳이었다.

"천천히 가요. 우린 그래도 돼요."

그 말에 MJ가 웃었다.

"선생님 이제 괜찮아?"

무엇에 대한 괜찮느냔 질문인지 도원은 바로 알았다. 서로를 걱정과 우려로 바라보면서 아무리 '괜찮다'고 말해도 믿지 못하던 바로 얼마 전이 떠올랐다. 도원이 밝게 웃어 보였다.

"응, 괜찮아요."

그리고 이번엔 그 말을 MJ가 한 톨의 의심도 없이 믿었다. 도원이 말하는 '괜찮아'에 진심으로 마음이 편해진 것은 처음이었다.

MJ가 입은 총상은 병원에서 간단한 응급 처치만 했다. 그 이상의 치료를 거부한 MJ는 걱정하는 도원을 달래 가며 고속버스를 탔다. 집으로 돌아온 두 사람은 씻는 것도 까먹은 채 거실 소파에 누웠다.

도원은 넥타이를 반쯤 풀다 만 채 소파에 누웠다. 금세 깊은 잠이 든 도원 옆에 MJ가 기댔다. 외투조차 벗지 않은 채였다. 기절하듯이 잠든 둘이었지만 서로 머리를 맞댄 채 잡고 있는 손은 풀지 않았다.

천천히, 느리게, 행복으로 가는 길을 쉬어 가는 중이었다.

The last

The last

예식장엔 사람이 많았다. 북적이는 사람들은 방명록에 이름을 쓰고 축의금을 넣으면서 신부 측이나 신랑 측에 인사를 주고받고 있었다. 도원은 신부 측에 이름을 적었다.

축의금 봉투도 두 개 준비했다. 도원과 MJ의 본명이 적힌 봉투에 각각 백만 원씩을 넣었다. 축의 함에 봉투를 넣을 때 손에 들고 있던 휴대 전화로 메시지가 한 통 도착했다.

[도 선새애앵, 어딘가, 어디야! 아무리 찾아봐도 보이질 않아! 예식장 도착한 거 맞지? 내 얼굴 좀 보고 가재도! 나는 오늘 일이 있어서 축의만 하고 가야 하는데 지금 아니면 언제 보겠나!]

도원은 퍽 난감한 표정으로 주변을 돌아보다가 슬그머니 몸을 숙여서 그 누구도 자신을 찾을 수 없게 만들었다. 그러곤 조심스럽게 걸음을 옮기면서 답장을 보냈다.

[저 오늘 바빠서 축의만 하고 가려고요. 소장님 뷔페 제 몫까지

맛있게 드세요 〉_〈

애교 넘치는 이모티콘에 맹 소장이 뭐라 답장을 보내긴 했지만 냉큼 바지 주머니에 휴대 전화를 넣어 버리고 확인하지 않았다.

도원은 고개를 들어 사람을 찾아보았다. 북적이는 사람들 틈에서 한 걸음 물러난 채 서 있는 남자가 보였다.

평소엔 본 적 없는 정장 차림의 MJ였다. 왁스로 머리를 넘긴 그는 핏이 잘 떨어지는 슈트 차림이었다. 검은 슈트에 넥타이. 손목시계도, 벨트도, 신발도 모두 도원과 같은 브랜드로 짝 맞춰 구매한 것들이었다.

은시계가 불편한 듯 소매 안쪽을 만지작거리면서 가끔 손목을 털어 시계 위치를 조정하는 그 모습이 무척이나 세련되고 아름다워 보였다. 워낙 키도 크고 체격도 좋다 보니 하객들의 시선을 잡아끌기도 했다.

구경하는 사람 중엔 화상 흉터가 심한 모습을 보고 눈살을 찌푸린 이도 있었고, 화상 자국쯤은 신경 쓰이지 않을 만큼 독특한 분위기와 매력을 알아보고 시선을 떼지 못하는 이도 있다.

그렇게 많은 사람들의 관심을 받는 MJ는 조금 거북한 표정을 짓고 있었다. 하지만 가까이 다가오는 도원에게 집중하고 있어서 다른 이들의 관심엔 무관심으로 대응했다. 아니, 너무 도원 하나만 빤히 바라보고 있으니, 그에게 다가오는 내내 도원은 어색함에 쭈뼛거리게 되었다.

"저를 왜 그렇게 보고 있어요."

MJ는 도원에게 손을 뻗었다. 흘러내린 옆머리를 귀 뒤로 살짝 넘겨 주면서 말했다.

"선생님 멋있어서."

"응? 내가요?"

"응. 선생님은 정장이 왜 이렇게 잘 어울리지. 아침마다 보는데 매번 반하네."

"하하, 지금은 당신이 더 멋있는데요."

"이런 게 잘 어울려? 음, 선생님 눈에 멋있다니, 그럼 됐어."

"너무 멋있어서 다른 사람들이 다 보니까 좀 걱정되네요."

"눈 마주쳤다고 사람 안 때리거든?"

"아니, 그런 의미가 아니라…… 음, 아니에요."

차마 "사람들이 쳐다보는 당신이 멋있어서 불안해요." 따위의 질투는 할 수가 없었다.

도원은 MJ를 식장 안으로 잡아끌었다. 부드럽게 흘러나오는 바이올린과 피아노 선율의 음악이 아름다운 곳이었다. 식장 곳곳엔 꽃들이 화려하게 장식되어 있어서 평소에 꽃을 좋아하는 MJ를 기분 좋게 만들어 주고 있었다.

신부 대기실에서 오늘의 주인공을 한 번 보고 인사라도 할까 싶다. 하지만 다른 중요한 사람들을 맞이한다고 정신이 없을 게 눈에 뻔히 보이니, 신혼여행을 다녀온 후에 따로 인사를 하는 편이 나으려나.

곰곰이 고민하다가 사진만 찍고 바로 이동하기로 했다. MJ는 사람 많은 곳을 별로 좋아하지 않으니까 뷔페는 욕심부리지 말고.

"이상해요?"

도원이 옆에 서서 묻자 예식 홀 가장 뒤편에 선 MJ가 어색한 듯이 말했다.

"사람이 너무 많아."

"사람만 불편하고 다른 건 괜찮아요?"

"이 분위기 자체가 처음이라 좀 이상하긴 한데. 싫은 건 아니고."

난생처음 보는 화려한 공간에 MJ는 신기하면서도 거북스러운 오묘한 표정을 짓고 있었다. 투명한 유리로 만들어진 버진로드는 양옆으로 하얀 작약과 장미가 장식되어 있었다.

부부의 서약을 맺는 곳은 크리스털로 깎아 만들어 반짝거렸다. 하늘을 투명하게 올려다볼 수 있는 돔 형식의 유리 천장 아래로는 햇살이 내리쬐고 있었다.

MJ와 도원은 앞으로 살면서 평생 설 수 없는 공간이기도 했다. 이름도, 얼굴도 모르는 사람들로부터 축복을 받을 수도 없는 곳.

부럽거나 아쉽지는 않았다. 두 사람은 자리에 앉지도 않고 북적거리는 예식 홀의 뒤편에 서 있는 것을 더 편안하게 생각했다.

"선생님도 이런 곳에 섰었겠네."

첫 결혼에 대해 묻는 모양이었다. 도원은 MJ에게 비스듬히 기댄 채 대답했다.

"교회에서 결혼해서 이런 곳은 아니었어요."

"교회?"

"네, 미국에서 했거든요. 그쪽 커뮤니티 때문에 제가 신앙심이 그렇게 깊진 않았지만 교회에서 식을 올릴 수밖에 없었어요."

"여기보단 엄숙하려나."

"아무래도 그렇죠. 검소하게 했거든요."

도원과 함께 살면서도 MJ는 도원의 결혼식 사진이라든지, 미국 생활을 할 때의 사진첩을 본 적이 없었다. 도원이 어딘가에 보관해

두고 꺼내지 않는 것이라 생각했는데, 나중에 알고 보니 모두 정리를 한 것이었다. 그 얘기를 들었을 때 MJ는 말로 형용 못할 이상한 기분에 휩싸였다.

도원이 MJ를 만나기 전에 겪었던 것을 미련 없이 정리한 것만 같아서. 정말로 남은 인생을 MJ에게 모두 선사할 것처럼 느껴져서. 이 아름다운 로맨티시스트의 사랑을 한 몸에 받는 것이 손끝이 저릴 정도로 행복해서.

“으음, 그러고 보니까 제 딸이 여름 방학하면 우리 집에 내려오고 싶대요.”

북적이는 예식 홀이 조금씩 정리되고 있었다. 곧 식이 진행될 분위기였다. 사회자가 마이크 앞에 서는 동안에도 MJ는 도원의 이야기에 귀를 쫑긋했다.

“딸? 선생님 딸 말이야?”

아무래도 이런 얘기는 불편한가 싶어서 도원은 MJ의 표정을 살피며 말했다.

“네. 올해로 열다섯 살이거든요.”

“엄청 빨리 컸네. 시간 빠르다.”

“한동안 절 미워해서 연락도 안 했는데 이상하게 지난겨울부터는 몇 번 메시지도 보내고 전화도 하고 그러더라고요.”

“좋은 거잖아. 선생님한테 마음이 조금 풀린 거 아닐까.”

“그래도 그동안 해 준 게 없어서 뭘 어떻게 해야 할지…….”

딸아이가 필요로 하면 최대한 챙겨 줄 생각이었다. 못다 한 아빠의 역할을 요구하면 언제든지 하자고 마음먹기도 했다. 그것이 여름 방학이 되면 도원의 집을 찾아와 며칠 쉬다 간다는 얘기까지 커졌다. 도원으로선 밤잠을 설칠 정도로 큰 고민거리였다.

"불편하면 내가 당분간 집에서 나가 있을까?"

MJ의 물음에 도원은 고개를 저었다.

"아뇨, 그런 뜻에서 한 말 아니에요."

"그래도 선생님이랑 화해하고 좋은 분위기 되는 자리에 내가 있으면 더 안 좋을 텐데."

"제 생각은 다른데요. 그게……."

어떻게 말을 꺼내야 할지 몰라서 망설이는 사이에 홀을 감싸고 있던 부드러운 클래식 음악이 멈추었다. 음악이 사라진 자리의 조명도 어두워졌다.

홀에 있는 하객들은 크리스털 장신구들에서 비치는 반짝거리는 빛에 집중할 뿐, 서로의 얼굴에 진 그림자를 확인하지 않았다.

사회가 마이크 앞에 서서 이런저런 얘기로 분위기를 잡기 시작했다. 하객들이 가끔 웃음도 터뜨리는 재치 있고 발랄한 이야기를 뒤로한 채 도원이 조용히 말했다.

"당신을 화향이에게 소개해 볼까, 생각하고 있어요."

MJ는 아무 말도 없이 도원을 바라봤다. 많이 놀란 얼굴이었다. 도원이 무슨 의미에서 그런 얘길 꺼냈는지도 충분히 이해하고 있었다.

"아, 음."

당황한 MJ가 조심스럽게 말했다.

"놀랄 텐데. 어린 여자애잖아."

"제가 애인이 있는 건 알고 있어요."

"그 애인이 남자인 것도 알아?"

"그건 아니지만……."

"이렇게 무섭게 생긴 남자인 건 모른단 거지?"

"뭐가 무서워요."

"선생님만 날 좋게 보는 거 이제 그만 인정하자."

"그런 뜻이 아니잖아요."

"괜찮아. 굳이 누군가에게 내가 인정받고 싶은 건 아냐. 억지로 나 소개했다가 분위기 망치고 싶지 않아."

"인정받으려는 게 아니에요. 그냥…… 딸애에게도 제가 행복하다는 걸 보여 주고 싶어서 그래요."

"……선생님."

"그러면 안 되는 걸까요? 아빠 자격이 없는 사람이 행복해 보이면 화향이도 화가 날까요? 어떤 태도를 취해야 하는지 저도 잘 모르겠어요."

복잡한 심경을 고백하는 도원과 그런 도원을 안쓰러운 표정으로 바라봐 주던 MJ는 결혼 행진곡이 들리자 잠시 대화를 중단했다. 신랑과 신부가 손을 잡고 동시 입장을 하고 있었다.

긴 웨딩드레스를 끌면서 버진로드를 걷는 사람인 빈유미에게 모든 하객들의 시선이 꽂혔다. 무겁고 불편한 옷자락에 한동안 길렀던 머리를 단정하게 말아 올린 그녀는 누가 봐도 긴장해서 식은땀을 삐질삐질 흘리고 있었다.

옆에서 빈유미의 손을 잡고 행진하는 신랑도 똑같이 긴장하고 있었다. 손과 발이 같이 나가는 실수를 보여서 친구로 보이는 하객들이 웃음을 터뜨리기도 했다.

동반 입장이라니 너무 빈유미다웠다. 시골에 사신다는 부모님이 이걸 정말 허락하신 게 놀랍기도 했다. 신랑 신부가 똑같은 표정으로 안절부절못하는 모습이 그렇게 사랑스러워 보일 수가 없다.

주례 앞에서 결혼 서약을 하는 동안에 MJ가 말했다.

"선생님 딸한테 소개해 줘. 내가 잘해 볼게."

그 말에 빈유미를 향해 미소 짓고 있던 도원이 놀라서 눈을 크게 떴다. MJ가 당연히 불편하게 생각할 줄 알았다. 이 문제는 나중에 MJ와 딸아이의 입장에 대해 더 신중하게 생각하고 얘기를 해 보려 했다.

MJ가 단번에 결정하여 말을 꺼낸다는 건 예상 밖이었다. 놀란 도원에게 MJ는 왁스로 단정하게 머리를 넘긴 얼굴을 살짝 숙이면서 말했다.

"내가 선생님 딸이라면 선생님이 행복하게 사는 걸 보고 싶을 거야. 그리고 그걸 받아들일 준비가 되어 있으니까 여름에 내려온다고 말한 거겠지. 기껏 결심하고 내려온 딸이잖아. 좋은 모습 보여 줘야지. 내가 너무 내 입장에서만 생각했나?"

MJ가 그 정도로 깊게 생각해 볼 줄은 몰랐다.

"괜찮겠어요?"

"어린 여자애는 만나 본 적 없어서 잘 모르겠어. 새끼 강아지처럼 대하면 되는 건가?"

"하하, 그런 말이 어디 있어요."

"그거 있잖아. 꼬물거리는 어린 강아지들. 나 그런 거 보면 막 어떻게 해야 할지 모르겠더라고. 여자애란 거 그런 거지?"

"그런 거 아니지만 그편이 이해하기 쉬우면 그렇게 생각해도 돼요. 새끼 강아지 같은 존재."

“그럼 맛있는 거 많이 해 주고, 잘 놀아 주고, 상냥하게 쓰다듬어 줄게.”

“다 좋은데 쓰다듬는 건 화향이 허락 받고 해야 해요.”

“아, 억지로 쓰다듬으면 깨무나?”

“지금 사람이랑 강아지랑 정말로 헷갈려서 그런 말 하는 거 아니죠?”

“공부해야 할 게 늘었어.”

“그런 공부라면 백 번은 더 해야겠어요. 잘못하면 성희롱이거든요.”

“머리 한 번 쓰다듬는 게 그렇게 무거운 문제란 말이지.”

“성희롱도 무겁게 생각해 주고, 많이 공부했어요, MJ.”

“당연하지. 강간이 섹스가 아니란 것부터 선생님이 차근차근 모두 알려 줬잖아.”

도원은 MJ를 새삼스레 바라봤다. 모든 하객들이 눈을 떼지 못하는 아름다운 신부에게서 유일하게 고개를 돌린 채 서로를 바라보는 MJ와 도원이었다.

두 사람은 가장 밝은 조명 아래에서 키스로 사랑을 맹세하는 식장의 주인공과 달랐다. 불 꺼진 어두운 구석에서 서로의 손을 잡고 우스꽝스러운 이야기를 주고받는 바보 같은 커플이었다.

아마도 평생을 살면서 이렇게 밝은 빛 아래서 사람들에게 자신 있게 서로를 소개해 주진 못할 것이다. 그러나 그 또한 어떨까 싶었다. 주변 사람들에게 인정받고 이해받아야만 성립할 수 있는 것이 사랑은 아니었다. 적어도 두 사람은 그렇게 믿었다.

“사진 찍겠습니다! 신랑 측, 신부 측 친구분들 모두 올라오세요!”

경찰청 동료들이 축가를 부르거나 춤을 추면서 한바탕 즐거운 일이 벌어진 후에 사진 기사가 버진로드에 서서 손을 흔들었다.

긴장해서 쩔쩔매던 빈유미도 그제야 웃음을 되찾았다. 가족들과 먼저 사진을 찍고 친구들과 사진을 찍던 중에 저 멀리 있는 도원을 발견하고 얼른 손을 들었다.

오라고 손짓을 하는 바람에 도원은 난처한 표정을 지었다. MJ가 등을 떠밀지 않았다면 조용히 식장을 빠져나갔을 것이다.

"찍고 와. 여기서 보고 있을게."

도원은 경찰청 사람들이 포진해 있는 곳을 조심스럽게 올라갔다. 대부분 도원의 명성을 익히 들어 알고 있는 사람들이었다. 몇몇은 실제로 일할 때도 봤던 사람들이어서 자연스럽게 사진 찍을 자리를 안내해 주었다.

여러 차례 사진을 찍은 후에 하객들 중 아는 사람들에게 인사를 하고 내려가려 할 때였다.

"너, 잘 던져야 한다!"

부케를 받기 위해서 정장 차림의 여성이 올라와서 외쳤다. 빈유미는 백합으로 풍성하게 만들어진 부케를 흔들면서 자신 있게 소리쳤다.

"내가 얼마나 연습했다고. 딱 받아!"

식이 끝나니 비로소 평소의 씩씩하고 활기찬 모습으로 돌아온 빈유미를 구경했다. 있지도 않은 여동생을 결혼시키는 기분마저 들 때였다.

"어어?"

연예인들이 야구장에서 시구를 하기 위해 수많은 연습을 하지만 정작 실전에서는 땅볼 투구를 하는 경우가 많듯이 빈유미가 연습했다는 노력은 그 순간 물거품이 되고 말았다.

너무 힘이 들어간 오른팔과 너무 힘이 빠져 버린 왼팔의 부조화로 부케는 미리 받기로 약속되었던 친구를 넘어 그 뒤로 높게 날아가 버렸다.

깜짝 놀란 빈유미와 친구가 동시에 고개를 돌렸다. 긴 포물선을 그린 부케가 버진로드 밑에 서서 구경하고 있던 도원에게 날아갔다.

도원은 얼떨결에 손을 펼쳤다. 억지로 잡으려던 것은 아니었다. 길게 날아온 것을 반사적으로 받으려 했을 뿐이었다. 백합 부케는 너무도 자연스럽게 도원의 품 안으로 떨어졌다.

식장은 한순간 정적이 흘렀다. 단정한 정장 차림의 남자가 하얗고 아름다운 백합 부케를 들고 있었다. 어울리지 않아야 함이 정상이다. 그러나 이건 놀리지도 못할 정도로 무섭게 잘 어울리는 모습이라 다들 눈이 휘둥그레진 채 바라보기만 했다.

정작 자연스럽게 날아온 부케를 받아 든 도원은 눈빛이 흔들리고 있었다. 이게 무슨 날벼락인가 싶어서 더듬거리며 항변했다.

“죄, 죄송합니다. 제가 받으려고 한 게 아니라 꽃이 날아와 안겼습니다.”

원래 도착할 자리가 도원의 품속이었다는 것처럼 백합의 우아하고 가녀린 목이 도원의 품속에서 흔들렸다.

“다시…… 던지면 되는 건가요?”

부케를 돌려주려는 도원을 보고 빈유미가 웃음을 터뜨렸다.

“아니에요. 선생님이 받으신 것도 운명이죠. 선생님 거예요. 가지세요.”

정작 부케를 받지 못한 친구는 좌절한 표정이었지만 빈유미는 이 모든 상황이 유쾌해서 참을 수 없는 것처럼 보였다. 구경하던 경찰청 사람들이 박수까지 치는 바람에 도원은 백합만큼 하얗게 질린 얼굴로 어쩔 줄 몰라 했다.

저 먼 구석에 서 있는 MJ를 바라봤다. MJ는 한 손으로 얼굴을 가리고 웃고 있었다. 어째 놀리는 것보다는, 좋아서 미치겠다는 모습이다.

"부케 받으면 1년 안에 결혼해야 하는 거 아시죠? 저 기다릴 거예요!"

활기차게 외치는 빈유미를 보면서 도원은 얼굴을 붉혔다. 아니 이게 무슨 날벼락에 우스꽝스러운 모습인지.

품에 안긴 부케로 얼굴을 가리는 모습은 그날 가장 아름다웠던 빈유미의 모습만큼 두고두고 경찰청에서 회자되었다. 아름다운 부케 속에서 얼굴을 붉히는 모습을 보니, 분명히 결혼할 임자가 있다는 루머와 함께.

"아하하하."

"웃지 마요."

"아, 하핫, 아하하."

"아, MJ."

도원이 아무리 말해도 MJ는 웃음을 멈추지 못했다. 조수석에 앉아서 백합 부케를 어쩔 줄 모르는 얼굴로 내려다보는 도원 때문에 미칠 지경이었다. MJ는 운전도 잊고 그대로 키스하고 싶은 욕구를 참아 내느라 인내심을 끌어모아야 했다.

왜 하필 하고 많은 꽃 중 백합으로 된 부케였는지, 운명에도 신이 있다면 그 장난과 진심이 의심되는 순간이었다. 청초한 한 떨기 꽃송이들이 오밀조밀 붙어 있는 부케 속에서 눈가까지 붉어진 도원은 사랑스러움 그 자체였다.

날아온 부케를 잡으려고 노력한 것도 아니다. 가만히 서 있다가 품 안

로 떨어진 꽃이었다. 정해진 자리에 도착한 것처럼 너무도 자연스럽게 받아 버린 도원의 모습은 평생 잊지 못할 것만 같았다. MJ는 눈가에 맺힌 눈물을 손끝으로 닦으면서 간신히 웃음을 참았다.

"선생님, 나랑 1년 안에 식 올려야겠다."

"계속 놀릴 거예요?"

"진심인데?"

"남자 두 명에게 식장 빌려주는 곳은 없어요."

"스몰 웨딩 하면 되지."

그 말에 가만히 생각해 보던 도원이 말했다.

"그럼 드레스는 당신이 입는 거죠?"

"뭐래, 선생님이 입어야지."

"안 할래요."

"부케 받았잖아."

"부케 받았다고 왜 내가 드레스를 입고 식을 올려요. 그럼 둘 다 남성 정장."

"선생님 그 부케 들고 입장해야지. 내 신부잖아."

"윽, 그만 놀려요."

"드레스 입은 선생님이라니. 벗기면 가터벨트 엄청 야하겠지?"

"그, 그만하라니까요!"

이러다가 운전 중인 것도 잊고 한 대 맞을 것 같아서 MJ는 간신히 웃음을 삼켰다.

예식장에서 밥도 먹지 않고 나왔다. 부케를 받은 도원이 MJ와 함께 식당으로 가면 어떤 시선이 쏟아질지 알기에 슬그머니 빠져나오는 수밖에 없었다. 밥은 다른 곳에서 먹기로 했다. 서울에 올 때마다 만나는 그리즐리네 식당에서였다.

식당에 가서 부케 얘기는 하지 않기로 했다. 아이스는 꽃을 의미심장하게 한 번 쳐다보고 말 것 같지만, 그리즐리는 "아니, 세상에, 선생님, 부케 받으셨네요! 결혼하시는 건가요? 신랑은 MJ고요?" 라고 굳이 입 밖으로 내지 않아도 될 말을 할 것 같아서였다.

MJ는 그리즐리의 식당 앞에 차를 세웠다. 익숙한 곳에 차를 세웠는데도 도원은 달라진 눈앞 풍경에 눈을 동그랗게 떴다. MJ 역시 엔진을 끄고 안전벨트를 풀면서 고개를 갸웃했다.

"뭔데 이렇게 사람이 많지?"

브레이크 타임 푯말을 걸어 둔 쌀국수 전문점. 그 앞엔 스무 명은 넘어 보이는 사람들이 서 있었다. 무슨 이벤트라도 여나. 주말엔 원래 이 정도로 사람이 오는 건가. 개점한 지 몇 달 되지 않은 음식점에 이렇게 사람이 몰리는 것은 처음 보았기에 MJ와 도원은 의아한 얼굴로 음식점을 향했다.

도원과 MJ가 닫힌 문을 여는 모습을 기다리던 사람들이 보고 있었다. 도원은 새치기를 한 것도 아닌데 머쓱해져서 얼른 가게 안으로 들어갔다.

문이 여닫히는 소리를 들은 주방 안쪽에서 한 남자가 고개를 빠끔 내밀었다. 머리에 두건을 하고 있는 그리즐리였다.

"선생님 안녕하세요! MJ도 안녕!"

밝고 활기찬 인사에 싱크대 쪽에서 재료들을 씻고 있던 남자가 고개를 돌렸다. 그새 꽤 길어 버린 꽁지머리를 노란 고무줄로 묶고 있는 아이스였다.

"이것만 얼른 씻기고 나갈게요. 잠시만요."

꽤 바빠 보이는 그 모습에 도원이 궁금증을 참지 못하고 물었다.

"오늘 무슨 날인가요?"

아이스가 다 씻은 재료들은 그리즐리에게 주면서 말했다.

"네? 무슨 날이요?"

"앞에 사람들이 많이 줄 서 있어서요."

"아, 벌써 서 있나요."

그리즐리에게 재료를 다 건넨 아이스는 힐끔, 창밖으로 사람들을 가늠해 보고는 주방을 나왔다.

"몇 주 전에 연예인이 왔다 갔거든요. SNS에 사진을 찍어 올렸던데 그거 때문에 유명해졌어요."

생각지도 못한 홍보 효과에 도원은 눈을 휘둥그레 떴다.

"누군가요?"

"저도 처음 보는 사람이라서 잘 모르겠어요. 무슨 아이돌이라던데."

아이스는 젖은 손을 앞치마에 닦고 휴대 전화를 꺼냈다. SNS 계정에 들어가자 인기 많은 게시 글 하나가 나왔다. 가게 상호명은 적혀 있지 않았지만, 팬들이 가게 인테리어와 주인 얼굴을 보고 찾아낸 모양이었다.

촬영을 허락한 그리즐리가 사진 속에서 매력적인 미소를 지으며 손을 흔들고 있었다. 아이스는 뒤돌아 있어서 얼굴이 보이지 않았지만 꽁지머리를 낸 금발의 염색 머리는 눈에 튈 수밖에 없었다. 도원은 그 글을 올린 아이돌 이름을 보고 작게 신음했다.

"화향이가 좋아하는 가수……."

협찬은 아닌 거 같은데. 방송 촬영 때문에 들른 거 같지도 않고.

연예인이 자신과 아무 연관도 없는 가게 사진을 이렇게 걸어 놓는 것은 처음 봤다. 정말로 맛있어서 감격한 건가 싶다가도, 연예인 마음을 어찌 알겠느냐는 결론에 도달했다. 이유야 어쨌든 간에 젊은 여성들을 타깃으로 인기가 많아져서 가게 주인 입장에선 다행이었다.

아는 사람들 사이에선 입소문이 나서 가게 매출에도 도움이 되었다. 장사가 잘되면 좋은 일이다. 그러나 돈이 좋긴 해도 그만큼 몸이 아픈 일인지라, 주먹으로 툭툭 어깨를 두드렸다.

"일이 너무 많아져서 힘들어 죽겠어요. 알바생 하나 뽑을까 봐요."

그 말에 그리즐리가 덧붙였다.

"둘 뽑자. 주방일 보조랑 너 홀 서빙 보조."

"둘이나 뽑을 돈은 안 되잖아."

"음, 그럼 홀 서빙만이라도. 너 이러다 골병들까 봐 무서워."

"그 정돈 아냐."

어깨를 주무르던 아이스가 힐끔, MJ를 돌아봤다. 근사한 정장 차림에 왁스로 머리까지 넘기고 있어서 꽤 낯설어 보이는 MJ였지만, 그 쌀쌀맞은 표정이나 눈썹을 한쪽만 꿈틀거리는 반응은 여전했다.

"뭐, 왜."

쳐다봐도 뭐라 그러냐. 저래서 길거리는 어떻게 다니나 몰라. 괜히 한마디 붙였다가는 신경전을 벌일 것 같다. 그래서 MJ를 직접 공략하는 대신에 MJ가 꼼짝도 하지 못하는 도원에게 우회로를 열어 보았다.

"선생님, 일단 앉아 보세요. 있죠, 재 요즘 무슨 일 해요?"

도원은 의자를 빼 주는 아이스의 친절을 받으면서 매번 이곳에 올 때마다 지정석처럼 앉게 되는 테이블에 몸을 기댔다.

"일은 따로 안 해요."

"회사 안 다닌다는 거죠?"

"네."

"재 요리 잘하죠?"

"그럼요."

"그럼 우리 가게에서 같이 일하면 안 될까요?"

눈을 휘둥그레 뜬 도원이 MJ를 돌아봤다. 하고 싶으면 해도 되긴 한데 미간을 팍 찌푸리는 모습을 보니 본인은 영 생각이 없는 모양이다.

"미쳤냐? 내가 여기서 왜 요리를 해?"

아이스는 너스레를 떨면서 MJ를 꾀어내기 시작했다.

"야아, 너도 이제 일하면서 사회생활 좀 해 봐야 하지 않겠냐. 언제까지 선생님한테 빌붙어 살래? 돈도 벌어 봐야지. 여기서 일해 봐. 월급 잘 쳐줄게."

"싫어, 새끼야."

"요리 솜씨도 좋잖아. 그 능력 왜 썩히냐, 아깝게. 이거 막 어렵고 그렇지 않거든? 그리즐리 도와서 좀만 해 봐. 금방 배울걸?"

"난 선생님한테만 요리해 주는 거야. 다른 사람 먹이려고 안 해."

"돈 받고 파는 건데 뭐 어때."

"알 게 뭐야. 선생님 아니었으면 요리 안 했어."

"아, 진짜. 너 돈 안 벌 거냐?"

"벌긴 해야 하는데."

"근데?"

잠시 말문이 막힌 MJ가 힐끔, 도원을 바라봤다. 도원은 티격태격하는 두 사람을 귀엽다는 듯이 바라보다가 아이스까지 제게 눈을 돌리자 대수롭지 않게 말했다.

"MJ가 공부하고 싶다고 해서 지금 검정고시 준비하고 있어요. 제가 시간 아까우니까 알바도 하지 말라고 했는데요."

아이스가 입을 쩍 벌렸다.

"공부?"

네가? 왜? 대체 뭐 때문에?

혼란과 경악의 도가니에 빠진 아이스의 표정이 미묘하게 일그러졌다. 덕분에 MJ의 꿈틀거리는 눈썹의 각도가 더 매서워졌다.

"네가 보태 준 거 있어?"

"아니, 너무 놀랐잖아. 검정고시만 보게? 대학까지 준비하는 건 아니고?"

"대학은……."

가려고 해도 성적이 되어야 하니까 지금 할 얘기는 아니었다. 입을 다문 MJ 대신 도원이 다시금 밝게 말했다.

"공대 준비하고 있어요. MJ 머리도 좋고 수학적인 계산도 빨라서 무리 없을 것 같아요."

솔직한 대답들에 MJ는 조금 민망한지 한 손으로 얼굴을 가렸다. "아, 선생님, 나중에 얘기하지." 하고 중얼거리기도 했다. 서로 알 거 다 아는 사이에서 대학을 준비한다는 게 무슨 놀림감이 될지 뻔히 아는 모습이었다.

아이스는 놀리는 타이밍도 놓쳤다. 장난삼아서 공부한다면 모를까. 진지하게 대학 준비까지 한다니까 할 말이 없었다.

공대라니. 무슨 과를 준비하는지는 몰라도 생명 공학 쪽은 아닐 것 같고, 엔지니어링이나 프로그래밍을 다루는 쪽일까. 음. 기계를 잘 다뤄서 어울리는 것 같긴 하다만…….

"진짜 놀랍다, 너."

중얼거리는 아이스에게 MJ가 대거리했다.

"너희가 국수 가게 차린 게 더 놀라운 거야."

"그건 그래."

"남의 얘기처럼 대답하지 말고."

"아니, 나도 놀라워. 이러고 살 줄 몰랐는데."

그 말에 그리즐리가 육수에 재료를 넣다 말고 헤실헤실 웃으며 말했다.

"이번에 아이스랑 같이 살 집으로 이사하거든. 너도 올래? 올 때 휴지 사 와. 선생님, 꼭 같이 오세요. 맛있는 거 대접해 드릴게요."

그리즐리의 말에 아이스가 확, 얼굴을 붉혔다.

"같이 산단 말은 왜 해!"

"응? 맞잖아."

"아니, 그러니까 여기서 그런 말하면……."

"뭐가 어때서?"

"그, 그게."

아이스는 식은땀을 삐질삐질 흘리며 MJ를 바라봤다. 공부로 사람을 놀리던 아이스에게 약점을 잡았다고 확신한 모양인지 MJ가 사악하게 웃고 있었다.

"흐응, 그렇단 말이지? 알았어. 휴지 많이 사 갈게. 너희 둘이 쓸 일 많겠다."

야, 이, 미친놈아.

휴지를 어떤 식으로 연결 지었는지 MJ의 음란한 머릿속을 뻔히 들여다본 아이스였다. 속으로 욕설을 삼킨 아이스가 그리즐리를 노려보던 시선을 떼고 도원에게 고개를 돌렸다. 황급히 대화 주제를 바꾸었다.

"대학교는 어디 준비하는데요?"

도원이 해맑게 대답했다.

"제가 일하는 곳이요."

그 대답에 아이스는 물이라도 마시고 있었으면 뿜을 뻔했다. 도원이 일하는 곳. 이공 계열에 특화된 국립대.

도원을 찾아 대학교에 찾아갔을 때 대체 왜 이런 곳에서 일하나 싶었다. 찾아보니, 뇌 과학 연구소와 도원이 일전에 몸담았던 맹강조 소장이 일하던 국가 기관 연구소가 오랫동안 같은 프로젝트를 진행하고 있었다.

도원은 그 프로젝트에서 주된 일원으로 참여하는 중이었다. 그러니까 다시 말하면 한국에서도 알아주는 과학 기술 대학교를 MJ가 노린다는 말 아닌가.

“그게 가능해요? 아니, 잠깐만, 재 무슨 천재예요? 그게 가능할 리 없잖아요.”

놀라서 더듬거리는 아이스에게 MJ는 대수롭지 않게 대답했다.

“한국에 있는 대학은 서울권이 제일 높다며. 선생님 있는 곳은 지방이니까 경쟁률도 낮을 거 같은데.”

진짜 모르는 듯한 그 모습에 아이스는 움찔거렸다. 분위기를 보아하니 도원이 사실대로 솔직하게 말해 주지 않은 것 같다. “지방 국립대니까 등록금도 별로 안 들어가고요, 편하게 공부해요.”라고 속이기라도 한 게 아닐까. 그러다가 공부 성과가 따라 주지 않아서 좌절하면 어쩌려고 저러나 싶은데 MJ는 말이 검정고시 준비지, 짧은 시간에 웬만한 수능 준비까지 진도가 나간 듯했다.

“수학, 물리, 화학은 확실히 쉽더라. 영어도 할 만하고. 국어가 제일 어려워.”

“당신이 정답이 나오는 과목을 좋아해서 그래요.”

“솔직히 국어는 정답이라고 하는 것들도 이해 안 돼. 그거 그냥 해석하기 나름 아니야? 왜 그렇게 일방적으로 해석하고 정답이라 하는 거지?”

“그래서 학생들 보니까 이해 안 되는 건 그냥 문제를 통째로 외우더라고요. 어차피 수능 시험에 나오는 지문이 수천 개가 넘는 건 아니니까요.”

“나도 그래서 외우고 있어. 문학 쪽은 지문 다 외워서 이젠 외운 정답을 찍겠는데, 비문학 쪽은 시간 좀 걸리겠더라.”

문학 지문을 다 외우려면 몇 개의 작품을 외운다는 소리지. 수백 갠가. 수능 영역에서 다루는 작품 수가 적은 건 아닐 텐데.

혼란스러운 얼굴로 MJ를 낯설게 바라보기만 했다. 공부하는 건 도원이 모두 도와주는 모양이었다. 대화하는 걸 보니 MJ가 알려 주면 바로바로 이해를 하고 다음 단계로 나아가는 듯했다.

MJ가 머리가 좋다는 건 알고 있었다. 그게 공부 머리 쪽으로도 발달한 건 줄은 몰랐다. 어려서부터 제대로 공부를 하지 못해서 조금 아쉬움이 남아 있는 정도인 줄 알았다. 이제 보니 대학에도 미련이 있던 모양이다.

"하, 됐다. 가게 일 도와달라고 안 할게. 공부나 열심히 해."

자리에서 일어난 아이스가 시간을 확인했다.

곧 저녁 영업을 시작해야 한다. 손님이 없으면 MJ와 도원도 함께 대접할 수 있을 텐데, 바깥에 줄 선 사람을 보니 대접은커녕 신경도 못 쓸 판이다. 아이스는 뒷머리를 긁적이다가 한숨을 내쉬었다.

"선생님, 괜찮으시면 MJ랑 8시 넘어서 다시 와 주시면 안 될까요? 저녁 영업에 손님이 많거든요. MJ랑 선생님을 신경 많이 못 써 드릴 것 같아요. 시간 안 되시면 다음에 저희가 다시 초대할게요."

그 말에 도원의 시선이 창밖을 향했다. 젊은 여자들이 많이 서 있었다. 학교에서 가르치는 학생들과 다를 바가 없는 사람들이었다. 장사할 때 손님으로 맞이하는 것은 별개겠지만, 영업이 끝난 후에 다시 올 정도로 부담스럽지는 않았다.

"그럼 오늘 영업 저희가 도와드릴게요. 괜찮죠, MJ?"

어차피 오늘은 토요일이다. 내일까지 시간이 많이 남았다. 빈유미는 결혼을 했고, 아이스와 그리즐리하고는 아직 충분히 이야기를 나누지 못했다. 이대로 집에 가면 아쉬울 것 같았다. 언제 또 서울에 올지 모르지 않나.

MJ가 공부할 땐 집중력이 높아서 운동이나 아침 산책 외에는 멀리 이동하는 것도 부담스러워하는 편이다. 이왕 바깥으로 나온 거 MJ에게 충분한 휴식과 즐거움을 주고 싶었다.

그 마음은 도원을 생각하는 MJ도 같았다. 매일 논문을 쓰고 책을 보면서 서재에서 공부를 하던 도원이 오랜만에 외출을 하러 나와 밝은 표정으로 사람들과 이야기하고 있었다.

이대로 집에 돌아가 둘만의 시간을 보내는 것도 좋지만 조금 더 다양한 이야기를 나누는 도원이 보고 싶었다. 기분 전환을 할 거면 아쉽지 않게 해 주고 싶었기에 MJ는 자리에서 일어나며 정장 재킷을 벗었다.

"그리즐리, 주방 일 도와줄게."

와이셔츠에 반듯한 정장 바지 차림으로 주방에 들어가는 모습이 아이스 눈에 그렇게 낯설 수가 없었다. 오픈 키친 구조였다. 손님들이 테이블에 앉으면 MJ를 고스란히 볼 텐데 사람들 시선을 거북하게 생각하면서 괜찮을까.

도원은 MJ가 벗어 둔 재킷 위에 자신의 재킷을 함께 겹쳐 올렸다. 그러곤 걱정하는 아이스에게 말했다.

"서빙 도와드릴게요."

아이스는 도원과 MJ를 번갈아 보고는 일단 만류했다.

"이렇게까지 해 주실 필요 없으신데요."

"괜찮아요. MJ, 괜찮죠?"

"응."

"자, MJ도 괜찮다 하니 제게도 일감을 주세요."

"선생님 고생시키면 저 녀석에게 죽을 거예요."

MJ가 소매를 걷으면서 말했다.

"아이스, 다 들려."

아이스는 한 톤 조용한 목소리로 말했다.

"선생님은 쉬세요."

도원은 배시시 웃었다.

"서빙용 앞치마는 이거죠? 포스는 어떻게 찍나요? 아, 지금 바로 배우는 건 좀 그런가. 주문만 받아서 따로 알려 드릴까요?"

의욕적인 도원을 한참이나 혼란스럽게 보던 아이스가 입을 뗐다.

"정말로 도와주시게요?"

"네. 대신 한 시간만 일찍 문 닫기예요. 오늘 같이 근처 술집 가서 술 마셔요. 넷이서 함께."

묘한 표정으로 바라보는 아이스가 그리즐리와 MJ를 돌아봤다. 주방에 비스듬히 기대어 있는 MJ와 육수 앞에 선 그리즐리는 자연스러워 보였다.

빨리 끝내고 놀러 가길 기다리는 어린아이 같은 표정이었다. 아이스는 이렇게 자신들을 솔직하게 만들어 버리는 도원이 새삼 신기하고 고마웠다.

상대방을 무장 해제시켜 버리는 이 상냥하고 따뜻한 사람에게 MJ는 물론, 그리즐리도, 자신도 이길 수가 없다는 건 이제 잘 아는 터다.

함께 있으면 행복했다. 웃을 일이 많아졌다. 스스로를 소중한 사람으로 여길 수 있도록 배려해 주어 자신감도 생겼다.

도원이란 존재는 고마운 사람이었다. 그리고 언젠가는 꼭 보답하고 싶은 사람이기도 했다. 아이스는 그런 도원에게 예쁘게 웃어 보였다.

“응, 알았어요. 선생님은 손님들에게 테이블만 안내해 주시고 음식만 날라 주세요. 주문이랑 빈 그릇 치우고 테이블 닦는 건 전부 제가 할게요.”

그러면서 자신이 입기 위해 미리 빨아서 말려 둔 앞치마를 도원의 허리에 둘러 주었다. 정장 차림으로 가게 상호가 찍힌 회색 앞치마를 입고 있는 모습이 묘하게 섹시해 보이는 것은 아이스만의 착각이 아니었다. 허리도 가늘고 팔다리가 길어서 뭘 입어도 어울리지만은.

“얼른 끝내고 술 마셔요.”

도원에게 웃으며 말을 한 아이스가 도원과 함께 문으로 걸어 나갔다. 문을 열자 오랫동안 기다린 손님들이 보였다.

아이스는 입구를 가로막고 있는 브레이킹 타임 푯대를 치웠다. 열리는 문 안쪽에서 도원이 생긋 웃으며 손님들에게 말했다.

“오래 기다리셨습니다. 들어오세요.”

평소와 같은 다정함과 상냥한 목소리로.

Fin

After Short Story

After Short Story

찌르르, 풀벌레가 우는 한여름 저녁이었다. 휘영청 밝은 달 아래서 도원은 술에 취한 발걸음을 비틀거리며 옮겼다. 땅이 혼자서 널을 뛰고 있어서 걷다가 남의 집 담벼락을 짚어야 하는 일도 있었다.

술을 이렇게나 많이 마실 생각은 없었건만. 그래도 기분 좋게 마신 술이라 머리가 아프다거나 몸이 이상하진 않았다.

꽉 막혀 있던 연구가 극적으로 풀린 덕분에 회식을 하게 되었다. 의미 있는 연구 성과로 학계를 떠들썩하게 만들어서 가능한 일이었다.

뉴스와 시사 프로그램 쪽에서 인터뷰가 쇄도했다. 그 바람에 연구원들보다 입담이 좋은 도원이 연구 목적과 성과에 대한 인터뷰를 진행하게 되었다. 요즘엔 기업 스폰까지 붙는 바람에 일의 규모 자체가 커지기도 했다.

함께 일하는 연구원들이 행복해하며 회식 자리를 가졌다. 그곳에서 도원은 술을 못 마신다고 솔직하게 털어놓았고, 연구원들은 첫 잔만 권유했다. 처음이자 마지막으로 다 같이 건배를 한 후부터 술을 권유하는 사람은 없었다.

문제는 도원 자신이었다. 즐겁고 떠들썩한 분위기에 휩쓸려서 자신도 모르게 홀짝거렸다. 눈앞이 빙글빙글 돈다고 느꼈을 땐, 이미 소주를 주량이었던 반병 가까이 마신 후였다.

끌고 갔던 차도 학교 주차장에 내버려 둔 채 택시만 타고 집 앞에서 내렸다. 대문을 여는 그 몇 걸음이 버거워서 비틀거리다 그만 담벼락에 기대어 앉았다.

달아오른 볼을 후덥지근한 밤공기가 어루만졌다. 가만히 있어도 더위가 느껴지는 이상한 날씨였다. 여름밤이 깊어 가는 계절이었다.

커다란 보름달이 머리 위로 떨어질 것 같은 밝은 밤이었다. 술잔을 기울일 때마다 저 커다란 보름달이 술잔 안으로 퐁당, 빠지곤 했다. 맑은 소주 안에 빠진 보름달을 삼키느라고 주량을 잊고 말았다.

달의 맛이 어땠더라. 꽤 달았던 거 같아.

담벼락에 앉아서 멀거니 하늘만 바라보던 도원이 손목시계를 확인했다. 밤 열한 시. 이 시간에 연락을 해도 될까 해서 머리로 좌로 우로 갸웃거리다가 결국은 휴대 전화를 꺼냈다.

[솟장임 냐일 약ㄱ속 하루 미룸ㄴㅕ 안될까오]

눈에 힘을 주고 타자를 쳤지만 쏟아지는 오타 행렬을 고칠 새도 없이 발송해 버렸다. 자고 일어나서 정신을 차리면 베개를 주먹으로 때릴 일이었지만, 보름달을 너무 배부르게 마신 탓에 현실 감각이 흐려져 있었다.

[ㅠㅠ]

답변을 보낸 맹 소장이 메시지로 울었다.

[ㅠㅠㅠㅠ]

학교가 방학하면 한번 보자고 했는데도 계속 미뤄지는 속상함이다.

[도 선생, 나 만날 시간은 없으면서 다른 사람이랑은 술 마시는구나. 솔직하게 말해 주게. 나 피하는 거지? 그렇게 내가 싫은 겐가? 알았네. 이제 연락하지 않겠네.]

도원은 그 말에 담벼락에 기대고 있던 고개를 뗐다. 올해 초에는 장난삼아 맹 소장을 피하긴 했다. 그땐 맹 소장을 만나는 것보다 더 중요한 일들, 이를테면 MJ와 시간을 보내거나 크랙 문제에 집중할 때여서 다른 것에는 신경을 쓰지 못하고 있었다.

크랙 일이 마무리된 후에는 학교생활에 치중하느라 맹 소장과의 연락이 소원해졌다. 방학이 되어 학생들 평가까지 모두 마무리된 후에야 맹 소장을 만날 약속을 잡을 수 있었다.

그동안 맹 소장은 "날 이렇게 후순위로 두다니."라고 장난스레 말했지만, 이젠 정말로 속상하고 상처받은 눈치다. 도원은 그런 맹 소장에게 바로 전화를 걸었다.

"소장님."

손가락은 꼬였지만 혀는 꼬이지 않았다. 평소보다 나른하게 말하자 전화기 안쪽에서는 풀 죽은 목소리가 들려왔다.

〈도 선생, 잘 지내나?〉

"그럼요. 소장님도 잘 지내시죠?"

〈자네가 계속 피해서 잘 지낼 수가 있어야지.〉

"에이, 제가 왜 소장님을 피하나요. 그렇게 생각하셨어요? 그러지 마세요. 저 소장님 안 피해요."

대답이 없었다. 단단히 토라진 듯한 그 분위기에 도원은 미소를 지었다. 담벼락을 밝히는 달빛에 기댔다. 맹 소장이 한때 '달이 아름다워.'라고 보냈던 문자 메시지가 생각났다.

그땐 갱년기 증상이다, 늙어서 주책이다, 생각했는데 꼭 그런 것만도 아니었다. 이렇게 여유롭게 밤하늘을 올려다보는 것도 정말 오랜만이다. 분화구 자국이 선명하게 보이는 달이 아름다운 것도 사실이다.

그래서 도원은 맹 소장에게 더 다정하게 말했다. 이 다정함도 때를 놓치고 흘려보내면 저 달이 기우는 것처럼 조그맣게 변해 버릴 것 같았다.

"소장님 뵈면 같이 일하고 싶을까 봐 그래요. 요즘 일하면서 소장님 생각 많이 나거든요. 그 사람들도 좋은 사람들이긴 하지만, 저한텐 역시 소장님이 최곤가 봐요."

맹 소장이 계속 만나자고 하는 이유를 도원은 알고 있었다. 7년 동안 학계에서 공부를 했으니 다시 현장으로 복귀해서 같이 일하자는 말을 하고 싶어서일 테다.

도원은 솔직히 맹 소장이 있는 연구소로 돌아가고 싶었다. 맹 소장만큼 자신을 여러모로 도와주면서 신명 나게 일을 한 파트너는 전무후무할 테니. 그 소중한 인연을 이어 가고 싶었다.

하지만 다시 연구소에 복직하기까지 아직 마음의 준비가 안 되었다. 혹시나 환자들과 또 원치 않은 일로 엮일까 봐 걱정이 들기도 했다.

나이를 먹을수록 조심스러워지고 신중해질 수밖에 없었다. 멋모르던 젊은 시절처럼 이것저것 도전할 수가 없다. 잃고 싶지 않고,

지키고 싶은 것이 뚜렷했다. 그것들을 희생하면서까지 일을 진행하고 싶지는 않았다.

복잡한 생각들을 계속 하고 싶지 않았기에 맹 소장을 피해 왔다. 얼굴 보고 얘기하면 분명히 마음 약해져서 돌아가겠다는 얘길 하고 말 것이다. 그런 도원의 속사정을 조금이나마 눈치챘는지 맹 소장은 한결 누그러진 목소리로 말했다.

〈연구소 얘기 부담스러우면 안 하겠네. 그냥 밥 한 끼 하자는 거야.〉

"해도 돼요, 연구소 얘기."

〈……그동안 듣기 싫어서 피한 거 내가 모를 줄 아나.〉

"에이, 안 피했다니까요. 소장님 보면 그리워할 거 같아서 그래요."

〈보는데 왜 그리워해.〉

"봐도 봐도 그리운 사람이 있어요. 같이 있는데도 더 같이 있고 싶은 사람. 우리 소장님 그런 사람이잖아요."

〈아이고, 도 선생, 이런 술주정은 처음 봐!〉

"응, 저도 보고 싶어요, 소장님."

살가운 말에 심란해하던 맹 소장이 결국 웃음을 터뜨렸다. 도원은 그런 맹 소장에게 "왜 웃어요, 보고 싶다는데."라면서 투덜거렸지만, 그마저도 귀엽게 여겼다. 기분이 한결 풀어진 맹 소장은 도원이 평소에 알던 모습으로 돌아왔다.

〈그래그래! 밖에서 술 너무 마시지 말고, 집에 조심히 들어가. 우리 연구소 마스코트였던 도 선생이 그 학교에서 얼마나 예쁨받을지 생각만 해도 내가 속이 끓거든! 요즘 티브이에도 많이 나오던데, 바쁜 거 대강 정리되면 정말로 나랑 한번 보기야. 그때까지 나랑 매일 아침저녁으로 문자하고!〉

"아침에 일어나면서 문자 드리고, 자기 전에 문자 드릴게요."

〈약속이야!〉

"네, 약속."

도원의 약속을 확인한 후에야 맹 소장은 전화를 끊었다. 풀 죽어 있던 처음 목소리가 오해를 풀고 활기차게 마무리되어서 도원의 마음도 편했다. 이럴 줄 알았으면 빈유미의 결혼식장에서는 얼굴을 한번 볼걸.

의식이 흘러가던 대로 멍하니 생각하던 도원은 불현듯 예식장에서 들었던 클래식 음악을 떠올리고는 흥얼거렸다. 엘가의 음악이었지. 제목이 뭐였더라…….

"흐응, 흠, 흠."

노래를 흥얼거린 도원은 재킷 품속에서 뭔가를 꺼냈다. 한 손에 다 감싸이는 작은 통. 살짝 열어 보니 달빛을 받아서 반짝거리는 반지가 검은 벨벳 천에 감싸여 있었다.

MJ의 손에 끼워 주고 싶어서 맞춘 반지였다. 제작한 걸 찾아올 때만 해도 무척 행복했는데 이제는 어떻게 전해 줘야 할지가 고민이었다. 이걸 받은 MJ가 쑥스러워할까. 볼을 붉히는 MJ를 생각하는 것만으로도 기분이 좋아서 배시시 웃게 되었다.

"읏차." 하고 담벼락에 기댄 몸을 일으켰다. 불어온 바람이 목덜미를 스쳤을 때, 도원은 반지 때문에 기분 좋던 표정이 사뭇 딱딱하게 변하고 말았다.

문고리를 쥔 채 멈칫하더니 슬며시 고개를 돌렸다. 비닐봉지가 굴러가는 어두운 골목이 보였다. 가로등이 없는 곳엔 밝은 보름달의 빛도 닿지 않았다.

담벼락이 그림자를 높게 세운 곳에 누군가 서 있는 것만 같았다. 나무 그림자라는 걸 아는데도 사람 그림자로 보였다. 그림자 속에서 도원을 쳐다보는 사람이 있는 것만 같았다.

이번에도다.

어둠이나 그림자 속에서 도원에게 말을 걸던 존재가 다시금 목소리를 드러냈다.

'선생님.'

낮게 울리던 목소리였다. 등 뒤에서 돌아 나온 손이 목을 움켜쥐면 숨을 쉬기 버거워지기도 했었다. 그 환각은 최근 몇 달 동안 보이지 않았다. 평생 따라붙을 것 같던 목소리도 요즘은 희미했다. 희미해지다가 사라지면 좋을 텐데, 너무 많은 것을 욕심낸 걸까.

'선생님.'

스테이크를 썰면서 피비린내를 풍기는 감각들도 흐려졌지만, 망령은 유령이 되어 달라붙었다. 최근 들어 나타나는 횟수가 줄었지만 그래도, 여전히 도원의 목을 움켜쥐었다. 그 손길에서 아무리 도망치려고 발버둥을 쳐도 소용없는 것처럼.

달빛에도 비좁은 어둠을 고수하고 있는 골목을 오랫동안 응시하진 않았다. 도원은 고개를 돌리고 대문을 열었다. 선생님, 하고 부르던 목소리가 바람과 함께 사라지는 것 같았다.

"하아."

지친 듯 한숨을 내쉬던 도원의 발밑에 무언가가 채였다. 문 밑에 커다란 상자 하나가 놓여 있었다. 몸을 숙여 상자를 들어 봤다. 한 품에 가득 안길 정도로 제법 큰 택배 상자였지만, 가벼웠다. 어리둥절한 마음에 택배 라벨을 살폈다.

택배를 보낸 곳엔 처음 보는 상호명이 적혀 있었다. 받는 사람이 도원이고 주소도, 연락처도 정확해서 잘못 도착한 물건은 아니었다. 그러나 시킨 적도 없는 물건은 낯설기만 했다. 부피에 비해 가벼운 상자에 담길 내용물이 뭘까. 아무리 생각해도 알 수 없었다.

고민하던 도원은 택배 상자를 품에 안고 집 안으로 들어왔다. 거실의 조명등만 켜져 있는 걸 보니 MJ는 아직 집에 들어오지 않은 모양이었다.

MJ는 낮 시간 동안 공부를 하고 저녁 시간대에 운동을 다니는 규칙적인 생활을 하고 있었다. 그 꾸준한 루틴에 적응된 도원이기에 빈집을 맞이하고도 불안해하지 않을 수 있었다.

택배 상자를 거실 테이블 위에 올려놓고 MJ에게 전화를 걸었다. 때마침 운동을 마치고 집으로 돌아오던 MJ가 전화를 받았다. 블루투스 이어폰을 이용하는지 전화 감도가 조금 멀게 느껴졌다.

〈응, 선생님, 왜?〉

날이 더워서인가 보다. 아니면 평소보다 운동을 더 강도 높게 했을지도 모르고. MJ의 목소리에 거친 호흡이 섞여 있었다.

도원은 그렇게 섞여 드는 호흡이 귓가에 번지자 마른침을 삼켰다. 작고 가느다랗게 한숨을 내쉴 뻔했다. 술을 너무 많이 마셔서인가. 목까지 뜨끈뜨끈해져서 저도 모르게 손바닥으로 목 언저리를 지그시 누르고 있어야 했다.

"운동 중이에요?"

〈다했어. 지금 집에 가는 중이야.〉

"아, 혹시 택배 시킨 거 있어요?"

〈택배?〉

“네, 택배 라벨에 상품명이 안 써 있어요. 이게 뭘까요. 처음 보는 상호명인데. 옷은 아닌 거 같고…….”

나른하게 뒤를 끄는 말투에 MJ가 멈칫하더니 물었다.

〈술 마셨어?〉

도원은 상자를 뒤집으면서 대답했다.

“응, 마셨어요. 왜요?”

〈혼자서?〉

“오늘 회식 있다고 말했는데, 까먹었구나.”

MJ는 한동안 아무 말이 없었다. 도원이 고개를 갸웃하면서 “MJ?” 하고 부른 후에야 MJ가 한숨을 내쉬며 말했다.

〈선생님 술 취하면 목소리 이렇구나. 이걸 다른 사람들은 죄다 들었는데 나만 처음 듣는단 거지…….〉

말끝을 길게 끌던 MJ가 곧장 택배 얘기로 화제를 돌렸다.

〈택배는 내가 2주 전에 시켰어. 해외 물건이라 그런가, 엄청 늦게 도착했네.〉

해외에서 뭘 샀을까. 호기심이 더 커진 도원은 라벨지를 들여다보면서 물었다.

“해외 직구 했어요?”

〈아니, 쇼핑몰에서 산 건데 해외에서 들여오는 거라고 시간이 좀 걸렸나 봐. 그거 아직 개봉하지 말아 봐. 나랑 같이 뜯자.〉

대체 무슨 물건이기에 이러나 싶었다. 박스를 흔들 때 안에서 달그닥거리는 소리가 났다. 플라스틱으로 된 뭔가일까. 궁금증만 증폭되었다.

〈나 거의 다 왔거든. 열어 보지 마.〉

그렇게 말하니 더 궁금해졌다. 도원은 특이점도 없는 택배 박스를 이리저리 돌려보다가 물었다.

"뭔데 그래요. 먼저 열어 보면 안 돼요?"

〈안 된다니까.〉

"내 거예요?"

〈열지 마.〉

"깜짝 선물이구나?"

〈아, 선생님.〉

뛰어오는지 호흡이 더 가빠졌다. 귓속 가득 퍼지는 MJ의 숨소리를 듣고 있으려니 기분이 묘해지기도 하고, 조금 더 놀리고 싶은 마음도 들었다. 도원은 일부러 택배 상자의 테이프를 뜯어내면서 그 소리를 들려주었다.

"먼저 봐야지."

천천히 테이프를 뜯어내는 소리와 함께 닫힌 현관문이 요란하게 열렸다. 문고리를 잡고 있는 MJ가 숨을 몰아쉬고 있었다. 안 그래도 폭염 때문에 더운 날씨였다. 얇은 반팔 셔츠가 땀에 젖어서 몸에 달라붙어 있었다. 목 뒤로 선을 넘긴 블루투스 이어폰을 빼내서 바지 주머니에 넣고는 신발을 던지듯이 벗고 성큼성큼 다가왔다.

"봤어?"

MJ는 도원을 뒤에서 안듯이 팔을 돌렸다. 테이프를 반쯤 뜯다만 상자를 가져가려는 동작이었다. 단단하게 자리 잡은 팔 근육을 타고 땀이 흘렀다. 거칠게 내뱉는 숨소리와 젖은 옷 너머로 맡아지는 땀 냄새에 도원의 머릿속이 멍해졌다.

MJ에게서 맡아지는 특유의 날것 그대로의 냄새가 짙었다. 생고기에서 맡아지는 그 비린내 같은 냄새가.

가팔라진 호흡은 격렬하게 섹스를 할 때를 떠올리게 만들었다. 평소에는 이성적으로 사고하고 행동하려는 MJ였지만, 침대 위에선 여전히 조절을 어려워했다. 도원의 엉덩이를 때리면서 섹스를 할 때마다 MJ는 더 큰 흥분을 참지 못하고 몇 번이나 도원을 괴롭히곤 했다.

이렇게 젖은 몸으로 밀착해서 허리를 흔드는 MJ가 얼마나 섹시했던지…… 너무 몰아붙이듯이 몸을 섞을 땐 도원이 먼저 흥분해서 눈물이 터지기도 했다. 그럴 때마다 MJ는 도원의 눈가에 있는 작은 점을 핥았다. 맛이라도 보는 것처럼. 아주 오랫동안 핥고, 볼을 깨물며 영역 표시를 남겼다.

도원은 이불을 움켜쥐고 신음을 터뜨리던 자신을 떠올리곤 황급히 고개를 저었다. 야한 상상에 안 그래도 달아올랐던 얼굴이 더 뜨거워지고 있었다.

"아, 아직 안 봤네. 다행이다."

안심하는 MJ가 시선을 내렸다. 목덜미가 따끈따끈하더라니, 정말로 술기운이 오른 도원의 얼굴이 발그레했다. 평소엔 이렇게 끌어안기만 해도 괜히 부끄러워하고 쑥스러워했지만, 오늘따라 한 뼘 거리에서 눈이 마주쳐도 시선을 피하지 않았다. 느리게 속눈썹을 깜빡이면서 바라보는 시선이 야릇했다. MJ는 그런 도원을 바라보다가 눈을 가느다랗게 떴다.

"흐응?"

MJ는 택배 상자를 테이블 위에 내려놓았다. 그러곤 슬그머니 도원을 끌어안았다.

"뭐야, 왜 흥분했어?"

그대로 도원의 목에 쪽, 입을 맞추며 속삭였다. 도원은 자신의 셔츠까지 눅진하게 적시는 MJ의 열기와 땀을 느낄 수 있었다. 불쾌함을 느껴야 마땅한데도 MJ를 밀어내지 않았다. 엉기듯이 달라붙는 MJ를 고스란히 받아들이면서 오히려 마른침을 꿀꺽, 삼키기도 했다.

아, 요즘 잠자리를 갖지 않아서 그런 거다. 그러니까 이건 욕구불만인 것이지.

한동안 기말고사와 학생들 평가와 방학 전에 대학 연구소 프로젝트 협업 마감이 겹쳤었다. 집에서 잘 시간도 없어서 교수 전용 기숙사에서 쪽잠을 자곤 했다.

그러다 보니 집에 왔을 때도 기절하듯이 곯아떨어졌다. MJ는 그런 도원을 건드리지 않았다. 푹 쉬고 잘 먹고 출근할 수 있도록 도와주었다. 그렇게 한바탕 폭풍 같던 일이 지나가자 곧장 MJ에게 반응한다.

사람의 육신이란 이 얼마나 간사한가. 바쁜 일이 정리되자 바로 쾌락과 유희를 바라고. 자신이 이렇게 즉물적이고 세속적인 사람이었나. 번민에 빠질 정도로 고민하게 된 도원이지만, MJ를 밀어내거나 거부할 수가 없었다.

MJ를 살짝 올려다보았다. 이렇게 빤히 바라보는 것도 오랜만이었다. 너무 바빠서 얼굴을 들여다보기도 쉽지 않았는데 MJ가 말을 안 해서 그렇지, 그동안 서운하거나 섭섭했을 것 같다. 도원은 일에 푹 빠져 있어서 주변을 돌아보지 못한 것을 그제야 반성했다.

"MJ, 으음, 저기……."

도원은 망설이다가 조심스레 물었다.

"입…… 맞춰도 돼요?"

MJ가 미소로 화답했다.

"얼마든지."

그 허락이 떨어지자마자 MJ에게 가볍게 입을 맞췄다. 쪽, 하고 뽀뽀를 해 주니 MJ도 기분이 좋은 듯 아이처럼 웃었다. 그 미소마저도 짙게 풍기는 땀 냄새만큼 도원을 자극했다.

MJ가 이렇게 잘생긴 얼굴로 웃기도 하고, 혀 밑에 침이 고일 정도로 야하기도 해서, 이젠 배 속이 찌르르, 울렸다. 고작 운동을 마쳤을 뿐인데, 어쩜 운동만으로도 이런 분위기를 낼 수 있는 건지.

잡아먹고 싶어. 묶어 놓고 마음껏 핥고 싶은데. 그러면 MJ가 너무 놀라겠지. 진정하자, 진정하자고, 도원.

도원은 스스로에게 몇 번이나 다짐하면서 목을 다듬어 말했다.

"흠흠, 씻고 나와요."

계속 눈을 마주하고 있다간 먼저 MJ를 쓰러트리고 옷을 벗길 것만 같았다. 이성을 단단하게 붙잡으려고 노력하는 도원이었고, MJ는 그런 도원의 속마음을 모두 꿰뚫어 보았다. 욕정을 숨기는 도원의 고개를 억지로 들렸다. 사방을 헤매는 시선을 맞추며 웃었다.

"뭐야, 선생님, 진짜 흥분했네?"

공부만 하던 사람이 이러면 추태일 텐데. 한동안 혼자 정신없다가 여유 좀 생겼다고 바로 밝히는 인상을 주고 싶진 않았다. 도원은 어떻게든 작게 날숨을 뱉으면서 최대한 술기운을 이겨 내고 이성적으로 굴려 했다.

"어서 씻고 나오세요. 과일 좀 깎아 둘 테니까 먹고 자요."

슬그머니 어깨를 밀어내면서 부엌으로 향하려 했다. MJ는 그런 도원의 손목을 잡아당겨 다시 품에 안았다. 이번엔 노골적으로 온몸을 밀착했다. 입고 있는 트레이닝복 바지는 그런 MJ의 돌발 행동에 응하듯이 사타구니에서부터 존재감을 드러냈다.

"이게 얼마 만이야."

웃고 있는 MJ의 미소가 그 어느 때보다도 위험해 보였다. 도원은 맞붙은 하체의 뜨거움에 머릿속이 펑, 터질 것만 같았다.

MJ, 당신을 넘어트리려 하지 않으려는 사람한테 무슨 짓이야.

원망이 치솟지만 붙은 하체를 억지로 떨어트리려는 노력은 없었다.

"아니, 그게……."

입을 떼기 무섭게 MJ가 불룩 솟아 있는 부피감으로 눌러 댔다. 도원은 아무리 참고 참아도 얼굴이 화끈, 붉어지는 것까진 숨길 수 없었다. 다리 사이로 문질러지는 야릇한 감촉에 입 안이 바싹 마르는 듯했다.

"그게? 뭐? 응? 말하다 그만두면 어떡해. 빨리 마저 말해 봐."

도원의 말을 따라 하면서 다음 얘길 재촉했다. 도원은 해야 할 말을 잊고 마른 입술을 달싹였다.

"그, 그게 아니라……."

"설마 내가 운동하고 와서 그런 거야?"

"잠깐 놔 보세요, 숨 막혀요……."

"아니면 선생님 술 마셔서 그런 건가?"

"MJ."

"술 마시면 이렇게 변해? 이런 모습으로 사람들 다 만나던 거 아니지? 뭐야, 내 앞에선 약 먹는다고 술 안 마시더니, 밖에서 이러고 오면 나보고 질투하란 소리잖아."

"어쩔 수 없던 건데, 으, 미안해요."

"아, 귀여워 죽겠다, 선생님."

"귀엽다고 하지 마요. 당신 덮치고 싶어서 꾹 참고 있는데."

"미치겠네. 나 좋아 죽으라는 소리지."

도원은 머릿속에 실타래처럼 꼬인 변명의 말들을 고이 접어 묻어 버렸다. MJ의 말대로였다. 평범하게 운동을 마치고 돌아온 사람에게 이런 반응을 보이면 어쩌란 걸까.

MJ는 젊고 건강한 육체를 가진 아름다운 사람이다. 다정하고 친절하고 섬세하기까지 한 사람이니, 그런 그를 누가 싫어할 수 있을까. MJ가 도원을 충분히 사랑한다는 사실은 잘 알고 있지만, 한편으로는 아직 다른 사람을 만나 본 적이 없어서 도원밖에 모른다고 생각했다.

더 예쁘고 근사한 사람을 만나면 MJ도 마음이 흔들리지 않을까. 그렇다면 자신은 MJ를 위해서 이 사랑을 포기할 수 있을까.

불안한 마음이 들 때마다 도원이 선택한 일은 더 세게 MJ를 붙잡는 방식이었다. 실패했던 결혼 생활도, 내담자들과의 상담도, 모두 도원이 '포기'했기에 벌어진 일이라고 생각했다.

그런 식의 포기와 실패를 MJ와의 관계에서도 답습하고 싶지 않았다. 도원은 스스로 자신이 없으면서도 MJ를 놓을 수 없었다.

"있지, MJ. 나 술 취해서 이런 거라고 여겨 주고 하나만 대답해 주면 안 돼요?"

솔직하게 내뱉은 부끄러운 말에 도원 스스로 견디지 못하고 입술을 깨물었다.

"……나 변태 같아요?"

그런 도원을 멍하니 바라보는 MJ였다. 부끄럽고 어쩔 줄 몰라 하면서도, MJ의 관심과 사랑을 받고 싶어 하는 도원이었다.

앞으로 술 많이 먹여야겠다.

그렇게 다짐하며 MJ는 진지하게 대답했다.

"응."

MJ가 내뱉은 말에 도원은 충격을 받았다. 도원은 머뭇거리면서 걱정스레 물었다.

"저 진짜 변태예요?"

"응, 선생님 변태 맞는데."

"어떡해요?"

"뭘 어떡해?"

"저 변태면 당신이 싫어할 거잖아요."

"아니, 좋아서 환장할 텐데."

"MJ."

"돌겠다. 선생님, 술 취하면 이러는구나."

당황해서 머뭇거리는 도원을 보고 MJ도 더는 참을 수 없었다. 고개를 숙여 입을 맞추었다. 이미 몸에 밴 습관처럼 자연스럽게 키스를 했다. 끌어안은 도원의 몸을 만지면서 벌어진 입술 새로 혀를 섞었다.

"아, 응."

입 안에서 터지는 도원의 신음을 삼키며 고개의 각도를 바꾸었다. 농도 짙은 키스에 도원은 눈꺼풀을 떨었다. 참고 있던 욕정을 더는 다스릴 수 없는지 맞붙은 하반신을 도원이 오히려 더 강하게 누르기도 했다.

양손으로 MJ의 등을 끌어안고, 땀에 젖어 있는 셔츠를 움켜쥐었다. 한숨에 풍겨 들어오는 MJ의 체향을 맡으면서 가팔라진 숨을 몰아쉬었다.

"MJ."

다급하게 부르는 그 음성에 MJ도 인내심이 얕아지기 시작했다. 도원이 먼저 쪽쪽, 소릴 내며 혀를 빨아 줄 때마다 딱 미치기 일보 직전이었다.

보채기까지 하잖아. 뭐가 이렇게 불안해서 매달리는 건지. 도원의 적극적인 모습이 그렇게 사랑스러울 수가 없었다.

조금 더 매달리게 하고 싶어. 지금보다 훨씬 더 솔직하게 속마음을 털어놓게 하고 싶어. 불안해서 안절부절못하게 만들고 싶은데, 너무 못된 생각일까. 내가 없으면 일상을 지내는 것도 불안정하게 만들고 싶은데. 뭐든 의지하고, 뭐든 매달렸으면 좋겠다고.

MJ는 음습한 소유욕을 들키지 않으려고 최대한 표정 관리를 했다. 도원이 입고 있는 양복을 벗기고 셔츠 단추도 풀 때도 이 옷을 찢거나 터뜨리며 조급해하지 않으려고 애써야 했다.

도원의 옷 속으로 손을 넣어 맨살을 만졌다. 바깥 날씨는 조금만 걸어도 땀이 날 정도로 후덥지근하건만, 반듯한 양복 차림의 도원은 여전히 물기 없이 보송보송했다. 잘 말린 빨래 같은 도원의 피부를 만질 때마다 햇살 냄새가 났다.

MJ는 운동을 할 때와는 다른 의미로 날숨을 뱉었다. 도원이 먼저 고개를 틀어 가며 입을 맞춰 주는 것이 기분 좋았다. 덕분에 MJ의 날숨 속에 작게 앓는 소리가 섞이기도 했다.

"하아, 선생님."

"응, MJ."

숨결에 뒤섞인 채 서로를 부르고, 시선이 마주하면 눈을 감지 않고 입을 맞추길 반복했다. 처음에는 이렇게 먼저 매달리며 키스하는 것을 부끄러워하던 도원이었다.

도원은 스스로를 객관화하길 잘하는 사람이었다. 이성과 현실성에 두 발을 붙이고 살아가는 사람이었다. 그래서 본능으로 이루어지는 행위에 자꾸만 제어 장치를 걸게 되었지만, 이젠 그 브레이크가 고장 나 버렸다.

MJ와 키스를 하면 머릿속이 텅 비었다. MJ를 감각하는 것 외엔 아무것도 떠올릴 수가 없었다.

도원은 옷 속으로 들어온 MJ의 손을 잡아 가슴팍까지 끌어올렸다. MJ가 손가락 사이에 유두를 끼우고 매만질 때마다 맞붙은 입술이 파르르 떨리며 신음이 새나왔다. MJ는 그 신음을 삼키듯이 입술과 혀를 빨았다. 기분이 좋아서 움칫거리는 도원의 반응을 보면서 입술이 부르틀 때까지 몇 번이나 깨물었다.

"술 많이 마셨지? 많이 마신 거 같은데…… 으음."

앓는 소리를 흘리는 MJ는 술에 취한 도원을 구석구석 핥기 시작했다. 입술에서 콧방울로, 볼을 깨물듯이 핥으면서 귓불까지. 도톰하게 부풀어 오르는 유두를 손가락 사이에 끼우고 돌리면서 가늘게 떨리듯이 흘러나오는 신음을 삼켰다.

밀어내지 않는 도원의 모습에 MJ는 헷갈렸다. 흥분하고 싶은지, 자제하고 싶은지를 구분할 수 없는 반응이었다. 도원은 MJ에게 몸을 붙인 채 퍼붓는 듯한 애무와 키스를 받아들이고 있었다. 단순히 받는 것만으로는 부족했는지, MJ의 목에 팔을 감고서 그 입술에 쪽쪽 입을 맞추면서 대답했다.

"술 많이 안 마셨어요."

그 반응에 MJ가 침을 삼켰다.

"……선생님."

"많이 안 마셨는데 이제 뭐 하려고요?"

그러면서 더 세게 안아 오는 도원의 얼굴이 빨갛게 물들어 있었다.

잘 익은 복숭아 같다. 깨물면 단내가 너무 많이 나서 벌레가 잔뜩 꼬일 것 같은 복숭아. 혼자만 입에 넣고 굴리기로 했다. 질펀하게 흘러나오는 과즙을 모조리 삼켜서 벌레들이 냄새도 맡지 못하게.

"선생님, 오늘 기분 엄청 좋은가 봐, 그렇지?"

도원이 그 말에 배시시 웃었다.

"좋으면 안 될까요?"

"아니, 매일 행복했으면 좋겠어."

"당신이랑 있으면 매일 이렇게 행복하니까 걱정 마세요."

"좋아해, 선생님."

"그거 말고요."

"사랑해."

"나도……."

"사랑해, 정말로. 세상에서 제일 사랑해."

끊임없이 사랑을 속삭이는 MJ에게 도원은 부끄러워서 머뭇거렸다. 이젠 익숙해졌다고 생각하면서도 이렇게 고백을 쏟아부을 때면 심장이 요란하게 뛰어 갈비뼈가 아플 정도였다.

도원을 너무도 소중하게 대해 주고 있었다. 제 자신이 그런 취급을 받을 만한 사람이 아닌 것 같아서 MJ의 사랑에 자꾸만 낯빛이 붉어질 수밖에 없었다. 이렇게 온 시간을 적시는 MJ의 감정이 너무 좋고 소중해서 울고 싶은 마음마저 들었다.

"선물 뭔지 보여 줘야죠."

도원이 얘기를 돌리기 위해 말했다. 이대로라면 MJ를 끌어안고 목구멍까지 차오르는 감정을 넘치도록 뱉을 것 같아서. 그런 추태만은 피하고자 하는 마음이었다.

도원의 얘기에 잊고 있던 것을 상기한 MJ였다. 도원의 가슴을 애무하던 손이 허리로 내려왔다. 그나마 도원이 움직이기 편하게 해 준 것에 불과했다. MJ는 여전히 팔을 풀지 않은 채 웃었다.

"선생님이 직접 풀어 봐."

도원의 반응을 기대하는 표정이었다. MJ가 이렇게 기대하는 모습은 처음이었다. 뭐 때문에 이렇게 들떠 있는지는, 테이프를 반쯤 뜯은 박스를 마저 뜯어낸 후에야 알게 되었다.

상자 안에는 실물은 처음 보는 온갖 물건이 담겨 있었다. 흰색 링이 장식되어 있는 붉은색 가죽 칼라. 구슬 모양의 애널 비즈. 변형된 말의 채찍처럼 단단한 가죽 핸들에 여러 갈래의 꼬리를 가진 플로거. 탄력 좋은 납작한 고무로 된 머리를 가진 길고 날렵한 모양의 채찍. 여러 가지 구속도구나 패티쉬를 자극하는 장난감들을 연결할 고리가 달린 허리에 착용하는 벨트까지.

전문적으로 보이는 다양한 도구에 도원의 시선이 흔들렸다. 옅게 깔려 있던 술기운마저 날아가 버렸다. 이런 걸 실제로 보는 건 처음이었다. 놀라서 상자 안의 물건을 집어 들지도 못했다. 당황해서 눈을 깜빡이던 도원은 고개를 들어 MJ를 바라봤다.

MJ가 무슨 생각으로 이런 걸 골랐을까. 도원 자신을 상상하며 고른 거라 생각하니 입 안이 바싹 말랐다. MJ는 이런 걸 써 보고 싶어서 산 걸까.

긴장한 도원을 유심히 살펴보고 있는 MJ였다. 혹시나 불쾌해하진 않을지, 겁먹거나 화를 내지는 않을지, 걱정하는 눈치였다. 한편으로는 도원이 좋아하진 않을지 기대하기도 했다.

"이게, 그러니까……."

선물이 아닌, 욕망의 도구. 그 욕망의 실체를 보고 다른 기분도 아닌 설렘과 기대감으로 심장이 빨라지고 있는 도원이었다.

여기서 좋아하면 안 되겠지. 안 된다. 큰일 난다.

도원은 애써 아랫입술을 깨물면서 표정을 숨겼다. 도원의 반응을 유심히 살피던 MJ가 그 반응에 비로소 미소를 지었다. 도원이 아무리 애를 쓰려 해도 이미 도원의 표정을 읽어 내는 것쯤이야 MJ에겐 어려운 일이 아니었다. MJ는 신이 나서 비닐에 밀봉되어 있는 플로거를 꺼내며 말했다.

"궁금하지 않았어? 한번 해 보지 않을래?"

그 유혹은 도원이 애써 다잡으려던 마음을 흔들기에 충분했다. 자신이 변태냐고 물었을 때 고민도 하지 않고 "응."이라고 대답한 MJ였다. 만약 그 질문을 되돌려 준다면 MJ는 대답도 하지 않을 듯했다. 마치 당연한 걸 묻는 도원을 이상하다는 듯이 바라보지 않을까.

자신의 성향을 가끔씩 떠올리고 부끄러워하며 혼란스러워하는 도원과 달리, MJ는 그걸 '성향'이라는 이름으로 구분하지도 않을 테고 설령 남들과 다르다 해서 신경 쓰기보단 "그래서 왜?"라고 물을 것이 분명했다.

도원은 눈앞에서 빛나는 검은 가죽을 보다가 마른침을 삼켰다. 언젠가 한번 기회가 되면 해 보고 싶다는 생각이 있긴 했다. 그 생각을 행동으로 옮기기에 실행력이 부족했다.

굳이 자극적인 잠자리가 아니더라고 MJ와 정서적, 육체적으로 나누는 교류는 충분히 행복했다. 괜한 도전으로 서로 어색해지고 싶지도 않았다. 예전의 MJ였다면 자극적이고 강압적인 관계에 큰 관심을 보였겠지만, 요즘은 그게 아니더라도 괜찮아 보였기에 도원 혼자 밝힌다고 선전하고 싶지도 않았다.

그래서 잊고 지낸 종류의 자극이었건만.

화끈, 붉어진 도원의 얼굴에 다시 MJ의 손바닥이 닿았다. 키스를 하면서 매만져 주던 부드럽고 정중한 손길과는 미묘하게 달랐다. 그것은 도원의 반응을 일부러 이끌어 내는 손길이었다. 도원이 '선생님'으로서가 아닌 다른 명칭으로 불릴 수 있다는 가능성이다.

"관심 있으면 해 보자. 초보자들도 쉽게 쓸 수 있다는 걸로 샀어. 나도 공부 많이 했지만, 음. 선생님이 별로 내키지 않으면 이대로 반품시켜도 돼. 하기 싫으면 말해."

선택권은 도원에게 준다. 그러나 MJ의 시선, 손길 하나가 도원을 압박하고 있었다. 도원이 '선생님'이 아닌 다른 존재가 되기를 바라는 손길이다.

도원이 이런 도구를 이용한 플레이에 아무것도 모르는 나이는 아니다. 그래도 일일이 찾아보면서 공부해 본 적은 없다.

MJ가 교도소에 있는 동안엔 플레이 자체를 같이 할 상대가 없으니 관심을 갖지 않았다. MJ와 함께 살고난 후에는 일상이 행복해서 자극적인 행위까지 떠올리지 못했다.

MJ의 제안은 가장 깊은 곳에 눌러 담아서 숨겨 놓은 도원을 끄집어내고 있었다. 학생들을 상대로 올바르고 교양 있는 교수로서만 살아온 도원에게 은밀한 죄책감과 쾌감을 동시에 불러일으키는 일종의 길티플레저를.

“응? 선생님.”

조곤조곤하게 보채는 MJ를 보면서 도원은 식탁 모서리를 보던 시선을 들었다. 연인 관계에서 충분히 해 볼 만한 일이라고 생각하면 된다. 너무 특별하게 여기지 않아도 되니까. 그러니까…….

“선생님.”

이렇게 등골이 오싹할 정도로 부르는 목소리를 계속 들을 수 있다면 한 번쯤은 해 봐도 되지 않을까.

조심스럽게 고개를 끄덕이는 도원에게 MJ가 만족스럽게 웃어 보였다. MJ는 택배 박스를 들고 일어났다.

“씻고 천천히 침실로 올라와.”

볼에 입을 맞추고 귓가에서 속삭이는 목소리가 한동안 잊고 있던, 어둠 속에서 안광을 빛내던 거친 늑대를 생각나게 했다.

“너무 긴장하진 말고.”

욕조에 몸을 담그고 여러 차례 마음을 다잡은 끝에야 도원은 침실로 올라갈 수 있었다. 배스 가운 차림의 도원을 보고 MJ가 제일 먼저 머리카락을 만져 보았다.

"머리 잘 말렸네. 잘했어."

평소와 다를 바 없는 말투인데도 주먹을 꼬옥 쥐게 된다. 도원이 MJ를 의식해서일까. 마치 말 잘 듣는 개를 칭찬하는 것만 같은 느낌이라서 잔뜩 긴장하게 되는데.

MJ는 도원을 끌어당겨 침대에 앉혔다. 긴장한 도원을 풀어 주려는 것처럼 배스 가운 위로 어깨와 팔을 주무르며 말했다.

"세게는 안 할 거야. 나도 아직은 그렇게 능숙하게 할 자신 없거든. 도구들을 몸에 익혀 보자."

MJ는 기분 좋아 보였다. 서슴없이 미소를 지어 보여서 도원의 시선은 조금 더 불안해졌다.

"근데 MJ, 지금 너무 웃고 있는 거 아니에요?"

역시나 숨길 줄 모르는 MJ가 그 말에 히죽 웃었다.

"미안, 자제가 안 되네."

"그, 그 말이 더 걱정되는데요."

"뭘 걱정하고 있어, 이리 와 봐."

MJ는 도원을 옆에 앉히고는 박스 안의 물건들을 내려다보았다. 자극적으로 생긴 물건들이 아닌, 가장 무난한 것에 오랫동안 시선을 주었다. 용도를 특별히 설명하지 않으면 일상에서도 쉽게 볼 수 있는 물건이었다.

MJ의 손가락이 도원의 희고 긴 목을 쓸어 만졌다. 평소에는 셔츠 깃에 가려져서 보이지 않았지만, 맨 목을 내놓고 있는 도원의 살갗에는 MJ가 새겨 넣은 자국들이 선명했다.

빨거나 깨물거나 이로 긁어 낸 수많은 자국들. 흔적이 옅어져서 없어질 때쯤 그 위를 다시 채워 넣은 수많은 붉은 표식들. MJ는 자신이 만들어 낸 자국들을 하나하나 확인하면서 속삭였다.

“칼라부터 채우고 싶어. 선생님이 내 사람이라는 표식 같거든.”

개에게 목줄을 메주는 것과 비슷한 걸까. MJ에게 도원이 종속되고 복종한다는 의미였다. 도원이 고개를 끄덕이자 목 주변을 배회하던 손길이 쇄골과 가슴을 지나 허리에 닿았다.

“허리에도 벨트를 채우는 거야. 벨트에 달린 링에 가죽끈을 연결해서 선생님 허벅지까지 묶을 거고. 아프진 않을 거야. 움직일 때마다 압박감이 드는 정도일 테니까.”

MJ는 상상만으로도 아랫배가 묵직해졌다. 하얀 피부에 자국을 남길 가죽끈들. 그 가죽끈들이 하필 이 하얗고 부드러운 남자와 정반대의 까맣고 질긴 가죽이라니.

허리를 만지는 손길이 노골적으로 변해 가자 도원도 그런 MJ를 의식하기 시작했다. 최근에는 겪어 보지 못한 농밀한 긴장감이었다. 서로가 서로에게 구속되어 지배하고 명령하는 체계를 새롭게 정립한다는 것만으로 도원은 도원대로, MJ는 MJ대로 정신적인 충만함을 느끼고 있었다.

상상만으로도 흥분되는지 MJ의 목소리가 거칠었다. 허리를 쓸어 만지던 손이 천천히 가운의 허리끈으로 돌아 나왔다.

묶인 끈을 푸는 손길에 도원은 살짝 말라 가는 입술을 혀로 축였다. 입술 사이로 혀를 내밀어 말라붙은 살갗을 적시는 사소한 행위 하나에도 MJ의 시선이 달라붙었다. 시선에도 점성이 있다면 그의 시선은 닦아도 흔적이 남고 끈적거릴 것만 같았다.

표정이 너무 야해.

도원은 속으로 중얼거렸다.

못 참겠어.

"키스해도 돼요?"

숨이 많이 섞여 있는 목소리에 MJ가 눈가를 휘듯이 웃었다. MJ는 도원의 허리 아래를 쓸어 만지며 되물었다.

"하고 싶어?"

고개를 끄덕이는 도원에게 MJ가 명령했다.

"안 돼, 참아 봐."

안 된다는 말에 그토록 애가 닳았던 적이 있던가. 도원은 MJ의 옷깃을 쥐었다.

"MJ."

키스를 하고 싶어서 가까이 다가오는 도원을, MJ가 손등으로 볼을 쓸어 만지면서 말렸다.

"참아 봐, 더 좋은 거 해 줄게."

"키스, 하고 싶어요."

"흐, 말 들어야지. 이 물건들 쓰면서 내 말 듣기로 했잖아."

도원을 통제하려고 꺼낸 말이지만, 달아오른 도원을 도저히 내버려 둘 수가 없었다. 키스를 참지 못한 쪽은 MJ였다. 이 예쁘고 사랑스러운 연인에게 입을 맞추었다. 입 안쪽에서 기분 좋은 탄성을 내뱉는 도원을 끌어안고 몇 번이나 혀를 섞었다.

MJ는 타액으로 질척이는 입술을 맞붙인 채 속삭였다.

"내가 선생님을 통제할 거야. 명령도 할 거고."

MJ가 도원의 가운을 벗겼다. 바닥으로 떨어진 가운 소리를 듣고도 도원은 MJ의 두 눈에 고정한 시선을 돌리지 않았다. MJ에게 안겨 있는 몸을 더 깊이 기대면서 부탁했다.

“해 주세요, 명령.”

사랑스러워. 어쩜 이렇게 사랑스러울 수 있을까.

MJ는 도원의 머리칼에 고개를 묻고 몇 번이나 달큼한 살 냄새를 맡은 후에야 말했다.

“내가 하는 방식이 마음에 들지 않을 수도 있겠지. 그만두고 싶으면 중단할 수 있는 말도 정하자.”

MJ의 방식에 처음으로 도원이 의문을 표했다.

“하지 말라고, 그만하라고 하면 안 되는 건가요?”

“선생님은 견딜 수 있는데도 그만하라는 말을 종종 쓰잖아. 그러면 내가 헷갈릴 거 같아.”

“으음.”

“우리가 정한 그 말을 정확하게 내뱉을 때만 그만둘 거야. 어떤 말인지 이해하지?”

“응, 이해했어요.”

“어떤 말로 할래? 무의식중에 튀어나오는 말 말고, 행위를 중단할 목적으로 만든 인위적인 말이었으면 하는데.”

고민하던 도원이 말했다.

“사랑해.”

움찔, 하던 MJ가 하소연하듯이 말했다.

“선생님, 그 말 듣고 중단하라니 너무 잔인하잖아.”

“앗, 그런 거예요? 그럼, 너무 좋다. 이러면 될까요?”

“날 중단시킬 생각이 없다는 거지.”

“하지만…… 내가 무리하는 거면 MJ가 알아서 멈춰 줄 거잖아요. 굳이 이런 말을 정할 필요가 있을까 싶어서요.”

꼭 한마딜 덧붙여서 사람을 설레게 하지. 세이프티 워드의 필요성조차 모르는 도원에게 MJ는 손끝이 간질거리는 이 기분으로 플레이를 할 수 있을까 걱정이 될 지경이었다.

숨을 깊게 마시면서 설레는 마음을 다잡으려 했다. 너무 흥분해서 도원을 무리하게 만들면 큰일일 테니.

"그럼 안 되겠다 싶으면 내가 중단할게."

오히려 그편이 도원 역시 더 좋기도 했다. MJ가 몸에 무리가 될 정도로 밀어붙일 거란 걱정도 없었다.

"저만 이렇게 긴장되는 걸까요?"

그 말에 MJ가 도원의 귓불을 만지작거리며 속삭이듯이 말했다.

"나도 심장 터질 거 같아. 만져 볼래?"

도원의 손을 끌어와 왼쪽 가슴 위에 얹는 MJ였다. 도원의 손바닥 아래에서 도원보다 빠르게 뛰는 심박 수가 느껴졌다. 얼마나 세게 뛰는지, MJ가 튼튼한 사람이 아니었다면 몸이 흔들렸을 것이다.

MJ는 박스 안에서 칼라를 꺼냈다. 붉은색 칼라를 도원의 목에 가져갔다. 쇠로 된 고리를 칼라 끝의 구멍에 넣고 길이를 조절했다.

도원은 두꺼운 초커라도 하는 기분이 들었다. 가볍게 목을 압박하는 감각에 숨을 몰아쉬면서 시선을 들었다. 칼라를 한 도원을 내려다보는 MJ가 한동안 그 칼라와 흰 목의 경계지점을 만지작거렸다. 그러고는 도원의 손에 찬 손목시계 안쪽에 입을 맞췄다.

"선생님, 내 사람 맞지?"

목에도, 손에도 MJ의 것으로 옭아매져 있다. 도원은 그런 MJ에게 조금 더 구속되고 싶었다.

"키스해 줘요."

해지고 낡은 손목시계를 만지작거리던 MJ가 그 소리에 고개를 들었다. 목줄을 하고 있으면서, 도원은 마치 왕좌에 앉아 있는 사람처럼 달콤하게 명령했다.

"내 입에 키스해 줘요, MJ."

MJ는 홀리듯이 고개를 틀었다. 도원의 입술에 닿는 MJ의 입술은 평소보다 거칠었다. 손길에도 집착적인 열정이 흘러나왔다. 목 부근을 배회하던 손이 허리로 내려와 있는 힘껏 끌어안았을 때 도원은 숨을 다급히 몰아쉬었다. 갑자기 온몸을 압박하듯 끌어안는 힘에 도원은 입 안으로 밀려들어 오는 뜨겁고 매끄러운 혀의 감촉을 알면서도 헐떡였다.

"아, 응, MJ."

오랫동안 이러고 싶었는데 참아 온 키스였다. 도원의 바쁜 일정을 배려하는 동안에 몸 안에 사리가 쌓이는 기분으로 참아 내고 있었다.

도원에게 안식년이라도 받으면 좋겠다고 조르고 싶은데. 그리고 단둘이 꼭 붙어 있자고 말하고 싶은데. 그러면 부담스러워할까 봐 말도 못한 채 속으로 끙끙거린 MJ였다. 그 욕망을 이런 기회를 통해 마음껏 표출할 수 있었다.

잇몸과 입천장을 훑은 혀가 그대로 도원의 혀뿌리를 감싸고 끌어당겼다. 애무하는 듯한 키스였다. 혀로 된 펠라치오라도 받는 기분이었다.

순식간에 호흡이 흐트러졌다. 혀 밑에 고였던 침을 삼켜 낼 타이밍을 놓치고 말았다. 깊고 짙은 키스에 호흡 곤란까지 온 도원이 다급히 MJ의 어깨를 밀어냈다.

입술이 떨어져 나갔을 때 비로소 MJ의 표정을 볼 수 있었다. 참고 참아 왔던 것을 터뜨리는 것처럼 흥분한 얼굴이었다. 앞머리를 한 손으로 쓸어 넘기면서 숨을 들썩이는 모습에 도원은 놀라서 눈을 동그랗게 떴다.

"하아, 하, MJ……?"

MJ는 다시 박스를 열었다. 그 안에서 허리에 매는 본디지 벨트와 그 벨트에 연결할 납작한 가죽끈들을 꺼냈다.

"쉬이, 선생님, 아직 다 안 묶었어."

허리에 벨트를 조이고 링에 가죽끈을 연결해서 허벅지를 두 번씩 묶었다. 허리와 허벅지 바깥쪽을 가죽끈이 가로지르며 조이기도 했다.

그 감각이 낯설어서 도원은 몸을 움찔거렸다. 허리에 힘을 주고 살짝 뒤로 젖혀 보는 바람에 목 칼라에 매달린 은색 링이 흔들리며 조명등 빛을 반사했다.

MJ는 그 은색 링을 손가락에도 끼워 주고 싶었다. 자신의 사람이라고 말할 수 있는 증표는 목이든 손이든 손가락에든 어디에든 새기고 채워 넣고 싶은 지경이었다.

단정하고 올곧은 사람을 이렇게 만들 수 있는 사람이 세상에 MJ 하나뿐이라고 허락한 것처럼 느껴졌다. 그 누구에게도 보여 주지 않는 모습이다. 도원은 솔직하게 욕구를 표현하고 있었고, MJ는 그런 도원을 통해 자신만 특별하다는 것을 확인 받은 기분이었다.

"MJ, 이래도 되는 걸까요."

"뭐가?"

도원은 잠시 망설였다.

"내가……."

망설임은 곧 부끄러움으로 바뀌었다.

"……내가 정말 이래도 괜찮을까요."

도원은 여전히 자신의 나이와 사회적인 지위에 신경을 썼다. 도원의 상식이 올바를수록 MJ는 그 상식에 균열과 틈을 발견하고 싶었다. 아무리 비좁은 곳이라도 파고들고 싶었다.

올바른 선생님이 단정하고 금욕적이어서 좋지만.

그 올바름이 파괴되었을 때의 난잡하고 음란한 모습이 더 좋다는 걸 알려 주고 싶다.

허벅지에 감은 끈을 손가락으로 꼬아 당겼다. 팽팽하게 당겨지는 힘에 도원은 애무를 받을 때보다 더 흥분한 숨을 삼켜야만 했다. 발끝을 오므리면서 허벅지를 떠는 모습이 위태로워서 예뻤다.

"선생님은 뭘 해도 예뻐."

"그, 그치만……."

"못 믿겠으면 사진이라도 찍어 줄까?"

이런 적나라한 모습을 기록하겠다는 말에 도원의 눈가가 새빨갛게 변했다.

"싫어요."

"싫다는 말이 어디 있어. 내 말 들어야지."

"하지만 MJ."

"오늘의 선생님 주인은 나잖아. 내 말 안 들을 거야?"

그 붉어진 눈가를 마른침을 손끝으로 문질렀다. 도원의 붉어진 눈가가 그 여느 때보다 색정적으로 보였다.

"차라리 다른 걸 해 주세요."

애원 섞인 부탁에 MJ의 숨소리가 거칠어졌다. 도원의 애원이라니.

"다른 거?"

그르릉, 만족스러운 소리로 울리며 물었다. 도원은 입술을 움칫거렸다.

"네, 다른 거요. 촬영이나 이런 거 말고…… 지금 이 순간에 집중하고 싶어요."

종속된 사람이 이렇게 지배자를 달래 주는 게 어디 있어. 선생님은 이 플레이가 뭔지 모르는 걸까. 아니면 이건 선생님의 타고난 심성이라 어떤 상황에서건 상대의 기분을 더 배려하게 되는 걸까.

거칠어진 숨으로 도원의 눈가에 입을 맞췄다. 쪽, 쪽, 하고 울리는 소리는 눈가와 볼, 입술과 턱을 지나갔다. 은색 링이 달린 칼라를 지나 가슴으로 향했다.

"아, 하아."

유두를 씹으면서 쪽, 빠는 힘에 도원은 허리를 움찔거리며 힘겹게 신음을 토했다. 평소 섹스를 할 때도 가슴에 공을 들이는 경우는 많지 않아서인지 민감하게 반응했다.

새빨간 잇자국마다 따끔한 쾌락이 묻어났다. 하도 빨려서 부어오를 때는 MJ의 머리를 꽉 잡고 놔주지 않고 싶었다. 거친 애무가 통각을 자극할 때마다 이상한 흥분이 뒤따랐다.

"거기만 그러면…… 아읏, 아……."

눈가만큼이나 빨갛게 변한 가슴에서 MJ는 입을 떼지 않았다. 도원이 참지 못하고 몸을 뒤틀었다. 허리에 맨 본디지 벨트에서 링들이 찰랑거리는 소리가 들렸다.

도원은 그 벨트에 매인 끈에 허벅지가 속박되어 다리를 벌리는 각도에도 제한이 있었다. 너무 넓게 벌리면 가죽끈이 허벅지를 조여서 자연스럽게 다리를 오므릴 수밖에 없는 상황이었다. 쾌감을 느껴도 몸이 그 감각을 자유롭게 누리지 못했다.

MJ는 도원의 몸 이곳저곳을 매만지며 플레이를 가늠해 보았다.

마른 몸이라 플로거나 말채찍으로 때릴 곳이 없었다. 그나마 등이나 엉덩이, 허벅지가 안전할까. 다른 곳은 뼈에 잘못 맞을까 봐 무섭다.

솔직히 등도 자신 없었다. 지금도 손길이 닿을 때마다 움찔거리는 도원은 견갑골이 도드라졌고, 등골이 움푹 파여 손가락을 따라 쓰다듬으면 연약하게 흔들렸다.

안전한 곳은 탄력 있게 잡히는 엉덩이 정도다. 허벅지도 가죽끈이 팽팽해질 때마다 빨갛게 자국이 남는데 이 위에 다른 도구의 압박이 더해졌다가 상처라도 생기면 큰일이지 않나.

때릴 곳이 없으니 어딘가를 깨물면서 빨아야 할까. 그게 가장 안정적인 플레이가 될 것 같은데. 그래, 음낭을 손에 굴리고 반쯤 서기 시작한 페니스를 입에 물고 빨고 핥는 게 더 나을지도 모르잖아.

끈 자국이 남은 허벅지 안쪽까지 입술을 모아서 짙은 키스 자국을 만들어 낸 후에야 MJ는 몸을 일으켰다.

"선생님."

MJ는 도원을 품에 끌어안았다. 헐떡이면서 올려다보는 도원의 이마에 입을 맞추고는 온몸을 구석구석 만졌던 그 손으로 엉덩이를 찰싹 때렸다.

"아……!"

갑작스러운 스팽킹에 놀란 도원이 움찔했다. MJ는 때렸던 엉덩이를 주무르면서 속삭였다.

"선생님 너무 때릴 데가 없어. 어떡하지? 여기 말곤 손 못 대겠는데."

다시금 찰싹, 때리는 손길에 도원은 한 번 더 몸을 떨었다. 숨소리가 거칠게 번져 나갔다.

"하읏…… 때, 때리는 것만 하게요?"

"선생님 섭으로서의 플레이 별로 안 좋아하잖아."

"안 좋아하는지까진 모르고…… 안 해 봐서…… 아응."

"근데 나도 선생님한테 이것저것 요구하고 싶은 건 별로 없거든. 내가 뭘 명령해 주길 원하는 거 있으면 해 볼게."

"나도 당신이 좋아하는 거 따라가는 게 더 좋은데, 아읏, 아, 자, 자꾸 때리지 마세요."

"여긴 너무 좋아."

"하응, 아."

몇 차례나 때렸다가 때린 그 부위를 다시 주무르고 어루만지다가 다시금 또 때리는 숙련된 손길에 도원은 완전히 MJ에게 기댄 채 몸을 들썩였다.

MJ는 도원에게 다른 서브 플레이를 시키고 싶지도 않았다. 파트너끼리 개와 주인이라든지, 노예에 가까운 강압적인 명령과 복종, 굴복의 단계가 존재하는 듯했는데 도원이 무릎을 꿇고 기거나 오줌을 삼키거나 하는 모습을 보고 싶지 않았다.

MJ에게 도원은 왕과 같은 존재였다. 그 왕이 단정한 옷을 벗고 스스로 다리를 벌리는 것은 좋았지만 왕좌에 앉을 수 있도록 한 품위와 질서, 성품과 분위기까지 굴복시키고 싶은 것은 아니었다.

도원이 도원 그 자체로 감추고 있는 한 꺼풀을 벗기길 바랄 뿐. 이 관계에서의 실질적인 권력은 도원이 주도하고 있다고 봐야 했다.

도원이 허락하는 선에서만 그를 훈육할 수 있고, 제어할 수 있고, 지배할 수 있고, 가학적인 행위를 할 수 있다. 도원이 원치 않는 행위는 시도할 생각조차 없었다.

도원은 BD나 DS 성향보다 SM 성향이 더 컸다. 정신적으로 상대에게 완전히 굴복하거나 노예를 자처하기보다는 합당한 이유와 상황에서 통제와 피학에 흥분하는 성향이었다.

그 마조히스트 성향에 도원이 뒤늦게 눈을 뜬 것을 MJ는 충분히 납득할 수 있었다. 도원은 언제나 자신의 의무와 책임에 시달리는 사람이었다. 살면서 한 번쯤은 그 책임과 권리를 족쇄나 속박으로 여겼을 테다. 스스로 선택하지 않는 방식으로 살아가고 싶다는 무의식중의 발현이 존재했겠지.

그런 상황에서 MJ에게 섹스의 주도권을 준다는 것은 선택하지 않는 방식을 통해서 피동적인 쾌락을 받고 싶다는 뜻이다. MJ가 주는 사랑과 고통, 행위와 감정 표현에 순응하고 받아들이는 것만으로 도원을 억압하고 있는 수많은 선택권들 속에서 벗어나 작게나마 자유를 주고 있었다.

그런 도원을 이해할 때마다 MJ는 자기 자신이 사디스트 성향이 맞을까, 아니면 도원이 바라는 걸 해 주고 싶어서 사디스트적으로 굴 수 있는 것일까가 매번 헷갈렸다.

도원이 고통스러워하는 것을 보고 즐거운 적은 없었다. 그 고통에 동반된 희열이 좋을 뿐이었다. 수많은 사회적 속박에서 벗어나서 펑펑 우는 도원을 보고 세상 그 어떤 사람이 싫어할까마는.

MJ는 도원에게 명령했다.

"선생님, 엎드려."

침대에서 내려온 MJ가 양손을 교차하여 입고 있던 티를 밑에서부터 벗어 올렸다. 바지와 팬티도 함께 벗어서 침대 밑에 두었다.

한 손에는 박스에서 꺼낸 플로거가 들려 있었다. 쉽게 휘어지는 탄력 좋은 얇은 대를 만져 보면서 도원에게 다가갔다.

MJ가 한쪽 무릎을 침대 위에 올렸다. 가까이 다가가 입을 맞춰 주고 도원을 침대 헤드 쪽으로 몰았다.

"헤드 잡고 엉덩이 뒤로 빼."

도원은 떨리는 눈으로 플로거와 그 플로거를 들고 있는 MJ를 바라봤다. MJ는 이 모든 상황에 흥분한 눈치였다. 만져 준 적도 없는 성기가 부풀어서 꿈틀거리는 모습만 봐도 앞으로 벌어질 일에 어떤 상상을 하는지 알 수 있었다.

도원은 천천히 침대 헤드를 잡고 몸을 뒤로 뺐다. 목 칼라와 허리 벨트에 달린 링들이 잘그락거렸다. MJ가 손바닥으로 내리쳤던 엉덩이에 차가운 플로거 머리가 닿았다. 긴장해 있던 도원은 곧이어 엉덩이를 찰싹, 내려치는 따끔한 통증에 헤드를 조금 더 세게 움켜쥐었다.

"아……!"

짧게 터진 신음은 고통보다는 놀람에 가까웠다. 생각만큼 많이 아프진 않았지만, 엉덩이엔 한 줄의 선명한 자국이 남았다.

찰싹.

허벅지 안쪽을 잔뜩 조이면서 움찔거리는 도원을 보자 MJ는 새로운 흔적을 만들어 갔다.

찰싹.

또다시 울리는 소리에 도원은 허리를 비틀면서 MJ를 돌아봤다.

"MJ, 이, 이거 이상해요."

어린아이를 체벌하는 것도 아니고 침대 위에서 이렇게 맞는 게 괜찮은 걸까. 상식과 플레이 어디에도 집중하지 못한 채 흔들리는 도원이었다. MJ는 도원의 젖어 드는 눈가에 입을 맞췄다.

"우리 선생님 여기 아픈 거 좋아하잖아."

"아니, 나는 그러니까, 아읏……!"

"조금 더 엉덩이 들어. 밑에까지 골고루 때려 줄게."

"아, 아니, 그게 아니라, 아, 응, 아……."

찰싹, 찰싹. 따끔한 통증이 이어진다. 엉덩이를 붉게 물들인 플로거가 가죽끈으로 묶어 놓은 허벅지 위까지 그 붉은 줄을 늘려 갔다. 아픔과 통증 속에서도 MJ가 저를 체벌하는 분위기와 강압에 도원은 결국 성기를 세우고 말았다.

흥분해서 부풀어 오른 성기를 도원도, MJ도 볼 수 있었다. 도원의 얼굴은 더욱 새빨개졌다. 어찌할 줄을 모르고 움찔거리기만 하자 엉덩이를 때리는 소리가 커졌다.

"기분 좋구나, 우리 선생님."

침대 헤드를 손톱까지 세워서 움켜쥐고 있던 도원이 더는 참지 못하고 MJ에게 손을 뻗었다. 플로거를 휘두르려던 MJ가 그 바람에 도원의 얼굴을 때릴 뻔하고 놀라서 뒤로 물러났다.

"갑자기 움직이면 다쳐, 선생님!"

놀라서 소리 지르는 MJ를 끌어안았다. 도원은 흥분한 몸을 MJ에게 기대며 MJ를 침대 위로 드러눕혔다.

"하아, 하, 그거 말고 당신이 때려 줘요."

올라탄 도원이 MJ에게 몸을 숙였다. 맞붙은 가슴이 쿵쿵 뛰었다. MJ의 심장보다 더 빠른 속도로 뛰고 있는 도원은 완연한 흥분의 기색에 물들어 MJ에게 매달렸다.

"당신이 직접 해 줘요. 네?"

아직 플레이가 끝나지 않았는데.

MJ는 말 안 듣는 도원을 강제적으로 뒤집어서 다시 플레이를 해야 할지, 부푼 성기를 짓누르면서 숨을 헐떡이는 도원의 뜻을 따라야 할지 몰라 잠시 망설였다. 도원이 입을 맞추면서 그렇게 속삭이지 않았다면 아직 못다 쓴 기구들을 더 챙겼을지도 모른다.

"―……."

귓가에 MJ의 원래 이름이 새어 들어왔다. 그 부름에 MJ는 크게 흔들리는 눈으로 도원을 바라봤다. 서로를 바라보는 각도에서 도원이 먼저 MJ의 입술에 입을 맞췄다.

"제발."

반칙이다. 이런 상황에서 이름을 부르며 부탁하는 건.

고통뿐이던 어린 시절을 떠올리는 이름이라 다른 사람은 부르지도 못하게 했었다. 이 이름으로 불리면 부모가 가두었던 어둡고 습한 창고만 떠오르고, 크랙과 아버지에게 강제로 갇혀 지냈던 창고만 생생했다.

차라리 도려내고 싶은 아픈 과거였다. 그 과거를 들쑤시는 호명이 벌어지고 있는데, 이상하게도 MJ는 짜증이나 분노가 치밀기보단 정말로 서글프고 나약해지는 기분마저 들었다.

MJ로 불리기 위해 취해야 했던 강한 모습, 누구에게도 지지 않던 목소리, 사람들을 겁에 질리게 했던 행동, 그렇게 단련할 수밖에 없었던 자신의 맨 속살을 어루만져 주는 것만 같았다.

MJ는 그런 도원을 품에 꼭 끌어안았다. 스팽킹의 아픔에 자연스럽게 맺힌 눈물이 보였다. 눈을 깜빡일 때마다 그 작은 방울이 떨어질 것만 같았다.

MJ는 잠긴 목소리로 대꾸했다.

"……평소엔 이름 안 부르기로 했잖아."

도원은 이런저런 끈들로 묶여 있는 자신을 내려다보고 얼굴을 붉혔다.

"이게 평소는 아니잖아."

"선생님."

"응? 네가 직접 해 줘. 기구 말고."

그 반칙을 알면서도 MJ는 결국 도원이 하자는 대로 끌려갈 수밖에 없었다.

"선생님, 자꾸 이러면 선생님이 좋아하는 플레이를 못한다고."

MJ는 말하는 와중에 도원의 입 안으로 손가락을 밀어 넣었다. 도원은 그 손가락을 핥아 주었다. 정성스럽고 꼼꼼하게 빨아 주는 모습에 MJ는 도원의 볼과 이마에 쪽쪽 입을 맞춰 주었다.

도원이 빨아 준 손가락은 붉은 자국이 선명하게 난 엉덩이 사이를 파고들었다. 씻으면서 밑을 풀어 준 것인지, 손가락은 한꺼번에 두 개도 막힘없이 들어갔다.

"플레이 말고, 아, 응, 네가 더 좋아."

솔직한 고백에 MJ의 얼굴이 새빨개졌다.

"아…… 제발, 선생님……."

"때릴 때 앞으로 기구 안 쓰면 안 돼? 직접 해 줘. 네가 끌어안고 때려 주는 게 훨씬 좋은데."

파고든 손가락이 세 개까지 늘어났다. MJ는 도원을 멍하니 바라보면서 물었다.

"때리는 거 말고 하고 싶은 건 없어?"

도원은 그 질문에 MJ의 목을 양팔로 감싸 안으면서 속삭였다.

"네가 내 안에 직접 넣어 주는 게 제일 좋아."

그 말엔 MJ도 더 이상 버틸 수가 없었다. 뚝, 하고 이성이 끊어지는 소리가 났다. 손가락으로 풀어 주던 아래에 한계까지 팽창한 성기를 꽂아 넣었다.

도원은 몸 안으로 천천히 파고드는 거대하고 뜨거운 기둥의 압박감에 혀를 살짝 보인 채로 숨을 헐떡였다. 손이나 채찍으로 엉덩이를 맞을 땐 보여 준 적 없는 표정으로 MJ를 내려다보고 있었다.

세상에서 가장 야하고 자극적이고, 농밀한 시선엔 MJ를 향한 사랑이 의심 없이 가득 담겨 있었다.

"아으응…… 너무 좋아."

작게 앓는 소리를 하는 도원을 끌어안고 MJ는 천천히 허리를 들썩였다. 올라타 있는 도원이 그 움직임에 맞춰 흔들렸다.

샴푸 향이 짙게 묻은 머리카락이 허공에서 흔들렸다. 턱 밑으로 흘러내린 땀은 칼라 가죽으로 스며들었고 MJ가 한동안 물고 빨아서 빨갛게 부푼 유두는 뾰족하게 솟아 있었다.

"하아, 아, MJ, 내 MJ."

지배와 조련은 MJ가 도원에게 하는 것이 아닌, 도원이 MJ에게 하는 것만 같았다. MJ는 몸을 일으켜서 자세를 바꿨다.

도원을 침대에 눕혔다. 가죽끈이 허벅지를 조이고 있어서 제대로 벌어지지 않는 다리를 꽉 눌렀다. 가슴까지 밀려 올라간 무릎을 상체로 누르면서 허리를 움직였다. 삽입된 페니스가 빠끔거리는 구멍 안을 빠른 속도로 치고 빠졌다.

"하악, 학, 선생님, 선생님."

안절부절못하는 MJ에게 끌어안긴 채 도원 역시 숨을 헐떡였다.

"하으, 응, 아, 기, 기분 좋아, 아, 아!"

쓰라릴 수 있는 빨갛게 부푼 엉덩이를 양옆으로 벌리면서 있는 힘껏 삽입했다. 몸속을 꿰뚫고 들어와 전립선을 자극했다. 눈앞에 하얀 폭죽이 터지는 것 같은 쾌감이었다.

"아읏, MJ, 거기, 아!"

"여기? 응?"

"응, 거기, 아, 아!"

도원은 몇 차례나 새된 비명을 터뜨렸다. MJ와 도원 모두 흥분으로 고양된 감정이 터질 듯이 치밀어 올랐다. 서로가 서로에게 얽혀서 정신과 육체를 번갈아 가며 주인이 되는 과정에 무섭도록 집중했다.

MJ는 도원의 육체를 지배하고 있었고, 도원은 MJ의 정신을 지배하고 있었다. 때리거나 도구를 써서 특별한 상황을 연출할 필요가 없었다. 둘에겐 일상이 서로의 주인이 되어 가는 과정이었다.

"하읏, 으, 응, 아, 아! 아앗!"

좋아서 파르르 떨고 있는 도원을 끌어안은 채 MJ는 헉헉거리는 숨을 몰아쉬며 움직였다. 아무리 파고들어도 아쉽기만 한, 이 절박한 심정으로 다시금 도원을 더 세게 끌어안았다.

"하아, 하, 선생님, 선생님."

"하으, 응, 아, 기, 기분 좋아, 아, 아!"

"후으, 기분, 좋아요, 응?"

"으응, 으! 거기, 아, 앗!"

"대답, 하아, 하, 해야지. 빨리 해 줘요."

"조, 좋, 아응, 아, 거기, 안쪽에."

"응응, 안쪽에? 안쪽에 왜요? 응?"

"하읏, 미, 미끄러워서…… 아응, 읏, 읏."

"하아, 학, 미치겠네, 진짜, 흣."

MJ는 헐떡이는 입술을 도원에게 묻었다. 온몸이 들썩이면서도 MJ의 키스만큼은 꼭꼭 씹듯이 받아 주던 도원은 이 이상 고양되는 절정을 버티기 힘든 듯했다. MJ가 아랫입술을 물어도, 부푼 입술을 깨물린 채 헐떡였다.

"아읏, 아, 싸, 쌀 것 같아…… 잠깐 멈춰 봐, MJ, 잠깐……."

"하아, 싸, 괜찮아."

"시, 싫어, 같이 가고 싶단 말이야."

빌어먹을. 이런 말을 하면 어떻게 버티라고…… 도원은 MJ를 꽉 잡고 매달렸다. MJ가 조금만 움직여도 쌀 것 같아서 어쩔 줄 몰라 했다.

"아응, 아. —……."

마약 사범으로 살아온 자신이 아닌, 평범하고 나약한 어린아이인 자신마저 끌어안아 주는 이 구원을 뭐라 설명할 수 있을지를 몰라서. MJ는 그저 도원을 세게 끌어안기만 했다.

"아응, 하아, 아!"

도원이 붙잡고 버텼던 침대 헤드를 MJ가 한쪽 팔을 뻗어서 잡았다. 거칠어진 행위에 도원이 떠밀려서 머리라도 쿵, 박을까 봐 거리를 유지하려고 필사적으로 굴었다.

도원을 모든 것으로부터 지키려하면서도 자신만이 해칠 수 있다고 주장하고 싶었다. 이 사람은 내 것이라고. 나는 이 사람 것이라고. 평생을, 앞으로 평생을 곁에 있을 것이라고.

“선생님.”

거칠어진 숨소리 속에서 MJ가 중얼거렸다.

“이젠 너무 흔한 말이라 지겹겠지만.”

그 중얼거림에 약간의 울먹임이 뒤섞여 있었다.

“사랑해. 사랑해요, 선생님.”

도원은 그 눈물을 알아보았다. 정신없이 몸이 흔들리고 있어서 초점을 잡기 힘들었지만, MJ의 감정 변화만큼은 누구보다도 민감하게 눈치채고 있었다.

도원은 MJ를 끌어안아 주었다. 맞붙은 가슴에서 울리는 심장 소리가 똑같았다. 누가 더 빠르고 느린지 구분할 수 없을 정도로 일정한 속도로 울렸다.

“지겨우려면 멀었으니까 계속 말해 줘. 나도 이제 듣기 싫단 소리 나올 때까지 해 줄 테니까. 나만 사랑해 줘. 나도 평생 사랑할 거야. 알았지?”

나긋한 위로에도 여전히 훌쩍이는 MJ였다. 너무 따뜻하고 행복해서 도저히 도원을 놔줄 수가 없었다.

섹스는 MJ에게 새로운 구원이 되었다. 생존을 위해 남을 취하는 방식이 아닌, 행복을 위해 자신을 주고 싶은 방식이었다. 사는 게 이렇게 행복할 수 있다는 걸 처음 알게 되었다.

도원이라는 이름만으로 행복을 설명할 수 있게 됐으니까.

"하응, 하, 읏."

잠시 멈추었던 피스톤질이 이어지면서 도원은 흐트러진 머리카락을 정리하지 못한 채 울었다. 땀과 눈물로 젖은 머리카락들이 얼굴에 달라붙었다. 그 모습조차 가냘프고 예뻐서 MJ의 키스가 달라붙었다.

"계속, 해 줘, 응?"

절정에 달하기 직전에 매달리는 도원을 향해서 MJ가 사정하며 속삭였다.

"자기가 보채지 않아도 그럴 거야."

그르렁거리며 쏟아지는 절정에 달한 목소리와 그 거친 호흡에 섞인 '자기'란 말이 그렇게 듣기 좋은 호칭인지를 도원은 처음 알았다. 자신의 몸 안에서 뜨겁게 번져 나가는 MJ의 가장 농염한 감정을 집어삼키며 도원은 웃고 말았다.

얼굴이 빨갛게 달아올라서 웃던 도원이 결국 두 손으로 얼굴을 가렸다. 그런 도원을 사랑스럽게 바라보던 MJ는 얼굴을 덮은 손을 치워 내면서 볼을 깨물었다.

"아파."라고 작게 흘러나오는 목소리가 너무 좋아서, MJ는 도원의 코와 볼, 입술과 눈가 할 것 없이 잔뜩 잇자국을 냈다. 작게 터지는 웃음 속에서 몇 번이고 반복해서.

참방, 욕조에 담긴 물이 흔들렸다. 물이 닿은 붉은 흔적들을 도원은 조심스럽게 매만져 보았다.

빨갛게 자국이 남았지만 살갗이 찢어지거나 피가 나오지는 않았다. 처음이라고 할 수 없을 만큼 노련한 MJ의 기술 덕분이었다. 도원의 몸에는 상처와는 다른 의미의 흔적들만이 잔뜩 남아 있었다.

도원은 목 부근을 유독 매만졌다. 목에 칼라를 채웠을 때 느꼈던 압박감이 피부에 달라붙어 있었다. 피부가 달아오를 때마다 같은 온도로 따뜻해지던 가죽의 감촉이 마치 MJ의 화상 입은 피부와 감촉이 비슷했었다.

질기지만 따뜻하고, 거칠지만 말랑말랑했다. 서늘한 바람처럼 목을 움켜쥐던 지승준의 흔적이 닿지 못하도록 막아 주는 것만 같아서. 환각을 막아 주는 부적처럼 느껴져서. 평소에도 칼라를 차고 있고 싶다는 생각마저 들었다.

목 부근을 쓸어 만지던 손끝을 입술로 가져왔을 때, 욕조 맞은편에 앉아 있는 MJ와 눈이 마주쳤다. MJ는 도원이 제 몸을 쓸어 만지다가 입술을 핥는 모습까지 고스란히 지켜보고 있었다. 그 사실을 뒤늦게 깨달은 도원이 머쓱하게 손을 내렸다.

"아파?"

도원은 고개를 저었다.

"아뇨, 하나도 안 아파요."

"계속 만지니까 신경 쓰여."

"저도 계속 뭐가 목에 남아 있는 거 같아서요."

"좋다는 말이지?"

"네. 가끔 목줄은 이용할까 봐요. 이거 되게…… 음, 기분 좋네요."

"마음에 든다니까 다행이네. 다음번에 더 다양하게 써 보자."

다음엔 때리는 용이 아닌, 더 다양한 수치심과 피학심을 느낄 수 있는 방향으로. MJ는 뒷말을 삼키면서 여전히 도원을 바라봤다. 계속 바라보다가 떠오른 의문을 입에 담았다.

"선생님, 우리 영원히 커플인 거지?"

그 말에 도원은 오히려 어리둥절한 표정이었다.

"커플 아닌데요."

웃고 있던 MJ의 표정이 굳어 갔다. 충격으로 흔들리는 시선을 바라보면서 도원이 황급히 덧붙였다.

"가족이잖아요."

부모 자식 간의 끊을 수 없는 천륜으로 엮인 가족이 아닌, 사랑 하나로 이어진 관계. MJ가 아는 가족이란 고통스럽고 위압적이고 슬픈 감정만 남겼기에 그 감정과 대척점에 서 있는 도원이 말하는 가족이란 단어가 낯설고 생소했다.

"……가족."

난생처음 들어 보는 듯한 그 말에 MJ가 중얼거렸다.

"내 이름과 가족 모두 선생님이 다시 써 주고 있어."

MJ의 말을 듣던 도원이 웃었다.

"마음에 들어요?"

"응…… 선생님이랑 평생 가족으로 지낼 수 있다면 좋겠는데."

그 말에 도원은 문득 떠오른 듯이 "아." 하고 짧게 탄성을 내질렀다.

"응? 왜 그래?"

MJ의 질문에 도원은 욕조에서 일어나며 대답했다.

"저, 당신한테 주고 싶은 게 있어요."

"지금?"

"네, 잠깐만요."

그대로 젖은 몸을 커다란 타월 하나로 대충 둘러싼 채 나가 버렸다. 어리둥절하게 바라보는 MJ가 얌전히 기다리자, 도원이 오래되지 않아 욕실로 다시 들어왔다. 등 뒤로 손을 돌리고 다가오는 도원은 웃고 있었다. 욕조에 걸터앉아서는 등 뒤에 손을 숨긴 채 말했다.

"원래는 더 좋은 장소에서 분위기 좋게 할까, 생각했는데. 어쩐지 우리한텐 이게 더 잘 어울릴 거 같아서요."

뭔가 재밌는 일을 꾸미는 모양이지.

도원의 밝은 표정에 절로 미소를 짓게 된 MJ가 상냥하게 말했다.

"뭔데 이렇게 뜸을 들이고 그래."

"마음에 들어 줘야 해요."

"뭔데, 응?"

도원이 등 뒤로 숨기고 있던 것을 그제야 보여 주었다.

작은 상자. 그 상자를 열자 보이는 것은 반지였다. 욕실 조명과 물기에 반짝반짝 빛이 나는 금색의 물건에서 MJ는 눈을 떼지 못했다. 놀라서 보는 MJ의 손을 도원이 잡아끌었다. 물에 젖은 손가락에 반지가 꼭 맞아 들어갔다.

"아, 다행이다. 사이즈 딱 맞네요. 손가락 만지작거리면서 얼추 감만 잡은 건데 맞췄어요."

굳어 있는 MJ를 보면서 도원은 망설이며 목을 가다듬었다.

"아, 그러니까…… 나랑 평생 가족이 되어 줄래? 프러포즈하는 거야."

MJ는 아무 말도 할 수 없었다. 남의 이야긴 줄만 알았던 사랑의 증표가 제 손에 있는 것을 믿을 수가 없다는 표정이었다. 쑥스러운 듯이 얼굴을 붉히면서 프러포즈하는 도원이 꿈인 것만 같았다.

이게 꿈이라면 평생 깨고 싶지 않아.

너무 좋아서 주먹만 꽉 쥐었다. 이 부드러운 욕조 물에 미끄러질까 봐 노심초사하면서.

"선생님……."

MJ는 떨리는 목소리로 입을 열었다.

"고마워. 내 생에 가장 큰 선물이야."

"내가 더 고마워요, 내 마음 받아 줘서."

MJ의 젖은 머리카락은 노란 등 아래에서도 까맣게 흔들리기만 했다.

그것은 마치 순도 높은 보석처럼 느껴졌다. MJ란 존재를 궂은 날씨에도 균열이 생기지 않는 단단한 광물처럼 생각하게 되었다. 하지만 그 단단함은 강함이 아니었다.

틈이 있어야 빛이 새어 들어온다. 빛이 새어 들어야 이름 모를 돌이 보석으로 불릴 수 있다. 한때 MJ는 그 빛마저 단단하게 차단해 버린 모습은 견디고 체념하는 법을 배운 아이처럼 보였다.

지금의 MJ는 달랐다. MJ는 도원과 함께 자신을 정교하게 깎아서 조금 작아졌지만, 살면서 한 번도 빛난 적 없는 색을 품고 있었다.

MJ는 그 색을 언어로 표현했다. 자신을 물들이고 있는 그 색을.

"사랑해요, 선생님."

멈칫하는 도원에게 한 번 더 말했다.

"내 모든 걸 사랑해 줘서 고마워요. 나와 뭐든 함께해 주려고 해서 정말 고마워요."

가만히 바라만 보고 있는 도원에게 MJ는 눈가를 휘듯이 웃으며 말했다.

"교도소 출소 날 기억난다. 날 보자마자 내가 하고 싶은 말 선생님이 다 빼앗아서 했었는데. 앞으론 선생님한테 뺏기지 않을 거야."

쪽, 이제는 자연스럽게 몸에 밴 입맞춤이었다.

"사랑해, 내 원이."

물이 아닌 다른 것으로 심장이 젖어 가는 기분이 든 도원도 쑥스러운 듯이 웃었다. 교도소 앞에서 MJ가 눈물을 터뜨렸던 것이 생각났다. 왜 울었는지 알 것 같았다. 도원은 젖은 손으로 세수를 하듯이 눈가를 닦아 내고는 고개를 들었다.

"으음, 반지 끼워 주면서 해야 할 내 말을 뺏어 간 거 봐."

"날 언제나 믿어 줘서 고맙고."

"어어? 안 돼요, 그 말까지 뺏어 가기예요?"

"앞으로 평생 선생님은 내 거니까 손목엔 내 시간을, 목에는 내 존재를, 네 번째 손가락에는 내 마음을 간직해야 해. 다른 거 생각하면 가만 안 둬."

"교도소 앞에서 이런 심정이었겠네. 나 지금 다 빼앗겼다고요."

행복하게 웃은 도원이 이전보다 살짝 작아진 목소리로 말했다.

"내일 원래 있던 약속 미루고 동물원을 갈까 했는데, 그것도 미뤄야겠어요."

도원은 MJ의 목을 끌어안았다. 제 품에 부드럽게 안기는 도원의 입술에 다시 입을 맞추면서 MJ가 호선을 그린 입술로 물었다.

"왜?"

"음."

도원은 물이 뜨거워서인지, 부끄러워서인지 알기 어려운 홍조 띤 얼굴로 말했다.

"상자에 담긴 물건 다 안 써 봤잖아요."

그 수줍은 말에 숨은 야한 유혹이 MJ의 얇디얇은 인내심 다발을 산산조각 냈다. 그 바람에 도원이 이튿날까지 침대를 벗어날 수 없게 된 것은 둘만의 비밀이다.

Another Short Story

Another Short Story

울창한 나뭇잎 사이에서 매미가 울어 댔다. 녹음이 진 매미 소리는 쨍한 여름 햇살만큼이나 강렬했다. 이따금 아지랑이가 피어오를 정도로 후덥지근한 열기에 지친 사람들은 도망치듯이 건물 안으로 몸을 숨겼다. 부득이하게 거리에 나올 수밖에 없는 사람들도 모자와 양산, 손에 들고 있는 팸플릿 종이로라도 그 더위를 피해 보고자 안간힘을 썼다.

더위가 두렵기는 아이스도 매한가지였다. 아이스는 더위에 유독 약했다. 한번 더위를 먹으면 다른 사람의 배로 고생하는 체질이었다. 덕분에 전국에 폭염이 기승이라는 일기 예보를 들을 때마다 집 밖으로 나가는 것이 두려웠고, 그때마다 '집돌이'의 삶을 충실히 이행해야 했다.

"나 먼저 들어가도 되냐."

날이 더워서 펄펄 끓인 육수에 담긴 면 음식은 인기가 없었다. 시원한 맥주와 안줏거리가 저녁에 잘 나가긴 했지만 낮에는 손에 꼽을 정도로 적은 손님들이 와서 식사를 하고 갈 뿐이다.

"그리즐리?"

화장실을 다녀왔더니 가게는 비어 있었다. 가게 구석에 세워 둔 에어컨만이 텅 빈 부엌 안을 시원하게 식힐 뿐이었다. 홀 서빙 알바생도 보이지 않는데, 그리즐리와 함께 창고에 간 걸까.

아이스는 테이블 위에 엎어져 그리즐리가 돌아오길 기다렸다.

테이블 위에 그려진 햇살은 네모반듯했다. 그 윤곽을 손끝으로 따라가 보았다. 햇살 윤곽에 하얗게 빛나는 손끝은 따뜻했다. 밖에 나가면 뜨겁게 녹아내릴 것 같은 햇살이 아기자기한 가게 안에서는 그저 포근하게 느껴졌다. 언제나 떠돌아다녀서 장소에 애착을 가지긴 처음이라 낯설기만 한 감정이었다.

손가락으로 테이블 면을 쓰다듬던 아이스가 결국 자리에서 일어났다. 기다려도 오지 않는 그리즐리에게 연락하는 대신 앞치마를 벗었다. 더위 때문에 기력이 없어서 집에 가 한숨 자려고 했다.

아이스는 가게를 나서며 푯말을 OPEN에서 CLOSE로 바꿔 놓은 뒤에 문을 잠그지도 않고 걸었다.

맴맴, 매음, 맴맴.

머리 위에서 찢어지듯이 우는 매미 소리에 머리가 울렸다. 발밑으로 새하얗게 떨어지는 햇살을 피해서 터덜터덜 걸음을 옮겼다.

그리즐리는 설거지를 끝내고 의자에 앉았다. 홀 알바생이 깨끗하게 물걸레질을 하고 간 덕분에 바닥엔 음식 찌꺼기 하나 남아 있지 않았다. 테이블 위도 반질반질했다.

장부를 정리하고, 주문 받는 식재료들을 확인하고 나자 어느새 밤 11시가 넘어가 있었다. 찌뿌드드한 두 팔을 올려 기지개를 켜고 자리에서 일어났다.

가게 문을 잠그고 나왔을 때 하늘엔 달이 높게 떠 있었다. 후덥지근한 바람을 맞으면서 휴대 전화를 꺼내 문자 메시지를 작성했다.

[아이스, 먼저 퇴근했더라. 몸 안 좋으면 약 사 갈까? 괜찮으면 다른 먹을 거라도 사 갈게. 필요한 거 말해 봐.]

평소라면 과자 이름을 줄줄이 나열하면서 재빨리 답장을 했을 텐데. 오늘은 웬일인지 아무리 기다려도 묵묵부답이다. 그리즐리는 고개를 갸웃했다.

[아이스?]

다시 메시지를 보냈지만 여전히 답장이 없었다. 전화를 걸어 보았다. 통화 연결음이 1분 동안 이어져도 받질 않았다. 재차 전화를 해 보아도 결과는 마찬가지였다.

덜컥, 겁을 먹은 그리즐리의 걸음이 빨라졌다. 전화를 걸어도 여전히 받지 않자 빨라진 걸음으로 달리기 시작했다. 걸어서 15분 거리에 있는 주택가에 도착하기까지 그 시간의 반도 걸리지 않았다. 1층 현관의 비밀번호를 누르고, 3층 비밀번호까지 순식간에 맞춘 후에 문을 벌컥 열며 외쳤다.

"아이스!"

욕실에서 젖은 머리를 수건으로 털고 나오던 아이스가 그 소리에 움찔했다. 반바지 하나만 달랑 걸친 채 몸에 묻은 물기를 꼼꼼하게 닦지도 않은 채였다.

"엥? 뭐야, 왜?"

숨을 몰아쉴 정도로 급하게 뛰어온 그리즐리를 오히려 이상하다는 눈으로 보는 아이스였다. 태연하게 샤워를 한 아이스와 숨도 못 쉴 지경으로 뛰어온 그리즐리는 서로를 멍청한 표정으로 바라보았다.

"어, 어……."

당황한 그리즐리가 말끝을 흐리다가 슬그머니 시선을 돌렸다. 부엌 테이블에 캔 맥주가 올라와 있다. 열대야다, 기록적인 폭염이다, 하루 종일 시끄러운 기상 예보답게 아이스도 씻고 한 잔 하려 한 모양이다.

그제야 상황을 파악한 그리즐리는 문에 기대어 주르륵 주저앉고 말았다. 자신이 무슨 오해를 했는지를 생각만 해도 부끄러웠다. 양팔로 머리를 감싸며 앓는 소리를 뱉으며 중얼거릴 수밖에 없었다.

"아니…… 네가 연락 안 받아서……."

"연락했었어?"

"으응, 문자했었어."

씻느라 확인하지 못했을 뿐, 캔 맥주 옆에 나란히 놓은 휴대 전화를 그제야 확인한 아이스가 피식 웃었다.

"이거 보내 놓고 그렇게 뛰어오냐."

그리즐리는 양팔에 묻고 있던 고개를 빼꼼 들면서 항변했다.

"너 연락 안 되면 막 며칠씩 사라지니까 그렇잖아."

"그건 예전 일이고. 요즘엔 어디 나가면 꼬박꼬박 말하잖아."

"그렇긴 하지만……."

"이 새끼, 이거 날 안 믿네. 내가 이렇게나 신뢰가 없는 사람이라니."

테이블 의자를 끌어내어 앉은 아이스가 캔 맥주의 풀탭을 열었다. 얼마나 사람이 못 미더웠으면 답장을 보내지 못한 그새 전화를 하고, 전화도 안 받으니 뛰어와서 확인할까. 불만 섞인 눈초리를 가느다랗게 뜨자, 그리즐리가 우물쭈물하며 사과했다.

"미안해. 기분 나쁘게 하려던 거 아니었어."

그리즐리의 이런 반응도 다 자신이 저지른 인과응보려니 받아들이는 아이스였다.

"기분 안 나쁘니까 이리 와. 같이 술 마시자."

아이스가 편하게 손짓을 해 보이니 그제야 그리즐리가 자리를 털고 일어났다. 가까이 다가온 그에게 캔 맥주를 건네면서 편의점에서 사 온 과자 봉지를 뜯었다.

"가게 정리 잘했어?"

"응, 진혁이가 청소까지 깨끗하게 해 줘서 내가 홀 신경 안 써도 되니까 좋더라."

"진혁이 걔 엄청 싹싹하지. 이 세상 싹싹함이 아니야. 나 그런 애 처음 봐."

"그럼 저세상 싹싹함이야?"

"그건 무슨 표현이래, 하하, 난 죽었다 다시 태어나도 남들한테 그렇게 못할 거 같아. 걔 나중에 보너스 좀 주든가 시급 몇백 원이라도 올려 줘라. 일 너무 잘하더라."

"알았어. 검토해 볼게."

"정산은 잘했고?"

"응, 매출 계속 오르고 있어. 이러다가 우리 부자 되는 거 아닐까?"

"그래, 부자 돼라. 장하다, 장해."

아이스의 칭찬에 그리즐리는 배시시 웃었다. 그 모습에 아이스가 "속 편한 놈."이라며 놀려도 아이스가 앞에서 술을 마시고 있는 것만으로도 만족했다.

셔츠는 입고 있지 않은, 반바지 차림의 아이스는 몸이 마른 편이었다. 키가 그렇게 크지도 않아서 살집까지 없으니 어린 시절에 여자애들이 꽤 관심 가질 만한 타입일 것 같다.

나이가 들어도 여전히 곱상한 편이다. 속눈썹도 예쁘게 져 있고 분위기도 밝아서일까. 친하지 않은 사이일수록 더욱 눈웃음을 치면서 친절하게 구는 탓에 오해도 여럿 만들어 내고 있었다.

이제 와서 아이스의 습관이나 성격을 완전히 바꿔 놓을 수도 없다. 그렇다고 신경 쓰지 않으면 언제 위험한 일에 또 발을 담글지도 모르겠다. 내버려 뒀다가 홀라당 누가 데려가 버리진 않을지 여간 신경 쓰이는 것이 아니었다. 본인은 그런 남들의 시선을 즐기는 건지, 별 상관이 없는 건지 알 수가 없다.

누군가 사심을 가득 담고 의도적으로 접근해도 사근사근 웃으면서 "죄송합니다."라고 말한다. 그러나 그 "죄송합니다."가 언제 "제 번호 알려 줄게요. 연락하세요."로 바뀔지 몰라 그리즐리는 애가 탔다.

그렇다고 "너 아무한테나 웃어 주지 마."라고 할 수도 없다. 아이스 성격에 그런 식으로 오지랖을 부리고 제어하려 들면 질색을 하고 도망칠 것이 뻔하니까.

"너 아까부터 왜 그렇게 날 보냐?"

우울한 시선으로 바라보는 그리즐리에게 아이스가 미간을 좁히며 한마디 했다.

"씻느라 네 연락 못 받은 거라니까. 그게 그렇게 서운했어?"

그 이유 때문은 아니었지만 오해한 아이스에게 사실을 바로잡아 줄 수도 없었다. "네가 언제 사라질지 몰라서 불안해."라고 사실대로 털어놓았다가는 아이스가 경직된 표정으로 슬그머니 자리를 피할 테니까.

그리즐리는 테이블 위에 올린 양손을 꼼지락거렸다. 한참이나 손가락 끝을 매만지다가 힐끔, 아이스를 바라봤다. 그리즐리의 소심한 반응에 아이스는 맥주를 마시면서 의아한 시선을 거두지 못했다. 평소보다 더 아이스를 신경 쓰고 있는 그리즐리였다. 그 정도는 아이스도 눈치챌 수 있었다.

"진짜 이상하네. 왜 그래?"

아이스가 먼저 물었다. 그리즐리는 손끝을 꼼지락거리다가 작은 목소리로 중얼거렸다.

"……해도 돼?"

잘 못 들은 아이스가 맥주를 내려놓으면서 되물었다.

"뭐?"

"……해도 되냐고."

"해도 되냐고?"

"응."

"뭘 한다는 거야?"

"그게……."

한참이나 꼼지락거리던 손끝을 조심스럽게 아이스에게 뻗었다. 다가온 손가락이 볼에 닿는 바람에 아이스가 움찔했다. 그 손가락은 아이스가 거부나 승낙의 표현을 하기도 전에 턱까지 내려왔다.

따뜻한 손이 고개를 고정시키는 힘에 아이스가 당황스러운 목소리로 물었다.

"너, 해도 되냐는 게 설마……."

말을 채 마치기도 전에 그리즐리가 고개를 내밀었다. 다가오는 얼굴을 밀어낼 시간이 충분했는데도 아이스는 가만히 있었다. 머뭇거리던 그리즐리도 그것을 승낙의 표시로 받아들이고는 고개를 틀었다.

아이스에게 입을 맞췄다. 처음에는 쪽, 하고 담백하게 붙였다가 떼어 냈다. 그러곤 아이스의 표정을 살폈다. 아이스는 많이 당황한 눈치였다. 전혀 상상도 못한 일을 당했다고 생각하는 건 아니었지만, 아무리 마음의 준비를 하고 맞이해도 어색함을 지울 수는 없는 얼굴이었다.

그나마 밀어내지 않은 것을 다행이라고 해야 할까. 그리즐리는 자신의 입술을 포갰던 아이스의 입술을 엄지손가락으로 쓸어 만졌다.

"오늘 피곤했어? 먼저 집에 들어갔잖아."

그리즐리가 조용히 속삭이면서 고개를 다른 각도로 틀었다. 움칫하던 아이스의 입술을 다시금 물었다 놓았다. 얘기를 하면서 키스를 하는 바람에 숨결까지 한꺼번에 느껴야 했던 아이스는 시선이 조금 흔들리고 말았다.

"아, 음. 오늘은 좀 쉬고 싶었어."

"맞다. 너 더위 엄청 타지. 겨울은 잘 참던데 더위에 유독 약하더라."

"그래서 동남아 다닐 때 엄청 힘들었다고. 오히려 비 오는 날이나 밤에만 돌아다녔고."

"그래그래, 잘했어. 앞으로도 피곤하면 먼저 이렇게 들어와서 쉬어. 대신에 나한테는 말 좀 해 주고. 응?"

"……그래."

머쓱한 표정으로 입술을 쪽쪽, 부딪는 그리즐리를 슬그머니 밀어내는 아이스였다. 하지만 키스를 지나치게 의식하는 아이스의 표정에 묘하게 동해 버린 그리즐리는 아이스의 턱을 놔주지 않았다.

이번엔 살짝 벌어진 입술로 혀를 밀어 넣었다. 캔 맥주를 쥐고 있던 아이스가 손끝에 힘을 주면서 당황했다.

처음에는 물컹하고 뜨거운 것이 입 안으로 밀려들어 온다고 생각했다. 그 뒤를 따라서 그리즐리가 낮게 뱉는 숨결이 풍기는 바람에 얼굴이 확 붉어지고 말았다.

지금까지 몇 년을 붙어 다니면서 맡았던 익숙한 살 냄새가 갑자기 낯설게 느껴졌다. 한 번도 의식해 본 적 없는 감촉과 향기였다. 당황한 아이스는 입술이 맞물릴 때와 떨어져 나갈 때 숨 쉬는 타이밍도 잊고 말았다.

"그, 그리즐리…… 너 진짜 낯 뜨겁게 뭐 하는 짓이야."

얼굴이 새빨개져서 터질 것만 같은데 그런 아이스보다 그리즐리가 오히려 능숙해 보였다. 여자와 키스한 횟수만 계산하면 아이스가 월등하게 많을 텐데. 그럼에도 그다지 기술적이라고 느껴지지 않는 키스에 오히려 아이스가 동요하고 말았다.

잠시 입을 뗀 사이에 그리즐리는 침에 젖은 입술을 혀로 살짝 핥았다. 그리즐리에게서 한 번도 느껴 본 적 없던 이런 식의 분위기와 감정을 아이스는 어떻게 속으로 삼켜야 하는지 알 수 없었다.

너무 오랜만에 이런 분위기라서 그런 거야. 휩쓸린 거라고. 좋다고 고백한 애랑 한 지붕 아래 사니까 분위기가 점점 노골적이 되는 거잖아.

아직까지 한 번도 잠자리를 같이 가져 본 적은 없지만, 이러다 정말 일이라도 치를까 싶어서 아이스는 황급히 그리즐리의 어깨를 잡아 밀어냈다. 분위기가 더 이상해지기 전에 먹다 남은 캔 맥주를 들고 자리에서 일어났다.

"텔레비전 좀 볼게. 너도 마시고 싶으면 마시고."

거실로 향하던 아이스를 그리즐리가 붙잡았다. 손목을 한 번에 감싸는 커다란 손이 뜨거웠다. 얼굴에 오른 열을 식히지 못한 아이스보다도 체온이 훨씬 높았다.

그리즐리는 아이스를 올려다보면서 입술을 달싹였다. 한참이나 고민하면서 망설인 끝에 조심스럽게 물었다.

"저기, 아이스."

아이스는 지금 분위기를 도저히 참을 수가 없었다. 그리즐리가 무슨 얘기를 할지 너무도 명확하게 알 것 같아서 자신의 눈치 빠른 성격이 오히려 원망스러울 지경이었다.

아이스는 그리즐리의 입을 틀어막을 수도 있지만 끝내 그러지 않았다. 얼마든지 이 묘하게 들떠 있는 분위기를 바로잡을 시간이 있었지만 바싹 마른 입술을 열지 않았다.

이유는 아이스 본인도 알 수 없었다. 그저, 절박하게 올려다보는 시선에 심장이 쿵, 하고 떨어지는 기분이 들었다.

손끝이 간지럽고, 입술이 마르면서, 울렁거리는 기분을 어떻게 수습하지 못할 정도로 이상해져 버렸다. 그게 그리즐리가 말을 꺼내는 것을 막지 못한 이유였다.

"괜찮으면, 그러니까."

뭐라 얘기를 해야 하는지 몰라서 머뭇거리던 그리즐리가 이내 자리에서 일어났다. 아이스의 손에 든 맥주 캔을 대신 테이블 위에 내려놓았다.

움찔거리며 바라보는 아이스의 시선을 정면으로 응시했다. 마치 이번이 아니면 두 번 다시 없는 기회처럼.

"……텔레비전 보지 말고, 나랑 다른 거 하자."

무드 없는 그 말이 분위기를 가라앉히긴커녕 오히려 긴장감을 만들어 버리는 바람에 아이스는 아무런 대답도 하지 못했다.

오늘 매미가 그렇게 울더라니. 아니, 매미 탓은 아니지만, 그러니까, 날이 너무 더워서다. 더워서 머리가 어떻게 된 걸 거야.

"다른 거 뭐, 하하, 텔레비전이나 보자."

일부러 가볍게 웃어넘기려는데 그리즐리는 끝까지 진지하게 말했다.

"오늘도 그냥 넘어갈 거야?"

"무, 뭐가."

"오늘은 하면 안 될까. 나 정말 많이 기다렸는데."

아니, 그걸 왜 입 밖으로 내고 그래!

아이스는 한걸음 물러나며 말했다.

"미, 미친놈아, 그런 걸 왜 말해! 아니, 그러니까, 으……."

어떡하지. 거절 잘못하면 상처받을 테고, 이런 걸 거절하지 않고 넘기면 분위기 계속 어색할 텐데. 당황해서 안절부절못하던 아이스가 머리를 쓸어 넘기며 한숨을 삼켰다.

"나는 이런 일로 너랑 어색해지면 어쩌나 걱정되는데 너는 아닌가 보네."

그 말을 오히려 그리즐리가 이해하지 못했다.

"왜 어색해져?"

"그럼 멀쩡하게 지낼 수 있겠어?"

"지금도 날 이렇게 의식하잖아. 어색한 건 지금이 더 심한걸."

너무도 맞는 말에 아이스는 "아, 음……." 하고 말을 삼킬 수밖에 없었다. 여전히 경계심 강한 야생 동물처럼 쭈뼛거리는 아이스가 힐끔, 그리즐리를 바라봤다.

뒤섞인 머릿속을 정리하지 못해서 표정이 엉망이 된 아이스와 달리, 그리즐리는 침착하고 진중했다. 침착한 그리즐리는 "이리 와 봐."라고 아이스를 불렀고, 머뭇거리던 아이스가 가까이 다가가자 손목을 꼬옥 잡기까지 했다.

"일루 와 봐."

그리즐리는 아이스를 붙잡은 채 방문을 열었다. 그 문 안으로 그리즐리의 널찍한 침대가 보였다. 엉겁결에 끌려들어 온 아이스는 붙잡힌 손목을 쳐 내지 못하는 자기 자신이 가장 이해되지 않았다.

후회하겠지?

그렇게 속으로 생각하며 아이스는 복잡한 심경을 감추지 못했다.

이건 해도 후회, 안 해도 후회할 상황이다. 여기서 거절하면 그리즐리와 평생을 서먹하게 지낼 것 같고, 승낙하면…….

……승낙하면, 음…….

……음, 무슨 일이 벌어질까.

아이스는 침대에 올라앉으면서 수많은 혼란과 당황스러움에 몸을 가누지 못했다. 그리즐리가 침대 위에 한쪽 무릎을 올렸을 때 움푹 파이는 매트리스의 감촉이 느껴지자 그 복잡함은 더욱 강해졌다.

비가 오는 날이면 뼈가 쑤셔서 다리를 두드리곤 했다. 그때마다 그리즐리는 퍽 걱정하는 시선으로 찜질 팩 같은 것을 챙겨 왔다. 아이스의 사소한 행동과 표정만으로도 아이스가 필요한 것이나 생각을 읽어 낼 만큼 서로가 익숙하고 편안했다. 그렇기에 오히려 연인들이 할 법한 행동을 하는 이 상황이 어색해서 미칠 지경이다.

친구였던 사람을 한순간에 연인으로 바꿔 생각하기가 쉽지 않았다. 지금까지 그리즐리를 보면서 키스나 섹스를 하고 싶다고 생각해 본 적이 없어서. 그래서 이런 상황에서 무엇을 어떻게 해야 할지 몰라 안절부절못하게 되었다.

"……옷 벗어도 돼?"

그리즐리의 물음에 아이스는 쿨럭하고 기침만 했다. 아이스는 입가를 가리면서 말했다.

"그, 어, 어어."

천천히 셔츠를 벗는 몸을 보고 아이스는 속으로 비명을 질렀다.

으악! 아니 그래도 뭔가, 뭔가, 좀!

매번 봤던 몸인데도 생소하기만 한 그리즐리의 맨몸을 바라봤다. 그동안 의식하고 본 적이 없어서 그런지 새삼스러웠다. 벗은 몸, 그 자체로 평범하게 인식되질 않고 자꾸만 의미가 덧입혀졌다. 저 몸이 닿았을 때의 체온이라든가 감촉 같은 것을 자연스럽게 상상하게 되었다.

생각보다 몸도 다부지고 군살도 없다. 하루 종일 주방에 서 있어도 별로 피곤해하지 않는 체력은 다 저 커다란 덩치에서 나오는 것인가.

아니, 잠깐만. 지금은 이런 감상을 할 때가 아니잖아.

여기서 정말 브레이크를 걸지 않으면 분위기에 휩쓸려 끝까지 해 버리고 말 것이다. 그게 정말 옳은 일인지 확신하지 못했기에 아이스는 더듬거리며 물었다.

"저기, 진짜 그, 그거 하려고?"

그렇게 말을 잘하던 아이스가 바보 같은 소릴 했다. 친하지도 않은 손님들에게 눈웃음을 치면서 사근사근 말하던 사람이 긴장해서는 말을 더듬기까지 했다.

"아니, 그러니까…… 으, 우리 정말 이래도 돼?"

그리즐리는 아이스의 발목을 잡아당겼다. 중심이 뒤로 넘어가는 바람에 아이스는 폭신한 이불 위로 쓰러졌다. 똑바로 누운 아이스 위로 그리즐리가 올라왔다.

"안 될 거 있어?"

살갗이 닿은 부분도 없고, 팔꿈치와 무릎으로 몸을 지탱한 채 내려다보는 자세일 뿐인데도 아이스는 여전히 시선 둘 곳을 찾지 못하고 천장 벽지만 올려다봤다.

그리즐리는 그런 아이스의 노란 머리를 손으로 쓸어 만졌다. 그 다정한 손길에 아이스가 더 못 견뎌 했다.

"으아, 야, 아니야, 이건 아닌 거 같아, 나 못하겠어."

아이스가 얼굴이 시뻘게진 채 몸을 일으켰다. 그대로 침대에서 내려가려 하자 그리즐리는 부드럽게 손목을 낚아채서 다시 침대에 눕혔다. 당황해서 어쩔 줄 모른 채 바라보는 아이스에게 천천히 고개를 숙였다. 이마와 눈가에 쪽, 하고 뽀뽀를 해 주자 아이스는 이불을 양손으로 움켜잡으면서 속눈썹을 떨었다.

"왜 그렇게 의식하는 거야. 여유 없는 모습 보니까 나까지 조급해지잖아."

아이스의 반응에 덩달아 긴장해 버린 그리즐리는 뜨거워진 날숨을 토했다. 숨소리에 속눈썹이 떨리는 아이스의 모습이 너무 예뻐서 시선을 뗄 수가 없었다.

"이러는 거 싫어? 난 사귀면서 이럴 날만 상상했는데."

"미친놈아……."

"어쩔 수 없다고. 너랑 같이 살면서 지금까지 참은 것도 대단한 건데…… 정말 싫어? 정말로? 그렇게까지 싫으면 안 할게."

……이 나이 먹고 유난 떠는 게 오히려 이상하긴 하지만. 그치만…….

손목을 쥐고 있던 손이 천천히 아이스의 손바닥을 덮었다. 그 커다란 손가락이 아이스의 손가락 사이사이로 얽히듯이 들어왔다. 깍지를 끼면서 힘을 주었다. 손바닥 전체로 느껴지는 압박감에 아이스는 장난을 칠 수 없는 분위기라는 것을 다시금 깨달았다.

그리즐리는 아이스의 대답을 끈기 있게 기다렸다. 아예 양손을 모두 깍지 껴 버린 채 내려다보는 그리즐리의 기선에 아이스도 더는 버티지 못하고 말했다.

"이거 하고 나면 우리 예전으로 돌아가지 못하는 거 알지?"

그게 무슨 소릴까. 그리즐리가 고개를 갸웃했다. 아이스는 이걸 뭐라 표현해야 할지 몰라서 당황한 표정으로 덧붙였다.

"그, 그러니까…… 이거 이상해서 다음에 하고 싶지 않다고 해도 막 상처받거나 그러기 없기야. 나, 나도 이런 거 잘 모르니까."

그 말이 정말로 연애라는 걸 못해 본 사람 같았다. 그렇게 인기 많은 아이스가 설마 연애를 못해 봤을까 싶어서 그리즐리는 이해할 수 없는 표정을 지었다.

"그걸 걱정해서 이렇게 긴장한 거야?"

아이스는 다른 사람도 아닌 그리즐리에게 무시당했다는 사실에 자존심이 상했다.

"넌 이게 만만하냐?"

"이런 상황 안 겪어 봤어?"

"넌 겪어 봤어?"

"아니, 그치만 상상은 많이 했으니까."

대체 언제부터 상상을 했단 걸까. 속없는 얼굴로 생글생글 웃으면서 속으로 음험한 생각은 혼자 다 한 걸까.

아이스는 그리즐리의 말에 놀라서 입만 벙긋했다. 누구는 지금까지 쌓아 왔던 친구 관계마저 모두 잃을까 봐 걱정돼서 이러는데 누군 일단 부딪치고 보자는 식이라니. 그리즐리는 걱정 많은 아이스를 보고 웃음을 참을 수 없었다.

"아이스, 너 진짜 귀엽다."

섹스를 한 후에도 지금까지의 관계가 유지될 리 없다. 어떻게, 어떤 방향으로 바뀔지는 모르겠지만, 이전의 관계로 되돌아갈 수 없는 것은 분명했다. 그게 나쁜 방향이고, 후회할 만한 것이더라도, 받아들여야 한다. 돌이킬 수 없는 문제라는 뜻이다.

그 각오 앞에서 그리즐리는 생각을 굳혔다. 친구와 연인 사이의 이 모호한 관계가 아닌, 서로가 서로에게 충실할 수 있는 연인 관계 그 자체를 선택하려 했다.

아이스는 그런 면에서는 아직 각오를 다잡지 못한 상태였다. 그는 놓치거나 잃는 것을 먼저 생각하고 있었다. 차라리 어설픈 친구 관계로라도 유지하는 게 더 낫다고 생각하고 있었다.

그리즐리는 두 팔과 무릎으로 서 있던 몸을 천천히 내렸다. 바지는 입고 있었지만, 상체의 맨살이 닿는 느낌이 서로의 피부를 타고 야릇하게 번져 나갔다. 불편한 표정을 짓는 아이스와 달리, 그리즐리는 최대한 흥분을 삼킨 목소리로 귀에 대고 속삭였다.

"걱정 마. 우린 앞으로 친구가 아닌 연인으로 계속 같이 있으면 되잖아."

너무도 낯 뜨거운 말에 아이스는 속으로 "으아아." 하고 비명을 질렀다. 맞닿은 살갗이 너무 뜨겁고 심장 뛰는 소리까지 전해지는 것만 같았다. 이유는 모르겠지만 죽을 것 같았다. 난생처음 겪어 보는 분위기와 감정과 대화에 정신을 차릴 수가 없었다.

"이, 이제 그만 말하고 그냥 뭐라도 좀 해라! 나 진짜 약간 미치겠거든? 이 분위기 좀 어떻게 해 줄래?"

안절부절못하는 아이스를 보면서 그리즐리는 깍지를 끼고 있던 손을 풀었다. 여전히 이런 분위기에 면역이 없어서 힘들어하는 아이스에게 입을 맞췄다.

담백하게 입술을 부딪거나 살짝 혀를 살짝만 집어넣던 지금까지의 키스와는 달랐다. 호흡이 정제되지 않은 채 쏟아지는 거친 키스에 아이스가 몇 번이나 손끝을 움찔거리며 떨었다. 퍼부어진다는 표현이 어울릴 정도였다.

매번 바보처럼 웃기만 하던 그리즐리가 이런 식으로 키스를 하는 것은 처음이었다. 손톱을 세워 이불 끝만 움켜쥐던 아이스가 결국 참지 못하고 그리즐리의 목 뒤로 팔을 감았다.

"하아, 하, 야, 너, 키스, 너무……."

"쉬, 조용히 해."

"뭘 조용히 하래, 읏."

"왜 이렇게 정신 못 차리고 그래."

"너 어떻게 제정신으로 이런 짓을 하냐."

"네가 너무 의식하는 거라니까."

그러면서 다른 얘기는 못해 버리게 다시 입술을 입술로 막아 버리는 그리즐리였다. 그리즐리의 목을 감싸 안은 채 그 키스를 받고 있으려니 당황스럽고 부끄럽기까지 했다.

안절부절못하던 아이스는 시간이 지날수록 차츰 안정을 되찾아 갔다. 키스에 익숙해지자 혀끝의 감각에만 집중할 수 있게 되었다. 끙끙 앓으면서 어쩔 줄 몰라 하던 아이스가 어느새 자연스럽게 그리즐리의 키스를 따라가기 시작했다.

그리즐리가 혀뿌리를 훑듯이 깊게 입을 맞추면 아이스도 숨을 삼키면서 그 혀를 꼬듯이 감쌌다. 그리즐리가 감싸인 혀를 자신의 입 안으로 끌고 들어오면 아이스는 끌려들어 간 채 뒤섞이는 타액을 삼키기도 했다.

아이스는 눈을 감고 있었다. 그래서 자신이 오히려 그리즐리의 목을 끌어내려 더 깊은 키스를 유도한다는 사실도 모르고 있었다. 아이스를 살피던 그리즐리가 천천히 그 몸을 만지기 시작했다.

가슴을 쓸어 만지던 손이 허리를 감쌌을 때 키스에 집중하고 있던 아이스가 눈을 떴다. 그리즐리도 잔뜩 긴장해서 표정을 살폈다.

이상하다고, 그만하자고, 손을 떼라고 말할 줄 알았다. 그러나 예상과 달리, 아이스는 그리즐리의 손길을 낯설어하지 않았다. 남의 손을 탄 적 없는 부위에 체온이 닿을 때마다 멈칫하고 움찔거리기는 했지만 거부감 때문에 나오는 반응은 아니었다. 예민하지만 자연스러운 반응이다.

"괜찮아?"

그리즐리의 다정한 목소리에 아이스는 머뭇거리다가 조금 더 목을 끌어안았다.

"오늘 끝까지 하려는 거지."

"네가 싫으면 다음으로 미뤄도 돼."

그렇게 내뱉은 말과 달리 맞붙은 하체는 이미 팽팽하게 부풀어서 아이스의 사타구니를 누르고 있었다. 이렇게 흥분해 놓고는 그만둔다고 말하다니.

상대가 그리즐리가 아니었다면 "그동안 우리가 친구로 지낸 건 다 뭐였냐. 너 이런 식으로 다른 생각하고 있었어? 소름 돋아."라며 배신감부터 들었을 것이다. 너무도 고스란히 묻어나는 그리즐리의 감정들이 그 모든 부정적인 가능성들을 지워 내고 있었다.

친구라고 곁에 두었더니 뒤통수를 쳤다는 기분과 거리가 멀었다. 그리즐리는 처음 만났을 때나 지금이나 변함없는 태도로 아이스를 대해 주었다. 친구와 연인의 경계가 없이 그저 아이스를 배려해 주고 관심과 애정을 보여 주었다.

아이스 혼자 지레 겁먹은 것에 불과했다. 어차피 친구든, 연인이든, 그리즐리의 태도나 마음가짐이 변할 리는 없을 텐데. 변하는 게 무서운 것은 아이스 본인이었다. 그리즐리에게 너무 휩쓸려서 경계심이 허물어질까 봐 걱정이 앞섰던 것뿐이다.

"하아."

짧게 한숨을 내쉬는 아이스를 보며 그리즐리가 멈칫했다. 불안한 시선으로 내려다보는 그에게 아이스는 잠시 할 말을 골랐다. 고민해 봐도 적당한 말이 떠오르지 않았다.

미안해, 내가 겁이 많아서 널 계속 밀어냈네.

그렇게 솔직하게 털어놓기엔 부끄러웠다. 대신 나긋한 목소리로 물었다.

"그만두라고 말하면 진짜 안 할 거야?"

아이스는 다리로 그리즐리의 허리를 감았다. 놀란 그리즐리가 기우뚱했다. 입가에 쪽, 뽀뽀를 해 주는 아이스의 돌발 행동에 얼굴을 붉히기도 했다.

"읏, 아이스."

"왜?"

"장난으로 이러지 마."

"섹스를 어떻게 장난으로 해."

"아니, 너 이러면……."

"싫어?"

그리즐리는 혼란스러운 눈으로 아이스를 바라봤다. 아이스는 그런 그리즐리의 뒷머리를 살살 쓸어 만지면서 눈웃음을 지어 보였다.

"싫냐고, 바보야."

여기서 그만두면 정말 바보,라는 별명을 죽을 때까지 입에 달고 살 사람처럼 굴었다. 얼굴이 화끈, 달아올랐던 그리즐리도 더는 뒤로 내빼지 않았다. 허리에 장난스레 감은 다리를 직접 풀어내고 반바지와 속옷을 벗겼다.

겉으로는 그리즐리가 귀엽다는 듯이 키득이는 아이스였지만 그래도 맨몸이 드러난 것은 부끄러워서 목에 감은 팔을 풀지 않았다.

수 년 동안 질리도록 보여 준 몸인데 새삼 그리즐리가 보는 것이 죽도록 의식된 탓이다.

“아이스, 이렇게 나 끌어안고 있으면 밑에 못 보잖아.”

옷을 벗긴 손이 더듬거리며 엉덩이 사이를 파고들었을 때 아이스는 붉어진 얼굴로 항변하듯이 말했다.

“보지 말고 해.”

“왜 이렇게 부끄러워 해?”

“아이씨, 이걸 어떻게 그냥 하라고.”

“너 이럴수록 더 사람 미치게 하는 거 모르지.”

“내 핑계 대지 마, 나도 부끄러워서 미칠 거 같거든?”

“보고 싶단 말이야.”

“싫어.”

티격태격하는 사이에 손가락이 몸속을 파고들었다. 이론적으론 알고 있어도, 그 이론을 실전에 접목시킬 생각은 한 번도 해 본 적 없는 아이스였다.

그러니 불편하기만 한 첫 경험이어야 했다. 그러나 하필 눈앞엔 그토록 좋아하던 친구…… 아니, 이젠 친구라고도 부를 수 없는 연인이 된 그리즐리가 있다. 여전히 아이스의 표정을 살피면서 조심스럽게 구멍을 넓히는 그를 보자, 불편하긴커녕 심장이 간질거렸다.

아이스는 참지 못하고 그리즐리의 입에 쪽쪽 뽀뽀를 해 주었다. 먼저 안달을 내듯이 입을 맞추어 주자 그리즐리가 얕게 앓는 소릴 냈다.

“으응, 왜 보채는 거야, 아이스.”

그리즐리에게서 눈을 떼지 못한 아이스는 그리즐리의 얼굴 곳곳에 입을 맞췄다.

"아프게 하면 진짜 가만 안 둔다."

반쯤 협박을 하자 그리즐리가 손가락을 두 개로 늘리면서 퍽 걱정스럽게 말했다.

"아플 텐데."

"……젤이나 오일 쓸 거지?"

"응, 가져왔어."

침대 밑에서 가져온 오일을 보고 아이스가 눈만 깜빡였다. 엑스트라 버진 올리브 오일. 식당에서 쓰는 것 중 등급이 제일 높은 기름이다.

"……내가 음식이냐?"

"준비할 생각을 못했거든. 다음에 이쪽 용도에 맞는 걸로 인터넷 주문 시켜 둘게."

그렇게 해맑게 말하면서 기름에 적신 손가락으로 다시 구멍을 벌렸다. 이전보다 수월해진 느낌에 아이스는 깜짝 놀랐지만, 그보다 손가락이 움직일 때마다 질척이는 소리가 적나라해져서 기분이 이상해졌다.

소리가 확연해지니 몸에 가해지는 자극에 자꾸만 예민하게 반응하게 되었다. 그냥 불편한 이물질 수준이 아니었다. 삽입을 하고 벌리는 섹스의 과정이었다. 그제야 비로소 그리즐리와 몸을 섞는다는 것을 실감하게 됐다.

아이스는 질척거리는 소리에 당황하면서도 그리즐리가 밑을 살펴보려고 고개를 숙이자 억지로 머리를 들게 했다.

"바, 바보야, 보지 말라니까……!"

그런 아이스의 반응에 오히려 그리즐리의 얼굴이 새빨개졌다.
“진짜 어떡하지.”
“아웃…… 어, 어떻게 손가락이 세 개나 들어가!”
“너 진짜 아플 텐데 어떡하지, 미안해.”
“오일 썼는데도 아프다고?”
“으응, 그게…….”
우물쭈물하던 그리즐리가 아이스의 몸 안을 넓히던 손가락을 빼냈다. 민감한 부분을 자꾸 건드리면서 안을 꾹꾹 쑤시던 손가락이 빠지자 그제야 숨을 몰아쉬던 아이스였다. 그렇게 아프진 않은데 왜 사과를 하는 걸까. 의아함에 그리즐리를 올려다볼 때였다.
“미안.”
이유 모를 사과를 한 번 더 뱉은 그리즐리가 아이스의 허리를 잡고 몸을 묻었다. 천천히 밀려들어 오는 압박감은 손가락과 비교할 수 없을 정도였다.
놀란 아이스는 그리즐리에게 더 세게 매달렸다. 한계까지 벌어진 구멍 안을 천천히 파고드는 뜨겁고 단단한 감촉에 절로 새된 비명이 터졌다.
“하윽…… 아!”
그제야 그리즐리가 왜 사과를 했는지 알았다. 오일을 아무리 써도 소용이 없는 두터운 뜨거움이 아래에서부터 천천히 밀려 올라왔다.
“아, 아응, 그리즐리, 잠깐.”
평생 겪어 본 적 없는 압박감과 힘겨움에 아이스는 거칠게 숨을 토했다. 아픈 것보다도 놀라서 몸이 말을 듣지 않았다.

침착해지자고 생각하면서도 정작 아이스는 두 손으로 그리즐리를 더 세게 끌어안았다. 저절로 벌어지는 다리를 어쩌지 못해서 무릎을 세우고 발끝으로 이불을 잡아 보았다. 그렇게 갖은 노력을 다해 보아도 허벅지 안쪽이 떨려서 힘이 들어가질 않았다.

"멍청아, 멈추라니까, 아!"

당황해서 자꾸만 더 세게 끌어안는 아이스 때문에 그리즐리는 입을 다물지 못했다. 아프다고 발로 찰까 봐 걱정하는 그리즐리로선 아이스가 보여 주는 반응들은 감히 상상도 못한 일들이었다.

뜨겁고 묵직한 것이 아랫배를 가득 차오르니까 겁이 나서 끌어안았겠지만 매달리면서 바라보는 시선은 두려움이나 후회와는 다른 감정으로 물들어 있었다.

그 감정이 무엇인지 명확하게 알지 못해서 그리즐리는 아이스의 얼굴에 시선을 고정했다. 표정을 읽어 내고 싶어서. 아이스가 무슨 느낌인지 파악하고 싶어서. 모든 신경을 아이스에게만 곤두세웠다.

"하아, 아, 안쪽 되게 부드럽다."

천천히 허리를 움직였다. 뒤로 빼냈던 것을 다시 깊숙하게 찔러 넣었을 때 아이스가 짧게 소리를 삼켰다.

"하읏……."

몸이 흔들릴 때마다 노란 머리카락이 땀에 젖어 이마와 볼에 달라붙었다. 움찔거리면서 몇 번이고 몸을 떨기도 했다.

"하아, 하, 괜찮아? 아프진 않고?"

그리즐리에게 매달려 있던 팔을 조심스레 풀어낸 아이스가 한쪽 손가락을 깨물었다. 자꾸만 터져 나오는 신음이 민망해서인 듯했다. 스스로 손을 깨물면서 젖은 눈으로 바라보는 게 더 큰 자극이 된다는 것은 모르는 모양이다.

"아웃…… 너, 너, 이렇게 컸었냐, 몰랐, 아응……."

"맞다, 발기한 건 처음 보겠네."

"아, 이거, 아픈 거랑 좀 달라서, 아웃, 아, 아아."

"어떤데?"

"묻지 마."

"말해 줘."

"무, 묻지 말라니까."

그러면서 다시 흔들리는 시야에 짧게 신음을 토해 내면서 손가락을 깨물었다. 벌어진 다리를 수습하지 못한 채 몸을 맡겼다.

그 모습이 무척이나 사랑스러웠다. 언제 싫다고, 그만하라고 외칠지 모르겠지만, 그때까지만이라도 이 따뜻한 몸속을 제 것처럼 파헤치고 싶었다.

깊은 곳을 찔러 주면 파득, 떨면서 젖은 눈으로 당황한 듯이 바라보는 시선이 좋았다. 신음 소리를 숨기려고 손가락을 깨물기에 아예 깍지를 껴서 머리 위로 눌렀다. 더 이상 입을 막을 길이 없어서 앓듯이 흘려보내는 신음 소리는 야하기 그지없었다.

"하윽, 읏, 너, 정말, 하나같이 다 크잖아."

체격 차이가 많이 나는 편이지만, 그래도 이 정도로 작고 귀여워 보일 줄은 몰랐는데.

정리하지 못한 다리를 아예 어깨에 얹었을 때는 몸을 보지 말라면서 애를 썼던 초반의 노력이 무용지물이 되어 버렸다.

열기가 피어 나가는 몸은 금세 발갛게 물들었다. 그리즐리가 흥분해서 흔들 때마다 고개를 뒤로 젖혔다. 붉어진 눈가를 찌푸리면서 뜨거운 숨을 토했다.

몸속을 파고든 열기가 순식간에 아이스를 장악했다. 그 열기에 갇힌 아이스는 손가락을 깨물지 못하도록 깍지를 낀 그리즐리의 움직임 하나하나에 반응하기 시작했다.

"아."

작게 터지는 신음부터 전립선처럼 민감한 성감대를 건드릴 때마다 자연스럽게 터져 나오는 새된 소리에 그리즐리도 집중하게 되었다.

"하아, 아, 앗."

짧게 끊어지는 거친 숨소리 속에서 아이스의 시선이 몽롱해졌다. 아이스는 자신만을 내려다보면서 움직이는 그리즐리에게 마른 입술을 달싹였다.

"하아, 하…… 키스, 안 해 줘?"

그 말에 그리즐리는 홀린 듯이 고개를 숙였다. 입술이 닿기도 전에 마중 나온 아이스의 혀가 그리즐리의 입술을 핥았다. 허공에서부터 섞여 든 혀의 감촉은 뒤따르는 입술을 빨아 당기는 질척한 소리에 사라졌다.

"아아, 아이스."

입술이 맞붙은 채 중얼거리는 목소리는 반쯤 홀려 있다 해도 과언이 아니었다. 자신에게 푹 빠져 있는 시선을 느낀 아이스가 눈가를 호선으로 접으면서 웃었다.

이름 모를 손님들에게 지어 보이던 미소가 아니다. MJ나 도원처럼 아이스가 호감을 가지고 있는 사람에게 지어 보이던 것과도 다르다.

그것은 그리즐리에게만 보여 주는 미소였다. 세상에서 가장 믿을 수 있고, 함께하고 싶으면서, 한 번도 경험해 본 적 없는 섹스를 하는 사람에게만 보여 주는 감정이다.

"너, 으응, 너 너무 커서 자주는…… 못하겠다."

속삭이는 아이스의 말에 그리즐리의 움직임이 빨라졌다. 허리를 잡고 흔드는 힘이 거세지자 아이스는 머리맡에 깍지를 낀 손만 꽉 움켜쥔 채 숨을 헐떡였다.

"아읏, 아, 아아, 아."

"흣, 자주 하자, 응?"

"읏, 바, 바보야. 그렇게 흔들면, 아응……!"

"자주, 응?"

"보, 보채지 마."

"아, 너무 좋아."

황홀해하는 그리즐리를 보면서 아이스는 심장이 터질 것 같았다. 미련 곰탱이 자식에게 이렇게 설레는 것은 운명의 장난이었다. 평생 친구로 지내야 할 사람이랑 섹스를 하는 것도 모자라서 이제 와 사랑에 빠질 것 같은 이상한 감정이라니. 이게 뭐야, 대체.

"하읏, 아, 아앗, 기분 이상해, 아응, 아."

피치를 올릴수록 그리즐리의 움직임에 동화된 아이스가 직접 허리를 흔들기 시작했다. 스스로 허리를 틀면서 기분 좋은 포인트를 그리즐리에게 알려 주었다.

질척거리는 오일 소리도, 깍지를 낀 채 놔주지 않는 그리즐리의 집착적인 행동도, 집요하게 몸속을 들쑤셔 놓는 뜨겁고 두터운 성기도, 그 모든 것이 아이스의 머릿속을 새하얗게 만들었다.

"아아, 아, 아!"

만져 주지 않았는데도 발기하는 자신의 페니스를 보면서 아이스는 얼굴이 더 새빨갛게 변했다. 붉어진 얼굴을 가리고 싶은데 손이 붙잡혀 움직일 수 없었다. 집요하게 내려다보는 그리즐리에게 모든 기분을 간파당했다.

"좋구나, 아이스."

그리즐리에게 모든 걸 들킨 것이 부끄러우면서도 이상하게 짜릿했다. 아이스는 숨을 헐떡이던 고개를 뒤로 젖혔다.

"아응……!"

참지 못하고 터져 버린 사정감에 그리즐리가 움찔했다. 안 그래도 한계까지 벌어져서 비좁아진 구멍이 사정과 동시에 조이는 바람에 그리즐리도 버틸 수가 없었다. 너무 야한 아이스의 모습을 한꺼번에 본 것만으로도 수용할 수 있는 한계치 이상으로 흥분해 있던 탓이다.

"읏……."

콘돔을 쓰지 않아서 재빨리 빼내야 했는데. 그마저도 늦고 말았다. 처음이라서 뭐든 엉성하기만 한 반응에 그리즐리는 당황해서 아이스를 살폈다.

아이스는 가슴이 위아래로 크게 움직일 만큼 숨을 헐떡이고 있었다. 그리즐리가 깍지를 풀면서 아이스의 몸속에 묻었던 성기를 빼냈다.

"닦을 것 좀 가져올게."

침대에서 일어나 욕실로 향하려는 그리즐리를, 아이스가 두 다리로 허리를 감아 다시 끌어당겼다. 숨을 급하게 들이마시는 그리즐리에게 아이스가 입을 맞췄다. 목에 팔을 두르면서 푹신한 이불 속까지 끌어당기는 바람에 그리즐리도 몸에서 힘을 풀고 그 키스에 응했다.

"한 번 더 하자."

그 말에 그리즐리가 바싹 마르는 입술을 혀로 핥았다.

"진심이야?"

"응."

"이러고 나랑 연 끊으려고 하는 거 아니지?"

"에라이, 바보 같은 놈."

아이스는 그리즐리를 옆으로 밀었다. 이불 위로 쓰러지는 그리즐리 위에 역으로 올라탄 아이스였다. 아이스는 그리즐리의 가슴을 손바닥으로 쓸어 만지면서 속삭였다.

"할 거야, 말 거야."

속삭이는 그 유혹을 그리즐리는 도저히 뿌리쳐 낼 재간이 없었다. 제 상체 위로 기대어 오는 몸을 끌어안고 사정액과 기름으로 질펀해진 엉덩이 속으로 반쯤 발기된 성기를 끼워 맞췄다. 천천히 아이스의 몸을 제 성기 위로 내려 앉히면서 말했다.

"너 후회해도 몰라."

그러면서 아이스가 옴짝달싹도 못하게 끌어안은 그리즐리가 그 여느 때보다 강하게 말했다.

"알다시피 내가 체력이 좀 좋잖아. 도중에 그만 안 둘 거니까 이번엔 각오해."

"허세도 정도껏 해야지, 하하."

그리즐리가 귀엽다는 것처럼 볼에 입을 맞추면서 웃던 아이스가

"그, 그리즐리, 그만해, 이 멍청아, 나 이제 허리에 힘 안 들어간단 말이야, 아응, 아, 아!" 하고 울면서 매달리기까진 그리 오래 걸리지 않게 되었다.

아이스가 탄산이 빠져서 미지근해진 맥주를 싱크대에 부으면서 말했다. 그 동작이 묘하게 나른해 보여서 그리즐리의 시선을 잡아끌기 충분했다.

"너 후회 안 해?"

씻고 나와서 얌전히 식탁 의자에 앉아 있던 그리즐리는 하염없이 아이스를 보다가 그 질문에 고개를 갸웃했다.

"응? 뭐를?"

"그…… 음, 나랑 한 거."

"왜 후회를 해?"

"너 그냥 휩쓸린 거 아닌가 생각이 드네."

여전히 모르겠다는 듯이 눈을 끔뻑거리는 그리즐리였다. 눈치도 빠른 놈이 이럴 때만 알아듣질 못한다고 아이스는 몸을 돌려 그리즐리를 노려보았다.

그리즐리는 아까부터 볼이 빨갰다. 더운물로 씻었다고 생각하기에도 지나치게 열기가 고여 있었다. 그 열기가 어떤 의미를 담고 있는지 눈치 빠른 아이스가 모를 리 없었다.

그렇게 해 대고도 아직도 하고 싶은 건가.

허리를 주먹으로 톡톡 두드린 아이스가 슬그머니 그 시선을 피하며 중얼거렸다.

"가게 차려서 나 데리고 사는 것도 그렇고, 나랑 동남아에서 도망 다닐 때도 그렇고, 또 훨씬 전에 MJ를 너한테 소개해 준 것도 그렇고, 너 간호사 일 그만둔 것도 그렇고. 전부 다 나한테 휩쓸려서 이렇게 된 거잖아."

그 말에 그리즐리는 눈만 껌뻑거렸다. 무슨 얘긴지 도통 모르겠단 얼굴로 이내 고개를 갸웃거리기도 했다.

아이스가 제 입으로 "나 감정적인 사람이야. 하고 싶으면 하고, 싫으면 안 하는데 언제 너랑 이러는 거 싫어할지 모르잖아. 이번에야 처음이고 신기해서 나도 좋아했지만, 그래도……."라는 식의 구구절절한 설명을 하려다 말았다. 여기서 뭐라고 얘기해 봤자, 좋은 얘기는 못할 것이다. 그렇게 뒷머리만 신경질적으로 긁으면서 "쯧." 하고 혀를 찰 때였다.

"내가 좋아서 선택한 거야. 휩쓸린 거 아냐."

그리즐리는 아이스의 옆자리에 앉았다. 평소엔 맞은편에 앉았을 텐데, 침대에서 일을 한 번 치렀다고 자연스럽게 연인처럼 손을 잡기도 했다.

"너, 다쳐서 내가 일하던 병원에 입원했던 거 기억나? 그때 보험이고 진료 기록이고 아무것도 남기지 않겠다고 의사한테 돈으로 입막음시켰었잖아."

첫 만남 때를 얘기하는 모양이다. 그리즐리가 말한 곳은 8층짜리 병원으로 정형외과 수술을 전문으로 하는 곳이었다. 가족 단위로 운영되는 개업의 병원이었고, 동네에서는 제법 큰 규모였다.

교통사고 나일론 환자들이 보험금을 타 먹는 곳으로 유명할 만큼 도덕적 해이가 만연한 병원이어서 아이스나 MJ가 다쳤을 때 종종 이용했다. 그리즐리는 그곳에서 일하는 간호사였다.

아이스는 MJ가 저지르는 방화를 뒤처리해 주다가 화상을 입어서 나흘 정도 병원에 입원해 있었다. 그렇게 잠깐 입원할 때 아이스를 봐주었던 담당 간호사가 그리즐리였다.

처음에는 덩치 큰 남자 간호사여서 눈길이 갔다가, 새벽에 프로포폴을 한꺼번에 챙기는 모습을 보고 그와 본의 아니게 얽히게 되었다. 돈 때문에 그랬다는 사정을 듣고 아이스는 잠시 고민하다가 그리즐리에게 제안했다.

'우리 쪽에서 같이 일하지 않을래? 돈은 많이 쳐줄게. 우리 쪽에 의료 종사자가 없어서 너 있으면 좋을 거 같아. 갑자기 다치거나 했을 때 도움 받을 수 있잖아.'

그리즐리는 그 제안을 받아들일 때까지만 해도 간호사 일을 잠깐 쉬고 나중에 복직하려 했던 것 같았다. 아이스와 MJ 쪽 일을 도와주다가 마무리되면 돈만 두둑하게 챙겨서 나올 생각이었다.

그 목표가 꼬여서 아이스와 함께 동남아를 전전했고 이제는 손끝이 야무진 특색을 살려 음식점 사장이 되었다. 설마 인생이 이렇게 흘러가 버릴 줄은 그리즐리도 몰랐을 테다.

"기억해. 전부 다."

아이스의 대답에 그리즐리가 생긋 웃었다.

"나 그때 너 처음 보고 반했었어. 너처럼 예쁘게 생긴 남자는 처음 봐서 회진 시간이 아닌데도 베드 살펴본다는 이유로 너 보러 가고 그랬거든."

그 얘기는 처음 들은 아이스였다.

“뭐? 내가 예뻤다고?”

“넌 지금도 예쁘긴 해.”

“헉, 이건 좀 놀라운데? 너 원래 게이였어?”

“어…… 잘 모르겠어. 여자랑 사귀어 본 적은 없었어.”

“그럼 남자는?”

“남자랑 사귈 생각도 안 해 봤었어. 그때 널 보고 계속 보고 싶다고 생각한 게 처음이라.”

아이스는 바싹 타들어 가는 목구멍을 맥주로 달랬다. 그리즐리가 내뱉은 발언이 얼마나 충격인지, 본인만 못 깨닫고 싱글벙글이었다.

“그게 이렇게 이루어질 줄은 몰랐는데. 헤헤, 역시 사람은 오래 살고 봐야 하나 봐.”

병실에 드러누워서 휴대 전화로 게임만 하고 있던 사람의 뭘 보고 반한 걸까. 그 추레하고 혈색 없는 모습이 태어나서 남녀 통틀어 연애란 걸 해 본 적 없다는 애를 반하게 할 정도로 인상적이었나.

아이스는 과거 자신의 모습이 어땠는지도 잘 기억이 나지 않아서 미간을 찌푸린 채 고민하다가 한숨을 내쉬었다. 섹스를 할 때만큼이나 부끄럽고 손끝이 간질거렸다.

“내가 첫사랑이란 말은 하지 말아 줘.”

여자도, 남자도 사귀어 본 적 없다는 그리즐리가 설마 그런 충격적인 발언까지 할까 싶었다. 설마는 역시가 되었다.

“첫사랑 맞아.”

아이스는 연거푸 맥주만 마셨다. 어쩐지 점점 그리즐리를 감당하기 어렵다는 생각마저 들었다.

"그…… 너의 환상을 깨트려서 미안한데 내가 첫사랑이 될 만한 그게……."

"헤헤, 난 지금도 너무 행복해 죽겠는데."

"엄청 부담스럽거든, 너?"

"나만큼 편한 사람 없다며."

"사귀기 전에나 하는 말이지."

"계속 편하게 대해 줘."

"좀 익숙해진 후에 다시 얘기하자. 나 지금 네 얼굴 보는 것도 못 견디겠단 말이야."

"아이스, 너 되게 수줍음 많구나."

"수줍음이 아니라……! 아오, 진짜, 둔탱이 자식."

몸을 섞은 상대가 첫사랑을 이루었다는 얘기까지 들었는데 아무렇지 않을 사람이 어디 있다고. 그것도 무려 7년이나 혼자 외사랑을 했다는 소리 아닌가.

아이스는 도저히 뭐라 설명할 수 없는 부끄러움에 머리를 팔로 감싸고 테이블 위에 엎어졌다. 그런 아이스 머리를 손으로 쓰다듬으면서 행복하게 웃는 그리즐리였다. 아이스는 포갠 팔 너머로 눈을 힐끔거리면서 투덜거렸다.

"웃지 마. 정들어."

"헤헤."

"웃지 말라니까."

"헤헤헤헤."

고의적으로 정이 들라고 웃음으로 고사를 지내는 그리즐리에게 아이스도 결국은 피식, 웃고 말았다. 아직은 그리즐리가 어색하고 뭐든지 신경 쓰이고 있지만, 이것도 지난 7년 동안 익숙해 왔던 '친구'로서의 사이만큼 '연인'으로서 익숙해지는 과정이라고 생각하기로 했다.

그리즐리가 잡고 있는 손을 아이스는 끝까지 마주 잡고 있었다. 반대편 손에 든 캔 맥주가 미지근해지고 있었다. 탄산이 빠지는 그것을 입에 대지 않아도 취하는 밤이었다. 문밖에서는 여전히 매미가 울어 댔다.

맴, 매음, 맴맴.

무더위는 당분간 지속될 것이고, 그리즐리와 아이스의 두 볼을 적신 더위도 물러나지 않을 것이다.

한국에서 여름은 긴 계절이니까.

END

MARY

JAN

매리제인 외전

초판 인쇄 2019년 6월 25일
초판 발행 2019년 7월 5일

지은이 G바겐
펴낸이 신현호
편집부장 예숙영
책임편집 박상희
편집디자인 한방울
영업 · 관리 김민원 조인희
물류 이순우 최준혁 박찬수

펴낸곳 ㈜디앤씨미디어
출판등록 2002년 5월 1일 제117-90-51792호
주소 서울시 구로구 디지털로 26길 111 JnK디지털타워 503호
대표전화 (02)333-2513 팩스 (02)333-2514
전자우편 dncbooks@dncmedia.co.kr
디앤씨북스 블로그 http://blog.naver.com/dncbooks

ISBN 979-11-264-4829-6 (04810)
ISBN 979-11-264-4825-8 (세트)